BERND PERPLIES
Flammen über Arcadion

Bernd Perplies

Flammen über Arcadion

Roman

Originalausgabe September 2012 bei LYX
Verlegt durch EGMONT Verlagsgesellschaften mbH,
Gertrudenstr. 30–36, 50667 Köln
Copyright © 2012 bei EGMONT Verlagsgesellschaften mbH
Alle Rechte vorbehalten

1. Auflage
Lektorat: Sara Riffel
Vorsatzillustration und Kapitelvignette: Max Meinzold
Satz: Greiner & Reichel, Köln
Druck: GGP Media GmbH, Pößneck
ISBN 978-3-8025-8637-8

www.egmont-lyx.de

Die EGMONT Verlagsgesellschaften gehören als Teil der EGMONT-Gruppe zur
EGMONT Foundation – einer gemeinnützigen Stiftung, deren Ziel es ist, die sozialen,
kulturellen und gesundheitlichen Lebensumstände von Kindern und Jugendlichen zu verbessern.
Weitere ausführliche Informationen zur EGMONT Foundation unter **www.egmont.com.**

KAPITEL 1

N*iemand weiß genau, warum es damals geschah. Manche sagen, dass machtgierige Männer in den Regierungssitzen der einstigen Supermächte die Schuld tragen. Andere glauben, dass es die Künstlichen waren, die sich gegen die Menschen erhoben haben. Und wieder andere behaupten, die Wissenschaftler hätten einen Maschinengeist erschaffen, der sich dann ihrer Kontrolle entzogen und die Katastrophe herbeigeführt hätte. All diese Erklärungsversuche stammen von bedauernswerten Seelen, die nicht begriffen haben, worum es wirklich ging.*

Die Nacht des Sternenfalls kam nicht über uns, weil einige wenige Menschen einen Fehler gemacht haben. Sie kam über uns, weil die ganze Menschheit fehlerbehaftet war. Wir waren eine Welt von Sündern. Gottes Gebote bedeuteten uns ebenso wenig wie seine Schöpfung. Neid, Gier, Prunksucht und andere niedere Gelüste trieben uns an. Wir wollten einfach alles haben, alles beherrschen. Das galt für das Hab und Gut unserer Mitmenschen ebenso wie für die Schätze unserer Erde und die Geheimnisse des Lebens selbst.

Deshalb nahm der Herr eines Nachts die Sterne vom Himmel und schleuderte sie voller Zorn und Trauer auf seine geliebte Welt hinab. Einst hatte er das Wasser der Sintflut geschickt, um all jene, die sich gegen ihn versündigt hatten, vom Angesicht der Erde zu tilgen, auf dass nur die rechtschaffenen Männer und Frauen übrig blieben. Diesmal sandte er Feuer, um zu reinigen, was in seinen Augen verdorben war.

Die Erde verging, um wiedergeboren zu werden. Millionen von Menschen starben. Jeder Einzelne hatte es auf seine Weise verdient. Anderen wurde all das genommen, wonach sie in ihrer Gier gestrebt hatten, und sie wurden in die Barbarei zurückgeworfen. Auch sie hatten es verdient. Nur die, deren Glaube fest war und die in seinen Augen würdig waren, kamen ungeschoren davon. Sie fanden Schutz in der Arche Gottes, in Arcadion, unter der gnädigen Führung des Lux Dei.

Der Lux Dei beschützt uns vor unseren Feinden, gleich ob draußen in der Wildnis oder innerhalb der Mauern unserer Stadt. Er hilft allen, die in Not sind. Er bewahrt und stärkt den Glauben in unseren Herzen. Seine Diener sind von Gott berufen, und sie gehen uns mit leuchtendem Beispiel voran. Wir sind dem Lux Dei zu Dank verpflichtet, heute und an allen Tagen …

Carya hob den Blick von ihrem Aufsatzpapier und richtete ihn auf die Klasse, die vor ihr saß. Neunzehn Jungen und Mädchen in einheitlich schwarzgrauen Schuluniformen starrten sie an. Ihre Mitschüler schenkten ihr ihre ganze Aufmerksamkeit. Oder erweckten zumindest sehr überzeugend den Eindruck.

An Caryas Seite räusperte sich Signora Bacchettona. »So sei es.«

»So sei es«, antworteten ihr neunzehn Kehlen.

Carya senkte demütig den Kopf. »So sei es«, flüsterte sie.

»Das war ein sehr schöner Aufsatz, Carya.« Signora Bacchettona schenkte ihr ein schmallippiges Lächeln, viel mehr Lob durfte man von ihr nicht erwarten. »Aber du hättest ein wenig ausführlicher auf die zahlreichen Übel eingehen können, die unser behütetes Leben bedrohen würden, wenn wir nicht unter dem Schutz des Lux Dei stünden.«

»Jawohl, Signora«, sagte Carya.

Die hagere Lehrerin mit dem schwarzen Haar, in das sich bereits graue Strähnen mischten, galt unter den Schülern der Akademie des Lichts als streng und unnahbar. Einige Jungen bezeichneten sie hinter ihrem Rücken als »alte Jungfer«, aber niemand hätte sich getraut, sie so zu nennen, wenn Signora Bacchettona in der Nähe war. Sie unterrichtete die Klasse in Gesellschaftskunde, und manchmal machte es den Eindruck, als sei das für sie nicht nur ein Beruf, sondern eine geradezu heilige Pflicht.

Signora Bacchettona nickte Carya zu. »Also gut, setz dich wieder hin.«

»Jawohl, Signora.« Gehorsam kam das Mädchen der Aufforderung nach.

»Nun?« Die Lehrerin hob auffordernd das Kinn, und der stechende Blick ihrer grauen Augen wanderte über die Klasse. »Wer kann mir ein paar dieser Übel nennen?«

Antonjas in der ersten Reihe hob die Hand. Der feiste Junge mit dem Bürstenhaarschnitt war immer der Erste, wenn es darum ging, mit dem Finger auf jemanden zu zeigen, der sich seinem Empfinden nach etwas hatte zuschulden kommen lassen. Insofern war er natürlich besonders gut darin, irgendwelche Übel zu benennen.

»Antonjas«, rief Signora Bacchettona ihn auf.

Der Junge schoss von seinem Stuhl in die Höhe und ging in Habachtstellung, als befände er sich auf dem Exerzierplatz der Ordensgardisten des Lux Dei. »Die Banden der Sizilier im Süden und die Truppen des Mondkaisers im Norden«, erklärte er mit glühendem Eifer. »Außerdem fahren Piraten aus Spaniar vor unseren Küsten. Und es heißt, dass der Ketzerkönig von Austrogermania Spione in unser Land geschickt hat, um uns vom wahren Glauben abzubringen.«

»Bravo, Antonjas.« Die Lehrerin bedeutete dem Jungen mit einem Nicken, sich wieder zu setzen. »Möchte noch jemand etwas hinzufügen? Eine Bedrohung habt ihr noch vergessen.«

In der vorletzten Reihe meldete sich Marlo, ein schmächtiger Junge, der nicht besonders klug war und sich durch unbedachte Bemerkungen immer wieder den Spott der Klasse einhandelte. »Die Mutanten draußen in der Wildnis«, sagte er, nachdem er sich erhoben hatte.

Die halbe Klasse brach in Gelächter aus.

Natürlich war Marlos Antwort Unsinn. Die Mutanten waren Schreckgespenster, die weit jenseits der Mauern von Arcadion in den Todeszonen hausten. Man erzählte sich grausige Geschichten über sie, wie sie einsame Wanderer verschleppten und ihnen furchtbare Dinge antaten. Doch die Mutanten lebten wie Tiere und waren ungefähr genauso scheu. Kaum ein Bürger der Stadt hatte sie jemals zu Gesicht bekommen. Eine Gefahr für Arcadion stellten sie jedenfalls nicht dar.

Trotzdem lachte Carya nicht. Mit ihren sechzehneinhalb Jahren gehörte sie zu den Jüngsten der Klasse, und sie war eins von nur vier Mädchen. Dazu kam, dass Miraela, die unter ihnen den Ton angab, Carya um ihr wundervolles dunkelbraunes Haar beneidete, das ihr, wenn sie es zu Hause in ihrem Zimmer offen trug, bis weit den Rücken hinunterreichte. Aus all diesen Gründen stand Carya in der Hackordnung nicht weit über Marlo. Deshalb hatte sie Mitleid mit ihm, auch wenn er Unsinn redete.

»Still!«, befahl Signora Bacchettona in scharfem Tonfall, und das Lachen erstarb so plötzlich, wie es aufgekommen war. »Nein, Marlo, die Mutanten meinte ich nicht. Ich sprach von ...«

Zwei Plätze neben Carya hob Miraela gemächlich die Hand. Auf der Miene des Mädchens lag milde Verachtung. Carya war sich nicht sicher, ob diese der Unwissenheit ihrer Klasse im Ganzen oder Marlos Dummheit im Speziellen galt. Letzten Endes lief es auf das Gleiche hinaus. Miraela hielt sich für etwas Besseres, für eine Auserwählte. Laut eigenem Bekunden hatte sie vor drei Jahren, mit vierzehn, das Sanktuarium im Dom des Lichts besuchen dürfen und dort eine Vision erlebt. Kurz darauf hatte sie sich die Haare zu einem unnatürlichen Weißblond aufgehellt – angeblich, um dem Engel näher zu sein, der ihr erschienen war.

Jedes andere Mädchen wäre von Carya wegen dieser Erfahrung womöglich bewundert worden. In Miraelas Fall hielt sie die Geschichte für reine Aufschneiderei.

»Bitte, Miraela.« Die Lehrerin machte eine auffordernde Geste.

»Sie meinten die Künstlichen, Signora Bacchettona«, sagte das Mädchen mit deutlicher Abscheu in der Stimme.

Die Lehrerin nickte. »Die Invitros, ganz richtig. Sehr gut, Miraela. Setzen.« Signora Bacchettona begann vor dem Pult auf und ab zu gehen. Die Absätze ihrer schwarzen Schuhe knallten auf die grauen Steinfliesen des Unterrichtsraums. Ihr raubvogelartiger Blick schweifte über die Klasse. »Es mag sein, dass die Nächstenliebe unserer Beschützer vom Lux Dei es ihnen verbietet, in dieser Hinsicht die offenen Worte zu finden, die angebracht wären. Doch wir alle wissen es auch so: Die Invitros sind eine Plage für unsere Gesellschaft. Ihre bloße Existenz ist ein Vergehen gegen den Willen Gottes und das Wunder seiner Schöpfung. In ihrer Verblendung glaubten die Menschen von damals, dass sie das Recht hätten, selbst zu Göttern zu werden. In Laboren, in Tanks, züchteten sie Leben nach ihrem Abbild und ihrem Wunsch. Ihre Motive waren dabei gleichermaßen schändlich und blasphemisch. Welche Motive hatten sie? Marlo?«

»Äh …« Der schmächtige Junge schnellte in die Höhe und

blinzelte hektisch. »Sie … sie wollten eine Sklavenrasse schaffen?«

»Mehr oder weniger richtig«, urteilte Signora Bacchettona. »Erst war es die Neugierde, die jene Forscher antrieb. Dann bot man menschlichen Paaren, deren liederlicher Lebensstil ihnen die Frucht des eigenen Leibes verwehrte, Invitro-Kinder als Ersatz an. An diesem Tag nahm der Sündenfall seinen Lauf. Unternehmen schufen sich billige Arbeitskräfte, verdorbene Regimes züchteten sich Soldaten. Die in der Petrischale gezeugte Brut unterwanderte unsere ganze Gesellschaft. Wie sagte es Carya so schön in ihrem Referat: Der Sternenfall traf uns, *weil die ganze Menschheit fehlerhaftet war*. Das galt für die Invitros noch mehr als für uns Kinder Gottes. Und es gilt noch heute. Solange die Invitros unter uns sind, steckt ein Dorn der Sünde in unserem Körper und verhindert dessen vollständige Reinigung und Genesung. Sie sind ein Erbe der alten Zeit, der Zeit, die wir hinter uns gelassen haben.«

Signora Bacchettona redete noch eine Weile weiter, aber Carya spürte, dass ihre Aufmerksamkeit nachließ. Sie kannte die ganzen Parolen ebenso gut wie jeder ihrer Mitschüler. Im Grunde war sie ja auch kein Freund der Künstlichen. Die Vorstellung, dass diese Wesen statt im Mutterleib in riesigen Tanks voller Nährflüssigkeit und unter Zugabe von Reifebeschleunigern gewachsen waren, fand sie ziemlich unheimlich und auch irgendwie eklig. Wie konnte so ein Geschöpf, das nicht aus der Verbindung von Mann und Frau entstanden war, überhaupt eine Seele haben?

Nichtsdestoweniger fand sie die Aufregung mancher Leute hinsichtlich der Invitrofrage übertrieben. Ein Großteil der Invitrobevölkerung war durch den Sternenfall und in den Dunklen Jahren danach zu Tode gekommen. Die wenigen Künstlichen, die noch lebten, hielten sich bedeckt und hatten sich unauffällig in die Gesellschaft der Überlebenden eingefügt. Da es so gut wie keine Unterlagen mehr aus der alten Zeit gab, die eine gezielte Suche möglich gemacht hätten, waren sie praktisch von der Bildfläche verschwunden.

Gewisse Leute glaubten, dass man die Künstlichen an ihrer Kopfform erkennen konnte, die sich angeblich von der natürlich geborener Menschen unterschied, die als Babys den Geburtskanal im Mutterleib hatten passieren müssen. Andere behaupteten, sie würden anders riechen als normale Menschen. Tatsächlich gab es – soweit Carya das wusste – nur eine verlässliche Methode, einen Invitro zu erkennen: Sie besaßen keinen Bauchnabel, da sie während ihrer Entwicklung nicht über eine Nabelschnur mit der Mutter verbunden gewesen waren, sondern ihre Versorgung mit Nährstoffen von Maschinen geregelt worden war.

Die Künstlichen, die in Arcadion lebten, wussten diesen Umstand natürlich gut zu verbergen. Und man konnte schließlich nicht jeden Einwohner entblößen, um nachzuschauen, ob er oder sie einen Bauchnabel besaß, zumal es sogar Gerüchte gab, dass skrupellose Ärzte den Invitros gegen Bezahlung einen künstlichen Bauchnabel schnitten. Unterm Strich wäre der Versuch ihrer Auslöschung also mit enormen Mühen verbunden gewesen – dabei taten sie wirklich nichts, außer ein paar frommen Eiferern wie Signora Bacchettona auf der Seele zu liegen.

Ohne das Gesicht von der Lehrerin abzuwenden, schielte Carya nach links zu den hohen Fenstern hinüber. Hinter den hölzernen Lamellen der Schutzläden war das helle Sonnenlicht des späten Vormittags zu erkennen. Carya wünschte sich, die Schulstunde wäre bald vorüber. Sie hatte Hunger, und außerdem würde sie am Nachmittag Ramin wiedersehen.

Ramin … Der Gedanke an den gut aussehenden Jungtempler erzeugte eine Wärme in ihrem Inneren, die ihr bis vor wenigen Monaten noch fremd gewesen war. Selbstverständlich hatte Carya, wie jedes junge Mädchen in Arcadion, die Männer in den Kohorten der Templer angeschmachtet, wann immer sie vor dem Dom des Lichts Paraden abhielten oder über den Corso aus der Stadt auszogen, um die Grenzen des Landes zu verteidigen. Und natürlich hatte sie hinter einem losen Ziegelstein in der Mauer ihres Zimmers ein kleines Bild von Julion Alecander aufbewahrt, einem der zehn Paladine des Lux Dei, dem Helden ihrer frühen Teenagerjahre.

Doch das war nicht vergleichbar mit dem Gefühl, das sie nun ergriff, wann immer sie an Ramin dachte. Diese Männer – Julion Alecander im Besonderen – waren ihr stets fern gewesen. Ramin dagegen führte ihre Gruppe in der Templerjugend an. Es war ein Ehrendienst, den er neben seiner Ausbildung zum Templer angenommen hatte. Da die Zeit in der Templerakademie des Lux Dei als ausgesprochen anstrengend galt, fand Carya so viel Einsatz bewundernswert. Darüber hinaus gab es noch einige andere Dinge, die ihren Pulsschlag beschleunigten, etwa seine starken Schultern und sein schneidiges Auftreten.

Wenn sie die Augen schloss und sich ein wenig anstrengte, gelang es ihr manchmal, sein Bild in ihrem Geist heraufzubeschwören und sich vorzustellen, wie er sie anlächelte, weil er erkannt hatte, dass sie die Frau seiner Träume war. Noch war das selbstverständlich nicht geschehen, aber sie war zuversichtlich, dass es sich nur noch um eine Frage der Zeit handelte, bis es ihr gelang, ihn auf sich aufmerksam zu machen. Schließlich war er auch bloß ein Mann und hatte doch Augen im Kopf. Und wenn es dann erst …

»Carya!«

Die schneidende Stimme von Signora Bacchettona riss sie aus ihren Gedanken. Voller Schrecken erkannte Carya, dass sie sich in ihren Hirngespinsten verloren hatte. So etwas durfte einem im Unterricht nicht passieren, vor allem dann nicht, wenn man Gesellschaftskunde bei Signora Bacchettona hatte.

Schuldbewusst schnellte sie von ihrem Platz auf. »Ja, Signora?«

»Du wirkst abwesend. Langweile ich dich etwa?«

»Nein, Signora.«

»Lüge nicht, Carya. Du hast geträumt!«

»Nein, Signora.«

Die Blicke der Lehrerin waren wie Dolche, die Carya aufzuspießen drohten. »In dem Fall wirst du mir sicher die Frage beantworten können, die ich der Klasse soeben gestellt habe?«

Sie wusste es. Natürlich wusste sie es. Man konnte Signora Bacchettona nicht täuschen. Das war einer der Gründe, warum sie unter den Kollegen so geachtet wie von ihren Schülern gefürchtet war.

Carya senkte beschämt den Kopf. »Nein, Signora«, gestand sie leise. »Es tut mir leid.«

»Und das sollte es auch«, erwiderte die Lehrerin. »Ist dir überhaupt bewusst, wie privilegiert du bist, dass du die Akademie des Lichts besuchen darfst? Zahllose deiner Altersgenossen mussten die Schule nach der Grundstufe verlassen und arbeiten jetzt bereits in den Fabriken. Die würden gerne mit dir tauschen, um zu lernen, was du lernen darfst. Und jetzt knie nieder und denk den Rest der Stunde über meine Worte nach!«

Mit zusammengepressten Lippen kam Carya dem Befehl nach und kniete sich auf die blanken Steinfliesen. Trotzig zwang sie die Tränen der Scham zurück, die ihr in die Augen zu treten drohten.

13

Sie musste sich nicht umschauen, um zu wissen, dass alle sie in diesem Moment anstarrten, manche, wie Marlo, dankbar, dass der Zorn der Lehrerin nicht sie getroffen hatte, andere, wie Miraela, voll höhnischer Genugtuung.

Carya versuchte, nicht daran zu denken. Sie faltete die Hände wie zum Gebet vor dem Bauch und richtete ihre innere Aufmerksamkeit auf die angenehme Kühle, aber auch unangenehme Härte des Steinbodens unter ihren Knien. Sie hatte nicht aufgepasst und sich auf eine der Fugen zwischen den Fliesen gekniet, ein Umstand, der diese Strafe noch unerfreulicher machte. Doch jetzt ließ sich daran nichts mehr ändern. Denn zöge sie jetzt durch eine unbedachte Bewegung ein weiteres Mal den Zorn von Signora Bacchettona auf sich, würde die Bestrafung sicher noch härter ausfallen.

Glücklicherweise war die Schulstunde zehn Minuten später vorüber.

KAPITEL 2

Die Schulglocke läutete, und Signora Bacchettona gebot Carya und den anderen Schülern aufzustehen. Carya presste die Lippen zusammen, als sie sich von den Steinfliesen erhob. Ihre Kniescheiben taten weh. Aber sie versuchte, sich die Schmerzen nicht anmerken zu lassen, und strich sich nur den knielangen Rock glatt, bevor sie, wie alle anderen, erneut die Hände faltete, um das Abschlussgebet zu sprechen.

Gegrüßet seist du, Licht, das voll der Gnade
uns von dem Herrn, dem Schöpfer, zugesandt.
Du bist das Licht des Lebens,
das Licht des Schutzes,
das Licht des Richtens.

Erhelle unsren Weg in allem Dunkel
und scheine für uns Sünder
jetzt und in der Stunde unsres Todes.

So sei es.

»Gut«, sagte die Lehrerin. »Ihr könnt gehen. Wir sehen uns übermorgen früh.« Mit diesen Worten entließ sie die Klasse. Rasch
packte Carya ihre Sachen, hängte sich die Tasche um und verließ
den Raum.

In den hohen Säulengängen der Akademie herrschte wildes
Gedränge. Hunderte von Schülern strebten schwatzend und
lärmend den zwei großen Torbögen entgegen, die in den West-
und den Ostflügel des weitläufigen Gebäudekarrees eingelassen
waren, in dem sich die Akademie des Lichts befand.

In der Mitte der vier langgestreckten Häuser, die, wie viele Bauwerke Arcadions, noch aus der Zeit vor dem Sternenfall
stammten, lag eine kleine Parkanlage mit braunen Kieswegen,
niedrigen Hecken, Bänken und kleinen Wasserbecken. Bei schö-
nem Wetter verbrachten die Schüler gerne ihre Zeit hier. Das galt
nicht nur für die Pausen zwischen den Schulstunden. Oft saßen
auch nach dem Unterricht noch kleine Gruppen Jugendlicher
zusammen, um sich über den Tag zu unterhalten oder gemeinsam
Hausaufgaben zu machen. Manchmal gesellte sich Carya auch
dazu. Die Lehrer duldeten das.

Heute allerdings wollte sie nur noch nach Hause und vergessen, dass sie sich durch ihre Tagträumerei vor der ganzen Klasse
blamiert hatte. Durch das Westtor eilte sie hinaus auf die belebte
Quirinalsstraße. Sie umrundete die riesige Templeranlage auf dem
Quirinalsberg und lief anschließend durch die Innenstadt bis zu
der kleinen Gasse im nördlichen Teil von Arcadion, wo das Mehr-
familienhaus lag, in dem sie mit ihren Eltern lebte.

Auf den Straßen und Plätzen drängte sich das Volk. Arbeiter
waren auf dem Weg in die Fabriken oder eilten nach Hause,
um ihre Mittagspause mit der Familie zu verbringen. Kaufleute schichteten die Waren in den Auslagen vor ihren Geschäften

um. Straßenkinder, von denen es ungeachtet aller gegenläufigen Bemühungen des Stadtrats immer noch viel zu viele gab, flitzten zwischen den Passanten umher, boten ihre Dienste an oder griffen in fremder Leute Taschen. Und mit schöner Regelmäßigkeit waren die Wappen des Lux Dei zu sehen – die halbe, dreistrahlige Sonne auf·weißem Grund –, die von ernsten Männern in strengen dunkelblauen Uniformen durch die Straßen getragen wurden.

Arcadion war, wie Carya aus dem Geschichtsunterricht wusste, bereits vor dem Sternenfall eine dicht bevölkerte Stadt gewesen. Damals hatte sie noch einen anderen Namen besessen, der ihr aber im Augenblick entfallen war. Geschichte interessierte Carya nicht besonders.

Als die Menschen sich dann in den Dunklen Jahren nach der Katastrophe in die Mauern der Stadt zurückzogen, die zukünftig *Arca di dio*, die Arche Gottes, und später Arcadion heißen sollte, wurde es noch voller. Natürlich hatten Krieg, Hunger und Krankheiten im Laufe der Jahre ihre Opfer gefordert. Doch das Licht Gottes, als deren Diener auf Erden sich die Vertreter des Lux Dei sahen, lehrte, das Leben zu achten und zu mehren – zumindest das seiner Anhänger –, weswegen die Bevölkerungszahl Arcadions heute an seine Grenzen zu stoßen drohte.

Dessen ungeachtet lebten die Bürger lieber in beengten Verhältnissen als draußen in der Wildnis, wo sich nur Glücksritter, Räuberbanden und Mutanten herumtrieben und wo man krank werden konnte, wenn man nicht genau aufpasste, wo man sich wie lange aufhielt.

Carya überquerte einen keilförmigen Platz am Fuß des Pinciohügels und bog dann in eine Seitenstraße ein, die zu der Gasse hinaufführte, in der ihr Elternhaus lag. Sie lief die Gasse entlang, die zur Linken von rotbraunen, viergeschossigen Wohngebäuden gesäumt wurde und zur Rechten von einer uralten Steinmauer, über deren Mauerkrone sich das blätterreiche Astwerk von Sträuchern ergoss wie ein grüner Wasserfall.

Jenseits davon erhoben sich die Villen der wohlhabenden Einwohner von Arcadion, große Prachtbauten in Weiß und Ocker, deren Dächer mit glänzenden rotbraunen Ziegeln gedeckt und die von verschwenderisch großen Gärten umgeben waren. Carya verstand nicht, wieso der Lux Dei diesen Männern und Frauen dermaßen viel Platz zugestand, obwohl es in Arcadion so wenig davon gab. Vor Gott, hieß es schließlich immer, seien alle Menschen gleich. Aber offenbar galt das nicht in allen Belangen.

Direkt hinter den Villen ragte der Aureuswall auf, die mächtige Stadtmauer von Arcadion. Früher einmal hatte sie keine andere Funktion gehabt, als Besuchern aus anderen Ländern ein Zeugnis noch früherer Zeiten zu sein. In den Dunklen Jahren nach dem Sternenfall, als der Lux Dei die Schutz suchenden Menschen in die Arche Gottes geholt hatte, war die Mauer kräftig verstärkt worden. Mit einer Höhe von knapp fünfzehn Metern und einer Dicke von ungefähr einem halben Dutzend galt der die ganze Stadt einschließende Wall als festes Bollwerk gegen alle Gefahren, die Arcadion von außen drohen mochten.

Caryas Meinung nach besaß er heute eher symbolischen Charakter. Soweit sie sich zurückerinnern konnte, hatte kein Feind mehr versucht, Arcadion zu stürmen. Alle Kämpfe, die der Lux Dei ausfocht, wurden Hunderte von Kilometern entfernt an den Grenzen des Landes geführt.

Nichtsdestoweniger gab der Aureuswall auch ihr ein Gefühl von Geborgenheit – ganz anders als die riesigen alten Luftabwehrkanonen, die noch immer oben auf der Kuppe des Pinciohügels standen und sie daran erinnerten, dass die Zeit, in der Angst der ständige Begleiter der Menschen gewesen war, noch gar nicht so lange zurücklag.

»Carya! He, hallo, Carya!«

Carya, die gerade das schmiedeeiserne Tor vor dem vierstöckigen Haus geöffnet hatte, in dem sie lebte, hob den Kopf und sah sich um. »Rajael«, rief sie erfreut, als sie das Mädchen erkannte, das die Gasse hinuntergelaufen kam.

Rajael wohnte am oberen Ende der Gasse. Sie lebte dort seit zwei Jahren in einer kleinen Dachkammer zur Untermiete. Ihre Eltern, so hieß es, waren bei einem Fabrikunfall ums Leben gekommen. Seitdem war sie allein. Doch die zierliche Siebzehnjährige mit den hellbraunen Locken und dem schmalen Gesicht ließ sich davon nicht unterkriegen, sondern bestritt mit einer Entschlossenheit ihr eigenes Leben, dass Carya sie nur bewundern konnte.

Die beiden Mädchen hatten sich kurz nach Rajaels Einzug beim Einkaufen auf dem Markt kennengelernt. Beinahe auf Anhieb waren sie sich sympathisch gewesen. Und so hatte sich zwischen ihnen schnell eine enge Freundschaft entwickelt. Carya gefiel, dass Rajael nicht so oberflächlich und zickig war wie Miraela und ihr Hofstaat. Dem anderen Mädchen schien es ähnlich zu gehen. Und so verbrachten sie ganze Nachmittage damit, gemeinsam durch die Stadt zu schlendern, auf dem Aureuswall zu sitzen und hinaus in die Landschaft zu schauen oder in Rajaels kleiner Kammer beisammen zu hocken und sich gegenseitig aus Büchern vorzulesen, die Caryas Eltern für romantischen Quatsch hielten und die daher zu Hause verboten waren.

»Kommst du heute Nachmittag, wenn du mit deinen Hausarbeiten fertig bist, bei mir vorbei?«, fragte Rajael. »Ich habe ein paar neue Bücher in einem Antiquariat gefunden, die ich dir unbedingt zeigen muss.«

Carya schüttelte den Kopf. »Tut mir leid, aber ich kann nicht«, erwiderte sie. »Ich bin heute Nachmittag bei der Templerjugend. Wir besuchen den Dom des Lichts und machen dort eine Führung mit.«

Rajael schnaubte. »Du immer mit deiner Templerjugend. In letzter Zeit verbringst du viel zu viel Zeit mit diesen Leuten.« Dass das Mädchen die Jugendorganisation des Lux Dei nicht mochte, hatte Carya schon mehrfach zu spüren bekommen. Gegenwärtig war es nur ein geringer Makel an ihrer ansonsten innigen Freundschaft, aber er drohte größer zu werden.

»Sag nicht immer *diese Leute*«, beschwerte sich Carya. »Das sind meine Freunde.« Genau genommen stimmte das nicht ganz. Die meisten anderen Jugendlichen waren ihr herzlich gleichgültig. Und von einem ganz bestimmten Jungtempler hoffte sie ja, dass er schon bald deutlich mehr als nur ein Freund sein würde.

»Dann hast du dir die falschen Freunde ausgesucht«, erklärte Rajael. »Das sind doch alles nur fromme Lämmer, die dem Licht des Lux Dei folgen.«

Caryas Miene verdüsterte sich. »Jetzt hör auf«, befahl sie der Freundin. »So schlimm ist es wirklich nicht. Und falls du es nicht gemerkt haben solltest: Ich glaube auch an das Licht Gottes. Bin ich deswegen dumm? So klingt das nämlich bei dir.«

Rajael blickte schuldbewusst drein. »Nein, natürlich nicht, Carya. Du bist meine beste Freundin, das weißt du. Ich würde nie schlecht über dich reden. Es … es gefällt mir wohl einfach nicht, dass du neuerdings so viel Zeit mit anderen verbringst.«

Versöhnlich gestimmt legte Carya ihr die Hand auf den Arm. »Komm doch mal mit. Es ist gar nicht so, wie du immer denkst.«

»Nein.« Rajael schüttelte den Kopf. »Das ist nichts für mich, glaub mir.« Sie bedachte Carya mit einem Lächeln, das irgendwie traurig aussah.

»Wie wäre es mit morgen?«, fragte Carya. »Morgen Nachmittag hätte ich Zeit.«

Erneut schüttelte Rajael den Kopf. »Da bin ich schon verabredet.«

Auf einmal wirkte sie ein klein wenig verlegen, was Carya dazu veranlasste nachzuhaken. »Verabredet? Mit wem?«

»Mit einem Freund.«

Unwillkürlich breitete sich ein Grinsen auf Caryas Gesicht aus. »Einem Freund, hm? Wohl eher *deinem* Freund.«

»Ja, so in etwa«, gestand Rajael gedehnt, und ihre Wangen röteten sich ein wenig.

»Das ist doch wundervoll«, rief Carya aufgeregt. Spielerisch packte sie den Arm der Freundin und drückte ihn. »Wie heißt er? Was macht er? Seit wann kennst du ihn? Du musst mir alles über ihn erzählen, hörst du?«

»Schon gut, schon gut«, erwiderte Rajael lachend und hob abwehrend die Hände. Ihre braunen Augen leuchteten. »Übermorgen, einverstanden? Wir treffen uns bei mir, gehen in die Stadt, und dann reden wir.«

»So machen wir es«, sagte Carya nickend. »Ich freue mich schon darauf.« Sie deutete auf die Haustür hinter ihr. »Aber jetzt sollte ich wirklich reingehen. Meine Eltern warten sicher schon mit dem Mittagessen.«

»Ich muss auch wieder zur Arbeit in die Wäscherei«, gab Rajael zurück. »Mach's gut, Carya.«

»Ja, du auch.«

»Ah, Carya, schön, dass du da bist«, begrüßte ihre Mutter sie, als sie zur Tür der kleinen Wohnung hereinkam. »Das Essen ist schon fertig. Zieh dich rasch um, wasch dir die Hände und komm dann.«

»Ich beeile mich«, versprach Carya und lief den Flur hinunter zu ihrem Zimmer. Im Vorbeigehen steckte sie den Kopf ins Wohnzimmer, das auch als Esszimmer diente und in dem bereits ihr Vater und sein Bruder Giacomo, den alle nur Giac nannten, am Tisch saßen.

»Hallo Papa, hallo Onkel Giac«, begrüßte sie die beiden Männer.

»Cara Carya!«, rief Giac gut gelaunt. »Wie groß du geworden bist. Und irre ich mich, oder wirst du auch immer schöner?«

Carya verdrehte die Augen. »Als hätten wir uns nicht vor einer Woche das letzte Mal gesehen.«

»Ist es erst so kurze Zeit her?« Giac riss in gespieltem Erstaunen die Augen auf. »Es kommt mir vor wie eine Ewigkeit. Ich muss in einer Zeitschleife gefangen gewesen sein.«

»Ja, das klingt nach einer wahrscheinlichen Erklärung«, sagte Carya lächelnd.

Giac, der an der Universität Physik unterrichtete, machte immer solche Scherze. Ihr Vater, ein ernster Bürokrat in den Diensten des Tribunalpalasts, konnte darüber nur selten lachen. Carya hingegen mochte Giac, ganz gleich, wie plump und anzüglich er sich manchmal gab. Denn hinter seinen großspurigen Gesten, das hatte sie bereits erkannt, steckte ein ungewöhnlich nachdenklicher und freier Geist, der am Mittagstisch auch gerne mal Themen ansprach, über die Caryas Vater lieber keine Worte verlor. Trotzdem wurde Onkel Giac immer wieder eingeladen. Er gehörte schließlich zur Familie.

In ihrem Zimmer wechselte Carya rasch die Schuluniform

gegen eine Bluse und einen braunen Rock ein. Einen Moment lang spielte sie mit dem Gedanken, ihr hochgestecktes Haar zu einem losen Zopf zu flechten. So kam es besser zur Geltung, ohne dass sie es ganz offen trug, was im Alltag eher unpraktisch war – ganz zu schweigen von freizügig und deshalb verpönt. Aber sie entschied sich dagegen. Ihre Eltern würden es merken, wenn sie vor dem Mittagessen ihre Frisur änderte. Und womöglich würde Giac sich sogar zu irgendwelchen Spötteleien hinreißen lassen, die zwar harmlos gemeint waren, aber für gewöhnlich viel zu treffsicher daherkamen.

Also ließ sie ihre Haare so, wie sie waren, als sie sich zurück zum Wohnzimmer begab. Ihre Mutter hatte einen Fleischtopf gemacht, extra für Onkel Giac. Normalerweise gab es einfacheres Essen, Suppe oder Pasta oder irgendein Gemüse, das gerade auf dem Markt angeboten wurde. Der Lux Dei bemühte sich zwar, ausreichend Nahrungsmittel für alle Bewohner Arcadions herstellen zu lassen, aber in Zeiten, in denen die meisten Nachbarn auf dem Kontinent verfeindet waren und noch immer weite Teile als unbewohnbar galten, gab es keinen so verschwenderischen Zugang zu Waren, wie dies den Geschichten zufolge vor dem Sternenfall üblich gewesen war.

»Prächtig, Andetta«, lobte Giac mit vollem Mund. »Einfach wundervoll. Du hast dich wieder einmal selbst übertroffen.«

»Ach, sag doch so etwas nicht«, gab Caryas bescheidene Mutter zurück, aber Carya sah ihr an, dass sie sich über das Lob freute. »Ich habe einfach nur ein paar Sachen in den Topf geworfen, die wir noch da hatten.«

Das bezweifelte Carya, aber sie hütete sich, etwas zu sagen. Manchmal ließ man eine Lüge am besten einfach im Raum stehen, auch wenn alle wussten, dass es eine war.

»Hm«, brummte Giac. »Also, jedenfalls bin ich froh, heute bei euch essen zu dürfen. Die Mahlzeiten an der Universität sind dagegen der reinste Hundefraß.«

»Wie läuft es denn so an der Uni, Giac?«, fragte Caryas Vater. »Abgesehen vom schlechten Essen.«

Giac blickte seinen Bruder an, als frage er sich, ob der das wirklich wissen wolle. Dann seufzte er und legte sein Besteck hin. »Um ehrlich zu sein, bin ich nicht ganz glücklich. Wir haben einen neuen Vorsitzenden in der Moralkommission, der seine Arbeit etwas zu ernst nimmt. Ich habe langsam das Gefühl, dass in jeder meiner Vorlesungen und in jedem Seminar einer seiner Lakaien sitzt. Herrgott, ich unterrichte Physik und nicht Politik! In den Naturwissenschaften existieren schlichtweg einige Wahrheiten, die sich nicht beschönigen lassen. Die Erde ist keine Scheibe und auch nicht das Zentrum des Universums, so gerne das mancher da oben in der Engelsburg hätte.«

»Sei nicht albern, Giac.« Caryas Vater runzelte die Stirn. »Niemand behauptet, die Erde wäre eine Scheibe.«

»Das war Sarkasmus, Edoardo. Darum geht es gar nicht. Es geht darum, dass ich auf jedes meiner Worte achten muss. Dass die Freiheit der Wissenschaft mehr und mehr den Zwängen des Systems untergeordnet wird, das der Lux Dei geschaffen hat.«

»Ein System, das uns aus der Not der Dunklen Jahren gerettet hat und das es uns erlaubt, auch in heutigen Zeiten ein anständiges Leben zu führen.« Unwillkürlich hatte der Tonfall von Caryas Vater an Schärfe gewonnen.

»Ein anständiges Leben?«, fuhr Giac auf.

Oh je, dachte Carya. *Jetzt fängt er damit schon wieder an.* Sie mochte ihren Onkel wirklich. Manchmal allerdings ging ihr sein Hang, Missstände aufzeigen zu wollen, auch auf die Nerven.

24

»Giac«, warf ihre Mutter beschwichtigend ein, die ähnlich wie Carya eine weitere Tirade befürchtete.

»Nein, Andetta!«, rief Caryas Onkel. »Ich weiß, dass an diesem Tisch die Dinge gerne totgeschwiegen werden, aber wenn alle so handeln würden, hätte es in den letzten Jahren überhaupt keine Veränderungen gegeben. Dann würden Mädchen wie Carya ab vierzehn noch immer in den Webereien oder den Gewächshäusern arbeiten, statt eine höhere Schule besuchen zu können.«

Er hatte recht. Das war vor Caryas Geburt wirklich noch anders gewesen.

»Schaut euch doch mal um! Natürlich ermöglicht der Lux Dei uns normalen Bürgern und braven Kirchgängern ein leidlich angenehmes Leben. Es fehlt zwar hier an Fleisch und dort an Treibstoff, aber alles in allem kann man es in dieser Stadt schon aushalten. Wenn ihr allerdings mal über den Rand eures Suppentellers blickt, was sieht man da? Außerhalb von Arcadion leben die Menschen in bitterster Armut. Und auch in den Arbeitervierteln in der Südstadt herrschen nur schwer erträgliche Zustände, weil dort einfach viel zu viele Menschen leben. Dazu kommt die Verfolgung von vermeintlichen Invitros. Und dann führen wir seit einer halben Ewigkeit Krieg gegen unsere Nachbarn. Dabei ist das kein Krieg um Ressourcen oder Land. Nein, im Kern geht es nur um Glaubensfragen, was nun wirklich der dümmste Grund ist, um sich gegenseitig totzuschlagen.«

»Denkst du, den Templern macht der Krieg Spaß?«, fragte Caryas Vater herausfordernd. »Sie schützen uns, damit unsere Nachbarn uns nicht für schwach halten und einfach ausrauben.«

»Ach was! Kein Mensch, der halbwegs bei Verstand ist, kann diesen ständigen Schwelbrand an unseren Grenzen wollen. Andererseits ist die Gefahr von außen natürlich wunderbar geeignet, um von den Problemen im Inneren abzulenken. Vielleicht ist das sogar der wahre Grund, warum sich der Lux Dei nicht die geringste Mühe gibt, auf unsere Feinde zuzugehen.«

»Genug jetzt!« Caryas Vater sprang auf. »Wenn du aufrührerische Reden schwingen willst, geh zu deinen Professoren an der Universität. Ich werde mir das hier nicht länger anhören. Ich habe es mir ohnehin schon oft und lange genug angehört. Irgendwann muss auch mal Schluss sein.«

Giac schnaubte. »Gott, wenn du dich nur selbst reden hören könntest: ›Irgendwann muss Schluss sein.‹ Ganz im Gegenteil!« Er erhob sich ebenfalls. »Irgendwann sollte mal jemand anfangen, klare Worte zu finden!« Er wandte sich Caryas Mutter zu. »Danke für das gute Essen, Andetta. Und sei uns Männern nicht böse, weil wir ständig streiten. So sind Brüder eben.« Die beiden Männer wechselten einen finsteren Blick.

»Kommst du nächste Woche wieder vorbei?«, fragte Carya leise. »Du wolltest mir noch etwas über deine Himmelserforschung erzählen.«

Giac strich ihr liebevoll über den Rücken. »Mal sehen, cara Carya. Mal sehen.«

KAPITEL 3

Nach dem Mittagessen zog Carya sich erneut um und machte sich einmal mehr auf den Weg hinunter in die Stadt. Das Vereinshaus ihrer Templerjugendgruppe lag keinen Kilometer entfernt westlich von ihrem Zuhause am Ufer des Tevere, der Arcadion als geschwungenes, grünbraunes Band durchströmte. Bei dem Gebäude handelte es sich um ein schmales, zwischen anderen Häusern eingeklemmtes Bauwerk, das im Erdgeschoss Büroräume aufwies und in den oberen Stockwerken Lehr- und Aufenthaltsbereiche sowie eine Küche und einen Esssaal für die insgesamt fünfzig Kinder und Jugendlichen ihrer Gruppe.

Der Lux Dei hatte die Templerjugend seinerzeit aus der Taufe gehoben, um in den Dunklen Jahren die zahlreichen Kinder und Jugendlichen von den Straßen Arcadions zu holen und ihnen eine Beschäftigung und ein Ziel zu geben. Gemäß dem Wahlspruch der Templerjugend »Treu im Glauben, stark im Herzen, unerschütterlich im Geiste« sollten sie sich zu wertvollen Mitgliedern der Gesellschaft und der zukünftigen Elite des Lux Dei entwickeln. Religiöse und politische Unterweisungen standen daher ebenso auf dem Programm wie körperliche Ertüchtigung, Handarbeit und Werken. Darüber hinaus bot die Templerjugend begleitete Ausflüge an, die es den Kindern Arcadions erlaubten, einen Blick auf die Welt jenseits der Stadtmauern zu werfen.

Heute fand sich in der Stadt kaum jemand zwischen zehn und achtzehn, der nicht Mitglied in einer der zahlreichen Gruppen der Templerjugend war. Natürlich gab es Außenseiter wie Rajael, die sich in keine Gemeinschaft einfügen wollten. Eine Mitgliedspflicht existierte nicht. Die zahlreichen Vorteile, die eine Mitgliedschaft in der Templerjugend mit sich brachte – ganz zu schweigen von den Verbindungen, die sich für später knüpfen ließen –, waren allerdings sehr überzeugende Argumente dafür, sich der Organisation anzuschließen.

Carya jedenfalls bereute es nicht. Die Templerjugend hatte ihr ihren ersten und bislang einzigen Ausflug ans Meer ermöglicht. In der Gruppe hatte sie viel über die Geschichte und die Sehenswürdigkeiten von Arcadion gelernt. Und der regelmäßige Sport verlieh ihrem sich entwickelnden Körper eine Form, mit der sie durchaus zufrieden war, wenn sie sich abends im Spiegel betrachtete. Dass ihnen mit Ramin nun ein ausgesprochen fesch aussehender Gruppenführer vorstand, schien da nur noch ein kleiner Zusatzanreiz zu sein, wenn auch einer, der für Carya immer mehr an Bedeutung gewann.

Eine nahe Kirchenglocke schlug gerade zur dritten Nachmittagsstunde, als Carya die Stufen zum Eingang des Jugendhauses hinauflief. Vor dem silbernen Templeremblem neben der Tür, das die dreistrahlige Halbsonne mit dem Templerkreuz kombinierte, hielt sie kurz inne und strich sich mit dem Daumen der rechten Hand dreimal über die linke Brust. Anschließend trat sie ins Innere und eilte die knarrende, hölzerne Treppe hinauf zu dem Versammlungsraum im ersten Stock, aus dem bereits der Lärm zahlreicher Stimmen drang.

»Ah, Carya, endlich kommst du auch«, begrüßte Ramin sie, als er sie sah. Er stand in einer Gruppe aus zwanzig Kindern und Jugendlichen, die sich schwatzend im Raum drängten. Genau wie Carya trugen alle ihre Templerjugenduniform, bestehend aus einem dunkelblauen Unterteil, einem grauen Oberteil und einer Schärpe, in welche die Insignien des Lux Dei eingestickt waren. Ramins Schärpe wurde darüber hinaus von seinen Abzeichen als Gruppenführer und Schüler der Templerakademie geziert.

Beim Anblick seines markanten Kinns und der strahlend blauen Augen – ein eher ungewöhnliches Merkmal in Arcadion – beschleunigte sich Caryas Herzschlag unwillkürlich. Lächelnd und ohne ein Wort herauszubringen blieb sie vor ihm stehen.

Ramin runzelte die Stirn. »Geht es dir gut?«, fragte er.

Sag irgendwas, du blöde Kuh, schalt sich Carya innerlich, während sie gleichzeitig versuchte, das Grinsen, das zweifellos mit jeder Sekunde dämlicher wirkte, aus dem Gesicht zu scheuchen. »Ja, danke. Ich … ich freue mich auf den Ausflug.«

Ramin nickte zufrieden und schenkte ihr sogar ein kleines Lächeln. »Sehr gut. Ich bin mir sicher, er wird ausgesprochen interessant werden.« Er wandte sich von Carya ab und hob die Stimme. »In Ordnung, Gruppe! In Zweierreihe antreten und den Mund halten.«

Ramin musste seinen Befehl nicht wiederholen. Gehorsam verstummten alle und sammelten sich vor ihm.

Er straffte sich und blickte sie mit ernsten Augen an. »Wir werden heute den Dom des Lichts besuchen. Ich weiß, dass einige Jüngere von euch ihn das erste Mal von innen sehen. Da ich aus eigener Erfahrung sagen kann, was für einen überwältigenden Anblick dieses Bauwerk bietet, möchte ich euch hiermit vorwarnen. Ihr dürft schauen und staunen. Aber ich möchte kein

Glotzen sehen, kein Zeigen mit den Fingern, kein hektisches Tuscheln. Wir werden von einem Templer begleitet, der uns durch den Dom führt. Zeigt ihm, was ihr taugt! Zeigt ihm, dass wir uns durch nichts aus der Fassung bringen lassen. Wir erweisen dem Mann den ihm gebotenen Respekt und geben uns dem Bauwerk angemessen ehrfürchtig. Denkt daran!«

»Jawohl, Capo!«, antworteten die Kinder und Jugendlichen wie aus einem Mund.

»Ausgezeichnet.« Ramin wirkte zufrieden. »Dann lasst uns jetzt gehen. Wir werden erwartet. In Zweierreihe marsch.«

Carya und die anderen drehten sich auf dem Absatz um neunzig Grad nach rechts und bildeten so eine Marschkolonne. Carya hatte sich extra so gestellt, dass sie nun ganz vorne war, direkt hinter Ramin. Neben ihr stand ein Mädchen namens Marielle, eine schlaksige Sechzehnjährige mit Nickelbrille, die immer wieder durch ihr unglaubliches Gedächtnis überraschte, dafür aber ziemlich unsportlich war. Carya mochte sie weder besonders, noch störte sie sich an ihr. Sie gehörte eben zur Gruppe.

Zu zweit nebeneinander gehend verließen sie den Versammlungsraum und kurz darauf das Jugendhaus. Am Ufer des Tevere entlang, aber doch in gebotenem Abstand, wanderten sie in Richtung des weiter südlich gelegenen Ordensdistrikts von Arcadion, wo sich neben dem Dom des Lichts und der Engelsburg auch der Ratspalast und die Templerkaserne befanden.

Zu ihrer Rechten waren die Überreste der Schutzmauern zu sehen, die in den Dunklen Jahren und noch einige Zeit danach das Flussbett vom Rest der Stadt abgeschirmt hatten. Der Fluss, der mehrere Hundert Kilometer nordöstlich in den Bergen seinen Ursprung hatte, war damals nicht nur hochgiftig gewesen, sondern hatte auch Reststrahlung aus den Todeszonen nördlich von Arcadion in die Stadt geführt. Ein Umleiten des Flussbetts oder ein Stauen des Tevere hatte sich als unmöglich erwiesen. Dem Orden war nichts anderes übrig geblieben, als den Fluss und sein radioaktives Wasser, so weit es praktisch möglich gewesen war, von den Bewohnern der Stadt fernzuhalten.

Im Laufe der Jahre hatten Messungen ergeben, dass eine solche Abschirmung nicht länger notwendig war, und die hässlichen Sichtbarrieren waren abgerissen worden. Gebadet hätte Carya in dem brackig braungrünen Wasser deswegen trotzdem nicht.

Der Marsch dauerte nicht länger als eine halbe Stunde. Über eine Steinbrücke mit geschwungenen Bögen erreichten sie den Ordensdistrikt. Vor ihnen, am Ende der Brücke, erhoben sich die trutzigen Mauern der Engelsburg. Hier residierte der Hochmeister der Templer, des militärischen Arms des Lux Dei, zusammen mit seinen Beratern, Offizieren und der Purpurgarde, der zeremoniellen Eliteeinheit der Templer, die sich vor allem dem Schutz hoher Würdenträger und wichtiger Gebäude verschrieben hatte.

Irgendwie wirkte die Burg auf Carya immer wie ein ziemlich düsterer Ort. Daran änderten auch die großen weißgoldenen Banner mit den Zeichen der Templer und des Lux Dei nichts. Hätte sie es nicht besser gewusst, hätte sie die Engelsburg für ein Gefängnis gehalten. Vielleicht lag das auch daran, dass das wirkliche Gefängnis, das unweit des als Gerichtshof dienenden Tribunalpalasts im Osten der Stadt lag, der Burg so ähnlich sah.

Ihr Blick fiel auf Ramin, und sie bemerkte, dass er noch aufrechter und energischer ausschritt als zuvor. Innerlich schmunzelte sie. Ein junger Mann, insbesondere ein Schüler der Templerakademie, sah die Engelsburg natürlich mit ganz anderen Augen. Für ihn lag hinter diesen runden Mauern alles, was sich sein Herz ersehnte. *Nun, hoffentlich nur fast alles,* fügte sie in Gedanken hinzu.

Sie ließen die Burg zu ihrer Rechten und schritten über die breite Allee der Sterne dem imposanten Dom des Lichts entgegen. Der Kirchenbau war, wie Carya wusste, uralt. Schon Jahrhunderte vor dem Sternenfall hatte er als spirituelles Herzstück des Glaubens der alten Welt gedient. Der Dom hatte enorme Ausmaße, und während der schlimmsten Tage der Dunklen Jahre, jenen Tagen, an denen der Lux Dei entstanden war, um den Menschen den Weg zu weisen, hatte er Tausenden verängstigten Männern, Frauen und Kindern Schutz geboten. Vielleicht hatte eben dieser Umstand den Glauben der Menschen an den Dom des Lichts so stark gemacht, wie er heute war: dass seine festen Mauern nicht nur Heil für Körper und Seele versprachen, sondern dieses Versprechen auch eingelöst hatten, als die Not am größten gewesen war.

Ihre Gruppe erreichte den weitläufigen Platz vor dem Dom, der von hufeisenförmigen Arkaden umgeben war. Wie von selbst erwachte in Carya ein Gefühl der Ehrfurcht. Alles war groß an diesem Ort, schwer, machtvoll und erhaben. Natürlich besuchte sie den Dom nicht zum ersten Mal. Sowohl mit ihren Eltern als auch mit der Templerjugend war sie bereits hier gewesen. Die Wirkung, die das gewaltige kreuzförmige Bauwerk mit dem eindrucksvollen Kuppeldach auf sie ausübte, wurde dadurch jedoch nicht im Geringsten geschmälert.

Das Hauptportal des Doms war geschlossen. Es wurde nur für besondere Zeremonien geöffnet. An den Seiten daneben gab es allerdings kleinere Eingänge, durch die man zu jeder Tages- und Nachtzeit den Kirchenbau betreten konnte. Es gehörte zu den Grundpfeilern des Kodex des Lux Dei, dass der Dom den Bürgern von Arcadion jederzeit offen stehen sollte. Nur in ungewöhnlichen Ausnahmefällen, etwa bei der Wahl des neuen Ordensprimus, wurde die Öffentlichkeit ausgesperrt. Das hieß natürlich trotzdem nicht, dass jedem uneingeschränkt Zutritt gewährt wurde. Es gab Mönche, die sehr genau darauf achteten, dass keine Straßenkinder, Taugenichtse oder Störenfriede die Würde des Ortes verletzten.

Vor den Eingängen des Doms stand eine Einheit aus acht Templern der Purpurgarde. Die Männer allein waren sicherlich schon kräftige Kerle. Nur die Besten wurden zum Dienst in der Purpurgarde zugelassen. In ihren massiven Kampfanzügen wirkten sie jedoch geradezu riesenhaft. Sie waren fast zweieinhalb Meter groß, und die dicken Panzerplatten ihrer Ganzkörperrüstung erweckten den Eindruck, als könnten sie einer Kanonenkugel standhalten. Die purpurrote Lackierung der Rüstung glänzte in der Nachmittagssonne, und die weißgoldenen Insignienwimpel an den Schulterstücken wehten träge in der leichten Brise, die hier auf dem Platz herrschte.

Carya wusste, dass Männer wie diese, wenn auch in nicht ganz so prunkvollen Anzügen, an den Grenzen des Reichs gegen die Feinde des Ordens kämpften. Sie konnte sich nicht vorstellen, dass irgendjemand ihnen zu widerstehen vermochte.

»Wenn ich groß bin, werde ich auch in der Purpurgarde dienen«, flüsterte ein Junge hinter ihr seinem Nebenmann zu.

»Na klar«, spöttelte dieser. »Du Zwerg wirst denen höchstens die Rüstung polieren dürfen.«

»Halt's Maul, ich bin kein Zwerg«, empörte sich der erste.

»Schau mal in den Spiegel«, riet ihm der zweite.

Ramin wandte den Kopf zur Seite. »Ruhe da hinten!«, befahl er.

Sofort verstummten die beiden Streithähne.

Schweigend passierten sie die Wachen und betraten das Gebäude. Im Inneren war der Dom beinahe noch eindrucksvoller als von außen. Der ganze Kirchenbau schien aus einem einzigen, riesigen Raum zu bestehen. Er war so groß, dass ein kleines Dorf darin Platz gefunden hätte, und die Decke wölbte sich dermaßen hoch über ihren Köpfen, dass ein Dutzend Männer übereinander sie nicht erreicht hätten. Getragen wurde sie von gewaltigen, reich verzierten Säulen aus weißem Stein.

Im Zentrum des Doms konnte Carya den unter der Kuppel hängenden Baldachin sehen, unter dem der Ordensprimus des Lux Dei, auf einem reinweißen Thron sitzend, seine Gottesdienste abhielt. Die geschickte Anordnung der Fenster in der Kuppel oberhalb des Baldachins sorgte dafür, dass, wann immer draußen die Sonne schien, ein scharf gebündelter Lichtstrahl auf den Sitz des Ordensprimus fiel. Laut Kodex des Lux Dei handelte es sich dabei um das Licht Gottes, das dem Orden seinen Namen verliehen hatte und der Erleuchtung der Gläubigen diente.

»Jungtempler Ramin, ich freue mich, Sie zu sehen.« Eine Stimme zu ihrer Rechten riss Carya aus ihrem Staunen. Sie wandte den Kopf und sah zwei Männer näherkommen. Der eine war drahtig und hatte ein scharfkantiges Gesicht. Die Erfahrungen seines Lebens hatten tiefe Furchen in seinen Zügen hinterlassen, und sein dunkles Haar war von silbernen Strähnen durchzogen. Seine Haltung hingegen war aufrecht und sein Blick kein bisschen weniger wach als der seines jüngeren Begleiters, ein Mann Anfang zwanzig, der sein Assistent zu sein schien. Beide trugen schwarze Templeruniformen mit weißgoldenen Schärpen.

Carya hielt unwillkürlich den Atem an. Schwarz ... Bedeutete das nicht, dass sie zu den Schwarzen Templern gehörten, der Sondereinheit des Tribunalpalasts? War die Purpurgarde so etwas wie eine Ehrenformation, konnte man die Schwarzen Templer, die korrekterweise Garde des Tribunalpalasts genannt wurden, wohl am besten mit einer Geheimpolizei vergleichen. Ihre Aufgabe war es, sich um Gefahren zu kümmern, die Arcadion und dem Lux Dei von innen drohten: Häretiker, Dissidenten und, wie manche munkelten, Invitros.

Was machen zwei Mitglieder der Schwarzen Templer hier?, fragte sich Carya.

Ramin neben ihr schien nicht weniger überrascht zu sein. »Inquisitor Loraldi, Euch hatte ich hier nicht erwartet. Ich war mit Templer Matteas verabredet.«

»Templer Matteas ist verhindert« erklärte Loraldi kurz angebunden. Dann jedoch legte er Ramin plötzlich väterlich eine Hand auf die Schulter und lächelte. »Aber als er mir erzählte, dass der Neffe von Großmeister Artamnon mit seiner Templerjugendgruppe kommt, um den Dom des Lichts zu besuchen, habe ich beschlossen, es persönlich auf mich zu nehmen, die jungen Leute herumzuführen.«

Ramin blinzelte. »Ich … ich fühle mich geehrt, Inquisitor.«

»Ach, nicht der Rede wert.« Loraldi machte eine wegwerfende Geste. »Jeder von uns dient dem Orden doch gelegentlich auch über die ihm zugewiesene Aufgabe hinaus. Sie selbst sind das beste Beispiel. Mein Adjutant hat mir schon viel von Ihnen erzählt. Sie ragen unter den Schülern an der Akademie heraus, heißt es. Und dann haben Sie in Ihrer knappen Freizeit noch diese Jugendgruppe übernommen. Ich bin stolz auf Sie.«

»Danke, Inquisitor.« Ramin blickte zu Loraldis Begleiter hinüber, der nicht viel älter war als er selbst, aber seiner Uniform zufolge bereits ein vollwertiger Templer und entweder Tutor oder gar Ausbilder an der Akademie. »Und auch Euch danke ich, Signore.«

Der Angesprochene nickte knapp.

Obwohl der junge Mann sich Mühe gab, einen neutralen Gesichtsausdruck zu wahren, hatte Carya den Eindruck, als wäre er lieber woanders. Irgendwie passte er auch überhaupt nicht in die schwarze Uniform. Natürlich war er breitschultrig und durchtrainiert, wie man es von den Templern der Sondereinheiten erwartete. Aber auf seinen Zügen fehlte der Ausdruck soldatischer Härte, den man auf den Gesichtern vieler anderer Templer fand. Vielleicht lag es auch nur daran, dass er noch so jung war. Carya bezweifelte, dass er schon viele Kämpfe gesehen hatte.

In diesem Moment richteten sich seine dunklen Augen auf sie.

Ein Kribbeln wie von einem elektrischen Schlag durchfuhr Carya. *Oh Gott, ich habe ihn angestarrt,* erkannte sie. *Wie peinlich.* Rasch schaute sie zu Boden.

»Also schön«, sagte der Inquisitor unterdessen. »Dann wollen wir mit unserer Führung beginnen. Ich bin mir sicher, dass ihr die Geschichten, die sich um den Dom des Lichts ranken, ausgesprochen faszinierend finden werdet. Wenn ihr mir folgen möchtet.«

»Was hältst du von ihm?«, fragte Marielle flüsternd, während sie den Männern tiefer in den gewaltigen Innenraum des Kirchenbaus folgten.

»Von wem?«, wollte Carya wissen.

Marielle deutete mit dem Kopf. »Dem Templer.«

»Was soll ich von ihm halten?«

»Meinst du nicht auch, dass er in seiner Uniform ordentlich was hermacht?«

»Geht so«, sagte Carya.

Vor ihnen hob Ramin warnend einen Zeigefinger. Er drehte sich nicht um und sagte auch nichts, um den Inquisitor nicht zu unterbrechen, der sich gerade über die Größe des Doms ausließ. Doch Carya verstand ihn auch so. Marielle und sie verstummten.

Geht so, wiederholte Carya in Gedanken. Sie warf dem jungen

Mann verstohlen einen erneuten Blick zu. Mit Sicherheit trat er nicht so schneidig auf wie Ramin. Und er besaß auch nicht dessen strahlend blaue Augen. Und dennoch war da dieses Prickeln gewesen, das sie verspürt hatte, als sich ihre Blicke begegnet waren. Konnte das etwas bedeuten?

Ha, denk gar nicht drüber nach, empfahl ihr eine innere Stimme. *Du hast es ja noch nicht mal geschafft, einen Templerschüler auf dich aufmerksam zu machen. Ein richtiger Ritter und auch noch ein Mitglied der Garde des Tribunalpalasts ist doch etwas außerhalb deiner Liga.*

Carya gratulierte sich lautlos zu so viel Einsicht. Sie hob den Kopf und richtete ihre Aufmerksamkeit wieder auf Inquisitor Loraldi und seine Ausführungen. Sie waren hier, um den Dom des Lichts kennenzulernen, nicht irgendwelche jungen Templer. Außerdem musste sie zuhören, wenn sie Ramin auf dem Heimweg mit ihrem Wissen beeindrucken wollte. Und genau das hatte sie vor.

KAPITEL 4

Die Führung durch den Dom des Lichts zog sich hin. Inquisitor Loraldi war ein Mann von enormem Kenntnisreichtum, und er schien bestrebt, der Templerjugendgruppe an diesem Nachmittag so viel von seinem Wissen zu vermitteln wie nur irgend möglich.

Jonan nahm diesen Umstand mit Gleichmut hin. Er war hier, weil es als zeitweiliger Adjutant des Inquisitors seine Aufgabe war, nicht weil er sich darum gerissen hätte.

Viele junge Templer wie er nutzten die Möglichkeit, sich bei einem älteren Ritter, Priester oder Inquisitor anzudienen, um von ihm zu lernen und von seinem Einfluss zu profitieren. Im Grunde war solcherlei Karrierestreben Jonan zuwider, aber wie bei vielen Dingen, die mit den Templern zusammenhingen, hatte er auch die Entscheidung, für Inquisitor Loraldi zu arbeiten, nicht ganz ohne Berücksichtigung äußerer Umstände treffen können.

Es hatte nicht nur Vorteile, wenn der eigene Vater eine hohe Position im Stadtrat von Arcadion bekleidete. Genau genommen hatte es sogar ausgesprochen wenig Vorteile. Wäre Stadtrat Estarto ein Mann mit geringeren Prinzipien gewesen und Jonan ein missratener Sohn, hätte sich aus der Macht, die Jonans Vater zu Gebote stand, sicher einiges an Annehmlichkeiten ziehen lassen. Doch

Lucian Estarto gehörte der alten Garde an. Er hatte die Dunklen Jahre erlebt und sich alles, was er heute besaß, hart erkämpft. Zu Jonans Bedauern wurde er niemals müde, dies zu betonen, wann immer Jonan den Fehler machte, sich über irgendetwas zu beklagen.

Sich den Respekt des alten Mannes zu verdienen war keine leichte Aufgabe. Doch Jonan kämpfte weiter darum. Der unterschwellig brodelnde Zorn auf seinen Vater und der Wunsch, ihm zu beweisen, dass auch er sich in der Gesellschaft von Arcadion behaupten konnte, halfen ihm dabei. Seine bisherigen Erfolge konnten sich sehen lassen. Kein Absolvent der Templerakademie war jemals so schnell in die Ränge der Garde des Tribunalpalasts aufgenommen worden wie Jonan.

Doch der Preis des Erfolges waren unliebsame Pflichten wie das Begleiten eines Inquisitors, der sich bei dem Neffen eines Großmeisters einschmeicheln wollte, bei einer langweiligen Führung durch den Dom des Lichts.

Jonan unterdrückte ein Seufzen. Zum Glück hatte ihn die Templerakademie im Laufe endloser Drills und Aufmärsche eines gelehrt: wie man stundenlang herumstand und pflichtschuldig dreinblickte, ohne respektlos zu wirken.

Schließlich hatte Loraldi seine Ausführungen beendet und verabschiedete sich von Ramin, der sichtlich an seinen Lippen gehangen hatte. Die Templerjugendgruppe entließ der Inquisitor mit einem wohlwollenden Nicken.

Beiläufig ließ Jonan seinen Blick über die Jugendlichen schweifen. Er konnte kaum glauben, dass es schon wieder vier Jahre her war, seit er mit achtzehn seine eigene Gruppe verlassen hatte, um an die Akademie zu gehen. Und auch seine Akademiezeit lag inzwischen ein Jahr zurück. *Die Zeit vergeht wie im Fluge,* dachte er.

Ihm fiel auf, dass ihm das Mädchen mit den langen dunklen Haaren erneut verstohlene Blicke zuwarf. Schon zu Beginn der Führung hatte sie ihn so seltsam angeschaut. Nur einen kurzen Moment hatten sich ihre Blicke gekreuzt, bevor sie die Augen niedergeschlagen hatte. Doch in dieser einen Sekunde hatte es ihn wie ein Blitz durchfahren. Es war ein merkwürdiges Gefühl gewesen.

So etwas hatte er erst drei- oder viermal erlebt: dass sein Blick sich im Vorübergehen auf der Straße oder auf einem Fest vollkommen zufällig mit dem einer jungen Frau kreuzte und dass in diesem flüchtigsten aller denkbaren Momente eine Intensität gelegen hatte, die ihn noch Tage später beschäftigen sollte. Natürlich war er keiner der Frauen jemals wiederbegegnet. Umso mehr hatte ihn die Frage geplagt, was wohl geschehen wäre, wenn er die Gelegenheit beim Schopfe gepackt und seine Zufallsbekanntschaft angesprochen hätte.

Aber so war Jonan nicht. Das unterschied ihn von seinem Kameraden Lucai, der keinen Rock verschmähte, wenn er vor seinen Augen verführerisch junge, schlanke Beine umschmeichelte. Auch das Mädchen mit den langen dunklen Haaren hatte schöne Beine, zumindest nach dem zu urteilen, was davon zwischen knielangem, blauem Rocksaum und grauen Strümpfen zu sehen war.

Reiß dich zusammen!, wies er sich zurecht und richtete den Blick wieder starr geradeaus ins Leere. *Du bist im Dienst, sie ist noch ein halbes Kind, und ganz abgesehen davon wirst du sie nie wiedersehen – genau wie die anderen.*

Ihm war klar, dass es durchaus in seiner Macht stand, das zu verhindern. Immerhin wusste er, dass sie der Templerjugendgruppe von Ramin angehörte. Doch er würde sich hüten, dort jemals auf der Schwelle zu stehen. Es gehörte sich einfach nicht. Und wenn es die Runde machte, dass ein Ritter der Garde des Tribunalpalasts einem jungen Ding nachstellte, das Mitglied in der Jugendorganisation des Lux Dei war, würde das nicht nur Jonans Ruf beschädigen, sondern auch den des Ordens, dem zu dienen er geschworen hatte.

Also nickte er einfach nur, als Ramin sich von Loraldi und ihm verabschiedete, und sah dann mit steinerner Miene zu, wie der Jungtempler mit seinen Schützlingen zum Ausgang des Doms marschierte. Das Mädchen mit den langen dunklen Haaren schaute sich nicht noch einmal um.

»Gehen wir«, befahl der Inquisitor.

»Jawohl, Signore«, bestätigte Jonan.

»Das war unterhaltsam«, befand Loraldi, während sie den Dom des Lichts verließen und den weiten Vorplatz überquerten, um zu ihrer Kutsche zu gelangen. »Ich schaue gern auf die neue Generation, die ohne die seelische Last der Dunklen Jahre aufwächst. Sie ist so frisch und begeisterungsfähig. Man merkt geradezu, wie es sie danach verlangt, unser aller Traum von Arcadion mit Herz und Hand zu befördern. Und ich spreche nicht von dem, was wir bis heute erreicht haben, sondern davon, was wir noch alles erreichen könnten.«

»Ich verstehe, was Sie meinen«, antwortete Jonan. Das war in der Tat der Fall. Loraldi sprach es nicht offen aus, aber im Grunde ging es um nichts anderes als die Tatsache, dass die heutige Templerjugend – und das hatte bereits für Jonan gegolten – eine Generation junger Bürger war, die von Kindes Beinen an im Sinne des Lux Dei erzogen worden war und dessen Ideologie förmlich mit der Muttermilch aufgesogen hatte.

Jonan wusste, in was für einer Welt er lebte. Die liebsten Schäfchen waren den Priestern des Ordens stets jene, die sich ohne Widerspruch in die bestehende Ordnung einfügten. Für diese sorgten sie, denn diese waren es, die ihnen Macht und dem Lux Dei sein Fundament verliehen. Abweichler – Andersgläubige, Störenfriede und Invitros – waren bei den Herren von Arcadion dagegen deutlich weniger gut gelitten. Nicht zuletzt die Existenz der Schwarzen Templer bewies das sehr deutlich.

Sie erreichten ihre Kutsche, ein edles, nachtschwarzes Gefährt aus blank poliertem Metall, das von zwei Rappen gezogen wurde, gaben dem Kutscher Befehl, sie zum Tribunalpalast zurückzubringen, und stiegen ein. Die beiden Männer ließen sich auf den bequemen Polsterbänken nieder, und ruckelnd setzte sich die Kutsche in Bewegung.

Da sich Loraldis Mitteilungsbedürfnis offensichtlich erschöpft hatte und Jonan den Inquisitor von sich aus niemals in ein zwangloses Gespräch verwickelt hätte, verbrachten sie die Fahrt durch die Innenstadt schweigend. Jonan blickte durch die Glasscheibe der Kutsche nach draußen und beobachtete die Menschen auf den Straßen.

Jonans Großvater hatte ihm mal erzählt, dass Kutschen dieser Art früher, vor dem Sternenfall, als die Menschen Ressourcen aller Art noch mit vollen Händen verschleudern konnten, aus eigener Kraft gefahren waren, ganz ohne Pferdegespann. Auch heute gab es noch vereinzelte Motorwagen, aber ihr Besitz war den höchsten Würdenträgern der Stadt sowie den Rettungsbrigaden und der Kriegsmaschinerie der Templer vorbehalten, denn der Treibstoff, den diese Gefährte benötigten, war ein rares Gut in diesen Tagen. Und das galt nicht nur für Treibstoff, wenn Jonan sich die Auslagen der Händler und die Schaufenster der Läden in den Straßen anschaute.

Aber was bringt es, darüber zu brüten?, dachte Jonan. *Wir können unsere Lage nur verbessern, indem wir beständig dafür kämpfen. Genau das tun die Templer. Deshalb diene ich in ihren Reihen! ... Oder so ähnlich.* Er seufzte innerlich.

Der Tribunalpalast war ein gewaltiges quadratisches Bauwerk mit weiß getünchten Steinwänden und hohen, vergitterten Fenstern. Mächtige Rundsäulen und Dreiecksgiebel verliehen seiner Fassade das Aussehen eines uralten Tempels. Das bedeutete jedoch nicht, dass sich die hinter seinen Mauern wirkenden Inquisitoren für Götter hielten. Der Lux Dei verabscheute derartige Hybris. Es handelte sich schlicht um ein uraltes Gebäude aus einer Zeit lange vor dem Sternenfall, in der solch ein Baustil sehr beliebt gewesen war.

Sie fuhren unter dem Ordensbanner hindurch, das über dem Eingangsportal des Palasts hing. Zwei Templer, deren klobige Kampfanzüge den Rüstungen ihrer purpurnen Brüder an Wehrhaftigkeit um nichts nachstanden, hielten zur Linken und zur Rechten Wache. Sie schienen von der Kutsche keinerlei Notiz zu nehmen, aber natürlich stimmte das nicht. Den Wachen entging nichts.

Als sie den Innenhof des Tribunalpalasts erreichten, fiel Jonan sofort der schwarze Motorwagen ins Auge, der vor dem Eingang parkte. Er hatte elegante Linien und getönte Scheiben, die den Blick ins Innere des Wagens verhinderten. Jeder Zentimeter des Fahrzeugs zeugte von der Macht und dem Einfluss seines Besitzers. Im Tribunalpalast gab es nur einen Mann, der solch ein Gefährt besaß.

»Sehen Sie, Signore«, sagte Jonan und deutete aus dem Fenster. »Großinquisitor Aidalon ist zurück.« Gerüchten zufolge war er zu geheimen Gesprächen am Hof des Mondkaisers gewesen, was allerdings aus naheliegenden Gründen niemand offiziell bestätigt hatte. Im Norden des Reichs kämpften nach wie vor Ordenseinheiten gegen die Truppen des Kaisers.

»Ah, hervorragend.« Loraldis ernste Miene hellte sich auf. »Dann werde ich gleich mal schauen, ob ich noch heute eine Audienz bei ihm bekomme. Es gilt, einige Dinge zu besprechen.« Er nickte Jonan zu. »Sie können gehen, Jonan. Für heute ist der Dienst vorbei. Möchten Sie die Kutsche nehmen, um zur Kaserne zurückzufahren?«

»Nein, danke«, entgegnete Jonan. »Ich laufe. Das macht mir nichts aus. Es ist ja nicht weit.«

Genau genommen lag die Templerakademie, an die auch die Kaserne der Tribunalpalastgarde angeschlossen war, nur einen Fußmarsch von kaum zehn Minuten entfernt, aber Jonan wusste, dass der Inquisitor ihm die Kutsche nicht angeboten hatte, um seine Füße zu schonen. Es war eine Frage des Prestiges, in der Kutsche eines Inquisitors unterwegs sein zu dürfen. Dass Loraldi ihm dieses Angebot unterbreitete, zeugte davon, dass er mit dem heutigen Tag zufrieden war. Oder dass er sich auch mit dem Sohn von Stadtrat Estarto gut stellen wollte, obschon er derlei als Inquisitor von nicht unbeträchtlichem Ansehen eigentlich nicht nötig hatte.

So oder so schien ihm nicht bewusst zu sein, dass die Inquisitoren unter den meisten Templersoldaten – selbst den Angehörigen der Schwarzen Templer – einen eher fragwürdigen Ruf besaßen. Selbstverständlich war es eine Ehre, in der Garde des Tribunalpalasts dienen zu dürfen. Allerdings hieß das nicht, dass die Soldaten auf eine Verbrüderung mit ihren geistlichen Anführern erpicht waren.

»Wie Sie wünschen«, sagte Loraldi. Wenn er verärgert darüber war, dass Jonan sein Angebot ausgeschlagen hatte, zeigte er es nicht.

Die beiden Männer stiegen aus der Kutsche und verabschiedeten sich. »Wir sehen uns morgen früh wieder.«

Jonan neigte den Kopf. »Einen guten Abend, Signore.«

»Guten Abend, Templer Estarto.«

Strammen Schrittes marschierte Jonan über den Hof und durch das Tor des Tribunalpalasts hinaus auf die Straße. Es war später Nachmittag, und man konnte viele Bürger auf dem Weg nach Hause sehen. Die meisten gingen zu Fuß oder fuhren mit dem Rad. Ochsen, Esel oder Pferde waren der Hygiene wegen nur vor Kutschen und Karren erlaubt und auch das nur vor Gefährten, die zu schwer waren, um von einem gesunden Mann gezogen oder geschoben zu werden.

In den letzten Jahren tauchten zunehmend Fahrzeuge auf den Straßen auf, die über komplizierte Zahnradkonstruktionen durch Muskelkraft oder mithilfe von Bleiakkumulatoren angetrieben wurden. Natürlich hielten sie keinem Vergleich mit einem echten Motorwagen stand. Die meisten davon stammten aus den Werkstätten unermüdlicher Erfinder und waren so unpraktisch in der Handhabung, dass es für Menschen, die größere Mengen an Waren zu transportieren hatten, einfacher war, sich ein paar Zugtiere zu halten.

Nichtsdestoweniger existierten sie, und eines von ihnen, ein schickes Fahrzeug mit eleganter Passagierkabine, das von vier kräftigen Pedalisten in einheitlichen Trikots angetrieben wurde, setzte sich neben Jonan, kaum dass er ein paar Meter die Straße hinuntergegangen war.

Das Seitenfenster wurde geöffnet, und eine Männerstimme war zu hören. »Jonan! He, Jonan!«

Er wandte den Kopf und verzog im Geiste die Miene. *Auch das noch. Mein Vater.* Als wäre der Tag an der Seite von Inquisitor Loraldi nicht schon anstrengend genug gewesen.

»Steig ein, mein Sohn«, sagte sein Vater. »Ich nehme dich mit zur Kaserne.«

Jonan begann sich zu fragen, ob er wohl irgendwie müde oder fußlahm wirkte. Nun bot ihm schon zum zweiten Mal binnen weniger Minuten jemand an, die kurze Strecke zur Kaserne in einem Fahrzeug zurückzulegen. Allerdings konnte er sich seinem Vater nicht so gut verweigern wie Inquisitor Loraldi. Die meisten Angebote oder Bitten aus dem Mund von Stadtrat Estarto waren nämlich in Wirklichkeit Befehle, die keinen Widerspruch duldeten.

Lautlos seufzend kam Jonan der Aufforderung nach und stieg zu dem Mann in den Fond des Fahrzeugs.

Lucian Estarto war von kräftiger Statur und füllte seine Hälfte des Wagens mit dem raumgreifenden Selbstbewusstsein des erfolgreichen Politikers. Das Schwarz seiner Haare wies deutliche Spuren von Eisengrau auf, und sein braungebranntes Gesicht war so zerfurcht wie die ausgetrockneten Einöden am Südrand der Einflusssphäre des Lux Dei.

Während die vier Bediensteten in die Pedale traten, hob Estarto das Kinn und schaute Jonan mit diesem Blick an, den er immer aufsetzte, wenn er etwas über das Leben und die Leistungen seines Sohnes wissen wollte. Jonan fühlte sich bei solchen Gesprächen stets wie auf dem Prüfstand, so, als müsse er jedes Mal aufs Neue das Recht erstreiten, sich Estartos Sohn nennen zu dürfen.

»Wie läuft es an der Seite von Inquisitor Loraldi?«, fragte Jonans Vater, nachdem sie sich etwa zehn Sekunden lang angeschwiegen hatten.

»Es geht so«, erwiderte Jonan einsilbig. Eigentlich hatte er überhaupt keine Lust darauf, seinem Vater Rede und Antwort zu stehen.

»Ist er zufrieden mit dir?«

»Ja. Er hat mir heute seine Kutsche angeboten. Vielleicht hätte ich sie nehmen sollen.« Jonan sah seinen Vater herausfordernd an.

»Du bist immer noch wütend auf mich, weil ich dir nahegelegt habe, das Angebot, in die Garde des Tribunalpalasts einzutreten, anzunehmen«, stellte sein Vater fest.

So konnte man den Abend, an dem sie über Jonans weitere Laufbahn gesprochen hatten, natürlich auch beschreiben.

»Ich versuche, nicht mehr daran zu denken, sondern nach vorne zu blicken«, entgegnete Jonan.

Sein Vater nickte. »Das ist gut. Denn dir ist hoffentlich klar, dass ich das alles nicht getan habe, um dich wütend zu machen. Ich habe im Laufe meines Lebens schon einiges an Erfahrung gesammelt. Ich kenne die Regeln, nach denen sich das Leben in Arcadion abspielt. Daher glaubst du mir sicher, wenn ich sage, dass es eine kluge Entscheidung war, bei der Tribunalpalastgarde einzutreten. Und ebenso klug ist es, sich Loraldis Wohlwollen zu erarbeiten. Dieser Mann weiß, wie man sich Freunde in wichtigen Positionen macht. Solange sein Stern im Steigen begriffen ist, solltest du dicht bei ihm bleiben.«

»Du wiederholst dich, Vater«, versetzte Jonan. Er hatte diese Litanei schon so oft zu hören bekommen, dass er sie förmlich auswendig kannte.

Sein Vater beugte sich vor und sah ihn ernst an. »Und ich werde mich auch weiterhin wiederholen, bis du mir endlich zuhörst. Es genügt nicht, dass du meinen Anordnungen widerwillig

Folge leistet, Sohn. Du musst anfangen zu begreifen, was um dich herum geschieht. Arcadion ist nicht das Paradies, als das es uns der Lux Dei verkaufen will. Das war es nie. Aber es ist das Einzige, was wir haben, das Einzige, was uns vor einem elenden Dasein draußen in der Wildnis bewahrt. Deshalb muss das System fortbestehen.«

»Auch das brauchst du mir nicht zu erzählen, Vater. Ich bin schließlich nicht dumm.«

Stadtrat Estarto lehnte sich lächelnd auf seinem Platz zurück. »Nein, das bist du nicht. Du bist mein Sohn.« Das Lächeln verblasste. »Und genau deshalb möchte ich dich warnen. In Systemen wie dem des Lux Dei gibt es nur zwei Sorten von Menschen: Herrscher und Diener. Die Herrscher verfügen über eine Macht, die sie vor vielem beschützt, das einem normalen Menschen zum Problem werden könnte. Die Diener dagegen sehen sich der ständigen Gefahr ausgesetzt, zum Opfer zu werden, wenn das System Opfer fordert. Denk mal darüber nach. Dann verstehst du meine Beweggründe vielleicht besser.«

Mit einem sanften Rucken kam ihr Gefährt zum Stehen. Jonan blickte durch die Scheibe und sah, dass sie die Kaserne der Templer erreicht hatten. Er wandte sich ein letztes Mal seinem Vater zu. »Wie gesagt, Vater: Ich bin nicht dumm. Womöglich verstehe ich deine Beweggründe besser, als du glaubst. So frage ich mich etwa, was dir mehr Sorge bereitet: dass *ich* ein Opfer des Systems werden könnte oder dass *du* unter die Räder kommst, wenn ich meine Pflicht nicht wie erwartet erfülle?«

Ohne seinem Vater die Gelegenheit zu geben, darauf zu antworten, öffnete er die Tür des Wagens, stieg aus und schlug sie hinter sich zu. Er nickte den vier Pedalisten zu, die geduldig wie

Vieh auf den Befehl zur Weiterfahrt warteten. Dann setzte er seine Mütze auf, zog die Uniformjacke straff und marschierte auf den Eingang der Kaserne zu.

Irgendwie war er in der Stimmung, auf dem Übungsparcour ein paar Sperrholzsizilier niederzumachen.

KAPITEL 5

Zwei Tage später hatte Caryas Mutter am Mittagstisch Trauriges zu verkünden: »Wusstet ihr, dass die Garibaldis beide gestern Nacht gestorben sind?«

Die Garibaldis waren ein Ehepaar um die sechzig, das ein Haus weiter gewohnt hatte.

»Beide gleichzeitig?«, fragte Carya erschrocken. Sie hatte nie viel mit ihnen zu tun gehabt, aber wenn sie sich auf der Straße über den Weg gelaufen waren, hatten sie einander stets freundlich gegrüßt. »Wie konnte das denn passieren? Gab es einen Unfall?«

»Anscheinend«, erwiderte ihre Mutter. »Es heißt, die Heizungsanlage der Wohnung sei schadhaft gewesen. Dabei sei Gas ausgetreten und habe sie vergiftet. Sie sind beide im Schlaf gestorben.«

Carya machte ein betroffenes Gesicht. »Wie furchtbar.«

»Hm. Ja«, brummte ihr Vater. »Vielleicht hätten sie etwas vorsichtiger sein sollen.« Er sah aus, als wolle er noch mehr sagen, aber er verstummte. Irgendwie hatte Carya den Eindruck, dass er mit seinen Worten nicht den Umgang der Garibaldis mit ihrer Heizung gemeint hatte.

»Was willst du damit sagen?«, fragte sie.

Ihr Vater antwortete nicht.

»Es gab doch solche Gerüchte«, antwortete stattdessen ihre Mutter mit bekümmerter Miene.

»Was für Gerüchte meinst du?« Mittlerweile war Carya völlig verwirrt.

Ihre Mutter warf einen verstohlenen Blick zu ihrem Vater hinüber.

»Dass die Garibaldis beide Invitros waren«, sagte dieser. Er fuhr in einer unwilligen Geste mit der Hand durch die Luft. »Reden wir nicht mehr darüber. Das ist kein Gesprächsthema für den Mittagstisch. Es war ein tragischer Unfall – und damit basta.«

Ganz so leicht wie ihr Vater konnte Carya über diese Neuigkeit allerdings nicht hinweggehen. Unwillkürlich fragte sie sich, ob der Tod der beiden älteren Leute vielleicht gar kein Unfall gewesen war. Man hörte zwar nicht sehr oft davon, allerdings war es schon vorgekommen, dass Menschen künstlicher Herkunft von religiösen Eiferern umgebracht worden waren.

Insofern verhielten sich die Invitros, die jemandem ihr Geheimnis verrieten, ziemlich leichtsinnig. Sie mussten damit rechnen, dass es ausgeplaudert würde – und wenn auch nur versehentlich. Dass viele Leute wie Signora Bacchettona dachten und die Künstlichen lieber heute als morgen von Gottes Erde getilgt sähen, war doch allgemein bekannt.

Schweigend beendeten sie ihr Mahl. Anschließend machte Carya ihre Schulaufgaben, und gegen drei verließ sie das Haus, um sich wie verabredet mit Rajael zu treffen.

Sie lief die Straße hinauf zu Rajaels Wohnhaus und läutete an der Tür.

»Komm rein«, drang die Stimme ihrer Freundin aus der Gegensprechanlage.

Carya öffnete die Tür und trat in das Treppenhaus. Der Boden war mit schmutzigbraunen Steinfliesen bedeckt und die Decke so hoch, dass man eine Leiter brauchte, um die Glühbirnen des hässlich verschnörkelten Metalllüsters auszuwechseln, der dem Raum Licht spendete.

Eilig erklomm Carya die ausgetretenen Holzstufen der Treppe. Rajael wohnte im fünften Stock, in einem Zimmer direkt unterm Dach, und obendrein musste man an der Wohnung der mürrischen Signora Casparone vorbei, Rajaels Vermieterin. Die alte Dame beobachtete sehr kritisch, wer dort oben ein und aus ging. Auf Carya war sie aus irgendeinem Grund nicht gut zu sprechen, auch wenn diese nicht den leisesten Schimmer hatte, was sie ihr angetan haben könnte. Entsprechend wurden ihre Besuche bei Rajael meist von irgendeinem unwirschen Kommentar begleitet. Es war nicht die Art herzlicher Begrüßung, die man sich wünschte, wenn man eine Freundin besuchte.

Heute hatte Carya Glück. Die Tür zu Signora Casparones Wohnung war geschlossen, als sie den vierten Stock passierte. Offenbar befand sich Rajaels Vermieterin außer Haus. Oder sie fühlte sich nicht wohl und verbrachte den Tag seufzend auf der Couch im Wohnzimmer. Auch das kam vor. Letztlich kümmerte es Carya nicht. Sie war dankbar für jede kleine Freude, die ihr im Alltag zuteil wurde.

Die Tür zu Rajaels Dachkammer stand offen, als Carya eintraf. »Ich bin gleich fertig«, hörte Carya die Stimme ihrer Freundin hinter einem Wandschirm aus hellem Stoff hervordringen. Rajael hatte ihn aufgestellt, um den Bereich des Zimmers abzutrennen, in dem sie sich umkleidete und wusch. Carya verstand nicht ganz, wozu ihre Freundin einen solchen Sichtschutz benötigte. Schließlich lebte sie allein, und das Zimmer wirkte nur noch beengter durch die Teilung.

Andererseits war beengt vielleicht der falsche Ausdruck. Eigentlich haftete dem Raum, so klein er war, etwas ausgesprochen Heimeliges und Behagliches an. Mit seiner Dachschräge, der Schlafcouch, den Sitzkissen, den dicken Kerzen auf dem Tisch unter dem Fenster und den vielen dunklen alten Regalen voller Bücher und persönlichen Habseligkeiten fühlte man sich in Rajaels Heim fast wie in der gut ausgepolsterten Wohnhöhle irgendeines kleinen Pelztiers. Ein wenig beneidete Carya die Freundin um ihr Reich, auch wenn es nur wenige Quadratmeter maß und in den Augen vieler anderer eine Rumpelkammer sein mochte, in der es im Winter zu kalt und im Sommer zu heiß wurde.

An einer Wand hing ein Foto, das einen hageren, ernst dreinblickenden Mann und eine rundliche Frau mit freundlichen Augen zeigte. Beide trugen weiße Kittel und standen vor der Backsteinmauer irgendeiner Fabrik. Bei den Abgebildeten handelte es sich um Rajaels Eltern. Die Aufnahme war kurz vor ihrem Tod entstanden.

Mit einem Lächeln tauchte Rajael hinter dem Wandschirm auf. »Fertig«, sagte sie.

Carya fiel auf, dass ihre Freundin sich hübsch gemacht hatte. Ihr Haar sah frisch gewaschen aus, Wimperntusche betonte ihre dunklen Augen, und sie trug eine Bluse, die Carya noch nie zuvor an ihr gesehen hatte. Damit wirkte sie zwar nicht, als wolle sie auf einen abendlichen Ball gehen, aber für einen Ausflug in die Stadt erschien es doch ungewöhnlich.

»Hast du heute noch etwas vor?«, fragte Carya sie neckend.

Rajael hob vielsagend die Augenbrauen. »Nicht nur ich. Du auch. Wir werden Tobyn treffen. Er würde dich gern kennenlernen.«

»Tobyn?« Carya riss überrascht die Augen auf. »Ist das dein Freund?«

»Genau«, bestätigte Rajael.

»Aber wieso hast du mir vorher nichts davon gesagt? Wie sehe ich denn aus?« Carya blickte an sich herab auf ihre Kleidung.

Ihre Freundin legte ihr den Arm um die Schultern. »Du siehst gut aus – zumindest gut genug.« Sie zwinkerte Carya zu. »Wir wollen doch nicht, dass Tobyn auf einmal nur Augen für dich hat.«

»Was redest du für einen Unsinn?«, entgegnete ihr Carya. »Warum sollte er sich auch nur im Geringsten für mich interessieren?«

Rajael ließ sie los und schüttelte lächelnd den Kopf. »Stell dein Licht nicht unter den Scheffel. Ich kann mir keinen Mann in Arcadion vorstellen, der nicht dein Haar bewundert und sich wünscht, erleben zu dürfen, wie du es offen trägst. Und auch sonst bist du keine graue Maus, selbst wenn du dich in der Schule so kleidest.«

»Ich trage die gleiche Schuluniform wie alle«, beschwerte sich Carya, die sich nicht entscheiden konnte, wie sie auf Rajaels Kunststück reagieren sollte, sie zugleich zu loben und zu beleidigen.

»Die dich in eine graue Maus verwandelt«, beharrte ihre Freundin. »Aber womöglich ist das bei all den unreifen Jüngelchen, die dort herumlaufen, nicht die schlechteste Tarnung. Lass uns nicht weiter darüber streiten. Ich wollte dich doch nur ein wenig aufziehen. Ganz gleich, wie du aussehen magst: Tobyn wird dich sicher nicht nach deinem Äußeren beurteilen. So einer ist er nicht.«

»Na schön«, lenkte Carya ein. »Ich will dir glauben. Also komm, treffen wir deinen Tobyn. Aber auf dem Weg will ich noch ein paar Einzelheiten über ihn wissen. Dich kann ich schließlich hemmungslos ausfragen, ohne unhöflich zu wirken.«

Rajael lachte. »Das bin ich dir wohl schuldig.«

»Also, wo soll ich anfangen?«, fragte Rajael, während Carya und sie untergehakt in die Innenstadt hinuntermarschierten.

»Vorne natürlich«, gab Carya zurück. »Wann und wie habt ihr euch kennengelernt?«

»Wir kennen uns jetzt seit ein paar Wochen«, antwortete Rajael. »Wir sind uns auf dem Markt begegnet, drüben am Barberini-platz. Ich wollte gerade Tomaten und Kartoffeln einkaufen, als so ein kleiner Taschendieb versucht hat, mir meine Geldbörse zu stehlen. Dummerweise ist er auf der Flucht direkt in Tobyn hineingerannt. Pech für ihn, Glück für mich.« Caryas Freundin grinste.

»So einfach war das?« Carya konnte es kaum fassen. Ramin war nun schon drei Monate Führer ihrer Templerjugendgruppe, und sie hatten bislang kaum mehr als ein paar Worte gewechselt.

Rajael zuckte mit den Schultern. »Ich weiß nicht, wie ich das beschreiben soll, aber es hat praktisch gleich zwischen uns ge-funkt. Er hat mich auf einen Kaffee eingeladen, um über den Schreck hinwegzukommen. Wir haben uns unterhalten, und es war wirklich nett. Er ist ganz anders als diese Horden von Halb-starken, die sich auf den Straßen herumtreiben und einen vor allem mit Prahlereien und ihren Muskeln zu beeindrucken ver-suchen.«

Erneut musste Carya an Ramin denken. Sie würde ihrer Freun-din nicht widersprechen, aber in ihren Augen waren ein paar kräftige Arme und eine starke Brust, an die man sich anschmiegen konnte, nicht grundsätzlich zu verachten. Selbstverständlich war auch der Charakter wichtig. Mit den selbstverliebten Straßenjungen, auf die man überall in Arcadion traf, wollte sie auch nichts zu tun haben.

»Was macht er denn so?«, wollte sie wissen.

»Er studiert Geschichte an der Universität«, sagte Rajael. »Es ist unglaublich, wie belesen er ist. Ich bin sicher, dass er Dinge über die Vergangenheit von Arcadion weiß, also die Zeit vor dem Sternenfall, die heute kaum noch jemandem bekannt sind. Du weißt ja, wie der Lux Dei zur Vergangenheit steht.«

Das war Carya in der Tat aus dem Schulunterricht bekannt. Für den Lux Dei teilte sich die Menschheitsgeschichte in zwei Phasen. Zum einen gab es die Zeit vor dem Sternenfall, die im Wesentlichen verteufelt wurde, auch wenn sich die Gründe dafür auf bestenfalls hundert Jahre bezogen. Eine intensivere Auseinandersetzung mit jener Zeit wurde nicht gerne gesehen, auch wenn sie nicht rundherum verboten war. Praktisch alle Lehren für die Zukunft zog der Lux Dei stattdessen aus der zweiten Phase, den Dunklen Jahren nach dem Sternenfall, die als schmerzhafte Geburtswehen der heutigen Zivilisationen betrachtet wurden. Dass damit Jahrtausende an Geschichte verdrängt wurden, nahm der Orden billigend in Kauf. Es zählte nicht, was gewesen war, sondern was kommen würde.

Dass einige Ältere, unter ihnen Caryas Onkel Giac, diese Einstellung nicht guthießen und sich für einen Erhalt allen Wissens einsetzten, konnte sie noch verstehen. Sie waren in anderen Zeiten aufgewachsen. Doch dass ein junger Mann wie Tobyn alte Geschichte studierte, fand sie reichlich ungewöhnlich. »Ich glaube, Onkel Giac würde ihn mögen«, meinte sie.

»Und du wirst ihn auch mögen«, versicherte Rajael ihr. »Keine Sorge, er ist kein weltfremder Denker. Er ist wirklich nett.«

Als Carya sah, wie die Augen ihrer Freundin bei diesen Worten leuchteten, musste sie lächeln. »Ich glaube dir. Sonst hättest du dich wohl auch nicht in ihn verliebt.«

»Ganz meine Rede. Und hier sind wir schon.« Rajael deutete auf ein kleines Café. Es lag in einer schmalen Seitengasse östlich des Corso. *Caffè Speranza* stand über dem Eingang. Weiß gestrichene Holzstühle und Tische drängten sich bis auf die Straße hinaus. Die Passanten störte das nicht. Dergleichen war man in Arcadion gewohnt.

Carya runzelte die Stirn. Das Café kannte sie gar nicht. Bisher hatten Rajael und sie ihre gemeinsamen Nachmittage in der Stadt an anderen Orten ausklingen lassen. Als sie diesem Gedanken Ausdruck verlieh, nickte Rajael. »Tobyn hat es mir gezeigt. Es wird dir gefallen.«

Sie setzten sich an einen Tisch im Inneren des Cafés, wo sie vor dem Trubel in der Gasse ein wenig geschützt waren. Da die bis zum Boden reichenden Fenster alle offen standen, fühlte man sich trotzdem beinahe, als säße man im Freien. Rajael setzte sich so, dass sie das Treiben draußen gut im Blick behalten konnte, Carya ließ sich ihr gegenüber nieder.

Der Inneneinrichtung nach zu urteilen, gab es das *Caffè Speranza* noch nicht sehr lange. Alles wirkte sauber, neu und mit viel Liebe zusammengestellt. Erstaunlicherweise schien sich das Café dennoch bereits einen gewissen Ruf erarbeitet zu haben, denn viele Tische waren besetzt, und das nicht nur mit jungen Leuten, die der Zufall hierhergeführt haben mochte, sondern auch mit älteren, dieser ganz speziellen Sorte Gäste, die einem Wirt viele Jahre die Treue hielten und irgendwann zu einem festen Teil der Einrichtung wurden.

»Gibt es das Café schon lange?«, fragte Carya ihre Freundin.

»Soweit ich weiß, ja«, erwiderte Rajael. »Aber die Betreiberin ist mit ihm erst kürzlich umgezogen.«

»Ah.« Das erklärte natürlich einiges.

Ein junges Mädchen nahm ihre Bestellungen auf, gebracht wurden die zwei Tassen mit dampfendem Malzkaffee allerdings von einer Frau mittleren Alters, die Rajael freundlich zulächelte, als sie die Getränke auf den Tisch stellte. »Du bist in letzter Zeit aber häufig hier«, sagte sie.

Rajael wirkte etwas verlegen. »Ich treffe mich mit meinem Freund«, gab sie zurück. »Das ist Carya, meine Freundin, von der ich dir schon erzählt habe. Deren Vater als Gerichtsdiener im Tribunalpalast arbeitet.«

Carya fand es ein wenig seltsam, dass Rajael ausgerechnet das erwähnte, aber sie schenkte der Frau dennoch ein höfliches Lächeln, als diese ihr zunickte.

»Freut mich, dich kennenzulernen«, sagte die Frau, von der Carya annahm, dass ihr das *Caffè Speranza* gehörte.

»Mich ebenfalls, Signora«, erwiderte sie.

»Nenn mich Gamilia«, sagte die Frau. »Ich bin die Besitzerin dieses Cafés.«

»Das habe ich mir schon gedacht. Es ist sehr hübsch.«

»Danke. Schön, dass es dir gefällt.« Gamilia legte die Hände zusammen. »Dann wünsche ich euch beiden einen schönen Nachmittag. Wenn ihr noch etwas bestellen wollt, wendet euch einfach an Ana.«

»Das machen wir«, versprach Rajael.

Kaum dass Gamilia sie verlassen hatte, beugte Carya sich vor. »Warum hast du ihr von meinem Vater erzählt?«, fragte sie leise.

Rajael deutete ein Schulterzucken an. »Ich … ich weiß gar nicht mehr. Ich glaube, Gamilia wollte wissen, wie die Arbeitsbedingungen im Tribunalpalast sind, weil sich ein Freund von ihr dort beworben hatte. Und da meinte ich, dass ich eine Freundin hätte, deren Vater dort arbeitet, und ich sie ja mal fragen könnte. Aber er hat die Stelle nicht bekommen, darum war es dann auch nicht mehr so wichtig.«

»Aha.« Irgendetwas an der ganzen Angelegenheit passte in Caryas Augen nicht zusammen, aber sie wurde von weiteren Grübeleien abgelenkt, als sich plötzlich ein Neuankömmling zu ihnen gesellte und ungefragt setzte.

Rajaels Gesicht hellte sich auf. »Tobyn. Da bist du ja.« Sie streckte beide Hände aus und ergriff die seinen, um sie kurz, aber fest zu drücken. Weitere Zärtlichkeiten tauschten sie nicht aus. Das wäre in der Öffentlichkeit nicht schicklich gewesen. Aber es war auch nicht nötig. Carya konnte an ihren Blicken sehen, was sie füreinander empfanden.

Während die beiden sich einen Moment lang nur tief in die Augen sahen, musterte Carya die neue Bekanntschaft ihrer Freundin. Tobyn war ein schlanker junger Mann von vielleicht zwanzig Jahren. Er hatte die blasse Haut eines Menschen, der viel Zeit in dunklen Archiven zwischen Büchern verbrachte, aber sein halblanges Haar und die zerzauste Version eines Bartes um die Mundpartie verliehen ihm einen Hauch von Rebellentum, der so gar nicht zu einem braven Studenten passen wollte.

»Tobyn, das ist Carya. Carya, Tobyn«, stellte Rajael sie einander vor.

»Hallo Carya, ist mir ein Vergnügen.« Ein Lächeln blitzte um Tobyns Mundwinkel auf, doch es wirkte ein wenig gezwungen. Überhaupt machte er einen etwas gehetzten Eindruck. Jemand, der einem gemütlichen Nachmittag mit zwei netten Damen entgegenblickte, sah Caryas Meinung nach jedenfalls anders aus.

Auch Rajael merkte es. »Ist alles in Ordnung mit dir, Tobyn? Du wirkst … angespannt.«

Die aufgesetzte Fassade aus guter Laune fiel in sich zusammen und machte unvermitteltem Ernst Platz. »Tut mir leid, Rajael, aber es … es geht mir auch nicht so gut. Ich habe Ärger. Ich …« Er stockte und wandte sich an Carya. »Meinst du, ich könnte einen Moment mit Rajael unter vier Augen reden? Es dauert nicht lange, ich verspreche es.«

Verblüfft sah Carya ihn an. »Äh … natürlich. Ich wollte mich sowieso kurz frisch machen. Die Toiletten sind dort hinten?« Sie deutete auf eine Tür in einer dunklen Ecke des Cafés.

Rajael nickte.

Mit einem letzten verstohlenen Seitenblick auf Tobyn erhob sich Carya und verließ den Tisch. Während sie sich an den Gästen vorbei zu den Toiletten begab, runzelte sie nachdenklich die Stirn. Rajaels eigenartiger Freund hatte ziemlich besorgt gewirkt. Was mochte er bloß ausgefressen haben?

Als sie die Tür in der hinteren Ecke des Raumes erreichte, drehte sie sich um und sah zu dem Tisch zurück, an dem Rajael und Tobyn saßen. Die beiden achteten gar nicht mehr auf sie, sondern schienen in ein eiliges Gespräch vertieft. Beinahe schuldbewusst huschte Caryas Blick hinüber zur Theke, wo Gamilia Getränke einschenkte. Auch die Cafébesitzerin schaute nicht zu ihr herüber.

Mit einem raschen Schritt schob sich Carya hinter eine der halbhohen Mauern, die den Raum teilten und auf denen Topfpflanzen standen. Verdeckt durch die Pflanzen beobachtete sie Rajael und ihren Freund. Natürlich konnte sie bei dem Lärm, der im Café herrschte, nicht verstehen, was zwischen den beiden gesprochen wurde. Aber so viel wurde Carya auch ohne Worte klar:

Tobyn hatte irgendetwas angestellt oder erlebt, das Rajael sichtlich beunruhigte. Zwar gab sie sich Mühe, sich nichts anmerken
zu lassen, doch die Art, wie sie unwillkürlich mit ihren Locken zu
spielen begann, war für Carya ein mehr als eindeutiger Hinweis.

Tobyn beugte sich näher zu Rajael heran. Carya vermochte
sein Gesicht nicht mehr richtig zu erkennen, aber es hatte den
Anschein, als versuche er, Rajael irgendetwas einzuschärfen. Caryas Freundin stellte eine halb trotzige, halb verzweifelte Miene
zur Schau und schüttelte vehement den Kopf. Daraufhin legte
Tobyn ihr die Hand auf den Arm und schien seine Worte noch
etwas eindringlicher zu wiederholen. Schließlich senkte Rajael
den Kopf und nickte matt.

Ihr Freund warf einen verstohlenen Blick in die Runde und
zwang Carya, hinter der Mauer abzutauchen. Als sie es wagte,
den Kopf wieder zu heben, sah sie gerade noch, wie sich Rajaels
Hand um irgendetwas schloss, bevor sie es rasch in ihre Rocktasche steckte.

Tobyn erhob sich halb, und Carya riss die Augen auf, als er
Rajael vor den Augen aller Gäste küsste. Es war ein kurzer, beinahe hastiger Kuss, doch es sah aus, als läge die Leidenschaft der
Verzweiflung darin. Die Vorstellung, dass ein Mann sie einmal auf
diese Weise küssen könnte, sandte einen Schauer der Erregung
durch Carya.

Gleich darauf wandte Tobyn sich um und verließ schnellen
Schrittes das Café. Rajael schien versucht, ihm nachzufolgen,
doch sie unterdrückte das Verlangen und sank zurück auf ihren
Stuhl.

Diesen Augenblick hielt Carya für günstig, um zu ihrer Freundin zurückzukehren. »Wo ist Tobyn hin?«, fragte sie und war
dankbar dafür, dass sie wegen seines Verschwindens ein wenig

verblüfft aussehen durfte, denn es wäre ihr schwer gefallen, ihr Wissen um das Beobachtete völlig aus ihrer Miene zu verdrängen.

Rajael blickte zu ihr auf. Sie rang sichtlich um Fassung. »Er … Ich …« Sie schüttelte den Kopf. »Tut mir leid, ich kann es dir nicht sagen.«

Mitfühlend setzte Carya sich neben die Freundin. »Natürlich kannst du es mir sagen, wenn du möchtest. Du weißt, dass du mit mir über alles reden kannst. Ich helfe dir gerne, wenn ich dazu imstande bin. Wofür sind wir sonst Freundinnen?«

Rajaels Mund verzog sich zu einem schmerzvollen Lächeln. Sie legte Carya eine Hand auf den Arm. »Danke, Carya. Du bist ein Schatz. Aber das betrifft dich wirklich nicht. Zerbrich dir deswegen bitte nicht den Kopf.« Sie holte tief Luft und straffte sich. Dann blickte sie auf ihren kaum angerührten Kaffee hinunter.

»Kommt er wieder?«, wollte Carya wissen. »Sollen wir hier auf ihn warten?«

»Nein.« Rajael schüttelte den Kopf. »Das hätte keinen Zweck. Um ehrlich zu sein würde ich gerne nach Hause gehen. Mir ist die Lust auf Kaffee vergangen.«

»Einverstanden«, sagte Carya. »Gehen wir nach Hause und vergessen diesen Tag. Vielleicht sieht morgen schon alles besser aus.«

Das hoffte sie. Sie hoffte es wirklich.

KAPITEL 6

Wenn Jonan etwas hasste, dann waren es Nachteinsätze. Das lag daran, dass Einsätze nach Einbruch der Dunkelheit normalerweise Kommandooperationen waren, bei denen Schnelligkeit gefragt war und denen eine besondere Dringlichkeit anhaftete. Die Garde rückte nicht nach Mitternacht aus, um eine Bande Straßendiebe festzunehmen oder einen Ungläubigen zu verhaften, der im Keller seines Hauses mit einer Handpresse Schmähschriften druckte, die zur Abkehr vom Licht Gottes aufriefen.

Bislang war Jonan während seiner Zeit bei den Schwarzen Templern erst zweimal beim nächtlichen Bereitschaftsdienst zum Einsatz gerufen worden. Das erste Mal hatte sich eine Woche nach seiner Berufung in die Ränge der Garde des Tribunalpalasts zugetragen. Der Zenturio hatte ihre Einheit zusammengetrommelt, und sie waren in voller Montur mit einem Lastwagen vor die Stadt gefahren worden. In einem Bauernhaus draußen in der Wildnis hatten sie eine kleine Truppe Agenten des Ketzerkönigs überrascht, die soeben im Begriff war, sich mit Vertretern einer lokalen Rebellengruppe auszutauschen. Bei dem Feuergefecht waren neben den Übeltätern auch zwei von Jonans Kameraden getötet und ein paar weitere verletzt worden. In dieser Nacht war ihm erst so richtig bewusst geworden, dass er nicht mehr an der Templerakademie war.

Der zweite Einsatz hatte innerhalb der Mauern Arcadions stattgefunden. Die Inquisitoren des Tribunalpalasts hatten Wind von einer Versammlung bekommen, bei der eine Gruppe von Akolythen in die Gemeinschaft einer heidnischen Sekte aufgenommen werden sollte. Jonan und die anderen Templer hatten deren Gotteshaus gestürmt und alle Anwesenden einkassiert. Diese Nacht verfolgte Jonan noch heute manchmal in seinen Albträumen. Die Agenten des Ketzerkönigs und die Rebellen waren bewaffnet gewesen und hatten im Kampf besiegt werden müssen. In den Räumen der Sektengemeinde hatten die Templer dagegen Männer und Frauen, junge wie alte, vorgefunden, die nicht den Hauch einer Chance gegen sie gehabt hatten. Umso mehr hatte es Jonan überrascht, dass einige dumm genug waren, sich der Festnahme trotzdem zu widersetzen. Die Widerständler waren noch vor Ort erschossen worden. Anschließend hatte der Zenturio die heidnischen Reliquien verbrannt.

Der heutige Abend hatte eigentlich ganz angenehm begonnen. Jonan, Lucai und ihre sechs Kameraden hockten in der Wachstube beisammen, tranken Malzkaffee, spielten Karten und führten Männergespräche. Etwas unbequem wurde dieser Bereitschaftsdienst nur dadurch, dass sie die Stunden in voller Rüstung verbringen mussten, da es zu lange gedauert hätte, die schweren Vollpanzerungen anzulegen, wenn Alarm gegeben wurde. Helme und Handschuhe waren das Einzige, worauf die Männer verzichten durften. Beides ließ sich vergleichsweise schnell überstreifen, wenn der Befehl zum Ausrücken kam.

Doch auch wenn die klobigen und enorm schweren Rüstungen ein Sitzen auf Steinbänken erforderlich machten und Jonan die Unterschenkelschienen in die Kniekehlen kniffen, weil sie ihm nicht richtig passten und er vergessen hatte, sie auszupolstern, hätte es eine gemütliche Nacht werden können. Leider sollte es anders kommen.

Etwa zwei Stunden nach Mitternacht stürmte einer der Jungtempler, die in der Kaserne Botengänge und andere niedere Dienste verrichteten, zur Tür herein. »Einsatzorder, Signori. Zenturio Kahane erwartet Euch in fünf Minuten auf dem Hof.«

»Ach, verdammt«, murrte Lucai und warf seine Karten auf den Spieltisch. »Ich hatte gerade ein gutes Blatt.«

»Das hätte dich heute Abend auch nicht mehr gerettet«, spottete einer seiner Gegner, den alle nur *Burlone* – Witzbold – nannten, weil er einfach in jeder Situation noch einen dummen Spruch auf Lager hatte.

»Streitet euch später darüber«, ermahnte sie ihr Truppführer, ein glatzköpfiger Hüne namens Bruto. »Los! Bewegung! Hintern hoch und Kübel aufsetzen.«

Jonan musste er nicht zweimal auffordern. Kaum hatte dieser das Wort Einsatzorder gehört, war er bereits auf den Beinen. Sein Herz klopfte ihm bis zum Hals. *Bitte nicht wieder ein Einsatz wie der letzte,* betete er.

Er nahm seinen Helm von der Bank neben ihm und stülpte ihn sich über. Kaum hatte ein Kontakt im Inneren des Helms die Verbindung zur Stromversorgung des Anzugs hergestellt, als sich auch schon die Optiken des Helms einschalteten und ein Frontsichtdisplay zum Leben erwachte, das ihn mit Umgebungsinformationen versorgte. Entfernungsangaben, Temperaturmessungen und die Namen seiner Kameraden legten sich über das Sichtfeld des Helmvisiers. Eine Reihe grüner Kontrolllämpchen unterrichtete Jonan darüber, dass alle Anzugsysteme, darunter auch die

Kraftverstärkerservos, die ein Führen der massigen Anzüge überhaupt erst ermöglichten, voll einsatzbereit waren.

Die Templerkampfanzüge gehörten zu einigen der wenigen Artefakte der Zeit vor dem Sternenfall, die auch heute noch beinahe unverändert Verwendung fanden. Sie stellten eine Klasse von Waffentechnologie dar, die weit über das hinausging, was die meisten Truppen dieser Tage aufzubieten hatten. An einen Nachbau mit heutigen Mitteln war praktisch nicht zu denken. Zu viel Wissen, das einst uneingeschränkt zur Verfügung gestanden hatte, war seit den Dunklen Jahren über den ganzen Erdball verstreut. Den Technikern, die für die Wartung der Rüstungen zuständig waren, blieb nichts anderes übrig, als die Anzüge, die es noch in den Arsenalen des Lux Dei gab, so lange wie möglich zu erhalten.

Entsprechend kostbar waren sie. Nur die würdigsten Soldaten des Ordens durften sie tragen: die Purpurgarde, die Garde des Tribunalpalasts und die hohen Offiziere draußen im Feld. Alle anderen, Templer wie einfache Infanteristen, mussten sich mit schlichteren Rüstungen oder gar verstärkten Uniformen zufriedengeben.

Jonan streifte seine Handschuhe über, ging zur Tür und nahm seine Waffen aus dem Regal, um sie am Anzug zu befestigen. Er nickte Bruto zu. »Templer Jonan, bereit.«

»Templer Lucai, bereit«, vernahm Jonan aus seinem Helmlautsprecher. Sie alle standen über Funk miteinander in Verbindung. Allerdings hielt sich die Reichweite der Anzugsender in Grenzen.

Auch die anderen Soldaten meldeten Bereitschaft. Der Truppführer nickte zufrieden. »Abmarsch«, knurrte er.

Stampfend verfiel die achtköpfige Gruppe in einen behäbigen Trab den Kasernenkorridor hinunter zum Eingangsportal. Die wenigen Männer, die ihren Weg kreuzten, sprangen rasch zur Seite. Von einem Templer in Kampfpanzerung wollte man lieber nicht angerempelt werden.

Der Jungtempler, der ihnen vorausgelaufen war, öffnete das Eingangsportal, und Jonans Einheit polterte auf den Hof hinaus. Heimlichkeit war sicher nicht die Stärke dieser Kampfanzüge. Dafür ließ der psychologische Effekt wenig zu wünschen übrig. Ganz zu schweigen davon, dass Gegner mit gewöhnlichen Waffen – Knüppeln, Messern, Revolvern oder Gewehren – absolut nichts gegen die Rüstungen auszurichten vermochten.

Zenturio Kahane erwartete sie bereits. Er stand neben einem wuchtigen Transporter, der aussah, als sei er für die Verfrachtung von oder den Kampf gegen Elefanten gebaut worden. Der Offizier trug leichtere Schutzkleidung, die ihm mehr Bewegungsfreiheit ließ. Das war auch ausreichend. Bei Kampfhandlungen führte er von hinten, während Bruto vorne bei den Soldaten stand. »In Ordnung, Männer«, rief er, als Jonan und die anderen sich ihm näherten. »Aufsitzen. Wir haben ein paar Invitros zu jagen. Alle Einzelheiten teile ich euch auf der Fahrt mit.«

Er nickte den Soldaten zu, dann eilte er nach vorne zum Führerhaus des Transporters, derweil der Jungtempler die Ladeklappe öffnete. Dröhnend marschierten die Soldaten ins Innere und ließen sich dort auf den Bänken nieder. Keine zwei Minuten später setzte sich das Fahrzeug grollend und schnaufend in Bewegung und passierte die bewachte Pforte der Kaserne.

Während sie durch die nächtlichen Straßen Arcadions fuhren, knackte es in Jonans Helmlautsprecher, und Kahanes Stimme erklang. »Männer, herhören«, schnarrte er. »Heute Nacht gilt es, ein Exempel zu statuieren. Wir haben erfahren, dass eine Gruppe Invitros im Industriegebiet im Süden von Arcadion ein Geheimlabor betreibt. Ihr mögt es nicht glauben, ich wollte es auch nicht glauben, aber die Informationen unserer Quelle sind hieb- und stichfest: Die Invitros haben eine Brutstätte eingerichtet. Uns allen ist klar, was das bedeutet: Die Künstlichen, diese Schande für die Schöpfung Gottes, vermehren sich dort heimlich. Das dürfen wir nicht zulassen. Mehr noch: Wir müssen ein Zeichen setzen für all jene Invitros, denen wir die Gnade gewähren, unbehelligt unter uns zu leben, und die sich vielleicht ebenfalls zum Züchten von Nachwuchs ermuntert fühlen könnten, wenn sich in ihren Reihen erst einmal herumspricht, dass es noch funktionierende Bruttechnologie in Arcadions Mauern gibt. Deshalb schlagen wir hart zu. Die Anlage wird komplett zerstört.«

Jonan spürte, wie sich sein Magen zusammenzog. Sie rückten wieder zu einer Überfalloperation auf Unschuldige aus. Nun gut, unschuldig waren die Invitros nicht. Es existierte ein sehr eindeutiges Gesetz innerhalb der Einflusssphäre des Lux Dei, das jedes Schaffen von künstlichem Leben untersagte. Aber wehrlos waren sie vermutlich – zumindest galt das für die Künstlichen, die Jonan bislang wegen unterschiedlicher Vergehen festgenommen und in den Tribunalpalast gebracht hatte. Und Wehrlose abzuschlachten entsprach überhaupt nicht seiner Vorstellung von soldatischer Tugend. Wider besseres Wissen meldete er sich zu Wort. »Was ist mit den Invitros?«

»Ich schmelze sie mit meinem Flammenwerfer«, tönte Burlone. »Mal sehen, ob unter ihrer Kunsthaut ein Metallskelett zum Vorschein kommt.«

»Sie sind biologisch gezüchtet, keine Roboter, du Idiot«, versetzte Lucai.

»Mund halten, alle beide«, befahl Bruto. Dann wandte er sich an ihren Vorgesetzten. »Zenturio? Wie lauten die Befehle?«

»Sie werden überwältigt und zum Tribunalpalast gebracht, wo man ihnen den Prozess machen wird«, erklärte Kahane. »Sollte sich das wegen zu starker Gegenwehr oder Fluchtversuchen als unmöglich erweisen, müssen sie eben an Ort und Stelle getötet werden. Aber Inquisitor Loraldi würde das nicht gefallen. Wie gesagt: Es geht auch darum, ein Exempel zu statuieren.«

»Verstanden«, bestätigte der Truppführer.

Die nächsten Minuten verbrachten sie schweigend. Jeder der Männer bereitete sich auf seine Weise auf den Einsatz vor. Die meisten saßen einfach nur da und warteten. Lucai überprüfte noch einmal seine Waffen. Ein Mann betete leise. Seine Stimme war nicht mehr als ein Flüstern auf dem Gruppenkanal.

Jonan versuchte, an nichts zu denken. In den Augen seines Vaters war das überhaupt eine große Schwäche von ihm: zu viel zu grübeln, statt zielgerichtet den Weg zum Erfolg zu beschreiten. Er hatte eine Laufbahn bei den Schwarzen Templern eingeschlagen, weil das auf Dauer erhebliche Vorteile mit sich brachte. Dass man im Gegensatz zu den Mitgliedern der Purpurgarde in diesem Fall nicht nur vor den Eingangsportalen von Gebäuden herumstand und gut aussah, war ihm dabei eigentlich klar gewesen. Aber womöglich hatte er dennoch in jenem einen Moment seines Lebens nicht genug gegrübelt, sondern sich von den Worten seines Vaters blenden lassen. Jetzt saß er hier in seiner Rüstung und jagte irgendwelche Männer und Frauen, die das Pech hatten, nicht von einer biologischen Mutter geboren worden zu sein.

Und ich grüble doch!, erkannte er. Unwillig ballte Jonan die gepanzerte Faust und schlug sich auf die Oberschenkelschiene.

Um sich abzulenken, blickte er aus einem der schmalen Fenster des Transporters nach draußen. Sie hatten die Stadt mittlerweile durchquert und bewegten sich durch die Ausläufer des Industrieviertels von Arcadion. Ursprünglich war auch dieser Teil der Stadt ein Wohngebiet gewesen. Vor dem Sternenfall hatten die Industrieanlagen viel weiter außerhalb gelegen. Doch die Not der Dunklen Jahre hatte nicht nur ein Zusammenrücken der Menschen unerlässlich gemacht, sondern auch ein Zusammenziehen aller lebenswichtigen Fertigungsanlagen hinter die verstärkten Mauern von Arcadion.

Mittlerweile existierten schon wieder etliche Produktionsanlagen draußen auf dem Land, gut gesichert gegen Angriffe von Banden und Mutanten. Doch der Kernbedarf an Gütern wurde nach wie vor hier in Webereien, Stahlgießereien, Holzmanufakturen und Chemiewerken hergestellt.

Aus diesem Grund herrschte in dem Viertel eigentlich immer Betrieb, ganz gleich, zu welcher Stunde. Während die meisten Bürger Arcadions schliefen, schufteten unermüdliche Werkarbeiter in den Hallen hinter den hohen Mauern, um die Unabhängigkeit der Stadt und ihrer Bewohner zu erhalten.

Auf den Straßen hingegen war kaum eine Menschenseele zu sehen. Wenn nicht gerade ein Schichtwechsel anstand, trieb sich niemand außerhalb der Fabrikgelände herum – nachts noch weniger als am Tage. Jonan war das sehr recht. Unbeteiligte, die womöglich Gefahr liefen, zwischen die Templer und ihre Gegner zu geraten und dabei verletzt zu werden, konnte er überhaupt nicht gebrauchen.

Erneut erklang die Stimme von Kahane in seinem Helm. »Herhören, Männer. Wir sind gleich da. Unser Zielobjekt ist ein kleiner Chemiebetrieb. Was er herstellt, spielt keine Rolle. Er ist offensichtlich nur eine Fassade für die eigentlichen Machenschaften der Invitros. Wir werden schnell reingehen und hart zuschlagen. Hier geht es nicht um Heimlichkeit, sonst hätte ich euch nicht angefordert. Wir wollen ordentlich Krach machen. Ist alles klar?«

»Ja, Zenturio!«, bestätigten die Männer.

Jonan sah durch das Fenster, wie sie in eine dunkle Seitenstraße einbogen. Am Ende der Straße befand sich ein metallenes Gittertor, das auf einen Hof führte, der von drei Gebäuden eingefasst war. Einige Lampen, die aus den Hauswänden hervorragten, spendeten schwaches Licht. Neben dem Tor stand ein kleines Wärterhäuschen, in dem ein einzelner Mann saß.

Der Motor des Transporters röhrte auf, und das schwere Fahrzeug beschleunigte.

Bruto erhob sich und packte einen Haltegriff, um sich zu sichern. »Seid ihr heiß, Männer?«, fragte er in die Runde.

»Das sind wir, Capo«, bestätigte Lucai nickend, vom Chor der übrigen Templer begleitet.

Draußen auf der Straße wurde es unvermittelt taghell, als der Fahrer die Flutscheinwerfer des Transporters einschaltete.

»Verdammt, ich kann euch nicht hören!«, brüllte ihnen der Truppführer über den Funkkanal ins Ohr.

Das Gittertor kam rasend schnell näher.

»Wir sind heiß, Capo!«, schrien Jonan und die anderen wie aus einem Mund.

In der gleichen Sekunde brach das Sturmfahrzeug der Garde krachend durch das Gittertor. Während die Torflügel aus den Angeln gerissen zur Seite flogen, trat der Fahrer auf die Bremse und brachte ihr Gefährt mitten auf dem Hof schliddernd zum Stehen.

»Sehr gut«, rief der Truppführer. »Dann raus aus der guten Stube und rein ins Gefecht.«

Er riss die Tür des Fahrzeugs auf, und die Templer sprangen hinaus ins Freie. In diesem Augenblick vergaß Jonan jeden Zweifel. Der jahrelange Drill zeigte Wirkung, und in Fleisch und Blut übergegangene Bewegungsabläufe übernahmen die Kontrolle. Gemeinsam mit seinen Kameraden sicherte er die Umgebung. Jeder wusste genau, was er zu tun hatte, und gemeinsam bildeten sie eine tödliche Einheit.

»Hier spricht die Garde des Tribunalpalasts«, war Kahanes Stimme aus einem auf dem Dach des Transporters angebrachten Lautsprecher zu hören. »Ergeben Sie sich und leisten Sie keinen Widerstand. Ansonsten sind wir befugt, tödliche Gewalt einzusetzen.«

»Wir teilen uns auf!«, rief Bruto. »DeVito, Peruzzi, linkes Haus, Vallerga, Estarto, rechtes Haus, Bosia, Montanaro, ihr kommt mit mir, Burlone, du hältst die Stellung im Hof.«

Sofort verteilten sich die Männer wie befohlen. Jonan bedeutete Lucai, die Führung zu übernehmen. Er war der Dienstältere von ihnen beiden. Hinter ihnen blitzte und donnerte es, als die anderen Soldaten sich ohne Rücksicht auf Verluste ihren Weg ins Innere der Gebäude bahnten. Doch was dort geschah, war für ihn ohne Belang. Seine Aufmerksamkeit hatte allein dem Bauwerk vor ihm zu gelten.

Es hatte die Form einer Lager- oder Produktionshalle. Unterhalb des flachen Wellblechdachs verlief eine Reihe Oberlichter. Ein Schiebetor erlaubte Zulieferern oder Kunden, mit ihren Lastkutschen direkt ins Innere zu fahren. Ein paar Meter weiter links gab es noch eine gewöhnliche Eingangstür für Personen. Dass ein dritter Zugang existierte, war unwahrscheinlich. Die Halle lag direkt an der Außenmauer des Betriebs und grenzte zur Rechten an das mittlere Hauptgebäude.

»Du die Tür, ich das Tor«, befahl Lucai. »Wir treffen uns in der Mitte.«

»Verstanden«, bestätigte Jonan. Unter anderen Umständen wäre es womöglich leichtsinnig gewesen, sich zu trennen. In diesem Fall allerdings war mit wenig Gegenwehr zu rechnen. Außerdem ließ sich ein Templer in Angriffspanzerung auch nicht so schnell überwältigen. An einem beengten Ort wie diesem konnten ihm seine Kameraden immer noch rechtzeitig zu Hilfe eilen.

Zielstrebig lief Jonan zu der Tür hinüber. Hinter ihm, aus den Gebäuden in seinem Rücken, waren Gepolter und Schreie zu hören, die vom Vordringen seiner Kameraden zeugten. Übertönt wurde das Ganze von der wiederholten Aufforderung Kahanes an die Belegschaft der Fabrik, sich kampflos zu ergeben.

Die in die Backsteinmauer eingelassene, schlichte Metalltür war unverschlossen, wie Jonan erfreut feststellte, als er die Klinke hinunterdrückte. Er musste sich etwas zur Seite drehen, um in seinem klobigen Kampfpanzer durch den Türrahmen zu passen. Der Korridor, der sich dahinter erstreckte, war zu seiner Erleichterung etwas großzügiger dimensioniert. Braune Schirmlampen hingen von der Decke und beleuchteten nackte, blassgrün gestrichene Wände. In einer Ecke hing ein Plakat mit irgendwelchen Sicherheitsanweisungen. Daneben war ein kleiner Erste-Hilfe-Kasten angebracht.

Jonan richtete seine Aufmerksamkeit wieder nach vorne, als plötzlich ein lauter Schuss krachte.

KAPITEL 7

Etwas prallte gegen seine Brustplatte und wurde jaulend davon abgelenkt. *Eine Kleinkaliberwaffe,* durchfuhr es Jonan. Der Schütze musste entweder lebensmüde oder verzweifelt sein. Wahrscheinlich beides. Aber ein Glückstreffer ließ sich nie ausschließen. Das durfte Jonan nicht riskieren. Und da es in dem Korridor keine Deckung gab, blieb ihm nur eine Erwiderung auf diesen Angriff.

Er riss das Sturmgewehr hoch und jagte seinem Gegner, der im Türrahmen am Ende des Gangs kauerte, eine Kugelsalve entgegen. Der Mann schrie auf, ob vor Schmerz oder Angst, war nicht zu sagen.

Jonan rückte vor und feuerte dabei erneut, um seinen Gegner zu zwingen, den Kopf unten zu halten. Ein zweiter Schuss peitschte ihm entgegen, danach ein dritter, aber sie wirkten ungezielt, denn die Kugeln schlugen harmlos in die Wand ein.

Zeit für etwas Krach, dachte Jonan. »Estarto hier. Granate auf meiner Position«, warnte er Lucai.

»Vallerga. Bestätige«, meldete sich der andere Templer.

Jonan griff um und zog den Abzug des Unterbaugranatwerfers durch. Mit einem hohlen Knall schoss das Projektil aus dem Lauf seiner Waffe und flog durch die Tür am Ende des Gangs. Im nächsten Moment gab es einen ohrenbetäubenden Donnerschlag, gefolgt vom Prasseln und Poltern zu Boden regnender Trümmerteile.

Er wartete fünf Sekunden, und als sich sein Gegner nicht mehr regte, durchquerte er eilig den Korridor.

Am Ende lag ein Treppenhaus, das nach oben und unten führte. Der Treppenabsatz war völlig verwüstet. Die Granate hatte Teile der Wände herausgesprengt, eine zur Rechten liegende Tür eingedrückt und die Beleuchtung zerstört. Für Letzteres war Jonan beinahe dankbar. Viel mehr als die verkrümmt am Boden liegende Silhouette seines Gegners – wie es aussah, ein schmal gebauter Mann –, wollte er eigentlich gar nicht sehen.

»Estarto. Bedrohung ausgeschaltet. Hier ist ein Treppenhaus. Ich gehe runter in den Keller. Wie läuft es bei dir, Lucai?«

»Alles im Griff. Nur ein paar Chemielaboranten, die sich vor Angst in die Kittel machen. Ich übergebe sie Burlone und folge dir dann.«

»Verstanden.«

Während er die Treppe hinunterstieg, runzelte Jonan die Stirn. War es möglich, dass die Belegschaft vom heimlichen Betreiben des Brutlabors gar nichts wusste? *Denkbar ist alles. Wenn nur der Fabrikleiter und zwei oder drei Vorarbeiter mit den Invitros unter einer Decke stecken, könnten die in einem verschlossenen Bereich tun und lassen, was sie wollen, ohne dass es die übrigen Angestellten mitbekommen.* Doch die Schuld oder Unschuld dieser Leute festzustellen war Aufgabe der Inquisitoren, nicht die seine.

Am unteren Ende der Treppe erreichte er einen Gang, der, wie es schien, unter dem Gebäude entlangführte. An der Decke und den Wänden verliefen dicke Rohrleitungen. Warnsymbole wiesen Mitarbeiter auf eine Gefahrenzone hin. Links und rechts vom Gang befanden sich jeweils zwei Metalltüren in der Art der Eingangstür. Prüfend drückte er die Klinke der ersten hinunter. Sie erwies sich als verschlossen.

Jonan fluchte lautlos. Das bedeutete ein Stück Arbeit. Die Türen öffneten sich auf den Gang hinaus und die Scharniere wirkten ausgesprochen stabil. Sie einzurennen oder herauszureißen, würde ihm selbst mit seiner massigen Kampfpanzerung schwerfallen. Die einzige Schwachstelle schienen die Steinwände zu sein.

»Na schön«, brummte Jonan. »Noch etwas mehr Krach.« Er warf einen prüfenden Blick auf die Leitungen an Wänden und Decke. Sie sahen nicht aus, als würden sie Gas führen, aber das musste nichts bedeuten. In den Fabriken Arcadions waren Improvisation und das kreative Umnutzen von Vorhandenem an der Tagesordnung.

Sicherheitshalber zog er sich wieder bis ins Treppenhaus zurück. Danach hob er das Sturmgewehr, lud den Unterbaugranatwerfer durch und visierte die Wand direkt links neben der Tür am Gangende an. Er feuerte und drehte sich blitzschnell seitlich in Deckung.

Die Explosion dröhnte durch das ganze Kellergeschoss und Jonan spürte die Druckwelle an sich vorbei aus dem Eingang fauchen. Im nächsten Moment füllte er selbst ihn wieder aus, die Waffe im Anschlag und auf das Gangende gerichtet. Die Metalltür stand noch, wies aber eine sichtbare Delle auf. In der Wand daneben klaffte ein vielversprechendes Loch. Zwei der Rohrleitungen oberhalb der Tür waren geplatzt. Aus einem Leck schoss weißer Dampf. Der Temperaturanzeige entnahm Jonan, dass er heiß war, wenn auch nicht so heiß, dass er eine Gefahr für den Anzug oder ihn dargestellt hätte.

Hinter der Tür vernahm Jonan plötzlich gedämpftes Poltern

und Rufe. Es klang in seinen Ohren wie eine aufgescheuchte Meute Invitros. Anscheinend hatte er instinktiv die richtige Wahl getroffen.

Er wollte gerade vorrücken, als über ihm schwere Schritte laut wurden. »Machst du hier so einen Lärm?«, wollte Lucai wissen, als seine massige Gestalt am Treppenabsatz über Jonan auftauchte. Jonan konnte sein Gesicht hinter dem Vollhelm nicht sehen, aber er hörte das Feixen aus der Stimme des Freundes heraus. Anscheinend lief die Operation bis jetzt gut, und Jonans Kamerad befand sich bereits in Siegeslaune.

»Nicht grundlos«, erwiderte er. »Ich glaube, ich habe das Labor gefunden.«

»Wiederholen Sie das, Estarto«, drang die Stimme des Truppführers aus dem Helmlautsprecher. »Sie haben das Labor entdeckt?«

»Möglicherweise«, bestätigte Jonan. »Vallerga und ich schauen uns das mal an.«

Sein Freund nickte. »Also los.«

Da ihre Panzerungen zu klobig waren, um nebeneinander den Gang hinunterzugehen, übernahm Jonan die Führung. Lucai gab ihm von hinten Feuerschutz.

Durch den Spalt, den Jonans Granate zwischen Wand und Tür gerissen hatte, war hektische Betriebsamkeit zu hören. »Das noch hier rüber«, befahl ein Mann.

»Nein, lasst das alles stehen. Wir müssen hier weg!«, flehte eine Frau.

»Klingt, als hätten wir in ein Wespennest gestochen«, knurrte Lucai.

Jonan pflichtete ihm innerlich bei. Dort hinter der Tür wurde offenbar wirklich in aller Hast zusammengepackt. Ein Teil von ihm fürchtete sich vor dem, was nun kommen würde. Aber es gab kein Zurück mehr.

Er erreichte die Tür und stellte die Kraftverstärkerservos auf höchste Leistung. Dann wechselte er sein Gewehr in die linke Hand und packte mit der rechten den verbogenen Rand der Tür.

Mit einem Ruck riss er die Tür auf und feuerte eine hoch gezielte Salve in den Raum, um alle Anwesenden instinktiv nach Deckung suchen zu lassen.

Blitzschnell erfasste er die Lage. Sie befanden sich in einer Kammer, die unmittelbar unter der Fertigungshalle liegen musste und in etwa deren Ausmaße hatte, wenngleich die Decke deutlich niedriger war. Auch hier zogen sich Rohre die Wände und die Decke entlang, und es standen Maschinen herum, deren Verwendungszweck sich Jonans Verständnis entzog. Einiges der Einrichtung stammte wohl noch aus der Zeit, als der Raum ein regulärer Teil der oben betriebenen Chemiefabrik gewesen war.

Interessanter wurde es im hinteren Teil des Raums, in dem sich drei Männer und eine Frau erschrocken zu Boden geworfen hatten. Zwei von ihnen hatten bereits graue Haare und schienen zur Generation von Jonans Vater zu gehören. Der dritte Mann und die Frau dagegen wirkten erstaunlich jung, nicht älter als Jonan selbst. Wenn sie Invitros waren, mussten sie Teil einer Züchtungsreihe sein, die nach den Dunklen Jahren das Licht der Welt erblickt hatte. Damit hätten die beiden regelrecht Seltenheitswert.

Um sie herum waren etliche der alten Maschinen entfernt worden, um einen freien Bereich zu schaffen, der mit Wannen, Labortischen und medizinischen Apparaten ausgefüllt war, die ganz offensichtlich nicht zur normalen Einrichtung zählten. *Das Brutlabor der Invitros,* durchfuhr es Jonan mit einem Schauer.

Er hatte Bilder von solchen Orten gesehen, an denen kranke

Geister versuchten, künstliches Leben zu erschaffen. Viel zu oft ging dabei etwas schief, wie eine schonungslose Bilderserie bewies, die man ihm in den ersten Tagen bei der Garde gezeigt hatte. Die Aufnahmen verwachsener Zellklumpen, denen nur vage etwas Menschliches anhaftete, hatten sich tief in sein Gedächtnis eingebrannt.

Seltsamerweise wirkte dieser Ort hier deutlich aufgeräumter als die vollgestopften Kellerlabore auf den Fotos des Tribunalpalastarchivs. Wo waren beispielsweise die sargähnlichen Tanks, die den Kern einer solchen Unternehmung bildeten? Und wo die Rechenmaschine, die den Brutprozess überwachte und steuerte? Diese Apparate konnten die Künstlichen unmöglich binnen der letzten zehn Minuten abgebaut und fortgeschafft haben. Hatte sie jemand vor dem Angriff gewarnt?

Egal, entschied er. »Im Namen des Lux Dei, ergeben Sie sich«, forderte er mit lauter Stimme, während er sich mit erhobener Waffe in den Raum schob. Lucai war direkt hinter ihm.

Jonans Aufforderung erreichte das genaue Gegenteil.

»Lauft weg, ich halte sie auf!« Einer der älteren Männer sprang auf und riss einen Revolver aus seinem Gürtel. Die Waffe hatte ein größeres Kaliber als die des Mannes oben im Korridor. Je nachdem, welche Munition er geladen hatte, bestand eine gewisse Gefahr.

Lucai reagierte schneller als Jonan und eröffnete aus seinem Sturmgewehr das Feuer. Obwohl er mit einer einzigen langen Salve vermutlich alle vier Gegner hätte töten können, beschränkte er sich auf gezielte Einzelschüsse. Nach wie vor hatten sie den Befehl, so viele Gefangene wie möglich zu machen.

Jonan ging hinter einem Maschinenblock in Deckung und wechselte sein Gewehr wieder in die rechte Hand. Ein rascher

Blick zeigte ihm, dass die Frau und der andere Alte nach rechts
außer Sicht eilten. Der junge Mann hatte sich zu dem Revolver-
schützen gesellt.

»Beschäftige sie, Lucai«, rief Jonan. »Ich kümmere mich um die
anderen beiden.«

»Alles klar«, erwiderte sein Freund. Er hob die Stimme. »Hören
Sie auf zu schießen. Sie können nicht gewinnen. Machen Sie Ihre
Lage nicht noch schlimmer, als sie schon ist.«

»Halt's Maul, du Mörder!«, schrie einer der Männer. »Inqui-
sitorensklave!« Erneut hörte Jonan Revolverschüsse, gefolgt vom
Hämmern eines Templersturmgewehrs.

So schnell es ihm in seiner Rüstung möglich war, eilte Jonan
los. Am rechten Ende des Raums sah er etwas aufblitzen, das wie
ein altes Motorrad aussah. Erstaunt hob er die Augenbrauen. Er
hätte nicht gedacht, dass sich die Künstlichen treibstoffbetriebene
Fahrzeuge leisten könnten.

Jonan umrundete einen übermannshohen Metallzylinder, und
im nächsten Moment sah er, dass das Motorrad vor einen Karren gespannt war, auf dem sich Laborausrüstung stapelte. Soeben
schwang sich der Mann auf den Fahrersitz, die Frau nahm hinter
ihm Platz.

Und noch etwas sah Jonan. Direkt vor ihnen in der Wand
befand sich eine offene Tür. Es musste sich um einen alten Not-
ausgang mit Fluchttunnel handeln. Dass die Invitros ihn gegraben
hatten, glaubte er nicht.

Der Mann trat auf den Anlasser des Motorrads.

»Halt! Stehenbleiben!«, rief Jonan, während er sich an einigen
Maschinen vorbeizwängte, die zu eng beisammenstanden, als dass
er sie mit seinem Anzug problemlos hätte passieren können, und
zugleich zu massiv waren, um sie einfach umzurennen.

Die Invitros beachteten ihn gar nicht. »Tobyn, komm her«, schrie die Frau über die Schulter.

Ein Schmerzensschrei antwortete ihr.

»Hab einen«, meldete Lucai.

»Gleich!«, rief der Mann namens Tobyn. Es gab einen dumpfen Schlag, und auf einmal füllte sich der Raum mit Rauch.

Rauchgranate, erkannte Jonan.

Lucai fluchte wie ein Jauchekutscher, und dann hörte Jonan eine lange Sturmgewehrgarbe.

Vor ihm rollte das Motorrad an. Er würde es nicht mehr erreichen. Der junge Mann sprang von hinten auf den Karren. Die drei Invitros waren im Begriff zu entkommen.

Jonan presste die Lippen zusammen und schoss.

Das Motorrad machte einen Satz nach vorne und verschwand durch die Öffnung in der Wand. Immer dichter werdender Rauch deckte die Flucht des Fahrzeugs.

Unwillig schaltete Jonan die Anzugoptik auf Infrarot um. Das verbesserte die Sicht nur unwesentlich. Einige der Rohre waren heiß und ihre Hitze strahlte in den Rauch ab, der daraufhin diffuse rote Schlieren auf Jonans Anzeige erzeugte.

Das kraftvolle Röhren des Motorrads hallte in dem Fluchttunnel hinter der Tür wider. Jonan rannte um die Ecke und sah vor sich die rot glühenden Silhouetten der schweren Maschine und ihrer drei Passagiere. Rauch quoll aus der Halle an ihm vorbei in den Tunnel.

»Anhalten!«, schrie er ein letztes Mal, wenn auch mehr um sein eigenes Gewissen zu beruhigen. Dass die Flüchtigen seinem Befehl Folge leisten würden, glaubte er nicht.

Wie erwartet trat der Fahrer nur aufs Gas und beschleunigte das Fluchtfahrzeug. Etwa fünfzig Meter entfernt befand sich eine

Öffnung, die sich als wärmeres Quadrat von der Kälte der Tunnelwände abhob. Das musste der Ausgang zur Straße sein. Ihm blieb keine Zeit mehr für Rücksichtnahme! Wenn das Motorrad es bis ins Freie schaffte, waren die Künstlichen weg, daran bestand kein Zweifel.

Jonan jagte den Flüchtenden eine Salve Kugeln hinterher. Einige schlugen in die Wände und den Karren ein, der hinter dem Motorrad hing. Der Mann namens Tobyn zuckte zusammen und schrie auf. Er verlor das Gleichgewicht und fiel vom Karren auf den Gangboden.

»Tobyn!«, schrie die Frau. »Mako, halt an.«

»Tut mir leid!«, brüllte der Fahrer zurück und duckte sich über den Lenker. »Sie dürfen uns nicht kriegen.«

Jonan schoss erneut, aber der Karren und seine Ladung schützten das Motorrad und seine Passagiere vor den Kugeln. Die Maschine hatte den Ausgang beinahe erreicht.

Er fluchte zum wiederholten Male. Momente wie diesen hasste er. Er hasste sie wirklich. Trotzdem lud er ohne länger zu zögern den Granatwerfer durch und feuerte. Das Geschoss jagte den Tunnel hinunter und traf die Wand schräg hinter den Flüchtenden. Mit einem Donnerschlag explodierte es, und die Wucht der Detonation schleuderte sowohl den Karren als auch das Motorrad an die gegenüberliegende Wand. Im gleichen Moment flog der Treibstofftank der Maschine mit einem Knall in die Luft. Der Mann und die Frau hatten nicht einmal Zeit zu schreien.

»Vallerga, Estarto, Bericht!«, forderte die Stimme von Bruto in seinem Helm.

»Wir haben das Labor gefunden«, meldete Lucai. »Aber irgendjemand hat die Invitros gewarnt. Ein Großteil der Einrichtung war bereits fort. Ich habe hier einen Schwerverletzten. Estarto hat drei weitere verfolgt, die versucht haben zu fliehen.«

»Ich habe sie erwischt«, fügte Jonan hinzu. Langsam ging er auf seine Opfer zu. »Sie sind alle tot. Ich …« Er spürte, wie Übelkeit in ihm aufwallte. »Entschuldigen Sie mich kurz.« Rasch schaltete er den Funk aus. Dann schrie er in seinem Helm auf, um die Anspannung loszuwerden, die ihm den Magen umdrehte. Zorn und Verzweiflung lagen in diesem Schrei. Warum hatten diese Scheißkerle sich nicht ergeben? Warum hatten sie ihn gezwungen, sie zu töten, sie regelrecht zu zerfetzen? Und auch noch eine junge Frau. Das hatte Jonan nicht gewollt.

Mit Wucht trat er gegen den Karren. Der Tritt ließ auch noch den Rest der verbliebenen Ladung durch die Gegend fliegen. Jonan hatte vergessen, die Kraftverstärkerservos wieder herunterzuregeln.

Er aktivierte den Funk wieder. »Verzeihung, Capo. Ich musste mich kurz abreagieren.«

»Schon in Ordnung, Estarto«, sagte Bruto. »Geht's wieder besser?«

»Ja, Truppführer.«

»Halten Sie die Stellung. Ich bin gleich bei Ihnen.«

»Verstanden.«

Eine Bewegung weckte Jonans Aufmerksamkeit. Der Angeschossene, der Mann namens Tobyn, regte sich noch. Da er einige Meter entfernt auf dem Boden gelegen hatte, war er von der Explosion der Granate offenbar nicht so stark getroffen worden wie seine Gefährten.

Jonan ging zu ihm hinüber und musterte ihn. Er lag auf dem Bauch, und seine braune Jacke wies ein blutiges Austrittsloch in Höhe der linken Schulter auf. Jonans Gewehrkugel hatte den

Körper glatt durchschlagen. Ansonsten schien er keine schwereren Verletzungen davongetragen zu haben. Zumindest stand kein Arm oder Bein in widernatürlichem Winkel ab, und es bildete sich auch keine größer werdende Blutlache unter ihm.

Jonan arretierte das Sturmgewehr an seiner Panzerung. Er beugte sich hinunter und drehte den auf dem Bauch Liegenden um. Der junge Mann stöhnte. Schmutz bedeckte seine Kleidung, und das schwarze, schulterlange Haar hing ihm wirr ins Gesicht. Jetzt sah Jonan auch, dass Blut aus einer Platzwunde an der Stirn und aus seinen Ohren lief. Benommen starrte der Mann ihn an. Als er wahrnahm, wer da vor ihm aufragte, weiteten sich seine Augen, und seine Miene verzog sich angsterfüllt. Er wimmerte und versuchte wegzukriechen, aber Jonans gepanzerte Hand lag eisenhart auf seiner gesunden Schulter und verhinderte das.

Jonan konnte die Furcht des Mannes gut verstehen. Die Panzeranzüge der Schwarzen Templer sahen schon bedrohlich aus, wenn man sie bei Tageslicht und untätig vor dem Tribunalpalast stehen sah. Aus unmittelbarer Nähe und eingehüllt in Rauch und Dunkelheit musste Jonans Helm Tobyn wie die Fratze eines Dämons aus der Hölle vorkommen.

»Keine Sorge, Tobyn«, sagte Jonan, von dem absurden Bedürfnis erfasst, den Mann zu beruhigen. »Wir kümmern uns um Sie.«

Erst als er die Worte ausgesprochen hatte, fiel ihm auf, dass man sie auch vollkommen anders auffassen konnte …

KAPITEL 8

Als Carya am nächsten Morgen von der Schule heimkam, wurde sie von Rajael bereits vor der Tür des elterlichen Hauses abgefangen. Das Gesicht ihrer Freundin war aschfahl, und ihre Augen sahen gerötet aus, als hätte sie geweint.

»Carya«, presste die junge Frau mit erstickter Stimme hervor. »Carya, ich muss dringend mit dir sprechen. Ich brauche deine Hilfe. Hast du Zeit?«

»Ich ...« Carya zögerte. Eigentlich wollte sie heute Nachmittag zur Templerjugend gehen. Rajaels Geschichte über Tobyn hatte ihr die Augen geöffnet. Manchmal musste man einfach etwas riskieren, wenn man jemanden kennenlernen wollte. Daher hatte sie sich fest vorgenommen, Ramin anzusprechen und zu versuchen, ihn zu einem Treffen außerhalb der Jugendgruppe zu bewegen.

Andererseits war Rajael ihre Freundin, und sie schien wirklich etwas auf dem Herzen zu haben. »Natürlich«, bestätigte sie etwas verspätet. »Ich esse nur rasch mit meinen Eltern zu Mittag. Anschließend bin ich ...«

»Nein«, unterbrach Rajael sie gehetzt. »Nein, wir müssen sofort reden. Es tut mir leid, aber es ist wirklich wichtig.«

»Ich kann nicht einfach das Mittagessen ausfallen lassen«, erklärte Carya ihr. »Meine Mutter wird mir was erzählen!«

»Bitte!«, drängte Rajael. »Ich würde mich nicht an dich wenden, wenn ich eine andere Lösung wüsste. Es geht um Tobyn.«

Carya warf einen letzten Blick zur Eingangstür hinüber, dann nickte sie ergeben. Ihr würde schon irgendeine Ausrede einfallen, warum sie nicht pünktlich bei Tisch erschienen war. »Also gut. Was ist denn passiert?«

»Nicht hier!«, sagte Rajael und nahm Caryas Hand. »Komm mit. Wir laufen zu unserem Platz oben auf der Mauer. Dort sind wir ungestört.« Sie deutete hinüber zum Aureuswall, der sich jenseits der Häuser erhob.

Gemeinsam eilten sie die Straße hinauf, bis sie das Gebäude erreichten, in dem Rajaels Wohnung lag. Etwas oberhalb davon befand sich eine steile Gasse, die nach rechts den Pinciohügel hinaufführte. Vorbei an den übermannshohen Hecken und Steinmauern der direkt unterhalb der Stadtmauer liegenden Anwesen liefen Carya und ihre Freundin auf den Aureuswall zu.

Nach wie vor diente die meterhohe Steinmauer dem Schutz Arcadions. Im Abstand von etwa fünfhundert Metern existierten bemannte Wachtürme, und an den vier Stadttoren waren Einheiten der Stadtwache postiert. Die Zeiten, in denen zu jeder Tages- und Nachtzeit gut drei Hundertschaften an Uniformierten im Dienste des Lux Dei den gut fünfundzwanzig Kilometer langen Rundwall patrouilliert hatten, waren allerdings schon vor Caryas Geburt vorbei gewesen.

Dementsprechend waren die Treppenaufgänge zum Wehrgang auf der Mauerkrone auch nicht mehr abgesperrt. Zwar wurde es nicht gerne gesehen, wenn sich die Bürger Arcadions dort oben herumtrieben, aber gerade auf Jugendliche übten die zahlreichen Plätze auf der Mauer, von denen aus man einen Blick auf das umliegende Ödland und die sich daran anschließende Wildnis werfen konnte, einen unwiderstehlichen Reiz aus. Daher stiegen immer wieder Einzelne oder kleine Grüppchen auf den Aureuswall hinauf. Die verbliebenen Stadtwachen nahmen es stillschweigend hin, solange die jungen Leute nicht versuchten, in die Wachtürme einzudringen oder an Seilen außen die Mauer hinunterzuklettern – eine Mutprobe, die unter halbwüchsigen Jungen trotzdem sehr beliebt war.

Carya und Rajael betraten den vor ihnen liegenden Treppenturm, der sich an die Innenseite des Walls schmiegte und erklommen die steile Wendeltreppe hinauf zur Mauerkrone. Oben angekommen liefen sie zwischen den beiden mächtigen Zinnenreihen entlang nach Norden. Rechts von ihnen ragten die gewaltigen Luftabwehrbatterien auf, links hätten sie, wenn sie sich reckten und durch die Zinnenscharten der Mauer lugten, in die Gärten der wohlhabenden Bürger Arcadions blicken können.

Ihr Lieblingsplatz lag an der nordöstlichen Ecke des Aureuswalls, der an dieser Stelle einen weiten Bogen über die Kuppe des Pinciohügels schlug. Onkel Giac hatte Carya mal erzählt, dass der Hügel vor den Dunklen Jahren ein Park gewesen war, der den Bürgern der Stadt zur Erholung gedient hatte. Doch von den einst so zahlreichen Bäumen, Wasserbecken und Parkwegen war kaum mehr etwas zu sehen. Alles Gelände unmittelbar vor der Mauer war gerodet und freigeräumt worden, um es Angreifern unmöglich zu machen, sich ungesehen der Stadt zu nähern.

Jenseits davon erstreckte sich das sogenannte Ödland. Von Gestrüpp überwucherte Ruinen von Wohnvierteln und Industrieanlagen, die einst zu der Stadt gehört hatten, aus der Arcadion erwachsen war, ragten dort auf. Meist waren nur noch Grundmauern zu sehen oder einzelne Gebäudeteile, die sich wie die Knochen riesiger Tiere in den Himmel erhoben. Der Sternenfall und die Dunklen Jahre hatten die Landschaft vollkommen verheert, und bislang gab es nur sehr zögerliche Versuche, diesen Trümmergürtel, der sich um die ganze Stadt erstreckte, oder die dahinter liegende Wildnis, die heute Tieren, Mutanten und Banden von Ausgestoßenen gehörte, zurückzuerobern.

Doch obschon das Ödland dort draußen eigentlich nichts als Gefahr und Ungemach bot, übte es einen enormen Reiz auf viele jüngere Bewohner Arcadions aus. Einige Jungen aus Caryas Klasse prahlten heimlich damit, Ausflüge in die Ruinen unternommen zu haben. Sie behaupteten sogar, einer Gruppe Mutanten begegnet und erfolgreich entronnen zu sein, die sie verfolgt hatte, um sie zu fressen. Carya hielt das für Geschwätz.

Sie selbst wurde vor allem von einem wohligen Schaudern ergriffen, wann immer sie den Blick über die Wildnis schweifen ließ. Es war eine Welt voller Geheimnisse, gefährlich und wundersam, die sich zu ihren Füßen erstreckte, und manchmal malte sie sich aus, wie es wohl sein möge, zwischen diesen verfallenen Relikten der einstigen Menschheit umherzustreifen. Natürlich wäre sie freiwillig niemals außen an der Stadtmauer hinuntergeklettert. Sie ging lieber von hoch oben, aus der Sicherheit des Aureuswalls heraus, auf gedankliche Abenteuerreise.

Rajael schien dagegen stets von einer stillen Sehnsucht und Melancholie erfüllt zu sein, wenn sie beide beisammensaßen und aufs Land hinaus schauten. Als Carya sie einmal darauf angesprochen hatte, war Rajael ihr die Antwort zunächst schuldig geblieben. Erst später hatte sie ihr gebeichtet, dass sie die Menschen beneide, die vor dem Sternenfall gelebt hatten.

»Warum?«, hatte Carya verständnislos gefragt.

Rajael hatte sie verträumt angeschaut. »Weil sie freier waren als wir. Weil ihre Welt nicht durch eine Mauer begrenzt wurde.«

So ganz hatte Carya die Worte der Freundin damals nicht nachvollziehen können.

Rajael und sie passierten einen Wachturm und erreichten die weit geschwungene Nordostkurve der Stadtmauer. Vor ihnen kam ihr gemeinsamer Aussichtspunkt in Sicht, eine Mauernische unterhalb einer Zinnenscharte, in der man zu zweit Platz hatte, wenn man eng zusammenrückte. Der Aureuswall war kein auf dem Reißbrett entworfenes Konstrukt, sondern in großer Hast und nicht immer gänzlich planvoll entstanden. Kleine architektonische Ungenauigkeiten wie diese Nischen fanden sich überall entlang seines kilometerlangen Verlaufs.

Die beiden Mädchen ließen sich nebeneinander nieder und lehnten sich an den kühlen Mauerstein. Rajael winkelte die Beine an, zog die Knie an die Brust und schlang die Arme darum. Ihr Gesicht war vom Laufen gerötet; Carya musste ähnlich aussehen, so außer Puste, wie sie sich fühlte. Einen Moment lang sprachen sie kein Wort, sondern versuchten erst einmal, zu Atem zu kommen.

Schließlich nickte Carya Rajael zu. »Also, nun sag schon. Was ist passiert?«

Rajaels Miene verzog sich schmerzerfüllt. »Tobyn«, erwiderte sie stockend. »Sie haben Tobyn.« Bei der Erwähnung seines Namens traten ihr frische Tränen in die Augen.

Carya spürte, wie sich ihre Eingeweide zusammenzogen. »Wer?«, fragte sie, auch wenn sie argwöhnte, die Antwort bereits zu kennen. So panisch, wie Rajael wirkte, kamen nicht besonders viele Gruppen in Arcadion in Frage.

Rajael schniefte. »Die Schwarzen Templer«, erwiderte sie. »Die Garde des Tribunalpalasts.«

Genau das hatte Carya befürchtet. »Aber warum? Hat es irgendetwas mit seinem eigenartigen Verhalten gestern im Café zu tun? Er ist so überstürzt verschwunden ...«

»Ja, er steckt schon seit ein paar Tagen in Schwierigkeiten«, sagte Rajael nickend. »Sie haben ihm nachgestellt, musst du wissen. Also, nicht ihm direkt, aber ein paar Leuten, mit denen er zu tun hatte. Und letzte Nacht haben sie ihn und die anderen erwischt.«

»Aber was, um Himmels willen, haben sie sich denn zuschulden kommen lassen?«, wollte Carya wissen. »Einfache Schmuggler werden nicht von den Schwarzen Templern gejagt.« Ihr kam ein schrecklicher Gedanke. »Sag nicht, dass er ein Terrorist oder ein Agent des Ketzerkönigs ist.«

»Nein, natürlich nicht!« Rajael schüttelte vehement den Kopf. »Nein, er ist ...« Sie stockte und schloss kurz die Augen. Offenbar fiel es ihr schwer, über das zu sprechen, was sie wusste.

»Rajael.« Carya beugte sich etwas nach vorne. »Was geht hier vor? Unten auf der Straße hast du gesagt, dass du meine Hilfe bräuchtest und dass die Zeit dränge. Ich will dir gerne beistehen, aber du musst mich schon in alles einweihen.«

Ihre Freundin öffnete die Augen wieder. Ein verzweifelter Ausdruck lag darin. »Das will ich. Aber bitte versprich mir, dass du nicht durchdrehst, sondern zumindest bei mir bleibst, bis ich alles erzählt habe. Versprich mir das.«

Verwirrt nickte Carya. »Natürlich. Wir sind doch Freundinnen. Was denkst du von mir?«

»Entschuldige. Es ist nur ...« Rajael sammelte sich. »Tobyn ... Tobyn ist ein Invitro. Ich bin mit einem Invitro befreundet.«

Im ersten Moment glaubte Carya, sich verhört zu haben. Damit hatte sie nun wirklich nicht gerechnet. *Natürlich hätte mir die Sache mit den Schwarzen Templern einen Hinweis geben können,* ging es ihr durch den Sinn. Dann kam ihr ein zweiter Gedanke, und sie runzelte die Stirn. »Aber das kann doch gar nicht sein. Er ist viel zu jung. Alle Invitros, die noch leben, stammen aus der Zeit vor dem Sternenfall und sind jetzt mindestens ...« Sie stockte und zuckte mit den Schultern. »Keine Ahnung ... vierzig oder fünfzig Jahre alt.«

»Das stimmt nicht«, entgegnete Rajael. »Auch wenn wir in den Dunklen Jahren unglaublich viel moderne Technik verloren haben, sind nicht alle Brutlabors zerstört worden. Im Geheimen gibt es immer noch einige. Tobyn wurde beispielsweise im Norden in den Bergen geboren. Natürlich ist es gefährlich für Invitros und Menschen, die ihnen wohlgesonnen sind, die Labore zu betreiben. Du weißt ja, wie der Lux Dei zu Künstlichen steht.«

Carya musste an Signora Bacchettona denken. Sie nickte stumm.

»Darüber hinaus ist es auch schwierig, ein Brutlabor zu betreiben. Man braucht Strom dafür und gewisse andere Dinge, die nicht einfach in der Wildnis draußen herumliegen. Die besten Aussichten auf Erfolg hat man, wenn man es in einer Stadt versteckt – wie Arcadion.«

»Das also haben Tobyn und seine Bekannten gemacht?« Carya konnte es kaum fassen. Es wurde immer abenteuerlicher!

»Er nicht«, entgegnete Rajael. »Er hätte das gar nicht gekonnt. Er studiert Geschichte, nicht Naturwissenschaften, wie du weißt. Aber ja, die anderen, mit denen er in letzter Zeit häufiger Kontakt hatte und die ihn erst in solche Gefahr gebracht haben, waren Genetiker und Programmierer, die ein solches Labor betrieben haben.«

»Aber warum? Wieso sollte jemand ein solches Risiko auf sich nehmen? Es ist doch bekannt, dass die Inquisitoren des Tribunalpalasts jeden Verstoß gegen das Gesetz hart bestrafen. Die natürliche Schöpfung Gottes darf nicht angetastet werden.«

Rajaels Gesicht nahm einen verbitterten Ausdruck an. »Weil die Männer, die die Invitros vor dem Sternenfall erschaffen haben, ihre künstlichen Kinder um genau diese Gabe der natürlichen Schöpfung betrogen haben. Sie haben die Invitros als Dienerrasse geschaffen, die nie mehr sein sollte als das: ein Heer aus perfekten Arbeitern, Soldaten und Bediensteten. Dass Menschen, die künstlich geboren wurden, nichtsdestotrotz Menschen sein würden, mit dem menschlichen Bedürfnis nach Liebe, Wärme und Geborgenheit, kam ihnen einfach nicht in den Kopf. Und dieses Gedankengut ist heute weiter verbreitet denn je. Was glaubst du, warum die meisten Invitros unter sich bleiben?«

Genau wie die Garibaldis, dachte Carya. Laut ihren Eltern waren sie beide Invitros gewesen, ein Paar, das womöglich zusammengefunden hatte, weil die normalen Menschen nichts mit ihnen hatten zu tun haben wollen. *Könnte ich das?,* fragte sich Carya. *Wäre ich so mutig wie Rajael, mich mit einem Invitro einzulassen?* Sie wusste es nicht. Aber tief in ihrem Inneren verspürte sie ein absurdes Gefühl von Stolz auf ihre Freundin aufsteigen, dass diese Tobyn nicht nach seiner Herkunft, sondern nach seinem Wesen beurteilt hatte.

»Nun, die Fähigkeit zu lieben konnten die Wissenschaftler den Invitros nicht nehmen«, fuhr Rajael unterdessen fort. »Aber sie verweigerten ihnen die Fähigkeit, eine Familie zu gründen und Kinder zu bekommen. Invitros sind unfruchtbar. Sie können also nur ein Kind haben, indem sie eines adoptieren – was der Lux Dei zu verhindern weiß – oder indem sie eines in einem Brutlabor das Licht der Welt erblicken lassen.«

»Soll das heißen …?« Caryas Augen weiteten sich, als sie begriff, was Rajael ihr da beichtete.

Die Freundin zog die Knie noch etwas fester an die Brust. Tränen liefen ihr über die Wangen, als sie nickte. »Ja. Tobyn und ich haben uns ein Kind gewünscht. Er hat für mich mit dem Brutlabor Kontakt aufgenommen, um herauszufinden, ob und wann es möglich sein würde, ein Kind zu bekommen. Und dabei haben ihn die Schwarzen Templer erwischt. Und jetzt werden sie … Ich weiß es nicht, aber ich befürchte das Schlimmste.« Sie fing an zu schluchzen.

Carya schlug die Hand vor den Mund. »Oh Gott, Rajael, das ist ja schrecklich.« Sie rückte neben die Freundin und schlang die Arme um sie. Rajaels Tränen kannten nun kein Halten mehr. Völlig aufgelöst vergrub sie den Kopf an Caryas Schulter.

Und Carya konnte nicht anders: Auch sie weinte. Ihr Verstand mochte ihr sagen, dass Rajael und Tobyn furchtbar dumm und leichtsinnig gehandelt hatten. Ihr Herz aber fühlte sich zu den Liebenden hingezogen, und deren grausames Schicksal rührte sie zutiefst. Womöglich waren die ganzen Romane schuld, die sie heimlich mit ihrer Freundin las. »Sag, Rajael, wie kann ich dir helfen?«

Rajael brauchte noch ein paar Sekunden, um sich wieder zu beruhigen, doch dann löste sie sich von Carya und blickte sie aus geröteten Augen an. »Ich muss wissen, was aus ihm geworden ist. Er wollte, dass ich die Stadt verlasse, wenn ihm etwas zustößt. Aber das käme mir wie Verrat vor. Ich kann nicht gehen, ohne nicht wenigstens versucht zu haben, ihn noch einmal zu sehen. Deshalb hilf mir, Carya. Hilf mir, in den Tribunalpalast zu gelangen und Tobyn zu finden.«

Erschrocken rückte Carya ein Stückchen von ihr ab. »Das ist

Wahnsinn, Rajael. Du kannst nicht einfach in den Tribunalpalast spazieren und einen Gefangenen dort rausholen.«

»Das will ich auch gar nicht«, widersprach Rajael. Sie schniefte und wischte sich mit den Händen über die Augen. Ihre Stimme nahm einen gefassten Tonfall an. »Keine Angst, Carya, ich bin nicht verrückt. Mir ist klar, dass eine Rettung unmöglich ist. Ich will ihn wirklich nur sehen und mich von ihm verabschieden.«

»Aber wie?«, wollte Carya wissen. »Ich möchte gerne alles für dich tun, aber ich habe keine Ahnung, wie ich dir diesen Wunsch erfüllen soll.«

»Geh in den Tribunalpalast. Dein Vater arbeitet doch dort als Gerichtsdiener. Bring für mich in Erfahrung, ob sie Tobyn schon getötet haben oder ob er noch lebt und ihm eine Untersuchung oder ein Prozess wegen Vergehen gegen die göttliche Ordnung bevorsteht. Das würde mich nicht wundern. Inquisitoren lieben das Zeremoniell. Außerdem wollen sie sicher wissen, ob er ihnen noch irgendetwas über andere Invitros sagen kann. Wenn dem so wäre, hätte ich vielleicht noch eine Chance. Ich habe gehört, dass die Inquisitoren ausgewählten Gästen erlauben, an den Prozessen teilzunehmen.«

Carya nickte langsam. Etwas in der Art hatte ihr Vater auch schon mal erzählt. Natürlich musste man entweder direkt zum Lux Dei gehören oder sich sonst irgendwie hervorgetan haben, um einen Prozess im Tribunalpalast mit ansehen zu dürfen. Oder man musste Verbindungen besitzen. »Ich verstehe. Du willst, dass ich meinen Vater bitte, uns zu helfen. Aber, Rajael, das können wir vergessen. Mein Vater wird niemals zulassen, dass ich so einen Prozess besuche. Es heißt, dass die Inquisitoren die Angeklagten dabei gelegentlich foltern.«

Rajael presste die Lippen zusammen. Sie sah sehr elend aus.

»Ich weiß. Umso wichtiger ist es, dass ich Tobyn sehe. Ich möchte ihm zeigen, dass ich bis zuletzt an seiner Seite stehe, auch wenn ich ihn nicht retten kann. Gibt es denn keine Möglichkeit?«

Caryas Gedanken rasten. Ihren Vater zu fragen würde nichts bringen. Ganz egal, was sie sich für eine Geschichte einfallen ließ. Davon war sie felsenfest überzeugt. Aber sie kannte noch jemand anderen, der ihr vielleicht helfen konnte. Es gefiel ihr nicht, ihn aufzusuchen, und noch weniger, ihn um einen Gefallen zu bitten, der nicht ganz ohne Risiko war. Sie würde in seiner Schuld stehen – und das nicht zu knapp. Aber was blieb ihr anderes übrig?

Sie hatte ihrer Freundin versprochen, alles zu versuchen, um ihr Leid zu lindern. Und sie wollte Rajael, die ihr von allen Menschen vielleicht die Liebste war, nicht enttäuschen.

KAPITEL 9

Gewaltig und ebenso Ehrfurcht gebietend wie Furcht einflößend ragte der Tribunalpalast vor Carya auf, als sie wenig später in die Innenstadt von Arcadion zurückkehrte. Sie hatte Rajael versprochen, so schnell wie möglich mehr über Tobyns Schicksal in Erfahrung zu bringen. Wenn die Inquisitoren sich für ihn interessierten, war in der Tat Eile geboten. Es war ein offenes Geheimnis, dass die Hüter von Glaube und Ordnung nicht zimperlich mit ihren Gefangenen umgingen, wenn sie diesen Geständnisse oder Informationen entlocken wollten.

Wenn mein Vater wüsste, dass ich hier bin, wäre er ziemlich wütend, dachte Carya, während sie die letzten Schritte zum Eingangsportal des riesigen Bauwerks zurücklegte. Nach ihrem Gespräch mit Rajael war sie nicht nach Hause zurückgekehrt, denn dann hätte sie erstens erklären müssen, warum sie das Mittagessen verpasst hatte, und wäre zweitens gezwungen gewesen, Schulaufgaben zu machen, etwas, wofür sie gegenwärtig überhaupt keine Zeit hatte. Sie würde heute Abend eben etwas länger aufbleiben müssen – oder morgen das Donnerwetter ihrer Lehrer über sich ergehen lassen.

Beides bereitete ihr deutlich weniger Sorgen als das, was unmittelbar vor ihr lag.

Die beiden gepanzerten Schwarzen Templer, die den Eingang

bewachten, nahmen zu Caryas Erleichterung überhaupt keine Notiz von ihr. Es war nicht die Aufgabe der Soldaten, sich um irgendwelche zivilen Gäste zu kümmern. Sie schritten nur ein, wenn offensichtliche Gefahr drohte.

Genau genommen standen weite Teile des Tribunalpalasts durchaus Besuchern offen. Schließlich kümmerte man sich hier nicht nur um schwere Fälle von Staatsverrat, sondern auch um jede andere Art von Rechtsprechung. Hunderte von zivilen Bediensteten hielten den bürokratischen Apparat am Laufen. Nur der Westflügel, der vollständig von der Inquisition besetzt war, galt als Sperrzone, die offiziell nur mit entsprechender Genehmigung betreten werden durfte.

Allerdings gab es vereinzelt Korridore, die von einem Flügel zum anderen führten und nicht durch Wachposten gesichert waren, sondern nur durch Türen, die für gewöhnlich verschlossen sein sollten. Dass dies in Wirklichkeit nicht immer der Fall war, hatte Carya in jungen Jahren unfreiwillig feststellen müssen. Sie hatte ihren Vater von der Arbeit abholen wollen und wegen eines dringenden Bedürfnisses nach den Toiletten gesucht. Dabei war sie versehentlich in den Westflügel geraten. Das Ende vom Lied war eine unangenehme Begegnung mit einem schwarz uniformierten Offizier gewesen, der ihr ein paar strenge Fragen gestellt hatte, bevor er sie zu ihrem Vater zurückeskortiert hatte, dem daraufhin eine Verwarnung zuteil geworden war.

Heute gedachte sie durch die bewachte Eingangstür des Westflügels zu marschieren, eine Tat, deren Dreistigkeit sie regelrecht ängstigte.

»Halt, Signorina«, stoppte sie eine weitere Wache, diesmal nicht in Vollrüstung, sondern nur uniformiert, aber nichtsdestoweniger bewaffnet und gefährlich. »Wohin wollen Sie?«

»Ich möchte zu Signore Florea«, erwiderte Carya. Alesandru Florea war ein junger Gerichtsdiener, der früher für ihren Vater gearbeitet hatte, dann aber vor einem Jahr in den Westflügel gewechselt war. Bereits als Carya vierzehn gewesen war, hatte er ein Auge auf sie geworfen. Zunächst hatte sie das gar nicht begriffen. Danach fand sie es eklig. Immerhin war Alesandru sieben Jahre älter als sie. Außerdem neigte er schon immer zu Übergewicht und schwitzte ständig. Sie bezweifelte, dass sich daran in den drei Monaten, seit sie ihm das letzte Mal zufällig begegnet war, viel geändert hatte.

»In Ordnung«, sagte der Uniformierte. »Begeben Sie sich zur Anmeldung direkt hinter dem Eingang und sprechen Sie dort vor.«

»Danke. Ich kenne das Vorgehen.« Carya schenkte ihm ein Lächeln, von dem sie hoffte, dass es von Selbstbewusstsein zeugte, und spazierte an ihm vorbei in die Eingangshalle. Sie war froh, dass der Soldat keinen mit Spezialinstrumenten gespickten Helm trug, wie ihn die Schwarzen Templer besaßen. In dem Fall hätte er ihr heftig klopfendes Herz unmöglich überhören können.

»Haben Sie einen Termin bei Signore Florea?«, erkundigte sich der Pförtner, ein ernst dreinschauender Mann, der Carya hinter einem Tresen sitzend empfing.

»Leider nein«, gab Carya zurück. »Aber ich muss dringend mit ihm sprechen. Könnten Sie ihm das ausrichten?«

»In welcher Angelegenheit?« Der Mann hob fragend die Augenbrauen.

»Einer privaten«, sagte Carya.

»Ich verstehe.« Der Pförtner läutete einen Boten heran. »Ich werde Signore Florea Bescheid geben. Sie können dort drüben auf ihn warten.« Er deutete auf eine Holzbank unweit des Eingangs.

Es dauerte nicht lange, und sie vernahm die charakteristisch behäbigen Schritte Alesandrus auf dem blank gescheuerten Steinboden. Kurz darauf betrat der junge Mann den Raum. Er trug die schwarze Uniform des Inquisitionspersonals, die Jacke stand allerdings offen, und Carya fragte sich unwillkürlich, ob er sie überhaupt hätte schließen können. Sein Bauch hatte seit ihrer letzten Begegnung eher noch an Umfang gewonnen. Am Ansatz seines kurzgeschnittenen schwarzen Haars glänzten winzige Schweißtropfen, und sein Gesicht war gerötet, als habe ihn der kurze Gang durchs Gebäude über alle Maßen angestrengt.

Dessen ungeachtet breitete sich ein Lächeln auf seinen Zügen aus, als er seine Besucherin erblickte. »Carya«, rief er aufgeräumt. »Was für eine Überraschung! Dich hätte ich wirklich nicht hier erwartet.«

»Hallo, Sandru«, begrüßte Carya ihn und zwang sich ebenfalls zu einem Lächeln, obgleich ihr im Moment wirklich nicht danach war – schon gar nicht in Gegenwart von Alesandru. »Hast du einen Moment Zeit für mich? Ich brauche deine Hilfe.«

»Meine Hilfe?« Das Gesicht des jungen Mannes hellte sich auf. »Auf diesen Satz warte ich ja schon seit Jahren! Komm, begeben wir uns doch in mein Büro. Das geht schon in Ordnung.« Alesandru nickte dem Pförtner in gönnerhafter Geste zu.

»Wie Sie meinen, Signore«, erwiderte der Angesprochene mit verächtlichem Gesichtsausdruck. Die beiden Männer schienen sich nicht sonderlich zu mögen.

Unter Alesandrus Führung durchquerten sie den Westflügel, wobei sie immer wieder an schwarz Uniformierten vorbeikamen, die sie größtenteils jedoch gar nicht beachteten. Zwei oder drei von ihnen warfen Carya verstohlene Blicke zu, schienen in ihr allerdings weniger die Zivilistin als vielmehr die hübsche junge

Frau wahrzunehmen. Carya wusste nicht, ob ihr das unangenehm sein oder sie sich geschmeichelt fühlen sollte.

»Wie geht es dir denn so?«, fragte Alesandru leutselig, während sie durch die Korridore marschierten und eine Treppe hinauf in den zweiten Stock erklommen. »In der Schule alles in Ordnung? Ich hörte, du besuchst jetzt häufiger eine Templerjugendgruppe.«

Carya nickte und gab pflichtschuldig ein paar Anekdoten aus ihrem Leben zum Besten, wobei sie tunlichst darauf achtete, Ramin nicht zu erwähnen.

»Sehr schön, wirklich«, kommentierte ihr Begleiter. »Es freut mich, dass es dir gut geht. Wir sind übrigens da.« Er blieb vor einer Tür stehen, öffnete sie und geleitete Carya ins Innere. Sie durchquerten ein leeres Vorzimmer und erreichten ein etwas größeres Büro dahinter, das erstaunlich geschmackvoll eingerichtet war. In einer Ecke stand die Büste eines Politikers oder Feldherrn, den Carya nicht kannte. Daneben, auf einem kleinen, filigran verzierten Tisch, warteten Karaffen mit Wein und Wasser auf durstige Kehlen. In der Mitte des Raums, vor einem Regal mit Akten, befand sich ein großer Schreibtisch, auf dem eine verzierte Schreibtischunterlage und ein goldener Füllfederhalter in einem Edelholzkästchen lagen. Daneben war ein kleines Messingschild mit Alesandrus Namen aufgestellt.

»Das ist dein Büro?«, staunte Carya.

»Nun … ja«, bestätigte Alesandru und bot Carya einen der Stühle vor dem Schreibtisch an. Er selbst ließ sich zufrieden auf dem Ledersessel dahinter nieder, nur um im nächsten Moment wieder aufzuspringen. »Möchtest du etwas trinken?«

»Gerne, danke. Nur Wasser, bitte.«

Er ging zu dem Tisch mit den Getränken hinüber und schenkte

Carya ein Glas Wasser und sich selbst eins mit Wein ein. Nachdem er Carya das Glas ausgehändigt hatte, setzte er sich erneut und hob sein Weinglas. »Auf schöne Überraschungen an einem öden Nachmittag – oder sollte ich sagen *wunderschöne?*« Er zwinkerte Carya zu.

Sie spürte, wie das plumpe Kompliment ihr das Blut in die Wangen trieb, und ärgerte sich sogleich darüber, was die Röte nur noch verstärkte. Um ihr Unwohlsein zu überspielen, lächelte sie linkisch und nahm einen Schluck Wasser.

»Also, was kann ich für dich tun?«, fragte Alesandru.

Carya senkte ihr Glas. Sie war dankbar, dass sie etwas in den Händen halten konnte, sonst hätte sie womöglich vor Nervosität begonnen, mit ihren Fingern herumzuspielen. »In der Templer-jugendgruppe habe ich vorhin gehört, dass letzte Nacht ein ge-heimes Labor der Künstlichen entdeckt wurde«, begann sie. Das war eine Lüge. Aber vermutlich würde es nicht die letzte sein, wenn Carya versuchen wollte, Rajael zu helfen.

Alesandru nickte. »Das stimmt. Es war ein großer Sieg für die Garde des Tribunalpalasts.« Im nächsten Moment runzelte er die Stirn. »Eigenartig nur, dass das schon in der Stadt die Runde macht. Ich dachte, das wäre noch geheim.«

»Na ja, es wurden keine Einzelheiten genannt«, wiegelte Carya ab. »Nur dass es eine wilde Schießerei gegeben hätte. Natürlich haben die Künstlichen verloren und die Soldaten sie festgenom-men. Das stimmt doch, oder?«

»Das ist richtig«, bestätigte Alesandru. »Womit einmal mehr bewiesen wäre, wie erfolgreich der Lux Dei gegen jeden Ge-setzesbruch in Arcadion vorgeht.«

»Ist unter den Gefangenen zufällig ein junger Mann namens Tobyn?«

Ihr Gegenüber zuckte mit den Schultern. »Nicht auszuschließen. Warum fragst du?«

Jetzt wurde es interessant. Den ganzen Weg vom Aureuswall in die Stadt hatte Carya darüber nachgedacht, welche Geschichte sie Alesandru auftischen könnte. Sie hatte sich für die drastische Lösung entschieden, in der Hoffnung, sie würde ihm so gut gefallen, dass er über fragwürdige Einzelheiten hinwegsah. »Ich will ihn leiden sehen!« Sie setzte eine grimmige Miene auf. »Wenn er unter den Gefangenen war, wäre ich glücklicher denn je.«

Alesandru merkte auf. »Das musst du mir näher erklären.«

»Dieser Tobyn hat einer Freundin von mir nachgestellt, Miraela. Er hat sie bedrängt und wollte sie zu unzüchtigen Dingen verführen. Glücklicherweise blieb sie standhaft, aber er wollte nicht einsehen, dass sie kein Interesse an ihm hatte. Er war wirklich lästig. Damals kannten wir seine wahre Natur noch nicht, sonst hätten wir ihn gleich den Behörden gemeldet. Als er vorgestern bei ihr auftauchte, verhielt er sich sehr seltsam. Er meinte, er müsse eine Weile weg, aber sie solle auf ihn warten. Er würde sie immer lieben. All so schmalziges Zeug, das wir gar nicht hören wollten. Es war widerlich.« Carya schüttelte sich übertrieben. »Und dann verschwand er – und heute hörte ich von dem Kampf um das Brutlabor. Die Vorstellung, dass er ein Künstlicher sein könnte, hat uns entsetzt. Daher bat mich meine Freundin, für Klarheit zu sorgen. Und ich dachte, du würdest mir vielleicht dabei helfen.«

Alesandru schien darüber nachzugrübeln. »Da ließe sich sicher etwas machen. Heute habe ich leider kaum Zeit, aber bis morgen Abend sollte ich wohl mehr wissen.« Ein listiger Ausdruck trat auf sein feistes Gesicht. »Hol mich doch morgen nach der Arbeit ab. Dann gehen wir etwas essen, und ich berichte dir, was ich herausgefunden habe.«

»Nein!«, entfuhr es Carya. Zu spät fiel ihr auf, dass er den Eindruck gewinnen könnte, die Vorstellung, mit ihm auszugehen, entsetze sie – was nicht ganz von der Hand zu weisen war, aber das hätte sie ihm niemals so offen gezeigt. »Bitte«, setzte sie daher hastig hinzu. »Morgen ist zu spät. Ich muss es sofort wissen. Ich möchte erfahren, ob … ob meine Freundin vor Tobyn sicher ist. Und ob ihn seine gerechte Strafe ereilt. Bis dahin habe ich keine ruhige Minute. Ich …« Sie musste sich zwingen, den Satz fortzuführen. »Ich wäre dir wirklich *sehr* dankbar.«

Ein gieriger Glanz trat in Alesandrus Augen. Er zog ein Taschentuch aus seiner Hosentasche und tupfte sich die Stirn ab. »Na gut, ich konnte dir noch nie eine Bitte abschlagen, wie du weißt.« Er erhob sich. »Warte hier. Nein … äh … warte besser dort vorne im Vorzimmer. Ich werde mich gleich kundig machen, ob wir den Peiniger deiner Freundin in unseren Händen haben. Und wenn ja, dann wirst du deine Rache bekommen, Carya. Das schwöre ich!« Mit diesen Worten führte er sie in den Nachbarraum mit dem kleineren Schreibtisch.

Er wollte gerade losstürmen – so schnell es sein Leibesumfang eben zuließ –, als Carya ihn noch einmal am Arm berührte. »Warte, Alesandru. Ich habe noch eine Frage.«

»Ja?«

»Wenn Tobyn zusammen mit den anderen Künstlichen festgenommen wurde, wird es doch eine Untersuchung, einen Prozess gegen ihn geben, nicht wahr?«

»Natürlich. Wir werden ihn und seine Mitverschwörer spüren lassen, was es heißt, sich mit dem Lux Dei anzulegen.« Er unterstrich die Aussage mit einem eifrigen Nicken.

»Von meinem Vater weiß ich, dass zu solchen Prozessen auch Gäste eingeladen werden«, fuhr Carya fort. Sie sah Alesandru mit einer Eindringlichkeit an, von der sie hoffte, dass sie an Fanatismus erinnerte. »Kannst du meine Freundin und mich da reinbringen? Wir wollen zusehen, wie er verurteilt wird. Wir wollen dabei sein, wenn er leidet. Bitte, Alesandru ...«

»Oh ...« Der junge Mann blinzelte unsicher und erneut trat ihm der Schweiß auf die breite Stirn. »Ich ... ich weiß nicht. Man braucht die Einladung eines Inquisitors oder eines anderen hohen Tiers beim Lux Dei. Das wird nicht so leicht.«

»Aber du schaffst es trotzdem, oder?« Caryas Hand lag immer noch auf seinem Arm.

Er schluckte sichtlich. »Ja, möglicherweise. Doch wenn es mir gelingt, schuldest du mir mehr als ein Abendessen. Ich riskiere hier einigen Ärger für dich. Dafür erwarte ich auch eine Gegenleistung.«

Carya sah, wie sein Blick über ihren Körper wanderte. Sie konnte sich gut vorstellen, was ihm vorschwebte, und der Gedanke allein hätte sie beinahe Hals über Kopf die Flucht ergreifen lassen. *Bleib tapfer,* ermahnte sie sich. *Für Rajael.* Sie lächelte. »Es muss ja nicht bei *einem* Abendessen bleiben«, sagte sie vieldeutig. »Du hast dich verändert, seit du hier im Westflügel arbeitest. Das erkenne ich jetzt. Wer weiß, was aus uns noch wird ...«

Alesandru grinste sie breit an. »Du kannst dir gar nicht vorstellen, wie sehr es mich freut, das zu hören. Bleib, wo du bist. Ich kehre so schnell es geht zurück. Ach, eine Sache noch: Wie heißt deine Freundin? Ich brauche schließlich Namen für die Einladung.«

»Miraela«, antwortete Carya. »Miraela Menzona.« Der Name war die Kombination aus dem Vornamen und dem Nachnamen zweier Klassenkameradinnen, aber auf die Schnelle war Carya nichts Besseres eingefallen.

»Gut. Danke.« Im nächsten Moment war Alesandru im Korridor verschwunden.

Seufzend ließ Carya sich auf einen der Stühle im Vorzimmer sinken. *Licht Gottes, was tue ich hier eigentlich? Ich mache einem Ekel wie Alesandru Hoffnungen, damit eine Freundin zuschauen kann, wie ihr Invitrofreund von Inquisitoren zu Tode gefoltert wird.* Der Gedanke allein sorgte dafür, dass sich ihr Magen verkrampfte. Sie schloss kurz die Augen und versuchte tief durchzuatmen. *Warum lässt sich die Zeit bloß nicht vierundzwanzig Stunden zurückdrehen? Dann würde ich Tobyn im Café sagen, dass er mit Rajael sofort Arcadion verlassen soll – und alles wäre gut geworden.*

Aber es war müßig, sich irgendein Wunder herbeizuwünschen. Es würde keines geben. Ihr blieb nichts anderes übrig, als die Ereignisse der nächsten Tage durchzustehen: den Prozess, den Rajael unbedingt besuchen wollte … und die Annäherungsversuche von Alesandru, die sie zumindest eine Weile über sich würde ergehen lassen müssen. *Aber danach wird alles besser! Ich werde Ramin meine Gefühle gestehen, und wir werden zusammen glücklich sein.* Allein diese Aussichten machten das Kommende erträglich.

Das Warten zog sich hin. Carya hatte keine Ahnung, welche Hebel Alesandru in Bewegung setzen musste, um sich ihr zu beweisen, aber es schien ihn einige Mühe zu kosten. Da sie Durst bekam, stand sie auf und schlenderte in das Nachbarbüro zurück, um sich noch ein Glas Wasser einzuschenken. Dabei fiel ihr Blick auf den edel aussehenden Schreibtisch.

Einer Eingebung folgend, trat sie dahinter und zog die oberste Schublade auf. Um ihre Mundwinkel zuckte es. Ein Messingschild mit der Aufschrift »Ellio, Hl. Inquisition« lag darin. Hatte sie es sich doch gedacht! Schon als Sandru ein Mitarbeiter ihres Vaters gewesen war, hatte sie ihn einmal dabei erwischt, wie er in dessen Abwesenheit vorgegeben hatte, der Chefsessel gehöre ihm. *Das ist so armselig,* dachte sie kopfschüttelnd.

Sie wollte die Schublade soeben wieder schließen, als ihr die Korrespondenz unter dem Namensschild auffiel. Es handelte sich um einen unwichtigen Formbrief, aber er brachte sie auf eine Idee. Rasch eilte sie ins Vorzimmer zurück und zog die Schubladen des dortigen Schreibtischs auf, bis sie einen leeren Bogen mit dem Briefkopf des Tribunalpalasts gefunden hatte. Danach eilte sie in Ellios Büro zurück, nahm den Füllfederhalter aus dem Kästchen und zog die Korrespondenz wieder hervor.

Mit sorgfältigem Strich kopierte sie die Unterschrift des Inquisitors auf das leere Blatt. Anschließend legte sie den Brief zurück in die Schublade und das Schreibinstrument in sein Kästchen. Behutsam blies sie die Tinte trocken. *Perfekt,* dachte sie. *Sollte Sandru mir nicht helfen können, helfe ich mir im Zweifelsfall selbst.*

In diesem Augenblick wurde im Nachbarraum die Tür geöffnet. Erschrocken zuckte Carya zusammen. In Windeseile faltete sie den Briefbogen zusammen und schob ihn sich in die Rocktasche. Dann hastete sie zu dem Tisch mit den Getränken hinüber.

»Carya?«, fragte die Stimme von Alesandru. »Wo steckst du?«

»Äh, hier!«, erwiderte sie, ergriff schnell ihr Glas und zeigte sich im Türrahmen. »Ich hatte nur Durst und habe mir noch etwas Wasser nachgegossen.« Sie schenkte ihm ein unschuldiges Lächeln und hoffte, dass er die Röte, die angesichts ihres wild klopfenden Herzens zweifellos auf ihrem Gesicht lag, der allgemeinen Aufregung zuschrieb.

»Ah, in Ordnung.« Alesandru nickte, und Carya atmete innerlich auf. »Ich habe übrigens in Erfahrung gebracht, was du wissen wolltest. Unter den Festgenommenen gibt es wirklich einen jungen Kerl namens Tobyn. Er wurde bei dem Kampf verletzt, ist aber vernehmungsfähig. Wie ich hörte, laufen die Untersuchungen bereits. In Kürze wird einer seiner Mitverschwörer verhört. Tobyns Prozess ist für 21 Uhr angesetzt.«

»So bald schon?«, rief Carya überrascht aus. »Die Inquisitoren müssen ja ein mächtiges Interesse an dem Fall haben.«

Alesandru zuckte mit den Schultern. »Anscheinend sind noch ein paar Künstliche auf freiem Fuß. Sie zu erwischen dürfte das oberste Ziel der Inquisitoren sein.«

»Ich verstehe.« Caryas Gedanken rasten. Damit blieben ihr nur noch wenige Stunden, um Rajael und sich in den Tribunalpalast einzuschleusen. Aber vielleicht hatte sie ja Glück. Sie sah Alesandru mit großen Augen an. »Und? Was ist mit meinem anderen Wunsch?«

Auf dem Gesicht des beleibten Mannes erschien ein Grinsen. »Leg schon mal dein schönstes Kleid zurecht«, feixte er. »Wir sind morgen Abend verabredet.« Er griff in seine Jackentasche und zog ein zusammengefaltetes Schreiben hervor. »Frag mich nicht, was ich tun musste, um Inquisitor Naisas Unterschrift für dieses Dokument zu bekommen. Aber hier ist sie: die Einladung für heute Abend. Ich wäre zu gerne mit von der Partie, aber ich habe leider keine Zeit.«

»Du bist ein Engel!« Die Erleichterung half ihr dabei, Alesandru spontan zu umarmen und ihm einen Kuss auf die teigige Wange zu drücken. Dann klaubte sie ihm mit spitzen Fingern den Brief aus der Hand und steckte ihn ein. Auf einmal hatte sie es eilig, hier rauszukommen. »Wir sehen uns also morgen«, sagte sie.

»Ich freue mich schon drauf«, erwiderte Alesandru und zwinkerte ihr anzüglich zu. »Oh, eine Sache noch. Deine Freundin und du, ihr solltet euch ein bisschen zurechtmachen. Ich habe behauptet, dass ihr beide schon achtzehn seid, weil zu den Prozessen keine Minderjährigen zugelassen sind. Also macht euch ein bisschen Farbe ins Gesicht und gebt euch damenhaft und so.«

»Danke für den Hinweis.« Sie öffnete die Tür und schlüpfte in den Korridor hinaus.

»Übrigens hätte ich nichts dagegen, wenn du morgen zu unserem Essen auch so kommen würdest«, rief er ihr nach.

»Du wirst nicht enttäuscht sein«, versprach sie tapfer lächelnd und winkte zum Abschied. In Gedanken begann sie bereits durchzurechnen, wie viele Stunden der Buße ihr Pater Castano auferlegen würde, wenn er bei der nächsten Sonntagsbeichte von den Sünden erfuhr, die sie an diesem Nachmittag auf sich geladen hatte – und von allen anderen, die sie noch im Begriff war zu begehen.

KAPITEL 10

Der Gang, den sie durchschritten, war so dunkel wie ein Schlund, der direkt in die Unterwelt führte. Jonan war versucht, den Restlichtverstärker oder die Wärmebildoptik seines Helms einzuschalten, aber er wollte den Weg zur Richtkammer genau so erleben, wie ihn der Gefangene erlebte, der in Ketten zwischen den beiden Templern in ihren wuchtigen nachtschwarzen Kampfpanzern dahintrottete.

Natürlich war das vollkommen unmöglich. Jonan kam nur die Rolle des stummen, Furcht einflößenden Wachsoldaten zu. *Er* war nicht auf dem Weg zu einem Prozess, der ihn mit hoher Wahrscheinlichkeit das Leben kosten würde.

Jonan wandte den Kopf ein wenig zur Seite und musterte den Gefangenen. Es handelte sich um den grauhaarigen Mann, der Lucai und ihn bei dem Angriff auf das Invitrolabor in der gestrigen Nacht mit einem Revolver empfangen hatte. Die Zeit bis zur Verhandlung hatte er in Isolierhaft verbracht. Die Inquisitoren hatten ihn mürbe machen wollen. Dazu gehörte auch, dass sie ihm jegliche Schmerzmittel verweigert hatten, obwohl die Schusswunde, die er gestern bei dem Scharmützel am Arm davongetragen hatte, trotzdem sie behandelt worden war, nach wie vor höllisch weh tun musste.

Angesichts dieser Umstände hielt sich der Gefangene erstaunlich gut. Er musste nicht von den ihn begleitenden Soldaten getragen werden, und er hatte sich auch genug Würde bewahrt, dass sie ihn nicht schreiend und um Gnade flehend vor den Richter zerren mussten. Jonan, für den dies der erste Dienst in der Richtkammer war, hatte noch nichts dergleichen erlebt. Aber aus Erzählungen von Kameraden wusste er, dass man jede Facette menschlicher Todesangst miterleben konnte, wenn man diesen kargen, düsteren Gang, den Weg des Richters, entlangschritt.

Vielleicht stimmt es doch, was man gemeinhin sagt, dachte er. *Dass die Invitros nicht auf die gleiche Weise fühlen wie wir.* In diesem Fall würde der Prozess ein sehr unerfreuliches Spektakel werden. Denn wenn ein Beschuldigter nicht bereits aus Angst vor den Drohungen der Inquisitoren geständig war, zögerten diese auch nicht, Drogen und körperliche Gewalt anzuwenden, um ihr Ziel zu erreichen. Letzten Endes wurde in der Richtkammer jeder gebrochen – die Frage lautete nur, wann und unter welchem persönlichen Opfer.

Jonans Helmlautsprecher erwachte zum Leben. »Soll ich dir was sagen?«, vernahm Jonan die Stimme von Burlone, der als zweiter Templer an diesem Tag Dienst hatte. »Ich hoffe, der Kerl gesteht schnell.«

»Wieso? Weil wir dann früher Feierabend machen können?« Jonan verzog den Mund zu einem müden Grinsen.

»Nein, weil sie den Alten sonst zu Tode foltern. Weißt du, ich habe das einmal miterlebt, wie die Inquisitoren jemanden richtig hart rangenommen haben. Sie haben ihm ein Mittel gespritzt, um seine Muskeln zu schwächen, damit er sich nicht so wehrt. Danach haben sie ihm eine Gesichtsmaske aufgesetzt, um seine

Schmerzensschreie zu dämpfen. Und anschließend, ich schwöre es dir, haben sie ihn Stück für Stück zerlegt, wie ein Schwein auf dem Schlachthof, nur langsamer.«

Jonan presste die Lippen zusammen. Er wollte das gar nicht hören. Aber die lauernde Gehässigkeit in Burlones Stimme zeigte ihm, dass es dem anderen Soldaten keineswegs darum ging, seinem Mitleid mit dem Gefangenen Ausdruck zu verleihen. Er wollte nur mal schauen, wie weit er den Frischling an seiner Seite treiben konnte, bevor dieser in seinen Anzug kotzte.

»Ich konnte es nicht so genau sehen, weil ich am Rand der Richtkammer Wache halten musste. Aber ich glaube, dass sie ihm zuerst mit einem Schälmesser die Haut vom Fleisch gezogen haben. Immer nur kleine Stückchen, damit er nicht am Schock stirbt. Dann haben sie ihm die Fingernägel ausgerissen, einen nach dem anderen, bevor sie angefangen haben, die Finger und Zehen abzuschneiden.«

Eigentlich waren solche bösen Scherze streng verboten, aber wie in vermutlich jeder Männergesellschaft sahen die Vorgesetzten nicht so genau hin, wenn die unteren Ränge einander auf die Probe stellten. *Was dich nicht umbringt, macht dich hart.* Sprüche wie diesen hatte Jonan in den letzten Jahren bis zum Erbrechen zu hören bekommen.

»All diese blutigen Stücke haben sie vor ihm auf einen Metalltisch gelegt, damit er sie gut sehen konnte. Sein eigenes Fleisch und Blut sollte ihn dazu bringen, seine Sünden zu gestehen. Aber er hat immer nur geschrien, dass er unschuldig sei. Das geht einfach nicht in meinen Kopf rein. Ein Wort von ihm, und die Inquisitoren hätten seinem jämmerlichen Leben ein Ende gesetzt. Aber nein, er hat sich gewehrt, sodass sie ihm als Nächstes mit einem langen, heißen Messer …«

»Bist du bald fertig?«, ging Jonan unwirsch zum Angriff über. »Du plapperst wie ein Freudenmädchen, das Angst vor dem ersten Mal hat. Wenn unser Künstlicher nur halb so geschwätzig ist wie du, müssen die Inquisitoren nicht mal ihr Folterwerkzeug auspacken.« Im Grunde hasste er diese derbe Sprache, aber es war die einzige, die Burlone neben geschnarrten Befehlen verstand.

Der andere Templer brummte etwas Unflätiges, hielt danach aber tatsächlich den Mund.

Vor ihnen endete der Gang in einem etwas helleren Rechteck, das in die Richtkammer führte. Bei der Kammer handelte es sich um einen kreisrunden, steinernen Raum, der in Form eines steilen Trichters aufwärts strebte. Im Zentrum befand sich der Richtblock, ein vier mal vier Meter messender Steinquader, auf dem ein Stuhl stand, an dem der Angeklagte während des Prozesses festgeschnallt wurde. Ein medizinisch anmutender Wandschirm aus hellem Stoff verbarg die grausigen Werkzeuge der Folterer.

Vor dem Richtblock erhob sich der Richtersitz, ein geradezu absurd hoch aufragendes Podest, von dem ein Banner mit der dreistrahligen Halbsonne des Lux Dei herabhing und von dem aus der Inquisitor falkengleich auf den Angeklagten hinabschaute. Vier grimmig dreinblickende Schöffen flankierten den obersten Richter. Über ihnen prangte ein weiteres riesiges Emblem des Lux Dei als goldenes Halbrelief an der Wand.

An den Wänden zur Linken und zur Rechten erstreckten sich drei Galerien übereinander, von denen aus geladene Gäste dem Prozess beiwohnen konnten. Im Gegensatz zum Richtersitz waren die Galerien direkt in die Wand der Kammer eingelassen und lagen weitgehend im Dunkel. Der Angeklagte sollte die Gäste nicht sehen, sondern sich mit seinen Richtern allein fühlen, höchstens beobachtet von unsichtbaren Augen.

Nicht nur zu diesem Zweck war es in der Kammer vergleichsweise dunkel. Lediglich einige sehr gezielt ausgewählte Stellen wurden durch Beleuchtungsquellen betont. Dazu zählten der Richtblock, auf den ein Kegel aus Helligkeit wie das Licht Gottes von der Decke der Kammer herabfiel, sowie die Richtersitze, die von unten angestrahlt wurden, um den Eindruck der Bedrohung, die vom Inquisitor und seinen Begleitern ausging, noch zu verstärken.

Als Jonan, Burlone und ihr grauhaariger Gefangener die Richtkammer erreichten, wurden sie von einem Gerichtsdiener empfangen, der das metallene Ende seines Zeremonienstabes auf den Steinboden krachen ließ. Alle gemurmelten Unterhaltungen, die bis dahin den schachtartigen Raum erfüllt hatten, verstummten schlagartig, und die Aufmerksamkeit der Anwesenden richtete sich auf die drei Männer.

»Der Gefangene Mondo Laura tritt vor den ehrwürdigen Großinquisitor Aidalon!«, proklamierte der Gerichtsdiener.

Oben auf dem Podest beugte sich der Richter vor. Großinquisitor Aidalon war ein Mann fortgeschrittenen Alters. Aber obwohl sein langes, von einem sorgsam gestutzten Bart geziertes Gesicht von Falten durchzogen war und erste Altersflecken aufwies, hätte es niemand gewagt, Aidalon für einen schwachen Greis zu halten. Die Lippen zu einem schmalen, unerbittlichen Strich zusammengepresst und die buschigen Brauen grimmig zusammengezogen, starrte der Großinquisitor ihnen aus Augen entgegen, die so finster waren wie der Grund des Meeres. Als er die Stimme erhob, klang sie dunkel, volltönend und befehlsgewohnt. »Lasst den Gefangenen näher kommen und bindet ihn an den Richtstuhl. Es soll ihm der Prozess gemacht werden.«

Der Satz war vermutlich eine Floskel, die sich in jedem Prozess wiederholte, eine Art Eingangsformel, die das kommende Geschehen offiziell beginnen ließ. Zusammen mit Burlone geleitete Jonan den Gefangenen in die Mitte der Kammer zu dem Stuhl, der mit Schellen versehen war, um den Angeklagten darauf festzubinden.

Aus einer Nische unterhalb des Richterpodests trat ein weiterer Mann hervor. Er war vollständig in Schwarz gekleidet und trug eine starre Gesichtsmaske. Selbst seine Augen waren hinter gefärbten Gläsern verborgen. Den linken Ärmel zierte eine Binde mit dem Emblem des Tribunalpalasts. Es handelte sich um den Inquisitor, der – wenn nötig – sein grausames Werk an Laura verrichten würde, ein Geschäft, das sich Jonan dank Burlones ausführlicher Beschreibung leider allzu bildlich vorzustellen vermochte. Die Maskierung sollte den Umstand betonen, dass hier kein sadistisch veranlagter Mensch zugange war, sondern schlicht ein Werkzeug der Inquisition.

Jonan ertappte sich dabei, dass er Mitleid mit dem gefangenen Invitro empfand. Mit dem Betreiben des geheimen Brutlabors mochte er sich gegen die Schöpfung Gottes versündigt haben, und womöglich gingen noch andere Verbrechen auf seine Kappe, aber dennoch schien es Jonan ungerecht, den Mann mit einem solchen Schauprozess zu quälen.

Reiß dich zusammen!, schalt er sich. *Der Mistkerl hat auf Lucai und dich geschossen. Er hätte dich ohne mit der Wimper zu zucken umgebracht, nur um sein verbotenes Treiben fortsetzen zu können.*

Genau genommen stimmte das nicht. Laura hatte nichts weiter versucht, als sich und seine Freunde, darunter eine junge Frau und ein junger Mann namens Tobyn, vor dem Angriff der Templer zu schützen. Er hatte gekämpft, wie jeder Mann kämpfen würde, um Menschen, die ihm nahe standen, vor Unheil zu bewahren. *Invitros sind keine Menschen! Sie sind künstliche Abnormitäten, ein Erbe aus einer Zeit, als die Welt am Rande des Abgrunds stand.*

Doch ganz gleich, was er sich einzureden versuchte: Das ungute Gefühl in seinem Inneren blieb.

Wie es das Protokoll verlangte, blieben Burlone und Jonan neben dem Gefangenen stehen, bis der maskierte Inquisitor ihn sicher festgeschnallt hatte. Dann machten die beiden Soldaten kehrt und marschierten zum Ausgang der Kammer zurück, um dort Stellung zu beziehen. Ihre Anwesenheit war in Jonans Augen reines Zeremoniell. Der Inquisitor auf dem Richtblock war ohne weiteres imstande, auch mit aufsässigen Gefangenen fertig zu werden. Doch vielleicht nahmen die Richter an, dass es das Gefühl der Bedrohung verstärkte, wenn der Angeklagte zwei gepanzerte Hünen in seinem Nacken wusste.

Als ob das noch nötig wäre, dachte Jonan sarkastisch.

»Mondo Laura«, begann der Großinquisitor. »Man hat Sie vor das Gericht des Tribunalpalasts geführt, weil Anklage gegen Sie erhoben wurde. Sie lautet auf Hochverrat gegen die Schöpfung Gottes und die Gesetze des Lux Dei, begangen durch das wissentliche Betreiben eines verbotenen Brutlabors für Invitros. Des Weiteren werden Ihnen Diebstahl von Rohstoffen, Energie und Technologie, unerlaubter Waffenbesitz, Widerstand gegen die Staatsgewalt und Verführung von Bürgern Arcadions zur Sünde vorgeworfen. Die Strafe für diese Vergehen ist der Tod. Da Sie in flagranti erwischt wurden, sind Unschuldsbeteuerungen ohne Belang.«

Zu Jonans Überraschung lachte Laura an dieser Stelle rau auf. »Warum bin ich dann überhaupt hier?«, verlangte er zu wissen. »Wenn Sie mich bereits verurteilt haben, bevor der Prozess begonnen hat, ersparen Sie mir dieses Schauspiel und vollstrecken Sie Ihr Urteil. Töten Sie mich!«

»Wir wollen nichts übereilen«, entgegnete Aidalon. »Zunächst gilt es, gewisse Umstände zu erörtern. Wie Sie selbst am besten wissen, ist es Ihnen gelungen, einen Großteil der Laborausrüstung, insbesondere die Bruttanks und die Steuereinheiten, fortzuschaffen, bevor unsere Truppen eintrafen. Daraus erwachsen für mich drei Fragen. Erstens: Wer hat Sie gewarnt? Zweitens: Wo befindet sich das Geheimlabor jetzt? Und drittens: Wer von Ihrer Gruppe ist noch dort draußen, um es zu betreiben?«

»Sie glauben doch nicht im Ernst, dass ich darauf antworte?«, rief Laura. Seine Stimme klang trotzig, aber Jonan wähnte, eine leichte Furcht darin mitschwingen zu hören. Vermutlich hatte auch Laura Geschichten darüber gehört, wie die Prozesse im Tribunalpalast abliefen.

Aidalon gab sich unbeeindruckt. »Hören Sie mich zu Ende an, bevor Sie eine Entscheidung treffen. Wenn Sie mit uns kooperieren und Ihre Mitverschwörer ausliefern, werde ich Gnade vor Recht walten lassen. Das Todesurteil wird in ewige Verbannung aus Arcadion umgewandelt. Es wird sicher kein leichtes Leben in der Wildnis, aber zumindest haben Sie noch ein Leben. Weigern Sie sich, mit uns zusammenzuarbeiten, werde ich mir die Antworten auf andere Art und Weise holen. Dann ist Ihnen der Tod sicher – und ebenso sicher werden Sie ihn herbeisehnen.«

Auf dieses Zeichen hin schob der maskierte Inquisitor den Wandschirm neben Laura zur Seite und enthüllte ein Metallgestell, an dem zahlreiche Werkzeuge hingen, mit denen ein normaler Mensch Nägel in die Wand geschlagen, Äpfel geschält oder Rosen geschnitten hätte.

Einen Augenblick lang schwieg Laura. Jonan konnte sich das

Gesicht des Mannes gut vorstellen, wie es in ihm arbeitete, wie die Angst vor furchtbaren Schmerzen mit der Treue zu seinen Gefährten im Widerstreit lag.

»Ich habe Ihnen nichts zu sagen«, presste der Invitro hervor.

Aidalon maß ihn mit kühlem Blick. »Wie Sie wünschen«, sagte er nur. Er nickte dem Maskierten an Lauras Seite zu. »Inquisitor Loraldi, bitte beginnen Sie mit der Befragung des Angeklagten.«

Überrascht merkte Jonan auf. Er hatte nicht gewusst, dass sich hinter der schwarzen Maske sein Mentor verbarg. Aus irgendeinem Grund war er bislang stets der Meinung gewesen, Loraldi beschäftige sich vor allem außerhalb des Tribunalpalasts mit der Unterweisung von Gläubigen und der Verfolgung von Ungläubigen. Die Aufgabe des Foltermeisters war alles andere als leicht. Um einem Menschen das antun zu können, was ein Inquisitor einem Angeklagten auf dem Richtblock antun musste, bedurfte es entweder absoluter Gefühlskälte oder eines fanatischen Glaubens an die Richtigkeit der eigenen Sache. *Andererseits wird man kein Inquisitor, wenn man nicht beides im Übermaß besitzt,* dachte Jonan.

Mit der Gemächlichkeit eines Mannes, der wusste, dass die Zeit auf seiner Seite war, ging Loraldi zu dem Wandschirm hinüber und schob ihn zusammen. Anschließend trug er ihn zu dem Richtstuhl hinüber und stellte ihn so auf, dass die Beobachter auf den Zuschauerrängen zwar noch Kopf und Brust des Angeklagten sehen konnten, aber nicht mehr die Körperteile, denen sich der Inquisitor gleich widmen würde. Nicht alle Anwesenden hatten einen so stabilen Magen wie Loraldi und Aidalon. Daher wurde die Folter verdeckt vorgenommen. Einzig die Gäste auf der dritten Galerie konnten, auf ausdrücklichen Wunsch, über den Sichtschirm hinweg die Prozedur beobachten.

Als Nächstes schob der Inquisitor den Tisch mit dem Werkzeug ebenfalls hinter den Schirm. Daher konnte Jonan nicht sehen, woher er die Gesichtsmaske aus grauem Leder nahm, die er Laura umzuschnallen gedachte, genau wie Burlone es beschrieben hatte.

Endlich kam Leben in den Angeklagten, der bis dahin in trotzigem Schweigen verharrt hatte. »Verflucht sollen Sie sein, Aidalon!«, schrie er, während er sich hin und her wand, um das Aufsetzen der Maske zu verhindern, die jedes weitere Wort unterbinden würde. »Sie und Ihr ganzer Orden. In den Dunklen Jahren mögen Sie die Menschen vor der Barbarei bewahrt haben. Doch jetzt sind Sie der Barbar!«

»Wache, mäßigen Sie diesen Mann!«, befahl der Großinquisitor.

»Mach du es«, sagte Burlone über Helmfunk. »Loraldi ist dein Mentor. Er wird es zu schätzen wissen, wenn du in jeder Situation hinter ihm stehst.«

Jonans Magen verkrampfte sich. Er wünschte sich, er wäre woanders, überall, nur nicht hier. In diesem Augenblick hasste er sie alle. Laura, der sich widersetzte, Loraldi, der nicht mit ihm fertig wurde, Burlone, der ihm den Schwarzen Peter zuschob, seinen Vater, dessen Standesdünkel ihn überhaupt erst in diese Lage gebracht hatte, und vor allem sich selbst, weil er gehorchte. Weil er immer wieder gehorchte und weder auf sein Herz noch auf seinen Verstand hörte, sondern allein auf die Befehle von Männern, die womöglich einst wie er selbst gewesen waren, bevor das Leben sie hart und zynisch gemacht hatte.

Da siehst du, wie du enden wirst, dachte er, während er schweigend zum Richtblock hinüberschritt, die Kraftverstärker hochregulierte, die gepanzerte Hand hob und Lauras Kopf mit einem Griff packte, als hätte sich die Stahlkralle eines Verladekrans um dessen Stirn gelegt. Der grauhaarige Invitro ächzte und versuchte weiter, sich zu wehren, aber gegen die Anzugsysteme hatte er keine Chance.

Loraldi legte ihm die Gesichtsmaske an und befestigte sie an der Stuhllehne, sodass er den an der Maske befestigten Knebel während der Folter bequem abnehmen und anbringen konnte, ohne sich ständig mit Lauras Gegenwehr herumärgern zu müssen. Danach entließ er Jonan mit einem zufriedenen Nicken.

»Ich befehle es Ihnen ein letztes Mal«, knurrte Aidalon. »Geben Sie uns den geheimen Standort des Brutlabors und die Namen Ihrer Mitverschwörer preis.«

»Das kann ich nicht«, sagte Laura mit verzweifelter Entschiedenheit. »Gott helfe mir, aber ich werde niemanden Ihrer kranken Gerichtsbarkeit zuführen.«

»Gott interessiert sich nicht für Sie!«, donnerte der Großinquisitor. »Sie sind ein Schandfleck der natürlichen Ordnung, und Sie zeugen weitere Schandflecken. Aber ich werde Sie schon noch brechen.« Mit unheilvoller Miene beugte er sich über sein Richterpult. Seine Blicke waren wie Brenneisen, die sich in Lauras Augen bohren wollten. »Ich werde Sie brechen …«

Auf ein Nicken des Großinquisitors hin legte Loraldi den Knebel an. Anschließend hob er eines der Folterwerkzeuge, eine Zange, wenn Jonan das richtig erkennen konnte. Methodisch begann er sein abscheuliches Werk – und obwohl Jonan sich für seine eigene Feigheit schämte, war er dankbar für den Wandschirm, der die blutigen Einzelheiten seinen Blicken entzog. Die erstickten Schreie hingegen, die der Invitro unter dem Knebel hervorpresste, würden ihn, da war sich Jonan ganz sicher, bis in seine Albträume verfolgen.

KAPITEL 11

Die Sonne hing bereits tief am westlichen Himmel, und Abendstimmung lag über Arcadion, als Carya sich zum zweiten Mal an diesem Tag dem Tribunalpalast näherte. Diesmal befand sich Rajael an ihrer Seite, und sie saßen in einer Kutsche, die ihre Freundin bezahlt hatte. Um ihre Tarnung als dekadente junge Bürgertöchter aufrechtzuerhalten, durften sie nicht zu Fuß vor den Toren der Inquisition erscheinen.

Sowohl Carya als auch Rajael trugen Kleider, die sie sich von einer jungen Schauspielerin geliehen hatten, die im Erdgeschoss von Rajaels Wohnhaus lebte. Die Kleider waren tailliert geschnitten, mit Pailletten, schmalen Trägern und berüschtem Dekolleté. Strumpfhosen, zwei kecke Haarreifen und Handschuhe, die bis zu den Oberarmen reichten, vervollständigten das Erscheinungsbild. Carya fühlte sich gar nicht wohl in diesem Aufzug. Als sie ihr auffällig geschminktes Gesicht im Spiegel betrachtet hatte, war es ihr vorgekommen, als blicke sie irgendein exotischer Vogel an – nun ja, zumindest einer, der in einem goldenen Käfig lebte.

Sie sah zu Rajael hinüber, um sich daran zu erinnern, warum sie das alles auf sich nahm. Dabei war ihr eigenes Ungemach – das Essen mit Alesandru, diese befremdliche Aufmachung – letztlich gering im Vergleich zu dem, was Rajael durchmachen musste.

Um ihre vom Weinen aufgequollenen Augen zu kaschieren, hatte Rajael sie mit dicken Lidstrichen umrandet. Ihre Lippen glänzten blutrot vom Lippenstift. Sie sah wunderschön aus – und gleichzeitig dem Tode nah.

Der Gedanke jagte Carya einen Schauer über den Rücken. Rasch schob sie ihn von sich.

»Bist du aufgeregt?«, fragte Rajael.

»Was denkst du denn?«

Rajael ergriff Caryas Hand und drückte sie fest. »Ich auch. Glaub mir, ich auch.«

»Du wirst keine Dummheiten machen, während wir im Tribunalpalast sind, nicht wahr?«, fragte Carya.

Rajael lächelte traurig. »Ich will Tobyn nur beistehen, wie wir es uns einst versprochen haben: in guten wie in schlechten Zeiten.«

»Ihr seid doch gar nicht verheiratet«, wunderte sich Carya.

»Nein«, gab ihre Freundin zu. »Aber du weißt doch, was man sich alles schwört, wenn man jung ist und der silberne Vollmond um Mitternacht die Dächer der schlafenden Stadt bescheint.«

Aus erster Hand wusste Carya das eigentlich nicht. Sie hatte noch nie mit einem Geliebten nachts über die Dächer der Stadt geschaut. Ihre Eltern hätten das auch niemals erlaubt. Aber sie konnte es sich vorstellen. Sie beneidete Rajael ein wenig um die Erfahrung – nur um sich gleich darauf eine Närrin zu schelten. Rajael verdiente ihr Mitleid, nicht ihren Neid.

Carya warf einen Blick aus dem Fenster auf die abendlichen Straßen, die sich zunehmend leerten. Die Menschen gingen nach Hause, um im Kreise der Familie den Tag zu beschließen. Als sie darüber nachdachte, wurde Carya ganz mulmig im Magen. Sie war immer noch nicht zu Hause gewesen. Nach ihrer ersten Rückkehr vom Tribunalpalast hatte sie sich einfach nicht getraut.

Sie hatte befürchtet, ihre Eltern würden wütend auf sie sein und ihr Stubenarrest erteilen. Das hätte den Besuch des Prozesses deutlich erschwert, wenn nicht gar unmöglich gemacht.

Stattdessen hatte sie nur eine rasch geschriebene Nachricht vor die Tür gelegt, in der sie ihrer Mutter und ihrem Vater mitgeteilt hatte, dass sie mit Rajael unterwegs sei. *Bitte seid mir nicht böse, es hat sich ganz plötzlich ergeben. Ich bin heute Abend zurück, aber es könnte ein wenig später werden.* Ihr war klar, dass sie sich dafür ein Donnerwetter von ihrem Vater einhandeln würde. Aber was tat man nicht alles für Freunde.

Die Kutsche erreichte den Tribunalpalast und wurde von den Templerwachen angehalten. Am Abend und in der Nacht ging hier niemand ein oder aus, ohne sich vorher ordentlich erklärt zu haben. »Die beiden Damen besuchen den Prozess«, gab der Kutscher auf Anfrage Auskunft. »Sie haben eine Einladung.« Er spielte seine Rolle als Bediensteter, wie Rajael es ihm gegen einen extra Obolus aufgetragen hatte.

Der Soldat nahm das Schreiben von Inquisitor Naisa entgegen, prüfte es kurz und reichte es dann zurück. »Sie können passieren.«

Die Kutsche fuhr unter dem Torhaus hindurch in den rechteckigen Innenhof. Einige andere Gefährte standen bereits dort, darunter ein eleganter schwarzer Motorwagen mit getönten Scheiben.

Vor dem Eingang zum Westflügel hielt der Kutscher ihr Fahrzeug an und öffnete Rajael und Carya den Verschlag. »Da wären wir, die Damen.«

»Vielen Dank«, erwiderte Rajael in einer perfekt gespielten Verkörperung von gelangweilter Arroganz. »Warten Sie hier auf uns. Wir sind in etwa einer Stunde zurück.«

»Sehr wohl, Signora.« Der Mann verbeugte sich.

Carya hielt sich im Hintergrund. Sie war auch so schon aufgeregt genug. Daher überließ sie es ihrer Freundin, sich an die neben dem Eingang stehenden Uniformierten zu wenden, um den Weg zur Richtkammer zu erfragen.

Zu Caryas Glück waren es andere Männer als am Nachmittag. Auch der Pförtner hatte gewechselt, sodass keine Gefahr bestand, dass man sie wiedererkannte. *Und selbst wenn,* dachte sie. *Ich habe nichts Schlimmeres getan, als mir eine Einladung zu einem Prozess zu beschaffen, obwohl ich noch keine achtzehn bin. Man kann mir nichts vorwerfen, außer vielleicht Fanatismus, Rachsucht und Hass auf die Invitros.* Alles doch im Grunde keine verdammenswürdigen Eigenschaften in den Augen der Inquisition.

Ein Gerichtsdiener führte sie in den hinteren Bereich des Westflügels und eine Treppe hinab bis zu einem Gang, von dem linker Hand mehrere Türen abgingen. Carya war sich nicht sicher gewesen, was sie hier erwarten würde. Ihr Geist hatte ihr Bilder irgendeines finsteren Kerkerflurs vorgegaukelt. Stattdessen lagen Teppiche auf dem Boden, an den Wänden hingen elektrische Lampen, und kleine Sitzgelegenheiten luden zum Verweilen ein. Am hinteren Ende des Gangs stand ein Bediensteter hinter einer Bar mit alkoholischen Getränken. *Wie in einem Theater,* stellte Carya erstaunt fest.

Im nächsten Moment ging ihr auf, dass das auf perverse Art einen Sinn ergab. Die Gäste, die zu solchen Prozessen geladen wurden, gehörten nicht selten den wohlhabenden und einflussreichen Schichten der Stadt an. Natürlich konnte man solche Leute nicht durch Gänge scheuchen, in denen das Wasser von den Wänden rann und Ratten über den Weg huschten.

»Hier, bitte sehr, die Damen«, sagte der Gerichtsdiener und

öffnete eine Tür, die zu einem Separee führte. »Getränke sind in der Richtkammer nicht erlaubt, aber Sie können jederzeit nach draußen gehen und drüben an der Bar etwas zu sich nehmen.«

»Dankeschön«, sagte Rajael geziert, bevor sie das Separee betrat. Carya folgte ihr.

Das Separee war ein vielleicht zwei mal drei Meter messender Raum, der den Eindruck noch verstärkte, sie befänden sich in einem Theater. Eine Reihe bequemer Polstersitze befand sich darin, und nach vorne trennte eine halbhohe Brüstung den Raum von der schachtartigen Richtkammer. Das Separee selbst lag im Dunkeln, aber die gezielt eingesetzten Lichtquellen in der Richtkammer, die unter anderem ein Podest an der rechten Wandseite anstrahlten, auf dem fünf in Roben gekleidete Männer saßen, sorgten für genug Helligkeit, dass man sich gefahrlos zwischen den Sitzgelegenheiten bewegen konnte.

Zu Caryas Erleichterung war das Separee leer. Sie mussten es nicht mit anderen Gästen teilen. Sie hatte keine Ahnung, wie beliebt der Besuch solcher Prozesse war. Wenn hinter jeder Tür draußen auf dem Gang ein weiterer Raum lag, musste es noch mindestens sechs oder sieben weitere Separees geben. Ein Blick hinüber zur gegenüberliegenden Wand der Richtkammer zeigte ihr, dass auch dort welche existierten, sogar in drei Galerien übereinander.

Ein seltsam gurgelnder Laut, wie der Schmerzensschrei eines Mannes, dem man ein Stück Stoff in den Mund gesteckt hatte, zog ihre Aufmerksamkeit in die Mitte der Kammer. Als Carya begriff, was sie dort sah, entfuhr ihr ein entsetztes Keuchen.

Auf einem flachen Steinquader und halb verdeckt durch einen vielleicht brusthohen Sichtschirm befanden sich zwei Männer. Einer von ihnen – der Statur nach nicht Tobyn – war an einen

Stuhl gefesselt, und man hatte ihm eine graue Ledermaske über den Kopf gezogen, die ihn offensichtlich am Schreien hindern sollte. Der andere trug eine schwarze Uniform und verbarg sein Gesicht hinter einer dunklen Maske, die ihm ein unmenschliches Aussehen verlieh.

Der Maskierte machte sich an dem Gefesselten zu schaffen, wobei er Carya den Rücken zuwandte, sodass sie nicht sehen konnte, was genau er tat. Ein weiterer gedämpfter Schrei tönte durch die Richtkammer. Als der Maskierte sich abwandte, sah Carya kurz seine Hände. Sie steckten in dunklen Handschuhen, die tropfnass glänzten. In der Rechten hielt er ein blutiges Messer, in der Linken …

Rajael neben ihr gab ein unterdrücktes Wimmern von sich.

»Oh, barmherziger Gott«, flüsterte Carya. Der Schock ließ sie schwindeln. Sie spürte, wie sich die Dunkelheit um sie herum verdichtete und ihr Sichtfeld verengte. In ihren Beinen war auf einmal keine Kraft mehr, und rücklings fiel sie in den Polstersitz, auf dem sie sich soeben hatte niederlassen wollen.

Nein, nein, nein, schrie es in ihrem Geist. *Du darfst nicht das Bewusstsein verlieren. Nicht jetzt.*

Krampfhaft ballte sie die Fäuste, grub sich die Fingernägel in die Handflächen und konzentrierte sich auf den Schmerz, den sie verursachten. Ein Funke ohnmächtiger Wut entzündete sich in ihrem Inneren, und sie wandte sich ihm dankbar zu, fachte ihn an, versuchte, das Entsetzen durch Zorn zu verdrängen.

»Ich frage Sie ein letztes Mal!«, schnitt unvermittelt eine scharfe Stimme durch die Stille im Inneren der Richtkammer. »Wo ist das Brutlabor? Wer sind Ihre Mitverschwörer? Und wer ist Ihr Agent innerhalb des Tribunalpalasts?«

Ein diesmal ungedämpftes, kehliges Stöhnen war die Antwort.

»Sage nichts ...«, lallte der Gefangene, vor Schmerz und Erschöpfung kaum noch bei Besinnung. »Nichts ... Bastard ...«

Einen Moment lang herrschte Stille. Carya weigerte sich, den Kopf zu heben. Sie wollte nicht sehen, was dort unten geschah. Schon jetzt hatte sich ein grauenvolles Bild in ihren Geist eingebrannt, das sie vielleicht niemals wieder loswerden würde.

»Also schön«, erwiderte die erste Stimme. Sie gehörte vermutlich dem mittleren der Inquisitoren. »Diese Vernehmung führt zu nichts mehr. Hiermit erkläre ich die Untersuchung für beendet. Gemäß der eingangs erklärten Anschuldigungen verurteile ich den Angeklagten Mondo Laura zum Tod durch Erschlagen. Das Urteil wird sofort vollstreckt.«

Rajael berührte Carya am Arm, und diese blickte auf.

Das Gesicht der Freundin war kreidebleich, und Tränen hatten schwarze Spuren auf ihren Wangen hinterlassen. »Schau hin«, flüsterte sie erstickt. »Sieh zu, wie dein Lux Dei mit Menschen umgeht, die nichts anderes verbrochen haben, als dem System zu missfallen.«

»Ich ... ich kann nicht«, hauchte Carya kopfschüttelnd.

»Du musst«, drängte Rajael.

Widerwillig drehte Carya den Kopf, zwang sich, ihre Aufmerksamkeit wieder dem Geschehen in der Halle zuzuwenden. Der Maskierte hatte einen schlanken Hammer hervorgeholt, der einen breiten, gebogenen Dorn an der Spitze aufwies, und umrundete gerade den Gefesselten. Mit der Gefühllosigkeit eines professionellen Schlächters nahm er Maß. Dann schlug er blitzschnell und kraftvoll zu und rammte seinem Opfer den Metalldorn bis zum Anschlag in den Schädel. Blut spritzte auf seine schwarze Uniform.

Der Gefangene war sofort tot.

Carya spürte, wie ihr Magen rebellierte. Sie rutschte aus dem Sessel, sank auf die Knie und kroch hastig und alles andere als damenhaft in eine dunkle Ecke des Separees. Die Augen geschlossen und die Stirn gegen die kalte Wand gepresst, atmete sie ein paarmal stoßweise ein und aus. *Ich stehe das durch*, sagte sie sich. *Ich schaffe es.* Tatsächlich gelang es ihr, die Übelkeit hinunterzuzwingen.

»Wachen!«, rief der Wortführer der Inquisitoren. »Bringt ihn weg und holt den nächsten Angeklagten herein.«

Eine klamme Hand legte sich auf Caryas Schulter. »Geht's?«, fragte Rajael leise hinter ihr. Auch sie klang ziemlich elend.

Carya nickte stumm und stand auf.

Sie sah, dass sich aus den Schatten rund um den Eingang der Richtkammer zwei Gestalten in massigen, nachtschwarzen Vollrüstungen gelöst hatten. Stampfend marschierten sie zum Richtblock hinüber, wo der Maskierte den toten Mann losschnallte. Ohne sichtliche Mühe hoben die Soldaten die Leiche hoch und trugen sie zwischen sich zum Ausgang des Raums. Der Körper des Mannes, der bis dahin hinter dem Sichtschirm verborgen gewesen war, glich einem blutigen Schlachtfeld. Carya konnte und wollte sich nicht vorstellen, wie lange und wie grausam er gefoltert worden war. Dass er bis zuletzt seine Geheimnisse bewahrt hatte, machte ihn zum tapfersten Mann, den sie je getroffen hatte.

Der oberste Richter schlug mit einem Hammer auf ein Holzbrett und verkündete eine zehnminütige Pause. Während die fünf Inquisitoren den Raum verließen und auch der Maskierte sich zurückzog, huschten einige Gerichtsdiener herein und begannen, den Richtblock aufzuräumen und zu säubern.

In den Separees auf der gegenüberliegenden Raumseite glaubte Carya schemenhafte Bewegungen wahrzunehmen. Türen wurden geöffnet, und die Silhouetten von Männern und Frauen traten nach draußen in den Gang. Vermutlich brauchte der eine oder andere Gast jetzt erstmal einen Schnaps, um die flatternden Nerven zu beruhigen. Oder nahmen alle Gäste das schreckliche Spektakel genauso gelassen hin wie die Richter? Carya wollte das einfach nicht glauben. Andererseits konnte sie sich auch nicht vorstellen, wer seine Abende überhaupt freiwillig damit verbrachte, sich derartige Grausamkeiten anzuschauen. Wie krank mussten diese Leute sein?

Carya blickte zu Rajael, die neben ihr stand. Das Gesicht der Freundin wirkte selbst im Halbdunkel kreidebleich. Aus einem plötzlichen Bedürfnis heraus schlang sie ihre Arme um sie, und Rajael erwiderte die Umarmung. »Wie können Menschen anderen Menschen nur so etwas antun?«, flüsterte Carya. »Man fühlt sich in die finsterste Zeit der Dunklen Jahre versetzt.«

»Ich weiß«, hauchte Rajael ihr ins Ohr. Ein Zittern durchlief ihren zierlichen Körper.

»Kanntest du den Mann dort unten?«, fragte Carya.

Sie spürte, wie Rajael an ihrer Schulter den Kopf schüttelte. »Nein. Nur vom Namen her. Er gehörte zu den Wissenschaftlern, die das Brutlabor betrieben haben. Aber ich weiß nicht, welche Aufgabe er hatte.«

Sie lösten sich wieder voneinander und nahmen erneut ihre Plätze ein. Carya blickte hinunter in die Richtkammer, wo die Gerichtsdiener die Säuberungsarbeiten schon beinahe abgeschlossen hatten. Sie gingen mit einer zielstrebigen Routine vor, als wären sie tagein, tagaus mit nichts anderem beschäftigt. »Meinst du, Tobyn ist der Nächste?«

Wortlos schaute Rajael auf ihre schmale Armbanduhr. Sie nickte. Erneut lief ein Zittern durch ihren Körper. Während Carya ihren schlimmsten Moment bereits durchlitten zu haben schien, wuchs die Anspannung ihrer Freundin immer weiter an.

Ein Gongschlag hallte durch die Richtkammer und zog die Gäste aus dem Korridor zurück in ihre Separees. Auch die fünf Inquisitoren tauchten wieder auf und nahmen Platz. Carya musterte den Mann in der Mitte. Erst jetzt fiel ihr auf, dass sie ihn kannte. Sie hatte Abbildungen von ihm in der Zeitung gesehen. Es handelte sich um Großinquisitor Aidalon, den obersten Ankläger und Richter des Tribunalpalasts. Wenn Aidalon persönlich die Untersuchungen führte, musste diesen Prozessen mehr Bedeutung zukommen, als sie gedacht hatte.

Im Eingangsbereich tauchten die beiden gepanzerten Wachen wieder auf. Sie hatten einen jungen Mann zwischen sich genommen. Er trug Ketten, und als er den Lichtkegel, der den Richtblock erhellte, erreichte, war auf seinem schmalen, bleichen Gesicht, das von halblangem Haar umrahmt war, offene Angst zu erkennen.

Ein Gerichtsdiener trat vor das Richterpodest und stieß das untere Ende seines Zeremonienstabs knallend auf den Steinboden. »Der Gefangene Tobyn Cortanis tritt vor den ehrwürdigen Großinquisitor Aidalon!«, verkündete er.

»Tobyn …«, flüsterte Rajael. »Geliebter Tobyn …« Sie beugte sich vor und schob den Saum ihres Kleids hoch.

Verwirrt blickte Carya zu ihr hinüber. Ihre Augen weiteten sich, als sie sah, dass Rajael ein Stoffband mehrfach um ihren linken Oberschenkel geschlungen hatte. Und eingewickelt in dieses Band, an der Innenseite des Schenkels direkt unterhalb ihres weißen Schlüpfers befestigt, hing ein Revolver.

»Gott, Rajael, was hast du vor?«, fragte Carya leise.

»Ich löse ein Versprechen ein, das Tobyn und ich uns gaben,

als wir uns kennengelernt haben: niemals zuzulassen, dass wir in den Händen der Häscher des Lux Dei enden.« Rajael zog den Revolver hervor, öffnete die Trommel und überprüfte den Inhalt.

Caryas Gedanken überschlugen sich. Tausend Einwände und Erwiderungen gingen ihr durch den Sinn. Hatte Tobyn nicht ausdrücklich gesagt, Rajael solle weglaufen? Hatte Rajael ihr nicht versprochen, kein Aufsehen zu erregen? Was würde geschehen, wenn sie wirklich in der Richtkammer einen Schuss abfeuerte?

»Tobyn Cortanis«, begann der Großinquisitor. »Man hat Sie vor das Gericht des Tribunalpalasts geführt, weil Anklage gegen Sie erhoben wurde. Sie lautet auf Hochverrat gegen die Schöpfung Gottes und die Gesetze des Lux Dei.« Während Aidalon die Anklagepunkte auflistete, schnallte der ebenfalls zurückgekehrte Foltermeister mit der Maske Rajaels Freund auf den Stuhl.

»Bitte tu es nicht«, flehte Carya ihre Freundin an. »Denk doch auch an uns. Was soll aus uns werden?«

Rajael schloss behutsam die Trommel. Ihre Hand zitterte. »Ich muss es machen. Du hast doch gesehen, was sie Laura angetan haben. Sie haben ihn zu Tode gefoltert, Carya. Sie haben ihn gequält und verstümmelt. Ich kann nicht zulassen, dass Tobyn das Gleiche durchleiden muss. Ich kann es einfach nicht.«

»Aber Sie können sich Folter und Tod ersparen«, sagte Aidalon gerade mit kalter Stimme. »Verraten Sie mir, wo sich das Geheimlabor befindet und wer von Ihrer Gruppe noch dort draußen ist, um es zu betreiben, und Sie werden nur aus Arcadion verbannt.«

»Das ist mir nicht möglich«, erwiderte Rajaels Freund mit bebender Stimme. »Ich habe nicht zu der Gruppe gehört, ich war nur ein Kunde. Sie haben mir nichts gesagt.«

»Sie lügen«, mischte sich ein zweiter Inquisitor ein. »Sie wurden auf frischer Tat dabei ertappt, wie Sie Ihren Mitverschwörern geholfen haben, das Labor in Sicherheit zu bringen.«

»Das stimmt, ich habe ihnen geholfen – aber nur beim Ausräumen. Ich weiß nicht, wohin sie es gebracht haben. Und ich kenne auch nur die paar, die Ihre Leute getötet haben. Bitte, Sie müssen mir glauben.« Tobyn klang verzweifelt.

Neben Carya gab Rajael einen unterdrückten Schluchzlaut von sich. »Oh nein, er sagt die Wahrheit. Ich bin mir sicher, dass er die Wahrheit sagt. Und trotzdem werden sie es ihm nicht abnehmen. Oh, Tobyn, ich lasse nicht zu, dass sie dir wehtun …« Sie hob den Revolver etwas höher. Ihre Hand zitterte so stark, dass Carya sich nicht vorstellen konnte, wie ihre Freundin damit irgendeinen gezielten Schuss abgeben wollte.

»Sie bleiben also bei Ihrer Behauptung«, stellte Aidalon fest. »Nun gut, dann werden wir Ihnen die Wahrheit auf anderem Wege entlocken.« Er nickte dem Maskierten zu. »Beginnen Sie, Inquisitor Loraldi.«

Loraldi! Carya glaubte ihren Ohren nicht zu trauen. Sie kannte den Mann! Noch vor wenigen Tagen hatte er ihr zusammen mit diesem jungen Templer den Dom des Lichts gezeigt. Er hatte sich ihnen gegenüber so freundlich gegeben. Aber offenbar war er in Wirklichkeit ein eiskalter Sadist, ein Mann, der stundenlang Gefangene quälen konnte, ohne auch nur einen Hauch von Skrupel zu empfinden. Sie spürte, wie ihre Wut zurückkehrte.

Der Inquisitor schloss den Sichtschirm um den Stuhl, auf dem Tobyn festgeschnallt war. Anschließend zog er ihm die lederne Maske mit dem Knebel über.

Tobyn begann zu keuchen und wie wild gegen seine Fesseln anzukämpfen, allerdings ohne Erfolg. Die Gurte verdammten ihn zur Bewegungslosigkeit.

Seelenruhig nahm Loraldi ein Werkzeug aus seinem Arsenal an Folterinstrumenten und wandte sich seinem Opfer zu.

»Nein«, wimmerte Rajael. »Nein, bitte nicht …« Kraftlos sank sie neben der Balustrade zu Boden. Die tapfere Rajael, die sich dem Leben zu stellen vermochte wie keine Zweite und die Carya bis zu diesem Punkt mit staunenswerter Entschlossenheit vorangeschritten war, brach nun vor ihren Augen zusammen. »Ich kann es nicht«, flüsterte sie, den Revolver fest umklammert. »Ich schaffe es nicht, ihn zu töten.«

Hinter ihnen in der Richtkammer schrie Tobyn auf. Es war ein verzweifelter, ein animalischer Schmerzensschrei, der, obwohl ihn der Knebel dämpfte, Carya durch Mark und Bein ging. Ihr Magen verkrampfte sich erneut – vor Panik, aber diesmal auch vor Zorn!

»Hilf mir«, bat Rajael bebend. »Bitte, Carya.«

Dieses Mistschwein!, dachte Carya. Die Wut, die in ihren Eingeweiden brodelte, wurde immer stärker. Glühend heiß rauschte sie durch ihre Glieder.

»Gestehe, Invitro!«, donnerte Aidalon.

Erneut schrie Tobyn auf, erstickt und abgehackt, während der Maskierte sein blutiges Handwerk verrichtete.

»Bitte …« Rajaels Stimme war kaum noch ein Flüstern.

In diesem Augenblick zerbrach etwas in Carya und sie traf eine Entscheidung. Sie nahm ihrer Freundin den Revolver aus der Hand und schwang den Arm mit der Waffe über die Balustrade. Das Gewicht des Revolvers fühlte sich erstaunlich vertraut an, obwohl Carya noch nie im Leben eine solche Waffe in der Hand gehabt, geschweige denn abgeschossen hatte. Bei den Wehrübungen der Templerjugend durften das immer nur die Jungen.

»Tobyn!«, schrie sie.

Der Kopf von Rajaels Freund ruckte herum, aber natürlich sah er sie in dem dunklen Separee nicht.

»Rajael liebt dich!«

Dann schoss sie. Und ein zweites und drittes Mal. Immer weiter, bis die Trommel leer war. Auf Tobyn, auf Loraldi und auf Aidalon selbst.

KAPITEL 12

Schüsse peitschten durch die Richtkammer. Eine Kugel riss den Kopf des jungen Mannes namens Tobyn zur Seite, eine zweite ließ Inquisitor Loraldi schmerzerfüllt zusammenzucken und keuchend in die Knie gehen.

Jonan fluchte. Er riss die eigene Pistole vom Gürtel und suchte die dunklen Öffnungen in den Wänden der Kammer ab, um herauszufinden, aus welchem Separee der Angriff kam.

Aus zwei oder drei Gästebereichen drang das schrille Kreischen verängstigter Frauen. Die schachtartige Bauform der Richtkammer verstärkte den Lärm noch.

Ein weiterer Schuss knallte und noch einer.

Voller Erschrecken sah Jonan, wie Großinquisitor Aidalon auf dem Richterpodest wankte.

»Hab sie!«, meldete Burlone, hob seine Waffe und begann selbst zu feuern. »Jonan, schütze Aidalon.«

»Verstanden«, bestätigte dieser und rannte los, so schnell es sein schwerer Anzug erlaubte. Im Vorübereilen warf er einen Blick auf seinen Mentor. Loraldi lebte noch, hatte aber eine Hand auf die rechte Brust gedrückt. Die Maske hatte er sich vom Gesicht gerissen. Seine Miene war verzerrt vor Schmerz und Empörung über diesen undenkbaren Frevel.

Jonan schaltete auf den allgemeinen Funkkanal um. »Estarto an Zentrale. Wir haben ein Attentat in der Richtkammer. Erbitte Verstärkung und ein Notfallteam. Und riegelt alle Fluchtwege aus dem Palast ab.«

»Zentrale. Haben verstanden«, meldete sich die Stimme des wachhabenden Offiziers in Jonans Helm.

»Burlone hier«, mischte sich Jonans Partner ein. »Ergänzung: Die Attentäter sind zu zweit, beide vermutlich weiblich und, wie es aussieht, bereits auf der Flucht. Sie saßen auf der westlichen Besuchergalerie in der untersten Ebene.«

»Mach du hier weiter«, sagte Jonan. »Ich verfolge sie.« Er wirbelte herum und rannte mit donnernden Schritten auf den Ausgang zu.

»Jonan!«, rief Burlone ihm nach. »Jonan, vergiss es! In der Panzerung holst du sie nie ein.«

»Das wollen wir doch mal sehen«, erwiderte Jonan, stellte die Kraftverstärker auf maximale Leistung und sprintete los. Mit der Wucht eines außer Kontrolle geratenen Fuhrwerks raste er den dunklen Zugangsweg hinunter, um sich an seinem Ende nach links zu wenden und auf den Ausgang des Kellertrakts zuzustürmen. »Zur Seite!«, schrie er den Wachen zu, die als Verstärkung eintrafen und gerade die schwere Gittertür geöffnet hatten, die den Trakt vom übrigen Palast abtrennte.

»Wir wurden gerufen, Signore«, erwiderte der befehlshabende Offizier der schwarz uniformierten Gardisten, während seine Männer sich an die Gangwand drückten, um nicht über den Haufen gerannt zu werden.

»Vergessen Sie das!«, rief Jonan. »Die Attentäterinnen sind schon auf der Flucht. Schicken Sie nur das Notfallteam rein und kommen Sie mit.«

»Jawohl, Signore.« Der Mann beeilte sich, den Befehlen Folge zu leisten.

Jonan erreichte die Treppe, die ins Erdgeschoss des Tribunalpalasts führte. Auf halbem Weg lag auch der Zugang zu den Galerien. Rufe und Fußgetrappel waren von dort zu hören. Er fluchte leise. Natürlich befanden sich nicht nur die Attentäterinnen auf der Flucht, sondern auch die übrigen Gäste versuchten sich in Sicherheit zu bringen.

»Estarto an Zentrale«, wandte er sich erneut an seine Vorgesetzten. »Wir müssen die Gäste einsammeln, die hier kopflos herumrennen. Sonst entwischen uns die beiden Attentäterinnen in dem Durcheinander.«

»Verstanden«, kam die Antwort. »Wir kümmern uns darum.«

Immer zwei Stufen auf einmal nehmend, hetzte Jonan die Treppe hinauf. Er war dankbar, dass alle Räume und Gänge des Tribunalpalasts mit Steinfliesen ausgelegt waren. Auf Holzböden hätten seine metallenen Kampfstiefel vermutlich hässliche Spuren hinterlassen, die ihn im Nachhinein einen halben Jahreslohn gekostet hätten.

Von irgendwo weiter oben vernahm er Schüsse und weiteres Geschrei. Kurz hustete eine automatische Waffe. Glas klirrte, und ein Mann schrie: »Haltet sie auf!«

Keuchend erreichte Jonan den Treppenabsatz und rannte durch die Gänge des Westflügels. Er war sich sicher, dass die beiden Flüchtenden versuchen würden, über den Hof zu entkommen. Alle Fenster im Erdgeschoss waren vergittert und die Türen in der Nacht verriegelt. Es gab keinen anderen Ausweg.

Echte Attentäter hätten sich zweifellos einen Fluchtweg offen gehalten. Aber je mehr Jonan darüber nachdachte, desto weniger glaubte er daran, dass diese beiden Frauen wirklich gewusst hatten, was sie taten. *Tobyn, Rajael liebt dich,* hatte die eine geschrien, bevor die Schüsse losgingen. Außerdem war der junge Invitro ihr erstes Ziel gewesen, die Inquisitoren waren erst danach an die Reihe gekommen.

Die haben aus Verzweiflung gehandelt, erkannte Jonan. Vielleicht waren sie ebenfalls Invitros, die geahnt hatten, dass Tobyn sie verraten würde, weil er der Folter nicht würde standhalten können. Irgendetwas lief hier doch völlig falsch, wenn man seinen Geliebten umbringen musste, um ihn vor sich selbst und dem System zu schützen. Jonan schob den Gedanken von sich. Darüber wollte er jetzt lieber nicht nachdenken.

Er passierte einige Uniformierte, die mit zwei Würdenträgern des Lux Dei im Gang herumstanden. Die grauhaarigen Männer in ihren verzierten Roben wirkten aufgebracht. Einer der Gardisten versuchte sie zu beschwichtigen. Jonan verlangsamte nicht einmal seine Schritte, als er an ihnen vorbeidonnerte.

Er erreichte eine Nebentür, die zum Innenhof führte. Zwei Soldaten kauerten dort, die Waffen im Anschlag, und spähten nach draußen.

»Lagebericht«, befahl Jonan.

Im nächsten Moment hämmerte im Hof erneut ein Sturmgewehr, und Steinsplitter flogen ihnen um die Ohren. Pferde schnaubten angstvoll. Die Männer duckten sich.

»Sie sind da draußen«, meldete einer der Soldaten, ein Unteroffizier. »Eine von ihnen konnte einen meiner Leute überraschen und ihm die Waffe wegnehmen. Jetzt haben sie sich im Hof verschanzt.«

»Und warum erschießen Sie sie nicht?«, wollte Jonan wissen.

»So viel Deckung, die einer Kugel standhalten kann, gibt es im Hof doch gar nicht.«

»Äh, nun ja.« Der Mann wirkte verlegen. »Sie verstecken sich hinter Großinquisitor Aidalons Motorwagen.«

»Was?« Jonan schaltete seine Helmoptik auf Infrarot um, damit er seine Ziele im Halbdunkel des Hofs besser ausmachen konnte. Dann wagte er einen Blick durchs benachbarte Fenster. Wieder wurde im Hof geschossen. Die Mündungsblitze hatten ihren Ursprung hinter der Motorhaube des glänzend schwarzen Wagens.

Jonan stieß einen Fluch aus. Das Fahrzeug Aidalons war eine Antiquität von nahezu unschätzbarem Wert. Man munkelte, dass der Großinquisitor mehr daran hing als am Leben seiner Mutter. »Estarto an Torwache«, wandte er sich an seine Kameraden vor dem Palastgebäude. »Habt ihr einen besseren Blickwinkel auf die Attentäterinnen?«

»Negativ, Estarto«, meldete einer der Männer. »Sie verstecken sich zwischen Wagen und Hauswand.«

»Hier Villanova, 3. Schicht«, mischte sich ein weiterer Mann ein, der mit seinen Leuten Jonan, Burlone und die anderen Gardisten um Mitternacht ablösen sollte. »Ich befinde mich mit zwei Kameraden im Südflügel. Wir schleichen uns von hinten an. Sind gleich da.«

In diesem Augenblick erwachte der Motor von Aidalons Luxuswagen mit einem markanten Brummen zum Leben. Links und rechts vom Kühlergrill gingen die Scheinwerfer an.

»Himmel, was machen die da?«, entfuhr es dem Unteroffizier an Jonans Seite. »Die versuchen doch nicht etwa, das Fahrzeug des Großinquisitors zu stehlen?«

»Oh doch«, knurrte Jonan. »Ich fürchte, genau das ist ihr Plan.« Mit einem Gefühl der Ohnmacht hob er seine Waffe und zielte auf den Wagen. Aber er konnte sich nicht dazu durchringen abzudrücken.

Ruckend setzte sich das schwere schwarze Fahrzeug in Bewegung.

»Sie versuchen abzuhauen!«, rief einer der Männer. »Schließt das Tor.«

»Befehl aufgehoben!«, ging eine neue Stimme scharf dazwischen. »Hier spricht Inquisitor Naisa. Lasst sie entkommen. Wir werden sie auch aufspüren, ohne den Wagen des Großinquisitors beschädigen zu müssen. Sie können Arcadion nicht verlassen. Und ich habe hier die Gästeliste des heutigen Abends vorliegen, auf der ein sehr interessanter Name steht.«

Wir sind tot. Gott, wir sind tot, dachte Carya, während sie den riesigen Motorwagen auf den schmalen Torweg des Tribunalpalasts zusteuerte. Verkrampft kauerte sie hinter dem breiten, mit Leder überzogenen Lenkrad, das sie mit beiden Händen festhielt, um nicht die Kontrolle über das Fahrzeug zu verlieren.

Vor sich sah sie die zwei hünenhaften Gestalten der gepanzerten Torwächter auftauchen. Die Männer hatten ihre Gewehre gehoben und zielten direkt auf den Wagen. Unwillkürlich duckte Carya sich noch etwas tiefer hinters Lenkrad. Gleichzeitig trat sie aufs Gaspedal. Es gab kein Zurück mehr für sie. Wenn sie anhielten und sich ergaben, würden sie in dem gleichen Stuhl enden, in dem Tobyn gestorben war. Gnade war nicht zu erwarten, nicht nachdem sie auf den Großinquisitor geschossen hatte.

Der Wagen kam den beiden Männern immer näher. Links und rechts neben ihnen befanden sich die schmiedeeisernen Flügel des Gittertors, mit dem sich der Eingang des Tribunalpalasts verschließen ließ. Doch die Wachen machten keine Anstalten, sie zu schließen. Sie feuerten auch nicht. Irgendetwas ließ sie zögern –

und Carya hatte nicht vor zu warten, bis sie es sich anders überlegt hatten.

Ohne zu verlangsamen, jagte sie den Motorwagen durch den Torweg und an den Wachen vorbei. Dann stieg sie auf die Bremse und riss das Lenkrad herum, um in die Straße einzubiegen, die quer vor dem Tribunalpalast verlief. Die Reifen des Wagens quietschten, und das Heck brach zur Seite aus. Instinktiv versuchte sie dagegenzuhalten, aber das Fahrzeug hatte zu viel Schwung und schlidderte über die Straße. Ein Krachen war zu hören, und Glas klirrte, als eine Straßenlaterne der unkontrollierten Bewegung ein abruptes Ende setzte.

Auf der Rückbank kreischte Rajael auf. Sie hatte noch immer das leer geschossene Sturmgewehr neben sich liegen, mit dem sie Carya in blinder Panik Feuerschutz gegeben hatte, während diese den Wagen aufgebrochen und kurzgeschlossen hatte. Hätte Carya in diesem Augenblick irgendjemandem erklären müssen, wie sie das angestellt hatte – und vor allem, woher sie wusste, wie man einen Motorwagen steuerte –, es wäre ihr unmöglich gewesen, darauf eine Antwort zu geben. Das Wissen darüber war ebenso plötzlich in ihrem von Todesangst erfüllten Geist aufgetaucht wie die Fähigkeit, mit einem Revolver ein Ziel auf gut ein Dutzend Meter Entfernung zu treffen, das nicht größer war als ein … *als ein Menschenkopf,* beendete sie den grauenvollen Gedanken.

Rasch verdrängte sie das Bild, das vor ihrem geistigen Auge aufzusteigen drohte. Davon durfte sie sich jetzt nicht ablenken lassen. Sie musste dieses Fahrzeug steuern. Sie musste Rajael und sich in Sicherheit bringen. Danach erst konnte sie es sich leisten, zu einem wimmernden Häuflein Elend zusammenzubrechen.

Entschlossen trat sie erneut aufs Gaspedal, und das Fahrzeug machte einen kraftvollen Satz nach vorne. Schneller als jede Pferdekutsche raste es die Quirinalsstraße hinunter auf einen der Plätze Arcadions zu. Caryas Schule befand sich gar nicht weit davon entfernt. Der Gedanke, vor Signora Bacchettona zu stehen und einen Aufsatz vortragen zu müssen, kam Carya auf einmal absurd fern vor.

Sie erreichten den Platz, rasten über ihn hinweg und tauchten in das Gassengewirr nordwestlich davon ein. Carya musste nun langsamer fahren, um nicht ständig mit irgendwelchen Hindernissen zusammenzuprallen. Dennoch kamen sie schneller voran, als es ihnen mit einem anderen Fortbewegungsmittel möglich gewesen wäre.

»Carya, halt an«, sagte Rajael nach ein paar Minuten.

Carya blickte in den Rückspiegel zu ihrer Freundin. »Warum? Wir müssen vor unseren Verfolgern fliehen.«

»Es gibt keine Verfolger«, erwiderte Rajael. »Wir haben sie längst abgehängt. Aber dieser Motorwagen ist viel zu auffällig. Alle Leute werden sich an ihn erinnern.«

Carya richtete ihre Aufmerksamkeit wieder nach vorne. Dank der abendlichen Stunde war nicht viel los auf den Straßen. Dennoch musste sie ihrer Freundin recht geben. Die Menschen, die noch unterwegs waren, hoben die Köpfe und schauten dem Fahrzeug neugierig nach, während es an ihnen vorüberfuhr. »In Ordnung«, sagte sie nickend.

Sie lenkte den Wagen in eine kleinere Seitenstraße und bog dann willkürlich in einen engen Hof ein, in dem mehrere Kutschen aufgereiht standen. Mit einem unschönen Ruck brachte sie das Fahrzeug zum Stehen. Sie schaltete den Motor ab und drehte sich zu ihrer Freundin um. »Und jetzt?«

»Laufen wir zu mir nach Hause. Wir müssen die Kleider loswerden.«

»Was wirst du deiner Bekannten sagen, von der wir die Kleider geliehen haben?«, wollte Carya wissen. Sie blickte an sich herunter. Ihr Kleid war schmutzig, und an der Stelle, wo sie auf ihrer Flucht aus dem Tribunalpalast mit dem Saum an einem Vorsprung hängen geblieben war, klaffte ein hässlicher Riss.

Rajael zuckte mit den Achseln. »Ich weiß es noch nicht. Mir wird etwas einfallen. Jetzt komm.« Sie öffnete die Tür.

»Was machen wir mit den Waffen?«, fragte Carya und blickte auf den Revolver auf dem Beifahrersitz.

»Lass sie liegen«, riet ihr Rajael und schob das Sturmgewehr unter den Vordersitz. »Wir brauchen sie nicht mehr.«

Einen Moment lang zögerte Carya. Die Waffe war leer geschossen, hatte also wirklich keinen Nutzwert mehr, sah man davon ab, dass sie ein gefährliches Beweismittel darstellte, wenn man sie bei ihr fand. Trotzdem streifte sie zu ihrer eigenen Überraschung die langen Handschuhe ab, wickelte den Revolver darin ein und nahm ihn an sich, bevor sie Rajael folgte.

Ihre Freundin blickte sie nur schräg von der Seite an, sagte aber nichts.

Gemeinsam gingen sie schnellen Schrittes die Gasse hinunter, dann folgten sie einer zweiten, und kurz darauf erreichten sie eine breitere Querstraße, wo sie sich eine Kutsche riefen, die sie in einem Bogen bis zum nördlichen Rand des Pinciohügels bringen sollte. Es war unauffälliger, in einer Kutsche zu reisen, vor allem, wenn man offensichtlich Abendgarderobe trug wie sie beide.

Während der ganzen Fahrt sprachen sie kein Wort. Stattdessen saßen sie sich nur schweigend gegenüber. Carya klammerte sich an den eingewickelten Revolver auf ihrem Schoß, Rajael hatte die Arme um den Oberkörper geschlungen und drückte sich in die Ecke der Kutschkabine, als wolle sie darin versinken.

Beim Licht Gottes, was habe ich getan ...? So langsam begann Carya das Ausmaß dessen zu begreifen, was beinahe ohne ihr bewusstes Zutun in den letzten Minuten geschehen war. Sie hatte auf einen Inquisitor geschossen – und nicht nur das! Sie hatte Großinquisitor Aidalon persönlich angegriffen. Ihre Erinnerung gab ihr keine Antwort darauf, ob sie Aidalon und Loraldi nur verletzt oder sogar getötet hatte. Mit dem Einschlag der Kugel in Tobyns rechte Schläfe wurden die Bilder in ihrem Kopf undeutlich. So oder so hatte sie sich eines Kapitalverbrechens schuldig gemacht. Und das, ohne im Geringsten darauf vorbereitet gewesen zu sein.

Im gleichen Moment kam ihr ein Gedanke, und ihr wurde eiskalt. *Sie haben meinen Namen,* erkannte sie. *Alesandru hat die Einladung auf meinen Namen ausstellen lassen. Rajael ist sicher, denn ich habe sie ja als Miraela eintragen lassen. Aber mein Name ist bekannt. Sie werden ihn über meinen Vater leicht zurückverfolgen können. Licht Gottes, womöglich sind sie schon bei meinen Eltern zu Hause und warten auf mich.* Sie würden ihren Vater und ihre Mutter verhören, und danach würden sie sie finden und genauso foltern wie diesen Invitro, den Loraldi vor ihren Augen getötet hatte.

Und an all dem war Rajael schuld, ihre beste Freundin. Sie hatte ihre Freundschaft missbraucht und Carya diese ganze Katastrophe erst eingebrockt. Caryas Leben lag in Trümmern, nur weil Rajael nicht stark genug gewesen war, selbst zu schießen, nein, im Grunde nur weil Rajael *dumm* genug gewesen war, überhaupt schießen zu wollen. Warum hatte sie sich nur mit diesem Tobyn eingelassen, einem Künstlichen?

Carya spürte, wie Panik sie ergriff. Sie musste hier raus! Sie hielt es nicht länger in dieser engen Kutschkabine aus, mit Rajael neben sich und dem Revolver in ihrem Schoß. Sie brauchte frische Luft und Ruhe, um nachzudenken.

Mit einem Ruck sprang sie auf und hämmerte gegen die vordere Wand, die sie vom Kutscher trennte. »Anhalten!«, rief sie.

»Carya, was machst du?«, fragte Rajael erschrocken.

»Lass mich in Ruhe«, fauchte Carya. »Du bist an allem schuld!« Bevor die Kutsche vollständig angehalten hatte, öffnete sie bereits den Verschlag und sprang nach draußen.

»Warte!«, rief Rajael ihr nach, doch Carya hörte nicht auf sie. Hals über Kopf stürzte sie aufs Geratewohl davon, hinaus in die Nacht. Sie befanden sich nicht weit vom Nordtor Arcadions entfernt. Vor ihr lag eine Gasse, die in einer Treppe endete, die wiederum zu einer der Serpentinenstraßen an der Flanke des Pinciohügels führte. Sie stürmte die Treppe hinauf und wandte sich nach rechts. Über ihr, am gestuften Berghang, ragten altes Mauerwerk und noch ältere Bäume in den sternklaren Nachthimmel. Noch gestern hätte sie die Szenerie als romantisch empfunden. Heute hatte sie keinen Blick dafür.

Hinter sich vernahm sie schnelle Schritte. Jemand rannte ihr nach. Wahrscheinlich war es Rajael. Carya wollte nicht von ihr eingeholt werden und versuchte, noch schneller zu laufen. Aber langsam waren ihre Kräfte aufgezehrt. Sie konnte nicht mehr. Keuchend erklomm sie eine weitere Treppe und erreichte einen kleinen, verwilderten Park, der im Schatten des Aureuswalls auf diesem Teil des Pinciohügels gedieh, ein letztes Überbleibsel der ungleich größeren Grünanlagen von einst.

Hier zwischen den dichten Büschen und verwachsenen Bäumen, um die sich kein Gärtner kümmerte, war es merklich dunkler. Carya hörte den Kies unter ihren Füßen knirschen, aber sie konnte kaum noch etwas sehen. Sie trat gegen einen Stein, stolperte und fiel der Länge nach hin. Ihre Knie und Handballen machten auf unschöne Weise mit dem Parkweg Bekanntschaft.

Der Schmerz trieb ihr die Tränen in die Augen. Statt sich jedoch wieder aufzurappeln und weiterzulaufen, ließ sie sich ganz zu Boden sinken. Sie krümmte sich zusammen wie ein Kind im Mutterleib und blieb leise schluchzend liegen.

Wenige Augenblicke später vernahm sie vorsichtige Schritte auf dem Kiesweg, dann sank jemand neben ihr zu Boden, und eine Hand legte sich tröstend auf Caryas Schulter.

Schniefend blickte Carya auf. Es war Rajael, die an ihrer Seite kniete. »Verschwinde«, knurrte sie.

»Es tut mir leid«, sagte Rajael leise.

Carya blinzelte und setzte sich auf. Sie wischte sich über die tränenverschleierten Augen. »Ist mir egal.«

»Das habe ich nicht gewollt«, beteuerte ihre Freundin.

»Ach nein?« Carya lachte humorlos auf. »Warum hattest du dann den Revolver bei dir, als wir in den Tribunalpalast gefahren sind?« Der Gedanke daran entfachte ihren Zorn aufs Neue. »Erzähl mir nicht, du hättest das alles nicht vorab geplant! Du *wolltest* Tobyn erschießen! Aber mir hast du kein Wort davon gesagt. Du hast mich einfach so ins offene Messer laufen lassen.«

»Du hättest mir niemals geholfen, wenn ich dir verraten hätte, was ich vorhabe.«

»Selbstverständlich nicht!«, empörte sich Carya. »Die Idee war ja auch völlig verrückt. Hast du auch nur fünf Minuten über die Folgen nachgedacht? Dein toller Invitrofreund mag ohne Schmerzen gestorben sein, so wie du es dir gewünscht hast, und auch euer elendes Brutlabor ist in Sicherheit. Aber zu welchem Preis? Jetzt ist meine Familie in Gefahr. Die Inquisitoren haben meinen Namen, sie kennen meinen Vater. Sie werden kommen und uns holen. Und was glaubst du, was dann mit meiner Mutter, meinem Vater und mir geschehen wird? Hast du dich das mal gefragt?« Sie schrie jetzt beinahe. Ihr war gleichgültig, ob sie jemand hörte, so wütend war sie. Allerdings war um diese Nachtzeit für gewöhnlich ohnehin keine Menschenseele mehr auf dem Pinciohügel unterwegs.

Rajael blickte zu Boden. »Es tut mir so leid, Carya. Ich hatte keine andere Wahl.«

»Mir tut es auch leid!«, erwiderte Carya hitzig. »Es tut mir leid, dass ich geglaubt habe, du wärst meine Freundin.« Sie kam auf die Beine und blickte auf Rajael hinunter. »Aber das ist jetzt vorbei. Ich will nichts mehr mit dir zu tun haben, hörst du? Geh doch zu deinen Invitrofreunden und werdet glücklich mit euren künstlichen Babys. Ich hasse dich!«

Rajael beugte sich vor und nahm den in die Handschuhe gewickelten Revolver, den Carya fallen gelassen hatte, als sie gestürzt war. Sie stand ebenfalls auf. »Geh nach Hause, Carya«, sagte sie mit bekümmerter Miene. »Geh zu deinen Eltern und erzähl ihnen, was geschehen ist. Und wenn die Inquisitoren an eure Tür klopfen, sag ihnen, ich hätte dich gezwungen, mir zu helfen. Du kannst ihnen auch verraten, wo ich wohne. Ich werde sie dort erwarten. Alles wird gut. Das verspreche ich dir.« Sie hob die Hand, als wolle sie Carya zärtlich über die von Tränen und Staub verschmierte Wange streichen, aber Carya zuckte zurück und Rajael ließ die Hand sinken.

Langsam drehte Rajael sich um und ging davon. Nach wenigen Schritten hatte die Finsternis sie verschlungen.

KAPITEL 13

Eine unbestimmte Zeit lang stand Carya wie betäubt in der Dunkelheit des alten Parks. So schnell die Wut auf Rajael sie übermannt hatte, so schnell war sie wieder verraucht. Zurück blieb ein seltsames Gefühl der Leere. Sie wusste einfach nicht mehr, was sie fühlen sollte: Angst um ihr Leben? Zorn auf Rajael? Mitleid mit dem jungen Mann namens Tobyn, dessen einziges Verbrechen darin bestanden hatte, eine Familie gründen zu wollen? Oder Hass auf die Inquisitoren des Tribunalpalasts?

Einen Moment lang war sie versucht, ihrer Freundin nachzulaufen und sich für die harten Worte zu entschuldigen. Sie mochte allen Grund haben, auf Rajael wütend zu sein. Diese hatte Caryas Vertrauen und ihre Hilfsbereitschaft schwer missbraucht. Aber letzten Endes hatte Carya die Entscheidung, nach dem Revolver zu greifen und zu schießen, selbst getroffen. Dieser Tatsache konnte sie sich nicht entziehen. Sie musste sich den Folgen dieser Tat stellen. Und deshalb hatte ihre erste Sorge ihren Eltern zu gelten.

Mit einem unguten Gefühl in der Magengegend machte Carya sich auf den Weg nach Hause. Sie lief jetzt langsamer, um nicht erneut einen Sturz zu riskieren. Ihre Handballen und Knie schmerzten auch so schon genug. Außerdem fröstelte sie trotz der sommerlichen Wärme. Sie fragte sich, was ihre Eltern wohl sagen würden, wenn sie zur Wohnungstür hereinkam: viel zu spät nach einem Tag unangemeldeter Abwesenheit, mit einem Abendkleid am Leib, das nicht ihr gehörte, mit von Schmutz und Tränen verschmiertem Gesicht und aufgeschürften Armen und Beinen. *Wahrscheinlich werden sie denken, ich hätte mich heimlich mit einem Jungen getroffen, der dann versucht hat, mich zu vergewaltigen,* ging es Carya durch den Kopf. So schrecklich das gewesen wäre, angesichts ihrer gegenwärtigen Probleme wünschte sie sich beinahe, dass das der Wahrheit entspräche.

Sie verließ den Park und humpelte im Licht der einsamen Straßenlaternen durch die Gassen unterhalb des Pinciohügels nach Hause. Dabei kam sie auch an Rajaels Wohnhaus vorbei. Da die Kammer ihrer Freundin Richtung Stadt zeigte, konnte sie nicht sehen, ob Licht brannte. Sie fragte sich, ob Rajael dort oben saß und wie es ihr ging. Eigentlich musste sie bei ihr auch noch ihre Kleider und Schulsachen abholen. Aber sie entschied sich dagegen, bei ihr zu klingeln. Das hatte bis morgen Zeit. Rajael war gegenwärtig sicher. Niemand wusste, wo sie wohnte. Carya musste sich erst einmal um sich selbst kümmern.

Die Fenster der Wohnung ihrer Eltern waren trotz der fortgeschrittenen Stunde noch erhellt. Das verwunderte sie kaum. Höchstwahrscheinlich warteten ihr Vater und ihre Mutter auf Caryas Rückkehr. Rasch betrat sie das Haus und lief die Treppenstufen hinauf.

Anscheinend hatte ihre Mutter schon darauf gelauscht, ob jemand im Treppenhaus zu hören war, denn noch bevor Carya an die Wohnungstür klopfen konnte, wurde diese aufgerissen. »Carya!«, rief ihre Mutter erleichtert. »Dem Licht Gottes sei Dank! Da bist du ja endlich. Du …« Ein bestürzter Ausdruck erschien auf ihrer Miene. »Ach du meine Güte, wie siehst du denn aus? Das ist ja furchtbar. Komm erstmal herein. Was ist denn passiert? Und was hast du da für ein Kleid an?«

Begleitet von dem ununterbrochenen Strom nervösen Geredes ihrer Mutter, betrat Carya die Wohnung. Im Kücheneingang stand ihr Vater und blickte ihr mit gerunzelter Stirn entgegen. »Komm hier rein, Carya«, befahl er, und an seinem Tonfall erkannte Carya, dass ihr eine gehörige Standpauke bevorstand. »Setz dich hin.« Er deutete auf einen der Stühle.

Stumm kam Carya der Aufforderung nach.

Ihre Mutter ging zur Kochzeile hinüber. »Ich mache dir erst einmal einen Tee. Das wird dir gut tun. Und dann müssen wir uns deine Wunden anschauen.«

Caryas Vater warf seiner Frau einen unwilligen Blick zu. Offenbar gefiel es ihm nicht, dass sie seine Disziplinarmaßnahmen bereits durch Fürsorge untergrub, bevor er damit überhaupt angefangen hatte.

Doch auch Carya schüttelte den Kopf. »Nein, Vater, Mutter, wartet. Bevor ihr schimpft oder mir Tee kocht, hört mich an. Etwas Schreckliches ist geschehen, und ihr müsst sofort davon erfahren.«

Beunruhigt nahm Caryas Mutter den Teekessel in beide Hände und presste ihn sich an den Bauch. Sie wechselte einen unsicheren Blick mit Caryas Vater.

»Also dann los: Erzähl mal«, brummte dieser. »Wo hast du den ganzen Tag gesteckt? In was für einem unsäglichen Aufzug läufst du herum? Und wer hat dir das angetan?« Er deutete auf Caryas blutige Knie unter den zerrissenen Strumpfhosen und auf ihre zerschrammten Hände und Arme.

Carya holte tief Luft. Der Moment der Wahrheit war gekommen. Sie hatte Angst davor, wie ihre Eltern reagieren würden. Aber sie musste sie einweihen, sonst würden die Diener des Tribunalpalasts völlig unerwartet in ihr Leben einbrechen.

Stockend begann sie zu beichten, was ihr heute seit dem verpassten Mittagessen widerfahren war. Dass ihr Gespräch mit Rajael auf dem Aureuswall, der Besuch bei Alesandru im Tribunalpalast, das Umkleiden in Rajaels Wohnung, der Prozess, die Schießerei, die Flucht und der Streit mit ihrer Freundin im nächtlichen Park zusammengenommen kaum mehr als zehn Stunden in Anspruch genommen hatten, ließ die Geschehnisse für Carya fast noch unwirklicher erscheinen.

Zunächst hörten ihre Eltern schweigend zu. Nur ihrer Mutter entfuhr ein mitfühlendes Seufzen, als Carya von Rajaels glückloser Liebe zu dem Invitro Tobyn und dessen Gefangennahme erzählte. Als Carya jedoch fortfuhr, sie sei daraufhin zum Tribunalpalast gelaufen, um sich von Alesandru eine Einladung zum Prozess zu erschleichen, platzte es aus ihrem Vater heraus: »Du hast *was* gemacht?«

»Ich musste es tun«, verteidigte sich Carya. »Ich konnte Rajael doch die Bitte, ihren Tobyn ein letztes Mal zu sehen, nicht abschlagen.«

»Carya, du weißt genau, dass solche Prozesse nichts für junge Mädchen sind!«, wetterte ihr Vater. »Es hat einen Grund, warum nur ausgewählte Gäste daran teilnehmen dürfen.«

Sie senkte den Kopf, schuldbewusst und niedergeschlagen zugleich. »Ja, das habe ich auch erkannt, als wir dort eintrafen.« Ein Anflug von Trotz regte sich in ihrem Inneren, und sie hob den Blick wieder, um ihren Vater herausfordernd anzuschauen. »Wusstest du, was dort vor sich geht? Dass dort Menschen zu Tode gefoltert werden?«

»Oh mein Gott …« Caryas Mutter schlug die Hand vor den Mund.

»Still!«, befahl ihr Vater ungehalten. »Kein Wort darüber. Die internen Untersuchungsmethoden der Inquisition haben uns nicht zu kümmern.«

»Interne Untersuchungsmethoden?«, echote Carya. »Vater, es waren Gäste anwesend! Es gibt dort Separees, wie in einem Theater, und Diener, die einem Getränke anbieten. Das ist ein Schauspiel für die Elite Arcadions – ein grausames, krankes Schauspiel. Das hat nichts mit Recht und Gerechtigkeit zu tun. Wie kannst du nur für solche Leute arbeiten?«

»Darüber bin ich dir keine Rechenschaft schuldig«, entgegnete ihr Vater laut. »Sei dankbar, dass ich Arbeit habe und dass es uns so gut geht. Außerdem bin ich nicht im Westflügel bei der Inquisition beschäftigt, wie du weißt, sondern bei der Abteilung für Eigentumsdelikte. Und überhaupt geht es gar nicht um mich, sondern um dich, junge Dame! Das war doch noch nicht alles, oder?«

Carya schüttelte den Kopf. »Nein. Es tut mir so leid, aber jetzt wird es erst richtig schlimm. Während wir dort im Prozess saßen und der Folter der Inquisitoren zusahen, zog Rajael plötzlich einen Revolver.«

»Oh nein«, entfuhr es ihrer Mutter. »Wo hatte sie den denn her?«

»Sie sagte, Tobyn habe ihn ihr gegeben. Ich schwöre, dass ich nichts davon gewusst habe, sonst hätte ich ihr nicht geholfen, in den Palast zu gelangen. Aber nun saß sie da und wollte Tobyn erschießen, um ihm die Qual des Verhörs zu ersparen. Doch als sie ihn dann brachten und auf den Stuhl schnallten und er die Fragen von Großinquisitor Aidalon nicht beantworten konnte oder wollte …«

Sie stockte. Plötzlich kehrten die Angst und das Entsetzen, die sie eine Weile durch ihren Zorn auf Rajael verdrängt hatte, mit aller Macht zurück. Sie sah das Bild vor ihrem inneren Auge aufsteigen, wie Inquisitor Loraldi Tobyn die Maske aufsetzte, wie er sein glänzendes Folterwerkzeug – eine Zange oder ein Messer – ergriff und ansetzte, und wie Tobyns gedämpfte Schmerzensschreie durch die hohe Richtkammer hallten.

Zitternd schlang sie die Arme um den Oberkörper. Ihr Sichtfeld verschwamm, als ihr einmal mehr Tränen in die Augen stiegen. »Rajael konnte es nicht«, stieß sie gepresst hervor. »Sie wollte Tobyn erlösen, aber sie hatte nicht die Kraft dazu, ihren Geliebten zu erschießen. Da habe ich … Ich habe den Revolver genommen und …« Voller Verzweiflung schaute sie ihre Eltern an. »Ich habe Tobyn getötet. Und danach auf die Inquisitoren geschossen, auf Loraldi und Aidalon. Anschließend sind wir geflohen, und ich habe diesen Motorwagen gestohlen, und dann habe ich mich mit Rajael oben im Park zerstritten. Es ging alles so schnell … Ich … Es tut mir furchtbar leid!«

Zusammen mit dem Geständnis öffneten sich alle Schleusen in ihrem Inneren. Ohne dass sie irgendetwas dagegen hätte tun können, schluchzte sie auf, und die Tränen liefen ihr in einem Strom über die Wangen. Der Weinkrampf schüttelte sie so lange, bis ihre Mutter an ihre Seite trat, sie vom Stuhl hochzog und in den Arm nahm. Mit tröstenden, sinnlosen Worten hielt sie sie fest, bis sie sich beruhigte.

Schließlich hatte Carya ihre Gefühle wieder unter Kontrolle und löste sich von ihrer Mutter. Fragend sah sie ihre Eltern an.

Ihr Vater ließ sich am Esstisch nieder. Er war blass geworden, aller rechtschaffene Ärger schien wie weggeblasen. Ungläubig schüttelte er den Kopf. »Oh, Carya«, sagte er mit einem schweren

Seufzen, »was hast du da nur angerichtet?« Er fuhr sich mit den Händen übers Gesicht und das Haar.

Caryas Mutter warf ihm einen sorgenvollen Blick zu. »Was machen wir denn jetzt nur, Edoardo?«

»Ich weiß es noch nicht, Andetta«, erwiderte ihr Vater. »Wir müssen irgendetwas unternehmen, so viel steht fest. Einen derartigen Vorfall dürfen wir nicht einfach aussitzen. Wenn die Garde des Tribunalpalasts erst an unsere Tür klopft, ist es für Erklärungen zu spät.« Er hob den Blick. Sein Gesicht war noch immer aschfahl, und er wirkte, als wäre er binnen Minuten um Jahre gealtert. Allein in seinen Augen glomm verzweifelte Entschlossenheit. »Ich muss zum Tribunalpalast. Ich muss denen erklären, dass das alles nur ein Versehen war. Carya würde doch niemals absichtlich einen Menschen verletzen. So, wie ich das sehe, stand sie unter dem Einfluss dieser Rajael. Genau das war es.«

»Edoardo!«, entfuhr es Caryas Mutter halb empört, halb erschrocken.

»Nein, lass mich ausreden«, unterbrach Caryas Vater sie. »Vielleicht hat Rajael sie auch bedroht. Jedenfalls hat sie irgendetwas getan, um Carya dazu zu bringen, ihr Zugang zum Tribunalpalast zu verschaffen. Und bist du sicher, dass du wirklich geschossen hast, Carya? Es ging alles so schnell. Du warst völlig verstört wegen all der Vorgänge dort. So etwas steckt ein junges Mädchen nicht so leicht weg. Möglicherweise war es also genau umgekehrt. Du bist vor Angst zusammengebrochen, und Rajael hat geschossen. Wer vermag das schon zu sagen. Es ist dunkel in diesen Separees. Niemand außerhalb wird die Schützin gesehen haben.«

Caryas Mutter rang die Hände. »Edoardo, bist du sicher, dass es keine andere Lösung gibt? Das arme Mädchen.«

Dieser schüttelte den Kopf. »Nein. Das ist die einzige Möglichkeit, die ich sehe, um Caryas Kopf aus der Schlinge zu ziehen. Und seien wir ehrlich: Eigentlich ist Rajael an dieser Misere schuld. Warum musste sie sich in einen Invitro verlieben? Und dann auch noch diese Pläne, ein künstliches Kind bekommen zu wollen. Das ist doch verrückt! Gotteslästerung! Ich habe diese junge Dame ja schon immer für einen gefährlichen Freigeist gehalten. Wie sie da so ganz allein in ihrer Dachkammer haust. Ich habe nichts gesagt, weil Carya sie mochte, aber offenbar ist unsere Tochter noch zu jung, um die rechte Menschenkenntnis entwickelt zu haben. Nur so konnte sie in diesen Schlamassel geraten. Und nur indem sie sich von Rajael wieder lossagt und auf den rechten Weg zurückkehrt, kann sie sich daraus erretten. Wir werden auch Pater Castano hinzuziehen. Er soll Carya eine angemessene Buße auferlegen und ihr dabei helfen, ihr Seelenheil zurückzugewinnen.«

Er stand auf. »Ich fahre jetzt zum Tribunalpalast. Das muss in dieser Nacht noch geklärt werden. Vorher werde ich bei Richter Godalmi vorsprechen, meinem Vorgesetzten. Es ist spät für solch einen Überfall zu Hause, aber er wird Nachsicht walten lassen, wenn ich ihm die Lage schildere. Sein Wort hat ein gewisses Gewicht im Palast. Vielleicht kann er mir helfen, Aidalon von Caryas Spur abzubringen.« Caryas Vater warf ihr einen beschwörenden Blick zu. »Gott helfe uns, dass der Großinquisitor nicht schwer verletzt wurde!«

Niedergeschlagen schaute Carya zu Boden. Es gab vieles, was sie gerne noch gesagt hätte. Obgleich sie Rajael oben im Park in ihrer Wut am liebsten gleich den Schwarzen Templern zum Fraß vorgeworfen hätte, widerstrebte es ihr auf einmal, die Freundin so zu verraten. Eigentlich verdiente Rajael all das, was folgen würde, nachdem Caryas Vater seine Aussage gemacht hatte. Schließlich war sie diejenige, die hatte schießen wollen. Carya hatte nur stellvertretend den Willen ihrer Freundin ausgeführt. Aber so sehr sie sich das auch einredete, sie konnte ein schlechtes Gewissen nicht abschütteln.

Dennoch schwieg sie, als ihr Vater aus der Küche ging, im Flur Mantel und Hut nahm und die Wohnung verließ. Er bewegte sich dabei mit den raschen Schritten eines Mannes, der bloß nicht mehr innehalten will, nachdem er sich etwas in den Kopf gesetzt hat aus Angst, den Mut zu verlieren.

Ihre Mutter seufzte und legte Carya den Arm um die Schulter. »Komm, Kind. Wir ziehen dir erstmal diese fremden Sachen aus. Danach versorgen wir deine Blessuren, und anschließend gehst du ins Bett. Der Tag war lang und furchtbar. Morgen sieht hoffentlich schon wieder alles ganz anders aus.«

Habe ich das Rajael nicht gestern im Café auch gesagt?, dachte Carya, aber sie erwiderte nichts, denn sie wollte wirklich glauben, dass es stimmte.

Gehorsam ließ sie sich von ihrer Mutter ins Bad führen und zog dort Schuhe, Kleid und Strümpfe aus. Während sie ihre Wunden von Schmutz reinigte, füllte ihre Mutter hinter ihr den Waschzuber mit kaltem und heißem Wasser. Carya schlüpfte auch aus der Unterwäsche und setzte sich in das vorbereitete Bad. Das Wasser brannte auf ihren Abschürfungen, aber es tat auch unglaublich gut. Wohlig schloss sie die Augen und ließ sich von ihrer Mutter mit einem Schwamm den Rücken waschen. Keine von ihnen sprach ein Wort.

Nach einer Weile stieg Carya wieder aus dem Wasser, trocknete sich ab und ging in ihre Kammer hinüber, wo sie ihr Nachthemd überstreifte, bevor sie ins Bett krabbelte und die Decke bis ans Kinn hochzog.

»So ist es richtig«, sagte ihre Mutter, die ihr gefolgt war und im Türrahmen stand. »Schlaf, mein Kind. Dein Vater wird schon alles regeln. Dir wird nichts geschehen.« Ihre Worte waren aufmunternd gemeint, aber in ihren Augen lag eine Sorge, die sie Lügen strafte. Ein ganz so leichtes Spiel würde ihr Vater mit Männern wie Inquisitor Loraldi und Großinquisitor Aidalon nicht haben. Noch immer konnte das alles ein böses Ende nehmen. *Nein*, verbesserte Carya sich im Geiste. *Es wird ein böses Ende nehmen. So oder so.*

Ein Gedanke tauchte in ihrem Bewusstsein auf, eine Angelegenheit, die sie beinahe schon wieder verdrängt hatte. »Mutter?«, fragte sie.

»Ja, meine Liebe.«

Carya setzte sich im Bett auf und zog die Knie an die Brust. Nachdenklich sah sie ihre Mutter an. »Im Tribunalpalast und später auf der Flucht ist etwas sehr Eigenartiges geschehen. Ich ... ich weiß nicht, wie ich es beschreiben soll.« Sie stockte und suchte nach Worten. »Weißt du, ich habe noch nie einen Revolver in der Hand gehalten, und trotzdem konnte ich in der Richtkammer plötzlich damit umgehen, als hätte ich jahrelange Übung. Und etwas später, als wir vor den Wachen fliehen mussten und unser Kutscher längst das Weite gesucht hatte, sah ich diesen schwarzen Motorwagen im Innenhof des Tribunalpalasts stehen, und auf einmal war mir klar, dass ich ihn würde steuern können, wenn ich es versuchte. Ich wusste, wie ich sein Schloss mit einer Haarnadel knacken konnte, und ich wusste, wie ich ihn zum Fahren bringe. Wie ist das nur möglich?«

Einen Moment lang schaute ihre Mutter sie nur mit großen Augen an. »Ich ... ich kann dir keine Antwort darauf geben«, sagte sie schließlich. »Ich habe keine Ahnung. Womöglich hat die

Verzweiflung ungeahnte Kräfte in dir geweckt. Oder …« Sie trat näher und setzte sich auf die Bettkante. Ein Lächeln hellte ihr von Sorge gezeichnetes Gesicht auf. »Oder vielleicht hat dich das Licht Gottes berührt. Vielleicht wollte Gott, dass du lebst, denn du hast großen Mut bewiesen und eines seiner Kinder vor einem schrecklichen Schicksal bewahrt.«

Carya blinzelte überrascht. Solche Worte hätte sie von ihrer Mutter nicht erwartet. »Eines seiner Kinder?«, wiederholte sie. »Aber Tobyn war ein Invitro.«

»Das Licht Gottes scheint auf alle empfindungsfähigen Wesen herab«, erwiderte ihre Mutter. »Verrate es deinem Vater nicht, dass ich das gesagt habe, denn dann würden ihm nur noch mehr graue Haare wachsen. Aber das ist es, was ich glaube. Und weil ich es glaube, bin ich trotz allem, was uns noch an Ungemach bevorstehen mag, stolz auf dich. Ich bin stolz auf dich, weil du in der Richtkammer auf dein Herz gehört hast.« Ihre Mutter beugte sich vor und küsste Carya zärtlich auf die Stirn. »Bleib so, meine liebe Carya. Hör auf dein Herz und nicht auf das, was dein Vater oder deine Lehrer oder die Inquisitoren sagen.«

Mit diesen Worten erhob sie sich, verließ leise den Raum und schloss die Tür.

Carya aber saß in ihrem Bett, eingewickelt in ihre Decke, starrte in die Dunkelheit und dachte nach. Sie solle auf ihr Herz hören, hatte ihre Mutter gesagt, nicht auf die Inquisitoren, nicht auf die Lehrer. *Nicht auf meinen Vater …*

Mit einem Ruck schlug sie die Bettdecke zurück und stand auf. Sie hatte noch etwas zu erledigen!

KAPITEL 14

So leise, wie es ihr möglich war, kleidete Carya sich an. Sie schlich zur Tür ihrer Kammer und öffnete diese vorsichtig einen Spaltbreit. Im Korridor war das Licht gedämpft. Kein Laut war zu hören. Ihre Mutter hatte sich offenbar ebenfalls zur Ruhe begeben. Hätte sie noch in der Wohnstube gesessen, wäre mit Sicherheit das Klicken ihrer Stricknadeln zu hören gewesen, die sie nicht nur zum Vergnügen hervorholte, sondern auch immer dann, wenn sie eine unangenehme Wartezeit überbrücken wollte – in diesem Fall die Zeit bis zur Rückkehr von Caryas Vater.

Auf Zehenspitzen schlich Carya den Flur entlang bis zur Wohnungstür, neben der ihre Schuhe standen. Als sie hineinschlüpfen wollte, bemerkte sie, dass jemand – vermutlich ihre Mutter – etwas in ihren linken Schuh gelegt hatte. Verwundert zog sie es hervor.

Es handelte sich um ein zusammengefaltetes Blatt Papier. Als sie es öffnete, fand sie darin eine silberne Kette mit auffällig grob ineinandergreifenden Kettengliedern vor. Am Ende der Kette hing ein ovales Metallplättchen, auf das ein seltsames Muster graviert war, das Carya nicht kannte. Am unteren Ende des Plättchens, das ein wenig an die Dienstmarke erinnerte, die Ramin als Jungtempler um den Hals zu tragen verpflichtet war, befanden sich eine Reihe goldener Einkerbungen. Wenn das ein Schmuckstück war, dann eines, wie Carya es zuvor noch nie gesehen hatte.

Nimm es, stand auf dem beiliegenden Zettel in den geschwungenen Lettern ihrer Mutter geschrieben. *Es gehört dir. Wir sprechen später darüber. Aber verrate deinem Vater nichts.*

Carya drehte den Zettel in den Händen und blickte zum Schlafzimmer ihrer Eltern hinüber. Die Tür war angelehnt. Dahinter herrschte tiefe Finsternis. Aber schlief ihre Mutter wirklich schon? Und warum hatte sie Carya diese Nachricht und das seltsame Kleinod hingelegt? Beinahe hatte es den Anschein, als habe sie erwartet, dass ihre Tochter in dieser Nacht noch einmal die Wohnung verlassen würde. Auch wenn sie vorgab, nichts davon mitzubekommen. Solch ein geheimnisvolles Verhalten passte gar nicht zu ihr.

Verwirrt steckte Carya Kette und Zettel in ihre Rocktasche. Sie würde sich später darüber Gedanken machen. Jetzt hatte sie Wichtigeres zu erledigen. Leise zog sie ihre Schuhe an, öffnete die Haustür und huschte verstohlen nach draußen.

Durch das hohe Treppenhaus eilte sie hinunter ins Erdgeschoss. Statt jedoch zur Vordertür hinauszutreten, wo sie Gefahr lief, ihrem heimkehrenden Vater zu begegnen, begab sie sich zur Waschküche, um von dort in den kleinen Garten hinter dem Haus zu gelangen, in dem die Bewohner ihre Wäsche trockneten. Einige vergessene Handtücher hingen über den Leinen und bewegten sich träge in der noch immer angenehm warmen Abendluft. Irgendwo in der Stadt schlug eine Kirchturmuhr. Es war eine halbe Stunde vor Mitternacht.

Carya lief zu der rückwärtigen Bruchsteinmauer hinüber, die den Garten einfasste, und öffnete die mannshohe Gittertür, die zu einer engen, zwischen den Häuserreihen verlaufenden Gasse führte. Rasch eilte sie in der Dunkelheit zwischen den mehrstöckigen Häusern dahin, bis sie eine quer verlaufende Treppe erreichte, die sie zurück zur Straße ihres Wohnblocks brachte.

Bevor sie aus dem Schatten der Häuser trat, vergewisserte sie sich, dass die Straße menschenleer war. Dann wandte sie sich nach links und rannte weiter bergauf, bis sie das Haus erreichte, in dem Rajael wohnte.

Eigentlich hatte sie die Freundin ja erst am morgigen Tag aufsuchen wollen. Doch jetzt, da ihr Vater den Inquisitoren im Tribunalpalast Rajaels Namen und Adresse verriet, durfte Carya nicht länger warten. Sie musste Rajael warnen und ihr die Möglichkeit zur Flucht geben. So viel zumindest war sie ihr schuldig.

Vor der Haustür angekommen, hob Carya die Hand, um bei ihrer Freundin zu läuten. Doch dann zögerte sie. Wenn sie um diese Uhrzeit schellte, war ihr die Aufmerksamkeit von Rajaels schaulustiger Vermieterin gewiss. Darauf konnte sie verzichten.

Probeweise drückte sie die Klinke hinunter. Selbstverständlich war die Tür um diese Uhrzeit abgeschlossen. *Vielleicht sollte ich versuchen, auch diese Tür aufzubrechen,* dachte Carya. Wozu besaß sie dieses neu entdeckte Talent? Gleich darauf fiel ihr aber etwas Besseres ein. Rajael hatte ihr mal erzählt, dass sie, wenn sie sich ausgesperrt hatte, auf den Schlüssel von Signore Uberto zurückgriff. Signore Uberto war ein älterer Herr, der im ersten Stock des Hauses wohnte und so zerstreut war, dass er in einem der Blumenkübel rechts neben der Tür immer einen Ersatzschlüssel aufbewahrte, für den Fall, dass er mal wieder ohne seine Tasche außer Haus ging.

Hastig durchsuchte Carya die Behältnisse, und in einem von ihnen fand sie tatsächlich den Schlüssel. Sie öffnete die Tür, glitt ins Innere und schloss hinter sich wieder ab. Auf dem Rückweg würde sie den Schlüssel in sein Versteck zurücklegen.

So lautlos wie möglich schlich Carya hinauf bis unters Dach. Niemand begegnete ihr im dunklen Treppenhaus, niemand streckte neugierig den Kopf aus der Wohnungstür. Vor Rajaels Dachkammer angekommen, blieb Carya stehen und klopfte leise an. Sie legte das Ohr an die Tür, um zu lauschen, ob jemand reagierte. Es war nichts zu hören.

»Rajael«, flüsterte sie. »Ich bin es, Carya.« Sie klopfte erneut, diesmal etwas eindringlicher.

Nichts regte sich im Inneren.

Womöglich war ihre Freundin gar nicht da? Befand sie sich schon auf der Flucht aus Arcadion, über die Mauer des Aureuswalls hinweg auf dem Weg in die Wildnis? Dann wäre ja alles gut, und Carya könnte beruhigt wieder nach Hause gehen.

Aus irgendeinem Grund aber glaubte sie nicht, dass Rajael geflohen war. Die Freundin hätte sie wissen lassen, wenn sie aus der Stadt zu verschwinden beabsichtigte. Und hatte sie oben im Park nicht gesagt, dass sie die Inquisitoren zu Hause erwarten wolle?

Ach, verdammt, dachte Carya und zog erneut ihre Haarnadel hervor, die ihr schon zum Knacken der Motorwagentür gedient hatte. Sie steckte die Nadel in das Schloss – nur um festzustellen, dass sie nicht mehr wusste, was sie jetzt damit anstellen sollte. Irgendwie war das Wissen um die richtigen Bewegungen im Hof des Tribunalpalasts wie von selbst über sie gekommen. Aber jetzt herrschte diesbezüglich völlige Leere in ihrem Kopf.

Ein wenig hilflos stocherte sie in dem Schloss herum, wobei ihre linke Hand auf der Türklinke lag. Als sie sie herunterdrückte, ging die Tür auf. Sie war gar nicht abgeschlossen gewesen. *Das hätte ich vielleicht zuerst mal prüfen sollen,* dachte Carya missmutig.

Allerdings hatte sie nicht damit gerechnet, dass Rajael ihre Wohnungstür mitten in der Nacht offen stehen ließ.

Sie schob die Tür auf und ging hinein, nur um sie hinter sich gleich wieder leise zu schließen. In der kleinen Dachkammer war es dunkel. Nur ein wenig schwaches Mondlicht fiel durch das unverhängte Fenster herein und tauchte die Einrichtung in einen fahlen Schein. »Rajael?«, flüsterte Carya. »Bist du da?«

Ihr Blick wanderte durch das Zimmer, über den Wandschirm, hinter dem sich Rajaels Waschgelegenheit befand, und am Tisch mit den dicken Kerzen und den Regalen voller Bücher vorbei hin zu Rajaels Schlafcouch.

Und dort entdeckte sie eine dunkle, reglose Gestalt.

»Oh mein Gott!«

Sofort war Carya an Rajaels Seite. Der zierliche Leib der Freundin lag schlaff ausgestreckt auf der Schlafcouch. Rajael trug noch immer das Abendkleid, das sie beim Besuch des Prozesses im Tribunalpalast angehabt hatte. Einer ihrer Schuhe hatte sich vom Fuß gelöst und war zu Boden gefallen. Ebenso hing einer ihrer Arme kraftlos an der Seite der Couch herunter.

»Rajael!«, flüsterte Carya eindringlich und schüttelte die Freundin. Sie fühlte nach ihrem Puls, horchte nach ihrem Atem. Da war nichts. Ein grauenvoller Anfall von Übelkeit zog ihr den Magen zusammen. »Rajael, oh bitte nicht. Das nicht.«

Sie eilte zum Tisch hinüber und entzündete mit zitternden Fingern eine der Kerzen. Danach kehrte sie zur Schlafcouch zurück. Selbst im gelben Licht der Kerzenflamme sah das schmale Gesicht der Siebzehnjährigen, das von ihrem hellbraunen Lockenhaar umgeben war, bleich und krank aus. Augen und Lippen waren geschlossen. Man hätte sie auch für schlafend halten können.

Carya stellte die Kerze neben dem Kopfende der Couch ab und suchte erneut nach irgendeinem Lebenszeichen. Ihre Mühe erwies sich als vergeblich.

Ihre Freundin war tot.

Neben Rajaels herunterhängendem Arm lag ein hübscher Kelch aus Kristallglas auf dem Boden, einer von zweien, die Rajael besaß und aus denen die beiden Mädchen an manchen Abenden Rotwein getrunken hatten. Er war noch feucht von irgendeiner klaren Flüssigkeit. Als Carya ihn anhob und daran roch, rümpfte sie die Nase. Das Gebräu roch bitter, und es war nicht die Bitterkeit von starkem Alkohol, den eine verzweifelte Seele in ihrer Einsamkeit womöglich in sich hineingeschüttet hätte. Bei dieser Flüssigkeit handelte es sich um etwas anderes. Das war Gift! Rajael hatte sich vergiftet.

»Oh nein. Rajael …« Wie betäubt ließ sich Carya neben ihrer Freundin zu Boden sinken. Das Glas fiel ihr aus der Hand, landete mit einem dumpfen Pochen auf den Holzbohlen und rollte davon. Sie hob die Hände vors Gesicht und schloss die Augen. Fassungslos schüttelte sie den Kopf. »Warum hast du das nur getan?«, flüsterte sie erschüttert, während sie spürte, wie sich Tränen in ihren Augenwinkeln sammelten.

Carya verstand, dass Rajael nicht in den Klauen der Inquisition hatte enden wollen, nicht nach dem, was sie am heutigen Tag erlebt hatten und wovon ihre Freundin offenbar deutlich mehr als sie selbst gewusst hatte. Warum allerdings war sie nicht aus Arcadion geflohen, so wie Tobyn es die ganze Zeit von ihr gewollt hatte? Hatte sie Angst davor gehabt, alleine durch die Wildnis irren zu müssen? Oder hatte sie sich geopfert, um den Inquisitoren Genugtuung zu verschaffen und Carya und deren Familie dadurch vor Racheakten zu schützen?

Mit tränenverschleiertem Blick hob Carya den Kopf und sah sich erneut in der Dachkammer um. Hatte Rajael vielleicht einen Abschiedsbrief hinterlassen? Sie stand auf und hob die Kerze, um besser sehen zu können.

Erst jetzt fiel ihr auf, dass auf einem Stuhl neben der Tür der Revolver lag, mit dem Carya auf Tobyn, Loraldi und Aidalon geschossen hatte. Daneben lag tatsächlich ein Blatt Papier, das Rajaels elegant geschwungene Handschrift trug. Die Buchstaben wirkten gehetzt, als habe Caryas Freundin die Zeilen in großer Eile verfasst.

Hiermit gestehe ich das Eindringen in den Tribunalpalast, die Erlösung von Tobyn Cortanis und den Angriff auf die Inquisitoren des Lux Dei. Ich bereue nichts. Ich hoffe vielmehr, diese Mörder werden niemals vergessen können, was ich ihnen angetan habe.

Für die Freiheit!

Rajael Vellanecho

Carya sank neben dem Stuhl auf die Knie. Also hatte Rajael sich wirklich geopfert. Dieses Schreiben ließ keinen Zweifel. Nur, würde diese Form der dreisten Selbstrichtung der Inquisition genügen? Es war zu hoffen, ansonsten hatte Caryas Freundin ihr Leben umsonst gegeben.

Als Carya aufschaute, bemerkte sie, dass die Lehne des Stuhls zwei einzelne Buchstaben zierten: RV. Sie runzelte die Stirn. Rajael Vellanecho? Das ergab keinen Sinn. Rajael neigte nicht dazu, ihr Hab und Gut mit ihren Initialen zu verzieren, schon gar nicht irgendeinen Stuhl. Außerdem hätte sie schwören können, dass die Buchstaben heute Nachmittag, als sie sich in Rajaels Wohnung umgezogen hatten, noch nicht auf dem Stuhl geprangt hatten.

Es dauerte einen Moment, bis Carya begriff. *Regalversteck!* Natürlich!

In der Kammer gab es eine Dachschräge, die fast bis zum Boden reichte. Da Rajael ihre Bücherregale davorgestellt hatte, befand sich ein kleiner, nur schwer erreichbarer Bereich dahinter. Caryas Freundin hatte ihn zusätzlich durch ein Brett verschlossen, das sie mit der gleichen Tapete beklebt hatte, die auch ihre Wände zierte, sodass man glauben mochte, die Regale stünden direkt an der Wand. In dem Geheimversteck, das dadurch entstanden war, bewahrte sie ihr Tagebuch und einige andere Habseligkeiten auf, von denen sie nicht wollte, dass ihre Vermieterin oder sonst jemand sie fand. Als treue Freundin war Carya von ihr jedoch an einem konspirativen Abend voll heimlicher Geständnisse und inniger Freundschaftsschwüre in die Existenz des Verstecks eingeweiht worden.

Dass die Buchstaben so in aller Offenheit versteckt auf dem Stuhl prangten, konnte nur bedeuten, dass Rajael davon ausgegangen war, Carya würde nach ihrem Tod noch einmal ihre Wohnung betreten. *Sie wollte mir damit sagen, dass ich ihre Sachen aus dem Versteck holen soll,* erkannte Carya. *Kein Fremder soll sie bekommen.*

Rasch durchquerte sie das Zimmer, schob einen Bastkorb und ein paar Kissen beiseite und öffnete die falsche Wand hinter dem Regal. Mit der brennenden Kerze bewaffnet, kroch sie in die enge Nische zwischen Dachschräge und Regalrücken. Dort fand sie ihre Schultasche und einen Kleidersack vor. Anscheinend hatte Rajael alles, was ihr wertvoll war, zusammengepackt. Daneben lag noch ein Zettel. *Verschwinde von hier,* stand darauf geschrieben. *Alles weitere später.*

Carya ließ sich nicht zweimal bitten. Ihre Zeit in Rajaels Wohnung wurde in der Tat langsam knapp. Es war nicht auszuschließen, dass sich bereits eine Einheit der Schwarzen Templer auf dem Weg hierher befand, um aufgrund der Aussage von Caryas Vater die Attentäterin Rajael festzunehmen. Hastig schnappte sich Carya die Sachen, robbte rückwärts aus der Nische heraus und schob die falsche Wand und den Bastkorb wieder an ihren Platz zurück, damit niemand Verdacht schöpfte.

Ein letztes Mal huschte sie zu Rajael hinüber. »Ich werde dich vermissen«, flüsterte sie der Freundin zu, bevor sie ihr einen zärtlichen Kuss auf die kalte Stirn gab. Anschließend löschte sie die Kerze und machte sich auf den Rückweg.

Unbehelligt gelang es ihr, das Haus zu verlassen, und nachdem sie den Schlüssel von Signore Uberto wieder in den Blumenkübel gesteckt hatte, lief sie zurück zur Straße. Sie überlegte, was sie mit dem Kleiderbeutel anstellen sollte. Es war nicht gut, wenn sie Rajaels Habseligkeiten mit zu sich nach Hause nahm. Dort würden ihre Eltern sie womöglich finden, und die Last, sich mit Rajaels Erbe konfrontiert zu sehen, wollte Carya ihrem Vater und ihrer Mutter nicht auch noch aufbürden.

Etwas ratlos sah sie sich auf der Straße um. Links von ihr erstreckte sich die uralte, über und über mit blätterreichem Strauchwerk bewachsene Steinmauer. Kurz entschlossen stopfte Carya Rajaels Schultasche in den Kleidersack, duckte sich unter den bei Tage grünen Wasserfall und schob den Beutel gegen den Widerstand des Zweiggeflechts bis zur Mauerkrone hoch. Dann tauchte sie wieder darunter hervor und zog noch ein paar weitere Zweige über die Stelle. Das Versteck war sicher nicht perfekt, aber da der

Beutel aus braunem Stoff bestand, durfte sie darauf hoffen, dass er nicht so schnell entdeckt wurde. Morgen nach der Schule würde sie sich einen besseren Aufbewahrungsort überlegen.

Wenn ich morgen überhaupt zur Schule gehe, dachte Carya. Ob sie ihr bisheriges Leben nach dem heutigen Tag einfach so weiterführen konnte, war mehr als fraglich. Es hing wohl davon ab, was ihr Vater im Tribunalpalast erreichte.

Mit diesem bangen Gedanken lief sie nach Hause, wobei sie erneut den Schleichweg durch die Gasse hinter ihrem Elternhaus nahm, um möglichst ungesehen zurück ins Haus und in ihr Zimmer zu gelangen.

Sie hatte gerade den Garten mit den Wäscheleinen erreicht, als sie vor dem Haus plötzlich Tumult vernahm. Motorengeräusch und Hufgeklapper waren zu hören. Türen schlugen zu und schwere Schritte wurden laut. Rasch öffnete sie die Hintertür des Hauses, um in den Flur zu schleichen und nachzuschauen, was dort vorne vor sich ging.

Als sie um die Ecke in den Eingangsbereich des Treppenhauses lugte, spürte sie einen Adrenalinstoß durch ihren Körper fahren. Die Eingangstür stand sperrangelweit offen. Davor blockierten ein lastwagenartiges Einsatzfahrzeug und eine Personenkutsche die Einfahrt. Das Einsatzfahrzeug war so breit, dass es kaum in die schmale Straße passte.

Vor dem Haus liefen Männer in schwarzen Uniformen herum, und ein paar von ihnen eilten gerade mit knallenden Stiefeln und ohne Rücksicht auf die fortgeschrittene Stunde die Treppe hinauf. Wohin sie unterwegs waren, brauchte Carya nicht zu fragen. *Sie kommen, um mich zu holen,* erkannte sie voller Schrecken. Dann hatte ihr Vater also versagt. Die Inquisition suchte Carya als Attentäterin und womöglich mehrfache Mörderin.

Diese Erkenntnis ließ sie schwindeln, und sie musste sich zusammenreißen, um nicht vor Entsetzen bewusstlos zu Boden zu sinken. Nahm der Albtraum dieses Tages denn nie ein Ende?

Oben aus dem Treppenhaus war energisches Klopfen zu hören. »Im Namen des Lux Dei, öffnen Sie die Tür!«, befahl eine Männerstimme.

Angsterfüllt presste sich Carya an die Flurwand in ihrem Rücken. Auch wenn sie sich nichts sehnlicher wünschte, als zu ihrer Mutter zu rennen, um sie, wie auch immer, vor den Schwarzen Templern zu beschützen, war ihr klar, dass sie alleine und unbewaffnet keine Chance gegen die Männer hatte. Wenn sie nicht, genau wie ihre Eltern, im Gewahrsam des Lux Dei enden wollte, musste sie fliehen und sich verstecken. Sie brauchte Zeit, um sich zu sammeln und ihre Gedanken zu ordnen, um zu überlegen, was sie als Nächstes tun könnte.

Mit einem letzten sehnsüchtigen Blick hinauf ins Treppenhaus wandte sie sich ab und huschte zurück in den Garten. Sie tauchte unter den aufgehängten Wäschestücken hindurch und erreichte erneut die Gittertür hinaus auf die Gasse. Im Nu war sie draußen, wandte sich nach links – und prallte mit einem Monstrum zusammen!

Es handelte sich um einen Schwarzen Templer in voller Kampfpanzerung, der den Befehl bekommen haben musste, den Hintereingang des Hauses zu sichern. Das dunkle Helmvisier des Mannes richtete sich auf sie, dann hob er sein Sturmgewehr.

In seinem Rücken schlug die Kirchturmuhr zur Mitternacht.

KAPITEL 15

Wie vom Donner gerührt blickte Jonan auf die junge Frau, die ihm förmlich vor den Gewehrlauf gestolpert war. Die Restlichtverstärkeroptik seines Helms verlieh ihrem Gesicht eine ungesund grünliche Färbung. Trotzdem erkannte er sie sofort wieder!

Sie hatten sich vor ein paar Tagen im Dom des Lichts getroffen. Sie hatte mit ihrer Templerjugendgruppe einen Ausflug unternommen, er war als Begleiter von Inquisitor Loraldi vor Ort gewesen – des Mannes, der im Augenblick mit einer Kugel im rechten Brustmuskel im Hospital des Lux Dei lag und noch vom Krankenbett aus die Ergreifung der Attentäterinnen gefordert hatte.

Die Identität zumindest eines Mädchens war schnell ermittelt worden, da es offensichtlich dumm genug gewesen war, sich mit ihrem richtigen Namen in die Gästeliste einzutragen: Carya Diodato. Den Namen Diodato trug auch einer der Angestellten des Tribunalpalasts, der kurz darauf sogar selbst vorstellig geworden war, um dem mit der Untersuchung beauftragten Inquisitor Naisa unter weitschweifigen Entschuldigungen Rede und Antwort zu stehen.

Naisa war an Entschuldigungen jedoch weniger interessiert

gewesen als an Ergebnissen. Als klar war, dass eine der beiden Schuldigen bei Diodato zu Hause im Wohnzimmer saß, hatte der Inquisitor sofort die Templer losgeschickt. Die Mutter, das hatte Jonan über Funk mitbekommen, hatten sie geschnappt. Die Tochter war nicht mehr da gewesen.

Jonan fragte sich, was sie hier draußen machte. Hätte sie vorgehabt, sich dem Zugriff der Templer zu entziehen, hätte sie alle Zeit der Welt gehabt, um zu verschwinden. Sie hätte nicht zu warten brauchen, bis der Einsatztrupp mit seinen Wagen vor ihrem Haus vorfuhr – dann war ein Entkommen auch eigentlich schon nicht mehr möglich.

Dass er sie also hier vorfand, konnte nur bedeuten, dass sie unterwegs gewesen und bei ihrer Heimkehr vom Eintreffen der Templer überrascht worden war. Das passte zu dem erschrockenen Ausdruck in ihrem Gesicht. Aus irgendeinem Grund hatte sie nicht mehr damit gerechnet, dass man kommen würde, um sie zu holen.

Im Prinzip war Jonans Befehl bei diesem Einsatz ebenso klar wie einfach. »Sichern Sie den Hinterausgang, und lassen Sie niemanden entkommen«, hatte Kahane gesagt. Nun, damit hatte er wohl Erfolg gehabt. Die Gesuchte stand direkt vor seiner Nase im Visier seines Sturmgewehrs. Er hätte sie nur noch zur Aufgabe zwingen, und dann die anderen rufen müssen, und dieser Einsatz wäre vorüber gewesen.

Aber er konnte es nicht.

Er blickte in ihr blasses Gesicht, ihre dunklen, angsterfüllten Augen. Er sah die weichen, vollen Lippen, ihre schlanke Gestalt, das lange, nachlässig hochgesteckte Haar. Sie wirkte so verletzlich, so unglaublich schutzbedürftig.

Und er konnte es nicht. Er konnte Carya, wenn sie denn so

hieß, nicht den Inquisitoren ausliefern. Nicht nach dem, was er heute mit eigenen Augen in der Richtkammer hatte mit anschauen müssen. Die Vorstellung, dass Männer wie Loraldi oder Naisa dieses Mädchen auf dem Richtblock festschnallten, dass sie Carya die Maske überzogen, damit ihre Schreie nicht so laut waren, und dann Hand an sie legten, drehte Jonan den Magen um.

Er senkte den Lauf des Sturmgewehrs ein wenig, den er instinktiv hochgezogen hatte, als die Gestalt vor ihm in die dunkle Gasse hinausgetreten war. Gleichzeitig schaltete er den Helmfunk ab, damit keiner seiner Kameraden die folgenden Worte hören konnte. »Lauf weg«, sagte er. »Schnell, bevor dich jemand anders sieht.« Er wusste, dass seine Worte durch den Helm hindurch metallisch und unpersönlich klangen, und versuchte, so viel Mitgefühl wie möglich in seine Stimme zu legen.

Die junge Frau rührte sich nicht. Überrascht, aber auch misstrauisch starrte sie Jonan an.

»Was ist los?«, fragte er. »Hast du mich nicht verstanden?«

»Werden Sie mich auf der Flucht erschießen?«, erwiderte sie die Frage mit einer Gegenfrage.

»Wie kommst du denn darauf?«

»Sie haben ein Gewehr und wollen, dass ich davonlaufe.«

Unwillig richtete Jonan den Sturmgewehrlauf auf den Gassenboden und klappte mit der linken Hand das Helmvisier hoch. »Nein, verdammt«, zischte er sie in drängendem Tonfall an. »Ich will dein Leben retten, begreifst du das nicht?«

Die Augen der jungen Frau weiteten sich. Offenbar hatte auch sie ihn, trotz der Dunkelheit in der Gasse, wiedererkannt. »Sie waren im Dom des Lichts«, bestätigte sie seine Annahme.

»Genau wie du«, sagte er nickend.

»Sie gehören zu Loraldis Leuten!«

»Mein Vater hielt es für karriereförderlich, dass ich unter dem Inquisitor diene«, verbesserte Jonan sie und fragte sich im gleichen Atemzug, warum er ihr das beichtete. Verärgert schüttelte er den Kopf. »Aber das ist nebensächlich. Ich gebe dir die Möglichkeit zu leben. Also verschwinde endlich von hier, bevor es zu spät ist.«

Sie wollte sich abwenden, doch dann hielt sie erneut inne. »Warum tun Sie das?«

Jonan schluckte. Ohne die grünliche Färbung des Restlichtverstärkers sah sie sogar noch hübscher aus. Er musste an das Prickeln denken, das er bei ihrem Blickwechsel im Dom verspürt hatte, und wünschte sich, sie hätten sich unter anderen Umständen wiedergetroffen. Aber das konnte er ihr natürlich so nicht sagen. »Weil ich nicht alles gutheiße, was im Namen des Lux Dei geschieht«, antwortete er stattdessen. Ihm war bewusst, dass er dafür ins Gefängnis wandern konnte – Verrat an den eigenen Leuten wurde bei der Garde nicht gerne gesehen.

Sie musterte ihn mit großen Augen, dann überraschte sie ihn und sich selbst vermutlich nicht weniger, als sie zwei schnelle Schritte auf ihn zu machte, sich auf die Zehenspitzen erhob und ihm einen flüchtigen Kuss auf die Wange hauchte. »Danke«, sagte sie.

Für den Bruchteil einer Sekunde schauten sie einander tief in die Augen, und Jonan verspürte einmal mehr, wie ihr Blick einen elektrischen Schlag durch seinen Körper sandte. Gleich darauf war der Moment vorbei, sie ließ von ihm ab und eilte leichtfüßig die Gasse hinunter.

Sie hatte keine zehn Schritte zurückgelegt, als ein zweiter Templer zwischen den Häusern hervortrat. Jonan konnte im Dunkeln nicht feststellen, welcher seiner Kameraden es war. Erst als dieser sich zu Wort meldete, erkannte er ihn.

»Stehen bleiben, Hübsche!«, drang es aus dem Helmgitter. »Sonst stelle ich dir mein Lieblingsgericht vor: blaue Bohnen.«

Burlone, fuhr es Jonan durch den Sinn. *Kein Zweifel.*

So viel zu seinem Versuch, Carya das Leben zu retten. Er musste sich etwas einfallen lassen, und das sofort. Sonst würde Burlone Inquisitor Naisa melden, dass sie die Gesuchte gefunden hatten. Und dann war alles vorbei.

Jonans Gedanken rasten. Erschießen konnte er Burlone nicht. Das würde viel zu viel Lärm machen, außerdem schützte die Templerrüstung auch gegen Sturmgewehrkugeln erstaunlich gut. Abgesehen davon hatte Burlone selbst die Waffe gehoben. Es würde zum Schusswechsel kommen, und Carya stand genau zwischen ihnen. *Himmel, was denke ich da überhaupt?*, durchfuhr es Jonan.

Im nächsten Moment kam ihm eine andere Idee. Es war ein verrückter Plan, aber wenn er bei jemandem funktionierte, dann bei Burlone. Der Spaßvogel der Truppe war ein Mistkerl. Ihn auszuschalten, hatte Jonan wenig Skrupel. Ganz anders hätte der Fall gelegen, wenn etwa Lucai sie überrascht hätte. Gegen den Freund vorzugehen, wäre Jonan deutlich schwerer gefallen. Womöglich hätte er es gar nicht vermocht, und Caryas Schicksal wäre besiegelt gewesen. Zum Glück war Lucai nicht hier. *Trotzdem muss ich verrückt sein.*

Er setzte eine erleichterte Miene auf und hob grüßend die Hand. »Burlone! Gut, dass du gekommen bist.«

Sein Gegenüber kam langsam näher. »Ich habe dich gesucht, Mann. Wieso hast du deinen Funk abgeschaltet?«

»Sieht man das nicht?« Jonan deutete auf die junge Frau zwischen ihnen. Er verlieh seiner Stimme einen gehässigen Tonfall. »Ich wollte mir ungestört noch ein bisschen Spaß gönnen, bevor

173

ich sie den Inquisitoren übergebe. Du weißt doch, wie die mit Gefangenen umgehen. Danach ist ihr hübscher Körper ruiniert.«

Einen Augenblick lang starrte Burlone ihn nur wortlos an. Dann klappte er ruckartig sein Helmvisier hoch. »Du machst Witze, oder, Estarto?« Auf seinem Gesicht stand Unglauben, aber Jonan meinte ein verräterisches Funkeln in seinen Augen zu entdecken. Der Fisch hatte bereits angebissen. Jetzt durfte er ihn nur nicht mehr von der Angel lassen.

Jonan trat noch einen Schritt näher auf Carya zu. Grob packte er die junge Frau am Arm und zog sie zu sich heran. Carya keuchte erschrocken auf, aber die Angst schien ihr die Kehle zuzuschnüren, denn sie brachte kein Wort des Widerstands heraus.

»Nein, eigentlich war das mein voller Ernst.« Jonan klemmte sein gegenwärtig nutzloses Sturmgewehr in die Anzughalterung. Stattdessen zog er den Elektroschockstab aus dem Gürtelhalfter, ließ ihn kurz vor Caryas Nase aufblitzen und strich dann damit über ihre Wange. Dabei grinste er Burlone an. »Was meinst du? Wir verpassen ihr eine Ladung, damit sie wie Butter in unseren Händen wird, und danach schauen wir mal, wie es unter ihrem Rock so aussieht.«

Burlone leckte sich über die Lippen, und eine raubtierhafte Gier trat in seine Augen. »Na ja, die anderen sind eh noch damit beschäftigt, die Mutter zu verhaften und die Wohnung auf den Kopf zu stellen. Ein paar Minuten haben wir wohl.« Auch er trat näher und schloss den Kokon aus schwarzem Metall um Caryas schlanke Gestalt.

Jonan sah, wie sich die Augen der jungen Frau vor Angst weiteten. »Nein«, entfuhr es ihr. »Bitte nicht. Ich schreie!« Ihr flehender Blick suchte den seinen. Offenbar begann sie ernste Zweifel daran zu hegen, dass er noch immer auf ihrer Seite stand.

Auch wenn er sich innerlich hundeelend fühlte, sie so zu ängstigen, konnte Jonan sich den Luxus, ihr ein Zeichen zu geben, nicht leisten. Noch hatte Burlone sein Sturmgewehr in der Hand. Stattdessen lächelte er süffisant. »Ich an deiner Stelle würde das nicht tun. Dann wissen die Inquisitoren, dass wir dich haben, und das bedeutet, wir müssen dich ausliefern. Solange du uns hier bei Laune hältst, kannst du dieses Schicksal hinauszögern.«

Mit einem auffordernden Nicken schob Jonan Carya auf Burlone zu. »Komm, mein Freund. Halte unsere hübsche Kleine mal fest, damit ich sie mir genauer anschauen kann.«

Der Soldat nickte. Endlich klemmte auch er seine Waffe in die Anzughalterung, um beide Hände freizuhaben. Er packte Carya an den Oberarmen und schob sein Gesicht ganz nah an ihr Ohr. »Glaub mir, Süße, ich hätte auch nicht gedacht, dass in unserem Nesthäkchen so ein wilder Bursche steckt. Du musst es ihm mächtig angetan haben. Aber wenn er in dieser Nacht zum Mann werden will, ist es meine Kameradenpflicht, ihm dabei zu helfen. Das verstehst du hoffentlich, oder? Ist nichts Persönliches.« Burlone hob den Kopf und zwinkerte Jonan zu. »Also, zeig mal, was du drauf hast.«

Jonan hob den Schockstab und grinste dreckig. »Worauf du dich verlassen kannst.«

Gleich darauf rammte er seinem Gegenüber die Waffe ins Gesicht und aktivierte sie.

Burlone hatte nicht mal mehr Zeit, aufzuschreien oder überrascht die Miene zu verziehen. Er zuckte einfach nur krampfartig zusammen und fiel dann wie ein Sack Altmetall zu Boden. Dabei ließ er Carya los, die aus dem Gleichgewicht gebracht gegen Jonans Brustpanzer stolperte.

Rasch hielt er sie fest, um sie vor einem Sturz zu bewahren.

Fassungslos blickte die junge Frau auf den am Boden liegenden Soldaten, danach wandte sie sich Jonan zu. »Was … was war das denn?«

»Das hast du doch gesehen«, sagte Jonan, während er sie wieder losließ. »Ein Schockstab. Ich konnte ihn schließlich nicht erschießen. Das wäre zu laut gewesen. Außerdem ist Burlone ein Kamerad, ein Schwein vielleicht, aber trotzdem ein Kamerad. Daher habe ich ihm nur einen Stromstoß durch den Körper gejagt, der ihn für einen Moment betäubt. Ein Glück nur, dass diese Panzerungen so gut isoliert sind – sonst lägst du jetzt neben ihm, und ich müsste dich von hier forttragen, um dich zu retten.«

»Mich zu retten?«, echote Carya.

Jonan nickte. »Ja natürlich, was glaubst du, warum ich dieses ganze Theater gespielt habe? Es tut mir leid, wenn ich dir Angst eingejagt habe. Aber ich habe keine andere Möglichkeit gesehen, an ihn heranzukommen.« Er ging in die Hocke und verpasste Burlone eine zweite Ladung – zur Sicherheit. Anschließend griff er in dessen Helm und zerquetschte das Funkgerät mithilfe der Kraftverstärkerservos in seinen Handschuhen.

»Und jetzt schnell weg hier«, fuhr er fort, während er aufstand. »Bevor der Nächste kommt und nach mir sucht. Reden können wir später.« Er hielt Carya die Hand hin.

Zögernd blickte sie darauf.

»Vertrau mir. Ich will dir helfen, Carya.«

Er sah, dass sie sich innerlich einen Ruck gab. Sie legte ihre schmale Hand in seinen klobigen Handschuh. »Du kennst meinen Namen, aber ich kenne deinen nicht«, sagte sie.

Er lächelte sie an. »Jonan«, erwiderte er. »Ich heiße Jonan.«

Gemeinsam rannten sie durch die nächtlichen Straßen, fort von Caryas Zuhause. Carya konnte immer noch nicht ganz fassen, was in den letzten Minuten geschehen war. Beinahe hätte die Inquisition sie erwischt. Doch völlig unerwartet hatte sich ein Schwarzer Templer – von allen Menschen Arcadions ausgerechnet ein Schwarzer Templer – auf ihre Seite geschlagen und sie gerettet.

Sie konnte nicht begreifen, warum er das getan hatte. Im Moment allerdings war kaum der richtige Zeitpunkt, um nach Antworten auf diese Frage zu forschen. Jetzt hieß es, das neu gewonnene Leben auch zu behalten.

»Wohin laufen wir?«, fragte sie atemlos Jonan, der sie führte.

»Wir müssen uns verstecken«, antwortete er. »Aber vorher brauchen wir ein paar Dinge, und ich muss diese Rüstung loswerden. Sie ist viel zu auffällig, um damit länger herumzulaufen. Die werden sowieso völlig durchdrehen, weil ich sie ihnen gerade praktisch gestohlen habe. Du glaubst gar nicht, wie wertvoll diese Dinger sind. Aber zurückgeben kann ich sie jetzt auch schlecht. Also muss ich sie verstecken. Bis dahin ist Eile angesagt, denn sie werden uns sicher schon bald auf den Fersen sein.«

Das glaubte Carya gerne. Mittlerweile dürfte der Zorn der Inquisition so richtig geweckt sein. Sie musste an ihre armen Eltern denken. Hoffentlich mussten sie nicht für das büßen, was Carya ihnen eingebrockt hatte.

Um ihr Vorankommen zu beschleunigen, requirierte Jonan an der nächsten größeren Straße kurzerhand eine Kutsche. Er erklärte nicht, wer Carya war und warum sie mitten in der Nacht in Begleitung eines Schwarzen Templers in der Stadt unterwegs war, aber der Kutscher hütete sich auch, irgendwelche Fragen zu stellen. Wenn man von den Gardisten des Tribunalpalasts oder anderen Dienern des Lux Dei einen Befehl bekam, führte man ihn für gewöhnlich einfach aus und hoffte, dass sie einen danach wieder in Ruhe ließen.

»Du hast meine Frage immer noch nicht beantwortet«, stellte Carya fest, während die Kutsche durch die Straßen ratterte und sie sich in eine Ecke der Kabine drückte, da Jonan in seiner Rüstung den ganzen Rest ausfüllte.

»Welche?«, wollte er wissen.

»Wohin genau wir eigentlich unterwegs sind.«

»Wir fahren zu einem Lagerhaus im Süden von Arcadion«, erklärte er. »Es liegt im Industrieviertel und gehört meinem Onkel. Dort wird man uns erst einmal nicht vermuten. Das gibt uns die Möglichkeit, ein wenig zu verschnaufen. Ein paar nützliche Sachen finden wir da auch. Und die Rüstung stelle ich einstweilen in einer dunklen Ecke ab. Im Morgengrauen versuchen wir dann, zusammen mit den Arbeitern, die hinaus zu den Feldern und Fabriken fahren, die Stadt zu verlassen.«

»Nein, das geht nicht«, widersprach Carya. »Wir dürfen nicht fliehen, bevor ich nicht versucht habe, meinen Eltern zu helfen.«

»Niemand spricht von fliehen. Ich will mich nur dem unmittelbaren Einflussbereich des Lux Dei entziehen. Wir verbergen uns draußen im Ödland. Dann sehen wir weiter.«

»Aber ist es nicht viel gefährlicher, in den Ruinen Unterschlupf zu suchen, als in der Stadt zu bleiben?«, wandte Carya ein. »Im Ödland treiben sich Ausgestoßene herum, wilde Tiere und Räuber. Hier drinnen schützen uns die Massen der Bewohner von Arcadion.«

Jonan verzog das Gesicht. »Hm, ja, vielleicht hast du recht. Ich muss darüber noch mal nachdenken. Eins nach dem anderen.«

»Was wird dein Onkel eigentlich dazu sagen, dass zwei Verbrecher bei ihm unterschlüpfen?« Carya konnte sich nicht vorstellen, dass er davon begeistert war.

»Der merkt das gar nicht«, entgegnete Jonan. »Er ist zu sehr damit beschäftigt, ein Handelsunternehmen zu führen. Kleinigkeiten wie die, wer in seinem Lagerhaus ein und aus geht, interessieren ihn nicht, solange nichts den gewohnten Gang unterbricht. Und den Nachtwächter, der für das Lager zuständig ist, kenne ich von früher. Er mag mich und wird uns nicht verraten, wenn ich ihn darum bitte, ein paar ungestörte Stunden mit dir dort verbringen zu dürfen. Ich sage ihm einfach …« Er stockte und schaute Carya plötzlich verlegen an.

»Dass wir ineinander verliebt sind, aber dein Vater nichts davon erfahren darf«, vollendete Carya den Satz für ihn. Sie sagte es leichthin, als sei es nur ein Spaß zwischen ihnen beiden, um Jonans Bekannten zu täuschen. Trotzdem beschleunigte sich ihr Herzschlag bei den Worten.

Jonan räusperte sich. »Etwas in der Art, ja«, gestand er. »Das wird uns ein paar Stunden Zeit geben, in denen wir unbehelligt sind und unser weiteres Vorgehen planen können.« Er nickte wie zur Bekräftigung und wandte dann den Blick ab, um aus dem Fenster der Kutschkabine zu schauen. Die Finger seiner behandschuhten Hände trommelten auf die Oberschenkelschienen seiner Panzerung. Er schien nicht weniger nervös zu sein als Carya.

Verstohlen musterte sie ihn aus den Augenwinkeln. *Ich sage ihm einfach, dass wir ineinander verliebt sind,* hallte es durch ihren Geist. War das der Grund? Hatte er sie deshalb gerettet und damit wahrscheinlich sein ganzes bisheriges Leben von einem Moment auf den anderen fortgeworfen, weil er sich bei ihrer ersten Begegnung im Dom des Lichts Hals über Kopf in sie verliebt hatte?

Das ist Unsinn, sagte sie sich. *Vollkommener Unsinn.*

Sie fühlte sich noch immer wie in einem Fiebertraum gefangen. Leider gab es keine Möglichkeit, daraus zu erwachen. Was in den letzten vierundzwanzig Stunden geschehen war, diese wahnwitzige Verkettung von Umständen, die ihr Leben völlig auf den Kopf gestellt hatten, ließ sich nicht mehr ungeschehen machen. Ihr blieb nur eins: Nach vorne schauen und sich dem stellen, was kommen würde. Und obgleich sie Jonan eigentlich überhaupt nicht kannte, ertappte sich Carya bei der inständigen Hoffnung, dass er an ihrer Seite bleiben würde.

KAPITEL 16

Sie ließen sich von dem Kutscher ins Industriegebiet Arcadions bringen. Zwei Blocks von ihrem Ziel entfernt befahl Jonan ihm anzuhalten, und sie stiegen aus. Sie sahen ihm nach, während er sich mit seinem Fuhrwerk eilig aus dem Staub machte. Den Rest der Strecke legten Carya und Jonan zu Fuß zurück.

Das Lagerhaus erwies sich als großer, langgezogener Bau aus braungelben Ziegelsteinen. In etwa vier Metern Höhe gab es eine Reihe halbrunder Fenster, die durch rostige Gitter gesichert waren. Regenflecken unterhalb der Dachrinne und Schmierereien am unteren Drittel der Mauer zeugten davon, dass der Besitzer – über eine Nutzung als Lager hinaus – wenig Interesse an dem Gebäude hatte.

»Da wären wir«, sagte Jonan. »Das perfekte Versteck.«

»Es ist schäbig«, merkte Carya an.

»Da hast du recht, aber wir wollen hier ja auch nicht einziehen.«

Sie umrundeten das Gebäude und marschierten auf den Eingang zu, der von einer kleinen Laterne erhellt wurde. Jonan schlug mit seiner gepanzerten Rechten krachend gegen das breite Metalltor, von dem die gelbe Farbe abblätterte. Einen kurzen

Moment später war dahinter eine heisere Stimme zu vernehmen. »Wer da?«

»Ich bin's, Capolitto. Jonan.«

Das Tor wurde von innen entriegelt, öffnete sich einen Spaltbreit, und ein grauhaariger Mann mit sonnengebräuntem, zerknittert wirkendem Gesicht streckte neugierig den Kopf heraus. In der Rechten hielt er eine dampfende Tasse Malzkaffee, die ihm vor Schreck beinahe aus der Hand gefallen wäre, als er Jonans in dem schweren Panzeranzug steckende Gestalt erblickte. Im nächsten Moment hatte er sich jedoch wieder gefangen, und ein Lächeln, das einige Zahnlücken offenbarte, erschien auf seinen Zügen. »Beim Licht Gottes, du hast mir einen ordentlichen Schrecken eingejagt, Junge.«

Jonan zuckte entschuldigend mit den Achseln. »Tut mir leid, ich komme direkt von einer Nachtwache.« Er deutete auf den Spalt. »Dürfen wir reinkommen?«

»Natürlich.« Der Alte namens Capolitto schob das Tor weiter auf, sodass Carya und Jonan es passieren konnten. »Das ist aber schön, dass du mich mal wieder besuchen kommst, Jonan. Das letzte Mal ist schon viel zu lange her. Und auch noch in so netter Begleitung.« Er zwinkerte Carya zu.

»Mein Name ist Carya. Jonan und ich sind zusammen.« Zur Bekräftigung ihrer Worte hakte Carya sich bei Jonan unter und zwang sich zu einem Lächeln. Eigentlich war ihr überhaupt nicht nach Gesellschaft zumute. Sie war müde, hatte Angst um ihre Eltern, trauerte um Rajael und wurde von den geisterhaften Nachbildern der schrecklichen Vorkommnisse im Tribunalpalast gequält. Doch der alte Mann wusste nichts von alldem, und deshalb musste sie die Rolle spielen, die Jonan ihr zugedacht hatte.

»Aha, so, so, da hast du es aber wirklich gut getroffen, mein Junge«, sagte der Alte. »Eine ganz reizende junge Dame ist das, keine Frage. Und was führt euch zu mir?«

Jonan tischte Capolitto stockend die vereinbarte Lüge auf und endete mit der Bitte, die Nacht über hierbleiben zu dürfen.

»Aber jederzeit«, erwiderte dieser und lachte heiser. »Ich war schließlich auch mal jung.« Er löste einen Schlüssel von dem Bund, das er am Gürtel trug. »Geht am besten ins Büro von deinem Onkel, Jonan. Aber macht keine Unordnung, sonst heißt es wieder, ich hätte dort heimlich von den Weinvorräten gesoffen. Und wenn ihr Lust habt, kommt mich nachher auf eine Tasse Malzkaffee hier unten besuchen. Ist nämlich doch recht langweilig Nacht für Nacht so alleine. Im Grunde mag ich es zwar so, sonst hätte ich den Beruf schließlich nicht gewählt. Aber wenn man schon mal Gäste im Haus hat ...«

»Ich komme später noch mal vorbei«, versprach Jonan. »Und morgen früh, bevor die Packer eintreffen, sind wir auch ganz sicher wieder weg.«

Der Alte winkte ab. »Schon gut, schon gut. Ich vertraue dir, dass du mich nicht in Schwierigkeiten bringst, Junge.«

Oje, hoffen wir, dass wir dieses Vertrauen nicht missbrauchen, ging es Carya durch den Sinn, als sie daran dachte, dass Jonan hier seine Templerrüstung verstecken wollte.

Während Jonan sie durch die dunkle Lagerhalle führte, sah sie sich unbehaglich um. Überall stapelten sich große Holzkisten, und die wenigen Öllampen, die mit schmutzigen Gläsern und kleinen Flammen an Metallstangen von der Decke hingen, vertieften die Schatten zwischen den Kistenstapeln eher noch, als sie zu vertreiben. Carya konnte sich nicht vorstellen, an diesem Ort alleine die Nacht zu verbringen. Er war ihr unheimlich.

Sie erreichten eine Treppe, die an der Hallenwand entlang zu einer Empore führte, die im hinteren Bereich des Gebäudes in halber Höhe eingezogen worden war. Auf ihr befand sich das Büro des Lagerleiters, ein Posten, den auf dem Papier Jonans Onkel innehatte, wie Jonan Carya erklärte, auch wenn er sich so gut wie nie hier aufhielt.

Entsprechend schal roch die Luft in seinem Büro. Carya rümpfte die Nase, als sie eintrat. Hier schien nicht häufig eine Putzfrau vorbeizukommen. Jonan schaltete den Strahler seines Helms ein, und Carya sah ihre Vermutung bestätigt. Ein fleckiger Teppich, ein staubiges Regal voller Ordner, ein alter Schreibtisch und ein noch älteres Sofa weckten alles andere als heimelige Gefühle in ihr. Richtige Fenster gab es nicht, nur eine dieser halbrunden vergitterten Öffnungen in Brusthöhe. *Willkommen in der Welt der Gesetzlosen,* dachte sie düster. *Zum Glück ist es nur für eine Nacht.*

»Tut mir leid«, sagte Jonan, der ihre Miene bemerkt haben musste. »Es ist nicht gerade das erste Hotel am Platze.«

»Es gibt Schlimmeres«, gab Carya tapfer zurück. *Und ich fürchte, ich werde auch das noch kennenlernen,* fügte sie in Gedanken hinzu.

Jonan machte sich an der Stehlampe neben dem Schreibtisch zu schaffen, und kurz darauf erfüllte warmes gelbes Licht den Raum. Er schaltete den Helmstrahler aus, und einige der schmutzigeren Details des Büros versanken im Dämmerschatten. Anschließend begann er, an den Verschlüssen seiner Rüstung herumzufuhrwerken.

»Kann ich dir helfen?«, wollte Carya wissen.

»Danke, das ist nicht nötig. Das Ding mag unpraktisch aussehen, aber das Aus- und Einsteigen ist erstaunlich einfach.« Jonan nahm den Helm ganz ab und legte ihn auf den benachbarten Schreibtisch. Dann löste er die Handschuhe von den Armen und drapierte sie daneben. Als Nächstes klinkte er den Waffengurt und den Ausrüstungsgürtel aus. Staunend blickte Carya auf all die Taschen und Waffenhalterungen an dem Geschirr. Schließlich öffnete er in einer kompliziert aussehenden Abfolge verschiedene Schließhaken und nahm die schwere Brustplatte ab.

»He, da steckt ja ein Mensch drin«, rief Carya mit gespielter Überraschung, als sie Jonan im Inneren des Anzugs stehen sah. Er trug einen braunen, eng anliegenden Overall, in den irgendwelche Schläuche eingenäht waren, und erinnerte damit auffallend an eine Sardine in einer schwarzen Konservenbüchse.

»Man mag es kaum glauben, nicht wahr?«, erwiderte er grinsend, während er die Panzerarme spreizte und mit zwei eleganten Drehungen des Oberkörpers seine eigenen daraus hervor und an die Brust zog. Er löste einige Kabel, die ihn mit dem Anzug verbanden. Schließlich klappte er drei weitere Rüstungsteile am Unterleib und den Oberschenkeln zur Seite und stieg storchbeinig aus dem Anzug heraus.

Erleichtert schüttelte er die Glieder aus. »Beim Licht Gottes, wenn man einen ganzen Tag in dieser Rüstung gesteckt hat, fühlt man sich nach dem Ausziehen so leicht, als könnte man fliegen.« Er roch an seinem Overall und rümpfte die Nase. »Sei mir nicht böse, aber ich gehe rasch zu Capolitto hinunter, um mich zu waschen. Vielleicht hat er auch andere Kleidung für mich. Die Panzerungen sind zwar gekühlt, aber die Technik ist heute einfach nicht mehr das, was sie vor dem Sternenfall war.«

Carya nickte. »Geh nur. Ich bleibe hier.«

Während Jonan unten in der Halle verschwand, ließ Carya sich auf dem Sofa nieder. Es erwies sich als erstaunlich bequem, auch wenn es ein wenig nach kalter Asche roch. Sie drückte sich gegen das Rückenpolster, schlüpfte aus ihren Schuhen und zog die

Beine an den Körper. *Da wäre ich also,* dachte sie. *In einer herunter-gekommenen Lagerhalle und in Begleitung eines flüchtigen Templersol-daten. Meine Eltern befinden sich in Haft, und ich habe keine Ahnung, was die Inquisitoren ihnen antun werden. Offenbar waren sie ja nicht in der Stimmung, um Gnade walten zu lassen. Habe ich Loraldi und Aidalon womöglich getötet?*

So sehr ein Teil von ihr sich das Ableben der beiden grausamen Männer wünschte, so sehr fürchtete sie den Zorn des Lux Dei, den sie mit solch einer Tat heraufbeschworen hätte. *Was mache ich jetzt bloß? Wie befreie ich meine Eltern? Und wohin wende ich mich danach? In Arcadion kann ich nicht bleiben – nicht, solange der Lux Dei diese Stadt beherrscht. Aber was gibt es denn dort draußen sonst?*

Sie musste an Rajael denken. Tobyn hatte ihr gesagt, sie solle die Stadt verlassen. Wahrscheinlich hatte er ihr auch ein Ziel ge-nannt. Da Rajael allerdings sicher nicht gewollt hatte, dass diese Information in die Hände der Inquisition geriet, hatte sie sie ver-mutlich vernichtet, bevor sie sich umgebracht hatte. Oder hatte sie sie vielleicht in den Beutel gesteckt, den sie Carya hinterlassen hatte? In dem Fall war es wichtiger denn je, dass Carya ihn wieder in ihre Hände bekam. *Ich muss morgen nochmal in meine Straße zu-rück*, entschied sie. Sie hoffte nur, dass bis dahin niemand das ver-steckte Gepäckstück fand.

Und dann war da noch etwas, worum sie sich kümmern muss-te, ein Geheimnis, das es zu lüften galt. Sie fuhr mit der Hand in ihre Rocktasche und zog die silberne Kette mit dem seltsamen Metallanhänger hervor, den ihre Mutter ihr in der Nacht in den Schuh gesteckt hatte – beinahe als hätte sie gewusst, dass sie bald keine Gelegenheit mehr dazu haben würde.

Carya fragte sich, was das bloß für ein seltsamer Gegenstand sein mochte und was ihre Mutter wohl damit gemeint hatte, als sie schrieb, er gehöre ihr. Sie hatte das Amulett noch nie gesehen. Ihre Eltern hatten auch nie irgendetwas erwähnt. *Ob es ein Geschenk sein sollte?*, fragte sie sich. *Etwas, das sie mir erst geben wollten, wenn ich volljährig werde?* Das war denkbar. Umso mehr stellte sich die Frage, warum ihre Mutter es ihr jetzt auf einmal vermacht hatte und was sie nun damit anfangen sollte.

Probeweise streifte sie die Kette über und ließ die Metallscheibe vor ihrer Brust baumeln. Sie wirkte nicht sonderlich dekorativ, ungefähr so, als hätte man sich eine Rasierklinge oder einen Hausschlüssel umgehängt. Das konnte kein Schmuck sein. Es sah auch gar nicht wie gewöhnlicher Schmuck aus, und wenn das Amulett moderne Kunst gewesen wäre, hätte ihre Mutter, die damit gar nichts anfangen konnte, es nie gekauft.

Aber wenn es kein Schmuck ist, was ist es dann?

Carya wurde aus ihren Gedanken gerissen, als Jonan zurückkehrte. Er war nun in einen dunkelblauen Overall gekleidet, wie ihn die Packer der Firma seines Onkels tragen mochten, und sein dunkles Haar glänzte nass. Unter den linken Arm hatte er zwei Wolldecken geklemmt, und mit der rechten Hand hielt er ein kleines Tablett, auf dem zwei Tassen und eine Schale mit Salzkeksen standen. Der Geruch von Malzkaffee stieg Carya in die Nase.

»Mit den besten Empfehlungen von Capolitto«, erklärte Jonan, als er sich zu Carya auf das Sofa setzte. Er ließ die Decken zwischen sie beide fallen, ergriff eine der Tassen und hielt sie ihr hin.

Dankend nahm Carya sie entgegen.

Eine Weile lang saßen sie einfach nebeneinander, tranken Kaffee und aßen Salzkekse, die mitnichten eine volle Mahlzeit darstellten, aber mehr hätte Carya im Moment ohnehin nicht hinuntergebracht.

Caryas Blick ruhte auf der schwarzen Rüstung, die wie ein

ausgeweideter Körper in der Ecke stand. Dieser Kampfpanzer war bis vor wenigen Stunden noch Jonans Leben gewesen. Jetzt stellte er lediglich eine grausige Erinnerung daran dar, wen sie beide sich zum Feind gemacht hatten. Nachdenklich schürzte sie die Lippen, dann wandte sie sich ihrem Begleiter zu. »Weißt du, ich verstehe es immer noch nicht«, bekannte sie und brachte damit eine Frage zur Sprache, die sie bereits beschäftigte, seit er sein Sturmgewehr in der Gasse hinter ihrem Elternhaus gesenkt und »Lauf weg« gesagt hatte.

Jonan, der gerade einen Schluck Kaffee nahm, sah sie über den Rand seiner Tasse fragend an. »Was?«

»Warum hast du mir das Leben gerettet?«

»Das habe ich dir in der Gasse doch schon gesagt«, erwiderte er. »Weil ich nicht alles gutheiße, was im Namen des Lux Dei geschieht. Wieso fragst du? Bist du nicht dankbar dafür, dass ich es getan habe?«

»Doch natürlich«, sagte Carya. Die Worte erinnerten sie daran, dass sie noch gar keine Zeit gehabt hatte, dieser Dankbarkeit Ausdruck zu verleihen. »Sehr sogar«, setzte sie daher hinzu. »Ich wundere mich nur, dass ausgerechnet ein Schwarzer Templer mich davor bewahrt hat, in die Hände der Inquisition zu fallen. Von allen Dienern des Lux Dei seid ihr doch die fanatischsten, oder?«

Jonan lächelte müde. »Das trifft im Allgemeinen wohl auch zu.« Er richtete den Blick in die Ferne und schnaubte leise. »Die Schwarzen Templer … Eigentlich sind sie ja die Garde des Tribunalpalasts, aber hinter vorgehaltener Hand nennt sie jeder die Schwarzen Templer. Das klingt so … bösartig. Als ich dort anfing, war mir gar nicht bewusst, wie sehr die Menschen sich vor dem fürchten, was wir tun, obwohl es unsere einzige Aufgabe sein sollte, die Bevölkerung von Arcadion vor inneren Feinden zu schützen.«

»Ich hatte immer *Respekt* vor den Schwarzen Templern«, widersprach Carya. »Angst hatte ich nicht, weil ich ja zu den braven Kindern gehörte.« Sie senkte den Blick. »Die Angst kam erst, als ich gesehen habe, was hinter den verschlossenen Türen des Tribunalpalasts wirklich vor sich geht.« Vor ihrem geistigen Auge drohten erneut die Bilder aufzusteigen, und sie schüttelte den Kopf, um sie zu vertreiben. Dann schaute sie Jonan wieder an. »Aber das beantwortet meine Frage nicht.«

»Doch, das tut es – sogar mehr, als du denkst«, gab Jonan zurück. »Weißt du, ich war dabei, als ihr diesen jungen Invitro erschossen habt. Ich befand mich in der Richtkammer.«

Caryas Augenbrauen kletterten in die Höhe. »Du warst eine der beiden Wachen?«

»Ja. Es war mein erster Dienst in der Richtkammer. Bis dahin hatte ich vor allem echte Feinde Arcadions gejagt: Spione des Ketzerkönigs und so.« Seine Mundwinkel verzogen sich in einem Ausdruck von Abscheu. »Aber was ich dort mit ansehen musste, war furchtbar. Bis zu diesem Tag habe ich meine Aufgabe in der Garde vielleicht nicht geliebt, aber ich habe sie erfüllt, weil es meine Pflicht war. Aber dieser eine Dienst hat mich gelehrt, meinen Job zu hassen.« Er hielt inne und starrte einen Augenblick in seine fast leere Tasse. Dann grinste er schief. »Tja, ich schätze, das hat in mir den unterschwelligen Wunsch geweckt, umgehend zu desertieren. Und du hast mir die Gelegenheit dazu verschafft.«

»Du bist ein komischer Soldat«, stellte Carya fest.

Jonan lachte kurz auf, aber es war ein freudloser Laut. »Da hast du wohl recht.« Er zuckte mit den Schultern. »Na ja, vielleicht war ich in der Gasse auch einfach noch nicht ganz bei mir. Jedenfalls wollte ich nicht, dass sie dir das Gleiche antun wie diesen Invitros.«

»Und allein dafür hast du deine ganze Zukunft aufs Spiel gesetzt?« Sie vermochte selbst nicht zu sagen, warum sie noch weiter nachbohrte. Welche Antwort wollte sie hören?

»Das Gleiche könnte man dir vorwerfen«, entgegnete Jonan. »Du hast in der Richtkammer nichts anderes getan. Für diesen Tobyn und seine Geliebte Rajael haben Miraela und du ebenfalls alles geopfert.«

»Miraela und Rajael sind ein und dieselbe«, gestand Carya zu ihrer Überraschung. »Ich habe mir den Namen Miraela nur ausgedacht, um Rajael zu schützen.«

»Das heißt, du hast geschossen und dabei ›Rajael liebt dich‹ gerufen?«

Einen Moment lang fragte Carya sich, ob sie Jonan zu früh zu viel von sich preisgab. Andererseits hatte er seinen Kameraden mit einem Schockstab gefällt und ihr zur Flucht verholfen. Sie saßen im selben Boot. Sie nickte. »Ja. Das war ich. Aber *ich* war in diesem Moment wirklich nicht bei Sinnen!«

Jonan beugte sich ein wenig vor. »Das heißt, du würdest in der gleichen Lage nicht wieder so handeln?«

Darüber hatte Carya noch gar nicht nachgedacht. Ihr Verstand riet ihr, mit einem »Nein« zu antworten. Aber als sie genauer in sich hineinhorchte, erkannte sie, dass das nicht der Wahrheit entsprochen hätte. »Doch«, gestand sie über sich selbst erstaunt. »Ich glaube, das würde ich.«

»Siehst du: Ich auch.«

Carya spürte, wie ihr ein Stein vom Herzen fiel. »Ich bin froh, dass du mich nicht für das hasst, was du meinetwegen tun musstest.«

»Dich hassen?«, wiederholte Jonan. »So ein Unsinn. Es gäbe

eine Menge Leute, die meinen Hass eher verdient hätten als du. Nein, ich hasse dich nicht. Im Gegenteil.«

»Dann hast du das in der Kutsche vorhin ernst gemeint? Dass wir uns gemeinsam verstecken und über unsere weiteren Schritte nachdenken?« Er hatte diese Sätze so beiläufig und mit einer Selbstverständlichkeit geäußert, dass sie nicht sicher war, ob er sie wirklich durchdacht hatte. Jonan mochte sie gerettet haben. Aber warum sollte sich ein Soldat wie er, der alle Eigenschaften aufwies, die man brauchte, um im Feindesland zu überleben, mit einer dummen Zivilistin wie ihr abgeben?

Seine verblüffte Miene bewies ihr jedoch, dass ihre Sorge umsonst gewesen war. »Ja, natürlich! Was dachtest du denn? Dass ich dich hier zurücklasse? Kommt nicht in Frage. Wir sind gemeinsam in diese Lage geraten, wir suchen gemeinsam nach einem Ausweg. Aber nicht mehr heute Nacht.« Er gähnte herzhaft. »Ich bin hundemüde. Und in vier Stunden müssen wir schon wieder von hier verschwinden. Also lass uns wenigstens versuchen, ein wenig Schlaf zu bekommen. Wir werden ihn brauchen.«

»Einverstanden«, sagte Carya nickend, leerte mit einem letzten Schluck ihre Tasse mittlerweile kalten Malzkaffees und stellte sie auf das Tablett.

Jonan tat es ihr gleich, nahm dann das Tablett sowie eine der Wolldecken und erhob sich. »Schlaf du auf dem Sofa. Ich werde die Bequemlichkeit dieses Schreibtischstuhls auf die Probe stellen.« Er stellte das Tablett auf den Schreibtisch und dämpfte das Licht der Stehlampe. Anschließend ließ er sich auf den Sessel fallen, der quietschend unter seinem Gewicht nachgab. »Oha«, murmelte Jonan. »Zum Glück bin ich Soldat und habe gelernt, überall zu schlafen.« Er streckte die Beine aus und zog die Wolldecke über sich.

Carya rollte sich auf dem Sofa zusammen. »Gute Nacht, Jonan«, sagte sie.

»Schlaf gut, Carya. Ich wünsche dir, dass dich keine Albträume plagen.«

Dieser Wunsch sollte sich bedauerlicherweise nicht erfüllen.

KAPITEL 17

Der nächste Morgen kam schneller, als es Jonan lieb war. Es mochte Capolitto wundern, als er kam, um sie zu wecken, dass sich Jonan und Carya nicht das Sofa teilten, aber er sagte nichts, sondern stellte ihnen einfach nur zwei frische Tassen Malzkaffee hin – offensichtlich besaß der alte Nachtwächter unerschöpfliche Vorräte davon. »In einer halben Stunde kommen die ersten Packer«, sagte er, als er sich wieder zum Gehen wandte. »Versucht bitte, vorher von hier verschwunden zu sein.«

»In Ordnung«, erwiderte Jonan, während er sich ächzend aus dem quietschenden Sessel hinter dem Schreibtisch erhob. Er sah, dass sich Carya ebenfalls vom Sofa aufrappelte und die Schläfen rieb. Unter ihren Augen lagen dunkle Ringe. Sie schien nicht viel geschlafen zu haben.

»Wie geht es dir?«, fragte er, nachdem Capolitto verschwunden war. Er hielt ihr eine Tasse Kaffee hin.

»Nicht so gut«, presste sie hervor. »Und danke, aber ich vertrage nicht noch mehr Kaffee auf leeren Magen.«

»Wir können uns nachher etwas zu essen besorgen«, versuchte er sie aufzumuntern. »Aber erstmal müssen wir von hier verschwinden.«

Carya nickte, dann fiel ihr schlaftrunkener Blick auf Jonans

Rüstung, die nach wie vor in einer Ecke des Büros stand. »Was machen wir damit?«, fragte sie. »Wollten wir die nicht auch noch verstecken?«

»Ja, du hast recht.« Im Grunde gefiel es Jonan überhaupt nicht, seinen Onkel – und vor allem Capolitto – in ihre Probleme mit hineinzuziehen. Wenn jemand die Rüstung hier fand, war der alte Nachtwächter dran. Aber er konnte mit ihr am helllichten Tage auch nicht mehr einfach so durch die Stadt spazieren. Für einen normalen Bürger mochte ein Schwarzer Templer aussehen wie der andere, die Gardisten des Tribunalpalasts würden ihn jedoch sofort erkennen. Und Jonan ging jede Wette ein, dass sie dort draußen nach ihnen beiden suchten. Den kurzen Gedanken, die Rüstung dem Lux Dei zurückzuschicken und dem Orden so zumindest einen Grund zu nehmen, sie zu jagen, verwarf er gleich wieder. Er konnte das metallene Ungetüm schließlich nicht einfach bei der Post aufgeben. Und selbst wenn ihm eine gute Geschichte eingefallen wäre, um die Packer seines Onkels dazu zu bewegen, die Rüstung für ihn auszuliefern, würde das die Inquisitoren erst recht direkt hierherführen. In dem Fall hätte Capolittos Kopf auch in der Schlinge gesteckt. Von all den unerfreulichen Optionen, die er hatte, war das Verstecken des Kampfpanzers am Ende immer noch die beste. Sie mussten ihn nur wirklich gut verstecken.

»Wie willst du das Capolitto eigentlich erklären?«, wollte Carya wissen. »Er wird doch merken, dass du ohne die Rüstung gehst, mit der du gekommen bist.«

»Ich fürchte, das kann ich nicht«, gestand Jonan. »Ich hoffe, er wird das tun, was er bisher immer getan hat, wenn ich irgendeinen Unsinn angestellt habe: weggehen und sagen, dass er von all dem nichts wissen will.«

Er sollte recht behalten. »Hör zu, mein Junge«, sagte Capolitto, kaum dass Jonan ihm die ungewöhnliche Bitte vorgetragen hatte, die Panzerung noch eine Weile in der Lagerhalle zu behalten. »Ich werde jetzt mal eine Runde um die Halle drehen, um zu schauen, ob dort draußen alles in Ordnung ist. Ich brauche dafür eine Viertelstunde, weil ich dabei wahrscheinlich am Kiosk von Pepe aufgehalten werde. Wenn ich zurückkehre, seid ihr zwei Hübschen verschwunden. Ob ihr dabei eine Rüstung, einen Overall oder gar nichts am Leib tragt, ist mir herzlich egal. Ich will es gar nicht wissen. Gut so?«

»Danke, Capolitto«, erwiderte Jonan erleichtert. »Ich stehe in deiner Schuld.«

»Und das schon seit Jahren«, merkte der Alte mit einem Grinsen an. »Aber ich halte es dir nicht vor. Viel Glück, Jonan.«

Während der Nachtwächter seinen Rundgang erledigte, verstauten Jonan und Carya den Kampfpanzer und Jonans sonstige Ausrüstung in einer übermannshohen Holzkiste, die Jonan zuvor in eine dunkle Ecke der Lagerhalle gewuchtet hatte. Jonan verspürte einen Anflug von Unbehagen, als er die Kiste schloss. Ohne seine Rüstung und seine Waffen fühlte er sich unerwartet nackt. Aber wenn er als einfacher Bürger durchgehen wollte, durfte er nichts davon bei sich tragen – nicht mal den Elektroschockstab. Nur sein Messer schob er in den Schaft des rechten Stiefels und verbarg es, indem er den Stoff des Arbeiteroveralls darüber zog.

Bevor sie die Lagerhalle verließen, suchte Jonan für Carya einen zweiten Overall aus den Spinden der Packer. Die Männer besaßen Ersatzkleidung. Sie würden den Verlust verschmerzen. Das Kleidungsstück war Carya zu weit und verlieh ihrer schlanken Gestalt eine gewisse Unförmigkeit. Aber das konnte ihnen nur nützlich sein – genauso wie ihr von Schlafmangel gezeichnetes Gesicht und der zerzauste Haarzopf. Niemand würde sie beachten, wenn sie wie eine gewöhnliche Arbeiterin aussah.

Sie stopften Caryas Rock und Bluse in einen alten Sack, den Jonan sich über die Schulter warf. Auch die beiden Wolldecken und Capolittos verbliebener Salzgebäckvorrat wanderten hinein. Danach brachen sie auf.

»Was machen wir jetzt?«, fragte Carya, während sie möglichst unauffällig durch die Straßen des Industrieviertels liefen, die von den Arbeitern der Frühschichten belebt wurden.

»Zunächst einmal sollten wir in Bewegung bleiben«, entschied Jonan. »Wir dürfen uns nicht zu lange an einem Ort aufhalten, denn es besteht immer die Gefahr, dass uns eine Patrouille des Tribunalpalasts oder der Stadtwache sieht. So wie diese dort vorne.«

Jonan zog Carya in den Eingang eines Fabrikgebäudes. Vorsichtig lugte er um die Ecke. An einer Kreuzung etwas weiter die Straße hinunter standen zwei Männer in den strengen dunkelblauen Uniformen mit dem weißgoldenen Wappen des Lux Dei, wie sie die Angehörigen der Stadtwache trugen. Einer von ihnen hielt einen Stapel Papierbögen im Arm, der andere befestigte gerade einen davon an einer Backsteinmauer.

»Das ist nicht gut«, murmelte Jonan.

»Was siehst du?«, fragte Carya hinter ihm.

»Wenn es das ist, was ich befürchte, werden wir bereits steckbrieflich gesucht.«

Als die Männer ihre Arbeit beendet hatten, marschierten sie die Querstraße weiter hinunter. Jonan und Carya warteten noch eine kurze Weile, dann setzten sie ihren Weg fort. Im Vorbeigehen warf Jonan einen verstohlenen Seitenblick auf den Anschlag. Er hatte sich nicht getäuscht. Es handelte sich um einen Suchbefehl wegen Hochverrats. Darunter prangten zwei wundervolle Porträtaufnahmen von Carya und ihm. Die für sachdienliche Hinweise zur Ergreifung der Flüchtigen ausgelobte Belohnung war üppig genug, um die Aufmerksamkeit einer Menge Leute auf diese Plakate zu lenken. *Na großartig.*

»Wir müssen von den Straßen Arcadions verschwinden, bevor diese Steckbriefe überall hängen«, sagte er, während er mit hochgezogenen Schultern und gesenktem Kopf weiterstapfte. »Entweder suchen wir uns ein ordentliches Versteck, oder uns bleiben doch nur die Ruinen im Ödland, auch wenn es dort Räuber und wilde Tiere gibt.«

»Bist du sicher, dass wir aus der Stadt überhaupt noch rauskommen?«, wandte Carya zweifelnd ein. »Wenn ich die Inquisition wäre, würde ich gerade an den Toren die Augen offenhalten. Die Arbeiter, die nach draußen gehen, werden ganz sicher kontrolliert.«

»Ich glaube nicht, dass mehr als eine oberflächliche Kontrolle möglich ist. Tausende von Leuten strömen jeden Morgen durch diese Tore.«

»Aber es ist trotzdem gefährlich. Stell dir nur vor, einer deiner Kameraden, dieser Burlone beispielsweise, schiebt an dem Tor Wache, das wir passieren wollen. Ein flüchtiger Blick auf dein Gesicht, und er hat dich erkannt.«

Das musste Jonan zähneknirschend eingestehen. »Was schlägst du vor?«

»Also, wenn wir wirklich ins Ödland wollen, kenne ich einen besseren Weg. Ich weiß nicht, ob die Jungs zu deiner Zeit schon zu Mutproben über den Aureuswall geklettert sind, aber in meiner Klasse tun sie es.«

»He, so viel älter als du bin ich auch nicht«, protestierte Jonan schmunzelnd. »Allerdings muss ich zugeben, dass mir der Gedanke nicht gekommen wäre, weil ich in einem … nun ja, sagen wir, *sehr behüteten* Haushalt aufgewachsen bin.« *Überwacht* wäre das treffendere Wort gewesen. Stadtrat Estarto hatte stets sehr darauf geachtet, dass sein Sohn nichts anstellte, was ihn selbst in Verlegenheit hätte bringen können. Das hieß nicht, dass Jonan ein Musterknabe gewesen wäre. Aber seine Rebellion hatte sich nicht bis über die Grenzen Arcadions hinaus erstreckt.

»Ich war auch noch nie in den Ruinen«, gestand Carya. »Aber ich kenne eine Stelle oben auf dem Pinciohügel, wo einige Jungs aus meiner Klasse schon zwei- oder dreimal über die Mauer geklettert sind. Die Wachen dort sind nicht sehr aufmerksam.«

Jonan dachte nach. »Unter den Entscheidungsträgern des Tribunalpalasts befinden sich zwar viele fromme Fanatiker, aber nicht gerade viele Abenteurer. Also, wenn wir Glück haben, kommt niemand von denen auf den Gedanken, dass wir diesen Weg nehmen könnten. Das setzt natürlich voraus, dass keiner der Soldaten sie auf die Idee bringt. Aber selbst wenn, würde es mich wundern, wenn die Garde oder die Stadtwache wirklich so viele Männer auf dem Wall postieren kann und will, um ihn lückenlos zu überwachen.«

»Zumindest sollte eine Flucht über die Mauer weniger Gefahr bergen als durch eins der Tore«, pflichtete Carya ihm bei. »Also mal abgesehen davon, dass wir beim Hinüberklettern abstürzen könnten – und dass wir ohne Hilfe auf diesem Weg nicht wieder in die Stadt zurück kämen. Deshalb möchte ich ihn eigentlich erst nehmen, wenn wir sicher sind, Arcadion verlassen zu wollen.«

»Was hält dich noch hier?«, fragte Jonan.

»Meine Eltern«, sagte Carya. »Ich muss in Erfahrung bringen, was mit ihnen geschehen ist und was aus ihnen wird. Weißt du es zufällig?« Sie blickte zu Jonan auf.

Der verzog das Gesicht. »Inquisitor Loraldi hat sie einstweilen festnehmen lassen, so viel ist mir bekannt. Ich kann dir nicht sagen, ob sie nur befragt werden sollen oder ob sie in Haft bleiben.« Er zögerte. »So, wie ich die Inquisition kenne, wird sie sie allerdings nicht so schnell wieder freigeben.« Carya nickte. »Dann muss ich versuchen, sie zu retten. Nur meinetwegen befinden sie sich in dieser schlimmen Lage.«

Natürlich verstand Jonan ihre Beweggründe, aber die Vorstellung, sich in die Höhle des Löwen zu begeben, nachdem sie die Bestie so richtig gereizt hatten, schmeckte ihm überhaupt nicht. »Das wird nicht einfach werden. Zu zweit kann man keinen Ausbruch bewerkstelligen, vor allem dann nicht, wenn man selbst steckbrieflich gesucht wird. Wir benötigen Informationen, wir benötigen Ausrüstung.« Er blickte zu Carya hinüber. »Kurz gesagt: Wir brauchen Leute, die uns helfen.«

Carya senkte missmutig den Kopf. »Ich weiß.«

»Meinen Bekanntenkreis können wir getrost vergessen«, fuhr Jonan fort. »Das sind alles brave Kirchgänger und Anhänger des Lux Dei. Wie sieht es bei dir aus?«

Einen Moment lang starrte Carya nachdenklich ins Leere. »Onkel Giac«, sagte sie schließlich. »Wir sollten uns mit Onkel Giac treffen.«

Es dauerte fast vier Stunden, bis sie sich durch die halbe Stadt zu Onkel Giacs Wohnung am Nordrand des Universitätscampus vorgearbeitet hatten. Immer wieder mussten sie Streifen ausweichen und Umwege laufen oder sich irgendwo verbergen, um nicht entdeckt zu werden. In einem kleinen Gebrauchtwarengeschäft tauschten sie ihre Overalls und Caryas Kleidung gegen eine Hose, einen Rock, ein Hemd und eine Bluse ein. Die

Sachen waren von minderer Qualität und der Tausch eigentlich ein Verlustgeschäft für sie, aber in normaler Kleidung fielen sie im Stadtinneren weniger auf als in einheitlich blauen Overalls.

Als sie die Straße erreichten, in der das Wohnhaus von Caryas Onkel lag, bedeutete Jonan Carya zurückzubleiben. »Ich schaue mich erstmal um, ob uns jemand dort auflauert«, erklärte er. »Schließlich könnten auch die Stadtwache oder die Inquisition auf den Gedanken kommen, dass wir uns an deinen Onkel wenden.«

Mit leichtem Unbehagen stellte sich Carya in einen Hauseingang. Sie bemühte sich um eine gelangweilte Miene, so, als sei sie mit einer Freundin verabredet, die sich verspätet hatte. Während sie auf Jonans Rückkehr wartete, begannen sie erste Zweifel zu beschleichen. Der Bruder ihres Vaters mochte ein Querulant sein, ein frei denkender Mann, der sich niemals ganz den Lehren des Lux Dei ergeben hatte. Sein Widerstand begründete sich jedoch, soweit Carya das den mittäglichen Gesprächen entnommen hatte, vor allem aus seinem Zorn darüber, dass man ihm als Physiker sein Fach beschnitt und grundlegende Forschung und Theorien unterband. Aber machte ihn das zu einem Verbündeten für zwei gesuchte Kriminelle? War Giac für die Last, die Carya ihm aufzubürden beabsichtigte, bereit?

Ich denke zu weit voraus, erkannte sie. *Er soll uns ja erstmal nur zuhören. Ob er uns danach helfen will, entscheidet er ganz allein. Und wenn er mit dieser ganzen Angelegenheit nichts zu tun haben möchte, verschwinden wir einfach wieder.*

In diesem Moment kehrte Jonan zurück. »Die Luft scheint rein zu sein«, erklärte er. »Rasch, komm.«

Sie liefen zu dem Haus hinüber, und da die Eingangstür weit offen stand, gingen sie einfach hinein und stiegen hinauf in den ersten Stock, wo Giac wohnte. Rasch klopfte Carya an – bevor sie es sich noch anders überlegen konnte. Sie hoffte, dass Giac zu Hause war. Als Dozent an der Universität arbeitete er zu verwirrend unregelmäßigen Zeiten.

Sie hatten Glück. Es dauerte nur einen kurzen Moment, bevor ihr Onkel ihnen die Tür aufmachte. Als er Carya erblickte, hellte sich sein Gesicht auf. »Carya!«, rief er erleichtert. »Ich habe schon auf dich gewartet. Schnell rein mit dir. Und mit Euch auch, Templer Estarto.«

»Sie können Jonan zu mir sagen«, erwiderte Caryas Begleiter. »Mir scheint, dass ich seit gestern Abend offiziell kein Templer mehr bin.«

»Freut mich. Ich bin Giacomo Diodato – oder einfach Giac.«

Die beiden Männer schüttelten einander die Hand, während Carya und Jonan den Wohnungsflur betraten. Hinter ihnen schloss Giac die Wohnungstür wieder.

»Da Sie meinen Namen kennen, muss ich wohl davon ausgehen, dass die unerfreuliche Nachricht bereits zu Ihnen durchgedrungen ist«, stellte Caryas Begleiter fest.

»Und nicht nur zu mir«, erwiderte Caryas Onkel düster. »Ihr zwei werdet heute Morgen in einem Atemzug mit Großinquisitor Aidalon genannt.« Er führte Carya und Jonan in die Küche. Auf dem Tisch standen eine Flasche Wein und ein Korb mit Weißbrot, daneben lagen eine Morgenzeitung und der Steckbrief, der Carya und Jonan zeigte. »Ich habe es vorhin gesehen, als ich die Zeitung aufschlug«, erklärte Giac.

»Verdammt, sind die schnell«, brummte Jonan in einem Tonfall widerwilliger Anerkennung.

»Hast du deshalb auf uns gewartet?«, wollte Carya wissen.

Giac nickte mit jetzt ernster Miene. »Ja. Ich war bei eurer Wohnung, Carya, aber Edoardo und Andetta sind nicht da. Eine

Nachbarin sagte mir, die Inquisition habe sie gestern Nacht geholt. Was zum Teufel ist passiert? Klär mich auf, Carya. Das, was hier drauf steht, kann und will ich nicht glauben.« Er nahm den Steckbrief vom Tisch und wedelte damit in der Luft herum.

»Genau deshalb sind wir gekommen, Onkel Giac«, erwiderte Carya.

»Aber bevor wir anfangen, eine Frage«, unterbrach Jonan sie. »War die Stadtwache auf der Suche nach uns schon hier?«

Giac verzog die Miene und schüttelte den Kopf. »Nein, bis jetzt nicht.«

»Dann sollten wir nicht zu lange hier verweilen«, sagte Jonan. »Es wäre nicht gut, wenn sie uns hier fände.«

»Das wäre überhaupt nicht gut, das sehe ich auch so«, pflichtete Giac ihm bei. »Und ich habe auch schon darüber nachgedacht. Ich kenne einen Ort, wo wir uns ungestört unterhalten können.«

»Gibt es da auch etwas zu essen?«, fragte Carya. »Ich sterbe vor Hunger.« Sie sah ihn verlegen an.

»Ich weiß ehrlich gesagt nicht, was wir im Augenblick dort im Schrank haben, aber ich kann uns etwas einpacken. Das geht schnell.«

Er holte ein paar Lebensmittel aus der Vorratskammer und legte sie in einen Korb. Anschließend verließen sie die Wohnung. Sie liefen zur Universität hinüber, wo Giac ihnen eine Kutsche beschaffte, mit der sie das Universitätsgelände durchquerten. Bereits am östlichen Rand, nach einer erstaunlich kurzen Fahrt, befahl Caryas Onkel dem Kutscher anzuhalten und sie aussteigen zu lassen.

»Wieso sind wir die paar hundert Meter nicht zu Fuß gelaufen?«, wollte Carya wissen.

»Damit uns auf dem Campus niemand sieht«, erklärte Giac.

»Unter den Studenten gibt es so viele Spitzel, dass man nicht vorsichtig genug sein kann.«

Sie überquerten die Straße und gingen auf ein großes Gebäude zu, das einen ziemlich baufälligen Eindruck machte. Obwohl ansonsten auf dem Campus viel Leben herrschte, war hier kaum ein Mensch unterwegs. Die Eingangstür war nicht abgeschlossen, aber in den dunklen Gängen war niemand zu sehen.

Carya blickte sich neugierig um. »Wo sind wir hier?«

»Im alten Gebäude für Kunst- und Literaturwissenschaft«, antwortete ihr Onkel. »Wie du vermutlich aus der Schule weißt, hat der Lux Dei nicht sonderlich viel Interesse an der akademischen Betrachtung und Lehre von Dingen, die keinen direkten Nutzen haben. Im Grunde regt mich das auf, aber in diesem Fall bin ich dankbar dafür. Denn so stört uns keiner bei dem, was wir tun.«

»Bei dem, was *wir* tun?«, echote Jonan argwöhnisch. »Wovon sprechen Sie?«

»Ihr werdet es gleich sehen«, sagte Giac.

Caryas Onkel führte sie eine Treppe hinunter in den Keller des Gebäudes und danach um einige Ecken und an einer langen Reihe leerer Kleiderspinde vorbei, bis sie in einer hinteren dunklen Nische des Gebäudes auf eine Tür trafen. Er klopfte zweimal kurz und nach einer kleinen Pause erneut zweimal kurz, bevor er einen Schlüssel aus der Hosentasche zog und damit die Tür öffnete.

Carya verfolgte sein Tun mit gerunzelter Stirn. So heimlichtuerisch kannte sie Onkel Giac gar nicht.

Ihre Verwunderung nahm weiter zu, als sie feststellte, dass die Räumlichkeiten, die hinter der Tür lagen, keineswegs leer waren, obwohl sich niemand auf ihr Klopfen hin gemeldet hatte. Stattdessen sah sie sich zwei Männern und einer Frau gegenüber, die allesamt den Eindruck machten, Akademiker wie Giac selbst zu sein. Die drei saßen auf einem Sammelsurium von Sitzgelegenheiten um einen niedrigen Tisch herum, tranken und rauchten. Auf dem Tisch lagen Zeitungen und einmal mehr einige Steckbriefe.

Als Giac mit Carya und Jonan eintrat, blickten die Anwesenden überrascht auf. »Liebe Freunde«, sagte Caryas Onkel. »Darf ich euch meine Nichte Carya und ihren Begleiter Jonan vorstellen – unsere Helden des Tages! Carya, Jonan, willkommen bei der Ascherose.«

KAPITEL 18

»Bist du wahnsinnig, Giac?« Einer der Männer, ein sehniger Kerl mit schütterem Haar und ausgeprägter Hakennase, sprang entsetzt auf. »Du bringt diesen Schwarzen Templer mit zu uns ins Geheimversteck? Ist dir bewusst, dass er ein Spion sein könnte? Wir haben gerade darüber diskutiert: Was, wenn er diesem Mädchen nur vorgespielt hat, ihr Freund zu sein, damit sie ihn direkt hierher führt? Die Inquisition muss doch glauben, dass wir für den Anschlag verantwortlich sind und dass sie mit unserer Widerstandsgruppe unter einer Decke steckt.«

Carya hatte den Eindruck, als wolle Jonan Einspruch erheben, aber ihr Onkel kam ihm zuvor. »Dino, bis vor zwei Minuten wussten die beiden nicht einmal, dass das hier das Geheimversteck einer Widerstandsgruppe ist. Ich hatte ihnen nur gesagt, dass wir hier ungestört reden können.«

»Du hast ihnen unseren Namen genannt.«

»Das hätte alles bedeuten können.«

»He!«, unterbrach Jonan die streitenden Männer. »Beruhigen Sie sich. Ich bin kein Spion, in Ordnung? Ich habe keine Ahnung, wer Sie sind, aber *mein* Name steht auf diesem Steckbrief, und wenn jemand in diesem Raum Grund zur Sorge hat, dass er von den anderen verraten werden könnte, dann wohl ich. Oder vielmehr Carya und ich.«

»Ich vertraue ihm«, fügte Carya hinzu und legte Jonan eine Hand auf den Arm. »Außerdem glaube ich nicht, dass die Inquisition denkt, Sie wären in diese Tat verwickelt. Die Motive für mein Handeln waren zu eindeutig.«

»Was genau ist da eigentlich geschehen?«, wollte die Frau wissen, eine schlanke Schwarzhaarige, die ungefähr Mitte dreißig sein mochte und statt eines Rocks eine hellbraune Hose mit luftig weiten Beinen trug. Ihr Gesicht wäre hübsch gewesen, wenn sie es nicht hinter einer überdimensioniert wirkenden Brille versteckt hätte.

»Um das zu klären, sind wir hier, Stephenie«, erläuterte Giac.

»Verzeih mir, Onkel Giac«, sagte Carya, »aber würdest du mir – oder uns – zuerst verraten, wer diese Leute sind? Und was ist die *Ascherose*?« Sie hatte nicht damit gerechnet, irgendwelchen Fremden Rede und Antwort stehen zu müssen, und dass diese sich dermaßen verschwörerisch in einem alten Gebäude hinter verschlossenen Türen trafen, weckte gleichermaßen ihre Neugierde wie ihren Argwohn.

Ihr Onkel warf einen unschlüssigen Blick auf seine Mitstreiter. Offenbar war es ihm unangenehm, dass er ohne deren Einwilligung gehandelt hatte, und er wollte nicht für noch mehr Missstimmung sorgen.

Der dritte Anwesende, ein grauhaariger Herr mit gepflegtem Bart und Lachfalten in den Augenwinkeln, lehnte sich auf seinem Sessel zurück. »So wie ich es sehe, kommen wir an dieser Stelle nur weiter, indem wir Vertrauen mit Vertrauen erwerben. Setzen wir uns doch alle, und dann macht Giac für uns den Anfang.« Er machte eine auffordernde Handbewegung.

»Erlaubt mir nur, den jungen Leuten kurz etwas zu essen zu geben«, sagte Giac. »Sie haben eine anstrengende Nacht hinter sich.«

»Im Nachbarraum sind noch Fladenbrot, Käse und Wurst«, merkte Stephenie an. »Wir haben vorhin zusammen gefrühstückt.«

»Das würde uns vollkommen genügen, Onkel Giac«, meldete Carya sich zu Wort. »Nicht wahr, Jonan?«

Dieser nickte. Giac ging nach nebenan, um die Speisen zu holen, und kurz darauf saßen sie zusammen, aßen, tranken und redeten.

»Die Ascherose ist eine Gruppe von Gelehrten, Künstlern und Freidenkern, die mit Sorge auf das blicken, was aus dem Lux Dei geworden ist und was er in seinem Einflussbereich treibt«, verriet Caryas Onkel. »Wir sind dem Orden dankbar dafür, dass er uns durch die Dunklen Jahre geführt hat. Aber es wird immer deutlicher, dass er nicht imstande ist, sich von dieser Vergangenheit zu lösen und uns in eine friedliche Zukunft zu führen. Deshalb treffen wir uns regelmäßig in diesem Kreis: Dino, Stephenie und Professore Adara.« Er nickte dem grauhaarigen Mann zu. »Außerdem sind noch ein paar andere mit dabei. Insgesamt dürften wir etwa zu zehnt sein. Wir treffen uns, um offen reden zu können, ohne Angst haben zu müssen, dass irgendein Lakai der Moralkommission uns die Worte im Mund herumdreht.«

»Warum Ascherose?«, fragte Carya. »Bedeutet der Name irgendetwas?«

»Die Rose ist eine Pflanze mit vielfältiger Bedeutung«, erwiderte Adara gutmütig. »Einerseits steht sie für Freude und Liebe, andererseits für Schmerz und Vergänglichkeit. Darüber hinaus ist sie, besonders wenn sie weiße Blütenblätter trägt, ein Symbol für Verschwiegenheit.«

Carya erinnerte sich daran, dass der Beichtstuhl von Pater Castano mit Schnitzereien von Rosenranken geschmückt war. Auf einmal verstand sie, was diese zu bedeuten hatten.

»Asche wiederum steht symbolisch für Buße und Reinigung. Gleichzeitig ist es auch das Produkt von etwas, das verbrannt wurde, ein Zeugnis der Auslöschung von etwas. Verstehe unseren Namen, wie du möchtest. Betrauern wir das Verschwinden von Freude und Liebe? Sind wir hier, um Buße zu tun für frühere Vergehen? Sehen wir uns als verschwiegener Bund, der das Befleckte reinigen möchte? Eines ist so wahr wie das andere.«

Jonan blickte zweifelnd in die Runde. »Verstehe ich das richtig? Sie bekämpfen die Herrschaft des Lux Dei, indem Sie im Keller sitzen und reden?«

»Nicht nur«, widersprach Giac. »Darüber hinaus betreiben wir heimlich Aufklärung. Wir verteilen Schriften über Dinge, die dem Lux Dei nicht genehm sind. Die Wahrheit darf nicht unterdrückt werden.«

»Seltsam, dass ich noch nie davon gehört habe«, meinte Jonan. »Für gewöhnlich hat der Tribunalpalast ein wachsames Auge auf glaubenszersetzende Umtriebe.«

»Nun ja, natürlich geben wir unsere Texte anonym heraus – wir sind ja nicht lebensmüde. Außerdem waren es auch erst ein paar, und wir haben sie … äh … sehr gezielt verteilt.«

Jonan richtete seinen Blick auf Carya. »Sei mir nicht böse, aber ich fürchte, diese Leute werden uns nicht helfen können.«

»He, woher wollen Sie das wissen?«, erregte sich Dino. »Sie haben uns noch gar nichts erzählt! Und ich für meinen Teil bin der Ansicht, dafür wird es langsam Zeit. Wir haben genug von uns preisgegeben. Kommen wir doch mal hierzu.« Er deutete auf die Steckbriefe.

Mit einem Seufzen begann Carya zu erzählen, warum die Inquisition so darauf erpicht war, Jonan und sie in die Hände zu bekommen. Sie begann mit Rajaels Geständnis auf dem Aureuswall und fuhr mit ihrer Täuschung Alesandrus, dem furchtbaren Geschehen in der Richtkammer und ihrer anschließenden Flucht fort, wobei sie ihre eigene Rolle herunterspielte und Rajael Aidalons Wagen knacken und entführen ließ, um keine Fragen heraufzubeschwören, die sie nicht beantworten konnte. Den Streit zwischen Rajael und ihr übersprang sie in ihrem Bericht. Rajaels Selbstmord hingegen konnte und wollte sie nicht unerwähnt lassen. Er bildete, zusammen mit der Festnahme ihrer Eltern, den tragischen Endpunkt ihrer Schilderungen.

Nachdem sie fertig war, herrschte einen Augenblick Totenstille im Raum. Ihr Onkel und seine Mitverschwörer sahen sich betroffen an. Dino fand zuerst die Sprache wieder. »Das ist übel, wenn ich das so sagen darf. Ziemlich übel.« Er räusperte sich.

»Deine armen Eltern.« Stephenie sah Carya mitfühlend an.

»Dieses Mädchen und ihren Freund nicht zu vergessen«, fügte Giac hinzu. »Ich kannte Rajael vom Sehen. Sie war so eine nette junge Frau. Dass ihr Leben auf diese Weise enden musste ... Eine Schande ist das.«

Dino wandte sich Jonan zu. »Nun kennen wir Caryas Geschichte. Wie sieht es mit Ihnen aus?«

»Da gibt es nicht viel zu sagen«, gab Jonan zurück. »Ich gehörte zu den Leuten, die nach der Festnahme von Caryas Vater losgeschickt wurden, um auch Carya und ihre Mutter abzuholen und zum Tribunalpalast zu bringen. Doch ich habe mich dagegen entschieden und bin ausgestiegen.«

»Einfach so?« Dino hob eine Augenbraue. »Das klingt nicht sehr glaubwürdig.«

Jonan schüttelte den Kopf. »Nein, natürlich nicht einfach so. Ich hatte schon seit langer Zeit Zweifel. Die Begegnung mit Carya war sozusagen nur der Tropfen, der das Fass zum Überlaufen gebracht hat. Es war eine spontane Entscheidung. Ich kann es nicht besser erklären. Tut mir leid.«

Dino brummte, als würden ihn diese Worte nicht völlig zufriedenstellen, aber er sagte nichts mehr.

»Und jetzt seid ihr beide auf der Flucht?« Adaras Worte waren eher eine Feststellung als eine Frage.

Carya nickte, nur um gleich darauf den Kopf zu schütteln. »Gewissermaßen. Wir werden Arcadion vermutlich verlassen müssen.« Sie warf Jonan einen Seitenblick zu, den dieser ernst erwiderte. »Aber zuvor will ich meine Eltern befreien.«

»Aus dem Tribunalpalast?« Dino stieß einen anerkennenden Pfiff aus. »Das nenne ich ein gewagtes Ziel. Wie willst du das anstellen?«

»Das weiß ich nicht«, erwiderte Carya. »Deshalb sind wir zu dir gekommen, Onkel Giac. Wir brauchen deine Hilfe.« Sie ließ ihren Blick über die Runde schweifen. »Wir könnten die Hilfe von Ihnen allen gebrauchen.«

»Oha, mal langsam«, sagte Dino mit abwehrender Geste. »Ich bin Chemielehrer, kein Geheimagent. In irgendwelche Gefängnisse einzubrechen ist wirklich nicht mein Metier.«

»Das gilt für uns alle, Carya«, fügte ihr Onkel hinzu. »So sehr mich die Festnahme meines Bruders trifft, ich weiß nicht, was wir dagegen unternehmen sollen. Es ist eine Sache, Missstände beim Namen zu nennen, eine ganz andere jedoch, gegen sie vorzugehen.«

»Aber, Onkel Giac!«, begehrte Carya auf. »Es sind meine Eltern!« Sie spürte, wie die Verzweiflung zurückkehrte, die sie in den letzten Stunden erfolgreich verdrängt hatte. Da saß sie in einem Kreis voller Feinde des Lux Dei, und dann handelte es sich um zahnlose Papiertiger.

»Das weiß ich doch, cara Carya.« Ihr Onkel wirkte kaum weniger unglücklich als sie. »Und Edoardo ist mein Bruder.«

»Warum werfen Sie die Flinte so schnell ins Korn?«, kam Jonan Carya plötzlich zu Hilfe. »Niemand verlangt von Ihnen, einen Sturmangriff auf den Tribunalpalast zu führen. Ich glaube, für den Anfang wäre Carya schon glücklich über ein paar Informationen. Wo genau hält man ihre Eltern gefangen? Geht es ihnen gut, oder droht ihnen unmittelbare Gefahr? Sie behaupten von sich, eine Gruppe mit fast einem Dutzend Mitglieder zu sein. Jedes davon muss über bestimmte Fähigkeiten, über Wissen oder Kontakte verfügen, Freunde, Bekannte, ganz gleich. Wenn Sie Ihre Ressourcen geschickt einsetzen, fällt uns vielleicht doch noch ein Plan ein, wie wir Caryas Eltern helfen können.«

Die Mitglieder der Ascherose wechselten stumme Blicke.

»Die Freundin meiner Schwester arbeitet im Tribunalpalast als Sekretärin«, sagte Stephenie. »Vielleicht kann sie etwas in Erfahrung bringen.«

»Hat dein Vetter Rican nicht mal im Gefängnis gesessen?«, fragte Giac Dino. »Er müsste doch wissen, wie es darin aussieht.«

»Na, sehen Sie!«, rief Jonan. »Das wäre schon ein Anfang. Und womöglich können Ihre anderen Mitverschwörer uns auch noch helfen.«

»Wir müssen darüber nachdenken«, entschied Adara. »Ich empfinde tiefstes Mitleid mit dir und deiner Lage, Carya. Doch was du von uns erbittest, führt die Ascherose auf ein Schlachtfeld, auf dem wir bislang nicht gekämpft haben. Ich möchte den vorsichtigen Enthusiasmus meiner Kollegen nicht dämpfen, aber bei solch einer Operation riskieren wir unser aller Leben. Das will gut durchdacht sein.«

»Was machen wir also?«, fragte Stephenie.

Der Professor schaute auf seine Armbanduhr. »Ich sage, wir vertagen uns. Ich muss ohnehin gleich zu meiner Vorlesung. Sprich mit der Freundin deiner Schwester, wenn du magst, Stephenie. Und du mit deinem Vetter, Dino. Ein paar grundsätzliche Informationen können nicht schaden. Wir treffen uns morgen Nachmittag wieder hier. Dazu sollten wir auch die anderen einladen.«

»Morgen Nachmittag?«, entfuhr es Carya. »Dann ist es vielleicht schon zu spät!«

»Eile hat noch keinem gedient, mein Kind«, gab Adara zurück. »Jeder gute Plan braucht seine Zeit. Und ich bezweifle, dass deinen Eltern unmittelbare Gefahr droht. Vermutlich sollen sie nur vernommen werden. Ich halte es nicht einmal für ausgeschlossen, dass sie danach wieder freigelassen werden. Sie haben schließlich nichts verbrochen. Warten wir ab, was Stephenies Bekannte in Erfahrung bringen kann.«

Missmutig nickte Carya. Ihr blieb auch gar nichts anderes übrig, als sich den Bedingungen dieser Leute zu beugen. Alleine hatte sie keine Chance, etwas zu erreichen. Auch Jonan könnte ihr kaum helfen, weil es für ihn genauso gefährlich war, sich frei in der Stadt zu bewegen, wie für sie. Sie brauchte Onkel Giac und seinen seltsamen Zirkel aus Widerständlern. *Ich hoffe nur, dass dieser Adara recht hat und wir nicht zu spät kommen*, dachte sie.

Dino, Stephenie und Adara erhoben sich, räumten ihre Sachen weg und machten sich auf den Weg. Giac blieb mit Carya und Jonan zurück. Ihr Onkel druckste ein wenig herum. Das war ungewöhnlich für ihn. Carya kannte ihn nur als aufgeräumten und

212

alles andere als leisen Mann. »Es tut mir leid, dass wir im Moment nicht mehr tun können, Carya«, sagte er. »Wir sind nur ein paar Universitätsdozenten und deren Freunde.«

»Mach dir keine Vorwürfe«, erwiderte Carya. »Ich weiß ja auch nicht genau, was ich erwartet habe, das du für mich tun könntest. Ich will dich ja nicht ebenfalls in Gefahr bringen.«

»In der stecken wir alle schon lange – nur manchen von uns fällt es weniger auf als anderen.«

Zu denen zählte bis gestern Vormittag auch ich noch, dachte Carya. »Was wird nun aus Jonan und mir?«, fragte sie. »Dürfen wir im Augenblick hierbleiben?«

»Natürlich.« Ihr Onkel nickte. »Das ist das Mindeste, was wir für euch tun können.«

Jonan erhob sich. »In dem Fall würde ich mir gerne ein wenig die Umgebung ansehen, wenn das in Ordnung ist. Man muss wissen, wo die eigenen Fluchtwege liegen.«

»Denk dran: zweimal kurz und danach erneut zweimal kurz klopfen«, erinnerte Carya ihn.

»Das kriege ich hin«, gab Jonan mit schiefem Grinsen zurück.

»Warten Sie«, sagte Giac. Er zog seinen Schlüssel hervor. »Hier. Nehmen Sie den mit. Ihr braucht ohnehin einen, damit ihr nicht eingeschlossen seid, wenn ich gehe.«

»Danke«, erwiderte Jonan.

Als er verschwunden war, saßen Carya und ihr Onkel schweigend nebeneinander. Durch einen kleinen vergitterten Luftschacht war der Klang einer Glocke zu hören, die die Studenten zur nächsten Unterrichtseinheit rief. »Musst du … musst du nicht auch zur Arbeit?«, wollte Carya stockend wissen.

»Nein, ich habe mich krank gemeldet«, verriet ihr Onkel. »Ich wollte dich auf keinen Fall verpassen, solltest du zu mir kommen.«

Er sah Carya eindringlich an. »Wenn es noch irgendetwas gibt, das ich für dich tun kann, Carya …«

Bei diesen Worten kam ihr ein Gedanke. »Ja, das könntest du tatsächlich.« Sie erzählte ihm von dem Beutel mit Rajaels Sachen, den sie in der Straße vor ihrem Haus versteckt hatte. »Könntest du den für mich holen? Ich selbst sollte der Gegend wohl besser fernbleiben.«

»So gut wie erledigt!«, versprach Giac und stand auf. Er schien erleichtert zu sein, eine Aufgabe zu haben, die nicht seine Möglichkeiten überstieg.

Er hatte die Tür beinahe erreicht, als Carya noch etwas einfiel. »Warte, Giac.« Sie nestelte die Kette mit dem seltsamen Silberanhänger hervor und hielt ihm das Kleinod hin. »Kannst du mir zufällig sagen, was das ist? Meine Mutter hat mir den Anhänger gestern Nacht völlig unerwartet gegeben. Sie behauptete, er gehöre mir.«

Giac verharrte in der Bewegung. In seinem Gesicht arbeitete es, und seine Hand schien sich unwillkürlich um die Türklinke zu verkrampfen. Er bemerkte es und ließ rasch los. »Auch das noch«, murmelte er.

Stirnrunzelnd schaute Carya zu ihm auf. »Was soll das heißen? Du kennst ihn?«

Ihr Onkel fuhr sich mit der Hand über den Kopf und räusperte sich unbehaglich. Man konnte den Eindruck gewinnen, er versuche aus der Angelegenheit irgendwie elegant herauszukommen. Aber offenbar fiel ihm kein Weg ein, denn er kehrte zu Carya zurück und setzte sich wieder neben sie. »Carya, hör zu. Es wäre das Beste für dich, wenn du das Ding da im Moment einfach vergisst. Warte, bis wir deine Eltern befreit haben, dann kannst du deine Mutter selbst dazu befragen.«

Verwirrt schüttelte Carya den Kopf. »Ich verstehe das nicht. Was soll diese Heimlichtuerei? Was ist das für ein Gegenstand? Wenn du es weißt, sag es mir bitte, Onkel Giac.«

Ihr Onkel verzog gequält das Gesicht. »Ich bezweifle, dass ich das darf, cara Carya. Das ist wirklich eine Sache zwischen dir und deinen Eltern.«

»Aber meine Mutter hat mir das Amulett doch nicht ohne Grund in genau der Nacht vermacht, als sie ihre Festnahme befürchten musste!«, beharrte Carya. »Sie muss gewusst haben, dass ich versuchen würde, etwas darüber herauszufinden. Und wer außer dir könnte mir sonst etwas dazu sagen?«

Giac seufzte tief. »Also schön, warte kurz.« Er füllte sich ein Glas mit Rotwein und leerte es in einem Zug. »Kein Grappa, aber es muss reichen. Carya, was ich dir jetzt enthüllen werde, mag für dich ein Schock sein, aber ich bezweifle, dass es eine schonende Art gibt, einem Kind dies mitzuteilen.«

Carya spürte, wie sich ein ungutes Gefühl in ihren Eingeweiden breitmachte. »Jetzt rede schon, Onkel Giac!«

»Ich versuche es ja, immer mit der Ruhe. Und weil es dich so drängt, will ich eine lange Geschichte kurz machen: Carya, Edoardo und Andetta Diodato sind nicht deine echten Eltern.«

Die Worte trafen Carya wie einer der niedrig hängenden Holzbalken der zeltartigen Marktstände, unter denen sie als junges Mädchen immer hindurchgerannt war. Benommen blinzelnd sah sie Giac an. »Wie … wie meinst du das?«

»So, wie ich es sage. Du bist nicht die Tochter der beiden Menschen, die du bislang für deine Eltern gehalten hast.«

»Aber … aber wessen Tochter bin ich dann?«

»Das wissen wir nicht. Wir, also genau genommen Edoardo und ich, fanden dich vor etwas mehr als zehn Jahren draußen in der Wildnis. Edoardo befand sich auf einer mehrtägigen Geschäftsreise für den Lux Dei, auf der ich ihn begleitete. Auf dem Rückweg hatten wir einen Radschaden an der Kutsche, und es wurde dunkel, bevor wir die nächste sichere Herberge erreichen konnten. Auf einmal sahen wir ein helles Licht über uns hinwegjagen, und es brauste wie bei einem Sturm. Im nächsten Moment gab es hinter einer Hügelkette einen Donnerschlag, und wir begriffen beide sofort, dass dort etwas abgestürzt war, irgendein Flugobjekt, auch wenn das beinahe absurd schien, denn seit dem Sternenfall gibt es kaum noch funktionierende Flugapparate.«

Von unwillkommener Neugierde erfüllt beugte Carya sich vor. »Und? Was war es?«

»Es handelte sich um eine Art Raketenflugzeug. Viel konnte man in dem glühenden Trümmerhaufen nicht erkennen, den wir entdeckten, als wir entgegen jeder Vernunft im Dunkeln zu den Hügeln liefen. Das Gefährt schien keinen Piloten zu haben und war bei dem Absturz fast völlig zerstört worden. Direkt daneben jedoch fanden wir eine Kapsel, die anscheinend hinausgeschleudert worden war. Sie qualmte, und der Aufprall hatte sie aufplatzen lassen. Und im Inneren dieser Kapsel ...« Giac stockte und knetete nervös seine Hände. »Im Inneren fanden wir ein vielleicht sechsjähriges Mädchen mit langem, dunklem Haar und einem Amulett um den Hals – dich.«

Ungläubig schüttelte Carya den Kopf. »Das ist ... völlig unmöglich. Ich erinnere mich an keine Kapsel und auch an keinen Absturz. Ich bin doch bei meinen Eltern aufgewachsen. Wir haben Ausflüge in den Park gemacht, und mein Vater hat mir erzählt, wie ich als kleines Kind immer eine Taube von der Straße fangen und als Haustier behalten wollte. Aber es ist mir nie gelungen.«

»Das ist alles wahr, Carya«, sagte ihr Onkel. »Aber diese Dinge sind in den ersten Monaten deines Lebens bei meinem Bruder und seiner Frau geschehen. Du hast dich nie an die Zeit davor erinnern können. In den ersten Tagen in Arcadion warst du auch geistig völlig abwesend, wie im Schock. Doch wir trauten uns nicht, einen Arzt hinzuzuziehen, weil Edoardo Angst hatte, dass man irgendetwas an dir entdecken könnte, was Fragen aufwerfen würde. Stattdessen erzählte er den Behörden, du seist ein Findelkind aus dem Ödland, das er bei sich aufgenommen habe. Und als du selbst lebhafter wurdest und anfingst, Fragen zu stellen, sagten dir deine Eltern, du wärst als Kind schwer krank gewesen und hättest dabei vieles vergessen.«

Erschüttert sank Carya in ihren Sessel zurück. »Ja, du hast recht«, sagte sie leise. »Ich entsinne mich daran. Ich habe es einfach so hingenommen.«

»Genau das wollten sie erreichen. Deine Herkunft war so ungewöhnlich, dass du sicher das Interesse des Lux Dei geweckt hättest, wenn er davon gewusst hätte. Zum Glück lag dein Flugapparat weit draußen in der Wildnis. Und weil du dich wie ein völlig normales Kind entwickelt hast und auch praktisch nie krank warst, fiel es uns leicht, dein Geheimnis zu wahren. Aber jetzt scheint deine Mutter aus irgendeinem Grund zu der Überzeugung gelangt zu sein, dass du die Wahrheit erfahren solltest.« Er deutete auf das Amulett.

Carya musste daran denken, dass es höchstwahrscheinlich der Bericht über ihre plötzlichen unerklärlichen Fähigkeiten gewesen war, der ihre Mutter dazu bewogen hatte, es ihr zu geben. Was hatte das alles zu bedeuten?

Mit einem Ruck zog sie ihre Bluse aus dem Rock und besah sich ihren Bauchnabel. Er wirkte erfreulich normal – wie in all den Jahren zuvor auch.

Giac grinste. »Nein, ein Invitro bist du nicht. Das wäre uns sicher früher aufgefallen.«

»Aber wer ... oder was ... bin ich dann?«, fragte Carya beunruhigt.

Ein leichtes Unbehagen lag auf der Miene ihres Onkels, als er mit den Schultern zuckte. »Ich weiß es nicht.«

KAPITEL 19

Als Jonan von seiner Erkundung der Gänge innerhalb und unterhalb des alten Gebäudes für Kunst- und Literaturwissenschaft zurückkehrte, fand er Carya alleine im Versteck der Ascherose vor. Giac war verschwunden. Carya saß vor einem halb gefüllten Glas Wein und starrte ins Leere. Sie wirkte erschöpft und mitgenommen. Jonan konnte es ihr nicht verdenken.

Ihn wunderte ohnehin, dass er selbst nicht ähnlich niedergeschlagen war. Als er Burlone den Elektroschockstab ins Gesicht gerammt hatte, war sein ganzer bisheriger Lebensentwurf binnen eines Lidschlags in blauen Funken zerstoben. Er hatte seine Kameraden bei der Garde verraten und eine Operation der Inquisition platzen lassen. Nicht nur sein Mentor Loraldi, für den Jonan kurz zuvor noch den Folterknecht gespielt hatte, sondern auch sein Vater war ohne Zweifel außer sich. Selbst wenn Jonan sich jetzt gestellt und Carya ausgeliefert hätte, wäre seine Karriere bei der Garde fraglos vorbei gewesen, und bis er sich den verlorenen Respekt seines Vaters zurückerworben hätte, würden Jahre vergehen.

Dennoch fühlte er sich, als sei eine große Last von seinen Schultern genommen worden – und das lag nicht nur daran, dass er seine Kampfpanzerung nicht mehr trug. Gestern Nacht mochte er sich im Affekt, in einem Aufwallen von Gefühlen für diese junge Frau, auf Caryas Seite geschlagen haben. Doch je länger er darüber nachdachte, desto richtiger kam ihm die Entscheidung vor. Sie war einem Befreiungsschlag gleichgekommen. Und nun beschwingte ihn der Widerstand gegen all das, was er insgeheim gehasst hatte, mit jeder Minute mehr.

Nur um die Menschen, mit denen er befreundet gewesen war, tat es ihm leid: Lucai beispielsweise oder ein paar der Bediensteten im Haus seines Vaters. Zu ihnen musste er den Kontakt nun zwangsläufig abbrechen. *Aber vielleicht nicht für immer*, dachte er. Wenn sich in den verborgenen Winkeln Arcadions bereits Gruppen wie diese hier formierten, mochte das ein Zeichen sein, dass doch etwas in Bewegung war, wenn auch nur zaghaft.

Carya blickte zu ihm auf. »Hallo, Jonan. Da bist du ja wieder. Wie sieht es draußen aus?«

»Besser, als ich dachte«, sagte er und setzte sich zu ihr. »Einem gezielten Angriff werden wir natürlich nicht entkommen können. Aber wenn wir etwas Vorwarnzeit haben, sollten unsere Aussichten gut sein. Allein aus diesem Keller gibt es acht verschiedene Ausgänge, zwei von ihnen führen sogar zu benachbarten Gebäuden. Mir war nicht klar, dass die Universität solch ein Labyrinth aus Gängen und Räumen besitzt. Ich frage mich, ob die neuen Studenten an ihrem ersten Tag einen Gebäudeplan in die Hand gedrückt bekommen.« Er grinste.

Doch sein Versuch, Carya etwas aufzumuntern, scheiterte.

»Ist alles in Ordnung mit dir?« *Was für eine selten dämliche Frage im Augenblick*, erkannte er gleich darauf. »Also, ich meine: Ist noch irgendetwas passiert?«

»Nein«, entgegnete Carya. »Mir geht es gut – jedenfalls soweit möglich.« Ihre Augen sagten etwas anderes, aber er wollte sie nicht bedrängen.

»Wo ist Giac hin?«, fragte er stattdessen.

»Er holt ein paar Sachen für mich. Er sollte bald wieder da sein.«

»Nun gut.« Jonan sah sich in dem Raum um. Es gab hier nichts für ihn zu tun, wenn er nicht irgendwelche Druckwerke der Mitglieder der Ascherose lesen wollte, die auf einem Tisch in der Ecke lagen. »Dann heißt es jetzt wohl warten.«

Es wurde Abend. Durch den schmalen Luftschacht vernahm Carya zuerst die Glocke der Universität, dann das geschäftige Fußtrappeln und Schwatzen der Studenten auf dem Nachhauseweg. Schließlich kehrte auf dem Campus über ihnen Ruhe ein. Wenig später tauchte Giac wieder bei ihnen auf.

Er brachte ihnen ein paar Vorräte, und zu Caryas großer Freude hing auch der Beutel, den Rajael ihr gepackt hatte, über seiner Schulter. »Hier«, sagte ihr Onkel. »Er lag noch wie beschrieben unter den Büschen auf dem Mauerrand. Ich habe nicht reingeschaut, und ich möchte auch nicht, dass du mir sagst, was darin ist. Je weniger gefährliches Wissen ich besitze, desto weniger kann ich preisgeben, sollte ich jemals in Gefangenschaft geraten.«

»Sag nicht so etwas«, bat Carya ihn, während sie den Beutel entgegennahm. »Niemand wird dich verhaften.«

»Ich bin nur realistisch, Carya. Wir haben bereits ein nicht ganz ungefährliches Spiel gespielt, bevor ihr zu uns gekommen seid. Und seitdem ist alles noch viel riskanter geworden.«

»War die Stadtwache bei dir?«, fragte Carya aus einer Ahnung heraus.

Giac nickte düster. »Sie stand vor meiner Tür, als ich heimgekommen bin. Zum Glück bin ich nie um eine gute Geschichte verlegen. Deshalb mach dir keine Sorgen: Ihr seid hier sicher – im Augenblick.« Seine Miene wirkte nicht ganz so selbstsicher wie seine Worte.

Carya blickte ihn schuldbewusst an. »Ich hoffe, sie kommen nicht wieder. Du sollst wegen uns keinen Ärger bekommen.«

Abwehrend hob er die Hände. »He, versteh mich nicht falsch. Ich beschwere mich nicht, denn ich habe es ja so gewollt. Ich sage nur, dass wir vorsichtig sein müssen. Und deshalb mache ich mich jetzt auch gleich wieder aus dem Staub. Ich wünsche euch beiden eine gute Nacht. Wir sehen uns morgen. Und Jonan …« Giac hob einen warnenden Zeigefinger. »Behandeln Sie meine Nichte mit Respekt.« Er zwinkerte Caryas Begleiter zu, lachte dann und verschwand.

Jonan schnaubte. »Was denkt dein Onkel eigentlich von mir?«

»Er meint es nicht so«, beschwichtigte Carya ihn. »Sein Humor ist etwas eigenwillig.«

»Sieht so aus.« Er musterte Carya einen Moment lang. Ein eigenartiger Ausdruck lag dabei auf seinem Gesicht. »Carya, ich hoffe, du weißt, dass ich dir niemals etwas antun würde. Mir ist klar, dass wir uns erst seit einem Tag kennen und dass es recht ungewöhnlich für einen Mann und eine Frau ist, ein Zimmer zu teilen, wenn sie einander nicht versprochen sind. Aber unsere Lage ist auch alles andere als gewöhnlich, sodass wir wohl gezwungen sind, über das ein oder andere hinwegzusehen, was unsere Eltern für anstößig halten würden.«

»Jonan«, unterbrach Carya ihn sanft. »Du brauchst mir nichts zu erklären und dich für nichts zu entschuldigen. Du hast mir das Leben gerettet, und du hilfst mir, obwohl du es nicht müsstest. Wie könnte ich je an deinem Charakter zweifeln? Mach dir keine Gedanken.«

Jonan richtete sich auf seinem Sofaplatz auf und blinzelte ertappt. »Das tue ich nicht! Ich wollte nur sichergehen, dass du dir auch keine machst. Mit Mistkerlen wie Burlone habe ich nichts gemein, und dass ich dich gestern Nacht in der Gasse so schäbig behandelt habe, tut mir leid. Es musste sein, um Burlone zu täuschen.«

»Jonan, das habe ich doch längst verstanden. Ich gebe zu, dass ich in dem Moment ein wenig Angst vor dir hatte, weil ich nicht wusste, was du vorhattest. Aber jetzt nicht mehr. Ich vertraue dir.«

»Oh. Gut.« Er kratzte sich am Kopf. »Dann gehe ich jetzt mal und schaue die Vorräte durch, die dein Onkel uns gebracht hat. Ich könnte einen Happen vertragen.«

»Mach das«, sagte Carya. »Ich möchte mir noch rasch Rajaels Sachen ansehen. Dann komme ich auch.«

»In Ordnung.«

Jonan marschierte ins Nachbarzimmer und begann dort leise herumzuklappern. Das Geräusch erinnerte Carya schmerzlich an ihre Mutter, die zu Hause in der Küche das Abendessen zubereitete. Bevor sich dieses Bild – und alle damit verbundenen – in ihrem Kopf festsetzen konnte, griff sie rasch nach Rajaels Beutel und öffnete ihn.

Wie erwartet befand sich im Inneren zunächst einmal ihre Schultasche sowie der Rock, die Bluse und die dünne Jacke, die sie gestern getragen hatte, bevor sie sich mit Rajael für den Abend fein gemacht hatte. Darunter wurde es interessant. In ein blaues Tuch eingeschlagen, entdeckte Carya Rajaels Tagebuch. Es war ein hübscher Foliant, der in einen Stoffumschlag mit Blumenmuster eingebunden war. Sie blätterte kurz durch die Seiten, die bis etwa zur Hälfte des Buchs mit Rajaels feiner, geschwungener

Schrift gefüllt waren. Vielleicht würde sie irgendwann einmal darin lesen. Aber jetzt war es noch zu früh dafür. Rajaels schrecklicher Tod überschattete alle Gedanken an die Freundin.

Als Nächstes fand sie ein Kästchen, in dem eine wunderschöne silberne Halskette und ein schmaler Ring lagen. Carya fragte sich, ob Rajael die Schmuckstücke wohl von Tobyn geschenkt bekommen hatte oder ob sie von ihrer Mutter stammten. Das gerahmte Foto mit ihren Eltern steckte natürlich auch in dem Kleidersack.

Es befanden sich noch ein paar weitere kleine Habseligkeiten ihrer Freundin darin, Dinge, die realen oder für Rajael persönlichen Wert besaßen. Schließlich zog Carya einen Briefumschlag hervor, auf dem ihr Name stand. Sie hatte damit gerechnet, dass Rajael ihr eine Nachricht beilegen würde. Dennoch klopfte ihr Herz plötzlich schneller in ihrer Brust, als sie den Umschlag öffnete und das Blatt Papier entnahm, das darin steckte. Mit leichtem Unbehagen begann sie zu lesen.

Liebste Carya,

bitte verzeih mir! Es tut mir so leid, dass ich dich in diese Geschichte hineingezogen habe. Und noch mehr bedaure ich, dass ich deine Freundschaft und dein Vertrauen missbraucht habe. Ich hätte dich einweihen müssen. Aber ich hatte Angst, dass du mich abweisen würdest. Und dann wäre Tobyn von der Inquisition zu Tode gefoltert worden. Diesen Gedanken hätte ich nicht ertragen.

Aber was habe ich nun? Tobyn ist tot, und ich hatte nicht einmal die Kraft, ihn selbst zu erlösen. Ich schäme mich so für mein Versagen. Stattdessen musstest du für mich schießen, und jetzt ist die Inquisition hinter dir und deiner Familie her. Das habe ich nie gewollt. Alles ist schiefgelaufen. Was habe ich mir überhaupt dabei gedacht, dich mit zu Tobyns Prozess zu nehmen? Ich schiebe es auf meine Todesangst um Tobyn, aber das ist keine Entschuldigung.

Ich hoffe, du hast meine Worte beherzigt und alle Schuld mir zugewiesen. Ich verdiene es. Sollten die Inquisitoren in meine Wohnung kommen, habe ich einen Brief für sie vorbereitet, ein Geständnis. Du hast es sicher gesehen. Ich bete, dass es mir damit gelingt, dich zu entlasten. Dennoch kann ich mich meinen Häschern nicht stellen. Dafür bin ich nicht mutig genug. Außerdem würden sie mich ohnehin töten. Dann gehe ich lieber aus eigener Entscheidung und ohne Qual.

Ein Letztes möchte ich dir noch beichten. Ich habe mich nie getraut, es dir zu sagen, weil ich dich nicht verlieren wollte. Du warst mir eine so liebe Freundin. Aber jetzt spielt es keine Rolle mehr, und ich schulde dir die Wahrheit. Ich kenne Tobyn nicht erst seit ein paar Wochen. Wir sind gemeinsam oben im Norden aufgewachsen und haben uns schon dort geliebt. Die Umstände zwangen uns, verschiedene Wege zu gehen, aber unsere Liebe erwachte neu, als wir uns in Arcadion wiederbegegneten. Was soll das bedeuten?, fragst du dich sicher. Ich will es dir sagen. Nicht nur Tobyn war ein Invitro, liebste Carya. Ich bin auch eine. Genau wie meine »Eltern« und die Leute, zu denen ich fliehen sollte.

Warum erzähle ich dir das, obwohl du danach vielleicht noch enttäuschter von mir bist? Ich will dir helfen. Ich muss jetzt nicht mehr fliehen, denn mein Leben ist vorbei. Aber du wirst womöglich trotz meiner Versuche, allen Schaden von dir abzuwenden, verschwinden müssen. Im Umschlag meines Tagebuchs habe ich eine Karte ver-

225

steckt. Tobyn gab sie mir an dem Tag im Caffè Speranza. *Wenn du ihr folgst, findest du Leute, die dir helfen werden. Zeig ihnen diesen Brief, und sie werden dich aufnehmen und beschützen. Ich hoffe, es wird nicht nötig sein. Aber sicher ist sicher.*

Und nun leb wohl, liebste Carya. Ich danke dir für deine Freundschaft – und wünschte mir, sie hätte nicht so enden müssen.

Möge Gott dich beschützen
Rajael

Carya ließ den Brief sinken und holte zitternd Luft. Sie fühlte sich wie betäubt. Eigentlich hätte sie wütend auf Rajael sein sollen, weil diese sie die ganze Zeit belogen hatte. Doch stattdessen empfand sie nichts als unendliche Trauer über den Verlust der Freundin, die sich aus Schmerz und Schuldgefühlen umgebracht hatte, ohne dass ihr Opfer letzten Endes irgendetwas bewirkt hatte. *Ach, Rajael, unglückliche Rajael.*

Tränen füllten ihre Augenwinkel und liefen ihr über die Wangen. Sie ließ den Brief sinken und hob die andere Hand vor den Mund, um ein Schluchzen zu unterdrücken. Jonan sollte nicht wissen, dass sie weinte. Sie musste lernen, stark zu sein, so wie er. Sonst würde sie ihm nur zur Last fallen bei dem, was vor ihnen lag. Und das war das Letzte, was sie wollte.

»Alles in Ordnung?«, vernahm sie hinter sich eine besorgte Stimme.

Verdammt, Jonan hatte sie doch gehört.

Carya schniefte noch einmal, tupfte sich die Augen ab und drehte sich zu ihm um. »Ja, es geht schon«, erwiderte sie.

Unbehaglich trat er näher. In den Händen hielt er ein Tablett, auf dem zwei Teller mit Wurst, Käse und Brot standen – ihr Abendessen. Sein Blick fiel auf das Blatt Papier in Caryas Schoß.

»Was ist das?«

»Ein Abschiedsbrief von Rajael.« Sie begann, ihn zusammenzufalten.

Jonan fragte nicht, ob er ihn lesen dürfe. Carya rechnete ihm das hoch an. Sie wollte nicht, dass irgendjemand sonst ihn las. Noch nicht.

Am Nachmittag des nächsten Tages kamen die Mitglieder der Ascherose erneut zusammen. Neben Caryas Onkel, Dino, Stephenie und Adara waren das ein bärtiger Mathematikdozent namens Ugo, eine rundliche Historikerin, die Gabriela hieß und zu Adaras Stab zu gehören schien, ein junger Journalist, eine silberhaarige Autorin mit resolutem Auftreten und ein braungebrannter Mann mit kessem Bärtchen und dandyhaftem Gebaren, der sich als Picardo vorstellte und offensichtlich Kunstmaler oder etwas in der Art war. Jonan wollte es gar nicht so genau wissen.

Der ungewöhnlichste Verschwörer in der Gruppe war ein vielleicht dreizehnjähriger Junge, der sich selbst Pitlit nannte. Er trug eine mehrfach geflickte Hose und bewegte sich mit der Großspurigkeit eines jungen Mannes, der alle anderen um sich herum für etwas weltfremd und lebensuntüchtig hält.

»Bist du nicht ein bisschen jung für einen Rebellen?«, fragte Jonan ihn überrascht, als Pitlit sich grinsend zwischen Stephenie und Ugo auf das Sofa zwängte.

»He, irgendeiner muss den Papierkram von all den Eierköpfen doch an den Mann bringen«, tönte der Junge. »Dafür braucht es jemanden, der sich auf den Straßen von Arcadion auskennt, der dort lebt. Wie ich.« Er streckte die Hand nach der Weinflasche auf dem Tisch aus.

Stephenie gab ihm einen Klaps auf die Finger. »Benimm dich, junger Mann«, warnte sie ihn.

»Mach das noch mal«, sagte Pitlit.

Stephenie verschränkte die Arme vor der Brust und sah ihn herausfordernd an. »Und was dann?«

»Dann noch mal. Ich liebe es, wenn du mich züchtigst.« Der Straßenjunge bedachte die schwarzhaarige Frau mit einem dreisten Grinsen.

Stephenie schüttelte seufzend den Kopf. »Ein unmöglicher Kerl«, ließ sie Jonan wissen.

»Aber nützlich!«, erklärte Pitlit.

»Aber nützlich«, bestätigte Ugo gutmütig und legte ihm väterlich den Arm um die Schultern. »Und jetzt beruhige dich mal ein wenig. Es geht hier nicht nur um dich.« Er nickte Adara zu, der sich daraufhin räusperte.

»Danke, Ugo. Und danke euch allen, dass es euch so kurzfristig möglich war, vorbeizuschauen. Für all diejenigen, die noch nicht im Bilde sind, möchte ich kurz ein paar einleitende Worte sagen.« Er stellte Jonan und Carya vor und schilderte, was die beiden erlebt und wie sie zur Ascherose gefunden hatten. »Carya hat uns gebeten, ihr dabei zu helfen, ihre unschuldig eingesperrten Eltern aus dem Gefängnis zu holen«, schloss er. »Dino und Stephenie waren so freundlich, sich ein wenig im Umfeld des Tribunalpalasts umzuhören.«

Der sehnige Mann mit der Hakennase bedeutete der bebrillten, schwarzhaarigen Frau, den Anfang zu machen. »Ich habe die Freundin meiner Schwester gebeten, sich für mich kundig zu machen, wozu sie netterweise auch bereit war. Sie hat erfahren, dass Caryas Eltern in den Tribunalpalast gebracht wurden und dass es gestern dort noch einen Eklat gab, weil die Stadtwache sich von der Inquisition übergangen fühlte. Genau genommen ist die Inquisition nur für den Kampf gegen Verbrechen zuständig, die den Glauben an das Licht Gottes betreffen. Caryas Eltern dagegen sind im Grunde bloß Zeugen in einem Fall, bei dem es um den Mord an einem Angeklagten und den Mordversuch an mehreren Inquisitoren geht.«

»Und was heißt das?«, wollte Carya wissen.

Stephenie wandte sich ihr zu. »Die Stadtwache wollte deine Eltern übernehmen, aber die Inquisition hat sich geweigert. Wie es scheint, wurden sie von Inquisitor Naisa einem Verhör unterzogen, aber ohne Anwendung von Gewalt. Im Augenblick befinden sie sich im Tribunalpalast, der Capitano der Stadtwache hat jedoch eine Beschwerde beim Inneren Kreis des Lux Dei eingereicht. Es ist also gut möglich, dass deine Eltern schon in Kürze zum Hauptquartier der Stadtwache überführt werden, wo man sie befragen und dann entscheiden wird, ob sie angeklagt werden. Dieses Verfahren würde erneut im Tribunalpalast stattfinden. Bei einer Verurteilung kämen sie in das benachbarte Gefängnis.«

»Dort sollten wir sie nicht ankommen lassen«, mischte sich Dino ein. »Ich habe mich mit meinem Vetter Rican getroffen und ihm ein bisschen auf den Zahn gefühlt. Das Gefängnis ist eine Festung. Natürlich ist es darauf ausgerichtet, Ausbrüche zu verhindern. Aber auch ein Einbruch ist nur mit unglaublichem Aufwand möglich. Wenn wir das versuchen wollen, benötigen wir einen wirklich guten Plan – und wenn der schiefgeht, sitzen wir in den Mauern fest, die vermutlich kurz danach unser neues Zuhause sein werden.«

»Am besten wäre es, wenn wir herausfinden könnten, wann

Caryas Eltern überführt werden«, überlegte Jonan. »Sowohl der Tribunalpalast als auch das Hauptquartier der Stadtwache sind gut bewachte Ziele, an denen es vor bewaffneten Gardisten und Wachleuten nur so wimmelt. Ein offener Angriff darauf wäre Wahnsinn, ein verdeckter zumindest sehr riskant. Aber die Kutschfahrt von einem dieser Orte zum anderen bietet uns ein oder zwei Schwachstellen, die wir ausnutzen könnten.«

»Du meinst, wir überraschen den Kutscher und die Wachen und entführen danach die Kutsche?«, fragte Carya aufgeregt.

Jonan nickte. »Entweder das, oder wir befreien deine Eltern direkt vor Ort, um mit ihnen zu fliehen.«

»Einen Moment, liebe Freunde«, meldete sich Picardo zu Wort. »Höre ich schlecht oder höre ich recht? Wir gedenken, uns den Obrigkeiten Arcadions im Kampf zu stellen? Das ist doch, mit Verlaub, der blanke Irrsinn! Ich male Spottbilder auf den Klerus. Ich bin wahrlich nicht scharf darauf, die Feder gegen das Schwert oder genauer den Pinsel gegen die Pistole einzutauschen!«

»Feigling«, murmelte Pitlit.

»Still, Pitlit«, brummte Ugo. Dann richtete sich der Mathematiker an die ganze Gruppe. »Ich sage es nur ungern, aber ich bin Picardos Meinung. Bitte versteh mich nicht falsch, Carya. Ich bedaure das, was mit deinen Eltern geschehen ist. Aber solche Dinge passieren unter der Willkürherrschaft des Lux Dei. Dagegen sind wir machtlos.«

Ein paar andere murmelten zustimmende Worte.

»Aber warum treffen Sie sich dann hier?«, entfuhr es Carya unvermittelt. Jonan hörte den Zorn in ihrer Stimme. »Wofür gibt es die Ascherose? Sie, Professore, haben mir gestern solch wundervolle Sachen erzählt, dass Sie Veränderungen herbeiführen wollen, dass Sie das Befleckte reinigen möchten. Hieß das nun, dass Sie sich gegen den Lux Dei auflehnen wollen oder nicht?« Sie stand auf und warf einen beschwörenden Blick in die Runde. »Schauen Sie mich an. Ich habe gesehen, zu welch furchtbaren Dingen der Lux Dei imstande ist. Und mein Herz hat mich gezwungen, etwas dagegen zu unternehmen. Ich mag gewissermaßen versagt haben, weil ich Großinquisitor Aidalon nicht umgebracht habe, aber ich habe etwas bewegt. Ich! Eine sechzehnjährige Schülerin! Sie alle sind viel klüger als ich. Sie besitzen Kenntnisse und Gaben, von denen ich nur träumen kann, und Sie haben Freunde und Bekannte, die uns helfen können. Und doch wollen Sie hier nur herumsitzen und jammern?«

»Jawoll!«, kommentierte Pitlit. »Nehmt euch ein Beispiel an der süßen Biene. Die hat einen echten Stachel.«

Jonan warf dem Straßenjungen einen finsteren Blick zu, den dieser gar nicht bemerkte.

Die Mitglieder der Ascherose sahen sich unbehaglich an.

»Wir sind keine Diktatur«, sagte Adara schließlich. »Es steht jedem von euch frei zu entscheiden, ob er sich an dieser Aktion beteiligen möchte, die zweifellos über das hinausgeht, was wir bislang an zivilem Ungehorsam betrieben haben. Natürlich habe ich auch deshalb alle zusammengebeten, weil diese Befreiung Folgen für die Zukunft der Ascherose haben wird. Wenn sich die Mehrheit dagegen ausspricht, sollten diejenigen, die Carya helfen wollen, sich darüber im Klaren sein, dass sie auf eigene Verant-wortung handeln und keine Hilfe vom Rest von uns erwarten dürfen, wenn irgendetwas schiefgeht. Sollte die Mehrheit der Ansicht sein, dass es Zeit wird, Farbe zu bekennen und eine neue Ära des aktiven Widerstands einzuläuten, bitte ich im Gegenzug diejenigen, die diesem Weg nicht weiter folgen wollen, sich zu Stillschweigen und Nichteinmischung zu verpflichten.«

»So oder so stehen wir an einem Scheideweg, und das will mir gar nicht schmecken«, bekannte Picardo, der Künstler.

»Irgendwann musste es passieren«, entgegnete Adara nur. »Das wussten wir alle.«

Die Gruppe diskutierte noch eine Weile weiter, wobei Jonan sah, dass die Angst in den Gesichtern der Anwesenden mit ihrer idealistischen Sehnsucht kämpfte, etwas bewirken zu können.

Schließlich drängte Adara alle zur Abstimmung.

»Ich bin dabei!«, rief Pitlit sofort, obwohl er vermutlich der Letzte war, dessen Meinung die Erwachsenen hatten hören wollen.

Stephenie presste entschlossen die Lippen zusammen, als sie ebenfalls nickte. »Ich helfe auch.«

»Ach, verflixt! Hier.« Dino hob die Hand. »Zeigen wir's dem Lux Dei.«

Einer nach dem anderen meldete sich dafür, Carya zu helfen. Bei Ugo und der rundlichen Historikerin war das Zögern allerdings so deutlich zu spüren, dass Jonan sich fragte, ob es wirklich gut war, dass sie dem Gruppenzwang nachgaben, statt ihrer Überzeugung zu folgen.

Einzig die silberhaarige Autorin schüttelte den Kopf. »Im Herzen unterstütze ich euer Handeln«, sagte sie. »Aber ich bin zu alt, um Räuber und Gendarm mit der Stadtwache zu spielen. Ich werde ein paar Tage meine Schwester in Firanza besuchen. Dann stehe ich euch nicht im Weg, und der Lux Dei stellt keine so unmittelbare Gefahr für mich dar wie hier in Arcadion.«

Zuletzt richteten sich alle Augen auf Picardo, den Kunstmaler, der bis jetzt mit verkniffener Miene geschwiegen hatte. »Und nun?«, fragte er leicht gereizt. »Nun erwarten sicher alle von mir, dass ich ein beleidigtes *Pfft* von mir gebe, weil niemand von euch so weise ist, auf meine vollkommen berechtigten Zweifel zu hören. Und danach denken alle, dass ich aufspringen und wie eine beleidigte Diva aus dem Raum stürmen werde. Aber wisst ihr was? Ich überrasche jeden Einzelnen von euch, indem ich sage: Zum Teufel mit der Vorsicht! Die Sterne, die am hellsten brennen, mögen als erste verglühen. Doch wenn ihr glaubt, dass ich darauf verzichte, mit euch in einem Atemzug genannt zu werden, wenn die Zeitungen darüber schreiben, dass wir auf dem Quirinalsplatz als Feinde des Lux Dei öffentlich hingerichtet werden, so habt ihr euch geschnitten! Adara, setz meinen Namen auf die Liste der tapferen Todgeweihten.«

»Noch ist niemand tot«, erwiderte Adara. »Und wenn es nach mir geht, werden wir alles daran setzen, unser verfrühtes Ableben zu verhindern. Die Ascherose hat noch einiges zu tun hier in Arcadion.«

»Legen wir los«, sagte Jonan und blickte mit einem entschlossenen Händereiben zu Carya hinüber.

Der standen erneut die Tränen in den Augen. Aber diesmal war nicht Trauer der Grund dafür, sondern Dankbarkeit.

KAPITEL 20

Die Folgetage nutzten die Mitglieder der Ascherose, um sich auf die Befreiungsaktion vorzubereiten. Stephenie behielt die Aktivitäten im Tribunalpalast im Auge, um frühzeitig davon zu erfahren, sollten Caryas Eltern verlegt werden. Mithilfe des jungen Journalisten Lando, der vorgab, an einem Artikel über einen Justizfall zu arbeiten, gelang es der Ascherose sogar, sich persönlich ein Bild von deren Lage zu machen. Er berichtete, sie seien den Umständen entsprechend in guter Verfassung und wirkten nicht, als habe man sie gefoltert.

Eine grausige Folge hatte Caryas und Rajaels Angriff auf die Inquisitoren Lando zufolge indes doch. Man hatte den Sekretär von Inquisitor Ellio, einen gewissen Alesandru Florea, wegen Amtsmissbrauch und Mithilfe zu einem Mordanschlag auf Großinquisitor Aidalon gehängt.

Carya hatte Alesandru nie gemocht. Dennoch traf sie sein Tod. Seine Motive mochten überwiegend eigennütziger Natur gewesen sein, aber ohne seine Hilfe wäre es ihr nicht möglich gewesen, Rajael und sich selbst in den Tribunalpalast zu schmuggeln. »Noch jemand, dessen Tod meine Schuld ist«, sagte sie betrübt.

»Du konntest damals nicht wissen, was passieren würde«, versuchte Jonan sie zu trösten. »Hättest du es geahnt, hättest du sicher anders gehandelt.«

Carya seufzte nur.

Unterdessen beschaffte Picardo über einen Freund am Theater einige Uniformen, die sich mit ein wenig Handarbeit in passable Kopien der Gardeuniformen des Tribunalpalasts verwandeln ließen. Pitlit kundschaftete die Fahrtrouten der gewöhnlichen Gefängniskutschen aus, und Jonan brütete gemeinsam mit Adara und Ugo über einem Stadtplan von Arcadion, um zu überlegen, wie sie am besten vorgehen sollten.

Schließlich ließ sich Jonan von Dinos Vetter Abholpapiere fälschen, die es Dino und Ugo erlaubten, mit einer Kutsche ganz unauffällig und im hellsten Sonnenschein beim Lagerhaus von Jonans Onkel vorbeizufahren und die Kiste mit seiner Kampfpanzerung einzuladen, die laut den Papieren Ersatzteile für eine Motorkutsche enthielt. Im Schutze der Nacht und unter dem Ächzen der Männer wurde die Kiste anschließend in den Keller des Universitätsgebäudes getragen, wo sich Jonan und Carya nach wie vor versteckten.

Carya blieb in all der Zeit nicht viel zu tun. Zu ihrer eigenen Sicherheit durfte sie ihr Versteck nur in den Nachtstunden verlassen, und Giac hatte sie gebeten, selbst dann im Haus zu bleiben. Da ihr die weiten leeren Korridore und die vielen Räume des Bauwerks im Dunkeln jedoch unheimlich waren, beschränkte sie ihre Spaziergänge auf ein Minimum.

Sie hätte sich gerne an den Plänen zur Befreiung ihrer Eltern beteiligt, doch sie musste bald feststellen, dass sie zu den Taktiken der Männer nicht viel beizutragen hatte. Ihr blieb allein das Umnähen der Uniformen – ein wichtiger Beitrag zweifellos, aber in Caryas Augen trotzdem etwas unbefriedigend.

»Ich weiß zu wenig von der Welt«, klagte sie ihrem Onkel ihr Leid. »In der Akademie des Lichts habe ich gelernt, wie man näht und dabei Psalme aufsagt. Wie man im Feindesland überlebt, hat mir keiner gezeigt.«

»Ich verstehe«, erwiderte er. »Mal sehen, ob ich was für dich tun kann.«

Tags darauf kam er mit einem Stapel Bücher wieder. Sie sahen vergilbt und oft gelesen aus. An der Seite klebten Nummern, als stammten sie aus irgendeiner Sammlung.

Carya nahm sie entgegen und sah einige der Titel durch. »*Robinson Crusoe ... Die Odyssee ... 1984 ...* Was sind das für Bücher?« Fragend blickte sie ihren Onkel an.

»Geschichten – sehr alte Geschichten –, die davon erzählen, wie man überlebt«, sagte Giac. »Nicht so anschaulich wie ein Handbuch der Jungtempler, aber dafür deutlich unterhaltsamer.« Er zwinkerte ihr zu. »Ich leihe sie dir. Lies sie. Aber pass gut auf sie auf. Bücher dieser Art findet man innerhalb der Mauern Arcadions nur noch selten.«

Carya sollte jedoch nicht mehr viel Zeit bleiben, sich diesen Schätzen zu widmen. Schon am nächsten Tag gegen Mittag – Carya, Jonan, Adara, Dino und Giac saßen gerade zusammen und gingen Fluchtszenarien durch – platzte Pitlit herein und meldete atemlos: »Stephenie schickt mich. Ihre Freundin hat ihr eine Nachricht zukommen lassen. Um vier Uhr verlässt ein Gefangenentransport den Tribunalpalast, um Häftlinge zum Hauptquartier der Stadtwache zu überführen. Caryas Eltern werden auch dabei sein.«

Sofort sprangen alle auf. »Dann bleibt uns nicht viel Zeit«, sagte Adara. »Pitlit, Giac, informiert die anderen, dass es losgeht. Dino, bereite die Ablenkung vor, damit wir nachher ungesehen aus dem

Haus kommen. Ich hole die Kutsche. Wir treffen uns um zwei Uhr wieder hier für eine letzte Besprechung.«

Carya spürte, wie sie von Aufregung ergriffen wurde. Endlich würde etwas geschehen. Sie betete, dass ihre Bemühungen von Erfolg gekrönt sein würden.

Während die anderen aufbrachen, bedeutete Giac Carya mit einer Geste, ihm einen Moment nach draußen auf den Kellerkorridor zu folgen. »Hör zu«, sagte er mit gedämpfter Stimme. »Du erinnerst dich doch an unser Gespräch vor ein paar Tagen bezüglich deiner Herkunft.«

»Natürlich«, erwiderte Carya ebenso leise.

»Ich war noch einmal in der Wohnung deiner Eltern. Mir ist etwas eingefallen. Dein Vater hatte nach unserer Rückkehr den Absturzort des Fluggeräts in eine Karte eingezeichnet. Ich war mir nicht sicher, was aus ihr geworden ist, nachdem Andetta und er dich an Kindes statt angenommen hatten. Es bestand die Möglichkeit, dass sie sie einfach weggeworfen hatten, weil sie dich und sich nicht damit belasten wollten. Aber nachdem deine Mutter dir das Amulett gegeben hat, habe ich noch einmal gesucht. Und ich habe sie gefunden.« Verstohlen reichte er Carya eine zerknitterte, mehrfach gefaltete Landkarte.

Carya spürte, wie sich ihr Magen zusammenzog. »Nein, Onkel Giac, gib sie mir nicht«, wehrte sie ab. »Nicht jetzt. Es ist ein schlechtes Omen. Du weißt, was mit meiner Mutter geschehen ist, kurz nachdem sie mir das Amulett gegeben hat.«

»So ein Unsinn«, knurrte ihr Onkel. »Sei nicht abergläubisch. Ich gebe sie dir jetzt, weil ich vorher keine Gelegenheit dazu hatte.«

»Gib sie mir, nachdem wir meine Eltern befreit haben.«

»Und was ist, wenn irgendetwas passiert und ich in die Hände des Lux Dei gerate? In dem Fall will ich diese Karte bestimmt nicht bei mir haben.«

»Das wirst du nicht, Onkel Giac! Sag so etwas nicht.«

»Dann hör du auf, so albern zu sein. Ich habe die Karte hier und jetzt, und du sollst sie bekommen!«

Hinter ihnen tauchte Jonan im Türrahmen auf. »Giac? Sie sind ja noch da. Ich dachte, Sie wollten die anderen holen.«

»Will ich auch«, brummte Caryas Onkel. Er ging zu Jonan und drückte dem überraschten ehemaligen Templer die Faltkarte in die Hand. »Hier. Nehmen Sie das. Schauen Sie es sich nicht an, fragen Sie nicht, was es ist, stecken Sie es einfach ein.«

Jonan machte ein verblüfftes Gesicht. »Wie bitte?«

»Gib her«, forderte Carya nicht weniger unwirsch und schnappte ihm die Karte aus der Hand. »Ich nehme sie schon.« Sie warf Giac einen anklagenden Blick zu.

Der nickte nur. »Wir sehen uns später.«

»Was war das denn?«, wollte Jonan wissen, als Caryas Onkel verschwunden war.

»Nichts.« Carya seufzte und schob die Karte in ihre Rocktasche. »Ich erzähle es dir später.«

Pünktlich um zwei Uhr kamen die Verschwörer erneut zusammen. Adara fasste ein letztes Mal den Plan für alle zusammen. Carya fiel gemeinsam mit Ugo und Pitlit die Aufgabe zu, die Gefangenen aus der Kutsche zu holen, sobald Jonan, Lando, Dino und Giac die Wachleute überwältigt hatten. Stephenie und Picardo waren für die Fluchtfahrzeuge verantwortlich. Adara und Gabriela würden für ein wenig Spektakel sorgen, um die Aufmerksamkeit der Stadtwache und der Bewohner Arcadions auf andere Bereiche der Stadt zu lenken.

Nachdem die Rollen und die Ausrüstung verteilt waren, gab es einen letzten Uhrenvergleich. Danach hieß es für alle Verschwörer, außer der Gruppe um Jonan, aufzubrechen. Zum Abschied nahm Carya Jonan beiseite. »Pass auf dich auf, ja?«, bat sie.

»Das habe ich vor«, erwiderte er. »Wir sehen uns, wenn alles vorüber ist. Ich freue mich schon darauf, deine Eltern kennenzulernen.«

Carya spürte, wie sie errötete. »Du solltest erstmal mich kennenlernen«, versetzte sie in sanft vorwurfsvollem Tonfall. Dann stellte sie sich auf die Zehenspitzen und gab ihm einen Kuss auf die Wange. »Viel Glück.«

Bevor er etwas darauf erwidern konnte, floh sie aus dem Raum.

»He, Carya, ich könnte auch etwas Glück gebrauchen«, tönte Pitlit draußen auf dem Flur und hielt ihr demonstrativ seine Wange hin.

Sie gab ihm einen Klaps darauf.

»Aua! He, warum schlägst du mich?«, regte er sich auf.

»Hast du nicht gesagt, du magst es, gezüchtigt zu werden?«, gab sie schnippisch zurück.

Pitlit brummte beleidigt und rannte davon.

Ugo an Caryas Seite schmunzelte in seinen Bart. »Er kann Leute nicht ausstehen, die sich die Albernheiten merken, die er den ganzen Tag so von sich gibt.«

»Was ist das eigentlich für ein frecher kleiner Kerl?«, wollte Carya wissen. »Lebt er wirklich auf der Straße?«

Ugo nickte. »Ab und zu schläft er bei einem von uns oder nimmt mal eine warme Mahlzeit zu sich. Aber alle Versuche, ihn von der Straße zu holen und zu einem anständigen jungen Mann zu erziehen, der in die Schule geht und aus dem vielleicht später etwas wird, schlugen fehl. Er ist ein unverbesserlicher Rebell und Überlebenskünstler. Wenn du mich fragst, ist er von uns allen derjenige, der seine Überzeugungen von Freiheit am konsequentesten lebt.«

Nachdenklich blickte Carya Pitlit nach, und sie musste feststellen, dass sich eine widerwillige Bewunderung für den unangepassten Straßenjungen in ihr breitmachte.

Um kurz vor vier lag Carya gemeinsam mit Pitlit und Ugo in einer Gasse auf der Lauer. Genau genommen saßen sie auf schäbigen Holzstühlen vor einem kleinen Imbiss und taten so, als würden sie eine Mahlzeit einnehmen. Carya hatte ihr langes Haar unter einem Kopftuch versteckt und ihre Wangen mit Asche eingerieben, um ihrem Gesicht einen leicht ausgemergelten Eindruck zu verleihen. Sie wünschte sich, sie hätte den Revolver noch, mit dem sie Tobyn erschossen hatte. Irgendwie fühlte sie sich nackt ohne die Waffe. *Verrückt*, dachte sie. *Bis vor einer Woche wäre ich nicht auf die Gedanken gekommen, eine Waffe bei mir tragen zu wollen.*

Vor ihnen verlief die Straße, über die der Gefangenentransport vom Tribunalpalast zum Hauptquartier der Stadtwache stattfinden würde. Die Route war für einen Überfall eher undankbar, da sie aufgrund der Größe der Transportkutsche fast ausschließlich über breite und belebte Straßen von Arcadion führte. Der einzige Engpass befand sich hier. Erfreulicherweise bot die Stelle noch einen weiteren Vorteil. Von hier aus konnte man im Nu im Gassengewirr der Nordstadt verschwinden oder auch in Richtung Industriegebiet im Süden fliehen.

Eine ihrer Fluchtkutschen stand einige Schritte die Gasse hinunter. Picardo saß auf dem Kutschbock, drehte sich gerade eine Zigarette und mimte überzeugend einen Kutscher, der eine nachmittägliche Pause einlegte. Das zweite Fahrzeug, ein altes Motorrad mit Anhänger, verbarg sich zwischen zwei Häusern auf der anderen Straßenseite. Carya hätte zu gerne gewusst, woher Stephenie das Gefährt hatte.

»Von einem ihrer Liebhaber«, erklärte Pitlit auf ihre Frage hin im Brustton der Überzeugung.

»*Einem* ihrer Liebhaber?«, wiederholte Carya, unsicher, ob sie sich verhört hatte.

Der Straßenjunge nickte. »Sie hat drei oder vier, ich bin mir nicht ganz sicher.«

»Pitlit«, ging Ugo dazwischen. »Hör auf zu tratschen, Junge.«

»Ist aber doch wahr«, verteidigte sich dieser. »Sie sagt immer, dass sie es ungerecht findet, wenn die Leute von Frauen Keuschheit erwarten, aber jeder Mann zu Freudenmädchen gehen darf, und seine Freunde klopfen ihm auch noch stolz auf die Schulter. Und darum nimmt sie sich so viele Männer, wie sie will.«

»Das hat sie so bestimmt nicht gesagt«, widersprach Ugo.

»Hat sie wohl! Und von mir aus soll sie doch. Mir wäre auch eine Frau zu wenig. Wenn ich groß bin, brauche ich für jeden Wochentag eine andere.«

Carya verzog das Gesicht. »Igitt, du bist eklig.«

»Du bist ja bloß neidisch.« Er grinste Carya an. »Möchtest du Signora Sonntag oder Signora Montag sein?«

»Nicht mal im Traum würde ich daran denken, irgendwas für dich …«

»Seid still, ihr zwei«, unterbrach Ugo sie. »Aufgepasst. Es geht los.«

Sofort verstummte Carya und richtete ihren Blick auf die Straße. Tatsächlich war am Straßenende rechts von ihnen soeben eine schwere, dunkle Kutsche eingebogen. Sie besaß eine kastenförmige Kabine mit schmalen, vergitterten Fenstern, wurde von vier mächtigen Kaltblütern gezogen, und auf dem Kutschbock saßen zwei uniformierte Wachleute. Ein weiterer Bewaffneter ritt vorneweg, und zwei folgten dem Fuhrwerk.

Ugo griff in seine Jacke, in deren Innentasche, wie Carya wusste, eine Pistole steckte. Als er sie hervorholte, zitterte seine Hand.

»Ist alles in Ordnung?«, wollte Carya wissen.

»Es sind so viele Wachen. Wir hatten gehofft, sie einfach einschüchtern zu können. Aber ich fürchte, daraus wird nichts. Was, wenn sie uns angreifen?« Der bärtige Mathematiker wirkte unsicher.

»Das sind nur fünf Männer«, entgegnete Carya. »Wir sind mehr als die.«

»Aber es sind Soldaten.«

Entschlossen streckte Carya die Hand aus. »Gib die Waffe mir. Ich kümmere mich um diese Burschen.«

»Meinst du wirklich? Eigentlich müsste ich ...«

»Unsinn«, unterbrach Carya ihn. »Wenn die deine zitternde Hand sehen, glauben die nachher wirklich, sie könnten mit uns fertig werden. Außerdem sind es meine Eltern, damit ist es sowieso meine Aufgabe.« Sie war selbst überrascht, wie ruhig ihre Worte klangen. Innerlich klopfte ihr das Herz bis zum Hals. Vielleicht lag es daran, dass sie nach dem Kampf am Tribunalpalast glaubte, diesen Männern überlegen zu sein. Sie hatte keine Ahnung, woher die fragwürdige Gabe rührte, und sie hatte sicher nicht darum gebeten, aber sie war da – oder sie würde zumindest da sein, wenn es ernst wurde. Dessen war sie sich plötzlich ganz sicher.

Wortlos schob Ugo ihr die Pistole zu. Auf seinem Gesicht lag stumme Dankbarkeit.

Carya schaute auf ihre Armbanduhr. Es wurde Zeit, dass Jonan und die anderen auftauchten.

Wie gerufen erschien am entgegengesetzten Ende der Straße der Lastkarren. Zwei Uniformierte und ein junger Mann in einem braunen Overall saßen auf dem Kutschbock: Dino, Onkel Giac und Lando. Auf der Ladefläche lag eine Kampfpanzerung, die allem Anschein nach zur Reparatur gebracht wurde.

Fast zeitgleich war im Osten der Stadt ein ferner Donnerschlag zu hören, kurz gefolgt von einem zweiten. *Adara und Gabriela*, dachte Carya. Sie hatten die Sprengsätze gezündet, die Dino ihnen gebaut hatte. Es handelte sich um harmlose Feuerwerke, die zwar mächtig Krach und Rauch erzeugten, aber keine Menschen gefährdeten. Zumindest war das der Plan.

Die Stadtwachen, die den Gefangenentransport begleiteten, sahen sich fragend an, hielten aber nicht an. Wahrscheinlich dachten sie, die Explosionen, oder was immer das Geräusch verursacht hatte, seien zu weit weg, um sie unmittelbar zu betreffen. *Falsch gedacht*, ging es Carya durch den Sinn.

Im gleichen Moment erreichten sich die beiden Fuhrwerke. Die Stadtwachen entboten Dino, Giac und Lando schweigend ihren Gruß.

Dann ging auf einmal alles sehr schnell. Auf der Ladefläche des Fuhrwerks erwachte die leer und tot geglaubte Hülle der Kampfpanzerung zum Leben. Sie richtete sich auf und hielt plötzlich ein Sturmgewehr in der Hand, dessen Lauf herumschwenkte und den vorderen Wachreiter ins Visier nahm. Die Stadtwachen schrien überrascht auf, doch der Schrei blieb ihnen im Halse stecken, als Dino den Karren herumriss und auf der Straße querstellte, um der Gefängniskutsche den Weg zu versperren. Gleichzeitig zogen Giac und Lando Waffen und zielten auf die Wachen auf dem Kutschbock. »Keine Bewegung!«, schrie Lando mit vor Aufregung schriller Stimme. »Hände hoch.«

Ohne darüber nachzudenken, wie absurd diese Abfolge an Befehlen war, sprang Carya zusammen mit Ugo und Pitlit aus der Seitengasse. Bevor die hinten reitenden Wachen auch nur ganz begriffen hatten, was vor sich ging, hatte Carya die Pistole hochgerissen. Alles um sie herum schien sich zu verlangsamen. Ihre Sinne wirkten auf einmal unnatürlich geschärft. Sie wusste, was sie zu tun und wie sie es zu tun hatte.

Ohne zu zögern drückte sie ab und traf den vorderen Soldaten am Hals. Der Mann schrie auf und sackte auf seinem Pferd zusammen, das daraufhin erschreckt scheute, kehrt machte und die Straße zurückgaloppierte.

»Was machst du da?«, entfuhr es Ugo entgeistert, und ein Teil von Carya fragte sich das auch. Hatte sie die Männer nicht lediglich einschüchtern wollen? *Ein Feind ist nur dann ungefährlich, wenn er ausgeschaltet ist*, brannte es in Caryas Gedanken. *Außerdem gehören diese Männer zu denen, die Rajael und Tobyn auf dem Gewissen und meine Eltern in ihrer Gewalt haben.*

Ihre Hand mit der Pistole war bereits weitergewandert und hatte sich auf den zweiten Soldaten gerichtet, einen Jungen, nicht einmal so alt wie Jonan. Dessen Pistole steckte nach wie vor im Holster, und ihm schien klar zu sein, dass er auch keine Gelegenheit mehr dazu bekommen würde, sie zu ziehen. In seinen Augen lag nackte Angst.

»Hör auf!«, rief Ugo. Seine Hand legte sich auf Caryas Waffenarm, und die Berührung brach den Bann. Die Zeit kehrte wieder zu ihrer normalen Geschwindigkeit zurück. »Es reicht«, sagte er zu Carya. Danach richtete er seinen Blick auf den Soldaten. »Absitzen, mein Junge«, befahl er. »Und keine Tricks.«

Der Soldat beeilte sich, der Aufforderung Folge zu leisten. Er warf seine Waffe fort und legte sich flach in den Schmutz der Straße. Pitlit huschte herbei und nahm die Pistole mit leuchtenden Augen an sich.

»Mutter?«, rief Carya. »Vater? Seid ihr da drin?«

Sie bekam keine Antwort.

»Wer hat den Schlüssel?«, rief Lando vorne nervös. »Na los, absitzen und Wagen aufschließen! Sofort! Sonst knallt's.«

Einer der Männer kletterte vom Kutschbock und ging, ein Schlüsselbund vorsichtig vor sich in die Höhe haltend, um das Fahrzeug herum.

Caryas Blicke zuckten von links nach rechts. Im Eingang der einen Gasse sah sie Picardo mit seiner Kutsche stehen, auf der anderen Seite wartete Stephenie. Am Ende der Straße hatten sich Neugierige versammelt. Auch aus den Fenstern der Wohnhäuser am Straßenrand schauten die Leute. *Wir müssen hier weg*, durchfuhr es sie. *Das darf nicht mehr lange dauern, sonst tauchen die Templer auf.*

»Ich öffne jetzt die Tür«, sagte der Uniformierte mit lauter Stimme. »Bitte nicht schießen.« Dabei sah er Lando, Ugo und Carya beschwörend an.

Pitlit war an die Seite der Gefängniskutsche getreten. Mit verkniffener Miene schielte er durch einen Spalt ins Innere. »Heilige Scheiße!«, schrie er plötzlich. »Carya, weg! Es ist eine Fal…«

In diesem Augenblick flog die Doppeltür der Kutschkabine mit einem gewaltigen Krachen förmlich aus den Angeln!

KAPITEL 21

Carya schrie entsetzt auf.
Direkt vor ihr, im Rahmen der Tür, ragte ein schwarzer Berg aus Metall auf. Im nächsten Moment sprang er aus der Kutsche und landete mit metallischem Krachen auf dem Asphalt. Sein Sturmgewehrlauf hob sich und fing hämmernd an, Tod und Vernichtung zu speien. Ugo wurde in die Brust getroffen und stürzte gurgelnd und mit vor Überraschung weit aufgerissenen Augen zu Boden. Er war tot, bevor er wirklich begriffen hatte, was schiefgelaufen war. Lando leerte brüllend sein Pistolenmagazin auf den Templer, aber der Mann in der Kampfpanzerung wankte nicht einmal.

Ein zweiter Templer sprang aus der Kutsche, schließlich ein dritter.

Verrat!, durchfuhr es Carya. *Sie haben es gewusst.*

Erneut übernahmen Überlebensinstinkte, von denen sie bis vor wenigen Tagen nicht einmal geahnt hatte, dass sie sie besaß, die Kontrolle über ihren Körper. Carya warf sich nach vorne auf die Gasse zu, in der Stephenie mit dem Motorrad stand. Sie rollte ab und prallte schmerzhaft gegen die Hauswand am Eingang der Gasse. Doch ihre Hand mit der Pistole schwang bereits herum und nahm die Schwarzen Templer ins Visier. Torso, Helm,

Arme ... Es war aussichtslos. Solange die gerüsteten Hünen in Bewegung waren, würde sie niemals die schmalen Schlitze zwischen den dicken Panzerplatten treffen.

Hinter ihr erwachte knatternd ein Motor zum Leben. Caryas Kopf fuhr herum. »Nein!«, schrie sie und streckte instinktiv einen Arm in Richtung des Motorrads aus, als könne sie es kraft ihrer Gedanken aufhalten. Doch es half nichts. Stephenie jagte mit dem Fluchtfahrzeug die Gasse hinunter, ohne sich noch einmal umzudrehen. Für einen Sekundenbruchteil erfüllte Carya das überwältigende Verlangen, die feige Verräterin einfach vom Sitz zu schießen. Aber sie besann sich gerade noch rechtzeitig und zwang die Pistolenmündung zu Boden. *Was mache ich da?*, fragte sie sich erschrocken. *Stephenie lässt uns bestimmt nicht absichtlich im Stich. Sie hat nur Ugo und Lando fallen sehen und gedacht, es gäbe nichts mehr zu retten.* Angst war eine menschliche Regung, die Carya sehr gut nachvollziehen konnte.

Aus den Augenwinkeln sah sie, dass auch vor der Kutsche gekämpft wurde. Der berittene Wachsoldat lag reglos auf der Straße, und auf dem Kutschbock konnte Carya Onkel Giac mit dem Kutscher ringen sehen. Jonan beharkte derweil seine ehemaligen Kameraden mit seinem Sturmgewehr. Dino wendete hektisch das Fuhrwerk. Die Pferde stampften ängstlich und zerrten an ihren Geschirren.

Obwohl die Gardisten des Tribunalpalasts eigentlich damit hätten rechnen müssen, dass die Verschwörer die gestohlene Templerrüstung einsetzten, schienen sie von der Dreistigkeit, mit der Jonan sie angriff, doch überrascht zu sein.

Einer von ihnen stolperte unter den Einschlägen von Jonans Kugeln und stürzte scheppernd zu Boden. Die anderen beiden zogen sich hinter die Gefängniskutsche zurück. »Carya!«, dröhnte die blecherne Stimme Jonans aus dem Helmlautsprecher. »Carya, wo bist du?«

»Jonan!«, schrie sie zurück. »Ich bin hier!«

Doch sie hätte genauso gut am anderen Ende der Stadt sein können. Zwischen Jonan und ihr standen eine Kutsche, zwei Templer und zwei Stadtwachen, die zwar vor allem versuchten, den schwarzen Kolossen nicht in die Schussbahn zu geraten, aber dennoch im Weg waren.

In diesem Augenblick preschte eine weitere Kutsche aus der gegenüberliegenden Gasse. Auf dem Kutschbock saß Picardo und peitschte mit wildem Blick auf die Pferde ein, während er, von Todesmut oder Todessehnsucht getrieben, mitten durch die Reihen der Gardisten raste. Einer der Templer wurde herumgerissen und stolperte dabei über seinen toten Kameraden. Eine Salve aus seinem Sturmgewehr jagte in den blauen Himmel über Arcadion und trieb auch die letzten schaulustigen Anwohner dazu, ihre Fenster zu schließen und in Deckung zu gehen.

»Aufspringen, Carya!«, rief der Kunstmaler, während er auf die Öffnung zwischen den Häusern zuhielt, in der sich Carya verbarg. Sie kam auf die Beine und rannte los. Im nächsten Moment war er heran und vorbei. Mit der Kraft der Verzweiflung stieß sich Carya ab und warf sich auf die Ladefläche.

»Wartet auf mich!«, schrie eine Jungenstimme hinter ihr.

Carya rollte sich herum und sah Pitlit in die Gasse hineinflitzen. Er musste sich irgendwo um die Ecke versteckt haben, denn sie hatte ihn seit Beginn der Kampfhandlungen nicht mehr gesehen. Sie ließ die Pistole neben sich fallen, klammerte sich mit der einen Hand an die hölzerne Seitenverkleidung der Kutsche und streckte die andere aus. »Lauf, Pitlit, lauf! Nur ein bisschen schneller.«

Der Straßenjunge warf die Pistole von sich, die er dem über-

248

wältigten Wachmann gestohlen hatte, und nahm die Beine in die Hand. Sein Gesicht verzerrte sich vor Anstrengung.

Carya beugte sich noch etwas weiter nach vorne. Unter ihr flog das Kopfsteinpflaster der Gasse dahin. Links und rechts verschwammen die hölzernen Speichen der Räder zu undeutlichen Schemen. »Komm, Pitlit. Du schaffst es!«

Hinter ihnen, am Eingang der Gasse, tauchte eine hünenhafte Gestalt auf. Sie legte an, und im nächsten Moment krachten Schüsse. Kugeln peitschten links und rechts von ihnen durch die Luft.

Oh Gott, bitte lass ihn nicht treffen, betete Carya.

Pitlit reckte seine Hand nach vorne. Seine Fingerspitzen berührten fast die ihren. Mit einem Aufschrei warf sich der Junge nach vorne, ihre Hände umschlossen einander – und Carya wäre fast von der Ladefläche gerissen worden. Sie verzog das Gesicht und ließ sich nach hinten fallen, wobei sie Pitlit mit sich nahm. Er bekam die Seitenverkleidung zu fassen und hielt sich daran fest. Trotzdem hing er noch immer halb von der Kutsche herab.

»Ich kann mich nicht halten«, rief er.

Rasch griff sie nach seinem Hosenbund, und mit einem Ächzen zog sie ihn ganz auf die Ladefläche. Schwer atmend fiel sie neben ihm auf den Rücken.

Weitere Schüsse knallten, und eine Kugel schlug keine Armlänge von Carya entfernt in die Holzverkleidung. Splitter platzten aus dem Holz und bissen ihr in die Wange. Mit einem schmerzerfüllten Keuchen drehte sich Carya zur Seite. Während sie einen Arm schützend vors Gesicht hielt, tastete sie mit der anderen Hand nach der abgelegten Pistole. Ihre Finger schlossen sich um den Griff, doch es war schon zu spät. Die Kutsche jagte bereits um eine Kurve und entzog sich dadurch den Blicken ihrer Feinde.

Carya sah zu Pitlit hinüber. »Alles in Ordnung?«

»Ja«, erwiderte dieser atemlos. Er war so bleich, als sei er dem Leibhaftigen begegnet. »Danke für die Hilfe.«

»Gern geschehen«, sagte Carya. Sie richtete sich in eine halb sitzende Position auf und schaute zu Picardo hinüber. Der Kunstmaler saß eigenartig verkrümmt auf dem Kutschbock. Auf Händen und Knien kroch sie zu ihm hinüber.

»Picardo, was ist mit Ihnen?«

Der Mann drehte ihr das Gesicht zu. Auf seinen Zügen lagen Schmerz und ein gerüttelt Maß an Empörung. »Diese Bastarde haben mich getroffen. Ich kann es nicht fassen, dass sie mich tatsächlich erwischt haben.«

Carya zog sich auf den Kutschbock und besah sich seine Verletzung. Sein farbenfrohes Hemd wies an der rechten Schulter einen roten Fleck auf, der dort nicht hingehörte. Auch sein rechter Ärmel war blutverschmiert, wobei Carya nicht zu sagen vermochte, ob dieser Umstand einer zweiten Wunde geschuldet war oder auf die erste zurückging.

»Was haben Sie erwartet?«, fragte sie ihn kopfschüttelnd. »Sie sind mitten durch die Soldaten gepprescht!«

»In jeder Heldengeschichte sind die Soldaten des Feindes stets diejenigen, die am wenigsten vom Kämpfen verstehen. Da stürmen Männer durch Kugelhagel, ohne getroffen zu werden.«

»In Büchern! Das hier ist die Wirklichkeit.«

»Willst du dich etwa beschweren, Mädchen, dass ich dir und diesem verlausten Bengel das Leben gerettet habe?« Er funkelte sie erbost an.

Carya schluckte und schüttelte den Kopf. »Nein, natürlich nicht. Wir danken dir dafür, Picardo.«

»He, und sieh es mal so«, meldete sich Pitlit zu Wort. »Wenn du

250

das überlebst, wirst du ein paar echt schicke Narben haben. Frauen lieben solche Zeichen von Heldenmut, stimmt doch, oder?«

»Äh, nun ja«, sagte Carya gedehnt.

»Ha!«, presste Picardo hervor. »Das setzt natürlich voraus, dass ich jemals wieder mein Gesicht auf den Straßen von Arcadion zeigen kann. Wie ich mein Glück kenne, werde ich zukünftig nur noch irgendwelchen Räuberbräuten und Mutantinnen meine Narben zeigen können.«

»Wenn er sich beschweren kann, geht's ihm nicht so schlecht«, meinte Pitlit.

Carya hoffte, dass der Junge recht behielt.

»Jonan, kommen Sie! Wir müssen hier weg.« Dinos Stimme überschlug sich beinahe vor Aufregung, während er mit Mühe die Pferde davon abhielt durchzugehen.

»Ich würde, wenn ich könnte«, erwiderte Jonan gepresst. Aber seine Kampfpanzerung und sein Sturmgewehr waren das Einzige, was die verbliebenen Soldaten des Tribunalpalasts daran hinderte ihr Fluchtfahrzeug unter schweren Beschuss zu nehmen. Nur solange er sie in Deckung zwang, hatten sie eine Chance. Und ein Blick auf seine Munitionsanzeige sagte ihm, dass es damit bald vorbei sein würde.

Er wünschte sich eine Rauchgranate – nur eine einzige Rauchgranate. Leider waren die Templer damals ohne derartige Unterstützungswaffen zu ihrer Festnahme von Carya und deren Eltern aufgebrochen. Letzten Endes blieb ihm nur der langsame Rückzug und die Hoffnung, dass die Soldaten ihnen nicht folgen würden. *Absurd*, fuhr es ihm durch den Kopf. *Natürlich folgen sie uns. Es ist ihre Aufgabe, uns festzunehmen oder zu erledigen.*

Er warf einen raschen Blick hinter sich die Straße hinunter. Dabei entdeckte er etwas, das ihnen den Kopf retten mochte. Oder sie umbringen würde, je nachdem. »Giac!«, schrie er Caryas Onkel zu, der noch immer mit einem der Soldaten auf dem Kutschbock der Gefängniskutsche rang. »Wir ziehen uns zurück.« Er wandte sich Dino zu. »Aber langsam, schön langsam.«

Neben ihm setzte sich das Fuhrwerk in Bewegung. Derweil gelang es Giac vor ihm auf der Gefängniskutsche endlich, den Kopf des Soldaten gegen den Metallgriff am Rand des Kutschbocks zu schlagen und ihn damit lange genug zu betäuben, um sich von ihm lösen zu können. Blutend und mehr vom Kutschbock fallend als kletternd schloss sich Caryas Onkel Jonan an. Er hatte seine Pistole im Kampf verloren – eine beunruhigende Neigung bei Zivilisten. Damit blieb ihnen nur noch Jonans Sturmgewehr mit einem einzigen vollen Magazin und seine Pistole, die allerdings bei Dino auf dem Kutschbock lag …

… und außerdem die hüfthohe Gaskartusche, ein grauer Metallzylinder mit Warnsymbolen, der linker Hand neben der hölzernen Kellerklappe eines der Häuser an der Wand lehnte.

»Nach links«, rief Jonan Dino zu, während er Giac an seiner Uniformjacke packte und dank Kraftverstärkerservos einhändig auf die Ladefläche ihres Fuhrwerks hob. »Wir müssen zur linken Seite der Straße.«

Schritt für Schritt schob sich Jonan auf die Gaskartusche zu. Er musste aufpassen, dass seine ehemaligen Kameraden, die nun aus der Deckung des Gefängnistransporters traten und geordnet vorrückten, nicht zu früh erkannten, was er vorhatte. *Hoffentlich klappt es*, dachte Jonan. *Sonst wird es eng. Die Verstärkung ist sicher schon unterwegs.*

Er erreichte die fragliche Stelle und gab eine kurze Salve ab, damit ihre Gegner in Deckung blieben. Oben auf der Ladefläche hatte Giac die Pistole ergriffen und schoss schreiend das Magazin leer. Es machte Krach und zwang die normal Uniformierten, die Köpfe einzuziehen. Die Templergardisten beeindruckte es nicht.

Mal sehen, was ihr hiervon haltet!, dachte Jonan grimmig. Er wechselte das Sturmgewehr in die linke Hand, vollführte einen raschen Ausfallschritt und packte mit der Rechten den Metallzylinder. Ohne zu zögern, schleuderte er seinen Gegnern das massive Wurfgeschoss entgegen. Beinahe träge rotierte der graue Zylinder durch die Luft, bevor er mit einem metallischen Dröhnen auf dem Asphalt aufschlug und auf die Templer zurollte.

Jonan schoss, traf ihn – und nichts passierte!

Enttäuscht schrie er auf. Irgendwie hatte er sich mehr Feuerwerk davon erhofft. Jetzt war alles vorbei. Sie würden hier nicht mehr lebend rauskommen.

In diesem Moment fiel ein faustgroßes, eiförmiges Objekt von einem benachbarten Häuserdach und den feindlichen Soldaten direkt vor die Füße.

»Granate!«, kreischte einer der Uniformierten und wirbelte panisch herum, um zu fliehen.

Er kam keine drei Schritte weit, bevor das Geschoss explodierte. Es gab einen furchtbaren Knall, der alle Fensterscheiben in der direkten Umgebung klirrend zu Bruch gehen ließ und die Pferde der etwas entfernt stehenden Gefängniskutsche endgültig in Panik versetzte. Wild schnaubend gingen sie durch und preschten an den Soldaten vorbei, die von dem Angriff allesamt zu Boden geworfen worden waren. Die Uniformierten waren zweifelsohne tot, die beiden Templer in ihren schweren Rüstungen würden wieder auf die Beine kommen.

Aber bis dahin wollte Jonan verschwunden sein. Mit Schwung

warf er sich auf die Ladefläche ihres Fuhrwerks, dessen Achsfedern protestierend quietschten. Dann gab er Dino das Zeichen, ihre Pferde die Zügel spüren zu lassen.

»Los geht's«, schrie dieser und trieb die Tiere an. Sofort nahm ihre Kutsche Fahrt auf, und bevor sich ihre Feinde von dem unerwarteten Granatenangriff erholt hatten, jagten sie davon. Jonan hob den Kopf und blickte an dem Gebäude hinauf, von dem die Granate herabgefallen war. An der Dachkante glaubte er noch ganz kurz einen Kopf zu sehen, der sich allerdings im gleichen Moment zurückzog. Sekunden später bogen sie mit der Kutsche in eine Gasse ein, und das Schlachtfeld geriet außer Sicht.

Lucai …, dachte Jonan fassungslos. *Haben mich meine Augen getrogen, oder war das wirklich Lucai?*

Ein schmerzerfülltes Ächzen lenkte ihn von dem Gedanken ab. Er schaute zu Giac hinüber, der neben ihm auf der Ladefläche lag, und klappte das Helmvisier hoch. »Giac? Was ist los?«

»Ich … ich weiß nicht. Ich …« Caryas Onkel blickte an sich hinab, und Jonan sah es fast gleichzeitig. An seinem Unterleib hatte sich ein großer Blutfleck gebildet. »Gottverdammt. Ich bin getroffen … Ich …« Er blinzelte, und seine Augen verschleierten sich. Offenbar kämpfte er bereits um sein Bewusstsein.

Jonan riss Giacs Uniformjacke auf. Das Hemd darunter war klatschnass und rot. Er presste die Lippen zusammen und fluchte lautlos. Giac war von einem Sturmgewehr getroffen worden. Es musste kurz vor der Granatenexplosion passiert sein, ansonsten hätte er es gar nicht mehr bis auf den Wagen geschafft.

»Werde ich … Jonan, werde ich sterben?«, fragte Giac undeutlich.

Jonan schluckte und legte dem Mann die Hand auf den Arm. Er wusste, dass sie schwer und aus Metall war und kaum ein

Gefühl von Trost vermittelte, aber er konnte gegenwärtig nichts daran ändern. »Es tut mir leid, Giac«, sagte er.

Giac fluchte schwach. »Und alles … für nichts. Nichts … Ich …«

Jonan war versucht, Dino darum zu bitten anzuhalten. Die holprige Fahrt über das Kopfsteinpflaster der Gassen beschleunigte Giacs Verbluten nur noch. Andererseits hätte es keinen Unterschied gemacht. Einzig ein gut ausgestatteter Arzt hätte Caryas Onkel jetzt noch retten können, und das auch nur, wenn er sofort operiert hätte.

»Carya«, ächzte Giac und legte Jonan eine blutige Hand auf die Brust.

»Carya geht es gut«, versicherte dieser ihm. »Sie ist entkommen. Picardo hat sie in einer verrückten Sturmfahrt rausgeholt.« Er hoffte, das das stimmte. Ganz sicher war er sich nicht, ob die wilde Rettungsaktion des Kunstmalers wirklich Erfolg gehabt hatte.

»Gut.« Giac nickte zufrieden. Seine Hand fiel schlaff herunter. Da war so entsetzlich viel Blut überall. Jonan spürte, wie sich sein Magen bei dem Anblick verkrampfte.

Caryas Onkel murmelte etwas, das kaum noch verständlich war.

»Was sagen Sie?« Jonan beugte sich zu ihm hinunter.

»Pass … auf sie … auf, … ja?«, flüsterte Giac.

»Auf Carya?«

Giac nickte kaum merklich. Seine Lider wirkten furchtbar schwer. Er stand an der Schwelle zum Licht, so viel konnte Jonan erkennen.

Er ergriff Giacs schwielige Hand. »Ich verspreche es. Machen Sie sich keine Sorgen, hören Sie. Carya wird nichts passieren. Nicht, solange ich irgendwie die Möglichkeit habe, es zu verhindern.«

Die Andeutung eines Lächelns umspielte Giacs Mundwinkel. Dann erschlafften seine Züge.

Erschüttert wandte Jonan sich ab und holte tief Luft. Seine Faust krachte auf die Ladefläche. Warum ausgerechnet Giac? Damit hatte Carya einen weiteren, ihren letzten Verwandten, an den Lux Dei verloren. *Jetzt hat sie niemanden mehr außer mir.*

Vom Kutschbock aus warf Dino einen Blick über die Schulter. »Verdammt, was ist mit Giac los?«, wollte er wissen.

»Giac ist tot«, sagte Jonan müde. »Er ist tot ...«

KAPITEL 22

Es herrschte gedrückte Stimmung in der Runde, die sich an diesem Abend in der kleinen Wohnung unweit des Osttors von Arcadion traf. Adara hatte die zwei Zimmer schon vor einer Weile als Ersatzversteck gemietet, für den Fall, dass ein Zusammenkommen auf dem Campus der Universität nicht mehr sicher war. Eigentlich hätten die Anwesenden Grund zum Feiern gehabt. Sie hatten nicht nur eine hinterhältige Falle überlebt, sondern waren ihren Häschern auch noch erfolgreich entkommen.

Leider schmälerte der Umstand, dass sich ihre Gruppe praktisch halbiert hatte, diesen Triumph auf schmerzliche Art und Weise. Carya fühlte sich innerlich ausgebrannt. Zum ersten Mal konnte sie ansatzweise nachvollziehen, was Rajael an dem Abend durchgemacht hatte, nachdem Carya und sie sich im Park im Streit getrennt hatten. Ein Teil von ihr hätte jetzt auch am liebsten Gift genommen, aber es waren bereits genug Menschen an diesem Tag ums Leben gekommen.

»Ugo ist tot, Lando ist tot, Giac ist tot, und Gabriela wird vermisst.« Mit verkniffener Miene blickte Dino in die Runde. In seinen Augen standen Tränen, und er war nicht der Einzige im Raum, dem es so ging. »Diese ganze Befreiungsaktion war ein unsäglicher Reinfall, eine Tragödie, möchte ich sagen. Lando hatte eine Freundin, wusstet ihr das? Er wollte beim nächsten Lichtfest um ihre Hand anhalten. Und Gabriela? Wer kümmert sich jetzt um ihre alten Eltern? Sagt mir das mal jemand?«

»Gott im Himmel, Dino, es reicht!«, unterbrach ihn Adara scharf. Er rieb sich mit Daumen und Zeigefinger über die Nasenwurzel. »Es reicht …«, fuhr er leiser fort. »Jeder von uns wusste, dass die Gefahr besteht, verwundet oder getötet zu werden. Das war uns bereits klar, als wir uns zur Ascherose zusammengeschlossen haben.«

»Uns hat niemand erzählt, dass wir gegen voll gerüstete, schwer bewaffnete Schwarze Templer würden antreten müssen!«, regte sich Dino weiter auf.

»Das konnte auch keiner ahnen«, meldete sich Jonan zu Wort. »Hätten wir es gewusst, hätten wir die ganze Aktion natürlich abgeblasen.« Er saß in der Kleidung, die sie kürzlich in dem Gebrauchtwarenladen für ihn eingetauscht hatten, neben Carya. Seinen Kampfpanzer hatten sie unter einer Plane verborgen in einem Schuppen hinter dem Haus eingeschlossen. Dort würde er einstweilen bleiben, da es für Jonan jetzt noch gefährlicher als zuvor war, sich gerüstet in der Stadt zu bewegen.

»Wo kamen diese finsteren Gesellen eigentlich so plötzlich her?«, wollte Picardo wissen. »Das atmet doch entschieden den stinkenden Odem des Verrats.« Der auf dem Sofa sitzende Kunstmaler trug einen dicken Verband um die Schulter, wo ein befreundeter Arzt unter dem Siegel der Verschwiegenheit seine Schusswunde behandelt hatte. Picardo gehörte wirklich zu den Glückskindern des Tages. Die Kugel war glatt durchgegangen und hatte Knochen und Sehnen um die entscheidenden Millimeter verfehlt. So ganz wusste er diesen Segen allerdings nicht zu schätzen.

Stephenie nickte. »Das sah wirklich so aus, als hätten die nur auf unseren Angriff gewartet. Aber deswegen müssen wir noch nicht von Verrat sprechen. Womöglich hat der Lux Dei einfach nur mitbekommen, dass etwas im Busch ist.«

»Du meinst, die Freundin deiner Schwester hat versagt«, knurrte Dino. »Sie hat sich verplappert oder zu auffällig ihre Nase in Dinge gesteckt, die sie nichts angehen.«

»He!«, fuhr die schwarzhaarige Frau ihn an. »Wir sind keine Spione! Ohne sie hätten wir überhaupt keine Informationen über Caryas Eltern gehabt. Und Fehler passieren. Es ist furchtbar, aber … sie passieren.« Sie senkte den Kopf.

»Jedenfalls stünden wir alle sehr viel besser da, wenn wir uns auf diesen Wahnsinn von vornherein nicht eingelassen hätten«, brummte Dino. »Ich habe ja gleich gesagt, dass dabei nichts Gutes entstehen kann.«

»Darauf trinke ich«, warf Picardo ein und nahm einen kräftigen Schluck aus der Weinflasche, die vor ihm stand. Gläser hatten sie keine. Die Wohnung war bislang nur sehr behelfsmäßig eingerichtet.

»Warum habt ihr euch dann darauf eingelassen?«, fragte Jonan grimmig. »Niemand musste das. Wenn ich mich recht entsinne, hat der Professore jedem die Wahl gelassen auszusteigen.«

Dino und Picardo machten säuerliche Mienen, sagten daraufhin aber nichts mehr.

Eine Weile lang herrschte Schweigen im Raum. Selbst Pitlit, der sonst keine Gelegenheit ausließ, sich in den Vordergrund zu drängen, hockte nur wortlos da und blickte verstohlen von einem zum anderen.

Es ist vorbei, erkannte Carya. Für einen Moment hatte es so ausgesehen, als könne ihr persönlicher Kampf zu etwas Größerem werden. Onkel Giac und die Ascherose hatten die Begeisterung dazu in sich getragen. Doch das Schicksal hatte ihnen einen Strich durch die Rechnung gemacht, und jetzt standen sie vor dem Aus. Keiner von denen, die hier saßen – Jonan und Pitlit vielleicht ausgenommen – würde erneut sein Leben aufs Spiel setzen. Zumal durch das Desaster ihrer ersten Aktion klar geworden war, dass der Lux Dei seine Augen und Ohren überall hatte. Jedes weitere Vorgehen würde nun, da sich der Orden in seiner Achtsamkeit bestätigt sah, nur noch schwerer werden.

»Was geschieht jetzt?«, fragte Pitlit in die Stille hinein und fasste damit in Worte, was viele der Anwesenden wahrscheinlich dachten.

Adara seufzte. »Ich glaube, es wird das Beste sein, wenn wir uns in den nächsten Wochen so unauffällig wie möglich verhalten. Wer kann, sollte die Stadt verlassen. Dem Rest rate ich, möglichst in Deckung zu bleiben. Jonan und Carya mögen stadtweit gesucht und als Kriminelle bekannt sein. Wie es mit dem Rest von uns aussieht, kann niemand sagen. Ugo und Lando sind tot. Die werden uns nicht mehr verraten können. Aber wenn Gabriela in die Hände der Inquisition geraten ist – und damit müssen wir rechnen –, droht auch uns Übrigen große Gefahr.«

»Na großartig!« Picardo warf theatralisch den unverletzten Arm hoch. »Jetzt treibt man mich auch noch aus meinem Atelier. Aber gut, in dem Fall werde ich wohl eine kleine Motivsuche an der Küste in Angriff nehmen. Ich hoffe, die Künstlerkolonie, die ich dort kenne, wurde nicht in der Zwischenzeit von irgendwelchen Barbaren niedergebrannt.«

»Ich habe einen Freund«, sagte Stephenie. »Er wird mich verstecken.«

»Und ich lasse mir von Rican helfen«, knurrte Dino. »Er weiß, wie man der Obrigkeit aus dem Weg geht.«

Adara sah den Straßenjungen an. »Pitlit?«

»Um mich braucht ihr euch keine Sorgen zu machen«, erklärte Pitlit großspurig. »Mich hat noch nie einer erwischt!«

Zufrieden nickte der grauhaarige Mann, bevor er sich an Carya wandte. »Es tut mir leid, Carya, dass wir dir nicht weiterhelfen können. Ich fühle nach wie vor mit dir und bedaure die Gefangennahme deiner Eltern. Aber unsere Opfer waren schon zu groß. Weitere wären nicht zu verantworten.«

Carya nahm die Worte mit einer Mischung aus Kummer und Enttäuschung zur Kenntnis. »Sie haben getan, was Sie konnten«, erwiderte sie. »Und dafür danke ich Ihnen. Trotzdem wünschte ich mir ... ich wünschte mir, wir hätten mehr erreicht.«

Adara seufzte. »Nicht nur du.«

»Ist das also das unrühmliche Ende der Ascherose?«, wollte Picardo wissen.

Alle wechselten unbehagliche Blicke. Es fiel ihnen sichtlich schwer, sich einzugestehen, dass alles, wofür sie bisher – wenn auch im Verborgenen – gekämpft hatten, vorbei war.

»Nein«, widersprach Carya ihm. Es platzte einfach so aus ihr heraus und überraschte sie ebenso sehr wie alle anderen. Sie stand auf. So viel Schmerz, so viele Tränen. Es wurde Zeit, dass das aufhörte. Sie musste einen Weg finden, ihren Schmerz in Wut zu verwandeln und ihre Wut in Taten.

»Wie: Nein?«, fragte Picardo pikiert.

»Das ist nicht das Ende der Ascherose! Davon dürfen Sie nicht sprechen. Sie müssen sich den Glauben an Ihre gute Sache bewahren. Im Moment mag alles Asche sein, aber kann keine neue Rose daraus erblühen? Soll denn das Opfer Ihrer Freunde umsonst gewesen sein?«

»Das Opfer?« Dino lachte rau auf. »Ach, wenn du dich nur selbst hören könntest. Romantische Floskeln. Unsere Freunde und auch dein Onkel haben sich nicht geopfert, sie wurden schlicht und ergreifend niedergemetzelt. Daran ist nichts Heldenhaftes. Das waren einfach nur sinnlose Tode. Genau wie jedes weitere Wort hier sinnlos ist. Ich verschwinde.« Er wollte sich erheben, doch Carya kam ihm zuvor.

»Bleiben Sie«, sagte sie. »Ich gehe. Es ist ohnehin alles meine Schuld, also ist es nur richtig, wenn ich diesen Kreis verlasse.«

»Carya …«, wollte Jonan einwenden, doch sie brachte ihn mit einer Geste zum Schweigen.

»Schon gut, Jonan. Es hat ohnehin keinen Zweck, noch länger zu jammern. Da gebe ich Signore Dino recht. Suchen wir uns ein neues Versteck. Kommst du mit?« Sie sah ihn auffordernd an.

Jonan nickte und erhob sich ebenfalls. »Natürlich.«

Adara tat es ihm gleich. »Ich würde ›Auf Wiedersehen‹ sagen, aber irgendwie bezweifle ich, dass wir uns wiedersehen werden. Daher bleibt mir nur, euch alles Gute zu wünschen.« Er schüttelte Jonan die Hand und nickte Carya zu. Die anderen schlossen sich der Verabschiedung mehr oder weniger herzlich an.

»Was habt ihr jetzt vor?«, fragte Stephenie.

»Wenn ich das nur wüsste«, erwiderte Carya. »Wahrscheinlich wäre es das Beste, wenn wir die Stadt eine Weile verließen. Ich hoffe nur, dass es meinen Eltern gut geht. Und dass sie irgendwann wieder freikommen.« Sie senkte den Blick.

Die junge schwarzhaarige Frau umarmte Carya. »Ich werde für sie beten. Ich werde für uns alle beten.«

Mit einem Geräusch, dem eine unangenehme Endgültigkeit anhaftete, fiel die Haustür ins Schloss. Carya und Jonan standen in der Gasse in der warmen Dunkelheit der Nacht. Carya hatte

Rajaels Beutel über der Schulter, den Adara aus ihrem Versteck an der Universität mitgebracht hatte und der nun all ihre Habseligkeiten enthielt. Jonan trug den Sack bei sich, den sie aus dem Lagerhaus seines Onkels mitgenommen hatten und in den er ein paar Waffen und Ausrüstungsteile seiner Templerrüstung gesteckt hatte – alles, was man heimlich mit sich tragen konnte. Draußen, jenseits der Mauern von Arcadion, mochten diese ihnen gute Dienste leisten, auch wenn die Pistole leer geschossen war und in dem Sturmgewehr nur noch ein halbes Magazin steckte.

Am besten wäre es sowieso, wenn wir uns auf gar keine Kämpfe mehr einlassen würden, dachte Carya. Sie blickte zu Jonan auf, der beruhigend groß und stark neben ihr stand. Ein überwältigendes Gefühl der Erleichterung überkam sie.

»Danke.«

»Wofür?«, fragte er verwirrt.

»Dass du bei mir bleibst.«

»Ich habe dir doch gesagt, dass ich bei dir bleiben werde, bis das alles vorbei ist. Und so wie ich das sehe, sind wir davon noch weit entfernt.« Um seine Mundwinkel deutete sich ein Grinsen an.

»Aber du siehst ja, wie leicht es fällt, selbst Freunde im Stich zu lassen.« Sie nickte zu dem Fenster hoch, hinter dem sich Adaras Wohnung befand.

»Ich weiß nicht, ob du die Mitglieder der Ascherose schon zu unseren Freunden zählen kannst«, gab Jonan zu bedenken.

»Ich spreche nicht von uns, sondern davon, dass sie sich gegenseitig aufgeben und jeder in irgendeine Richtung zu fliehen versucht.«

Jonan zuckte mit den Schultern. »Diese Leute sind keine Helden, sondern gewöhnliche Menschen. Und gewöhnliche Menschen laufen davon, wenn sie Angst haben – manchmal vergessen sie dabei auch ihre Freunde. Aber urteile nicht zu hart über sie. Wenn du mich fragst, haben sie schon erstaunlich viel riskiert – dafür dass es sich bei ihnen um eine Truppe von Traumtänzern handelte.«

Widerwillig musste Carya sich eingestehen, dass er mit seinen Worten wahrscheinlich sogar recht hatte.

»Komm.« Jonan nickte ihr auffordernd zu. »Verschwinden wir von hier. Je schneller wir uns dem unmittelbaren Einflussbereich des Lux Dei entziehen, desto besser.«

Sie wandten sich zum Gehen, doch sie hatten kaum ein paar Schritte zurückgelegt, als sie aufgehalten wurden.

»Wartet«, rief eine aufgeregte Jungenstimme.

Carya und Jonan drehten sich um und erblickten Pitlit, der ihnen durch die Gasse nacheilte.

»Was willst du?«, fragte Jonan ihn, als er sie erreicht hatte.

»Ich komme mit euch«, erklärte der Straßenjunge.

»Was?« Jonan schaute ihn an, als glaube er, sich verhört zu haben. »Nein, du kannst nicht mit uns kommen.«

»Warum nicht?«

»Hast du oben in der Wohnung nicht gehört, was Carya gesagt hat? Wir müssen Arcadion verlassen. Wir werden hinaus in die Wildnis gehen, und das ist kein Ort für Kinder.«

»Aha.« Pitlit machte ein finsteres Gesicht. »Aber es ist ein Ort für Mädchen wie Carya, oder was? Oder für verwöhnte Ratsherrensöhne?«

»Woher weißt du, wer mein Vater ist?«, fragte Jonan ungehalten.

»Ich kann lesen. Auf den Steckbriefen steht der Name Estarto. Und ich kann hören, was die Leute reden.« Pitlit verschränkte die Arme. »Schickt mich ruhig weg, aber dann müsst ihr zusehen, wie ihr in den Ruinen zurechtkommt. Wie oft wart ihr auf der anderen Seite im Ödland, hm? Einmal? Zweimal?«

Jonan brummte etwas Unverständliches. »Das schaffen wir schon«, fügte er hinzu.

»Ha!«, entfuhr es Pitlit triumphierend. »Ich wusste es. Ihr habt keine Ahnung, was euch dort erwartet. Wo findet man da draußen was zu essen? Wo einen sicheren Schlafplatz? Welche Straßenblöcke sollte man meiden, und welche sind sicher? Ich freue mich schon, vom Wall aus zuzuschauen, wie ihr da unten herumirrt.«

»Und du weißt das alles?«, mischte sich nun auch Carya ein.

»Was denkst du denn?« Der Straßenjunge warf sich in die Brust. »Solange ich mich zurückerinnern kann, lebe ich schon auf der Straße. Und seit ich zehn bin, unternehme ich Ausflüge nach draußen. Ich kenne jeden Winkel, jede Gasse, jedes zerfallene Haus.«

Carya musterte ihn abschätzend. »Tatsächlich? Wie alt bist du jetzt? Zwölf?«

»Dreizehn!«, versetzte Pitlit. »Mindestens ...«

»Da warst du in den letzten drei Jahren aber ganz schön eifrig. Das Ödland um Arcadion ist riesig. Hat nicht allein der Trümmergürtel um den Aureuswall fast dreißig Kilometer Umfang?«

Pitlit tat den Einwand mit einem Achselzucken ab. »Na ja, ich kenne nicht *jeden* Winkel. Aber genug, das schwöre ich! Nehmt mich mit, und ihr habt den besten Führer, den ihr in Arcadion kriegen könnt.«

»Du bist der einzige, den wir im Augenblick bekommen können«, merkte Jonan an.

»Das auch. Und der beste!«

»Wir werden aber vermutlich nicht im Ödland bleiben«, gab

Carya zu bedenken. »Wir haben noch nicht entschieden, wo wir hingehen.«

»Mir egal. Ich bin dabei.«

»Um warum genau willst du mit uns kommen? Du hast doch in Arcadion bislang ganz gut gelebt.«

Pitlits Miene wirkte verschlossen. »Das ist meine Sache.«

»Na, komm schon, Kumpel.« Jonan legte ihm eine Hand auf die Schulter. »Wenn wir dir vertrauen sollen, musst du uns auch etwas Vertrauen entgegenbringen.«

Pitlit schüttelte seine Hand ab. »Dann lasst mich eben hier. Ist mir doch egal.«

Carya wechselte einen langen Blick mit Jonan. Gerade hatten sie noch darüber gesprochen, wie falsch es im Grunde war, dass jeder in eine andere Himmelsrichtung floh, weil er glaubte, alleine am besten zurechtzukommen.

Jonan seufzte und nickte.

»Also schön«, sagte Carya stellvertretend für sie beide. »Du kannst uns begleiten.«

»Das klingt jetzt ziemlich gezwungen«, brummte der Straßenjunge. »Zur Last fallen will ich euch nicht.«

»Nein, du verstehst das falsch«, entgegnete Carya kopfschüttelnd. »Wenn du dich wirklich so gut da draußen auskennst, wie du behauptest, würde ich mich freuen, wenn du mit uns kommst. Wir können jede Hilfe gebrauchen. Also?«

»Na ja, wenn du mich so bittest.« Pitlit nickte großzügig, gleich darauf grinste er. »Ich kenne auch die perfekte Stelle, um über die Mauer zu klettern. Kommt mit.« Er lief los, und die beiden anderen folgten ihm.

»Was habt ihr in den Säcken? Vorräte?«, fragte Pitlit, während er sie durch die nächtlichen Gassen führte.

»Nein, nur etwas Kleidung, zwei Wolldecken und ein paar Ausrüstungsteile von Jonans Templerpanzerung«, erwiderte Carya.

»Schade, dass wir die Rüstung nicht ganz mitnehmen können«,
sagte Pitlit. »Damit hätte man in der Wildnis mächtig Eindruck
schinden können.«

»Das glaube ich gerne«, brummte Jonan. »Leider gab es keinen
Weg, sie aus der Stadt zu schmuggeln. Außerdem wollen wir kein
Aufsehen erregen. Es muss nicht jeder Bandenchef von hier bis
nach Firanza wissen, dass ein ehemaliger Templer in der Wildnis
unterwegs ist.«

Pitlit schien darüber kurz nachzudenken. »Wahrscheinlich ist
es tatsächlich keine gute Idee, sie mitzunehmen. Aber es *wäre* eine
gute Idee, Vorräte mitzunehmen. Je weniger wir vom Tausch-
handel da draußen abhängig sind, desto besser.«

»Wo bekommen wir um diese Uhrzeit noch Lebensmittel
her?«, fragte sich Carya.

Ein breites Grinsen teilte das Gesicht des Straßenjungen. »Da
habe ich schon ein paar Ideen. Trefft mich einfach kurz vorm
Morgengrauen am Wall. Bis dahin habe ich alles besorgt.«

»Bist du sicher, Pitlit?«, fragte Carya. Der Gedanke, dass er mitten in der Nacht alleine loszog, um Proviant für sie zu beschaffen,
behagte ihr irgendwie nicht.

»Hast du Angst, dass ich geschnappt werde oder dass ich euch
verrate?«, wollte er wissen.

»Sollte ich Angst haben?«

»Pah! Für den Lux Dei sind wir Straßenkinder doch nur Dreck,
den er lieber heute als morgen wegkehren würde. Aber dafür sind
die Ordensleute nicht fix genug. Mich kriegt keiner. Und erst
recht nicht kriegen die irgendwas von mir. Das schwöre ich dir,
Carya. Bei meiner Ehre!« Er legte feierlich die Hand aufs Herz.

Carya schmunzelte. »Dann lauf los. Wo genau treffen wir uns wieder?«

»Kennt ihr die Stelle am Westrand der Stadt, wo der Aureuswall so einen Knick macht?«

»Moment mal, diese Stelle befindet sich in Spuckweite der Engelsburg!«, entfuhr es Jonan.

»Ach was«, gab Pitlit zurück. »Die Engelsburg ist ewig weit entfernt.«

»Aber der Dom des Lichts liegt doch direkt nebenan.«

»Schon. Nur sind die Ordenspriester im Dom viel zu sehr damit beschäftigt, nach oben und ins Licht zu schauen, um zu bemerken, was in den Schatten am Boden vor sich geht. Glaubt mir, wir benutzen die Stelle schon immer. Ihr werdet sehen: Das wird ein Kinderspiel.« Mit diesen Worten winkte Pitlit ihnen zu und flitzte dann die Straße hinunter.

Ihr werdet sehen: Das wird ein Kinderspiel, hallten seine Worte in Caryas Geist nach. Sie wünschte sich wirklich, er hätte das nicht gesagt.

KAPITEL 23

Am östlichen Himmel kündigte ein Silberstreif bereits den kommenden Tag an, doch die Schatten am Fuß des Aureuswalls im Westen der Stadt waren nach wie vor schwarz wie die finsterste Nacht. Jonan und Carya saßen unweit einer turmartigen Mauerausbuchtung, die einen Treppenaufgang markierte, auf einer umgedrehten Obstkiste und warteten. Ihre Beutel hatten sie neben sich gestellt, und mit dem Rücken lehnten sie am kühlen Stein der Mauer, wobei das genau genommen nur für Jonan galt. Caryas Kopf lag an seiner Schulter.

Obwohl keine Menschenseele auf der Straße zu sehen war und durch die lose geschlossenen Fensterläden der benachbarten Häuser kein Licht drang, behielten sie die Umgebung wachsam im Auge und lauschten immer wieder in die Dunkelheit hinaus. Sie wollten nicht riskieren, von irgendeinem früh aufstehenden Bürger oder – schlimmer noch – einer spät durch die Straßen patrouillierenden Streife der Stadtwache entdeckt zu werden.

»Hoffentlich kommt Pitlit bald«, murmelte Carya und hob die Hand an den Mund, als sie ein Gähnen überkam. »Ich möchte nur noch aus der Stadt hinaus und mich in irgendeiner Ruine in die Ecke legen, um zu schlafen.«

»Platz gibt es dort zweifellos mehr als genug«, meinte Jonan. »Aber erwarte kein Federbett.«

»Mittlerweile bin ich so müde, dass ich auf dem Kopfsteinpflaster schlafen könnte«, gestand Carya.

»Ein bisschen durchhalten musst du leider noch.« Jonan überlegte, ob er Carya anbieten sollte, in seinen Armen ein wenig zu schlafen. Es wäre eine nette Geste gewesen, aber auch zweifellos eine sehr vertrauliche, und das kam ihm nicht ganz richtig vor. Natürlich hatten Carya und er in den letzten Tagen eine Menge zusammen durchgemacht, aber er wusste nicht, ob ihre Gefühle über stete und berechtigte Dankbarkeit ihm gegenüber hinausgingen. Mit Sicherheit wollte er die fragile Beziehung zwischen ihnen beiden, die das Einzige war, das der jungen Frau gegenwärtig noch Kraft und Halt gab, nicht dadurch gefährden, dass er zu viel in sie hineinlas, auch wenn er nicht leugnen konnte, dass ihm zunehmend warm ums Herz wurde, wenn er Carya anschaute oder – wie jetzt – ihre Berührung spürte, und mochte es nur ihr Kopf an seiner Schulter sein.

Pitlits Rückkehr erlöste ihn aus seiner inneren Unentschlossenheit. Ein dickes Bündel an die schmale Brust gepresst, kam der Straßenjunge die Mauer entlanggeeilt. Dabei warf er suchende Blicke in die Finsternis. Offenbar hielt er Ausschau nach ihnen.

»Pitlit, hier sind wir!«, zischte Jonan, als der Straßenjunge nah genug herangekommen war, um sie zu hören.

Der Kopf des Jungen fuhr herum, und als Pitlit sie erblickte, lief er rasch auf sie zu. »Hallo«, begrüßte er sie atemlos. »Hier sind die versprochenen Vorräte. Packt sie schnell ein, damit wir noch über den Wall kommen, bevor es zu hell wird.«

»Was hast du da?«, wollte Carya wissen und schlug das Bündel auf. Darin befanden sich zwei Laibe Brot, drei Stangen Salami, ein runder Hartkäse und knapp ein Dutzend Äpfel. »Wo hast du das alles her?«

»Frag nicht«, sagte Pitlit nur und schloss das Bündel wieder. »Wasser konnte ich leider keins mitbringen. Das wäre zum Tragen zu schwer geworden. Aber es gibt dort draußen einige Wasserstellen.«

»Hoffen wir, dass sie nicht zu stark verunreinigt sind«, merkte Jonan an. »Wir schaffen es vielleicht, Wasser abzukochen. Aber gegen Chemikalien oder Strahlung sind wir machtlos.«

»Habt ihr etwa gedacht, das Leben jenseits der Mauern sei ein Zuckerschlecken?« Pitlit schnaubte.

»Keinen Moment lang«, sagte Jonan. Er packte das Essen in seinen Ausrüstungssack. »Los jetzt.«

Er wollte sich in Richtung Treppenaufgang wenden, Pitlit hingegen hielt ihn auf. »Wartet. Ich schaue mal nach, ob die Luft rein ist.« Er huschte davon und verschmolz mit den Schatten.

»Gar nicht so unpraktisch, einen kleinen Helfer an der Seite zu haben«, merkte Carya lächelnd an.

Jonan kam nicht umhin, dem zuzustimmen. Wenn man selbst steckbrieflich gesucht wurde, war es in der Tat nützlich, wenn einem jemand bestimmte Aufgaben abnehmen konnte, weil sich niemand sein Gesicht merken würde, selbst wenn er Fratzen schneidend vor ihm gestanden hätte.

»Alles in Ordnung«, meldete Pitlit, als er wenig später wieder auftauchte. »Entweder rechnet der Lux Dei nicht damit, dass wir über den Wall in die Wildnis fliehen, oder er hat seit gestern Nachmittag einfach noch nicht genug Leute zusammentrommeln können, um jeden Meter der Mauer zu bewachen.«

»Vielleicht sind wir die Mühe auch nicht wert?«, wagte Carya zu hoffen.

Jonan verzog das Gesicht. »Davon sollten wir lieber nicht ausgehen. Wir haben der Inquisition gestern einen bösen Schlag versetzt, als wir uns ihrer Falle entzogen haben. Und ich gelte nach wie vor als Dieb einer Templerrüstung. Wahrscheinlich hetzen sie uns nicht die gesamte Garde auf den Hals. Das können die sich gar nicht leisten. Aber es wird Leute geben, die nach uns suchen. Da bin ich mir ganz sicher.«

»Dann hört endlich auf zu reden und kommt«, drängte Pitlit.

Zu dritt liefen sie in Mauernähe bis zum Treppenturm hinüber, um die steile Wendeltreppe nach oben zur Mauerkrone zu erklimmen. Pitlit wollte sich vordrängeln, aber Jonan hielt ihn zurück. »Lass mich die Spitze übernehmen«, sagte er und zog den Elektroschockstab aus dem Beutel, der zu den Dingen gehörte, die er von der Templerausrüstung eingepackt hatte. »Wenn uns jetzt jemand erwischt, müssen wir ihn schnell ausschalten.«

Schritt für Schritt schlich Jonan die Stufen hinauf. Pitlit hinter ihm war kaum zu hören. Der Straßenjunge hätte einen guten Kundschafter in der Garde abgegeben, wäre ihm nur etwas mehr Disziplin zu eigen gewesen. *Andererseits sollte ich im Augenblick um jeden Soldaten froh sein, der nicht zu eifrig und talentiert ist*, dachte Jonan ironisch.

Sie erreichten den Wehrgang auf der Mauerkrone, und Jonan schaute sich vorsichtig um. Stadtwachen waren keine zu sehen, allerdings brannte auf dem nächsten Turm, der sich keine fünfzig Meter entfernt erhob, ein Wachfeuer. Sie mussten aufpassen, dass man sie von dort oben nicht sah. Jonan wandte sich an Pitlit. »Welche Richtung?«, fragte er.

»Folgt mir«, flüsterte der Straßenjunge und schob sich nun doch an Jonan vorbei. Er huschte von dem Wachturm weg an den mächtigen Zinnen entlang, bis er eine Stelle erreichte, an der ein

Teil der Außenmauer beschädigt worden war und eine deutliche Kerbe aufwies. Da vom unmittelbaren Umland schon seit Jahren keine ernsthafte Bedrohung mehr für Arcadion ausging, hatte sich niemand die Mühe gemacht, den Schaden auszubessern.

»Hier ist es«, sagte Pitlit. »Wartet kurz.« Aus seiner Hosentasche kramte er einen Kerzenstummel und eine Streichholzschachtel hervor. Er zündete die Kerze an und reichte sie Carya. »Du musst sie abschirmen, damit man den Lichtschein nicht sieht«, erklärte er ihr. Sicherheitshalber stellte Jonan sich zusätzlich noch zwischen Wachturm und Lichtquelle.

Im schwachen Schein der Kerze machte Pitlit sich an einigen Steinen zwischen den Zinnen zu schaffen. Darunter befand sich ein Hohlraum, aus dem er ein Tau hervorzog, in das in regelmäßigen Abständen Knoten geknüpft waren, um das Klettern zu vereinfachen. Am oberen Ende des Taus befand sich ein Haken, den der Straßenjunge an einer in die Mauer eingeschlagenen Öse befestigte, die sich unter einem unauffälligen Mooskissen verbarg.

»Ihr habt das gut vorbereitet«, staunte Jonan.

»Wie ich schon sagte: Wir Straßenjungs klettern ständig über den Wall«, gab Pitlit zurück. »Noch besser wäre es natürlich, wenn wir eine Strickleiter hätten. Aber die ließe sich hier nicht verstecken.«

Vorsichtig schob Pitlit sich zum Rand des Walls vor. Jonan wusste, dass sie gut fünfzehn Meter in die Tiefe klettern mussten, in eine Finsternis hinein, die schwärzer kaum sein könnte. Um Pitlit machte er sich diesbezüglich keine Sorgen, auch er selbst war während seiner Templerausbildung mehr als ein Tau hinaufgeklettert und wieder hinunter. Nur an Carya mussten sie denken.

»Wir lassen dich zuerst runter«, sagte Jonan zu ihr. »Halt dich einfach fest, während ich dich ablasse.«

»Ich kann auch klettern«, entgegnete Carya, wenn auch der Trotz in ihrer Stimme von einem Hauch Unsicherheit gefärbt war.

»Das mag sein, Carya, aber wenn du abstürzt und dir ein Bein brichst, ist unsere Flucht vorbei, bevor sie richtig begonnen hat. Die Inquisition erwischt uns, und unser Leben endet auf dem Richtblock. Du weißt, was das bedeutet.«

»Vielleicht hat sie Glück und fällt aus so großer Höhe, dass sie sofort tot ist«, warf Pitlit ein.

Carya seufzte. »Jetzt hört schon auf. Ist ja gut. Ich lasse mich abseilen.«

Fünf Minuten später wünschte Carya sich, sie hätte dem nicht zugestimmt. Ihren Beutel im einen Arm und den anderen um das Tau geschlungen, saß sie in einer improvisierten Sitzschlinge und wartete darauf, dass ihr quälend langsamer und beunruhigend ruckelnder Abstieg endlich ein Ende fand. Mit den Füßen hielt sie Abstand zu der Wand, die sie nicht sehen konnte. Unter ihr gähnte ein schwarzer Abgrund, der bodenlos hätte sein können. Glücklicherweise musste sie nur den Blick nach links, in Richtung des Wachturms, wenden, um im Schein des Wachfeuers zu sehen, dass der Wall durchaus ein unteres Ende besaß und dass es nicht mehr fern sein konnte.

Wenn ich angekommen bin, werde ich zum ersten Mal überhaupt meinen Fuß in die Wildnis setzen, dachte sie. Ihr kamen die Nachmittage mit Rajael in den Sinn, an denen sie am Pinciohügel auf dem Aureuswall gesessen und ins Land hinausgeschaut hatten. Der Schauder, den der ferne Anblick in ihr erzeugt hatte, war ein gänzlich anderer gewesen, als der, den sie im Moment verspürte. Jetzt war sie keine unbeteiligte Beobachterin mehr, die aus bei-

274

nahe göttlicher Perspektive auf das Leben – oder vielmehr den unheimlichen Mangel an Leben – zwischen den Ruinen schaute. Plötzlich befand sie sich mitten drin.

Ihr Fuß berührte die Erde, und sie zog, wie verabredet, zweimal am Seil, um anzuzeigen, dass sie sicher unten angekommen war. Über ihr konnte man ein Schaben von Leder auf Stein hören, dann tanzte das Seil in ihren Händen, als jemand rasch daran herunterkletterte.

Gleich darauf sprang Pitlit neben ihr zu Boden. Jonan schloss sich ihnen eine Minute später an. »Ich habe das Loch wieder verschlossen und das obere Seilende so gut wir möglich getarnt, aber es besteht leider trotzdem die Gefahr, dass es entdeckt wird.«

»Normalerweise gibt es auf den Wehrgängen nur wenig Patrouillen«, sagte Pitlit. »Seit ich diesen Weg benutze, haben wir nur einmal ein Tau verloren, weil irgendein Wachmann zu eifrig war.«

»Und was habt ihr da gemacht?«, wollte Carya wissen.

»Die, die draußen waren, haben dumm geschaut und mussten sich durchs Westtor in die Stadt zurückschleichen«, erklärte der Straßenjunge. »Das ist nicht so schwierig, wie man denkt. Viele Kinder müssen sich draußen auf den Feldern etwas Geld verdienen. Also sind die Ausgesperrten einfach nachmittags mit den Arbeitern wieder reingekommen. Natürlich mussten wir die Stelle danach zwei Monate lang meiden, bis sich niemand mehr darum geschert hat. Und anschließend haben wir weitergemacht wie bisher.«

Carya glaubte zu sehen, wie Pitlit feixte.

»Reizend«, kommentierte Jonan. »Kommt. Es wird schneller hell, als uns lieb sein kann.«

Verstohlen überquerten sie den breiten, leeren Streifen, der den Wall von den Ausläufern der Ruinen trennte. Schutt knirschte unter ihren Schuhsohlen, und niedrige Büsche streiften an ihren Beinen vorbei. Der Himmel im Osten der Stadt ging von fahlem Grau in ein frühmorgendliches Orange über, das den Sonnenaufgang ankündigte. Am Boden war es allerdings noch immer so dunkel, dass sie aufpassen mussten, nicht gegen die steinernen Überreste früherer Mauern zu laufen.

Da sie es nicht wagen durften, Licht zu machen, das ihnen den Weg weisen würde, waren sie gezwungen, sich quälend langsam ihren Weg durch die Trümmer zu bahnen. Die ganze Zeit verspürte Carya, die mit weit aufgerissenen Augen in die Dunkelheit starrte und auf jedes verräterische Geräusch lauschte, ein Kribbeln im Nacken, so als ruhten die forschenden Blicke der Wachleute auf dem Aureuswall unmittelbar auf ihr. Doch kein Suchscheinwerfer flammte auf, der davon gezeugt hätte, dass man sie entdeckt hatte. Alles blieb still und ruhig.

Endlich sah Carya die schwarzen Silhouetten der ersten verlassenen Häuser vor sich aufragen. Es handelte sich um nicht mehr als dunkle Schemen vor einem nur unwesentlich helleren Hintergrund. »Vorsicht«, warnte Pitlit, der ihnen vorausging, leise. »Ab hier gibt es überall Hindernisse. Wir sollten echt Licht machen, sonst verletzen wir uns.«

»Können wir das wagen?«, fragte Carya. »Werden uns die Wachen nicht sehen?«

»Nicht, wenn wir eine schwache Lichtquelle benutzen«, sagte Jonan. »Wartet, ich habe das Richtige dafür.« Ein Rascheln ließ darauf schließen, dass er in seinem Beutel herumwühlte. Carya hörte einen schabenden Laut, dann ein Klicken. Im nächsten Moment glomm ein schwacher, roter Lichtschein auf.

»Ist das eine Taschenlampe?« Carya sah, wie Pitlit große Augen machte.

»Ja, und man kann das Licht mit einem Farbfilter dämpfen«, erwiderte Jonan. »In Mauernähe wäre mir selbst das zu gefährlich gewesen. Aber ich glaube nicht, dass auf diese Entfernung noch etwas zu bemerken ist. Hier.« Er hielt die Lampe dem Straßenjungen hin. »Nimm du sie und leuchte uns den Weg.«

»Wo wollen wir denn hin?«, fragte Pitlit, nachdem er mit sichtlicher Ehrfurcht das technische Spielzeug entgegengenommen hatte. Erst jetzt begriff Carya, dass er auf der Straße vermutlich selten die Annehmlichkeiten elektrischen Stroms hatte genießen dürfen. Viele Bewohner Arcadions, vor allem aus den ärmeren Schichten, waren nach wie vor von Gaslampen und Kerzen abhängig, um ihre Wohnungen zu beleuchten.

»Wir brauchen zuerst einen Schlafplatz – und wenn es nur für ein paar Stunden ist«, meinte Jonan. »Carya und ich müssen uns ausruhen, denn völlig übermüdet durch das Ödland zu stolpern dürfte fast noch gefährlicher sein, als wenn wir in Arcadion geblieben wären.«

»Hier in der Nähe der Stadt können wir fast überall bleiben«, sagte Pitlit. »Die Gebiete, in denen sich Banden herumtreiben, liegen tiefer im Trümmergürtel.«

»Wir sollten vielleicht trotzdem unser Lager nicht gerade in der ersten Hausreihe aufschlagen«, fand Jonan. »Wenn jemand das Klettertau am Wall findet, sucht man uns hier zuerst.«

»Na schön«, sagte Pitlit. »Dann kommt.«

Vorsichtig drangen sie tiefer in das Labyrinth aus zerstörten Häusern und verwahrlosten Straßenzügen ein. Carya glaubte sich zu erinnern, dass Onkel Giac ihr mal erzählt hatte, all das sei früher Teil einer riesigen Stadt gewesen, deren damaliges Zentrum das heutige Arcadion bildete. Mit dem Sternenfall, dem raschen Bau des Aureuswalls und dem Verschließen der Tore vor den Dunklen Jahren hatte sich die Stadt zweigeteilt: Arcadion, die Arche Gottes, in der die Menschen Zuflucht gesucht hatten, und das Ödland, das außerhalb der Mauern lag.

Während sie die vereinsamten Straßen entlangliefen, deren Belag im Laufe von mehreren Jahrzehnten von Grasbüscheln, struppigen Büschen und verkrüppelt aussehenden Bäumen aufgebrochen worden war, wurde es langsam heller. Mehr und mehr zogen sich die Schatten der Nacht zurück und enthüllten das Panorama der Zerstörung, das sie umgab: eingestürzte Häuserfronten und ausgebrannte Ruinen, deren Reste sich trostlos in den Himmel erhoben. Selbst die besser erhaltenen Gebäude wiesen zersprungene Fenster, abblätternde Farbe und rissige Fassaden auf. An den Straßenrändern standen ausgeschlachtete Motorwagen einer vergangenen Epoche, Mülltonnen aus nicht verrottendem Material lagen umgestürzt auf den Überbleibseln der Gehwege, und überall rankte und wucherte es, wo sich die Natur das vom Menschen aufgegebene Land zurückeroberte.

Natürlich war der Verfall des Ödlands nicht nur der Zeit geschuldet. Aus dem Geschichtsunterricht wusste Carya, dass in den Dunklen Jahren hier mehr als ein Krieg getobt hatte, ausgetragen zwischen plündernden Banden, wandernden Horden oder auch den vorrückenden Truppen des Ketzerkönigs und den Templereinheiten des aufstrebenden Lux Dei. An einigen Stellen sah man die Folgen dieser Kämpfe noch ganz unmittelbar. So kamen sie an einem tiefen Straßenkrater vorbei, der nur von einem Kanonengeschoss geschlagen worden sein konnte. Und einmal sahen sie das fast bis zur Unkenntlichkeit geschmolzene Wrack eines riesigen Panzerwagens. Carya fragte sich, welche Kräfte diesen Hünen wohl in die Knie gezwungen hatten.

Menschen begegneten ihnen auf ihrem Weg keine. Aber in

den oberen Geschossen der Gebäude sah man hier und da Vögel sitzen, und ein paar magere, streunende Katzen huschten vor Carya, Jonan und Pitlit davon. Einmal glaubte Carya, in einem Kellerfenster zwei große, gelblich glühende Augen zu sehen, die unmöglich einer Ratte oder Katze gehören konnten. Sie schrak zusammen und wollte die anderen darauf hinweisen, doch als sie erneut hinschaute, waren die Augen verschwunden.

»Du willst gar nicht wissen, was hier draußen alles haust«, erklärte der Straßenjunge. »Aber die meisten Tiere haben Angst vor uns. Und für die, die keine Angst haben, haben wir ja den da dabei.« Er deutete auf Jonan, der mittlerweile sein Sturmgewehr aus dem Beutel geholt und umgehängt hatte, um es schneller greifbar zu haben.

»*Der da* hat nur noch ein halbes Magazin in seiner Waffe«, knurrte Jonan. »Danach müssen wir uns auf den Elektroschockstab und mein Messer verlassen – zumindest bis wir Munition finden.«

»Da wirst du lange suchen können«, gab Pitlit zurück. »Das Ödland ist zwar riesig, aber die Banden durchstreifen es seit Jahren. Es würde mich wundern, wenn sie irgendeinen Ort übersehen hätten, an dem es etwas zu holen gibt.«

»Leben hier auch Mutanten?«, wollte Carya wissen. »Oder Invitros?«

Pitlit zuckte mit den Schultern. »Möglich. Mir sind noch keine begegnet. Es heißt, die Mutanten sind noch weiter draußen, in der Wildnis. Und von Invitros weiß ich nichts.« Er deutete auf ein mehrstöckiges Haus, das noch relativ unbeschädigt aussah. »Hier können wir bleiben. Es gibt eine Treppe bis in das oberste Stockwerk. Von dort haben wir einen guten Überblick, aber niemand kann uns sehen.«

»Und wir sitzen in der Falle, wenn uns doch jemand aufspürt«, fügte Jonan hinzu.

»Nein, tun wir nicht, sonst hätte ich das Gebäude nicht ausgewählt«, widersprach Pitlit. »Am anderen Ende des Stockwerks gibt es einen Schacht, in dem ein paar alte Stahlseile hängen. In der Mitte befindet sich eine Art Kabine. Keine Ahnung, wofür das mal gut war. Vielleicht konnte man damit früher hoch und runter fahren. Jetzt jedenfalls ist es kaputt, aber man kann an den Seilen nach unten rutschen, wenn es sein muss. Man darf nur nicht bis ganz runter, sonst sitzt man fest, denn das Erdgeschoss ist an der Stelle eingestürzt. Über den ersten Stock gelangt man ins Freie. Ist ein bisschen kompliziert, aber wenn es das nicht wäre, würde ja jeder den Fluchtweg kennen.« Er grinste.

»Das klingt schon besser«, befand Jonan. »Versuchen wir dort unser Glück.«

KAPITEL 24

Sie schlugen ihr Lager in einem großen Raum auf, der früher ein Büro gewesen sein mochte, denn es standen noch einige alte Schreibtische, Stühle und Regale darin. Alles hatten die Plünderer anscheinend doch nicht mitgenommen.

Jonan schob ein paar der Möbelstücke zur Seite und machte Platz für ihre Decken. Der Boden bestand zu Caryas Erleichterung nicht aus Steinfliesen, sondern aus verrotteten Holzbohlen, aber er war trotzdem unangenehm hart, als sie sich, den Kopf auf ihren Beutel gebettet, unter ihrer Wolldecke verkroch. Wäre sie nicht so hundemüde gewesen, hätte sie sicher kein Auge zugekriegt. »Müssen wir nicht Wachen oder so was aufstellen?«, fragte sie schon ziemlich schläfrig.

»Keine Sorge. Pitlit und ich wechseln uns ab«, sagte Jonan. »Ruh du dich aus – wenn du kannst.«

Carya wollte dagegen protestieren, dass nur die Männer Wache schoben, aber sie war zu müde dafür. Dankbar lächelte sie Jonan an und bevor sie sich versah, war sie, ungeachtet aller Widrigkeiten, eingeschlafen.

Doch der Schlaf hielt wenig Erholung für sie bereit. Im Traum wurde sie von schwarz uniformierten, gesichtslosen Männern verfolgt, die sie durch das Gassenlabyrinth von Arcadion jagten.

Wann immer sie glaubte, ihnen entkommen zu sein und sich schwer atmend an eine Hauswand lehnte, sprang aus irgendeinem Eingang ein neuer Häscher hervor und hetzte sie weiter. Schließlich führte die Jagd sie bis vor die Tore des Tribunalpalasts, in dessen Hof sie ein grausiges Bild erwartete: Ihre Eltern standen dort auf einer hölzernen Tribüne, umgeben von den in lange Roben gekleideten Richtern um Großinquisitor Aidalon. Um den Hals ihres Vaters und ihrer Mutter lag eine Schlinge, und über ihnen ragte der Galgenbaum auf. Ein seltsames dunkles Grollen, das aus der Tiefe der Erde zu kommen schien, legte sich bedrohlich über die Szenerie. Der Großinquisitor hob eine Hand, gab einen lautlosen Befehl, und als er sie wieder senkte, öffneten sich unter den Füßen von Caryas Eltern Klappen, und sie stürzten in die Tiefe.

Mit einem Ruck wachte Carya auf.

Sie blickte auf eine rissige Zimmerdecke und fragte sich einen Moment lang ängstlich, wo sie sich befand. Dann meldete sich ihr geplagter Rücken, und mit dem Schmerz kam die Erinnerung an ihre Flucht aus Arcadion.

Carya hatte keine Ahnung, wie lange sie geschlafen hatte. Offensichtlich war es mittlerweile Tag geworden, denn die Sonne schien durch die zersplitterten Überreste der Fensterscheiben. Neben dem Fenster sah Carya Jonan und Pitlit hocken. Sie erweckten den Eindruck, als versteckten sie sich und beobachteten irgendetwas vor dem Haus.

Und dann fiel Carya auch das Geräusch auf. Es war das seltsame dunkle Grollen aus ihrem Traum. Es schien von draußen von der Straße zu kommen. Ein Adrenalinstoß jagte durch ihren Körper. »Was ist los?«, fragte sie alarmiert.

»Eine Motorradgang«, flüsterte Pitlit leise. »Sie darf uns nicht entdecken.«

Carya streifte die Decke ab, erhob sich auf Hände und Knie und kroch zu den beiden anderen hinüber. Vorsichtig hob sie den Kopf und warf einen verstohlenen Blick in die Tiefe. Sie spürte, wie sich ein ungutes Gefühl in ihrer Magengrube breitmachte.

Eine Gruppe von zehn Leuten hatte sich fünf Stockwerke unter ihnen und vielleicht fünfzig Meter zur Linken versammelt. Es handelte sich um eine bunt gemischte Truppe aus Männern und Frauen unterschiedlichen Alters, die ein Sammelsurium aus Lederkleidung anhatten und deren Haar lang und verfilzt war. Etwa die Hälfte von ihnen trug Revolver am Gürtel oder hatte sich Gewehre über den Rücken geschnallt. Keinem von ihnen wollte Carya allein im Dunkeln begegnen – und selbst bei Tage und in Begleitung von Jonan nicht unbedingt.

Die Gangmitglieder hockten auf sechs Motorrädern, deren dröhnende Motoren gemeinsam für das Grollen sorgten, das Carya bis in ihren Traum verfolgt hatte. Die Maschinen waren allesamt in schlechtem Zustand – schmutzig und verrostet –, aber schon allein der Umstand, dass hier draußen überhaupt jemand ein Motorrad besaß, erstaunte sie. Offensichtlich musste es auch im Ödland Leute geben, die den kostbaren Treibstoff beschaffen konnten. Ob es sich um Diebe handelte, die sich bei den Vorräten Arcadions bedienten, oder ob tatsächlich Händler den Treibstoff aus den Wüstenstaaten übers Meer brachten, vermochte sie nicht zu sagen.

»Was machen die da?«, fragte Jonan leise. Vier der Fahrer hatten ihre Motorräder abgestellt, während die beiden übrigen unruhige Kreise um die Gruppe zogen. »Warten die auf jemanden?«

»Sieht so aus«, sagte Pitlit. »Ich könnte ja mal näher schleichen, um zu hören, was die sprechen.«

»Bist du verrückt?«, entfuhr es Carya. »Das ist viel zu gefährlich.«
Der Straßenjunge verdrehte die Augen. »Ich weiß, wie man
sowas macht. Außerdem droht mir keine Gefahr, selbst wenn die
mich entdecken. Vielleicht kriege ich ein paar hinter die Ohren,
weil ich gelauscht habe, aber warum sollten die ein Straßenkind
wie mich töten? Ich besitze nichts, was die haben wollen. Im
Gegensatz zu euch.« Er warf einen vielsagenden Blick auf Jonans
Gewehr.

»Mach es, wenn du meinst, dass es nötig ist«, entschied Jonan.
»Aber ich würde hier einfach warten, bis sie verschwunden sind.
Was kümmert uns deren Geschäft?«

»Das weiß man nie«, sagte Pitlit. »Es ist immer gut zu wissen,
was in der Gegend so läuft.«

Der Junge wollte sich gerade auf den Weg machen, als Carya
sah, dass auf der Straße endlich etwas passierte, das über ein gelang-
weiltes Ausharren der Gangmitglieder hinausging. »Schaut mal
her«, flüsterte sie und deutete mit einem Nicken auf die Straße.

Von Westen, ungefähr aus der Richtung, in der Arcadion lag,
näherte sich ein Reiter. Er war in einen unauffälligen Mantel
gekleidet, aber seine steife Haltung erinnerte Carya an einen der
berittenen Gardisten des Tribunalpalasts. Wenige Meter vor der
Gang zügelte er sein Tier, hob die Hand zum Gruß und sagte
etwas, das über den Lärm der Motorräder hinweg nicht zu verstehen war.

Jonan kniff die Augen zusammen. »Das gefällt mir nicht«,
brummte er. »Ich wüsste zu gerne, was die zu besprechen haben.«

»Jetzt wäre es gut, wenn man jemanden hätte, der da unten auf
der Lauer läge, nicht wahr?«, stichelte Pitlit selbstgefällig.

»Das mag stimmen, aber da dir der Gedanke viel zu spät gekommen ist, würdest du jetzt irgendwo in deinem Fluchtschacht am Seil hängen und bekämst gar nichts mit«, entgegnete Jonan bissig.

Der Straßenjunge machte ein beleidigtes Gesicht und brummte etwas Unverständliches.

Unterdessen hatten sich die Mitglieder der Motorradgang in einer Reihe formiert, die praktisch die ganze Straße blockierte. Carya wollte nicht in der Haut des Berittenen stecken, wenn diese Gesetzlosen auf den Gedanken kamen, dass er eigentlich ein paar schöne Stiefel trug und sein Pferd sie mehrere Tage mit Fleisch versorgen würde.

Auf ein Zeichen des in der Mitte auf einer besonders schweren Maschine sitzenden Mannes hin, stieg ein hagerer Bursche von seinem Motorrad und marschierte zu dem Reiter hinüber. Sie wechselten ein paar unhörbare Worte, dann zog der Berittene etwas aus seiner Jackentasche und reichte es dem Hageren. Der warf einen Blick darauf, bevor er es seinem Anführer brachte.

Nickend nahm dieser zur Kenntnis, was er bekommen hatte, und rief dem Reiter anschließend etwas zu. Carya glaubte das Wort »Belohnung« zu verstehen. »Oh nein«, hauchte sie. »Ist es möglich, dass der Lux Dei bereits Steckbriefe im Ödland verteilen lässt?«

Jonan schüttelte den Kopf. »Nein, das kann ich mir nicht vorstellen. Leuten wie denen muss man doch ein Vermögen bezahlen, damit sie ihren Hass auf den Orden vergessen. Das sind alles verbannte Kriminelle und verzweifelte Glücksritter. So viel sollten selbst wir dem Lux Dei nicht wert sein.«

Der Reiter öffnete unterdessen seine Satteltasche und zog einen metallenen Behälter hervor. Er warf ihn dem Hageren zu, der ihn überprüfte und dann weiterreichte. Der Anführer schien zu-

285

frieden zu sein. Die Männer nickten einander zu, und der Reiter schickte sich an zu verschwinden.

In diesem Augenblick riss eines der Gangmitglieder seinen Revolver aus dem Holster. »Ich mach euch alle fertig, Scheißtempler!«, kreischte der Mann so laut, dass sogar Carya, Jonan und Pitlit die Worte noch verstehen konnten.

Der Verrückte richtete seine Waffe auf den Reiter, doch sein Nachbar, ein stämmiger Hüne, warf sich aus dem Motorradsattel heraus auf ihn. Die Maschine des anderen kippte um und entlockte diesem einen schmerzerfüllten Aufschrei, als sie auf sein Bein fiel. Während der berittene Bote bereits im Galopp das Weite suchte, löste sich ein Schuss. Doch er war ungezielt, und die Kugel peitschte harmlos ins Gelände.

Einen Moment später hatte der Hüne den Pistolenschützen entwaffnet und niedergeschlagen. Er stand auf und reichte die Waffe an den Anführer weiter. Der blickte eine Frau an, die bislang auf dem Sozius des Hageren gesessen hatte, und hielt ihr die Pistole hin. Sie zögerte einen Moment, dann stieg sie ab, nahm die Waffe und ging zu dem am Boden Liegenden hinüber.

Als sie direkt auf seinen Kopf zielte, wandte Carya sich rasch ab und schloss die Augen.

Jonan fluchte unterdrückt. »Schau nicht hin, Pitlit«, sagte er.

»Du hast mir gar nix zu be…«

Ein einzelner Schuss krachte und unterbrach den Straßenjungen. Carya zuckte unwillkürlich zusammen. *Licht Gottes, wohin hat es uns nur verschlagen?*, fragte sie sich.

Einen Moment später wurde das Röhren der Motorräder lauter, als die Gang anfuhr und johlend an ihrem Haus vorbeirauschte. Der Lärm der Maschinen hallte noch eine ganze Weile zwischen den Ruinen nach, bevor er verstummte.

Carya öffnete die Augen und sah zu ihren beiden Begleitern hinüber, die noch immer aus dem Fenster starrten.

»Igitt«, kommentierte Pitlit. »Was für eine Sauerei. Das musst du dir anschauen, Carya!«

»Nein, musst du nicht«, widersprach Jonan.

Sie schluckte und holte tief Luft. »Doch, muss ich«, sagte sie und richtete ihren Blick auf die Straße. Ein halb entkleideter Haufen Mensch lag dort in einer Lache aus Blut, die im Schein der Sonne beinahe unnatürlich schön rot leuchtete.

Da Carya sagte, sie könne in unmittelbarer Nähe des Toten unmöglich auch nur einen Happen runterkriegen, verlegten sie ihr Versteck kurzerhand in ein Gebäude etwa einen halben Kilometer tiefer im Trümmergürtel. Während Pitlit loszog, um aus einer, wie er sagte, »todsicheren Quelle« etwas Wasser für sie zu besorgen, packten Jonan und Carya ihre Vorräte aus.

»Du sagtest, du hättest einen Plan«, sagte Jonan. Dabei blickte er zu Carya hinüber, die ihre Wolldecke ausschüttelte und über einem frei stehenden Betonblock ausbreitete, damit er zumindest in Ansätzen einem Esstisch ähnelte.

»Ja, ich will nach Norden«, erwiderte Carya und strich die Decke glatt.

»Nach Norden?«, echote Jonan, während er Brot, Wurst und Käse auf den Tisch legte und sein Messer hervorholte, um sie zu schneiden. »Der Norden ist groß.«

Carya blickte ihn über den Tisch hinweg einen Moment lang stumm an. »Ich habe eine Karte«, eröffnete sie ihm unvermittelt.

Jonan legte fragend die Stirn in Falten. »Was für eine Karte?«

»Moment, ich hole sie.« Sie lief hinüber zu ihrem Beutel und kramte ein Buch daraus hervor. Vorsichtig löste sie den Umschlag und holte etwas heraus, das darunter befestigt war. »Hier«, sagte sie, nachdem sie zum Tisch zurückgekehrt war. Sie faltete die Karte auf und legte sie Jonan hin. Soweit er das beurteilen konnte, war darauf das stiefelförmige Land zu sehen, in dessen Mitte der Einflussbereich des Lux Dei und seine Hauptstadt Arcadion lagen. Oberhalb eines Sees, vielleicht zweihundert Kilometer nördlich von Arcadion war ein Kreuz eingezeichnet. Jemand hatte *Größere Insel* daneben geschrieben.

»Was ist dort?«, wollte Jonan erstaunt wissen. »Und wo hast du die Karte her?«

Carya biss sich auf die Unterlippe und schien nach den richtigen Worten zu suchen. »Ich weihe dich jetzt in ein Geheimnis ein, das du niemand anderem verraten darfst.«

Er wies sie nicht darauf hin, dass sie das genau genommen schon getan hatte, indem sie ihm die seltsame Karte gezeigt hatte, sondern nickte nur. »Ich verspreche es. Wem sollte ich es auch preisgeben? Wir haben nicht viele Freunde in der Gegend.«

»Noch weniger dürfen unsere Feinde davon erfahren. Das hätte schreckliche Folgen.«

»Ich hoffe, nie in die Zwangslage zu kommen, zwischen diesem Wissen und meinem Leben entscheiden zu müssen.« Er deutete auf das Kreuz. »Und was hat es jetzt damit auf sich?«

»An dem Ort soll ein Versteck liegen, in dem ...«, Carya stockte kurz, »... Bekannte von Rajael leben, meiner Freundin, die sich nach dem Vorfall im Tribunalpalast umgebracht hat. Sie hat mir die Karte hinterlassen, weil sie ahnte, dass ich wegen ihr in Schwierigkeiten geraten könnte. Außerdem hat sie mir, wie du ja weißt, vor ihrem Tod auch noch einen Brief geschrieben. Ich soll ihn diesen Leuten übergeben. Wenn sie ihn lesen, werden sie uns helfen.«

Jonan sah sie fragend an. »Wie kannst du dir da so sicher sein?«
»Ich glaube Rajael, wenn sie mir das sagt«, erklärte Carya. »Wir
waren uns fast so nah wie Schwestern. Außerdem ...«, sie zuckte
mit den Schultern, »... gibt es nicht viele andere Orte, an die wir
gehen können. Und hier im Ödland können wir schließlich auch
nicht ewig bleiben. Es sei denn, du willst dich einer dieser Gangs
anschließen.«

»Gott bewahre, alles, nur das nicht«, brummte Jonan. Nachdenklich schürzte er die Lippen und besah sich den Weg auf der
Karte. »Da liegt mindestens eine Woche Fußmarsch vor uns. Zum
Glück können wir einen Teil der Strecke entlang der Handelsstraße nach Norden zurücklegen. Dort dürfte es einige Gast-
höfe geben, um unsere Vorräte aufzufrischen – vorausgesetzt, wir
finden etwas, das wir denen als Bezahlung anbieten können. Aber
um den See herum müssen wir aufpassen. Südlich davon liegen
Todeszonen, wenn ich mich nicht irre. Ich hoffe, der Strahlungsmesser aus meiner Templerausrüstung hält bis dahin durch.«

Carya nickte, als sei die Angelegenheit damit für sie beschlos-
sene Sache. »Auf dem Weg würde ich gerne einen kleinen Ab-
stecher machen«, verkündete sie. Aus ihrer Rocktasche zog sie
ein mehrfach gefaltetes Dokument hervor, öffnete es und legte es
neben das erste auf den Tisch. Auch hierbei handelte es sich um
eine Karte, die jedoch älteren Datums zu sein schien, da etliche
Städte und Dörfer auf ihr eingezeichnet waren, von denen Jonan
noch nie etwas gehört hatte und von denen er bezweifelte, dass
sie heute noch existierten.

»Eine zweite Karte?«, fragte Jonan und hob die Augenbrauen.
»Du steckst voller Überraschungen.«

Ohne darauf einzugehen, deutete Carya auf einen Punkt, der
etwa auf einem Drittel der Strecke in einem Hügelgebiet lag.

Jemand hatte ein Blatt Papier dazugeheftet, auf das von Hand eine Hügelformation gezeichnet war, die anscheinend der Landschaft vor Ort entsprechen sollte. »Na schön, und was finden wir dort?«

»Hoffentlich die Antworten auf ein weiteres Geheimnis«, sagte Carya. Ein unsicheres Lächeln umspielte ihre Lippen, und sie fuhr sich nervös mit einer Hand durchs Haar.

»Carya, was wird hier gespielt?«, wollte Jonan wissen. »Ich dachte, wir verstecken uns vor den Häschern des Lux Dei, und auf einmal präsentierst du mir all das.«

»Verzeih mir, aber ich habe es geheim gehalten, weil diese Dinge wirklich nichts mit der Ascherose zu tun hatten. Ich wollte nicht, dass Adara und die anderen davon erfahren. Außerdem weiß auch ich erst seit wenigen Tagen hiervon.« Sie deutete auf die Karten. »Diese zweite hat mir Onkel Giac gegeben, kurz vor dem Versuch, meine Eltern zu retten.«

Jonan seufzte. »Also schön. Möchtest du dieses zweite Geheimnis mit mir teilen? Oder erwartest du, dass Pitlit und ich dir ins Unbekannte folgen?«

»Nein.« Carya schüttelte den Kopf. »Nein, natürlich nicht. Ich weiß nicht genau, was uns dort erwarten wird. Mein Onkel hat gesagt, an dieser Stelle sei vor vielen Jahren eine Flugkapsel abgestürzt, eine Kapsel, in der ...« Sie brach ab und schlug die Augen nieder. Die Angst vor dem, was sie sagen wollte, stand ihr deutlich ins Gesicht geschrieben.

Erst jetzt bemerkte Jonan, dass er sie vielleicht ein wenig zu sehr drängte. Sie hatte in den letzten Tagen eine Menge übler Dinge erlebt. Nicht über alles plauderte es sich so leicht wie übers Wetter.

Er ging um den Tisch herum und setzte sich neben sie auf

dessen Kante. »He«, sagte er sanft. »Schon in Ordnung. Wenn du es nicht ...«

»Doch«, unterbrach sie ihn mit einem Nachdruck in der Stimme, der sich offenbar vor allem gegen ihre eigene Verzagtheit richtete. »Doch, du sollst es wissen.« Sie sammelte sich und sah ihn eindringlich an. »Ich hoffe, an der Stelle die Überreste der Kapsel zu entdecken, in der mein Vater und Onkel Giac mich vor zehn Jahren gefunden haben.«

»Wie meinst du das?«, fragte Jonan verwundert. »Du stammst nicht aus Arcadion?«

»Nein«, erwiderte Carya. »Anscheinend nicht. Ich habe keine Erinnerung an die Zeit vor dem Leben bei meinen Eltern. Und wie gesagt: Bis vor wenigen Tagen wusste ich selbst noch nichts von meiner wahren Vergangenheit. Das hier ...«, sie zog ein silbernes Amulett an einer schmalen Kette aus dem Ausschnitt ihrer Bluse, »... ist meine einzige Verbindung zu dieser Vergangenheit. Ich habe es von meiner Mutter bekommen, in der Nacht, bevor die Schwarzen Templer sie holten. Ich habe keine Ahnung, was das ist. Ich weiß nicht, was mich bei dieser Kapsel erwartet. Wer ich bin oder woher ich komme ... Ich vermag es nicht zu sagen. Aber ich würde es gerne herausfinden. Und womöglich ... womöglich entdecke ich dort irgendetwas, das mir helfen wird, nach Arcadion zurückzukehren und meine Eltern zu befreien.«

Jonan starrte auf das eigentümliche Amulett. Es erinnerte ihn an die Technik vor dem Sternenfall, die auch in seinem Kampfanzug steckte. Das passte zu Caryas Geschichte von der abgestürzten Kapsel. Heutzutage gab es keine solchen Flugapparate mehr. Dazu fehlte es an den nötigen technischen Anlagen.

Er konnte es nicht leugnen: Seine Neugierde war geweckt. Dennoch musste er einen berechtigten Zweifel zur Sprache bringen. »Zehn Jahre sind eine lange Zeit. Die meisten Dinge verschwinden dort draußen in der Wildnis binnen zehn *Tagen* praktisch spurlos.«

»Das ist mir auch klar«, sagte Carya. »Trotzdem muss ich an diesen Ort. Ich will zumindest versucht haben, das Geheimnis meiner Herkunft zu lüften.«

Jonan nickte verständnisvoll. »Also gut. Reisen wir zu der Absturzstelle.«

KAPITEL 25

Noch am gleichen Tag machten sie sich auf den Weg. Pitlit folgte ihnen ohne zu murren, als Carya ihm auf seine Frage hin erklärte, dass sie nach Norden zu Freunden von ihr gingen. Sie hielten ihre Waffen griffbereit und die Augen offen. Das eigenartige Treffen der Motorradgang mit dem fremden Boten mochte nicht das Geringste mit ihnen zu tun haben. Dennoch ließ der Gedanke, dass nun jeder Ausgestoßene von hier bis tief in die Wildnis hinein Jagd auf sie machen könnte, das Ödland für Carya noch gefährlicher erscheinen.

Sie gaben sich Mühe, jedem lebenden Wesen aus dem Weg zu gehen. Wenn sie hier jemandem begegneten, würden sie ihm gewiss im Gedächtnis bleiben – ein Mann, eine Frau und ein Kind in einfacher Kleidung, aber mit einem Templer-Sturmgewehr im Gepäck. Natürlich würde niemand Fragen stellen. Schließlich lebte man hier draußen am besten, wenn man sich nicht einmischte. Aber es mochte sein, dass zufällige Zeugen ihrer Flucht Antworten gaben, wenn jemand kam, um Jonan, Pitlit und ihr nachzuspüren.

Sie hatten jedoch Glück: Einmal nur lief ihnen ein alter Mann über den Weg, der aus einer Seitengasse aufgetaucht war und bärtig und zerlumpt einen ausrangierten Einkaufswagen vor sich her schob. Er warf ihnen einen kurzen Seitenblick zu, aber als Jonan neben Carya seine Hand auf das Sturmgewehr legte, schaute er wieder weg und suchte rasch das Weite. Über dieses kurze Erlebnis hinaus blieben sie von Begegnungen, gleich welcher Art, verschont.

»Das Ödland ist einsamer, als ich dachte«, stellte Carya fest.

»Hier lebt es sich ja auch wirklich mies«, sagte Pitlit. »Und zu finden gibt es nach all den Jahren auch nicht mehr viel. Die meisten Häuser sind von Gangs und Schrottsammlern leergeräumt worden. Natürlich gibt es ein paar Ecken, in denen sich mehr Leute herumtreiben, die fast schon kleine Siedlungen sind. Aber um die schlage ich gerade einen großen Bogen. Das wolltet ihr doch so, oder?«

Jonan nickte. »Schon richtig.«

Ihr Weg führte sie in einer weiten Schleife nach Norden, quer durch das Ödland hindurch. Einmal kamen sie an einem Krater vorbei, der so groß war, dass Carya sich fragte, was hier explodiert sein mochte. Wasser hatte sich am Grund gesammelt und einen brackig braunen See gebildet, aus dem einzelne Trümmerreste hervorragten. Es war ein furchtbar trostloser Anblick.

Als die Sonne den westlichen Horizont berührte und die Dämmerung einsetzte, begannen sich die Gebäude zu lichten. Carya vermochte nicht zu sagen, wie viele Kilometer sie in dem Labyrinth aus zerstörten Straßenzügen zurückgelegt hatten, aber ihre Füße in den Schnürschuhen, die für die aufgeräumten Straßen Arcadions gemacht waren, behaupteten, dass es mindestens hundert gewesen sein mussten.

»Wie weit wollen wir heute noch laufen?«, fragte sie.

Jonan blickte auf seine Armbanduhr, den Horizont und die Straße vor sich. »Noch zwei Stunden, würde ich sagen. Dann sollten wir den Rand der Wildnis erreicht haben. Oder, Pitlit?«

Der Straßenjunge zuckte mit den Schultern. »So weit draußen war ich noch nie. Wir verlassen demnächst den Teil des Ödlands, den ich kenne. In etwa einer Viertelstunde sollten wir einen Handelsplatz erreichen – wenn wir ihn besuchen wollen. Das ist die Grenze. Weiter bin ich nie von Arcadion weg. Ist auch zu gefährlich in der Wildnis, mit all der Strahlung und den Mutanten und so.«

»Ein Handelsplatz …« Jonan runzelte die Stirn. »Wir könnten auf jeden Fall Wasser gebrauchen oder zumindest einen Topf, um welches abzukochen, wenn wir auf unserem Weg rasten. Unsere Vorräte dagegen reichen noch ein bis zwei Tage. Bis dahin sollten wir auch an der Handelsstraße nach Norden an mindestens einem Gasthof vorbeigekommen sein.«

»Und überall besteht die Gefahr, dass bereits ein Steckbrief von uns hängt«, gab Carya zu bedenken.

Pitlit schenkte ihr ein schiefes Grinsen. »So berühmt will ich gar nicht sein.«

»Ich auch nicht«, sagte Carya.

»Es würde mich wundern, wenn die uns so weit draußen noch suchen«, meinte Jonan, »aber es schadet nie, vorsichtig zu sein. Ich wünschte nur, wir hätten etwas unauffälligere Kleidung: Reisemäntel mit Kapuze wären großartig.«

»Ich habe noch einen Satz Kleidung, den wir eintauschen könnten«, sagte Carya. »Den aus Rajaels Beutel. Außerdem hätte ich ein paar Schulsachen, auch wenn ich mir nicht vorstellen kann, wer die haben will.« Sie warf einen kritischen Blick auf ihren Beutel. »Eigentlich hätte ich die schon längst wegwerfen können, statt sie mit mir herumzuschleppen.«

Sie wollte bereits den Beutel öffnen, um die Lehrbücher und Schreibsachen loszuwerden, als Pitlit sie aufhielt. »Warte mal.

Nicht jeder, der hier wohnt, ist ein Verbrecher. Manche Leute sind einfach nur Siedler, die so verrückt sind, zu glauben, man könnte es in der Wildnis zu was bringen. Die sind sicher dankbar für ein paar Bücher.«

»Und diese Leute könnten wir auf dem Handelsplatz treffen?«

»Nicht direkt, aber fahrende Händler, die nach draußen in die Wildnis reisen, um dort ihre Waren zu verkaufen.«

»Unter gewöhnlichen Umständen würde ich vorschlagen, dass wir uns so einem Händler anschließen und mit ihm nach Norden ziehen«, sagte Jonan. »Gemeinsam reist es sich sicherer.«

»Unter gewöhnlichen Umständen wäre ich gar nicht hier, sondern würde zu Hause im Bett liegen und über den nächsten Schultag nachdenken«, merkte Carya an.

Ihre Worte entlockten Jonan ein kurzes Lachen. »Du hast recht. Und so, wie unsere Lage gegenwärtig aussieht, können wir es uns nicht leisten, den Ödlandbewohnern zu vertrauen. Wenn wir also auf Handel aus sind, müsstest du das für uns übernehmen.« Er sah Pitlit an. »Kriegst du das hin? Caryas Kleider und Schulsachen gegen etwas Trinkwasser und vielleicht ein oder zwei Capes?«

»Ha, was für eine Frage«, antwortete der Straßenjunge. »An Orten wie diesen bin ich zu Hause. Gib das Zeug einfach her, und wir werden unseren Schnitt machen.«

Sie hörten den Handelsplatz bereits von Weitem. Das Grollen von Motoren, das Stimmengewirr zahlloser Menschen und sogar Fetzen von Musik wehten ihnen durch die Ruinenlandschaft entgegen. Um nicht schon im Vorfeld von eintreffenden oder abreisenden Besuchern gesehen zu werden, mieden sie die Hauptwege und arbeiteten sich stattdessen kletternd durch die

Trümmer voran, bis Pitlit auf eine Reihe niedriger Häuser zeigte, hinter denen Licht und Rauch zu sehen war. »Da vorne ist es«, sagte er.

Jonan nahm die Umgebung in Augenschein. Die Häuser eigneten sich hervorragend für Hinterzimmergeschäfte am Rande des Handelsplatzes. Also waren sie kein guter Ort, um sich dort zu verbergen und das Geschehen zu verfolgen. Ein Schuttberg ein Stück weit entfernt zur Linken sah nach einem vielversprechenderen Beobachtungsposten aus. »Carya und ich verstecken uns dort drüben«, sagte er und deutete auf den künstlichen Hügel. »Komm da hin, wenn du fertig bist.«

Pitlit nickte. »Wird nicht lange dauern, glaube ich.« Er nahm von Carya die Sachen entgegen, reckte siegessicher einen Daumen in die Höhe und rannte anschließend davon.

»Mir ist nicht wohl bei dem Gedanken, den Jungen allein an diesen Ort zu schicken«, murmelte Carya. »Was, wenn sie ihm etwas antun?«

Achselzuckend sah Jonan in die Richtung, in die der Straßenjunge verschwunden war. »Wir müssen darauf vertrauen, dass er so gut ist, wie er behauptet.«

Sie schlugen einen weiten Bogen um den Handelsplatz, bis sie den Schuttberg erreichten. An einigen Stellen ragten noch die Reste einer Hauswand aus den Trümmern heraus. Jonan und Carya kletterten den künstlichen Hügel hinauf, um hinter einem dieser Wandstücke in Deckung zu gehen und durch einen Fensterrahmen ohne Glasscheibe hindurch auf das Treiben zu ihren Füßen zu blicken.

Der Markt unterschied sich auf den ersten Blick gar nicht so sehr von dem, was Jonan aus Arcadion kannte. Auf einer Freifläche, die früher ein Parkplatz für Motorwagen gewesen sein mochte, hatten gut zwei Dutzend Verkäufer ihre Stände errichtet. Manche wirkten provisorisch und nur für diesen Tag aufgebaut, andere schienen hier ständig vor Ort zu sein. Bei diesen handelte es sich vermutlich um die Zelte der Zwischenhändler, die Waren von überall her ankauften und dann wieder an den Mann brachten.

Doch die Geschäfte wurden nicht nur an den Ständen gemacht, sondern auch unter den Besuchern, die zum Teil von der Ladefläche ihrer Fahrzeuge oder aus Umhängesäcken auf ihrem Rücken zumeist Fundstücke zu verkaufen versuchten, die ihnen in der Wildnis oder den Ödlanden in die Hände gefallen waren. Jonan sah Lebensmittel, Kleidung, Motorradteile und auch Waffen ganz offen über den Tisch gehen. Die meisten Transaktionen schienen Tauschgeschäfte zu sein. Geld hatte wenig tatsächlichen Gebrauchswert hier draußen.

Was diesen Ort ganz anders machte als alle vergleichbaren Märkte innerhalb der Mauern von Arcadion, war seine Kundschaft. In der Stadt sah man vor allem Hausfrauen und ältere Menschen den Markt besuchen. Es herrschte eine geschäftige, aber friedliche Atmosphäre, die nur von der Aufregung gestört wurde, wenn man ein Straßenkind wie Pitlit mit seinen Fingern in den Einkaufskörben oder Warenauslagen erwischte.

An diesem Ort beherrschten Männer das Geschehen, sowohl auf Seiten der Händler als auch der Kundschaft. Nicht wenige von ihnen sahen aus, als gehörten sie irgendeiner Gang oder Gruppe von Plünderern an. Zwischen ihnen schlurften Eigenbrötler wie der alte Mann mit dem Einkaufswagen umher, einzelne, verhärmt wirkende Glücksritter, schmutzige Kinder und ein paar Wildnisbewohner, die man an ihrer vorwiegend handgefertigten Kleidung aus Wolle und Leder erkannte. Das Lachen der Leute war rauer, der Tonfall aggressiver. Doch erstaunlicherweise gab es keine nennenswerten Ausbrüche von Gewalt. Es schien eine Art unausgesprochener Marktfrieden zu herrschen. Offenbar wusste selbst der skrupelloseste Schläger, dass er ohne einen Platz wie diesen nicht lange überleben konnte.

»Meinst du, die ganze Welt jenseits der Mauern von Arcadion sieht so aus?«, fragte Carya neben Jonan unbehaglich.

»Nein«, sagte er. »Aber es wird viele Orte wie diesen geben. Und es wird Orte geben, an denen es noch schlimmer aussieht. Die Welt hat sich bis heute nicht vom Sternenfall und den Dunklen Jahren erholt. Arcadion war und ist sicher in den Augen vieler ein Paradies, eine Insel, in deren Mauern man durchaus ein gutes Leben führen kann.«

»Aber zu welchem Preis?«, gab Carya zu bedenken.

Jonan nickte gedankenvoll. Die scheinbare Idylle Arcadions wurde mit der Unerbittlichkeit erkauft, mit der der Lux Dei gegen Abweichler, Häretiker und Invitros vorging. In den Augen der normalen Stadtbewohner, die solche Wahrheiten aus ihrem Leben einfach ausschlossen, war das ein geringer Preis. Doch er stieg sprunghaft an, wenn man sich plötzlich selbst auf der falschen Seite des Ordensgesetzes wiederfand.

Mit einem Mal kam es unten auf dem Markt in einer Ecke zu Unruhe. »Haltet den kleinen Mistkerl!«, brüllte ein Mann. Ein paar andere Stimmen trugen die Aufforderung weiter. Dann schien sich ein Handgemenge zu entwickeln.

»Lasst mich los!«, schrie eine Jungenstimme.

Jonan und Carya wechselten einen alarmierten Blick. »Pitlit«, sagten sie beide gleichzeitig.

»Na großartig«, knurrte Jonan. »Du bleibst hier, ich versuche, ihn da rauszuholen.«

»Kommt nicht in Frage«, erwiderte Carya. »Wir gehen zusammen.«

Der Gedanke gefiel Jonan nicht, aber da sie keine Zeit hatten, um zu streiten, willigte er mit einem Nicken ein. Sie hängten sich ihre Beutel um, rutschten den Schuttberg hinunter und liefen auf den Handelsplatz zu, in dessen einer Ecke nach wie vor große Aufregung herrschte. Glücklicherweise gehörte die Ergreifung eines Straßenjungen mit allzu flinken Fingern offenbar nicht zu den großen Ereignissen eines Markttags, sodass die meisten anderen Händler und Besucher sich davon nicht stören ließen.

»Platz da! Lassen Sie mich durch!«, rief Jonan lautstark, während er sich mit Carya im Schlepptau an den Besuchern vorbeidrängte. Das Sturmgewehr hing immer noch lose an einem Riemen an seiner Seite, aber er achtete darauf, dass die Mündung zu Boden zeigte, um niemanden nervös zu machen. Er war zwar bereit, notfalls für Pitlit zu kämpfen. Wenn sich Ärger allerdings vermeiden ließ, war ihm das nur recht.

Sie erreichten die Quelle des Aufruhrs, einen mit einer Zeltplane überdachten Marktstand, wo ein Sammelsurium von Waren angeboten wurde. Wasserkanister und Lampenöl, Revolver und Säcke mit Saatgut fielen Jonan ins Auge. In einer Ecke parkte sogar ein erstaunlich gepflegt wirkender Pedalistenwagen. Jonan konnte sich nicht vorstellen, wer im unwegsamen Ödland ein solches Fahrzeug kaufen wollte.

Am Eingang des Zelts stand ein kräftiger Mann, der mit seinem dunkelbraunen Bart, dem groben Wollhemd, der Lederhose und den Stiefeln wie ein Abkömmling der Piraten aussah, die an den Küsten ihr Unwesen trieben. Mit seinen breiten Pranken hielt er die Handgelenke Pitlits fest, der sich vergeblich aus seinem Griff zu entwinden versuchte. Ein Wasserkanister, zwei gerollte Wachsstoffbündel und eine aufgeplatzte Pappschachtel mit Gewehrmunition lagen auf dem Boden zu seinen Füßen. Ein paar weitere Männer hatten einen lockeren Kreis um die zwei gebildet.

»Lass mich los, du Fettsack! Ich habe nichts getan«, zeterte Pitlit.

»Du willst mich wohl auf den Arm nehmen«, dröhnte der Händler. »Ich habe doch gesehen, wie du die Gewehrkugeln gestohlen hast.«

»Ich wollte sie nicht stehlen«, widersprach der Straßenjunge. »Ich wollte sie nur meinem Bruder zeigen und ihn fragen, ob das die richtigen sind.«

»Deinem Bruder? Schon klar. Wo ist er denn, dein Bruder?«

»Er ist da drüben bei den Ständen«, behauptete Pitlit und nickte offenbar willkürlich in eine Richtung. Gleich darauf bemerkte er Jonan und Carya, und ein Ausdruck der Erleichterung hellte seine Miene auf. »Nein, warten Sie. Da ist er! Sehen Sie? Jonan, hilf mir.«

»Was ist denn hier los?«, fragte Jonan gereizt. Als Soldat gefiel ihm die unübersichtliche Lage überhaupt nicht. Und als Flüchtling vor der Inquisition konnte er sich kaum etwas Unerfreulicheres vorstellen, als im Mittelpunkt eines Streits zu stehen.

»Der Knirps hier, dein *Bruder* ...«, die Stimme des Händlers troff vor Misstrauen, »... hat versucht, mich zu beklauen. Erst hat er dieses Wasser und die beiden Capes eingetauscht. Aber dann wurde er gierig und wollte noch ein wenig Munition mitgehen lassen.«

Jonan entschied, dass es wohl das Beste war, wenn er sich auf die Seite des Händlers schlug und geschwisterliche Strenge an den Tag legte. »Ist das wahr?«, fragte er Pitlit daher scharf, wobei er mit grimmiger Miene näher trat.

»Nein«, jammerte Pitlit. »Ich wollte doch nur ...«

»Ist das wahr?«, brüllte Jonan ihn im besten Kasernenhofton an und packte ihn grob am Handgelenk, um ihn zu sich zu reißen. Wie er gehofft hatte, ließ der Händler es geschehen.

»Ich weiß nicht«, antwortete der Straßenjunge kläglich. Ein zerknirschter Ausdruck trat auf seine Züge. »Vielleicht. Ja. Tut mir leid.«

»Das wird noch ein Nachspiel haben, mein Freund«, knurrte Jonan. »*Francesca*, nimm du ihn mal.« Er schubste Pitlit zu Carya hinüber, die schützend die Arme um ihn legte. Mit einem Schritt schob sich Jonan zwischen den Händler und seine Freunde und breitete um Verzeihung heischend die Arme aus. »Ich bedaure, was geschehen ist. Der Junge weiß manchmal nicht, was gut und richtig ist.«

»Sieht mir auch so aus«, knurrte der Mann.

»Er wird bestraft werden«, versprach Jonan. »Und die Munition bekommen Sie natürlich zurück.« Ohne sein Gegenüber aus den Augen zu lassen, ging Jonan in die Knie, schob mit einer Hand die verstreuten Projektile in die Pappschachtel zurück und hob sie hoch, um sie dem Händler zu reichen.

Der Mann schnappte sie, verschloss die Schachtel und warf sie einem seiner Helfer zu. Dann wandte er sich Jonan erneut zu, verschränkte die Arme und hob herausfordernd das Kinn. »So leicht kommt ihr da aber nicht raus«, verkündete er. »So wie ich das sehe, seid ihr eine Bande von Dieben. Der Diebstahl ging schief, und jetzt wollt ihr euch einfach herausreden. Nicht mit mir. Ihr schuldet mir was für den ganzen Ärger.«

Jonan warf dem Händler einen finsteren Blick zu. Er hatte etwas Derartiges befürchtet. Er schaute sich verstohlen um, nur um festzustellen, dass immer noch viel zu viele Leute um sie herum standen. Zwei oder drei von ihnen hatten die Hände verdächtig nahe an den Schusswaffen in ihrem Gürtel. *Einen Kampf überstehen wir nicht*, erkannte er. *Das müssen wir irgendwie anders lösen.*

Er deutete ins Zeltinnere. »Na schön. Gehen wir doch rein. Dort können wir ungestört über Ihren Schadensersatz sprechen.«

»Soll mir recht sein«, erwiderte der Händler. »Aber keine Tricks. Ich habe dein Gewehr gesehen. Lass bloß die Finger davon, sonst sorgen meine Freunde dafür, dass dein Bruder und dein Mädchen diesen Tag bereuen werden.«

»Ich will keinen Streit. Ich will nur meine Tauschwaren und anschließend meiner Wege gehen«, versicherte Jonan.

»Das hört sich gut an. Kommt mit.«

Unter der Führung des Händlers traten Jonan, Carya und Pitlit ins Innere, wodurch sich die Zahl ihrer unmittelbaren Gegner auf den Händler und drei mürrisch dreinblickende Helfer verringerte. Da alle drei bewaffnet waren, änderte das leider nichts an ihrer grundsätzlichen Lage. Also war Verhandeln angesagt. »Was wollen Sie?«, fragte Jonan.

Der Händler strich sich mit der Hand über den Bart und grinste. »Mir gefällt dieses Gewehr von dir«, sagte er. »Ist das Templertechnologie? Ziemlich selten hier draußen.«

Jonan schüttelte den Kopf. »Das kommt nicht in Frage«, erklärte er entschieden. »Wir wollen hinaus in die Wildnis und brauchen die Waffe.« Er dachte kurz nach, dann gab er sich einen Ruck. »Aber ich habe etwas anderes für Sie. Fast genauso gut. Eine Pistole.«

Der Mann schnaubte und deutete auf seine Auslagen. »Schau dich um. Sieht es so aus, als würde es mir an Pistolen mangeln?«

»Eine wie die haben Sie nicht im Angebot«, entgegnete Jonan. »Das garantiere ich Ihnen.«

Die Augen des Händlers verengten sich, und ein gieriges Funkeln trat hinein. »Na schön, zeig mal her.«

»Ich habe sie hier im Beutel«, sagte Jonan und öffnete diesen mit einer Hand. »Ich hole sie jetzt langsam heraus. Niemand muss sich bedroht fühlen.« Er tat wie versprochen und reichte seinem Gegenüber die Waffe. Es schmerzte ihn, die Pistole in den Händen dieses Halunken zu sehen, aber sie hatten ohnehin keine Munition mehr dafür, also war der Verlust zu verschmerzen.

»Ein schönes Teil«, musste der Händler zugeben. »Sieht mir auch verflucht nach einer Templerwaffe aus. Ich hoffe, du hast niemanden dafür umgebracht.«

Jonan dachte nicht daran, darauf einzugehen. »Wollen Sie sie jetzt oder nicht?«

»Doch, würde ich nehmen«, erwiderte sein Gegenüber.

»Sie gehört Ihnen. Als Entschädigung für Ihren Ärger und im Austausch für eine Schachtel Gewehrmunition.« Der Mann wollte etwas einwenden, doch Jonan ließ ihn nicht zu Wort kommen. »Sie wissen, dass das ein gutes Geschäft ist. Die Pistole ist viel mehr wert als eine Schachtel Munition.«

Als er weiter zögerte, trat Carya vor. »Bitte«, mischte sie sich ein. »Haben Sie ein Herz.« Sie sah den Händler flehend an.

Der zuckte mit den Schultern und brummte in seinen Bart. »Also gut. Einverstanden. Ich bin ja kein Unmensch. Such dir deine Munition aus, und danach verschwindet ihr allesamt.«

Erleichtert atmete Jonan auf. »Ich danke Ihnen«, sagte er.

»Francesca?«, fragte Carya, nachdem sie das Zelt verlassen hatten.

»Mein Kindermädchen«, antwortete Jonan. Er verriet ihr nicht, wie sehr er damals in die junge Frau verschossen gewesen war.

KAPITEL 26

»Das war unglaublich dämlich von dir!«
Carya hatte Jonan noch nie so aufgebracht erlebt. Der junge Templersoldat marschierte neben Pitlit die Straße entlang, die sie in nördlicher Richtung von dem Handelsplatz fortführte. Carya ging hinter ihnen her. Sie hatte entschieden, dass die beiden Männer diesen Streit unter sich ausmachen sollten.

»Tut mir leid«, sagte Pitlit auffällig kleinlaut. Anscheinend war es ihm unangenehm, dass Jonan ihn sozusagen hatte freikaufen müssen. »Ich dachte, wir könnten die Munition gut gebrauchen. Ich wollte nur helfen.«

»Mit dem Erfolg, dass jetzt alle auf diesem Handelsplatz von uns wissen!« Jonan schüttelte den Kopf.

»Was macht das schon?«, entgegnete Pitlit. Man merkte, dass der Widerspruchsgeist erneut in ihm erwachte. »Wir sind jetzt in der Wildnis. Die Wildnis ist groß.«

»Nicht mehr ganz so groß, wie sie gewesen wäre, wenn der Lux Dei sich hätte fragen müssen, ob wir nach Norden, Süden, Westen oder Osten gegangen sind.«

»Woher wollen die wissen, dass wir nicht die Marschrichtung geändert haben?«

Jonan warf ihm einen unwilligen Blick zu. »Ja, genau.« Seine Stimme troff vor Ironie.

»He, das ist doch denkbar, oder?«, fragte Pitlit gereizt. »Wer wäre so blöd, in den Norden zu gehen, nachdem er sich am nördlichen Handelsplatz gezeigt hat?«

»Wir wären so blöd, weil wir nach Norden müssen!«, versetzte Jonan.

Der Straßenjunge verzog das Gesicht. »Ich hab doch gesagt: Es tut mir leid.«

»Ach, schon gut.« Jonan seufzte, und sein Tonfall wurde versöhnlicher. »Jetzt ist es ohnehin zu spät, etwas daran zu ändern.«

»Stimmt«, pflichtete Pitlit ihm bei.

Eine Weile gingen die beiden schweigend nebeneinander her. »Ach, übrigens«, sagte der Straßenjunge auf einmal. »Ich habe noch etwas für dich.« Er griff in seine Tasche, zog eine Geldbörse hervor und reichte sie Jonan.

Jonan blieb stehen und sah den Straßenjungen entgeistert an. »Pitlit, wo hast du die her?«

Dieser grinste breit. »Ich habe sie einem der Helfer des Händlers geklaut, als wir uns verabschiedet haben. Dem Mann, der mich gefangen hat. Er hat es verdient. Er hat mich geschlagen, als er mich erwischt hat. Fieser Mistkerl! Man schlägt keine Kinder.«

»Du bist unmöglich!«, mischte sich Carya an. Sie versuchte, tadelnd zu wirken, doch so richtig wollte es ihr nicht gelingen.

»Unwiderstehlich«, gab Pitlit zurück. »Du meinst bestimmt: unwiderstehlich.«

»Ganz sicher nicht«, antwortete Jonan für sie. Aber die Geldbörse steckte er ein. Das war auch das einzig Sinnvolle, was er in Caryas Augen tun konnte. Umdrehen würden sie sicher nicht mehr. Und wer wusste schon, wozu man etwas Geld auf ihrem Weg die Handelsstraße entlang brauchen konnte.

Wie besprochen, wanderten sie noch etwa zwei Stunden hinaus in die Wildnis. Die Sorge, dass ein aufgebrachter Handelsgehilfe ihnen auf seinem Motorrad nachjagen könnte, trieb sie zusätzlich voran. Aber die Straßen hinter ihnen blieben ruhig. Offenbar rechnete sich der Geprellte nicht viele Chancen aus, sie noch aufzuspüren, eine Einschätzung, die durchaus verständlich war.

Die Nacht verbrachten sie in einem verlassenen Gebäude am Rand einer breiten, von Schlaglöchern übersäten Straße, in dem, wie es aussah, früher Treibstoff für Motorwagen verkauft worden war. Obwohl sie diesmal einige Verpackungskartons fanden, die sie auf den Boden legen konnten, fühlte dieser sich noch härter an als der in der letzten Nacht.

»Wir brauchen dringend bessere Schlafgelegenheiten«, murrte Carya, als sie am nächsten Tag im Morgengrauen aufstanden. »Mir tut alles weh.«

»Vielleicht sollten wir mal versuchen, draußen im Freien zu schlafen«, meinte Jonan. »Das Wetter ist trocken, und die Nächte sind warm. Und Gras ist weicher als Beton, so viel steht fest.«

»Im Freien? Seid ihr verrückt?«, entfuhr es Pitlit entsetzt. »Da ist alles voller Käfer und anderem Viehzeug. Und wahrscheinlich überfällt uns nachts ein Rudel wilder Hunde.« Er schüttelte sich.

»Unser Stadtkind.« Jonan grinste, während er seine Sachen zusammenpackte.

»Warst du mal draußen in der Wildnis?«, wollte Carya von Jonan wissen.

»Ein paar Mal, ja. Während meiner Ausbildung haben wir

Übungen in der Wildnis gemacht, und später haben mich einige Einsätze kurzzeitig nach draußen vor die Stadt geführt.«

»Und wie ist es dort?«

»Nicht so schlimm, wie man es euch vielleicht eingeredet hat. Natürlich gibt es Gegenden wie die Todeszonen, um die man einen Bogen machen sollte, weil dort alles krank und verseucht ist. Aber um solche Gegenden zu meiden, habe ich ja das hier.« Er griff in seinen Beutel und holte einen orangefarbenen Apparat etwa von der Größe eines Zigarrenkästchens hervor, der vorne mehrere große Tasten und Anzeigen aufwies.

»Ist das ein Strahlungsmesser?«, fragte Carya.

»Genau. Nur zur Sicherheit.« Jonan aktivierte das Gerät und klemmte es an seinen Gürtel. »Er wird Alarm schlagen, wenn wir uns einer gefährlichen Zone nähern.«

»Und wie sieht es mit Mutanten aus?«, wollte Pitlit neugierig wissen. »Bist du schon einmal Mutanten begegnet?«

»Bei einem Einsatz, ja.«

»Wie sind die so? Fressen sie wirklich Menschen und schmücken sich dann mit deren Knochen?«

»Das weiß ich wirklich nicht«, erwiderte Jonan. »Aber viele Geschichten, die man sich über sie erzählt, scheinen mir Gruselmärchen zu sein, mit denen man leichtgläubige Kinder wie dich erschreckt.«

»He, ich glaube nicht alles, was man mir sagt«, protestierte der Straßenjunge.

»Es stimmt schon«, fuhr Jonan fort. »Sie sind zum Teil grausig anzusehen. Ihre Gesichter und Körper sind von den Krankheiten entstellt, die sich ihre Eltern oder sie selbst sich durch ihr Leben in unmittelbarer Nähe der Todeszonen zugezogen haben. Und sie sind erbitterte Kämpfer, die das Wenige, das sie besitzen, mit wilder Entschlossenheit verteidigen. Aber ich glaube, im Kern sind sie genauso Menschen wie du und ich.« Er schüttelte nachdenklich den Kopf.»Aber egal. Mir wäre es lieber, wenn wir ihnen nicht begegnen würden.«

Sie nahmen ein kurzes Frühstück zu sich und machten sich danach auf den Weg. Die Landschaft änderte sich. Die Gebäuderuinen zur Linken und zur Rechten wurden immer weniger. Stattdessen führte die Straße, der sie folgten, in hügelige Wiesen voll struppigem, braungrünem Gras, Buschwerk und vereinzelter Baumgruppen hinein.

Die Straße selbst wurde zunehmend breiter, und obwohl sie in erbarmungswürdigem Zustand war, spürte Carya einen Anflug von Ehrfurcht, wenn sie in die Ferne blickte. Vor dem Sternenfall musste es sich um eine wichtige Verkehrsstraße gehandelt haben. Sie vermochte sich nicht auszumalen, wie viele Menschen in ihren Motorwagen hier einst unterwegs gewesen waren. Ein paar völlig zerstörte Gerippe dieser Fahrzeuge standen noch am Straßenrand, doch die Plünderer hatten sie zumeist fast bis zur Unkenntlichkeit ausgeschlachtet.

»Ist das die große Handelsstraße?«, wollte Carya wissen.

»Nein.« Jonan schmunzelte.»Das ist ein ehemaliger Straßenring, der außerhalb der Stadt verlief und ihre Grenze markierte. Aber wir haben die Handelsstraße fast erreicht. Wir müssen nur dort vorne diese Auffahrt nehmen.« Er deutete auf eine Stelle, an der sich das graue Band teilte und nach links in eine schmale Brücke überging. Eingetrockneter Pferdemist und Radspuren zeugten davon, dass diese Strecke nicht nur von ihnen genutzt wurde.

Die Auffahrt beschrieb eine weite Linkskurve und vereinte sich mit zwei weiteren Straßen zu einer breiten, schnurgeraden Asphaltstrecke, auf der verblasste Markierungen zu sehen waren und die in der Mitte von einer niedrigen, weißen, an vielen Stellen durchbrochenen Mauer geteilt wurde. Am Straßenrand steckten verrostete Schilder im Boden, und zu beiden Seiten erhoben sich grüne Wälle.

Carya kniff die Augen zusammen und spähte in die Ferne. Sie konnte das Ende der Straße nicht sehen. Das graue Band erstreckte sich bis zum Horizont. Sie spürte, wie sie ein leichter Schwindel erfasste. Für jemanden, der in einer Stadt aufgewachsen war, in der Straßen selten länger als ein paar hundert Meter geradeaus verliefen, war dieser Anblick geradezu überwältigend.

Jonan, der ihr Staunen bemerkte, lächelte. »Das ist die Handelsstraße«, verkündete er.

Pitlit schien der Anblick weniger zu gefallen. »Mann, diese Hügel links und rechts sind eine Einladung für Räuber. Wer baut denn hier eine Straße durch?«

»Ich glaube, früher gab es weniger Wegelagerer als heute«, merkte Carya an.

»Außerdem fuhren die Motorwagen so schnell, heißt es, dass man sie sowieso nicht hätte überfallen können«, fügte Jonan hinzu. »Aber du hast recht: Dieser Teil der Handelsstraße ist unter Reisenden nicht sehr beliebt. Man sollte vorsichtig sein und seine Waffen offen tragen. Glücklicherweise sind wir nicht gezwungen, hier unten zu laufen. Wir können auf einem der Hügelkämme gehen, bis sie in ein paar Kilometern enden.« Er bog zur Seite ab und begann, die rechte Hügelflanke zu erklimmen.

Etwa eine Stunde lang folgten sie dem Hügelkamm, wobei sie gelegentlich Bögen schlagen mussten, um dichten Gestrüppteppichen auszuweichen. Zweimal begegneten sie in dieser Zeit Reisenden. In einem Fall preschte ein Reiter, der aus Richtung Arcadion kam, gen Norden, kurz darauf kam ihnen eine Gruppe fahrender Kaufleute entgegen, deren drei voll beladene Kutschen von mehreren Bewaffneten geschützt wurden. Beiden gingen sie aus dem Weg, indem sie sich hinter der Hügelkuppe verbargen.

Schließlich wurde das Land flacher und weitete sich nach Osten und Westen. Eine Ebene aus Gras, Büschen und vereinzelten Bäumen öffnete sich vor ihnen. Die Hitze des Sommers und die Gifte im Boden hatten die meisten Pflanzen verdorren lassen, doch es gab einige unverwüstliche grün blühende Gewächse, die den Widrigkeiten ihrer Umwelt trotzten.

Vereinzelt erhoben sich gewaltige Metallgerippe in den Himmel, die mitten in der Landschaft standen. Carya hatte keine Ahnung, welchem Zweck sie einst gedient haben mochten. Vielleicht hatten die Menschen auf diese Weise früher von einer Stadt zur anderen Kontakt gehalten. Heute bedurfte es dazu Motorradboten oder Brieftauben. Der Lux Dei hatte zwar einmal versucht, Telefonverbindungen zu den Städten am Rand seines Einflussbereichs einzurichten, aber die Leitungen waren von Plünderern beinahe schneller wieder gekappt und geraubt worden, als die Techniker des Ordens sie hatten legen können.

Der Weg zog sich hin. Weiter und immer weiter führte die Handelsstraße sie nach Norden. Gegen Mittag wurde die Sonne so heiß und stechend, dass sie den asphaltierten Weg verließen und sich eine Baumgruppe suchten, um dort zwei Stunden zu rasten. Carya, die derartige Wanderungen nicht gewöhnt war, zog ihre Schuhe aus und streckte die Beine von sich, die sich so müde und schwer anfühlten, dass sie sich fragte, wie sie den Rest des Tages – ganz zu schweigen von den kommenden Tagen – überstehen sollte. »Wenn wir nur Fahrräder oder ein Fuhrwerk hätten«, stöhnte sie.

»Vielleicht sollten *wir* den nächsten Reisenden überfallen, der uns mit einer Kutsche begegnet«, schlug Pitlit vor. Der Straßenjunge versuchte, sich nichts anmerken zu lassen, aber die Art, wie er sich unauffällig die Waden rieb, verriet Carya, dass auch er eher an kurze Sprints, als an lange Märsche gewöhnt war.

»Irgendwann müssten wir auf eine Herberge stoßen«, sagte Jonan. »Vielleicht finden wir dort jemanden, der bereit ist, uns ein Stück mitzunehmen.«

»Ist das nicht gefährlich?«, gab Carya zu bedenken. »Könnte der Lux Dei nicht bereits unseren Steckbrief entlang der Handelsstraße verteilt haben?«

Jonan kratzte sich am Kopf. »Stimmt. Eine Herberge würde sich ziemlich gut eignen, um unsere Gesichter ans Schwarze Brett zu schlagen und jedem eine dicke Belohnung zu versprechen, der uns verrät.«

»Ich könnte die Lage auskundschaften«, erbot sich Pitlit. »Kein Problem.«

Genau so gingen sie vor, als sie etwa zwei Stunden nach ihrem erneuten Aufbruch am frühen Nachmittag einen großen Gasthof vor sich am Straßenrand auftauchen sahen. Es handelte sich um ein ummauertes Anwesen mit Wachtürmen, auf deren Dächern die Flagge des Lux Dei träge im schwachen Wind wehte. Vor dem Tor standen zwei Ochsengespanne, deren Besitzer sich offenbar gerade eine späte Mittagspause gönnten.

Carya erinnerte sich an eine Herberge dieser Art, in der sie auf ihrem Ausflug zum Meer mit der Templerjugend Rast gemacht hatten. Diese Schutzorte in der Wildnis wurden sowohl von ihren Gästen als auch dem Lux Dei selbst finanziert, um einen sicheren Handel zu ermöglichen. Man konnte dort über Nacht die Kutschen und Tiere unterstellen, in einem weichen Bett schlafen, eine warme Mahlzeit bekommen und ein heißes Bad nehmen.

Der Gedanke daran ließ Carya beinahe schwach werden und jede Gefahr in den Wind schlagen.

Glücklicherweise hielt Jonan sie davon ab, loszustürmen und in den nächsten Badezuber zu springen. Denn Pitlit war kaum zehn Minuten fort, als er auch schon wieder zu ihnen zurückkehrte – mit verdrossener Miene und einem ihnen bereits leidvoll bekannten Bogen Papier in der Hand. »Eines muss man dem Orden lassen«, brummte der Junge. »Wenn er sich etwas in den Kopf gesetzt hat – euch zu fangen beispielsweise –, setzt er wirklich alle Hebel in Bewegung, um sein Ziel zu erreichen.«

Carya betrachtete den Steckbrief, der Jonans und ihr Gesicht zeigte. Die Belohnung auf ihre Ergreifung war seit der versuchten Rettung ihrer Eltern und dem Kampf gegen die Templersoldaten noch einmal erhöht worden.

Pitlit stieß ihr freundschaftlich aufmunternd den Ellbogen in die Seite. »Na, das hättest du auch nicht gedacht, hm? Dass du jemandem mal so viel wert sein würdest?«

»Zumindest nicht so«, gab sie ihm recht.

»Also eins ist klar: Ich würde dich dafür nicht verraten! Die könnten mir das Doppelte bieten, das Zehnfache. Aus mir würden die nichts rauskriegen.«

Carya schenkte ihm ein mildes Lächeln. »Danke, Pitlit. Das weiß ich zu schätzen.«

»Was ihn hingegen angeht …« Der Straßenjunge schielte zu Jonan hinüber.

»He«, brummte der beleidigt.

»War nur Spaß!«, beeilte sich Pitlit hinzuzufügen.

Einige Kilometer weiter tauchten in der Ferne erneut Hügel auf. Die Landschaft verlor ihre Weite, Buschwerk und Bäume rückten wieder näher an die Handelsstraße heran. Sie erreichten eine riesige Kreuzung, an der sich der Weg teilte und in eine quer von Nordwesten nach Südosten verlaufende Motorwagenstraße mündete. Obwohl sie eigentlich ahnten, wohin sie sich wenden mussten, warfen sie vorher noch einen Blick auf Caryas Karten, bevor sie in nordwestliche Richtung weitergingen.

Immer wieder sah Jonan besorgt auf seinen Strahlungsmesser. Aber er steckte ihn stets wieder weg, ohne etwas zu sagen.

»Alles in Ordnung?«, fragte Carya ihn.

»Ja«, antwortete er. »Die Werte sind etwas höher, als es mir lieb wäre, aber solange wir hier kein Haus bauen und unser Leben verbringen wollen, sollte das keine Folgen haben. Merkt ihr denn irgendetwas? Übelkeit? Schwindel?«

Carya schüttelte den Kopf, und auch Pitlit verneinte.

Während sie weitergingen, holte Carya die Karte ihres Vaters hervor, die Onkel Giac ihr gegeben hatte. Auch wenn die beigefügte Bleistiftzeichnung keiner Landschaftsformation vor ihnen unmittelbar zu entsprechen schien, hatte sie doch das Gefühl, dass sie sich ihrem ersten Ziel, der Absturzstelle der Kapsel, näherten.

»Weißt du was?«, fragte Pitlit Carya irgendwann, während Jonan ihnen gerade ein paar Schritte vorausging.

»Hm?«

»Es ist wegen Ugo.«

»Was meinst du damit?«, fragte Carya.

»Ihr wolltet doch wissen, warum ich mit euch kommen und Arcadion verlassen wollte«, erwiderte der Straßenjunge. »Es ist, weil Ugo tot ist.« Er machte ein bedrücktes Gesicht. »Er war mein einziger richtiger Freund bei der Ascherose. Also, Stephenie war auch ganz nett, aber die hatte so viele Liebhaber, die mich nicht mochten, sodass ich eigentlich immer nur mit Ugo zusammen war. Und jetzt, wo er fort ist …«

Carya schaute Pitlit überrascht an. Es wäre ihr nicht in den Sinn gekommen, dass der so unabhängig wirkende und freiheitsliebende Junge eine so enge Bindung zu dem bärtigen Mathematiker aufgebaut hatte. Andererseits durfte man nicht vergessen, dass er erst dreizehn war – wenn das wirklich stimmte – und dass jeder Junge in diesem Alter sich einen Vater wünschte, zu dem er aufschauen konnte, von einer liebenden Mutter ganz zu schweigen. Pitlit schien da keine Ausnahme zu bilden, auch wenn er das niemals deutlicher zugegeben hätte als in diesem Moment.

»Es tut mir leid«, sagte Carya. »Glaub mir, ich weiß, wie man sich fühlt, wenn man jemanden verliert, der einem sehr nahestand. Aber du hast ja jetzt uns. Jonan mag nicht Ugo sein und ich nicht Stephenie, aber deine Freunde sind wir trotzdem.« Sie hätte niemals gedacht, dass sie das mal zu einem schmutzigen, frechen Straßenbengel sagen würde.

Pitlit strahlte sie an. »Ihr seid schon in Ordnung«, verkündete er. »Beide ein bisschen steif, aber ihr lernt schon noch, wie man Spaß im Leben hat.«

»He!«, erwiderte Carya mit gespielter Empörung.

Der Straßenjunge lachte und rannte vor.

Das Gelände stieg jetzt langsam, aber merklich an, und die Straße begann in weiten Schlangenlinien der Flanke einer Hügelkette zu folgen. Zur Linken erhoben sich braungrüne Hänge, zur Rechten fiel das Land in die Wildnis ab, in der nun immer mehr Gestrüpp und eng beisammen stehende, graugrün belaubte Bäume zu sehen waren. Dann schoben sich auch von links die Hügel heran, aber sie waren höher und dichter bewachsen als diejenigen, durch die sich die Straße am Morgen gezogen hatte.

Die Sonne sank bereits den westlichen Kämmen entgegen, als Carya plötzlich innehielt. »Wartet mal!«, rief sie Jonan und Pitlit zu, die ein paar Schritte vorausgegangen waren. Während die beiden zu ihr zurückkehrten, wandte sich Carya den schräg vor ihnen liegenden Hügeln zu und hielt die Karte ihres Vaters zum Vergleich daneben. »Ich glaube, dort vorne könnte es sein. Was meint ihr?«

Jonan musterte die Zeichnung und hob anschließend den Blick. »Du könntest recht haben. Diese drei benachbarten Hügelkuppen mit den zwei Metallmasten zwischen dem mittleren und dem rechten Hügel … Das hat eine bemerkenswerte Ähnlichkeit.«

»Versuchen wir es dort«, drängte Carya. »Vielleicht entdecken wir die Absturzstelle wirklich.«

»Und selbst wenn nicht, so können wir dort doch zumindest einen Schlafplatz für die Nacht finden«, fügte Jonan nickend hinzu.

»Absturzstelle?«, echote Pitlit. »Würde mich mal jemand einweihen? Was ist das für eine komische Schatzkarte?«

Carya und Jonan wechselten einen bedeutungsvollen Blick.

»He!«, entfuhr es dem Straßenjungen, der das mitbekam. »Ihr habt doch irgendein Geheimnis vor mir! Das finde ich echt gemein. Ich gebe hier alles für euch, und ihr verschweigt mir, was wir in der Wildnis überhaupt treiben. Ich dachte, wir sind auf dem Weg zu Freunden von Carya im Norden?«

»Das sind wir auch«, beruhigte Carya ihn. »Aber vorher möchte ich noch etwas überprüfen. Mein …« Sie zögerte einen Moment, entschied dann aber, dass Pitlit sich das Recht verdient hatte, die Wahrheit zu erfahren. »Mein Onkel hat mir diese Karte gegeben. Darauf ist die Stelle markiert, an der vor zehn Jahren eine Flugkapsel abgestürzt ist.«

»Und was kümmert uns das?«

»In dieser Flugkapsel lag ich. Mein Vater und mein Onkel haben mich dort als junges Mädchen gefunden. Ich habe keinerlei Erinnerungen mehr daran oder an meine eigentliche Herkunft. Aber ich hoffe, in dieser Kapsel Antworten zu entdecken.«

Pitlit starrte sie mit großen Augen an. »Du bist in einer Kapsel vom Himmel gefallen?«

»Ja, so sieht es aus, auch wenn es vollkommen verrückt klingt.« Sein fassungsloser Blick entlockte Carya ein nervöses Lächeln.

»Das ist …«, der sonst nie um einen dummen Spruch verlegene Straßenjunge schien nach den richtigen Worten zu suchen, »… total krass!«

»Na ja, so etwas Besonderes ist es nun auch wieder nicht«, versuchte Carya abzuwiegeln. »Ich bin ein Mensch wie Jonan und du, so viel steht fest. Aber offensichtlich waren meine wahren Eltern reich genug, um mich in so einen Flugapparat zu stecken und loszuschicken. Leider habe ich nicht den blassesten Schimmer, wohin die Reise gehen sollte.«

»Trotzdem krass«, murmelte Pitlit. Ihm war anzusehen, dass er mit sich haderte, ob er jetzt Furcht vor Carya oder Bewunderung für sie empfinden sollte.

»Zum Staunen haben wir später immer noch Zeit«, erinnerte Jonan sie, bevor er über die Seitenabsperrung der Straße stieg und sich querfeldein in die Wildnis schlug. Sie stapften durch das hohe, trockene Gras, bis sie einen alten Bauernpfad entdeckten, der in die Hügel führte. Ihm folgten sie und durchquerten dabei einen lichten Wald, der alle drei Hügelkuppen bedeckte.

Auf der anderen Seite der Hügel erwartete sie eine Überraschung. Am Fuß des Abhangs, an dessen oberem Ende sie gerade standen, war mitten durch den Wald eine Schneise gepflügt worden. Sie mochte vielleicht zehn Meter breit sein und war bestimmt an die hundert Meter lang. Sie endete, direkt unterhalb von ihnen und nur einen Steinwurf weit entfernt, in einem aufgeworfenen Erdwall. Obwohl die Natur sich das Gebiet mit bräunlichem Gras und Gestrüpp im Laufe der Jahre zurückerobert hatte, ließ sich deutlich erkennen, dass die Schneise nicht natürlichen Ursprungs war. Überall lagen schwarze, wie glasiert wirkende Steine herum. Und an mehreren Stellen ragten metallisch glänzende Trümmer aus der Erde.

»Ich fasse es nicht«, murmelte Jonan. »Wir haben die Absturzstelle wirklich gefunden.«

»Schön und gut«, sagte Pitlit. »Aber fehlt da nicht was?«

Die Frage konnte nur rhetorisch gemeint sein, denn natürlich erkannte es der Straßenjunge genauso wie Carya selbst: Die Absturzstelle lag vor ihnen – doch die Kapsel war fort.

KAPITEL 27

Carya verspürte eine Enttäuschung, die sich kaum in Worte fassen ließ. Im Grunde hatte ihr die mahnende Stimme der Vernunft längst vorgerechnet, wie unwahrscheinlich es war, dass in einer Welt, in der man Toten ihre Kleidung raubte, etwas so Wertvolles und Ungewöhnliches wie ein Flugkapselwrack lange in einem Stück an Ort und Stelle bleiben würde. Nichtsdestotrotz hatte sie gehofft, die Wirklichkeit möge jeder Erwartung spotten. Sie hatte gehofft, die Kapsel zu finden.

Doch sie war fort. Irgendjemand hatte sie – vermutlich schon vor vielen Jahren – mitgenommen oder, weil es einfacher war, bereits zwischen den Hügeln in diesem kleinen, unbedeutenden Waldstück zerlegt.

Wäre ihr Glaube weiterhin so stark wie vor ein paar Tagen, als ihre Weltsicht noch unbefleckt gewesen war, hätte sie womöglich angenommen, dass das Licht Gottes nicht mehr über ihr scheine, weil sie sich am Lux Dei versündigt hatte. Doch nachdem sie erfahren hatte, was für ein verdorbener Kern unter der glänzenden Fassade des Ordens lag und welche Grausamkeiten im Namen des Lichts begangen wurden, bezweifelte sie, dass Sündigen und göttliche Strafe wirklich in so enger Beziehung zueinander standen, wie es die Priester lehrten.

Nein, dachte Carya. *Ich bin einfach einem Hirngespinst nachgeeilt. Ich hätte mit einer Enttäuschung rechnen müssen.* Diese Erkenntnis machte es leider nicht einfacher.

»Ich möchte mir die Stelle gern aus der Nähe ansehen«, sagte sie.

Jonan nickte stumm. In seinen Augen sah sie, dass er ihre Gefühle verstand und teilte.

Vorsichtig kletterten sie den Abhang hinunter, bis sie die Schneise erreicht hatten. Pitlit hob einen der schwarzen Steine auf. »Sieht aus, als wäre er geschmolzen«, staunte er.

Carya ging neben einem der Metallteile in die Hocke und zog es aus der Erde. Es war kaum mehr als ein armlanger, verbogener Splitter, doch Wind und Wetter hatten ihm nichts anhaben können. Als sie Schmutz und Rußschicht fortwischte, glänzte das Metall darunter noch immer weiß und silbrig. Reste von Symbolen waren darauf zu erkennen.

Sie zog das Amulett hervor, das sie stets unter der Bluse trug, und verglich die Zeichen. Sie waren nicht identisch, aber es bestand eindeutig eine Ähnlichkeit zwischen ihnen. Es gab kaum Zweifel daran, dass das Amulett einst ein Teil der Wrackstücke gewesen war. Und beides zusammen barg das Geheimnis ihrer Vergangenheit.

Während sie auf das Metallstück schaute, ging ihr plötzlich ein Gedanke durch den Kopf. Verwirrt zog sie die Augenbrauen zusammen. »Wieso haben sie das nicht mitgenommen?«, fragte sie sich.

Obwohl sie Jonan nicht direkt angesprochen hatte, ließ dieser sich neben ihr auf ein Knie nieder. »Wie meinst du das?«

»Dieses Wrackteil.« Sie hob es hoch, dann deutete sie auf die anderen Trümmerteile, die noch aus der Erde ragten. »Diese ganzen Metallreste. Wenn hier Plünderer am Werk gewesen sind, wieso haben sie nicht jedes bisschen verwertbaren Metalls mitgenommen? Das sieht ihnen gar nicht ähnlich.«

»Vielleicht wurden sie gestört«, meinte Jonan. »Und mussten von hier verschwinden, bevor sie alles mitnehmen konnten.«

»Aber wer sollte sie hier draußen …«

Im Wald knackte ein Ast, so als habe ihn ein unachtsamer Fuß zertreten.

»… stören«, beendete Carya misstrauisch ihren Satz. Dabei erhob sie sich langsam und blickte sich beunruhigt um.

Jonan tat es ihr gleich. Er entsicherte sein Sturmgewehr.

»Das war ein Tier, oder?«, fragte Pitlit nervös. Auch er hatte das Geräusch vernommen. »Kommt schon. Sagt, dass es ein Tier war.«

»Es war ein Tier, Pitlit«, sagte Jonan.

»Ich glaube dir nicht«, jammerte der Straßenjunge.

»Ich glaube mir auch nicht.«

Carya sah, wie er das schwere Sturmgewehr in Anschlag nahm und mit dem Lauf den Waldrand absuchte.

Auf einmal kam Bewegung in die Schatten unter den Bäumen. Überall um sie herum war ein Rascheln, Knistern und Knacken zu hören, das vom Nahen vieler Geschöpfe kündete. Dass es sich dabei um Tiere handeln könnte, hielt auch Carya mittlerweile für einen absurden Gedanken. Stattdessen stieg vor ihrem geistigen Auge das Bild der Motorradgang auf, die im Ödland diesen eigenartigen Reiter getroffen hatte, der den Gangmitgliedern eine Belohnung versprochen hatte, wenn sie einen Dienst für ihn erfüllten – den Dienst, Jonan und Carya gefangen zu nehmen?

Pitlit stieß ein erschrockenes Quieken aus. Jonan fluchte leise. Dann sah auch Carya, dass die Wahrheit womöglich noch schlimmer war als ihre Vorstellung. Die Männer und Frauen, etwa ein Dutzend an der Zahl, die unter dem Blätterdach hervortraten und sie in einem losen Kreis umstellten, waren Mutanten!

Hundert schaurige Geschichten kamen ihr in den Sinn, als sie die verwachsenen Körper in den groben Kleidern aus Leder, Tierfellen und scheinbar wahllos in Besitz genommenen Beutestücken erblickte, die zum Teil wie geschmolzen wirkenden Gesichter und vor allem die Speere und Bögen in den Händen der Neuankömmlinge. Mutanten galten als die Schrecken der Wildnis, als grausame Krieger, deren körperliche Entstellungen ein Spiegelbild der Dunkelheit in ihrer Seele waren. Man sagte ihnen, hinter furchtsam vorgehaltener Hand, abscheuliche Praktiken nach. Angeblich scherten sie sich weder um Sitte noch Anstand, lebten in Sünde, jeder Mann mit jeder Frau des Stammes, manche von ihnen sollten sogar mit Tieren verkehren. Am schlimmsten jedoch war die Gewissheit, dass nie ein Mensch, den sie in ihre knotigen Klauen bekommen hatten, wieder zurückgekehrt war, denn sie töteten und verspeisten ihre Gefangenen.

So behaupteten es zumindest die Jungen in Caryas Klasse. Und auch wenn Carya sich früher immer gefragt hatte, woher die das bitteschön alles wissen wollten, kamen ihr die schrecklichen Erzählungen auf einmal nicht mehr so weit hergeholt vor wie damals.

»Ganz ruhig«, sagte Jonan leise. »Ich habe das Gefühl, die sind genauso überrascht wie wir, hier jemanden anzutreffen. Aber ich glaube nicht, dass sie uns etwas tun wollen.«

»Wie kommst du darauf?«, fragte Carya.

»Wenn sie uns hätten töten wollen, hätten sie uns aus dem Schatten der Bäume heraus mit Pfeilen erschießen können. Sieh doch: Sie sind für die Tierjagd bewaffnet. Außerdem tragen sie keine Kriegsbemalung.«

»Sie tragen sonst *Kriegsbemalung*?«, echote Pitlit mit dünner Stimme.

»Diejenigen, die ich kämpfend erlebt habe, waren bemalt, ja«, bestätigte Jonan. Er senkte langsam das Gewehr. Angesichts der Übermacht war das wohl eine kluge Entscheidung. Selbst wenn er die Hälfte von ihnen niedermähte, würde die andere Hälfte sie vermutlich umbringen – und selbst wenn die Mutanten flohen, konnten sie jederzeit mit Verstärkung zurückkehren. Carya, Jonan und Pitlit befanden sich tief in der Wildnis. Das hier war die Heimat der Mutanten.

»Ich versuche, mit ihnen zu reden«, verkündete Jonan. Er breitete die Arme aus und zeigte seine leeren Handflächen als Zeichen seiner friedlichen Absichten.

Der Kreis der Mutanten schloss sich um sie, als die Männer und Frauen vorsichtig näher kamen. Einer der Mutanten trat vor, ein kräftiger Mann mit schulterlangem, eisengrauem Haar und einem Bart von gleicher Farbe. Seine gebräunte Haut war von fleischfarbenen Flecken übersät, doch sie sahen aus wie alte Wunden. Seine Haltung und auch die Blicke der anderen Mutanten legten den Schluss nahe, dass er der Anführer der Gruppe war. Er hatte einen langen Speer in der Hand, aber die Spitze aus gefeiltem Metall zeigte nicht auf Carya, Jonan und Pitlit, sondern harmlos zum dämmrig werdenden Himmel hinauf.

Als der Mann Jonan erreicht hatte, warf er ihm einen kurzen, prüfenden Blick zu, dann wandte er sich überraschend von ihm ab und ging auf Carya zu. Er blieb vor ihr stehen, seine dunklen Augen musterten sie, und sein Blick blieb unangenehm lange auf der Wölbung ihrer Brüste liegen. *Nein*, erkannte Carya gleich darauf. *Er starrt auf das Amulett, das ich trage.*

Der Mann hob seine schwielige Linke. Es war eine absichtsvoll langsame Geste, die nicht bedrohlich wirkte. Obwohl ein Teil von ihr angstvoll zurückzucken wollte, rührte Carya sich nicht von der Stelle, sondern ließ ihn gewähren. Behutsam, beinahe andächtig, strich der Mann über das silberne Metall des Anhängers, nahm ihn in die Hand und drehte ihn zwischen den Fingern. »Tochter des Himmels …«, murmelte er mit dunkler Stimme.

»Wie bitte?«, fragte Carya unsicher.

Der Mann ließ das Amulett los und trat einen Schritt zurück. »Du«, sagte er und deutete mit dem Finger auf Carya. »Komm mit uns.« Es war keine Bitte, eher ein Befehl.

Nun endlich schritt Jonan ein. »Was habt ihr vor?«, fragte er scharf. Offenkundig dachte er nicht daran, sich einfach so in die Hand der Mutanten zu begeben. Er hatte die Brust herausgereckt und stellte eine grimmige Miene zur Schau, ein Anblick, der bei seiner Statur durchaus Eindruck zu schinden vermochte.

Ein paar der Mutanten gaben Drohlaute von sich, und zwei senkten ihre Speere.

Jonan hob sein Sturmgewehr ein wenig.

»Nein!«, ging der Grauhaarige dazwischen und gebot seinen Gefährten mit einer energischen Geste Einhalt. Sie gehorchten mit spürbarem Widerwillen.

Er richtete sein Augenmerk auf Jonan. »Euch geschieht nichts. Aber sie muss mitkommen.«

»Carya geht nirgendwohin!«, bestimmte Jonan.

»Sie muss mitkommen!«, grollte der Mutant und trat auf den Ex-Templer zu. Jonan hob seinen Gewehrlauf, doch der andere Mann griff einfach danach und zwang ihn zur Seite. In einem verbissenen Kräftemessen rangen die beiden Männer um die Kontrolle über die Waffe. Carya wusste, dass Jonan jederzeit hätte abdrücken können. Sie war ihm dankbar dafür, dass er es nicht tat.

»Hört auf!«, sagte sie bestimmt. Sie legte Jonan und dem Mann eine Hand auf die Schulter. »Bitte hört auf.« Sie schaute erst den Mutantenanführer und anschließend Jonan an. »Ich gehe mit. Irgendetwas an dem Amulett kam ihm offenbar bekannt vor. Vielleicht wissen diese Leute mehr über den Verbleib der Kapsel.«

»Bist du sicher?«, wollte Jonan wissen. In der Frage schwang eine Warnung mit, die er nicht aussprach, aber die sie auch so verstand. Hier mochten sie noch eine Chance gegen die Mutanten haben, wenn auch nur eine kleine. Befanden sie sich erst in deren Lager, waren sie ihnen auf Gedeih und Verderb ausgeliefert.

»Ja, das bin ich«, sagte Carya und nickte zur Bekräftigung.

Jonan warf dem Mutanten einen letzten Blick zu, anschließend entzog er diesem den Sturmgewehrlauf und senkte die Waffe wieder. »Also schön. Aber wir gehen alle gemeinsam. Ich überlasse dich nicht diesen Wilden.«

»Nett, dass mich keiner fragt, was ich will«, mischte sich Pitlit mit beleidigter Stimme ein.

»Möchtest du hierbleiben?«, fragte Jonan.

»Natürlich nicht.«

»Na also.«

»Ich meine ja nur …« Der Straßenjunge schob missmutig die Unterlippe vor.

Die Mutantengruppe nahm sie in die Mitte und marschierte mit ihnen aus der Schneise hinaus in den Wald, der sie von der Handelsstraße fort ins Hinterland führte. Sie folgten keinem erkennbaren Pfad, sondern schlugen sich quer durch die Wildnis. Carya fürchtete schon, dass Unterholz und Strauchwerk ihren Marsch zu einer Quälerei lassen würden, aber das trockene Wetter und der karge Boden hielten selbst hier, an einem Ort, der von den Menschen seit Jahrzehnten aufgegeben worden war, das Wuchern der Vegetation in Grenzen.

Die Mutanten schlugen ein gemächliches Marschtempo an, vielleicht aus Rücksicht auf Carya und Pitlit, vielleicht auch einfach, weil sie es nicht eilig hatten. Nach zwei Stunden erreichten sie einen breiten Flusslauf – Caryas Karte zufolge handelte es sich um den Tevere –, und da das Tageslicht mittlerweile merklich abnahm, entschied der Anführer der Mutanten, hier zu rasten.

»Wie weit ist es denn noch bis zu unserem Ziel?«, wollte Carya wissen.

»Zu weit für heute«, erwiderte der Mann. »Nicht mehr weit morgen.«

Mit diesen Worten wandte er sich ab und ging zu den anderen hinüber, die gerade damit beschäftigt waren, ein kleines Lagerfeuer anzufachen.

Jonan trat neben sie. »So freundliche Leute«, stellte er mit deutlichem Sarkasmus in der Stimme fest. »Ich hoffe, wir begehen keinen Fehler, indem wir ihnen trauen.«

»Wenn sie uns töten wollten, hätten sie das doch längst getan«, entgegnete Carya. »Das waren deine eigenen Worte.«

Pitlit gesellte sich zu ihnen. »Vielleicht wollen sie Jonan und mich auch nur versklaven und dich zur Braut des Häuptlings machen«, schlug er vor und grinste Carya frech an. »Oder sie halten es wie der Schäfer, der sein Schaf auch nicht auf der Weide tötet, weil er es sonst nach Hause schleppen müsste und das Fleisch verderben würde. Stattdessen bringt er es zum Schlachter, und der bereitet dann alles ganz frisch zu.« Der Straßenjunge schnalzte genüsslich mit der Zunge.

»Na, das wird uns helfen, heute Nacht gut zu schlafen«, knurrte Jonan. »Danke für diese Überlegungen, Pitlit.«

326

Dem schien erst verspätet aufzufallen, dass seine als Scherz gemeinten Worte möglicherweise durchaus einen wahren Kern enthielten. Er wurde etwas bleich um die Nase, und seine Augen weiteten sich. »Das machen die nicht wirklich, oder?«, fragte er.

»Nicht, solange noch Munition in dieser Waffe ist«, versprach ihm Jonan grimmig und klopfte auf den Lauf seines Sturmgewehrs.

Die ganze Nacht über bekam Carya kaum ein Auge zu. Das war zum Teil sicher den Insekten geschuldet, die sich hier in Flussnähe tummelten und Caryas Blut viel schmackhafter zu finden schienen als das der Mutanten. Aber mehr noch brachten sie Angst und Aufregung um den Schlaf. Was würde sie morgen erwarten? *Tochter des Himmels* hatte der grauhaarige Mann sie genannt. Wie kam er auf diesen Namen? Hatte er das Amulett als Teil der Flugkapsel erkannt? Aber wenn dem so war, bedeutete das womöglich ... Sie wagte den Gedanken nicht zu Ende zu führen. Sie verweigerte sich jedes weitere Gefühl von Hoffnung. Eine erneute Enttäuschung wollte sie nicht erleben.

Im Morgengrauen brach die Gruppe wieder auf. Flussaufwärts wanderten sie am Ufer entlang. Carya befürchtete schon, sie könnten gezwungen sein, an einer Furt hüfttief durchs eiskalte und sicher verunreinigte Wasser zu waten. Aber ihr Weg führte sie stattdessen zu einer uralten Betonbrücke, deren Geländer von Rost zerfressen war und auf deren aufgeplatztem Asphaltbelag graugrünes Moos wuchs.

Etwa drei Stunden lang liefen sie auf lange nicht mehr befahrenen Feldwegen durch die hügelige Wildnis nach Osten. Vor ihnen ragten braune Bergflanken auf, unwegsames, von der Sonne verbranntes Land.

Jonan holte seinen Strahlungsmesser hervor. Er betrachtete eine Weile die Anzeigen, bevor er ihn wieder verstaute.

»Besteht Gefahr?«, wollte Carya wissen.

»Nicht von der Strahlung«, erwiderte Jonan.

»Sind wir bald da?«, maulte Pitlit.

Einer der Mutanten, ein ausgemergelt wirkender Mann, auf dessen Kopf kaum mehr als ein paar Strähnen Haare verblieben waren, funkelte ihn unwillig an.

»Ich frage ja nur«, meinte der Straßenjunge.

Der Mann zögerte, bevor er auf den nächsten Kamm deutete. »Hinter dem Berg«, sagte er mit einer Stimme, die rau wie ein Reibeisen klang.

Pitlit zuckte unwillkürlich zurück. »Was ist denn mit *dem* los?«, fragte er, als der Mann sich ein paar Schritte von ihnen entfernt hatte.

»Der unsichtbare Tod hat seine Stimme zerstört«, erklärte eine junge Frau mit seltsam langgezogenem Gesicht. »Ohne den Doktor wäre er schon von uns gegangen. Auch so wird er uns bald verlassen und in die Wildnis gehen.«

»Der unsichtbare Tod, hm?« Pitlit verzog das Gesicht. »Ich hätte in Arcadion bleiben sollen.«

»Wer ist dieser Doktor?«, wandte sich Carya an die Frau, die offenbar gesprächiger war als ihre männlichen Gefährten.

Diese wollte gerade antworten, doch ihr Nachbar versetzte ihr einen Stoß in die Seite und brummte etwas Unverständliches. »Du wirst es sehen, Tochter des Himmels«, sagte die junge Frau nur.

So leicht wollte Carya sich nicht abwimmeln lassen. »Warum nennt ihr mich alle so?«, verlangte sie zu wissen.

Die Frau senkte lediglich den Kopf und beschleunigte ihre Schritte.

»Du wirst es sehen, *Tochter des Himmels*«, raunte Jonan ihr zu. In seinen Augen funkelte Belustigung.

Einem schmalen Trampelpfad folgend erklommen sie die Bergflanke, und etwa gegen Mittag überquerten sie den Kamm. Dahinter lag, zu Caryas Erstaunen, ein Dorf. Es erstreckte sich entlang des Osthangs des Berges, oberhalb eines kleinen Sees, und bestand aus einer Ansammlung alter Steinhäuser, deren ursprüngliche Bewohner wahrscheinlich längst tot waren. Die Ruinen waren von den Mutanten in Besitz genommen worden. Eine provisorische Palisade, die zum Teil aus Baumstämmen, zum Teil aus dornigem Gestrüpp bestand, umgab das Dorf und schützte es vor wilden Tieren.

Als sie sich näherten, stellte Carya fest, dass ihr Kommen bereits von Spähern angekündigt worden sein musste. Das ganze Dorf schien auf den Beinen und sich am Eingang des Palisadenzauns versammelt zu haben. Männer, Frauen und Kinder tummelten sich dort, und in ihren Augen lag keine Gier nach Menschenfleisch und auch kein Hass auf die Fremden aus der großen Stadt. Die meisten von ihnen wirkten vor allem neugierig, vielleicht gar ein wenig ängstlich.

Diese Regungen kamen Carya verstörend vertraut vor. Kaum anders sah es auf den Straßen von Arcadion aus, wenn seltener Besuch angekündigt war. Einmal war der Mondkaiser der Einladung des Lux Dei gefolgt, und als er in einer feierlichen Prozession den Corso hinuntergefahren war, waren die Gehwege und anliegenden Häuser genauso voll von aufgeregt tuschelnden Schaulustigen gewesen wie die Dorfstraße, der sie jetzt folgten.

Der einzige Unterschied bestand darin, dass dies hier keine normalen Menschen waren, sondern Mutanten. Jeder von ihnen trug die Spuren der Dunklen Jahre am Leib oder in seinem Geist.

Während Carya sich furchtsam umschaute, sah sie ein bizarres Panoptikum verwachsener Körper, aufgeblähter Schädel, schuppiger Haut und verkümmerter Gliedmaßen. Manche der Kinder hatten ein schwachsinniges Grinsen auf den Lippen, andere starrten ihr ohne jedes Begreifen entgegen. Und kaum einer von ihnen schien älter als dreißig oder vierzig Jahre zu sein.

Wie hatte die junge Frau die Plage genannt, die hier alle zu quälen schien? Den lautlosen Tod. Carya schauderte unwillkürlich. Auf einmal verspürte sie Mitleid, grenzenloses Mitleid mit den Mutanten, die vom Wesen her so gar nicht dem Bild der grausigen Ungeheuer entsprachen, das die kindliche Fantasie und sicher auch gezielte Ordenspropaganda in Arcadion von ihnen zeichnete. Keiner von ihnen hatte das Geringste mit dem Sternenfall zu tun gehabt, doch sie alle litten unter seinen Folgen. »Licht Gottes«, murmelte sie erschüttert.

»Das Licht Gottes scheint für diese Menschen schon lange nicht mehr«, ertönte eine Stimme in der Menge. Ein Mann, der etwa im Alter von Caryas Vater sein mochte, trat daraus hervor. Sein blondes Haar schien vorzeitig ausgeblichen zu sein, und seine ungewöhnlich zivilisierte Kleidung wirkte zerschlissen, aber sein Körper war offenbar frei von Krankheiten, und das Funkeln in seinen ungewöhnlich blauen Augen zeugte von einem gesunden Geist. »Hier draußen gibt es nur die gnadenlose Sonne«, fuhr er fort, »die ihre Haut und ihre Felder verbrennt.«

»Wer sind Sie?«, fragte Carya.

»Ich bin Nessuno. Ich diene diesem Dorf als Arzt.«

»Sie sehen aus wie ein Städter. Wurden Sie verschleppt oder sind Sie freiwillig hier?«, mischte sich Jonan ein.

Nessuno bedachte ihn mit einem abschätzenden Blick. »Meine Geschichte spielt keine Rolle. Aber deine, Mädchen ...«, er musterte Carya, »… auf deine bin ich außerordentlich gespannt. Kommt. Der Dorfälteste erwartet euch bereits.«

Der Rest der Jagdgruppe blieb zurück und verschmolz mit der Menge der Schaulustigen. Nur ihr Anführer begleitete Carya, Jonan und Pitlit, als diese Nessuno folgten, der sie zum Dorfplatz brachte. Der Platz wurde von mehreren Häusern gesäumt, darunter auch ein tempelartiges Bauwerk mit einem scheunentorgroßen Portal, zu dem drei steinerne Stufen emporführten. Auch hier standen Mutanten, und weitere strömten erwartungsvoll hinter Carya und den anderen auf die freie Fläche.

Auf den Stufen erwartete sie ein Mann. Es handelte sich um einen glatzköpfigen Hünen mit dunklen Augen, der einen weiten schwarzen Umhang trug, an den Unmengen glitzernden Tands genäht worden war – polierte Metallscheiben, farbige Kristalle, spiegelndes Glas. Das Sonnenlicht, das auf das Kleidungsstück fiel, ließ es schimmern und glitzern wie ein nächtliches Firmament voller Sterne.

Nessuno deutete mit einem Nicken auf den Mann. »Das ist Ordun. Er ist Priester und Stammesführer in einem. Geh zu ihm, Carya.«

Carya wechselte einen raschen Blick mit Jonan, der die Lippen zu einem schmalen Strich zusammenpresste und mit den Schultern zuckte. Ihm gefiel nicht, dass sie im Zentrum der Aufmerksamkeit aller standen, aber sie hatten das Spiel der Mutanten bis jetzt mitgespielt, also sollten sie vielleicht auch schauen, was das Finale brachte.

Mit zögernden Schritten ging Carya auf den Priester zu. Am Fuße der Treppe blieb sie stehen und deutete einen höflichen Knicks an. »Ich grüße Sie, Signore.«

Der Hüne sah Carya forschend an. Er deutete auf die Kette um

331

ihren Hals. »Zeig es mir«, bat er. Allem Anschein nach wusste er von dem Amulett.

Sie gehorchte und holte es hervor. Wie schon der Anführer der Jagdgruppe trat auch Ordun neugierig näher und besah sich den Anhänger aufmerksam. »Tochter des Himmels«, sagte er leise.

Er drehte sich um und klatschte in die breiten Hände. Zwei junge Männer eilten herbei und entriegelten das Portal des Tempels. Mit einem tiefen Knarren schwangen die Torflügel auf und gaben den Blick auf einen einzelnen hohen Raum dahinter frei.

Carya spürte, wie sich ihr Herzschlag beschleunigte, als sie sah, was sich darin befand. Eine Aufregung, wie sie sie in ihrem Leben bislang selten verspürt hatte, ergriff von ihr Besitz. *Beim Licht Gottes!*, dachte sie euphorisch und voller Angst zugleich. *Es ist die Kapsel!*

KAPITEL 28

Die Kapsel maß etwa zweieinhalb Meter in der Höhe und eineinhalb Meter im Durchmesser. Im Grunde handelte es sich um einen weiß-silbrigen Zylinder, an dem einige Kontrollen und Geräte befestigt waren, die Carya nicht kannte. Die Mutanten hatten das Gefährt von allen Rußspuren des Absturzes gereinigt, allerdings wies die auf Hochglanz polierte Hülle mehrere Dellen und Risse auf, die von einer harten Landung zeugten.

Im hinteren Bereich des Tempels waren Bruchstücke eines anderen Flugapparats ausgestellt – etwas, das wie ein Teil eines aufgeplatzten Steuerungsmoduls aussah, glänzende, aber geborstene Tragflächen und gondelartige Zylinder, die womöglich zum Antrieb des Gefährts gehört hatten. *Raketenflugzeug* hatte Onkel Giac es genannt. Carya konnte sich nicht vorstellen, wie es im Flug ausgesehen haben mochte.

Ordun gesellte sich zu ihr. »Du kennst es?« Es war halb Frage, halb hoffnungsvolle Feststellung. Bei allem Gerede darüber, dass sie die Tochter des Himmels sei, waren sich die Mutanten offenbar doch nicht ganz sicher darüber, wen sie da in ihr Dorf geholt hatten.

Carya zögerte mit der Antwort. Ihr erster Impuls war, die Frage zu verneinen. Sie hatte diese Kapsel wissentlich noch nie gesehen. Und sie hätte ihrem Begleiter, der sie mit forschendem Blick beobachtete, ganz sicher nicht verraten können, wie man sie bediente, selbst wenn die Kapsel noch flugfähig gewesen wäre – was sie ganz eindeutig nicht war.

Und trotzdem verspürte sie gleichzeitig ein eigentümliches Gefühl von Vertrautheit. Sie trat auf die Kapsel zu und strich über das kühle Metall. An der Vorderseite gab es so etwas wie eine Luke, eine gewölbte Klappe, die etwa die Hälfte der Front einnahm. Ihr Onkel hatte behauptet, der Absturz habe die Kapsel aufplatzen lassen. Doch nun war sie geschlossen. Offenbar war damals nur der Öffnungsmechanismus ausgelöst worden. Die Luke selbst hatte keinen Schaden davongetragen.

Carya warf einen unsicheren Blick zu Ordun. Der Priester machte eine auffordernde Geste. »Öffne den Schrein«, sagte er. Auch alle anderen Anwesenden starrten sie gebannt an und schienen darauf zu warten, dass sie irgendetwas mit der Kapsel anstellte. *Ich sollte ihre Erwartungen besser nicht enttäuschen. Wer weiß, was sie sonst mit uns machen.*

Dummerweise hatte sie keine Ahnung, was sie tun musste, um die wie tot dastehende Kapsel zum Leben zu erwecken. Sie horchte in sich hinein, aber es herrschte Stille.

Sie ließ ihren Blick über die Luke gleiten. Dort fanden sich erneut die seltsamen Symbole, die sie nun bereits kannte, deren Bedeutung sich ihr jedoch entzog. Carya streckte die Hand aus, und ihre Fingerspitzen strichen über die Zeichen, bis sie an einem kleinen Kasten endeten, der einen Schlitz, ein graues Feld und einige Nummerntasten aufwies.

Nachdenklich begutachtete sie den Schlitz. Irrte sie sich oder schien er von der Breite her genau zu dem Amulett zu passen, das sie um den Hals trug? *Vielleicht handelt es sich dabei um ein Schloss, und ich besitze den Schlüssel,* dachte sie.

Sie holte den Anhänger hervor und streifte die Kette über den Kopf. Dann hielt sie das seltsame Kleinod neben den Kasten. Kein Zweifel: Man konnte die Metallplakette dort hinein schieben. Ob sich die Kapsel dadurch allerdings öffnete oder am Ende selbst in die Luft sprengte, vermochte Carya nicht zu sagen. »Versuchen wir es«, murmelte sie.

Behutsam führte sie das Amulett in den Schlitz ein. Es klickte kurz, und einige Symbole sowie der Schlitz selbst leuchteten bläulich auf. Das Tastenfeld fing an zu blinken. Anscheinend erwartete die Kapsel eine Eingabe.

Vier, fünf, eins ... Die Zahlen tauchten wie von selbst in ihrem Kopf auf. Carya hatte keine Ahnung, woher sie die Kombination wusste, aber sie war sicher, dass sie stimmte. Ohne zu zögern, gab sie die drei Ziffern ein.

Ein Rumpeln durchlief die Kapsel. Ein Zischen folgte. Danach begann die Luke langsam zur Seite zu schwenken. Ein warmes gelbes Licht drang aus dem Inneren der Kapsel.

»Tochter des Himmels!«, rief der Priester mit so lauter Stimme, dass Carya unwillkürlich zusammenschrak. Er ergriff sie am Arm und drehte sie zu den versammelten Mutanten um.

»Tochter des Himmels!«, wiederholten diese den Ausruf ihres religiösen Führers. Dabei warfen sie die Hände in die Höhe und sanken auf die Knie.

»Nein ... Ich ... Was macht ihr?«, stammelte Carya.

Ordun ließ sie los, faltete wie anbetend die Hände und verbeugte sich tief vor ihr. »Seid gegrüßt, Tochter des Himmels«, sagte er. »Die Sterne der Nacht fielen vom Himmel und brachten uns das große Leiden. Später fiel der Stern des Morgens vom

Himmel, der uns Erlösung versprach. Doch die Tochter des Himmels wurde geraubt und in die Ferne entführt. Seitdem haben wir ihre Rückkehr erwartet – Eure Rückkehr, Tochter des Himmels.«

»Aber das ist ein Irrtum«, wandte Carya ein. »Ich bin keine …«

»Lasst mich durch!«, rief eine Jungenstimme. »Geht beiseite! Ich bin der Diener der Tochter des Himmels.« Pitlit drängte sich durch die knienden Mutanten, die nicht aufhören wollten, Lobpreisungen zu rufen, und eilte an Caryas Seite. Er bedeutete ihr mit einer Geste, sich zu ihm herunterzubeugen.

»Was willst du, Pitlit?«, fragte Carya leise.

»Bist du irre?«, zischte er ihr ins Ohr. »Sie halten dich für ihre Prophetin. Lass sie eine Weile in dem Glauben. Das sollte unsere Überlebenschancen deutlich steigern.«

»Aber ich kann niemand sein, der ich nicht bin«, widersprach Carya.

»Du weißt doch gar nicht, wer du bist!«, gab Pitlit zurück. »Vielleicht bist du die Tochter des Himmels. Dieses … dieses Ding hier ist jedenfalls fantastischer als alles, was ich jemals in Arcadion oder um die Stadt herum zu Gesicht bekommen habe.« Er deutete auf die Trümmer des Flugapparats. Die Kapsel neben ihnen gab ein pulsierendes Brummen von sich und leuchtete aus dem Inneren wie ein Kerzenbaum am heiligen Tag des Lichts.

»Sie erwarten, dass ich ihnen Erlösung bringe. Wie soll ich das machen?«

»Was weiß ich? Aber die werden nicht gleich ein Wunder erwarten. Lass dir ein wenig Zeit. Uns wird schon was einfallen.« Pitlit zog sich einen Schritt von Carya zurück und schenkte den Mutanten ein salbungsvolles Lächeln, so, als sei er das persönliche Sprachrohr der Gottheit, für die Carya gehalten wurde.

Unsicher faltete Carya die Hände vor dem Bauch. »Danke«,

sagte sie, merkte, dass sie lauter sprechen musste, und hob widerwillig die Stimme. »Ich danke euch! Mein Herz ist voller Freude, dass mich mein Weg endlich hierhergeführt hat. Viel zu lange habe ich auf diesen Tag warten müssen.« Sie wandte sich an Ordun. »Aber die … äh … Anstrengungen der Reise haben mich müde und hungrig gemacht. Ich würde mich gerne mit meinen beiden Gefährten ausruhen.«

Der Priester verbeugte sich erneut. »Wie Ihr wünscht, Tochter des Himmels.«

Er wollte mit einer Geste einen jungen Mann herbeirufen, doch Doktor Nessuno kam diesem zuvor. »Ich bringe sie in mein Quartier, wenn du es gestattest, Ordun.«

»Natürlich«, bestätigte der Priester.

»Kommt, Tochter des Himmels«, sagte der Arzt.

Carya wollte der Aufforderung schon Folge leisten, aber etwas ließ sie zögern. Nachdenklich warf sie der offenen Kapsel einen Blick zu, bevor sie die Hand hob und das Amulett aus dem Schlitz hervorzog. Ein Knopf unweit des Kästchens begann zu blinken, und sie drückte ihn mit einer Selbstverständlichkeit, als wüsste sie, was sie tat.

Nichts geschah. Die offene Kapsel summte und leuchtete. Ihr wäre es lieber gewesen, wenn sie sich geschlossen hätte, aber sie wollte jetzt auch nicht wild an irgendwelchen Kontrollen herumspielen und dadurch den neu erworbenen Ruf ruinieren.

Dann eben nicht, dachte sie und wandte sich ab, um die Treppen hinunterzusteigen. Sie hatte sich keine zehn Schritte von der Kapsel entfernt, als sie das charakteristische Rumpeln und Zischen vernahm, das auf ein Schließen der Luke hindeutete. Sie hielt den Blick starr geradeaus gerichtet und unterdrückte das Bedürfnis, sich umzudrehen und nachzuschauen, was genau dort

337

vor sich ging. Die *Tochter des Himmels* wusste dergleichen selbstredend.

»Folgt mir«, sagte Nessuno. »Ihr könnt euch in meinem Heim von der Reise erholen.«

»Das ist sehr freundlich von Ihnen«, erwiderte Carya.

Der Arzt neigte den Kopf. »Es ist mir eine Ehre.«

Die Bleibe Nessunos befand sich nicht weit vom Dorfplatz entfernt. Es handelte sich um ein zweigeschossiges Wohnhaus mit einem rotbraunen Schindeldach, heruntergekommen wie alle Gebäude hier, aber für eine Person fast verschwenderisch groß.

»Leben Sie alleine hier?«, staunte Pitlit.

»Nein, zusammen mit meiner Frau, die mir zugleich als Ärztin bei der Arbeit hilft«, erwiderte Nessuno. »Anscheinend ist sie gerade unterwegs. Sie geht oft zum Kräutersammeln hinunter ins Tal.«

»Ist trotzdem ziemlich groß.«

Der Arzt lächelte. »Platz ist hier draußen das geringste Problem. Ihr könnt im oberen Stockwerk wohnen, bis für die Tochter des Himmels ein eigenes Heim eingerichtet wurde.« Er deutete eine Verbeugung an, bevor er den Weg nach oben wies.

»Hören Sie auf damit«, sagte Carya, während sie die enge Treppe hinaufstiegen. »Sie sind ein gebildeter Mann, das sehe ich Ihnen doch an. Sie wissen, dass ich diese seltsame Heilsbringerin nicht bin.«

»Ich weiß nur, was ich sehe«, gab Nessuno über die Schulter zurück. »Du hast die Kapsel geöffnet, Mädchen, etwas, das vor dir noch niemandem gelungen ist.«

»Kein Wunder, ich hatte den Schlüssel.« Sie hielt das Amulett an der Kette hoch.

»Und woher hast du den?«

»Ich …« Carya stockte. »Ich habe ihn von meinen Zieheltern

bekommen. Sie fanden mich vor zehn Jahren in dieser Kapsel draußen in der Wildnis.«

Nessuno blieb im Flur des ersten Stockwerks stehen und hob die Augenbrauen. »Also bist du tatsächlich mit der Kapsel vom Himmel gekommen.«

»Ich weiß nicht, woher ich gekommen bin«, gestand Carya. »Genau deshalb habe ich die Kapsel gesucht. Weil ich hoffte, von ihr etwas über meine Vergangenheit zu erfahren, an die ich keine Erinnerung mehr habe. Aber das alles macht mich nicht zu jemandem, der Wunder vollbringen kann.«

»Ich weiß«, sagte Nessuno sanft. »Ich werde mit Ordun darüber sprechen. Er ist ein verständiger Mann, auch wenn er grimmig aussehen mag. Aber lass mir ein wenig Zeit.«

»Und was soll ich bis dahin machen?«

»Wenn du meinen Rat möchtest: Sei einfach du selbst. Diese Menschen dort draußen sind einfache Gemüter. Sie erwarten nicht viel vom Leben und auch nicht von ihren Göttern. Sei freundlich zu ihnen, verurteile sie nicht wegen ihres Aussehens, bestärke ihr Gefühl für Zusammenhalt, solltest du in Streitfragen um einen Richtspruch ersucht werden.«

»Das klingt so, als hätten Sie einige Erfahrung mit diesen Dingen.«

Nessuno lächelte erneut. »Jemand, der Schmerzen lindern und manchmal sogar Leben retten kann, kommt an diesem Ort der Vorstellung eines göttlichen Wesens vermutlich ziemlich nahe.«

»Sind Sie deshalb noch hier?«, mischte Jonan sich ein. »Weil die Sie anbeten? Ich sehe keine Ketten, Sie hätten also jederzeit fliehen können.«

Die Miene des Arztes verfinsterte sich. »Ich bin hier, weil es das Richtige ist! Es ist wahr, dass ich vor Jahren von dem Stamm verschleppt wurde, aber seitdem habe ich erkannt, dass ich hier mehr Gutes tun kann als in jeder Stadt des Lux Dei.«

Er zeigte ihnen die zwei großen Räume im oberen Stockwerk. In einem stand sogar ein altes Holzbett, in dem anderen gab es ein nicht minder altes Sofa. Einige Stühle, Tische und Schrankmöbel, die willkürlich zusammengeplündert aussahen, komplettierten die Einrichtung. »Hier könnt ihr bleiben. Nebenan ist auch noch ein Bad, aber es gibt kein fließendes Wasser. Das müsst ihr euch aus der Zisterne holen.«

»Ist das Wasser sauber?«, fragte Jonan.

»Wir kochen es für gewöhnlich ab, bevor wir es trinken«, erwiderte Nessuno. »Aber zum Waschen ist es vollkommen in Ordnung. Zumindest hat es noch keinen hier direkt umgebracht.« Er maß Jonan und Carya mit Blicken. »Ich bringe euch noch ein paar Kleider von uns. Danach könnt ihr eure waschen.«

»Vielen Dank, Doktor«, sagte Carya. »Wir wissen Ihre Freundlichkeit wirklich zu schätzen.«

»Keine Ursache.«

Während Nessuno sich wieder an die Arbeit begab, holten Jonan und Pitlit mehrere Eimer Wasser von der Zisterne, damit sie sich waschen konnten. Carya hätte ihnen gerne dabei geholfen, aber sie waren übereingekommen, dass es im Augenblick besser war, wenn die Tochter des Himmels erst einmal ein wenig Abstand zu ihren Anhängern hielt.

Die Männer ließen Carya den Vortritt im Bad. Nach Tagen auf der Flucht, während derer sie kaum mehr als eine Katzenwäsche hatte durchführen können, war es für Carya ein herrliches Gefühl, ein Bad nehmen zu können, auch wenn das Wasser ziemlich kalt war und es niemanden gab, der ihr mit einem Schwamm den

340

Rücken wusch. Sie ließ sich in die Wanne gleiten, schloss die Augen und gönnte sich den Luxus, eine Weile lang einfach alles um sich herum zu vergessen. Es gab nur noch sie und das kühle, erfrischende Nass, das träge ihren nackten Körper umspülte.

Im Anschluss an das Bad zog sie die Sachen an, die Nessuno ihr hingelegt hatte. Es handelte sich um ein ärmelloses, bodenlanges Wollkleid von weißgrauer Farbe, das überhaupt nicht geeignet war, um damit durch die Wildnis zu spazieren. Aber einer Ärztin mochte es stehen. Dazu kam eine dunkelblaue Jacke, die nachts angenehm sein würde, die sie aber angesichts der Hitze des Tages gleich wieder ablegte.

Als sie auf den Gang hinaustrat, stand dort Jonan bereits mit weiteren zwei Eimern Wasser. Er wirkte so, als wolle er etwas sagen, denn sein Mund öffnete sich, doch kein Laut kam ihm über die Lippen. Im nächsten Moment schien er sich dieses Umstandes bewusst zu werden, denn er klappte den Mund wieder zu und räusperte sich. »Bist du fertig?«

»Ja, danke. Es war wunderbar.«

Jonan grinste schief. »Das glaube ich gerne.«

»Ich will mal sehen, ob wir bei Nessuno auch etwas zu essen bekommen«, verkündete Carya.

»Ja, mach das. Ich … äh … werde mich dann auch mal waschen gehen.«

Beschwingt eilte Carya die Stufen hinunter. Als sie einen kurzen Blick über die Schulter warf, sah sie, dass Jonan ihr nachschaute. Sie fragte sich, was an ihr so anders sein mochte als sonst – mal abgesehen davon, dass sie nach frischer Seife roch. Dann ging ihr auf, dass sie zum ersten Mal, seit sie einander kannten, ihr Haar offen trug. Wie ein dunkler, vom Badewasser noch immer leicht strähniger Wasserfall fiel es ihr weit den Rücken hinab.

Es war ein Anblick, der, wenn sie es sich recht überlegte, bislang noch keinem Mann außer ihrem Vater und ihrem Onkel zuteil geworden war. Er schien seine Wirkung nicht zu verfehlen. Irgendwie gefiel ihr der Gedanke, dass Jonans Staunen ihr galt.

Seit sie einander im Dom des Lichts zum ersten Mal begegnet waren, hatte Carya kaum Zeit gehabt, über Jonan nachzudenken. Zunächst hatte all ihre Aufmerksamkeit noch Ramin gegolten, doch der war für sie mittlerweile so unerreichbar wie Großinquisitor Aidalon selbst. Und später hatten sich die Ereignisse praktisch ständig überschlagen. Der Tod Rajaels, die Entführung von Caryas Eltern, ihre Flucht mit Jonan vor den Schwarzen Templern, Onkel Giac und die Ascherose ... *Immer ist er für mich da gewesen*, erkannte sie. *Ohne Einschränkungen und ohne etwas dafür zu verlangen.* Er hatte ihr Trost gespendet, so unbeholfen diese Gesten auch gewesen sein mochten, und er hatte ihr ein Gefühl von Schutz in einer Welt gegeben, in der Sicherheit zu einem seltenen Gut geworden war.

Ganz abgesehen davon sah er auch gar nicht so übel aus. Seine Ausbildung zum Templersoldaten hatte ihm einen athletischen Körper beschert, und dem Blick seiner dunklen Augen wohnte eine Intensität inne, die den Eindruck erweckte, als würden sich hinunter seinem besonnenen Auftreten starke Gefühle verbergen. Natürlich waren solche Äußerlichkeiten angesichts seiner vielen sonstigen Qualitäten völlig unwichtig – zumindest beinahe.

Während Carya in die Küche ging, lächelte sie in sich hinein. Vielleicht sollte sie von nun an, zumindest solange sie als Gäste bei den Mutanten weilten, ihr Haar etwas häufiger offen tragen.

KAPITEL 29

Einen Tag lang blieben Carya, Jonan und Pitlit im Haus von Doktor Nessuno und seiner Frau, die sich erstaunlicherweise als kaum älter als Carya herausstellte. In Caryas Augen war der Altersunterschied zwischen den beiden ungewöhnlich groß, bis ihr klar wurde, dass ja die meisten der Frauen – und auch der Männer – im Dorf ziemlich jung waren.

Als sie den Arzt darauf ansprach, machte dieser ein bekümmertes Gesicht. »Viele Menschen hier werden nicht älter als dreißig Jahre. Die Strahlung, die Gifte und Erbschäden sind schuld daran. Wenn sie nicht schon mit Krankheiten geboren wurden, entwickeln sie im Laufe der Jahre welche. So fordert der Sternenfall nach all den Jahren noch seine Opfer.«

»Sie scheinen dagegen immun zu sein, obwohl Sie ebenfalls hier leben«, warf Carya ein. »Oder liegt es daran, dass Sie erst vor ein paar Jahren hierhergekommen sind und nicht hier geboren wurden?«

»Du missverstehst die Lage«, erwiderte Nessuno. »Diese Menschen wurden keineswegs alle hier geboren. Sie haben sich nur hier – und in Stämmen an anderen Orten – zusammengefunden, weil man in der Wildnis alleine nicht überleben kann. Ihre Eltern wohnen in Städten wie Arcadion und verleugnen, dass sie jemals ein Kind mit sechs Fingern oder einer geistigen Behinderung geboren haben.«

»Es handelt sich um Ausgesetzte?« Carya sah ihn fassungslos an. Der Arzt nickte. »In den meisten Fällen ja. Einige sind auch von selbst den Menschensiedlungen entflohen, weil sie wussten, dass sie irgendwo hier draußen ihresgleichen finden würden. Andere sind tatsächlich Kinder dieses Stammes. Und ein paar wenige haben sich als Aussteiger zu uns gesellt. Diese Mutanten, wie sie genannt werden, sind, ganz im Gegensatz zu den Geschichten, die man sich über sie erzählt, keine blutrünstigen Barbaren. Sicher, in einigen brennt der Zorn auf die sogenannte Zivilisation. Oft ist er sehr berechtigt. Aber im Grunde sind sie friedfertige Menschen und offen im Umgang mit Leuten, die *anders* sind.« Er lächelte milde. »Was vermutlich daran liegt, dass hier jeder *anders* ist. Letzten Endes zählt nur, dass jeder bereit ist, seinen Teil dazu beizutragen, dass der Stamm überlebt.«

Es ist eine weitere Lüge, erkannte Carya später. Der Lux Dei stellte die Mutanten als Ungeheuer hin – wie sonst hätten sich all die grausigen Gerüchte über sie bis auf die Schulhöfe und in die Templerjugendgruppen verbreiten sollen? Aber in Wahrheit ging es den Ordensoberen nur darum, alles, was in ihren Augen gegen die Schöpfung Gottes verstieß und unrein war, auszumerzen. Das galt für Mutanten ebenso wie für Invitros, Ungläubige und alle anderen Arten von Abweichlern. Diese Erkenntnis erschütterte ihr bereits deutlich beschädigtes Bild des Ordens, der sich zum Retter aller braven Menschen aufgeschwungen hatte, noch mehr. *In was für einer Welt habe ich nur gelebt?*, fragte sie sich.

Am nächsten Tag bekam Carya von Ordun ein eigenes Haus zugewiesen. Eigentlich war ihr das unangenehm, denn sie konnte sich nicht vorstellen, dass das Gebäude vorher leer gestanden hatte. Irgendjemand hatte für sie sein Heim geräumt. Aber jeder Widerspruch von ihrer Seite wurde im Keim erstickt. »Die Tochter des Himmels soll nicht als Gast im Haus eines anderen wohnen müssen«, beschied der Priester und Stammesälteste.

Das Haus lag direkt am Dorfplatz neben dem Tempel, was Carya immerhin als praktisch erachtete, da es ihr die Möglichkeit gewährte, die Kapsel einer näheren Untersuchung zu unterziehen, ohne unter den Augen aller durch das Dorf marschieren zu müssen. Es gab einen großen Wohnbereich mit einer Küche sowie einer Abstellkammer im Erdgeschoss und vier weitere Zimmer samt Bad im ersten Stock. Das Dach war flach, und über eine Treppe konnte man hinaus auf eine Art Dachterrasse steigen. In Arcadion hätte man für ein derart geräumiges Domizil ein Vermögen bezahlt. Hier wurde es Carya und ihren Begleitern – schlicht, aber ordentlich eingerichtet – einfach überlassen.

Als sie aus dem ersten Stock zurück ins Erdgeschoss kamen, erwarteten sie dort zwei junge Frauen, sicher keinen Tag älter als Carya selbst.

»Das sind Suri und Tahela«, sagte Ordun. »Sie stehen Euch zu Diensten, Tochter des Himmels.«

»Dienerinnen?«, fragte Carya ungläubig. »Das ist sehr nett von Ihnen, aber ich brauche wirklich keine …« Sie hielt inne, als sie die Enttäuschung in den Gesichtern der jungen Frauen sah. Offenbar hatte man ihnen nicht befohlen, sich Carya zur Verfügung zu stellen, sondern sie hatten sich freiwillig gemeldet. *Vielleicht haben sie sogar um diese Ehre kämpfen müssen*, ging es Carya durch den Sinn. Sie zwang sich zu einem Lächeln. »Bitte verzeiht meine Worte. Natürlich freue ich mich über eure Hilfe.«

»Es ist uns eine Ehre, Tochter des Himmels«, sagte Suri, die zierlichere der beiden. Sie erinnerte Carya ein wenig an Rajael, nur dass ihr Haar deutlich lichter war. Tahela dagegen hatte eine kräftige Statur und ein rosiges Gesicht. Hätte sie nicht ein etwas einfältig wirkendes Lächeln auf den Lippen gehabt, wäre sie das Vorzeigemädchen jeder Templerjugendgruppe gewesen.

Pitlit neben Carya bedachte die beiden mit einem einnehmenden Grinsen. »Auch mir ist es eine außerordentliche Freude«, verkündete er. »Mein Name ist Pitlit, ich bin der Berater der Tochter des Himmels. Wann immer ihr irgendwelche Fragen habt, könnt ihr euch gerne an mich wenden.«

»Der steigert sich in seine Rolle langsam so richtig hinein«, raunte Jonan Carya zu.

»Lass ihn nur«, sagte sie. »Dann ist er wenigstens beschäftigt.«

Am Nachmittag spazierten Jonan und Carya durch die Siedlung. Die Mutanten schienen sich darüber zu freuen, Carya zu sehen. Einige Frauen winkten ihr zu, und eine kleine Schar Kinder folgte den beiden in vorsichtigem Abstand.

Carya lächelte und winkte zurück, und einmal probierte sie eine ihr angebotene Breispeise, die warm und sehr süß war.

»Sie behandeln dich wie die verlorene und nach langer Zeit heimgekehrte Prinzessin«, stellte Jonan leise fest.

»Ich weiß«, erwiderte Carya. Sie verspürte noch immer leichte Magenschmerzen deswegen. Im Augenblick erfreuten sich die Mutanten allein an ihrer Anwesenheit. Aber früher oder später würden sie zweifellos irgendwelche Wundertaten von ihr erwarten, etwas, das sie ihnen nicht bieten konnte.

»Wie lange gedenkst du, bei ihnen zu bleiben?«, wollte Jonan wissen. »Eigentlich liegt unser Ziel ja weiter im Norden.«

»Ich möchte auf jeden Fall noch Gelegenheit erhalten, mir die Kapsel genauer anzuschauen«, sagte Carya. »Ich will wissen, welche Geheimnisse sie birgt, was sie mir über meine Herkunft verraten kann. Das ist mir im Augenblick das Wichtigste. Ob wir danach weiter nach Norden fliehen ... Ich weiß es nicht. Im Grunde wollten wir nur zu Rajaels Freunden, weil wir keine andere Zuflucht wussten. Hier wäre eine.«

»Leider hat sie den Haken, dass die Leute hier etwas in dir sehen, das du nicht sein kannst«, erkannte Jonan sehr richtig.

Sie nickte nur stumm. »Außerdem werde ich an diesem Ort bestimmt nichts finden, das mir helfen wird, meine Eltern aus den Händen der Inquisition zu befreien.«

»Bei Rajaels Freunden siehst du da größere Chancen?«, fragte Jonan.

»Ja, weil ...« Carya hielt inne. Ihr fiel ein, dass sie darüber mit Jonan noch gar nicht gesprochen hatte. Vermutlich wurde es höchste Zeit. »Es handelt sich um eine Gemeinschaft aus Invitros«, fuhr sie fort.

Jonan hob die Augenbrauen. »Künstliche? Darüber hast du bislang kein Wort verloren.«

»Das stimmt«, gab Carya zu. »Es tut mir leid. Ich wusste nicht genau, wie du zu Invitros stehst, und hatte Angst, du würdest nicht mitkommen, wenn du das Ziel kennst.«

Jonan blieb stehen. Carya tat es ihm gleich, ebenso die Gruppe von Kindern. Der Ex-Templer sah zu der Schar ihrer jungen Begleiter hinüber und blickte Carya dann ernst an. »Du musst damit aufhören, verstehst du? All diese Geheimnisse ... Wann fängst du endlich an, mir zu vertrauen?«

»Ich vertraue dir, Jonan«, erwiderte sie. »*Jetzt* vertraue ich dir. Als wir uns kennengelernt haben und in den letzten Tagen in Arcadion ging alles so schnell. Ich wusste nicht, was ich denken sollte. Aber nun sehe ich klarer. Und ich verspreche dir, dass es keine weiteren Geheimnisse zwischen uns geben wird. Ich will das ja auch nicht. Wen habe ich denn schon noch außer … dir?«

Jonans Züge wurden weicher. Um seine Mundwinkel zuckte es. »Na ja«, sagte er süffisant. »Da wäre noch dein Berater Pitlit, Tochter des Himmels.«

Carya verpasste ihm einen neckenden Schlag gegen die Brust. »Hör bloß damit auf.«

»Womit soll ich aufhören, oh Tochter des Himmels?«

»Damit! Sonst befehle ich Ordun, dir einen Platz im Ziegenstall zuzuweisen.«

»Wie Euch beliebt, Tochter des Himmels. Vielleicht möchte in dem Fall eine Ziege an meiner statt für Euren Schutz sorgen.«

Seine Worte ließen Carya in Gelächter ausbrechen, und Jonan stimmte mit ein. Es war ein unglaublich befreiendes Gefühl, einfach mal mit einem Freund herumalbern zu können – genauso, wie sie es früher mit Rajael gemacht hatte.

»Aber mal im Ernst«, sagte Jonan, als sie sich wieder beruhigt hatten und ihren Weg fortsetzten. »Du glaubst, die Invitros können dir helfen?«

»Sie sind imstande, künstliches Leben zu zeugen«, erwiderte Carya. »Heißt das nicht, dass sie über Wissen verfügen, das bis in die Zeit vor dem Sternenfall zurückreicht? Ich weiß ja auch nicht genau, was ich mir von ihnen erhoffe, aber vielleicht besitzen sie Techniken, die wir uns nicht einmal vorstellen können und die es mir ermöglichen, zu meinen Eltern vorzudringen.«

Nachdenklich runzelte Jonan die Stirn. »Ich frage mich, ob du dir nicht zu viel von denen versprichst. Die Invitros, die ich kennengelernt habe, kämpften alle mit gewöhnlichen Pistolen, und über ihre Brutanlagen hinaus haben sie nichts Außergewöhnliches besessen. Nichts, was ihnen dabei geholfen hätte, gegen einen Einsatztrupp der Templer zu bestehen.«

»Ich muss es versuchen«, sagte Carya eindringlich. »Sie sind meine letzte Hoffnung.«

Jonan schürzte die Lippen und sah sich im Dorf um. »Diese Mutanten sind keine schlechten Kämpfer. Das Leben in der Wildnis hat sie zäh gemacht, und ihr Ruf als grausame Bestien wäre in einem Kampf ziemlich hilfreich. Allerdings müssen wir uns eine Frage stellen – vor allem du, die du als Tochter des Himmels vielleicht sogar die Macht hättest, sie in einen irrwitzigen Kreuzzug zu führen: Wie viele Opfer ist das Leben deiner Eltern wert? Denn eins ist klar: Jeder Angriff auf den Lux Dei würde Opfer fordern, womöglich sogar viele Opfer. Eine Kostprobe davon haben wir ja bereits erhalten.«

Caryas Schultern sackten herab. In Jonans Worten lag entmutigend viel Wahrheit. »Ich soll also meine Eltern einfach aufgeben?«, fragte sie.

»Das wollte ich damit nicht sagen. Ich versuche dir nur klarzumachen, dass du dich vielleicht von deiner Vorstellung einer direkten Konfrontation mit dem Lux Dei lösen solltest. Wir sind nicht genug Leute, und uns fehlen die Mittel, um die Templer herauszufordern. Und dabei spreche ich nicht einmal von einer Feldschlacht, sondern von einem Überfall bei Nacht und Nebel. Ich fürchte, wir würden ebenso scheitern wie beim letzten Mal, als wir in die Falle der Inquisition getappt sind.«

Er schüttelte den Kopf. »Eigentlich haben wir nur eine Möglichkeit: Wir müssen die Situation in Arcadion ändern. Wir müssen all die Unzufriedenen aufrütteln, die es in der Stadt gibt und die sich nicht trauen aufzubegehren, weil sie sich alleine fühlen und Angst haben.«

»Du sprichst von heimlichem Widerstand, wie ihn die Asche-rose geleistet hat?«

»In etwa – nur nicht ganz so im Verborgenen geführt und nicht ganz so verkopft. Man müsste Wege finden, die Menschen auf die Missstände innerhalb des Ordens aufmerksam zu machen. Gleichzeitig müsste man den Orden durch nadelstichartige Angriffe nervös machen. Ich habe noch keinen genauen Plan, wie so etwas vonstatten gehen könnte, aber schau doch nur Pitlit, dich und mich an: Wir kommen aus unterschiedlichen Schichten, und unser Leben hat sehr unterschiedliche Bahnen durchlaufen. Und dennoch sind wir alle drei zu der Überzeugung gelangt, dass in Arcadion etwas faul ist. Wenn wir das erkannt haben, wie vielen anderen Bürgern geht es dann genauso?«

Seine Worte machten Carya nachdenklich. Auf eine derart planvolle Vorgehensweise wäre sie gar nicht gekommen. Das überraschte sie, denn sie hatte sich nie für einen Menschen gehalten, der rein impulsiv handelte. Doch was Jonan andeutete, stimmte: Seit Tagen wurde sie von dem ständigen Drang angetrieben, nach vorne zu stürmen. Natürlich war die Sorge um ihre Eltern ein ausreichend starker Grund dafür. Nichtsdestotrotz mochte es an der Zeit sein, sich selbst etwas zu zügeln. »Ja«, sagte sie schließlich. »Womöglich hast du recht.«

In der Zwischenzeit hatten sie den Dorfplatz erreicht, und Carya lenkte ihre Schritte in Richtung des Tempelbauwerks, in dessen Inneren noch immer die Kapsel auf sie wartete. Sie wechselte mit Jonan einen Blick. »Gehen wir hinein. Ich möchte endlich wissen, wer ich wirklich bin.«

Sie stiegen die Treppenstufen zum Eingangsportal hinauf und nickten den beiden jungen Männern zu, die mit stoischer Miene davor Wache hielten. Diese erwiderten den Gruß mit einer Verbeugung, die Carya einmal mehr einen Stich versetzte. An ihr war nichts Göttliches. Sie war nicht besser oder schlechter als jeder von ihnen.

Durch die Tür traten sie ins Innere des Tempels. In dem Raum, der die Kapsel und die Trümmer des Raketenflugzeugs enthielt, brannte kein Licht. Weil draußen allerdings helllichter Tag herrschte, fiel genug Sonnenlicht durch die runden Fenster unter dem Dach herein, dass sie sich ohne Schwierigkeiten zurechtfanden.

»Schauen wir uns zuerst die Kapsel an«, entschied Carya. Sie zog das Schlüsselamulett hervor und steckte es in den Schlitz des elektronischen Schlosses. Wie beim ersten Mal verlangte das Gerät einen Code zur Verifikation, und Carya tippte die dreistellige Ziffernfolge ein, die ihr aus unerfindlichen Gründen bekannt war. Mit einem Rumpeln und Zischen schwang die Luke auf, und der gelbe Schein aus dem Kapselinneren gesellte sich zu den Kegeln aus Sonnenlicht von den Fenstern.

Neugierig beugte Carya sich vor und lugte in die Kapsel hinein. Ein weiches graues Sitzpolster befand sich darin, aus einem Material, das Carya nicht kannte. Zur Sicherung des Passagiers war daneben ein Gurtsystem in die Rückwand der Kapsel eingelassen. Mehrere Manschetten, die über Kabel mit Geräten in der Kapselwand verbunden waren, hingen lose herab. Dazu kam eine Art Haube, die man über den Kopf ziehen konnte und aus der ebenfalls Drähte hervorragten.

»Das Zeug diente vermutlich dazu, deine Lebensfunktionen zu überwachen«, meinte Jonan, der sich zu ihr gesellt hatte. »Pulsschlag, Körpertemperatur und Ähnliches. In den alten Templerpanzerungen gibt es ähnliche Vorrichtungen, aber die benutzt heute kein Mensch mehr, weil keine Geräte existieren, um die Informationen zu verarbeiten.«

Carya besah sich die verschiedenen Kontrollen und strich mit der Hand über das Polster. Sie konnte sich kaum vorstellen, dass sie als sechsjähriges Mädchen in diesem glänzenden, blinkenden, fliegenden Metallsarg gelegen hatte.

Die Kapsel wirkte relativ geräumig. Für ein Kind war sie im Grunde zu groß. Ein kräftiger Mann wie Jonan passte nicht hinein, aber sie selbst, wenn sie die Beine etwas anwinkelte …

Sie ergriff den Kapselrahmen und zog sich daran hoch.

»Was hast du vor?«, wollte Jonan wissen.

»Ich möchte wissen, wie es damals war«, erklärte Carya, während sie sich umdrehte und rücklings in die Polster sinken ließ. Es war ein seltsames Gefühl, darin zu liegen. Die Polsterung schien sich ihrem Körper irgendwie anzupassen und ihn zu stützen.

Jonan tauchte vor der Luke auf. »Und?«, fragte er.

»Schließ die Luke«, bat sie.

»Bist du sicher?«, fragte er zweifelnd.

Carya nickte.

»Also schön.« Er griff nach der Luke, doch Carya hielt ihn auf. »Das Amulett! Du musst es einfach nur herausziehen, den Knopf daneben drücken und dann schließt sich die Kapsel von selbst.«

Jonan tat, wie ihm befohlen. Summend schob sich die von innen dick gepolsterte Luke vor Caryas Sichtfeld. Sie erhaschte noch einen kurzen Blick auf Jonans besorgtes Gesicht, gleich darauf schloss sich der Spalt, und die Luke versiegelte sich mit einem Zischen.

Das gelbliche Licht, das aus seitlichen Leuchtpaneelen gekommen war, ging aus. Carya schrak zusammen. In vollkommener Finsternis machte die Kapsel einen noch klaustrophobischer, als sie es ohnehin schon tat. Im nächsten Moment jedoch glommen kleinere Notleuchten auf und tauchten das Innere in schwach rötliches Licht. Vor ihrem Gesicht erwachte eine Anzeige zum Leben. Sie zeigte ein stetig blinkendes Kreissymbol, das Carya fremd war, sie allerdings instinktiv an ein Warnsignal erinnerte.

Unvermittelt blitzten Eindrücke vor ihrem geistigen Auge auf, flüchtige Reminiszenzen an ein Geschehen, das in ferner Vergangenheit lag. *Ein Donnern stört die tiefe Stille. Plötzlich fängt die Welt an zu zittern und zu beben. Von irgendwoher dringt ein Heulen, und die Notleuchten glimmen auf wie rötliche Glut.*

Carya spürte, wie sich ihr Herzschlag beschleunigte. Auf einmal kam ihr die Kapsel unglaublich eng vor. »Jonan«, rief sie und begann unruhig hin und her zu rutschen.

Das Zittern wird stärker. Die Stimme eines Automaten spricht zu ihr, aber sie versteht nicht, was sie sagt. Alle Anzeigen flackern und blinken hektisch. Ein Warnsignal kündet vom ungeplanten Abweichen ihrer Flugroute. Zahlen blitzen auf, die nicht zusammenpassen, obwohl sie zusammenpassen sollten. Die Welt verliert jede Ordnung.

»Jonan! Öffne die Kapsel! Bitte!« Die Luft kam ihr plötzlich stickig und unerträglich vor. Sie rang um Atem. Panik stieg in ihr auf.

Oben ist unten, unten ist oben. Die Kapsel bockt und wird herumgewirbelt, als wäre sie ein loses Blatt im Wind. Sie wird in ihrem Sicherheitsharnisch umhergeschleudert. Eine unsichtbare Kraft, schwer wie ein Motorwagen, presst auf ihre Brust und macht jedes Atmen beinahe unmöglich.

»Jonan!« Verzweifelt trommelte Carya gegen die Kapselluke, aber sie öffnete sich nicht. Ein Adrenalinstoß durchfuhr ihren Körper, als ihr entsetzt einfiel, dass sie vergessen hatte, ihm den Sicherheitscode zu geben.

Das Licht geht aus, geht wieder an. Irgendwo heulen Triebwerke und versuchen, das Raketenflugzeug zu stabilisieren. Ein furchtbares Krachen ertönt, gefolgt von einem metallischen Kreischen. Die Kapsel wirbelt herum, überschlägt sich, wirft sie in ihrem Gurtwerk hin und her. Die Welt verliert alle Farbe, wird langsam grau und schmal. Sie hat das Gefühl, als blicke sie in einen tiefen Abgrund. Direkt vor ihr leuchtet ein großer roter Knopf. Alles andere ist grau, aber er glüht in tiefem Rot. In ihrer Angst schlägt sie darauf.

Mit einem Knallen flog die Kapseltür auf. Carya sah Jonan mit einem erschrockenen Aufschrei zurückspringen. Im nächsten Moment eilte er bereits zu ihr und zog sie aus der Kapsel in seine Arme. »Carya! Geht es dir gut?«

Zitternd und nach Atem ringend klammerte sie sich an ihn, während die Bilder der Vision langsam verblassten. Ihr Geist kehrte ins Hier und Jetzt zurück. Sie befand sich wieder in dem kleinen, schäbigen Tempel am Dorfplatz der Mutantensiedlung, und um sie herum ragten die stummen Zeugen ihrer Vergangenheit auf. »Ich brauche etwas zu schreiben«, sagte Carya drängend, als sie sich etwas gefangen hatte. »Schnell.«

»Ich ... ich habe nichts bei mir«, stotterte Jonan.

Sie löste sich von ihm und sah sich hektisch um. Nirgendwo lag ein Schreibgerät herum – natürlich nicht. Ihr Blick fiel auf Jonans Kampfmesser. Ohne zu zögern griff sie danach und zog es aus der Gürtelscheide.

»He, Vorsicht!«, entfuhr es Jonan erschrocken. »Das Ding ist scharf.«

Carya antwortete nicht, sondern bohrte sich die Spitze der Klinge in den Zeigefinger. Ein beißender Schmerz durchzuckte ihre Hand, und Blut quoll aus der Fingerspitze hervor. *Vier acht Punkt sieben zwei fünf zwei sieben acht*, schrieb sie hastig auf das graue Polster der Kapsel. *Zwei Punkt drei fünf neun vier vier vier.*

Jonan zog die Augenbrauen zusammen und besah sich die Zahlenkolonne mit kritischem Blick. »Wo hast du das her?«, fragte er langsam.

»Ich hatte eine Art Vision«, berichtete Carya, steckte sich den Finger in den Mund und lutschte daran, um die Wunde zu desinfizieren. »Die Zahlen«, fuhr sie kurz darauf fort, »wurden auf einem Apparat vor meinem Gesicht angezeigt.« Sie drehte sich zur aufgesprengten Kapseltür um und deutete auf das graue Anzeigefeld. »Hier. Da waren noch andere Zahlen, aber diese hier schienen mir besonders wichtig.«

Auf Jonans Miene breitete sich ein Lächeln aus. »Nicht schlecht. Wenn wir Glück haben, hast du soeben die Zielkoordinaten des Raketenflugzeugs entdeckt!«

KAPITEL 30

Am Abend saßen Jonan, Carya und Pitlit auf der Dachterrasse ihres gegenwärtigen Domizils und nahmen ein gemeinsames Abendbrot ein. Ihre eigenen Vorräte waren mittlerweile aufgebraucht, aber die Mutanten ließen natürlich nicht zu, dass die Tochter des Himmels hungerte.

Mit nicht geringer Belustigung bemerkte Jonan, wie sehr Pitlit sich bereits den neuen Gegebenheiten angepasst hatte. Der Straßenjunge trug einen Fellüberwurf über der Schulter, der von einer Ziege stammen musste, und ein buntes Stirnband bändigte seine schwarzen Haare. Die Kleider verliehen ihm ein verwegenes Aussehen, und das schien sein ohnehin schon großes Ego zusätzlich zu verstärken.

Auch Carya sah besser aus als in den Tagen zuvor. Angst, Sorge und zunehmende Erschöpfung hatten sie gezeichnet, seit sie zusammen aus der Gasse hinter ihrem Elternhaus geflohen waren. Nach zwei Tagen Ruhe und Erholung in der Gesellschaft der Mutanten, nach einem ausgiebigen Bad, einer angenehmen Nacht in einem Bett und mehreren Mahlzeiten, die nicht in Hast auf der Straße verzehrt worden waren, wirkte sie fast wieder so frisch und reizend wie bei ihrer ersten Begegnung im Dom des Lichts.

Nein, verbesserte Jonan sich innerlich, als er zu ihr hinüber-
schaute und sie heimlich dabei beobachtete, wie sie mit Pitlit einen Apfel teilte. *Sie ist noch schöner als damals.* Carya war nicht mehr
das naive Templerjugendmädchen, das ordentlich in Reih und
Glied einem aalglatten Speichellecker wie Ramin hinterherlief.
Ihr Reifeprozess mochte schmerzhafter gewesen sein, als Jonan es
irgendjemandem wünschen würde, doch das Erwachen aus ihrer
Traumwelt hatte ihr eine neue Tiefe verliehen. Ein Glanz umgab
sie, der nicht nur der sinkenden Abendsonne geschuldet war, die
ihr langes, offenes Haar beschien. Und in ihren Augen glaubte
er Gefühle sehen zu können, die über flüchtige Schwärmerei
hinausgingen und die ganz sicher nicht mehr Ramin galten.

Als habe sie seinen Gedanken gehört, schaute sie plötzlich zu
ihm herüber. Und einmal mehr verspürte Jonan ein Kribbeln, als
sich ihre Blicke kreuzten. Doch diesmal senkte sie nicht den Kopf,
sondern hielt den Blick ein wenig länger, als sie es getan hätte,
wenn er mit seinen Vermutungen völlig falsch gelegen hätte. Sie
sprach kein Wort, aber ein kaum merkliches Lächeln umspielte
ihre Lippen.

Jonan erwiderte es. Er wünschte sich, Pitlit möge in diesem
Augenblick einfallen, dass er dringend noch etwas zu erledigen
hätte. Leider tat ihm der Straßenjunge, der von dem Blickwechsel
zwischen Carya und Jonan offenbar nichts mitbekommen hatte,
nicht den Gefallen.

Stattdessen rieb er sich den Bauch und streckte die Beine von
sich. »Also«, sagte er, »wie geht es jetzt weiter? Bleiben wir hier
und genießen das schöne Leben, solange diese Leute Carya noch
anbeten? Ziehen wir weiter zu diesen anderen Freunden von dir?«
Er nickte Carya zu. »Oder gehen wir den Koordinaten nach, die
ihr in der Kapsel gefunden habt?« Er deutete auf den Zettel, auf

dem sich eine Zahlenkolonne befand, die Carya aufgeschrieben hatte, nachdem sie sich von Nessuno Schreibzeug besorgt hatte. Die Kapsel hatten sie danach wieder von ihrem Blut gesäubert.

»Ich denke, Carya muss diese Wahl treffen«, erwiderte Jonan. »Egal, wofür wir uns entscheiden, sie wird davon am stärksten betroffen sein.«

»Ich bin mir unschlüssig«, gestand Carya. »Natürlich möchte ich der Spur in meine Vergangenheit folgen, die sich mit diesen Koordinaten aus der Kapsel fortsetzt. Aber ich will auch meine Mutter und meinen Vater aus den Klauen der Inquisition befreien. Dazu brauche ich Hilfe. Finde ich sie hier? Finde ich sie im Norden? Oder wäre es nicht wirklich die beste Vorgehensweise, nach Arcadion zurückzukehren und den Kampf da aufzunehmen, wo die Ascherose ihn aufgegeben hat? Ich weiß es einfach nicht.«

»Deine Vergangenheit läuft dir nicht weg«, gab Jonan zu bedenken. »Die Kapsel hat zehn Jahre hier auf dich gewartet. Und dieser Ort, zu dem die Koordinaten führen, wird auch noch existieren, wenn wir in einem halben Jahr dorthin aufbrechen sollten. Sofern er nicht schon im Laufe des letzten Jahrzehnts von der Landkarte verschwunden ist. Das kann genauso sein.«

»Also, ich würde noch ein paar Wochen ins Land ziehen lassen, bevor wir nach Arcadion zurückgehen«, verkündete Pitlit. »Wenn ihr mich fragt, ist das Pflaster dort verdammt heiß. Im Moment hält doch jeder Mann der Stadtwache auf der Straße nach euch Ausschau. Wir sollten wenigstens warten, bis die elenden Steckbriefe abgehängt wurden.«

Carya sah zweifelnd in die Runde. »Bleibt meinen Eltern so viel Zeit?«

Jonan schürzte gedankenvoll die Lippen. »Wenn ich die Inquisition richtig einschätze, ja. Du bist für sie das interessantere Ziel.

Deine Eltern wurden doch nur festgenommen, um eine harte Hand zu beweisen. Solange du auf freiem Fuß bist, Carya, nutzen deine Eltern Aidalon lebendig mehr als tot, denn er kann sie als Druckmittel gegen dich verwenden, sollte er eine Möglichkeit sehen, Kontakt zu dir aufzunehmen.«

»Und wenn er glauben muss, dass ich nie mehr nach Arcadion zurückkehre? Würde er sie dann nicht umbringen lassen, sei es aus Prinzip oder aus Bosheit?«

»Diese Gefahr besteht«, musste Jonan zugeben. »Das Problem ist, dass wir keine Verbindung mehr nach Arcadion haben. Wir wissen nicht, was dort geschieht.«

»Wenn wir im Verborgenen bleiben und zugleich Berichte aus der Stadt haben wollen, müssen wir ins Ödland zurück«, sagte Pitlit. »Dort kann man Wissen genauso kaufen wie alles andere. Und wir könnten schnell handeln, wenn wir müssten.«

Jonan war von dem Vorschlag alles andere als begeistert. »Das Ödland ist so etwa der gefährlichste Ort, an dem wir uns gegenwärtig aufhalten können. Denn im Gegensatz zu den Mutanten sind die Gangs dort mit Recht zu fürchten. Die machen auch ohne Grund Jagd auf uns – und wenn sie den Steckbrief von Carya und mir in der Tasche haben, erst recht.«

Unwillig warf Pitlit die Arme in die Höhe. »Ach, wisst ihr was? Das ist mir alles zu verworren. Überlegt euch, was wir machen, und sagt mir, wenn ihr euch entschieden habt. Ich gehe zu Suri und Tahela und lasse mir zeigen, wie man Kriegsbemalung anlegt. Wusstet ihr, dass die Mutanten sogar unter ihrer Kleidung Schutzsymbole auf der nackten Haut tragen, wenn sie auf Jagd gehen oder in den Kampf ziehen? Soll wohl Glück bringen. Na, ich werde mir diese Stellen mal sehr genau ansehen.« Er ließ ein anzügliches Grinsen aufblitzen.

»Benimm dich, Pitlit«, ermahnte ihn Jonan. »Wir sind Gäste hier. Ich möchte dich nicht vor dem Pranger retten müssen, weil du dich einer jungen Mutantin unsittlich genähert hast.«

»Unsittlich?« Der Straßenjunge lachte. »Wir sind nicht mehr in Arcadion, Jonan. Die frommen Sprüche des Lux Dei kennt hier niemand.«

»Verhalte dich trotzdem anständig«, sagte Jonan.

»Das tue ich immer – Frauen gegenüber.« Mit diesen Worten verschwand Pitlit die Treppe hinunter und ließ sie allein.

Einen Moment lang saßen Jonan und Carya einander schweigend gegenüber. Jonan nahm sich ein paar der wilden Trauben, die ihnen Suri gebracht hatte. Sie waren sehr klein und dunkel, schmeckten aber erstaunlich süß. Carya zog ihr Haar über die Schulter nach vorne und spielte gedankenverloren mit einigen Strähnen, während sie hinaus in die Wildnis blickte, die wenige Dutzend Meter hinter ihrem Haus begann.

»Ich werde mit Ordun sprechen«, sagte sie schließlich. »Ich glaube, ich sollte ihn in alles einweihen. Und danach soll er mir sagen, ob er und sein Stamm mir irgendwie helfen können.«

»Und wenn nicht?«, fragte Jonan leise.

»Dann gehen wir nach Norden zu den Invitros und fragen die. Der Weg dorthin ist nicht mehr weit. Es wäre dumm, von dem bis jetzt beschrittenen Pfad abzuweichen. Wenn auch sie nichts für mich tun können …« Sie seufzte schwer. »Ich weiß nicht. Dann stehe ich vor der Wahl, dem Weg der Kapsel zu folgen oder mich alleine dem Lux Dei in Arcadion zu stellen.«

»Nicht allein«, widersprach Jonan. »Du wirst nie mehr alleine sein, wenn du es nicht willst.«

Er sah sie an, und sie erwiderte seinen Blick, ohne Zweifel und ohne Scheu. Langsam legte er die Trauben auf den Tisch zurück und erhob sich. Er ging um den Tisch herum und bot ihr die Hand. Carya ließ von ihrem Haar ab und ergriff sie, gestattete Jonan, sie auf die Beine zu ziehen und zu sich hin. Sie hätte ihn darauf hinweisen können, dass ihr Verhalten eigentlich nicht schicklich war. Das halbe Dorf konnte sie sehen, wenn die Leute nur den Blick hoben. Doch die selbstauferlegte Scham, die in Arcadion weit verbreitet war, hatte hier keine Macht mehr über sie. Wortlos legte Carya ihre Hände auf Jonans Brust, entschied sich dann jedoch anders und schlang sie um seinen Hals, während seine Hände über ihre Arme strichen und ihren Rücken entlangfuhren.

Jonan sah das Glitzern in ihren Augen, und er wusste, dass er es nie wieder vergessen würde. »Ich werde an deiner Seite sein«, flüsterte er. »Bis zuletzt.«

»Sei still«, gebot sie ihm sanft.

Ihre Lippen näherten sich und verschmolzen zu einem Kuss.

Carya spürte, wie eine Hitze durch ihren Körper brandete, die sie so noch nie erlebt hatte. Ein Gefühl der Leidenschaft schlug plötzlich in ihr hoch wie Flammen aus einem riesigen Haufen trockenen Zunders, an den jemand ein brennendes Streichholz gehalten hatte. Alles um sie herum verlor für einen Augenblick an Bedeutung: die Mutanten, die zu ihnen hochstarren mochten, Caryas geheimnisvolle Herkunft, das schwere Los ihrer Eltern. Sie sehnte sich nur noch nach Jonans Nähe, verzehrte sich nach seinen Liebkosungen, wünschte sich, die Zeit möge stillstehen, damit sie auf ewig in seinen Armen versinken, seinen Geruch einatmen, seine Lippen auf den ihren spüren könnte. Es war so wundervoll.

Und wie die meisten wundervollen Dinge endete es viel zu

früh, unterbrochen durch das hektische Schlagen einer Alarmglocke, die auf dem Hügelkamm oberhalb des Dorfs hing.

Mit einem Ruck löste sich Jonan von ihr. Beunruhigt sah er sich um. »Was hat das zu bedeuten?«

»Ich habe keine Ahnung«, gestand Carya.

»Ein Angriff!«, schrie jemand unten im Dorf. »Wir werden angegriffen.«

Sofort wurde der Ruf aufgenommen und von Kehle zu Kehle weitergetragen. Die Mutanten begannen hektisch herumzurennen. Einige sammelten die Kinder ein oder scheuchten freilaufende Hühner in die Ställe zurück, andere holten ihre Waffen und stürmten zur hölzernen Palisade.

In der Ferne, hinter dem Hügel, wurde unterdessen ein Röhren und Grollen lauter, ein Geräusch, das Carya vor einigen Tagen schon einmal vernommen hatte.

Neben ihr stieß Jonan einen Fluch aus und stürzte zur Treppe ins Haus. »Eine Motorradgang!«, rief er.

»Meinst du, es sind die Kerle, die wir im Ödland beobachtet haben?«, wollte Carya wissen, als sie ihm nacheilte und dabei hektisch ihr Haar verdrillte und hochsteckte.

»Das kann ich mir nicht vorstellen«, antwortete Jonan. »Das wäre ein zu großer Zufall. Aber es wäre möglich, dass *irgendeine* Gang, die unsere Steckbriefe in der Satteltasche hat, auf uns gestoßen ist. Oder vielleicht ist es auch nur ein gewöhnlicher Überfall.«

Aus irgendeinem Grund glaubte Carya das nicht.

»So oder so …« Jonan nahm das Sturmgewehr vom Tisch in seinem Zimmer. »Ich muss den Leuten da unten helfen. Du bleibst hier.«

»Kommt nicht in Frage!«, widersprach Carya. »Ich will auch meinen Teil beitragen. Ich kann schießen, das weißt du.«

»Aber wir haben keine zweite Waffe. Außerdem könnten es die Kerle wirklich auf dich abgesehen haben. Wir sollten es ihnen nicht leicht machen, dich zu schnappen, indem wir dich draußen auf der Palisade postieren.«

Aus dem Nachbarzimmer tauchte Pitlit auf. Er trug kein Hemd und war an der Brust und im Gesicht blau und grün bemalt. »He, was ist hier los?«

»Du kannst gleich deine Kriegsbemalung testen«, sagte Jonan. »Wir werden angegriffen.«

»Was?«, entfuhr es dem Straßenjungen. Hinter ihm tauchten Suri und Tahela auf. Auch ihre Stirn, Nase und Wangen wiesen Farbe auf.

»War nur ein Scherz«, erklärte Jonan. »Bleibt alle hier im Haus. Das ist das Beste, was ihr tun könnt.«

»Nein!«, rief Suri. »Meine Schwester.« Sie rannte an ihnen vorbei, die Treppe hinunter. Tahela folgte ihr, ohne selbst ein Wort gesagt zu haben.

»Suri! Tahela! Wartet!« Pitlit machte Anstalten, den beiden Mädchen nachzulaufen, aber Jonan hielt ihn am Arm fest.

»Das ist mein Ernst, Pitlit! Du musst hierbleiben. Du musst …« Er warf Carya einen raschen Seitenblick zu. »Du musst Carya beschützen.« Mit einigen schnellen Schritten begab er sich in sein Zimmer zurück und holte den Elektroschockstab, um ihn dem Straßenjungen hinzuhalten. »Hast du mich verstanden?«

»Eigentlich müsstest du Carya beschützen«, brummte Pitlit. »Ich weiß doch, was zwischen euch läuft. All die verstohlenen Blicke und so. Was glaubst du, warum ich mich nach neuen Frauen umgeschaut habe? Carya ist nun ja wohl vergeben.«

»Pitlit!«, empörte sich Carya.

»Dafür haben wir jetzt keine Zeit«, fügte Jonan hinzu.

Draußen wurde das Dröhnen der Motorräder lauter, dazwischen waren erste Schüsse zu hören. Carya befürchtete, dass sie aus den Revolvern und Gewehren der Gangmitglieder stammten.

»Ich muss den Mutanten helfen, sie gegen die Gang verteidigen«, sagte Jonan eindringlich.»Auch deine Suri und deine Tahela. Und im Gegensatz zu dir kann ich das auch. Also machen wir einen Handel. Ich passe auf deine Frauen auf und du auf meine. In Ordnung?«

Pitlit machte ein finsteres Gesicht, aber er nickte und nahm die Schockwaffe.

Jonan drängte sich an Carya vorbei zur Treppe. »Verriegelt Türen und Fenster, sobald ich raus bin«, ermahnte er sie. »Und versteckt euch so, dass man euch von draußen nicht sehen kann. Wenn euch niemand in dem Haus vermutet, lassen sie es vielleicht in Ruhe.«

Er wollte schon weitereilen, doch Carya hielt ihn am Arm fest. »Jonan.«

»Ja?«

»Gib auf dich acht.« Sie küsste ihn rasch.

»Immer«, versprach er, bevor er sich abwandte und die Treppe hinunterpolterte.

Die Schüsse mehrten sich, dazu gesellte sich lautes Männergrölen, die Zornesschreie der Mutanten und die Schmerzenslaute der Getroffenen. Dem lauter und leiser werdenden Röhren der Motorräder nach zu urteilen, hatte die Gang die Palisade bereits durchbrochen und tobte sich jetzt innerhalb des Dorfs aus. Carya ballte in hilfloser Wut die Fäuste. Sie wagte es nicht, sich auszumalen, was die Gesetzlosen an Schandtaten verübten.

Carya und Pitlit rannten hinunter ins Erdgeschoss. Eilig blickte Carya sich um. Jonan hatte mit seiner Aufforderung, Türen

364

und Fenster zu verriegeln, gut reden. Nur zwei der vier Fenster wiesen überhaupt noch Glasscheiben auf, und die Holzjalousien, die davor angebracht waren, mochten einen gewissen Sichtschutz bieten, aber einem Angriff konnten sie bestenfalls wenige Augenblicke standhalten. Carya schloss sie dennoch und verriegelte auch die Tür von innen und schob mit Pitlits Hilfe eine Kommode davor. Viel sicherer fühlte sie sich nach diesen Maßnahmen allerdings nicht.

»Lass uns aufs Dach steigen«, drängte Pitlit und lief zur Treppe. »Von dort können wir besser sehen, was geschieht.«

»Sitzen wir dann nicht in der Falle, wenn jemand ins Haus kommt?«, gab Carya zu bedenken, während sie ihm folgte.

Der Straßenjunge schnaubte. »Hier wie dort. Ist beides kein besonders guter Ort, falls wir angegriffen werden. Aber da oben sehen wir wenigstens, wenn was kommt und haben noch genug Zeit, über die Mauer zu verschwinden.«

»Ohne Seil.« Carya hob die Augenbrauen.

Pitlit zuckte mit den Schultern. »Kein Plan ist perfekt.«

Sie erreichten die Dachterrasse, auf der sie eben noch so gemütlich zu Abend gegessen hatten. Die Sonne war hinter dem nächsten Hügel verschwunden, und eigentlich hätte es im Dorf dunkler werden müssen, doch ein anderer, orangefarbener Schein hatte das Sonnenlicht abgelöst.

»Feuer!«, entfuhr es Carya, als sie sich hinter die Balustrade kauerten und den Blick über das Dorf schweifen ließen. »Sieh doch, Pitlit! Die Palisade brennt.«

»Und nicht nur sie.« Der Straßenjunge fluchte. »Ich wünschte, ich hätte eine ordentliche Waffe. Dann würde ich es diesen Mistkerlen zeigen.«

Tatsächlich stieg von mehreren Stellen des Dorfes Rauch auf, und das rötliche Flackern von Flammen war zwischen den Häusern zu sehen. Von überall her waren Schreie und Kampfeslärm zu hören. Die Motorradgang schien gnadenlos auf Zerstörung aus zu sein. Mit aufheulenden Maschinen brausten sie über den Dorfplatz und durch die schmalen Straßen, brüllten wie eine Horde Volltrunkener und schossen auf alles, was sich bewegte.

Ganz wehrlos waren die Mutanten indes nicht. Auf einem Dach zwei Häuser weiter sah Carya einen Mann kauern, der einen Bogen in der Hand hielt und einen Köcher Pfeile neben sich liegen hatte. Soeben legte er einen neuen Pfeil auf die Sehne und zielte auf eines der Gangmitglieder, das mit einer Fackel bewaffnet über den Dorfplatz fuhr und nach Brennbarem Ausschau hielt. Die Bogensehne sirrte, und im nächsten Moment steckte dem Motorisierten ein Pfeil im Rücken. Der Mann schrie auf, verlor die Kontrolle über seine Maschine und krachte mit ihr zu Boden.

Ein weiterer Mutant – war es der Anführer der Jagdgruppe, die Carya hierhergebracht hatte? – sprang mit gezücktem Kampfmesser aus einer Gasse und warf sich auf einen tätowierten Hünen, der mit einer kurzen Flinte bewaffnet die Hauptstraße hinunterlief und lachend auf Fenster, zum Trocknen aufgehängte Tierhäute und herumliegendes Spielzeug schoss. Der Hüne bemerkte den Angriff aus den Augenwinkeln, wirbelte herum und feuerte. Aber er war zu langsam. Schon hatte ihm der Mutant das Messer in den Hals gerammt und ihn damit zu Fall gebracht.

Eine Bewegung direkt unter ihnen in der Gasse zwischen ihrem Haus und den benachbarten erweckte Caryas Aufmerksamkeit. Eine junge Frau mit lockigem schwarzen Haar kam um die Ecke geeilt, ein braunes Bündel an die Brust gedrückt, das Carya erst beim zweiten Hinsehen als Hundewelpen erkannte. Arme und Beine der Frau waren schmutzig und blutverschmiert, und sie humpelte stark, als sie an einem Heukarren vorbeilief, der unter einer Stoffplane stand.

Hinter ihr tauchte ein Gangmitglied auf seinem Motorrad auf. Der Mann hatte eine Glatze, dafür aber einen Bart, der mindestens so stattlich war wie sein Bauch, der haarig und ausladend aus seiner offenen Weste quoll. Er rollte ganz gemütlich seinem Opfer hinterher und schien sich des Ausgangs dieses ungleichen Wettlaufs völlig sicher zu sein.

Die bereits geringe Aussicht der jungen Frau, ihrem Peiniger zu entkommen, schwand völlig, als am anderen Ende der Gasse ein zweiter Mann mit Lederjacke, strähnigen Haaren und einem riesigen Revolver in der Linken auftauchte. »Endstation, Missgeburt«, höhnte er.

KAPITEL 31

Voller Entsetzen verfolgte Carya, wie sich das bösartige Schauspiel unten in der Gasse entwickelte. Als die junge Frau den Revolverträger sah, fuhr sie herum und wollte in die andere Richtung flüchten, aber die war durch den Glatzkopf versperrt. Rasch hatten die beiden Männer ihr Opfer in die Zange genommen. Die junge Frau setzte den Hundewelpen, den sie noch immer an die Brust gepresst bei sich trug, auf den Boden und gab ihm einen sanften Schubs. »Lauf weg«, bat sie.

»Ja, hau ab, Töle«, tönte der Lederjackenträger und trat nach dem Tier. Winselnd flüchtete es die Gasse hinunter. »Und jetzt zu uns, Hübsche.« Er hob seinen Revolver und wedelte damit in der Luft herum. »Du hast die Wahl: Spiel mit oder du bist tot.«

Auf dem Dach spürte Carya, wie sie ein Schauder durchlief. Es war wie in der Gasse hinter ihrem Elternhaus, als die zwei Templer sie in die Zange genommen hatten. *Nur diesmal ist keiner der beiden Männer auf der Seite der jungen Frau. Sie werden sie schänden und danach umbringen. Es ist niemand da, um ihr zu helfen ... außer mir.*

Am anderen Dorfende explodierte irgendetwas. Das charakteristische Hämmern eines Templer-Sturmgewehrs war zu hören. Carya achtete nicht darauf.

Stattdessen begann ihr Bewusstsein auf einmal ohne ihr Zutun Entfernungen auszumessen, Aktionen und Reaktionen zu berechnen. Ihr Blick fiel auf die gegenüberliegende Hauswand, die aufgespannte Stoffplane und den Heukarren darunter.

»Nein! Bitte nicht!«, rief die junge Frau, als der erste Mann von seinem Motorrad stieg und seelenruhig am Gürtel seiner Hose zu nesteln begann, während der zweite seinen Revolver auf sie richtete.

Pitlit fluchte leise. »Wir müssen was tun«, zischte er Carya zu.

»Ich weiß«, erwiderte sie. Sie warf einen letzten Blick in die Gasse – Hauswand, Stoffplane, Heukarren –, danach erhob sie sich, schlug den Saum ihres Wollkleides um und klemmte ihn am Gürtel fest, um mehr Beinfreiheit zu haben. »Gib mir den Elektroschockstab, Pitlit.«

»Was hast du vor?«, fragte der Straßenjunge verwirrt, während er gehorchte.

»Ich werde ihr helfen.«

Carya nahm einige Schritte Anlauf. *Ich bin verrückt*, fuhr es ihr durch den Sinn. *Aber ich kann es schaffen. Ich kann es.* Sie ließ den Schockstab testweise aufblitzen.

Dann rannte sie los.

Ohne zu verlangsamen stürmte sie auf die niedrige Balustrade zu, sprang mit einem Satz darauf und stieß sich kraftvoll davon ab. Sie flog über die Gasse hinweg, prallte gegen die gegenüberliegende Hausmauer und rutschte zu der darunter aufgespannten Plane hinab. Wie sie es vorausgesehen hatte, riss die Plane, nahm dabei aber ihrem Sturz einiges an Wucht, ebenso wie der kleine Eselskarren voller Heu, der darunter stand und auf dem sie landete.

Sie kam etwas ungeschickt auf, und die einseitige Belastung ließ den Karren nach hinten umkippen. Mit einer Reaktionsschnelle, die weit über das hinausging, was sie bei den Leibesertüchtigungen der Templerjugend gelernt hatte, nahm sie den Schwung auf und rollte sich über den staubigen Gassenboden ab. Im nächsten Moment befand sie sich direkt neben dem ersten Mann. Noch im Liegen stieß sie den Elektroschockstab in die Höhe und rammte ihm die bläulich knisternde Spitze in den nackten Bauch. Er brüllte auf und fiel unter Zuckungen zu Boden.

Der zweite Mann schubste die junge Frau grob gegen die Hauswand und aus dem Weg, um den Revolver auf Carya zu richten. Doch die war bereits heran, packte seinen Arm und zwang ihn nach oben. Der Schuss knallte ohrenbetäubend laut neben ihrem Kopf, aber die Kugel sauste harmlos über sie hinweg. Den Bruchteil einer Sekunde später lag der Elektroschockstab an der Kehle des Mannes, knisterte erneut, und er brach gurgelnd zusammen.

Das alles hatte keine zehn Sekunden gedauert.

Hektisch und mit weit aufgerissenen Augen blickte Carya sich um. Ihr Atem ging flach und stoßweise, ihr Herz raste. Aber es war kein weiterer Gegner zu sehen.

»Heilige Scheiße!«, schrie Pitlit von der Dachkante aus. »Was war das denn?«

Carya blinzelte und ließ den Schockstab fallen. Es kam ihr vor, als erwache sie aus einem Traum. »Ich ... ich weiß es nicht«, gestand sie. Rasch kam sie auf die Beine, wobei sie das Gesicht verzog, als ein stechender Schmerz durch ihren linken Knöchel fuhr. Ganz ohne Blessuren hatte sie diesen tolldreisten Akt wohl doch nicht überstanden. »Schnell«, sagte sie zu der jungen Frau. »Komm mit. Wir müssen uns verstecken.«

Diese nickte wie betäubt. Fassungslos starrte sie auf die beiden bezwungenen Angreifer. »Tochter des Himmels«, murmelte sie ehrfürchtig.

»Ja. Später«, sagte Carya unwillig. Sie nahm die junge Frau bei der Hand, hob den Schockstab auf und hastete mit ihr die Gasse hinunter. Kurz bevor sie das Gassenende erreicht hatten, drehte sich Carya noch einmal zu Pitlit um. »Komm herunter und öffne uns das hintere Fenster«, rief sie ihm zu.

»Geht klar«, erwiderte der Straßenjunge. Im nächsten Augenblick weiteten sich seine Augen voller Entsetzen. »Carya, pass auf! Hinter dir!«

Sie fuhr herum …

… und stieß beinahe gegen den finsteren Koloss, der wie aus dem Nichts im Gassenausgang aufgetaucht war.

Mit einem Aufschrei blieb sie stehen, doch die junge Mutantin prallte mit ihr zusammen und trieb sie in die Arme des gepanzerten Hünen. Eine schwere, metallene Hand schloss sich um Caryas linken Oberarm und machte jede Flucht unmöglich. »Haben wir dich endlich«, tönte eine blecherne Stimme aus dem Lautsprecher des Helms. Dann hob der Schwarze Templer die Faust.

In ihrer Verzweiflung stach Carya mit dem Elektroschockstab nach dem Mann. Aber der Templersoldat war in seiner Panzerung zu gut geschützt. Er zuckte nicht einmal. Stattdessen schlug er Carya mit der Faust gegen die Schläfe.

Von einem Augenblick zum anderen wurde es dunkel um sie.

Jonan trat vor und feuerte mit seinem Sturmgewehr auf eine der schwarz gerüsteten Gestalten. Im nächsten Moment ging er wieder hinter der Hauswand in Deckung, als diese das Feuer erwiderten. Innerlich fluchte er. Wo kam die Garde des Tribunalpalasts auf einmal her? Er hätte nicht gedacht, dass der Lux Dei und seine Häscher ihnen so dicht auf den Fersen gewesen waren. Andererseits kam man auf einer Flucht zu Fuß auch nur so langsam voran, dass ein motorisierter Gegner einen binnen kürzester Zeit wieder eingeholt haben konnte – wenn er wusste, wo er zu suchen hatte.

War das nun Pech, dass man uns hier entdeckt hat?, fragte er sich. *Oder gibt es einige unter den Mutanten, die über das Auftauchen der Tochter des Himmels nicht ganz so glücklich gewesen sind?*

Letzten Endes war es einerlei. Die Templer waren hier, hatten sich im Schutze des Angriffs der Motorradgang über die Hügel von hinten an das Dorf angeschlichen. Jonan wunderte dieses Vorgehen kein bisschen. Die Mutanten galten als verbissene Kämpfer. Also schickte man besser erst einmal das Fußvolk vor. Und nachdem sich die Wilden und die Kriminellen gegenseitig kräftig dezimiert hatten, erfolgte der Zugriff.

Carya!, erkannte er. *Ich muss zurück zu unserem Haus und Carya warnen.* Vermutlich bekam sie das Eintreffen dieser neuen Feinde erst in dem Augenblick mit, wenn diese durch die Haustür brachen. Und dann war es zu spät für jeden Fluchtversuch.

Er feuerte eine letzte Salve auf seine Gegner, bevor er den Rückzug antrat. Sein Magazin war mittlerweile ohnehin praktisch leer. Und es war schon das Ersatzmagazin! Demnächst musste er mit seinem Messer und bloßen Fäusten weiterkämpfen, denn der Rest ihrer spärlichen Munitionsvorräte lag in seinem Zimmer. Wie hätte er auch ahnen können, dass er statt gegen Gangmitglieder plötzlich gegen gepanzerte Soldaten würde kämpfen müssen?

Geduckt rannte er quer durch das Dorf. An mehreren Stellen brannten die Palisade und die Häuser, und es sah aus, als sei ein Wirbelsturm durch die Straßen gefegt, der alles umgestoßen oder zerstört hatte, was ihm in den Weg kam. Es wurde auch noch immer gekämpft, aber Jonan hatte den Eindruck, dass die Begeisterung der Motorradgang nachgelassen hatte. Er passierte gleich mehrere der in Leder gekleideten, tätowierten Männer, die reglos mit ihren Maschinen auf der Straße lagen. Die meisten Toten, an denen Jonan vorbeilief, waren aber Mutanten – Männer, Frauen und sogar Kinder.

Er presste die Lippen zusammen. Was für ein Gemetzel. All diese Unschuldigen waren nur deshalb gestorben, weil sie Carya, Pitlit und ihn freundlich aufgenommen hatten – dessen war er sich spätestens seit dem Auftauchen der Tribunalpalastgarde gewiss. Hätte er geahnt, dass so etwas passieren könnte, wäre er so schnell wie möglich weitergezogen. Hier draußen in der Wildnis, abseits der Handelsstraße, hatten sie sich wirklich einen Moment lang sicher gefühlt. Sie hatten geglaubt, dass man sie nicht finden würde. In der Wildnis trieb sich normalerweise kein Mensch herum. *Normalerweise …*

Ein Wimmern riss Jonan aus seinen Gedanken. Es klang wie der Laut eines Kindes und drang unter einem umgestürzten Karren hervor. Einen beschämenden Moment lang war er versucht, daran vorbeizurennen, denn die Sorge um Carya und Pitlit trieb ihn an. Gleich darauf schüttelte er, entsetzt über sich selbst, den Kopf. An dem Tag, an dem er ein Kind verletzt am Straßenrand liegen ließ, würde er kein bisschen besser mehr sein als diese Unmenschen auf ihren rostigen Motorrädern.

Er lief zu dem Karren hinüber und umrundete ihn. Dahinter fand er ein kleines Mädchen von vielleicht vier Jahren vor. Das linke Bein des Kindes klemmte unter dem hölzernen Gefährt fest. Vermutlich hatte es sich hinter dem Karren versteckt, der dann im Vorbeifahren von einem Gangmitglied mit ungerichteter Zerstörungsfreude umgetreten worden war.

»Warte«, sagte Jonan, legte sein Gewehr zu Boden und kniete sich hin. »Ich helfe dir.«

Das Mädchen sagte nichts, sondern blickte ihn nur aus geröteten Augen an und gab wieder dieses wimmernde Geräusch von sich, in dem Schmerz und Angst gleichermaßen mitschwangen.

»Ganz ruhig. Alles wird gut.« Jonan packte mit beiden Händen zu, und mit einem kraftvollen Ruck hob er den Karren an und stellte ihn wieder auf.

Kaum, dass es befreit worden war, versuchte das Mädchen aufzuspringen und fortzulaufen, doch das zuvor eingeklemmte Bein, das verschrammt war und unter dem Knie aus einer offenen Wunde blutete, vermochte es nicht zu tragen, und es fiel wieder hin.

»Lauf nicht weg«, bat Jonan. »Bitte, lass mich dir helfen.« Er breitete einladend die Arme aus. »Ich trage dich nach Hause, hm? Wo wohnst du?«

Das Mädchen zögerte einen Augenblick, bevor es den Mut fand, zu Jonan zu kriechen und sich von ihm hochheben zu lassen. Es war furchtbar leicht. Ein Leben im Überfluss führten die Mutanten wahrlich nicht. Wortlos deutete das Mädchen auf ein Gebäude am Ende der Straße.

»Dort vorne, das Haus mit dem schwarzen Schindeldach?«, vergewisserte sich Jonan.

Seine Begleiterin nickte.

»In Ordnung. Halt dich gut fest.« Er schob das Kind auf seinen linken Arm, und es schlang die Arme um seinen Hals. Dann nahm er mit der Rechten sein Sturmgewehr wieder auf und erhob sich. Das Gewehr mit einer Hand treffsicher abzufeuern war ohne die Templerrüstung mit ihren Kraftverstärkerservos praktisch unmöglich. Aber er vermochte immerhin in die ungefähre Richtung eines Gegners zu schießen, sollte sich einer zeigen.

So schnell er sich mit der zusätzlichen Last des Mädchens be-

374

wegen konnte, eilte Jonan die Straße hinunter. Er huschte von Hauseingang zu Hauseingang, nahm jede Deckung, die sich ihm bot. Dabei betete er, keinem Feind zu begegnen, denn mit dem Kind am Hals fühlte er sich schrecklich unbeweglich. Glücklicherweise gaben sich weder die Mitglieder der Motorradgang noch die Templertruppen irgendeine Mühe, leise zu sein, sodass es ihm beim Anschwellen von Motorenlärm rechtzeitig gelang, sich hinter eine halbhohe Gartenmauer zu ducken, bevor die zwei Maschinen mit ihren Besitzern auftauchten.

Doch Jonan fragte sich, ob so viel Mühe überhaupt nötig gewesen wäre. Beide Männer sahen vom Kampf mitgenommen aus und traten das Gaspedal ihrer Motorräder durch, um ihre Maschinen Richtung Dorfausgang zu beschleunigen. Offenbar waren die Angreifer im Rückzug begriffen – zumindest diese.

Plötzlich bemerkte Jonan eine Bewegung neben sich und schrak zusammen. Er riss den Lauf seines Sturmgewehrs herum. Aber im nächsten Moment entspannte er sich wieder, als er sah, dass es sich um Nessuno handelte, den Arzt. Er sah ziemlich zerzaust aus, und seine Kleidung war voller Blut, das allerdings nicht sein eigenes zu sein schien, sondern von den Patienten stammte, die er offenbar inmitten der Kämpfe in den Gassen und Straßen behandelt hatte.

»Nessuno! Kommen Sie zufällig vom Dorfplatz?«

Der Arzt nickte. »Da war ich auch, ja.«

»Haben Sie Carya oder Pitlit gesehen?«

»Nein, bedaure. Ich bin auch nur vorbeigelaufen. Ich habe überall versucht zu helfen. Viel war mir leider nicht möglich. Diese Bestien!« Wen er damit meinte, war klar.

»Gab es solche Angriffe schon früher?«, wollte Jonan wissen.

»Noch nie«, erwiderte der Arzt. »Bislang haben sich die Motorradgangs immer ferngehalten. Sie bleiben auf den Asphaltstraßen, wo sie die Vorteile ihrer Maschinen ausspielen können. Der Wildnis trauen sie nicht, und die Stämme haben sich auch stets darum bemüht, das Gefühl von Gefahr abseits der Wege aufrechtzuerhalten, um ihre Ruhe vor Räubern zu haben.«

»Also wurden die hier mit etwas gekauft, das ihnen wichtiger war als ihre Sicherheit«, schloss Jonan. Er nahm an, dass der Templerorden ihnen Waffen geboten hatte.

»Vielleicht wurden sogar zwei oder drei Gruppen gekauft«, sagte Nessuno. »Es sind viel zu viele Angreifer für eine gewöhnliche Gang. Aber anscheinend befinden sie sich schon wieder auf dem Rückzug.«

»Es sieht mir allerdings nicht nach einem Sieg für das Dorf aus«, wandte Jonan ein.

»Ist es auch nicht. Ich fürchte, die Hälfte des Stammes ist tot oder schwer verletzt. Viele andere sind in die Wildnis geflohen, wohin die Männer auf ihren Motorrädern ihnen nicht folgen können. Ein paar kämpfen noch, aber im Grunde ist es vorbei. Der Widerstand des Dorfes ist gebrochen.«

Diese Worte erinnerten Jonan daran, dass ihm die Zeit davonlief. »Nessuno, tun Sie mir einen Gefallen und nehmen Sie mir dieses Mädchen ab. Ich wollte es nach Hause bringen, dort drüben, aber ich muss nach Carya schauen. Die Gang oder vielmehr die Schwarzen Templer sind wegen ihr hier. Ich muss wissen, ob sie in Sicherheit ist oder meine Hilfe braucht.« Dass er selbst auf der Abschussliste der Inquisition ebenfalls ganz oben stand, verschwieg er. Er hatte keine Zeit für irgendwelche Diskussionen oder Schuldzuweisungen.

Nessuno nickte wortlos und nahm ihm das Mädchen ab. Dem Doktor schien das Kind deutlich mehr zu vertrauen als Jonan, denn es schmiegte sich gleich an sein besudeltes Hemd. »Viel Glück«, wünschte Nessuno Jonan.

»Ihnen auch«, erwiderte dieser.

Jonan eilte weiter auf den Dorfplatz zu, den einzigen Ort, an dem noch wirklich Krach zu hören war, vor allem der Lärm von Motorrädern und das Stampfen von Templerrüstungen. Das war überhaupt nicht gut. Am Dorfplatz lag auch das Haus, in dem Carya sich versteckte.

Als wäre das noch nicht genug, vernahm Jonan auf einmal ein trockenes Knattern aus der Luft über sich. Erschrocken duckte er sich hinter einen schwelenden Strauch und richtete den Blick zum Himmel. »Das kann doch nicht sein«, flüsterte er fassungslos.

Ein grauer Körper schwebte über ihm wie ein riesiges, exotisches Insekt. Er maß mehr als zwei Dutzend Meter in der Länge und wies zwei rasend schnell wirbelnde und dennoch kaum hörbare Rotoren auf, die ihn in der Luft hielten. Jonan hatte gewusst, dass die Templer über dieses fliegende Ungetüm verfügten – einen *Phantom*-Hubschrauber, wie ihn die Kameraden nannten –, aber er hatte ihn noch niemals gesehen, geschweige denn im Feld erlebt. Er wusste nur eins über das Gefährt: Es verbrauchte Unmengen an Treibstoff, weswegen es nur zum Einsatz kam, wenn es um etwas wirklich Wichtiges ging.

Das erklärte, woher die Schwarzen Templer auf einmal gekommen waren. Mit Rüstungen wie diesen marschierte man nicht von Arcadion bis hierher zu Fuß, und die schmalen Wege machten eine Anfahrt mit einem Lastwagen unmöglich. Doch der Aufwand, den der Lux Dei betrieb, um Carya und seiner habhaft zu werden, überstieg in Jonans Augen mittlerweile jedes Maß.

Über dem Dorfplatz ging der *Phantom* in den Sinkflug, bis er aus Jonans Sicht verschwand. Das Brausen seiner Rotoren war jedoch noch immer zu hören, wenn auch deutlich leiser, als es bei solch einer riesigen Maschine eigentlich hätte der Fall sein dürfen. Welche Technik auch immer dahintersteckte, sie stammte zweifelsohne aus der Zeit vor dem Sternenfall.

Sternenfall-Technologie! In diesem Moment fiel es Jonan wie Schuppen von den Augen. Bei dem Angriff ging es nicht nur um Carya und ihn, zwei Störenfriede, die Angehörige der Inquisition und der Tribunalpalastgarde angegriffen hatten. Die Schwarzen Templer waren hier, weil sie irgendwie von der Kapsel erfahren hatten, einem Fluggerät, das technisch, soweit Jonan das beurteilen konnte, noch weit über die Templer-Kampfanzüge oder diesen Hubschrauber hinausging. *Aidalon muss das Wissen um die Kapsel aus Caryas Eltern herausgepresst haben*, ging es Jonan durch den Sinn. Ein unerwarteter, aber höchst erfreulicher Fund für den Großinquisitor.

Jonan rappelte sich wieder auf und schlich, so schnell es ging, bis zum Dorfplatz weiter. Das Bild dort präsentierte sich ihm so, wie er es befürchtet hatte. In der Mitte stand der *Phantom* mit laufenden Rotoren, die eine Wolke aus Staub aufwirbelten. Drumherum hatten sich die Schwarzen Templer postiert. Die verbliebenen Gangmitglieder bildeten mit ihren Motorrädern einen johlenden Außenkreis, wobei Jonan das Gefühl hatte, dass ihnen bei so viel Militärpräsenz doch unter den abgewetzten Lederjacken und Westen auch recht mulmig zumute war.

Zwei der Templersoldaten hatten das Tor des Tempels aufgerissen, und mehrere schwarz gekleidete Männer, die offenbar mit dem Hubschrauber eingetroffen waren, machten sich an den Trümmerteilen im Inneren zu schaffen. Wie es aussah, brachten sie Seile und Netze daran an, um die Kapsel und auch alles andere abzutransportieren.

In diesem Augenblick bemerkte Jonan, dass in einer Seitengasse ein weiterer Templer stand. Eine schlaffe Frauengestalt hing über seiner gepanzerten Schulter. Jonan erkannte das seltsam bis zu den Knien hochgezogene weißgraue Wollkleid, die schlanken Beine darunter und die Schnürschuhe sofort. *Carya!*

Er fluchte unterdrückt. *Was mache ich jetzt nur?*, fragte er sich verzweifelt. Jeder Versuch eines Angriffs war der pure Selbstmord. Mit dem halben Dutzend Gangmitgliedern wäre er vielleicht noch fertig geworden, aber die fünf Templer waren ihm weit überlegen. *Sie wollen sie mit dem* Phantom *wegbringen*, erkannte er. *Sie werden mit ihr nach Arcadion fliegen, und es gibt absolut nichts, was ich dagegen unternehmen kann.*

Er erinnerte sich an den Schwur, den er Giac gegenüber geleistet hatte, und an das erst vor Minuten in Caryas Ohr geflüsterte Versprechen. Er hatte gesagt, dass er immer bei ihr sein würde, dass er sie beschützen würde, bis zuletzt. Das hatte ja großartig geklappt! Der Lux Dei hatte ihnen mit dem Angriff der Motorradgang eine Falle gestellt, und er war heldenhaft hineingetappt. Die Erkenntnis, dass sich auch der Orden Jonans Machtlosigkeit offenbar bewusst war und ihn daher gegenwärtig wie ein nachrangiges, nicht länger beachtenswertes Ärgernis behandelte, verstärkte nur noch die bittere Note seiner Lage.

Von ohnmächtiger Wut und Verzweiflung erfüllt, musste Jonan zusehen, wie die Templer Carya in den *Phantom* einluden und anschließend selbst einstiegen.

»He!«, schrie einer der Gangleute. »Ihr habt uns noch Waffen und vor allem Munition versprochen! Was ist damit?«

Der letzte Templer drehte sich im Eingang um. »Ihr bekommt eure Munition«, sagte er.

In der nächsten Sekunde begannen die vier nadelartig aus dem

379

Hubschrauberleib hervorragenden Bordgeschütze des *Phantom* zu brüllen. Fast einen Meter lange Mündungsfeuer stachen aus den Rotationsläufen, die der Motorradgang in rasender Geschwindigkeit Kugeln entgegenschleuderten.

Entsetzt riss Jonan die Augen auf und warf sich auf die Erde. So flach er konnte, presste er sich auf den Boden und hielt sich die Ohren zu, während die Geschütze des Hubschraubers den Dorfplatz etwa auf Hüfthöhe kreisförmig in Schutt und Asche legten.

Das Waffenfeuer währte keine zehn Sekunden. Dann nahmen die Rotoren des *Phantom* an Geschwindigkeit auf, und der Hubschrauber hob sich in den Himmel. In einem Netz unter seinem Bauch hingen die Kapsel und die anderen Trümmerteile des Raketenflugzeugs.

Jonan rappelte sich auf und ließ seinen Blick über den Dorfplatz schweifen. Dort lebte niemand mehr. Er hob den Kopf und sah dem Fluggefährt des Lux Dei nach, das nach Süden abdrehte und davonflog.

Carya, dachte er. *Bitte halte durch. Ich komme dich holen. Das schwöre ich.*

KAPITEL 32

Carya erwachte, doch die Welt um sie herum blieb dunkel. Sie saß auf irgendeinem hart gepolsterten Sitz, und ein konstantes Brausen erfüllte ihre Ohren. Der Boden zitterte leicht unter ihren Füßen. Anscheinend befand sie sich in einem Fahrzeug, und jemand hatte ihr die Augen mit einem Tuch verbunden.

Sie versuchte sich zu bewegen, musste jedoch feststellen, dass eine Art starres Geschirr vor ihrer Brust hing und man ihr zudem die Hände gefesselt hatte. Ihre Hoffnung, die Begegnung mit dem Schwarzen Templer im Dorf der Mutanten möge nur ein böser Traum gewesen sein, war ohnehin bereits gering gewesen. In diesem Moment löste sie sich gänzlich in Luft auf.

Sie haben mich erwischt, ging es ihr durch den Kopf, der von dem brutalen Schlag des Templers noch immer schmerzte. Ihr Magen verkrampfte sich, und die Angst schnürte ihr die Kehle zu. Beinahe wünschte sie sich, der Soldat in seiner Kampfpanzerung hätte seine Kraft falsch eingeschätzt und sie mit dem Hieb gegen die Schläfe getötet. Dann hätte sie es hinter sich gehabt, und all das Leid, das zweifellos vor ihr lag, bliebe ihr erspart.

Andererseits war, solange sie noch lebte, nicht alles verloren. Vielleicht kam sie frei, bevor die Inquisition sie auf den Richtblock binden konnte. Jonan war bestimmt bereits auf dem Weg, um sie zu retten. Seine Aussichten auf Erfolg mochten lachhaft gering sein, aber an irgendetwas musste sie sich klammern, um nicht verrückt zu werden.

»Die Gefangene scheint wach zu sein«, stellte eine blechern verzerrte Stimme fest. Es musste sich um einen der Templersoldaten handeln.

»Wollen mal sehen«, sagte eine zweite. Die Stimme klang rau, aber ansonsten normal. Offenbar trug der Besitzer keinen Helm.

Schwere Schritte stampften auf Carya zu, dann spürte sie eine Hand am Hinterkopf und jemand zog ihr das Tuch von den Augen. Ein breites stoppelbärtiges Gesicht, das von einem geöffneten Templerhelm eingerahmt wurde, starrte sie ein. Die linke Wange wies ein flammend rotes Mal auf, als habe sich der Mann dort verbrannt. Mit selbstzufriedenem Grinsen blickte er sie an. »Hallo, Kleine. So sieht man sich wieder. Erinnerst du dich noch an mich?« Er tippte mit dem Finger gegen seine Wange.

Der andere Templer aus der Gasse, fuhr es ihr durch den Sinn. Wie hatte er noch gleich geheißen. *Burlone!*

»Hast wahrscheinlich herzlich gelacht, als der Verräter Estarto mir seinen Schockstab ins Gesicht gerammt hat, hm? Ja, der Idiot Burlone hat sich sauber von euch täuschen lassen.« Der Templer hob eine gepanzerte Hand und schnippte ihr mit dem Finger schmerzhaft gegen die Stirn. »Aber jetzt bin ich es, der lacht, denn wir haben dich gefangen, und ich schwöre dir, du wirst hängen. Und auf dein Liebchen Jonan brauchst du auch nicht zu warten, denn der ist tot, hörst du? Tot! Ich habe ihn erschossen und seinen abgerissenen Schädel auf einen Pfahl gesteckt, mitten in diesem beschissenen Mutantendorf, in dem ihr euch versteckt hattet.«

Die Worte trafen Carya schlimmer als jede Templerfaust. Jonan war tot? Erschossen und geköpft von diesem Irren? Das konnte nicht sein, *durfte* nicht sein. »Nein«, flüsterte sie erschüttert. »Nein, das ist nicht wahr. Sie lügen. Sie *lügen*!«

Burlone lachte höhnisch. »Träum ruhig weiter von deinem edlen Ritter, Kleine. Aber der Bursche rettet niemanden mehr – höchstens ein paar wilde Hunde vor dem Verhungern.«

»Nein!«, schrie Carya mit sich überschlagender Stimme. Am liebsten hätte sie sich auf Burlone geworfen, um so lange auf ihn einzuprügeln, bis er diese grausamen Worte widerrief, aber das Geschirr fesselte sie unerbittlich an den Polstersitz.

Der Templer lachte erneut und trat einen Schritt zurück. Carya sah nun, dass sie sich offenbar in irgendeinem Militärfahrzeug befand. In zwei Reihen standen die gerüsteten Templersoldaten einander in Nischen gegenüber. Im vorderen Teil des länglichen Laderaums befand sich eine graue Tür, die vielleicht zur Fahrerkabine führte, im hinteren Teil gab es zwei seitliche Schiebetüren zum Aussteigen.

»Seht sie euch an, die Furie«, tönte Burlone. »Wundert mich nicht, dass die auf unsere Inquisitoren geschossen hat, als ihrem Invitrofreund das Fleisch vom Leib geschält wurde.«

»Es reicht jetzt, Burlone«, sagte ein anderer Templer, der sein Visier ebenfalls hochgeklappt hatte. »Geh wieder an deinen Platz.« Er löste zwei Sicherheitsbügel und trat aus seiner Nische hervor.

»Du hast mir gar nix zu befehlen, Lucai«, knurrte der Angesprochene.

»Willst du es mit Bruto ausdiskutieren?«, fragte der jüngere Mann und deutete auf die graue Tür. »Ich kann ihn gerne dazuholen.«

Burlone brummte etwas Unflätiges und machte eine wegwerfende Handbewegung, bevor er zu seiner Nische zurückstapfte.

Lucai dagegen kam auf Carya zu. Er war ein hübscher Kerl, braungebrannt, mit markanten Gesichtszügen und einem gepflegten Dreitagebart. Einige Locken schwarzen Haars schauten unter seinem geöffneten Helmvisier hervor.

Prüfend musterte er Carya, die seinen Blick mit zusammengepressten Lippen erwiderte. Tränen des Zorns und der Verzweiflung hatten sich in ihren Augenwinkeln gesammelt. So sehr sie sich auch wünschte, stark zu sein, sie konnte nichts dagegen ausrichten. Der Gedanke, dass Jonan von diesem Burlone umgebracht worden sein könnte, war unerträglich.

Zu Caryas Erstaunen lag beinahe so etwas wie Mitleid in den dunklen Augen des jungen Templers. Sie glaubte sich daran zu erinnern, dass Jonan ihr erzählt hatte, Lucai sei sein Freund gewesen. Konnte er Caryas Verlust deshalb nachvollziehen? Trauerte auch er um Jonan?

Bevor sie sich noch länger darüber Gedanken machen konnte, beugte Lucai sich vor und ergriff das Tuch, das ihre Augen verbunden hatte. »Das legen wir dir besser wieder an«, knurrte er so laut, dass seine Kameraden ihn gut hören konnten. »Wir wollen doch nicht, dass unsere Gefangene mitbekommt, wo wir sie hinbringen.«

Er beugte sich noch etwas näher und hob das Tuch. Carya wollte zurückzucken, aber er schüttelte kaum merklich den Kopf. »Wehr dich nicht«, sagte er. »Ist besser so.« Und als er ihr die Augenbinde wieder anlegte, fügte er noch einen geflüsterten Satz hinzu: »Burlone hat dich belogen.«

Sie wusste nicht, warum er ihr das sagte und ob seine Worte der Wahrheit entsprachen oder er sie nur ruhig stellen wollte. Sie wünschte sich, dass Ersteres der Fall war, dass Jonan noch lebte und sie nicht völlig allein war.

Carya verlor jedes Zeitgefühl. Das Brausen über ihr und das Zittern unter ihren Füßen setzte sich eine unbestimmte Weile fort, während sie sich ihrem Ziel – wahrscheinlich Arcadion – näherten. Schließlich veränderte sich die Tonlage des Maschinengeräuschs, und ihr war, als sacke ihr Körper ab. Sie hatte keine Erklärung für dieses Gefühl. Flog diese Maschine? War das möglich?

Kurz darauf durchlief ein schwaches Rucken das Fahrzeug, und Carya schloss aus den Geräuschen um sie herum, dass sich die Templer aus ihren Nischen lösten. Eine der Schiebetüren wurde geöffnet, und die Männer begannen, den Laderaum zu verlassen. Jemand löste ihr eigenes Gurtgeschirr und packte sie, um sie kurzerhand hochzuheben und über die Schulter zu werfen. Einen Moment lang überlegte Carya, ob sie sich wehren sollte, besann sich dann aber eines Besseren. Gefesselt, wie sie war, würde sie ohnehin nicht viel ausrichten können.

Die Stadtgeräusche und der herbe Geruch des sommerlichen Tevere in ihrer Nase verstärkten ihre Vermutung, dass man sie nach Arcadion gebracht hatte. Das ergab Sinn. Sicherlich brannten Großinquisitor Aidalon und Inquisitor Loraldi schon darauf, sie in die Finger zu bekommen. Bei dem Gedanken daran verspürte Carya Übelkeit, die durch den Gestank des nahen Flusses nur noch verschlimmert wurde.

Der Templer, der sich ihrer angenommen hatte, lud sie auf einigen Holzbohlen ab. Eine Tür wurde zugeschlagen und verriegelt. Dann war erneut Bewegung zu spüren, diesmal begleitet von dem charakteristischen Rattern von Rädern auf kopfsteingepflasterten Straßen. *Eine Kutsche*, dachte Carya. *Sie bringen mich zum Tribunalpalast.*

Ob diese Annahme der Wahrheit entsprach oder nicht, vermochte sie nicht zu sagen, denn auch an ihrem Zielort nahm

ihr niemand die Augenbinde ab. Wortlos wurde sie von zwei
kräftigen Händen an den Armen gepackt und über einen Hof
geführt, anschließend einige Gänge entlang und schließlich eine
Wendeltreppe hinunter in die Tiefe. Ihre Schritte hallten auf dem
nackten Steinboden, und die Luft roch kalt und feucht. Carya
konnte sich bildlich ausmalen, in was für ein dunkles Kerkerloch
sie gebracht wurde.

Mit einem metallischen Schaben wurde ein Riegel zurück-
geschoben, und eine Tür öffnete sich quietschend. Einer ihrer
beiden Begleiter nahm ihr erst die Fesseln, danach die Augenbinde ab. »Da rein«, befahl er, und bevor Carya mehr als nur
einen schwach beleuchteten Kellergang erkennen konnte, wurde sie grob nach vorne gestoßen und taumelte in den kleinen
Raum hinter der Tür. Diese fiel in ihrem Rücken krachend ins
Schloss.

Zunächst war alles stockfinster um Carya. Aber langsam ge-
wöhnten sich ihre Augen an die Dunkelheit, und sie sah, dass
durch die Schlitze zwischen Tür und Türrahmen schwaches Licht
hereindrang. Außerdem gab es einen vergitterten Schacht in der
Decke an der Stirnseite der Zelle, der allerdings nicht nach draußen zu führen schien, denn das bisschen Helligkeit, das durch ihn
hereinfiel, wirkte irgendwie künstlich.

Die Zelle selbst war bis auf eine an der Wand befestigte Pritsche
und einen gemauerten Klotz, der gleichzeitig als Sitzgelegenheit
und Toilette dienen mochte, leer. Wände, Boden und Decke bestanden aus glattem grauem und unnachgiebigem Stein. Es war
ein absolut trostloser Ort, ein Ort, an den man zum Sterben weg-
gesperrt wurde.

Vor Kälte zitternd durchquerte Carya die kleine Zelle, legte
sich auf die harte Pritsche und rollte sich zusammen. Sie wollte

nicht weinen, wollte ihren Peinigern nicht zeigen, wie viel Angst sie hatte. Doch sie versagte kläglich bei dem Versuch.

Jonan, flehte sie stumm. *Wenn du noch irgendwo da draußen bist, bitte komm und hol mich.*

Mit einem Ruck fuhr Jonan aus dem Schlaf hoch. Er hatte geträumt, und es war kein schöner Traum gewesen. Komplett angezogen, verschwitzt und schmutzig lag er in Caryas Bett und rieb sich stöhnend über das Gesicht. Er fühlte sich wie zerschlagen. Durch das Fenster fiel das Licht des frühen Morgens ins Zimmer. »Was für eine Nacht«, murmelte er.

Nachdem die Schwarzen Templer gestern verschwunden waren, hatte er sich zu dem Haus begeben, in dem er mit Pitlit und Carya für kurze Zeit gewohnt hatte. Das Erdgeschoss war von den Schnellfeuergeschützen des *Phantom* völlig zerstört worden. Doch im ersten Stock, wo ihre Schlafräume lagen, war alles noch wie vorher gewesen – sogar das Abendessen hatte noch auf der Dachterrasse gestanden. Nur der Straßenjunge und Carya fehlten.

Wo Pitlit abgeblieben war, vermochte Jonan nicht zu sagen. Er hatte nach ihm gerufen, aber keine Antwort erhalten. War auch er entführt worden? Hatte er sich in die Wildnis geschlagen, um sich dort zu verstecken? Oder lag er gar ermordet irgendwo zwischen all den Leichen? Er wusste es nicht, und er war sich auch nicht sicher, ob er wirklich darauf erpicht war, es herauszufinden.

Die Nacht hatte Jonan in Caryas Zimmer verbracht. In fiebriger Ruhelosigkeit war er auf und ab gelaufen und hatte Pläne geschmiedet, nur um einen nach dem anderen als sinnlos wieder zu verwerfen. Er hatte auf ihrem Bett gelegen und mit Tränen in den Augen an die dunkle Decke gestarrt. Dann hatte er Caryas Beutel mit Habseligkeiten durchgeschaut und in Giacs Büchern geblättert, die sie noch immer mit sich herumschleppte. Schließlich war er offenbar in einen unruhigen Schlaf gefallen.

Nun stand er auf und ging zu dem Tisch hinüber, an dem sein Sturmgewehr lehnte. Mit stummer Entschlossenheit zerlegte er es, reinigte es, baute es wieder zusammen und lud Munition nach. Danach schlang er es sich über die Schulter, steckte alles, was ihm an persönlichen Dingen geblieben war, in einen Kleidersack und verließ das Haus. Ihm war klar, was er zu tun hatte: Er musste zurück nach Arcadion, um Carya zu retten – auch ohne Plan.

Er trat aus dem Haus und lief langsam die Hauptstraße hinunter zum Dorfausgang. Überall um ihn rauchten die Trümmer des einstigen Dorfes. Die Häuser der Mutanten standen zwar größtenteils noch, aber alles andere, was diesen Ort in der Wildnis lebenswert gemacht hatte, der für diese Menschen nach dem Sternenfall zur Heimat geworden war, lag in Schutt und Asche.

Niedergeschlagen sah sich Jonan um. Die Palisade glich einem verkohlten Gerippe, die Einrichtung etlicher Gebäude, die auf die Straße gezerrt und angezündet worden war, machte keinen besseren Eindruck. Karren waren zerschlagen, Beete zertrampelt, Obstbäume umgefahren und Holzrahmen zum Aufhängen von Tierhäuten niedergerissen worden. Überall lagen die Leichen der einstigen Dorfbewohner, ihrer Tiere und die der besiegten oder von ihren eigenen Verbündeten niedergemetzelten Gangmitglieder. Die am Himmel aufgehende Sonne versprach einen weiteren heißen Tag. Bald würde es überall nach Tod und Verwesung stinken. Es war ein Schlachtfeld.

Jonan war nicht als Einziger auf den Beinen. Verstreute Grüppchen von Mutanten standen auf der Straße und in den Gassen oder liefen scheinbar ziellos umher. Er sah Doktor Nessuno und seine junge Frau, den Stammesführer Ordun und Pitlits neue

Freundin Suri. Ihre Begleiterin Tahela fehlte, und auch der Anführer der Jagdgruppe war nirgendwo zu sehen. Als der wilde Kämpfer, der er war, hatte er sich wahrscheinlich mit niemals verlöschendem Zorn so lange auf frische Gegner gestürzt, bis er einem von ihnen erlegen war.

Viele der Mutanten weinten oder trugen grimmige, steinerne Mienen zur Schau. Fast jeder hier hatte am gestrigen Abend Freunde und Familienangehörige verloren – wie auch immer diese Leute das Wort Familie genau auslegten. Jonan konnte gut nachvollziehen, wie sie sich fühlten. Mancher mochte sagen, dass er im Vergleich zu ihnen wenig verloren hatte, doch ihm selbst kam es so vor, als habe ihm jemand das Herz herausgerissen. Die Inquisition hatte Carya entführt.

»Jonan!«, rief in diesem Augenblick eine Jungenstimme hinter ihm.

Er drehte sich um und erblickte Pitlit, der schmutzig, aber anscheinend unverletzt die Straße hinunter auf ihn zugerannt kam.

»Pitlit!«, entfuhr es ihm freudig überrascht.

Der Junge strahlte. Als er Jonan erreichte, umarmte er ihn stürmisch. »Mann, bin ich froh, dass du noch lebst.« Gleich darauf merkte er, was er da tat, und löste sich rasch wieder. »Na ja, so irgendwie jedenfalls …«, brummte er und kratzte sich verlegen am Hinterkopf.

»Schon in Ordnung, Kleiner«, sagte Jonan, grinste erleichtert und zerzauste ihm das Haar. »Ich freue mich auch, dass dir nichts passiert ist. Ich habe schon befürchtet, die Templer hätten dich gefangen genommen – oder vielleicht sogar getötet.«

Pitlit schüttelte den Kopf. »Nein, die waren so froh, Carya gefasst zu haben, dass ich ihnen plötzlich völlig egal war. Die …« Er brach ab, und sein Gesicht nahm einen bekümmerten Ausdruck an. »Oh, verflixt, tut mir leid. Wusstest du das eigentlich schon? Dass die Kerle Carya entführt haben?«

Jonan nickte. »Ich habe mich am Rand des Dorfplatzes aufgehalten, als es geschah. Aber es waren einfach zu viele. Ich konnte nicht eingreifen. Was ist eigentlich passiert? Ich habe gesehen, dass Carya aus einer Seitengasse geschleppt wurde. Seid ihr nicht im Haus geblieben?«

»Nur so mehr oder weniger«, gestand Pitlit. Dann schilderte der Junge in kurzen Worten, was sich während des Kampfes zugetragen hatte. »Du hättest sie sehen sollen«, schloss er am Ende mit leuchtenden Augen. »Es war unglaublich. Dieser Sprung vom Dach und dann die Rolle und – peng – hatte sie den beiden Kerlen dieses Schockding verpasst. So was hab ich echt noch nie erlebt!«

Ganz sicher war sich Jonan nicht, ob er Pitlits Ausführungen für bare Münze nehmen sollte. Er wusste, dass Carya eine gute Schützin war, aber solche Tricks, wie sie der Straßenjunge hier beschrieb, klangen doch reichlich fantastisch für ein gewöhnliches Schulmädchen. »So oder so«, erwiderte er seufzend, »hat es sie leider nicht davor bewahrt, gefangen genommen zu werden.«

»Nein, das ist wahr.« Pitlit machte ein trübseliges Gesicht. »Was unternehmen wir jetzt? Reisen wir den Schurken nach?«

»Worauf du dich verlassen kannst«, bestätigte Jonan. »Allerdings habe ich noch nicht die geringste Ahnung, wie ich Carya befreien soll.«

Von links näherte sich Nessuno ihnen. »Begleiten Sie mich? Ordun versammelt alle am Dorfplatz. Er will über den Angriff reden und was nun geschehen soll.«

»Wir kommen«, gab Jonan zurück.

Gemeinsam liefen sie zum Dorfplatz zurück. Die meisten Mutanten hatten sich dort bereits eingefunden. Es waren kaum noch hundert Leute, darunter viele Frauen und Kinder, die sich während des Angriffs der Motorradgang versteckt hatten.

Vor ihnen, auf den Stufen des geplünderten Dorftempels, stand der Priester. Das zeremonielle Gewand des glatzköpfigen Hünen war staubig und mit Blut befleckt, und zahlreiche der Glasstücke und Spiegelscherben, die Symbole des nächtlichen Himmels, auf dessen Tochter die Mutanten seit Jahren gewartet hatten, fehlten. Mit grimmiger Miene wandte er sich an die Versammelten: »Ich stehe heute vor euch, und Schmerz erfüllt meine Brust. Unsere Häuser sind verbrannt. Unsere Leute wurden getötet. Unser Tempel wurde geschändet. Und die Tochter des Himmels hat man uns geraubt. Erst dachten wir, eine Straßenbande wolle uns den Krieg erklären. Doch schnell erkannten wir unseren Fehler. Die Krieger der Stadtmenschen steckten dahinter. Sie sind für Schmerz und Tod verantwortlich.«

Ordun trat einen Schritt auf seine Zuhörer zu und ballte die Fäuste. »Ich stehe heute vor euch, und Zorn erfüllt meine Brust. Viele von uns teilen die gleiche Vergangenheit. Wir wurden gedemütigt. Wir wurden ausgestoßen. Wir wurden in die Wildnis verbannt, um dort zu sterben. Aber wir starben nicht, sondern kämpften um ein neues Leben. Unser Dorf und unsere Gemeinschaft waren die Früchte dieses Kampfes. Hier fanden wir Glück, hier schlossen wir unseren Frieden mit den Stadtmenschen, indem wir uns vollständig von ihnen abwandten. Doch die Stadtmenschen haben diesen Frieden gebrochen.«

Einige beifällige Stimmen wurden laut. Sie stammten, wie Jonan bemerkte, vor allem von den verbliebenen Männern der Mutantengemeinschaft.

»Sie haben ihn auf eine Weise gebrochen, die nicht ungerächt bleiben darf«, wetterte Ordun, bestärkt von den Beifallsrufen.

»So ist es«, antworteten ihm Stimmen aus dem Publikum. Speere und Fäuste wurden geschüttelt.

»Sie haben ihn auf eine Weise gebrochen, die nur eines bedeuten kann: Krieg!«

Wilder Applaus brandete auf, aber noch immer stammte er von höchstens der Hälfte der Anwesenden. Die Übrigen blickten sich unbehaglich an. Sie schienen sich zu fragen, ob man das letzte bisschen Leben, das ihnen verblieben war, nun auch noch aufs Spiel setzen durfte. Ein paar kleinere Kinder fingen an zu weinen.

Jonan hob die Hand. »Ordun, ich bitte darum, sprechen zu dürfen.«

Der Priester funkelte ihn aus seinen schwarzen Augen an, dann nickte er und gebot ihm mit einer Geste, sich zu ihm zu gesellen.

»Was hast du vor?«, raunte Pitlit ihm zu.

»Diese Leute vor dem Selbstmord zu bewahren«, erwiderte Jonan leise. Er stieg die Stufen zu Ordun hinauf und wandte sich den Mutanten zu. Im Grunde hatte er keine Ahnung, was genau er sagen sollte, aber er hatte das drängende Gefühl, irgendetwas sagen zu *müssen*!

»Hört mir zu«, begann er zögernd. »Ich kann eure Trauer und euren Zorn verstehen. Glaubt mir, auch ich verspüre ihn. Carya wurde entführt. Für euch ist sie die Tochter des Himmels. Für mich ...« Er stockte. »Für mich ist sie noch mehr als das. Ich habe geschworen, sie zu beschützen, immer bei ihr zu sein. Die Soldaten des Lux Dei, die Stadtmenschen, haben mich diesen Schwur brechen lassen. Dafür würde ich jedem einzelnen von ihnen am liebsten eine Kugel durch den Kopf jagen.« Er legte eine Hand auf das an seiner Seite hängende Templer-Sturmgewehr.

»Aber das kann ich nicht. In meinem Gewehr sind nicht genug Kugeln. Würde ich in den Kampf ziehen, ich würde ihn verlieren.

Und das Gleiche gilt für euch. Die Stadtmenschen sind unglaublich viele, und sie haben gefährliche, tödliche Waffen. Im offenen Kampf können wir sie nicht besiegen. Dazu kommt noch etwas: Nicht alle Stadtmenschen sind wie die Soldaten, die uns angegriffen haben. Viele sind friedliebende, einfache Leute. Sie trifft keine Schuld. Wenn ihr in den Krieg ziehen würdet, hättet ihr am Ende genauso das Blut von Unschuldigen an den Händen kleben wie die Soldaten gestern Abend. Ihr wärt nicht besser als sie.«

»Worauf willst du hinaus?«, knurrte Ordun. »Sollen wir etwa nichts tun? Sollen wir deine Soldaten einladen, wiederzukommen und noch mehr zu töten, wenn es ihnen gefällt?«

»Nein«, widersprach Jonan rasch. »Wir müssen handeln. Das steht außer Frage. Ich muss Carya retten, und ihr wollt sicher die Kapsel zurück, die aus eurem Tempel geraubt wurde. Das zu erreichen sollte unser vorrangiges Ziel sein. Wenn dabei ein paar Templersoldaten sterben, ist das nur die gerechte Strafe für ihr Vergehen. Allerdings dürfen wir nicht im Zorn handeln, sondern müssen mit Bedacht vorgehen. Wir benötigen einen Plan. Ansonsten endet euer Kampf an den Mauern von Arcadion, bevor er überhaupt begonnen hat.«

Eine Weile lang musterte der Priester ihn schweigend. »Du warst einer von ihnen«, sagte er. »Ein Stadtmensch. Du würdest uns helfen, gegen sie vorzugehen?«

Jonan neigte zustimmend den Kopf. »Ja, das würde ich – solange wir keinen Kriegszug vorhaben, sondern eine Rettungsmission.«

»Dann komm«, sagte Ordun. »Planen wir.«

KAPITEL 33

»Wir stehen vor drei Herausforderungen«, begann Jonan, nachdem sie sich in Orduns Haus zurückgezogen hatten. Neben dem Priester und ihm waren noch Pitlit, der Arzt Nessuno und zwei Krieger der Mutantengemeinschaft anwesend, die man ihm als Mablo und Petas vorgestellt hatte. »Zuerst müssen wir uns ungesehen nach Arcadion einschleichen. Danach gilt es herauszufinden, wo Carya festgehalten wird und wo sich die Kapsel gegenwärtig befindet. Und zuletzt – und das wird das Schwierigste – müssen wir sie und die Kapsel aus der Stadt bekommen.«

»Das Einschleichen ist leicht«, sagte Pitlit. »Ich mische mich unter die Arbeiter, die abends von den Feldern und Fabriken zurückkehren, und nachts werfe ich euch ein Seil über die Mauer.«

Jonan nickte. »Auf diese Weise könnte zumindest eine kleine Truppe unbemerkt in die Stadt eindringen. Anschließend wird es schon kniffliger.«

Er dachte nach. Natürlich konnte er versuchen, mit Adara oder den anderen Mitgliedern der Ascherose Kontakt aufzunehmen. Allerdings war die einzige Adresse der Widerstandsgruppe, die ihm bekannt war, die von Adara angemietete Wohnung. Da die Ascherose bei ihrem letzten Treffen im Begriff gewesen war, sich in alle Himmelsrichtungen zu zerstreuen, war es gut möglich, dass Adara auch dieses neue Versteck aufgegeben hatte. In dem Fall hatte Jonan keinerlei Anhaltspunkt, wie er mit der Gruppe in Verbindung treten sollte. Selbst Pitlit war ihm hier vermutlich keine Hilfe. Der Straßenjunge wusste bestenfalls, wo die Widerständler gewohnt hatten, bevor sie von der Bildfläche verschwunden waren.

Abgesehen davon, dachte Jonan. *Was bringt es mir? Wie sollen mir Adara, Dino und Stephenie helfen?* Zumindest die Kapsel wurde zweifellos wie ein Staatsgeheimnis behandelt, dessen Standort nur Eingeweihten bekannt sein würde. Er brauchte jemanden aus den Reihen des Lux Dei, am besten jemanden aus dem Tribunalpalast. *Lucai*, ging es ihm durch den Sinn. Es war ein riskanter Schritt, sich an seinen alten Freund zu wenden. Aber wenn Jonan sich damals in der Straße nicht getäuscht hatte und es wirklich Lucai gewesen war, der ihnen mit der geworfenen Handgranate die Flucht ermöglicht hatte, dann mochte er heimliche Sympathien für den Widerstand gegen den Lux Dei hegen. Und entsprach das der Wahrheit, würde er Jonan sicher helfen können, Carya und die Kapsel zu finden.

»Du hast eine Idee«, stellte Ordun fest. Der Priester war ein guter Beobachter.

»Vielleicht«, gestand Jonan. »Sie ist nicht ungefährlich, aber unsere beste Chance. Ich kenne einen Mann – er ist ein alter Freund von mir –, der für die Garde des Tribunalpalasts arbeitet, die Soldaten, die uns überfallen haben. Er ist ein guter Soldat, aber ich glaube, dass die Dinge, die ihm seine Herren in letzter Zeit befohlen haben, Zweifel in ihm geweckt haben, ob der Lux Dei noch dem richtigen Weg folgt.«

»Du willst einen Schwarzen Templer um Hilfe bitten?«, entfuhr es Pitlit. »Bist du irre? Denen kann man nicht trauen! Das sind alles Fanatiker.«

Jonan sah Pitlit vielsagend an.

»Oh«, meinte der Junge, als ihm aufging, dass vor ihm ebenfalls ein ehemaliger Schwarzer Templer stand. »Na gut, fast alle.«

»Ich sage ja, dass es nicht ungefährlich ist«, gab Jonan zu. »Aber ich sehe keine andere Möglichkeit, wenn wir nicht in der halben Stadt nach Carya und der Kapsel suchen wollen.«

»Und wie geht es danach weiter?«, fragte Ordun.

Seufzend schüttelte Jonan den Kopf. »Ich weiß es nicht. Das hängt davon ab, wo sich Carya und die Kapsel befinden und was mit ihnen in den nächsten Tagen geschehen soll. Ein gezielter Angriff wäre am besten mit einem Flugapparat durchzuführen, mit dem wir schnell zuschlagen und wieder verschwinden könnten.«

»Du meinst das schwarze Ungeheuer, das über unser Dorf hergefallen ist und die Straßenräuber getötet hat?«, warf Mablo ein.

»Genau. Wenn es mir irgendwie gelingen könnte, den *Phantom*-Hubschrauber des Templerordens in meine Gewalt zu bringen, der irgendwo in der nördlichen Kaserne von Arcadion untergestellt ist, dann würde das vieles erleichtern.«

»Kennst du dich mit solchen Flugapparaten denn aus?«, wollte der Priester wissen.

»Na ja, ein wenig«, antwortete Jonan nickend. Er verschwieg seinem Gegenüber, dass ein Großteil seines Wissens aus dem Studium alter Armeehandbücher herrührte, die ihm während seiner Ausbildung in die Hände gefallen waren. Tatsächlich am Steuer eines Hubschraubers hatte er natürlich noch nie gesessen.

»Können wir diesen … Hubschrauber denn erobern?«, wollte der Priester wissen.

Jonan verzog die Miene und fuhr sich mit der Hand durchs Haar. »Dazu müssten wir in die Kaserne eindringen. Darin sehe ich ein Problem. Die Eingänge sind schwer bewacht, und über den Wall kann man an dieser Stelle auch nicht klettern, ohne entdeckt zu werden.«

»Vielleicht können wir den Wall durchbrechen«, meldete sich Nessuno zu Wort. »Und dann rasch durch die Lücke in die Kaserne eindringen. Ich habe früher eine Weile in Arcadion gelebt und erinnere mich an die Anlage. Sie grenzt direkt an den nördlichen Aureuswall an.«

»Sie scherzen wohl«, entgegnete Jonan. »Wie wollen Sie denn den Aureuswall sprengen?«

Nessuno und die drei Mutanten wechselten stumme Blicke. »Zeigen wir es ihm«, sagte Ordun.

Gemeinsam verließen sie Orduns Bleibe. Nessuno und Petas verabschiedeten sich einstweilen von ihnen, da nach wie vor im Dorf jede helfende Hand gebraucht wurde, um Hab und Gut zu bergen, die Lebenden zu versorgen und die Toten zu begraben.

Ordun und Mablo hingegen blieben bei Jonan und Pitlit und führten sie hinaus in die Wildnis. Sie folgten einem schmalen Pfad, der sich die Hügelflanke entlangschlängelte. Struppiges Buschwerk säumte ihren Weg, und irgendwo zwischen gelb verdorrten Grashalmen zirpten Grillen. Vom wolkenlosen Himmel schien die morgendliche Sonne auf sie herab und brachte sie bereits jetzt zum Schwitzen.

»Wohin gehen wir?«, wollte Pitlit wissen. »Mir ist heiß.«

Ordun antwortete nicht, aber Jonan fand die Frage durchaus angemessen, deshalb wiederholte er sie auch noch einmal.

»Geduld«, sagte der Priester. »Wir sind gleich da.«

Sie umrundeten den Hügel und erreichten plötzlich eine alte, völlig von Unkraut überwucherte Straße, die sich in Serpentinen hinunter ins Tal zog. Direkt oberhalb ihres Aufenthaltsortes endete sie in einer Öffnung im Fels, die wie eine künstlich angelegte Höhle aussah. Überreste von Drahtzaun, an dem bis zur Unleserlichkeit verrostete Warnschilder hingen, waren zwischen Strauchwerk zu sehen, und neben der Straße stand die Ruine eines Pförtnerhäuschens.

»Was ist das?«, fragte Jonan neugierig, während er seinen Blick über die Anlage schweifen ließ.

»Wir wissen es nicht«, antwortete Ordun. »Die unterirdischen Hallen waren bereits verlassen, als wir sie fanden. Aber die Hallen selbst sind nicht wichtig.«

»Sondern?«

»Du wirst es sehen.«

Sie schritten näher und passierten ein großes Metalltor, das auf Schienen bewegt wurde und in halboffenem Zustand dem Zahn der Zeit preisgegeben worden war. Dahinter lag ein riesiger Tunnel, der tiefer in die Erde führte. Früher mochte er von künstlichen Lampen hell erleuchtet worden sein, heute lag er, vom einfallenden Sonnenlicht abgesehen, in Dunkelheit da. Der Tunnel beschrieb eine weite Kurve und führte dabei spürbar abwärts. Jonan wollte schon seine Taschenlampe hervorholen, doch Mablo war schneller. Er trat zu einer Nische, nahm einen Strahler heraus und fing an, eine daran befestigte Kurbel zu drehen. Kurz darauf warf der Strahler einen hellen Lichtfinger vor ihnen auf den Weg.

Wenig später erreichten sie auch schon das Ende des Tunnels. Eine weitläufige Halle öffnete sich vor ihnen. Massig wirkende Gebilde standen in Reih und Glied in der Finsternis. Als der Lichtfinger des Strahlers über sie hinwegglitt, fiel Jonan förmlich die Kinnlade herunter. »Licht Gottes«, hauchte er. »Wo kommt das alles her?«

»Unsere Eltern und Großeltern haben die Wracks von den Schlachtfeldern draußen in der Wildnis geborgen und hier versteckt«, sagte Ordun. »Ich weiß nicht, warum sie es getan haben, aber ich bin dankbar, dass diese Dinge hier ihre letzte Ruhe gefunden haben und nicht in die Hände der Straßenbanden gefallen sind.«

Es handelte sich um altes Kriegsgerät aus den Dunklen Jahren nach dem Sternenfall. Jonan, der andächtigen Schrittes und voller Staunen durch dieses Mausoleum ging, sah Truppentransporter, Panzer, Anhänger mit Raketenlafetten und Tieflader mit Geschützen. Alle Fahrzeuge wiesen deutliche Kampfspuren auf. In manchen Fällen handelte es sich nur um Einschusslöcher und zersplitterte Fahrzeugscheiben. Andere Gefährte waren kaum mehr als ein Haufen Metallschrott, aufgesprengt und so verbogen, dass sie ihren Weg hierher sicher nicht aus eigener Kraft gefunden hatten, sondern mit einem Schlepper hergebracht worden sein mussten.

Jonan schüttelte fassungslos den Kopf. »Wenn der Templerorden hiervon wüsste, würde den Großmeistern und Paladinen schwindelig werden«, murmelte er. »Wie viel davon ist noch einsatztauglich?«

Ordun zuckte mit den Schultern. »Das hat uns nie gekümmert. Wir führen keine Kriege diesen Ausmaßes. Streitigkeiten haben wir immer von Mann zu Mann geregelt. Aber vielleicht können wir etwas davon verwenden, um den Wall zu sprengen und in die Kaserne einzudringen.«

Jonans Blick fiel auf ein besonders imposantes Fahrzeug, dessen Panzerplatten so dick waren, dass es den Eindruck erweckte, als könne man damit direkt durch den Aureuswall hindurchbrechen, wenn man nur mit genug Schwung dagegenfuhr. Und auf einmal kam ihm eines der Bücher in den Sinn, die er in der vorangegangenen Nacht in Caryas Beutel gefunden und in denen er von Schlaflosigkeit geplagt geblättert hatte.

Ein Lächeln breitete sich auf seiner Miene aus. »Ich glaube, ich habe eine bessere Idee.«

Das geräuschvolle Entriegeln der Zellentür weckte Carya. Es überraschte sie, festzustellen, dass sie überhaupt geschlafen hatte. Angesichts ihrer unbequemen Bettstatt hätte sie das nicht für möglich gehalten. Sie erinnerte sich nur noch daran, stumm gebetet zu haben, das Licht Gottes möge ihr in dieser finstersten Stunde scheinen und Kraft geben. Dabei musste sie irgendwann die Müdigkeit übermannt haben.

Wie lange sie geschlafen hatte, ließ sich unmöglich sagen. In ihrer Zelle war es noch immer genauso dunkel wie in der Stunde ihrer Ankunft. In Anbetracht der Tatsache, dass sie einen nicht geringen Hunger verspürte, musste sie jedoch schon eine ganze Weile hier sein. Daher nahm sie mit Enttäuschung zur Kenntnis, dass der Schwarzuniformierte, der im Türrahmen erschien, ihr nichts zu essen mitgebracht hatte. »Mitkommen«, knurrte der Mann, den sie nicht kannte.

Zögernd trat sie ihm entgegen, und er packte sie grob am Arm, um sie aus der Zelle zu ziehen. Hinter ihm im Gang bemerkte Carya einen zweiten Mann, der einen Revolver in der Hand hielt. Wäre sich Carya ihres eigentümlichen Kampfgeschicks sicherer gewesen, hätte sie vielleicht versucht, die beiden Wächter anzugreifen. Aber da ihre Gaben sie nur unregelmäßig beehrten, und Carya obendrein nicht die geringste Ahnung hatte, wie stark ihr Gefängnis gesichert war, wehrte sie sich nicht, sondern ließ zu, dass der erste Wächter sie gegen die Kerkerwand presste und ihre Arme auf den Rücken zwang, um ihr Handschellen anzulegen.

Die Wachen führten sie durch den Zellentrakt und eine Treppe hinauf in einen Korridor, dessen strenge Kargheit Caryas Ahnung verstärkte, dass sie sich im Tribunalpalast befand. Sie konnte sich zwar nicht erinnern, jemals in diesem Trakt des riesigen Gerichtsgebäudes gewesen zu sein, aber sie kannte Korridore wie diesen von Besuchen bei ihrem Vater.

Der Gedanke an ihre Eltern versetzte ihr einen Stich in der Brust. Waren auch sie noch irgendwo hier eingesperrt, um für die Taten ihrer Tochter zu büßen? Hatte man sie freigelassen, jetzt, wo sie nicht länger als Köder für Carya dienen konnten? Oder hatte die Inquisition sie gar ermordet? Carya hoffte, dass sie es im Laufe des Verhörs erfahren würde, das ihr zweifellos bevorstand.

Doch zu ihrer Überraschung wurde sie nicht in ein Verhörzimmer gebracht. Stattdessen erwartete sie hinter der Tür, die ihre Begleiter am Ende des Korridors öffneten, eine Frau im weißen Kittel. In dem Raum befanden sich darüber hinaus eine Liege, eine Waage, zwei Holzstühle und ein Rolltisch mit medizinischen Instrumenten. An den Wänden hingen Schränkchen mit Milchglasscheiben. Es sah sehr nach einem Untersuchungszimmer aus.

»Dottore Spietato, Ihre Patientin«, meldete der erste Wächter.

»Was mache ich hier?«, wandte sich Carya an ihren Begleiter.

Der Mann antwortete nicht, sondern schob sie nur in den Raum hinein. »Keine faulen Tricks«, warnte er sie. »Wenn du

Ärger machst, prügeln wir dich windelweich.« Mit diesen Worten schloss er die Tür hinter sich.

Die Frau im Kittel hob ein Klemmbrett. »Carya Diodato?«, fragte sie, während sie näher trat, überflüssigerweise.

»Ja«, sagte Carya.

»Zieh dich aus.«

»Warum?«

Spietato verpasste ihr eine Ohrfeige. »Nicht ›Warum?‹, sondern ›Jawohl, Signora‹!«, fauchte sie.

Carya presste die Lippen zusammen. Mit einem schnellen Schritt wäre sie bei dem Rolltisch gewesen. Ein Griff und sie hätte beispielsweise die Spritze, die darauf lag, in der Hand gehabt, um sie der Ärztin in den Hals zu rammen. Aber weit wäre sie damit nicht gekommen. Das einzige Fenster war vergittert, und vor der Tür standen zwei Bewaffnete.

Sie senkte den Blick. »Jawohl, Signora.« Gehorsam löste sie den Gürtel und zog das graue, ärmellose Kleid aus, danach auch noch Schuhe und Strümpfe. Ihre Unterwäsche behielt sie an, aber das schien für Spietato in Ordnung zu sein, denn sie sagte nichts weiter. Im nächsten Moment jedoch runzelte sie die Stirn. »Was ist das?«, fragte sie und deutete auf Caryas Hals, wo nun die Kette zu sehen war, an der Carya den Anhänger trug, der die Flugkapsel für sie geöffnet hatte.

»Ein … ein Schmuckstück«, sagte sie zögernd. »Meine Mutter hat es mir geschenkt.«

»Gib es her«, forderte die Ärztin. Carya zögerte und fing sich eine weitere Ohrfeige ein. »Her damit, habe ich gesagt«, herrschte Spietato sie an.

Von hilflosem Zorn erfüllt nahm Carya den Anhänger ab und händigte ihn der Frau aus. »Der sieht seltsam aus«, sagte diese, als sie ihn zur Seite legte. »Gar nicht wie ein normales Schmuck-stück.« Sie warf Carya einen misstrauischen Blick zu. »Ich denke, den werde ich erstmal behalten.«

Am liebsten hätte Carya sie angeschrien, dass sie das nicht dürfe, aber sie schwieg. Im Augenblick hätte es ohnehin nichts genützt zu protestieren.

»Ich werde jetzt einige Untersuchungen an dir vornehmen«, erklärte Spietato. »Es wird nicht weh tun, also mach kein Theater. Je besser du mitarbeitest, desto schneller sind wir hier fertig. Ver-standen?«

Carya nickte. Was blieb ihr auch anderes übrig. Letzten Endes war das Beste, worauf sie im Augenblick hoffen konnte, Zeit zu gewinnen. Sie musste möglichst viel über ihr Gefängnis in Erfahrung bringen und so lange am Leben bleiben, bis sich ihr eine Möglichkeit zur Flucht bot oder bis Jonan kam, um sie raus-zuholen.

Spietato hatte die Wahrheit gesagt. Sie ließ Carya auf die Waage steigen, maß ihre Körpergröße, schaute sich Augen, Ohren und Zähne an und nahm ihr Blut ab. Zu Beginn der Untersuchung verstand Carya überhaupt nicht, wofür das alles gut sein sollte. Was kümmerte die Inquisition die Gesundheit ihrer Gefangenen? Erst als die Ärztin ihr befahl, sich auf die Pritsche zu legen, und ihren Bauchnabel in Augenschein nahm, begriff sie. *Die wollen wissen, ob ich eine Künstliche bin!*

Der Gedanke war natürlich absurd, aber diese Art von Paranoia passte zur Inquisition. Carya hatte mit Invitros paktiert, und laut den Akten, die den Inquisitoren sicherlich zur Einsicht vorlagen, war sie ein Findelkind, das angeblich aus dem Ödland stammte. Aber wer konnte das schon mit Sicherheit sagen? Eingehende ärztliche Untersuchungen gab es von ihr auch nicht, denn Carya war nie schwer krank gewesen. Was konnte sie anderes sein als eine Invitro?

Schließlich hatte sie die Prozedur hinter sich, und Spietato befahl ihr, sich wieder anzuziehen. Den Anhänger gab sie ihr nicht zurück. Die Wächter führten Carya zurück in die Zelle, wo sie zu ihrer Freude ein Tablett mit einem Krug Wasser und etwas zu essen vorfand. Das Mahl war karg und bestand im Wesentlichen aus einigen Scheiben Brot und Ziegenkäse, aber Caryas Magen knurrte mittlerweile so vernehmlich, dass sie für jeden Bissen dankbar war.

Sie hatte kaum den Blechnapf geleert, als die Tür bereits wieder geöffnet wurde und ihre Wächter sie herauswinkten. Es handelte sich erneut um die beiden Männer, die sie schon kannte. Anscheinend waren sie für diesen dunklen Teil des Tribunalpalasts zuständig. »Mitkommen«, knurrte der eine, bevor er ihr, wie schon beim ersten Mal, Handschellen anlegte.

Carya fragte sich, ob das eine grundsätzliche Vorsichtsmaßnahme war oder ob irgendeiner der Templersoldaten ihren plötzlichen Ausbruch von Kampfeswut in der Gasse im Dorf der Mutanten beobachtet hatte. *Nein*, gab sie sich im nächsten Augenblick selbst die Antwort. *Wenn das wirklich jemand mitbekommen hätte, würde hier jetzt ein Schwarzer Templer stehen, um mich zu eskortieren, nicht zwei einfache Uniformierte.* Der Gedanke daran, dass bewaffnete Männer Grund hatten, sie zu fürchten, versetzte sie in eigenartige Erregung. Sie wünschte sich, sie könnte dieses Ass im Ärmel ausspielen, wann immer sie es benötigte – und nicht nur, wenn die Karte selbst entschied, dass sich das Blatt für Carya wenden müsse.

Diesmal wurde sie in einen anderen Trakt des Tribunalpalasts geführt. Hier herrschte etwas mehr Betrieb. Streng gekleidete

Männer und Frauen marschierten mit Aktenordnern durch die Gänge. Und vor mancher Bürotür saß eine in sich zusammengesunkene Gestalt, flankiert von einem uniformierten Wachmann, und wartete darauf, einem der Inquisitoren vorgeführt zu werden, die – den Messingschildern an den Türen zufolge – in den Räumen ihre Büros hatten.

Bevor Carya das Schild lesen konnte, das an der Tür hing, hinter der ihr eigenes Ziel zu liegen schien, wurde diese abrupt geöffnet, und ein junger Mann trat daraus hervor.

Carya riss die Augen auf. »Ramin!«, rief sie überrascht aus.

Der gutaussehende Jungtempler bedachte sie mit einem kalten Blick. In seinen strahlend blauen Augen lag eine Verachtung, die Carya gegen ihren Willen einen Stich in der Brust versetzte. »Carya«, erwiderte er.

»Was machst du hier?«, fragte sie.

»Mir wurde eine neuer Ehrendienst zugetragen: als Adjutant von Inquisitor Loraldi.« Um seine Mundwinkel deutete sich ein humorloses Lächeln an. »Wäre ich über die Taten des Hochverräters Estarto nicht so entsetzt, wäre ich ihm beinahe dankbar dafür, dass er den Platz für mich freigemacht hat. Weißt du, was für eine Ehre es für einen Jungtempler ist, einem Inquisitor dienen zu können? Nein, wie könntest du. Was weißt du schon von Ehre, Verräterin?« Er beugte sich zu ihr herunter und senkte die Stimme zu einem erbosten Zischen. »Du bist die größte Enttäuschung, die mir jemals in einer Templergruppe untergekommen ist.«

Carya spürte, wie Zorn in ihr erwachte. Sie war wütend auf sich selbst, weil sie diesen Kerl einst angehimmelt hatte. Und sie war wütend auf Ramin, der so selbstgerecht auftrat, ohne auch nur die geringste Ahnung zu haben, was wirklich in den Reihen der Inquisition vor sich ging. Oder vielleicht wusste er es auch und billigte es. Dann war es umso schlimmer. »Ich bin froh, dass du das sagst«, entgegnete sie giftig. »Jemandem wie dir will ich auch gar nicht gefallen.« Ihr war klar, dass freche Widerworte ihre Lage nur noch schlimmer machten. Andererseits war das vermutlich gar nicht mehr möglich.

»Schweig!«, befahl Ramin ihr. Er packte sie grob am Arm und wandte sich an Caryas Wächter. »Ich übernehme die Angeklagte ab hier.«

Die Männer nickten und gingen neben der Tür in Habachtstellung.

»Komm«, knurrte Ramin Carya an. »Dein Vollstrecker wartet.«

KAPITEL 34

»Carya Diodato, kommen Sie herein.«
Der Mann hinter dem Schreibtisch sah genauso aus, wie Carya ihn in Erinnerung hatte. Seine drahtige Gestalt steckte in einer schwarzen Uniform, die so steif war, dass er kerzengerade auf seinem Stuhl saß. Das von silbernen Strähnen durchzogene dunkle Haar hatte er mit Pomade nach hinten gekämmt. Die hohe Stirn und die scharfkantigen Züge verliehen seinem Gesicht Ähnlichkeit mit einem Totenschädel. Dass Carya ihn vor wenigen Tagen angeschossen hatte, machte sich bei Inquisitor Loraldi bestenfalls in seiner leicht fahlen Gesichtsfarbe bemerkbar. Außerdem beulte sich seine Uniformjacke im Brustbereich ein wenig, so als trage er darunter einen Verband. Ungeachtet dessen hielt er sich verkniffen aufrecht, als verweigere ihm sein Stolz, vor seinen Untergebenen auch nur die geringste Schwäche zu zeigen.

Zu diesen Untergebenen zählte nicht nur Ramin, der Carya durch das Vorzimmer bis ins Büro des Inquisitors geleitet hatte, sondern auch ein hünenhafter Schwarzer Templer, der in voller Panzerung stumm und reglos wie ein Ausstellungsstück in einer Ecke des Raumes aufragte. Carya hätte gerne gewusst, ob Loraldi den Soldaten allein ihretwegen herbestellt hatte. *Das müsste ich dann wohl als Kompliment ansehen*, dachte sie.

»Setzen Sie sich«, befahl Loraldi mit eisiger Miene und deutete auf einen Stuhl vor seinem Schreibtisch. Er nickte Ramin zu. »Es ist gut. Warten Sie im Vorzimmer.«

»Jawohl, Signore.« Ramin salutierte zackig, machte kehrt und verschwand wieder durch die Tür.

Carya ließ sich unterdessen auf dem angebotenen Stuhl nieder. Die Sitzfläche fühlte sich hart an, und der Stuhl schien etwas niedriger zu sein als der, auf dem Loraldi saß. Beides war sicher kein Zufall.

Loraldi zückte einen Stift und nahm sich ein Blatt Papier vor. Auf dem Schreibtisch vor ihm lag aufgeschlagen eine dunkle Kladde, in der weitere Unterlagen zu sehen waren. Während er sich noch sortierte, ging Carya blitzschnell ihre Lage durch.

Wenn man es recht bedachte, hatte die Inquisition nicht viel gegen sie in der Hand. Ja, sie hatte sich unerlaubt Zugang zu einem Prozess erschlichen und eine Invitro dorthin mitgenommen. So viel war aktenkundig. Die Schüsse in der Richtkammer konnte man ihr jedoch nicht nachweisen, zumal sich Rajael als schuldig bekannt hatte. Anders sah es mit dem Kampf gegen die Soldaten des Tribunalpalasts in den Straßen von Arcadion aus. Sie hatte auf einen der Männer geschossen und ihn womöglich getötet. Das dürfte mehr als ein Zeuge gesehen haben. Andererseits hatte sie sich vor dem Kampf verkleidet, um sich unerkannt in der Stadt bewegen zu können. Sie konnte ihre Teilnahme an dem Versuch der Ascherose, Gefangene – die zufällig Caryas Eltern waren – zu befreien, leugnen. Wie glaubwürdig das war, würde sich zeigen.

Bedauerlicherweise waren all ihre Überlegungen hinfällig, wenn Loraldi sie schlicht dafür verurteilte, dass er sie für den Grund seines gegenwärtigen körperlichen Ungemachs hielt. Die Inquisition scherte sich um Gesetze und Gerechtigkeit wenig.

Abgesehen davon, dachte Carya düster, *bin ich vor dem Gesetz tatsächlich schuldig, auch wenn unsere Gesetzgeber weitaus mehr Schuld auf sich geladen haben als ich.*

»Carya Diodato«, begann Loraldi in diesem Augenblick. »Ist das Ihr richtiger Name, Ihr vollständiger Name?«

»Ja«, bestätigte Carya.

»Geburtstag?«

Sie nannte ihm den Tag, den ihre Eltern stets mit ihr gefeiert hatten.

»Und wo sind Sie geboren?«

»In Arcadion, wo sonst?«

Loraldi hob den Blick, und seine Lippen umspielte ein dünnes Lächeln. »Um genau das zu klären, sitzen wir hier.«

»Ich verstehe nicht«, sagte Carya.

Der Inquisitor klopfte ungeduldig mit seinem Stift auf die Tischplatte. »Signorina Diodato, Sie sind – neben einigen anderen Punkten – des Angriffs auf einen Großinquisitor und fünf Inquisitoren sowie der Verschwörung mit einer Widerstandsgruppe angeklagt …«

»Mit all dem habe ich nichts zu tun!«, unterbrach Carya ihn.

»Sie brauchen es gar nicht zu leugnen. Wir haben genug glaubwürdige Zeugenaussagen, die Sie belasten, sodass es gar nicht mehr um die Frage geht, ob Sie schuldig sind oder nicht. Man hat Sie mit der Tatwaffe in der Hand durch die Gänge des Tribunalpalasts laufen sehen. Ihr Vater und die Invitro Rajael Vellanecho haben zwar versucht, Sie zu entlasten, hatten damit aber keinen Erfolg. Und was die Machenschaften und Mitglieder der sogenannten Ascherose angeht, haben wir bereits ein sehr aufschlussreiches Gespräch mit einer jungen Frau namens Gabriela Foresta geführt, die uns in die Hände gefallen ist, als sie vor ein paar Tagen einen Sprengsatz in der Innenstadt gezündet hat. Sie erinnern sich vermutlich an den Zwischenfall. Glauben Sie mir, es hat nur sehr wenig Überzeugungskraft gebraucht, um sie dazu zu bringen, uns alles zu erzählen, was sie über Sie und Ihre Geschichte wusste.«

Licht Gottes!, durchfuhr es Carya. Es war also wirklich so gekommen, wie Adara es befürchtet hatte. Sie verspürte Mitleid mit der rundlichen Historikerin, die ein weiteres Opfer auf der immer länger werdenden Liste von Menschen war, die bitter bereuen mussten, jemals Caryas Weg gekreuzt zu haben.

»Leider war Foresta bislang die Einzige, die wir von dieser lästigen kleinen Freidenkergruppe festnehmen konnten«, brummte Loraldi unwillig. »Der Rest ist entweder tot oder wie vom Erdboden verschluckt. Im Versteck der Gruppe an der Universität haben wir natürlich niemanden mehr gefunden. Und ob es weitere Verstecke gibt, wusste Signora Foresta selbst unter größten Schmerzen nicht zu sagen. So sollte die Operation nicht laufen.«

Er räusperte sich. »Doch darum geht es hier gar nicht! Es geht darum, dass Sie, Signorina, ohne jeden Zweifel des Hochverrats schuldig sind, und auf Hochverrat steht die Todesstrafe!«

So viel zu der Frage, inwieweit es ihr gelingen könnte, alle Mittäterschaft abzustreiten. Im Grunde hatte Carya es kommen sehen. Doch es war eine Sache, über die Möglichkeit des eigenen Todes nachzudenken, eine ganz andere hingegen, diese von einem Mann, der die Macht hatte, einen tatsächlich umzubringen, bestätigt zu bekommen. Carya spürte, wie sich ihr Hals zuschnürte, und sie schluckte, um ihre Kehle zu befreien. »Warum sitzen wir also hier und reden?«, wollte sie wissen und war dankbar dafür, dass ihre Stimme kaum zitterte.

»Weil – und darauf wollte ich eigentlich hinaus – Sie Ihre Lage verbessern könnten, indem Sie offen und ehrlich mit uns sind und nichts verschweigen, Signorina Diodato. Ich werde also meine Eingangsfragen wiederholen, und bevor Sie antworten, sollten Sie wissen, dass wir auch Ihre Eltern verhört haben und diese – letzten Endes – in jeder Hinsicht vollkommen offen und ehrlich zu uns waren. Sie verstehen, worauf ich hinaus will?«

Sie wissen es!, begriff sie. Ihr Vater musste den Inquisitoren davon erzählt haben, dass Carya ein Findelkind war. Sie konnte und wollte sich die Umstände seines Geständnisses gar nicht erst ausmalen, aber offenbar hatte er Loraldi oder einem anderen Inquisitor verraten, dass er seine Tochter vor zehn Jahren aus einem eigentümlichen abgestürzten Flugapparat geborgen hatte. *Sind uns die Schwarzen Templer deshalb bis ins Dorf der Mutanten gefolgt? Weil sie wissen wollten, von welchem ›Stern‹ die Tochter des Himmels stammt?*

Unter diesem Gesichtspunkt ergab auch die medizinische Untersuchung von vorhin plötzlich einen Sinn. Carya hätte zu gerne gewusst, was diese ergeben hatte, denn schließlich war ihr nicht einmal selbst bekannt, wer oder was sie genau war.

»Natürlich verstehen Sie es«, sagte Loraldi, als sie nicht sofort antwortete. »Ich sehe es in Ihrem Gesicht. In diesem Augenblick überlegen Sie, ob Sie mich weiter belügen sollen oder nicht. Ich rate Ihnen dringend davon ab. Hier geht es nicht nur um Ihr Leben, sondern auch um das Ihrer Eltern, die nach wie vor bei uns in Gewahrsam sind. Sie wollen doch nicht, dass sie Ihretwegen leiden müssen, oder? Ich könnte noch heute ihre Entlassungspapiere unterzeichnen – wenn Sie mit mir zusammenarbeiten.«

»Na schön«, sagte Carya kühl. »Sie haben gewonnen. Ich wurde nicht in Arcadion geboren und auch vermutlich nicht an dem Tag, den ich Ihnen zuvor genannt habe. Aber was hilft Ihnen dieses Geständnis nun? Viel mehr kann ich Ihnen nicht bieten, denn wie Ihnen mein Vater gewiss auch gesagt hat, ist mir meine Vergangenheit ein einziges Rätsel. Und ich schwöre Ihnen, das ist die Wahrheit.«

Der Inquisitor hob das Kinn ein wenig und musterte sie eine Weile lang stumm. Dann zog er die oberste Schublade seines Schreibtischs auf und holte Caryas Amulett hervor. »Was ist das?«, fragte er.

Carya zögerte. Durfte sie dem Inquisitor von der Kapsel erzählen? Sie vermochte nicht einmal zu erahnen, was für Folgen das haben würde. Andererseits war die Wahrscheinlichkeit groß, dass die Schwarzen Templer bei ihrem Überfall auf das Mutantendorf auch den Tempel und seinen Inhalt entdeckt hatten. Und wenn sie die Kapsel ohnehin bereits in ihrem Besitz hatten, spielte es vermutlich kaum eine Rolle, ob sie diese mit dem Schlüssel öffneten oder mit roher Gewalt aufbrachen. »Ein Schlüssel«, sagte sie.

»Für die Kapsel, die wir geborgen haben?«, hakte Loraldi nach und bestätigte damit Caryas Vermutung. »Mit der Sie zur Erde gekommen sind?«

»Mit der ich abgestürzt bin, ja.«

»Wie verwendet man ihn?«

Carya sagte es ihm. »Es gibt noch einen Code. Er lautet Vier-Fünf-Eins. Aber in der Kapsel finden Sie nichts. Ich habe sie durchsucht. Alles ist tot. Dort werden Sie ebenso wenig über meine Vergangenheit erfahren wie von mir.«

Loraldi lehnte sich auf seinem Sitz zurück. »Wir werden sehen«, sagte er. »Die Untersuchung des Flugapparats überlasse ich dem Templerorden. Was hingegen Sie betrifft … Ihr Erinnerungsvermögen mag durch den Absturz Ihres Gefährts gelitten haben, aber irgendwo in Ihrem Kopf stecken die Antworten auf unsere Fragen. Da bin ich mir sicher. Und ich verspreche Ihnen: Wir werden sie gemeinsam finden.«

Aus dem Mund eines anderen Mannes wären das ermutigende Worte gewesen. Bei Loraldi hingegen klangen sie wie eine Drohung, die Carya einen kalten Schauer über den Rücken jagte.

In der dunklen Halle unter der Erde heulte der Motor des riesigen Panzerfahrzeugs auf. Ein Husten und Stottern war zu hören, dann kehrte wieder Stille ein.

»Verdammt!« Frustriert schlug Jonan in der Fahrerkabine auf die Konsole. »Ich schaffe es einfach nicht. Ich kriege den Panzer nicht zum Laufen.«

»Vielleicht ist die …« Pitlit, der neben ihm auf dem Beifahrersitz hockte, suchte nach dem richtigen Wort. »Treibstoffdings … Zuleitung kaputt.«

»Entweder das, oder es ist etwas ganz anderes. Ich verstehe schlichtweg zu wenig von dieser alten Technologie.« Jonan seufzte.

Mablo, der draußen auf dem *Leviathan*-Panzer herumgeklettert war, steckte den Kopf zur Luke herein. »Was machen wir jetzt?«, fragte der Mutant.

Jonan lehnte sich auf dem durchgesessenen Fahrersitz zurück und starrte nachdenklich durch das vergitterte Sichtfenster in die Finsternis hinaus. »So kommen wir nicht weiter. Wir brauchen Hilfe von jemandem, der mehr Ahnung von Technologie aus der Zeit des Sternenfalls hat.«

»Und wer soll das sein?«, wollte Pitlit wissen.

»Caryas Freunde im Norden«, erwiderte Jonan. Der Gedanke war schon eine ganze Weile in seinem Kopf gereift. Es gefiel ihm nicht, sich an die Invitros wenden zu müssen, aber anscheinend blieb ihm keine andere Wahl. Er stand auf. »Ich brauche ein Motorrad.«

»He, und was mache ich solange?«, begehrte Pitlit auf.

»Du hältst hier die Stellung«, sagte Jonan.

»Na toll.« Der Straßenjunge verzog das Gesicht.

Jonan schlug ihm auf die Schulter. »Sei dankbar. Wer weiß, was mich im Norden erwartet.«

Seine eigenen Worte hallten unheilvoll in seinem Geist wider, als Jonan den Anlasser des schweren Motorrads durchtrat, den Gashebel betätigte und über die schmale vom Dorf fortführende Straße in die Wildnis hineinbrauste. Er trug jetzt eine zerschlissene, dunkle Lederjacke und eine vom Staub zerkratzte Motorradbrille, die er – wie die Maschine selbst auch – einem der toten Gangmitglieder abgenommen hatte. Auf dem Rücken hing sein Sturmgewehr, den Sack mit seinen Habseligkeiten hatte er hinter sich auf dem Sitz festgezurrt.

Jonan hatte keine Ahnung, wie die Künstlichen ihn empfangen würden. Sie hatten allen Grund, abweisend zu sein. Die meisten natürlich geborenen Menschen begegneten ihnen mit Abscheu, und in den letzten Jahrzehnten war ihnen viel Leid zugefügt worden. *Glücklicherweise wissen die nicht, dass ich noch vor Kurzem in der Garde des Tribunalpalasts gedient und ihresgleichen gejagt und einer mordlustigen Gerichtsbarkeit überstellt habe,* dachte Jonan.

Er hoffte, dass der Brief, den Carya von Rajael bekommen hatte, wirklich die gewünschte Wirkung entfalten und die Invitros dazu bewegen würde, einem völlig Fremden zu helfen. Jonan hatte ihn noch immer nicht gelesen, und er fragte sich auf einmal, ob er das vor seiner Abfahrt vielleicht hätte tun sollen. Er sah kurz zur Brusttasche der Lederjacke hinunter, in der das Schreiben zusammen mit der Landkarte, auf der das Versteck der Invitros eingezeichnet war, steckte. Dann schüttelte er den Kopf. Letzten Endes spielte es keine Rolle, was genau Rajael geschrieben hatte. So oder so brauchte Jonan die Hilfe der Künstlichen – und wenn er darum betteln musste.

Sein Weg führte ihn durch die wilde Hügellandschaft und über die Flussbrücke hinweg, in deren Nähe sie vor wenigen Tagen gerastet hatten. Danach wandte er sich in Richtung Nordosten und stieß nach wenigen Kilometern auf das graue, endlose Band der Handelsstraße. Obwohl die Straße in schlechtem Zustand war, erleichterte sie das Fahren erheblich, und Jonan holte aus dem alten Motorrad heraus, was möglich war. Er wollte sein Ziel so schnell wie möglich erreichen.

Links und rechts von ihm zog die Landschaft vorbei, von braunem Gras und Büschen bewachsene Hügel, ausgedörrte Wiesen und Felder und die Überreste einer Zivilisation, die einst das ganze Land besiedelt hatte, nur um sich in den Dunklen Jahren angstvoll um ein paar vereinzelte helle Flecken zu scharen. Zu Fuß hätten Carya, Pitlit und er für diese Strecke sicher mehrere Tage benötigt, mit dem Motorrad sollte es nur eine Frage von drei bis vier Stunden sein. Das kam Jonan sehr entgegen, denn die Sonne hatte den Zenit schon deutlich überschritten und neigte sich langsam, aber unerbittlich dem westlichen Horizont zu. Er hoffte, dass es ihm gelang, noch vor Einbruch der Dunkelheit den See zu finden, in dem sich die *Größere Insel* befand.

Nach etwa einem Viertel der Strecke verlor die Handelsstraße eine Fahrbahn, und die Zeichen früherer Besiedelung wurden weniger. Ansonsten änderte sich die Landschaft kaum. Mal rückten die Hügelketten zu beiden Seiten der Straße näher, mal waren sie nicht mehr als dunstige Schemen am Horizont.

Jonan folgte dem grauen Band mit gleichbleibender Geschwindigkeit eine gute weitere Stunde lang. Dann begann er, genauer auf die verwitterten Straßenschilder zu achten, die am Straßenrand standen, und mehr als einmal hielt er an, um die Namen darauf mit denen auf seiner Karte zu vergleichen. Dabei stellte sich heraus, dass die Karte irgendwie zu grob war. Sie enthielt so gut wie keine hilfreichen Ortsbezeichnungen.

Schließlich holte er zu seiner Erleichterung einen Konvoi aus Handelskutschen ein, der schwerfällig gen Norden rumpelte. Langsam rollte er zur Spitze vor und fragte die Kutscher nach dem Weg. Er hatte Glück. Die Männer zeigten ihm auf ihrer eigenen Karte, wo sie sich befanden, und Jonan konnte daraus erkennen, dass es bis zum See gar nicht mehr weit war. Unterhalb des Sees waren weite Bereiche in warnendem Rot eingefärbt, und das erinnerte Jonan daran, dass es an der Zeit war, seinen Strahlungsmesser hervorzuholen.

Der Kutscher, der Jonans Unbehagen bemerkte, lachte humorlos. »Wie ich sehe, sind Ihnen die Todeszonen aufgefallen. Ich kann nur sagen, halten Sie sich davon fern. Wenn Sie wirklich zum See wollen – und ich weiß nicht recht, was Sie an dem algenverseuchten Tümpel interessiert –, dann sollten Sie von oben heranfahren.« Er deutete auf eine große Straßenkreuzung, von der ein Weg in östlicher Richtung direkt zum nördlichen Seeufer führte.

»Danke«, sagte Jonan. »Ich werde Ihren Rat beherzigen.«

Dank der Hilfe der Händler legte er den Rest der Strecke schneller als gedacht zurück. Die Straßenkreuzung war nicht zu verfehlen, und bald darauf konnte er Wasser durch die Bäume und Sträucher glitzern sehen.

Die Sonne stand zwar schon tief am Himmel, aber noch war

es hell genug, dass er sich gut orientieren konnte. Jonan rollte mit seinem Motorrad die Straße entlang, bis er eine Landzunge erreichte, die in den See hineinreichte. Vor ihm ragte ein windschiefes Schild aus dem Boden, das von einem Erholungsgebiet für Urlauber kündete. Allerdings waren die verstreut am Ufer liegenden Hütten völlig verfallen, und keine Menschenseele zeigte sich.

Jonan stieg von seiner Maschine und ging zum See hinunter. Die Abendsonne brachte das grünblaue Wasser zum Funkeln, doch der durchdringende Geruch, der Jonan an den sommerlichen Tevere erinnerte, ließ ein Bad in diesen Fluten wenig erstrebenswert erscheinen.

Etwa einen Kilometer vom Ufer entfernt ragte ein bewaldeter Buckel aus dem See auf. Vereinzelte Gebäude sprenkelten das grüne Ufer. Anzeichen von Leben fielen Jonan nicht auf. Aber er war richtig hier. Das musste das Refugium der Invitros sein. »Ich bin den ganzen Weg hier heraufgefahren, jetzt werde ich diesen letzten Kilometer wohl auch noch bewältigen«, brummte er leise, auch wenn das leichter gesagt als getan war, denn er hatte nie schwimmen gelernt.

Suchend schritt er das Ufer ab. An einem Ort, wo die Menschen früher Urlaub gemacht hatten, musste es doch irgendwo Boote geben. Die Invitros schienen hingegen große Mühe darauf verwendet zu haben, jedwede Möglichkeit, zur Insel überzusetzen, zu unterbinden.

Es war schon fast dunkel, als er schließlich unter einem Gebüsch ein knallrotes Boot entdeckte, das sich mithilfe von Pedalen antreiben ließ. Es wies ein faustgroßes Loch im Boden auf, aber Jonan zog kurzerhand sein Hemd aus und stopfte es damit. Dann ließ er das fragwürdige Gefährt zu Wasser, versteckte sein

Motorrad zwischen dem Buschwerk und machte sich daran, zur Insel hinüberzufahren.

Sein Ziel war ein in den See hinausragender Bootspier an der Nordspitze, an den sich einige Steinhäuser anschlossen. Etwas oberhalb von ihnen, auf der Inselkuppe, erhob sich der Turm einer alten Kirche.

Obwohl er sich anstrengte und so schnell strampelte, wie er konnte, wurde es dunkel, bevor Jonan die Insel erreichte. Er ließ seinen Blick über die finstere Landmasse schweifen, die vor ihm aufragte. Nirgendwo vermochte er einen Lichtschein auszumachen. Die Insel wirkte wie ausgestorben. »Das wäre ein ganz schöner Reinfall«, murmelte er.

Langsam glitt er mit dem Boot näher. Als der Schatten des Piers vor ihm auftauchte, zog er seinen Beutel hervor und holte seine Taschenlampe heraus. Er schob den Rotfilter über die Linse und knipste sie an.

Im nächsten Moment wurde er vom hellen Schein eines Strahlers erfasst, und das charakteristische Geräusch eines Gewehrs, das durchgeladen wurde, drang an seine Ohren. »Ganz ruhig, mein Junge«, knurrte eine heisere Stimme. »Keine falsche Bewegung.«

KAPITEL 35

Jonan hob die Hände und blinzelte in das Licht. »Mein Name ist Jonan Estarto. Ich suche die Invitroenklave.«

»Du kannst von mir aus den Mondkaiser suchen«, erwiderte der Mann. »Bevor du auch nur einen Fuß auf diese Insel setzt, will ich das Gewehr auf deinem Rücken haben.« Er machte eine auffordernde Bewegung mit seiner eigenen Waffe.

Mit zusammengekniffenen Augen versuchte Jonan, mehr zu erkennen. Doch der Fremde stand im Schatten, sodass lediglich die Umrisse seiner Gestalt auszumachen waren. Offensichtlich handelte es sich um einen kräftigen Mann, dessen leicht gebeugte Haltung allerdings den Schluss nahelegte, dass er nicht mehr der Jüngste war. Das Gewehr in seinen Händen war bei Weitem nicht so klobig wie Jonans, das bedeutete jedoch nicht, dass es nicht ebenso tödlich gewesen wäre.

»Also, was ist?«, fragte der Mann, als Jonan zögerte.

»Schon gut, schon gut. Sie bekommen es.« Eigentlich gefiel es Jonan überhaupt nicht, seine Waffe abzugeben. Aber was blieb ihm anderes übrig? Er war als Bittsteller hier und hatte sich den Wünschen der Invitros zu fügen. Abgesehen davon hätte er an ihrer Stelle wahrscheinlich genauso gehandelt. Man ließ einen Fremden mit einem Templersturmgewehr einfach nicht an einen Ort, an dem sich Frauen und Kinder verstecken mochten.

»Dann werfe ich dir jetzt ein Seil zu«, sagte der Mann. »Damit ziehe ich dich bis zum Pier. Anschließend schnallst du das Gewehr ab und legst es dort hin.«

Jonan nickte und tat wie ihm geheißen. Als der Mann ins Licht trat, um das Sturmgewehr an sich zu nehmen, sah Jonan, dass er sich nicht getäuscht hatte. Sein Gegenüber besaß schütteres, silbergraues Haar, und in sein Gesicht hatten sich tiefe Falten gegraben. Dass er sein eigenes Gewehr allerdings ganz entspannt in der rechten Armbeuge hielt, warnte Jonan, den Alten nicht zu unterschätzen. Es musste noch einiges an Kraft in diesem Körper stecken. Auch die paramilitärische Kleidung, die er trug, eine in den Schaft seiner Schnürstiefel gesteckte dunkle Hose und eine dicke Jacke, wies darauf hin, dass es sich bei dem Mann um einen ehemaligen Soldaten handelte.

Der Mann hängte sich das Sturmgewehr über die Schulter. »Trägst du sonst noch Waffen bei dir?«

»Nein«, erwiderte Jonan. Den Elektroschockstab hatte er nicht bei sich, sondern bei Pitlit im Dorf der Mutanten gelassen. »Doch, warten Sie, mein Messer«, fiel ihm ein. Er zog es aus dem Gürtel und legte es ebenfalls auf den Pier, wo der Mann es sicherstellte.

»Na gut«, brummte dieser. »Dann komm mal hoch.« Er reichte ihm nicht die Hand, sondern trat stattdessen sogar einen Schritt zurück, um zuzusehen, wie Jonan sich von seinem wackeligen Untergrund auf den leicht erhöhten Holzsteg kämpfte.

»Und nun?«, fragte Jonan, als er sich ächzend aufgerichtet hatte.

Der Mann nahm den Strahler auf und nickte in Richtung der dunklen Häuser. »Gehen wir ein Stück.«

Er führte Jonan den Pier hinunter und an den ersten Häusern

vorbei. Statt jedoch auf eins von ihnen zuzusteuern, wandte er sich nach rechts und schritt die Dorfstraße hinunter zur Südhälfte der Insel. Die Straße beschrieb eine Kurve, und auf einmal kam ein großes Haus in Sicht, beinahe schon ein kleines Schloss mit Zinnen und Türmen, das inmitten eines Hains wild wuchernder Olivenbäume lag. Als sie näher kamen, sah Jonan im Licht des Strahlers, dass es furchtbar heruntergekommen wirkte. Gestrüpp rankte sich die Wände hinauf, an denen die Farbe in großen Stücken abgeplatzt war. Verrottete Fensterläden hingen vor leeren Fenstern, und selbst auf dem Dach schienen Büsche zu wachsen.

»Was ist das hier?«, fragte er.

»Unser Ziel«, sagte sein Begleiter.

»Hier leben die Invitros?«

»Nein. Hier lebe nur ich.«

Sie traten durch die Eingangstür, die zu Jonans Erstaunen weit offen stand, und durchquerten einen leeren Eingangsbereich, in dem vertrocknetes Laub auf einem Boden aus zersprungenen Steinplatten lag. Ein schwacher Windzug wehte durch den Raum und trieb die braunen Blätter raschelnd umher. Am anderen Ende befand sich eine Tür, die in einen Innenhof führte. Sie gingen hindurch und überquerten den Hof, betraten dann einen weiteren Gebäudeflügel und erklommen eine breite Treppe ins obere Stockwerk.

Schließlich erreichten sie einen Raum, in dem Jonan zum ersten Mal Anzeichen dafür entdeckte, dass hier tatsächlich jemand wohnte. Der Raum mit der gewölbten Decke, an der eine Reihe schwach leuchtender Glühbirnen hing, sah aus wie eine Werkstatt. Es gab mehrere Tische und Stühle, auf denen allerlei Werkzeuge und technische Bauteile lagen, die Jonan nicht kannte. An einer Wand standen neun Monitore in einem Holzregal übereinander.

421

Sie alle zeigten eigentümliche Falschfarbbilder des Inselufers und des sie umgebenden Sees. Wie es aussah, hatte der Mann rund um die Insel Überwachungskameras aufgestellt, deren Übertragungen hier einliefen. *So muss er auch meine Annäherung bemerkt haben*, dachte Jonan. Im Grunde handelte es sich nicht einmal um eine besonders ausgeklügelte Technik. Trotzdem war es fortschrittlicher als alles, was die Stadtwache von Arcadion zu bieten hatte. *Ich glaube, hier bin ich richtig.*

»So«, sagte der Mann in diesem Augenblick. Er legte die Waffen – seine eigene eingeschlossen – auf einen Tisch und ging zu einer Truhe hinüber, die er aufklappte, um zwei Flaschen hervorzuholen, die dem Etikett nach Bier enthielten. Eine davon reichte er Jonan, der sie überrascht und dankbar entgegennahm. Der Alte setzte sich neben die Waffen und legte ein Bein bequem auf einen benachbarten Stuhl. »Jetzt können wir reden.«

Jonan nahm einen Schluck von dem kühlen Bier und räusperte sich. »Wie gesagt: Mein Name ist Jonan Estarto. Ich komme aus Arcadion und habe einen Brief von einem Mädchen namens Rajael bei mir, die mir oder vielmehr meiner Freundin Carya sagte, wir sollten in der Not hierherkommen, um eine Gruppe von Invitros zu finden, die uns helfen würde. Rajael selbst war auch eine Invitro.«

»Zeig mir den Brief«, verlangte der Mann.

Aus seiner Brusttasche fischte Jonan das Schreiben hervor und reichte es ihm. »Sie könnten mir wenigstens mal Ihren Namen verraten«, warf er dabei ein.

»Könnte ich, ja«, gab sein Gegenüber zurück. Er nahm den Brief entgegen und überflog ihn. Seine Miene wurde ernst. Wie immer Rajaels letzte Worte aussehen mochten, offenbar waren sie keine angenehme Lektüre. »Hm«, brummte der Mann, als er fertig war. »Und deswegen erwartest du hier Hilfe? Diese Zeilen sind an Carya gerichtet.«

»Ich weiß«, sagte Jonan. »Aber sie kann nicht hier sein. Sie steckt in Schwierigkeiten. Die Inquisition hat sie erwischt.«

Der Mann machte eine auffordernde Geste. »Sprich weiter. Ich bin ganz Ohr.«

In kurzen Sätzen beschrieb Jonan, wie Carya sich für Rajael und den Invitro Tobyn mit dem Lux Dei angelegt hatte und dadurch gezwungen worden war, aus Arcadion zu fliehen. Die Episode bei der Ascherose ließ er dabei unerwähnt, und auch hinsichtlich der Umstände, unter denen Carya und er sich kennengelernt hatten, blieb er vage. Er beschrieb ihre Flucht durchs Ödland und die Wildnis und ihr Zusammentreffen mit den Mutanten. »Bei den Ausgestoßenen haben wir uns versteckt und uns sicher geglaubt«, sagte er. »Leider war das ein Irrtum. Die Inquisition spürte uns auf. Sie hat nicht nur Carya entführt, sondern auch … äh … ein Heiligtum dieser Leute mitgenommen. Um Carya zu retten und das Artefakt zurückzuholen, brauche ich jemanden, der sich mit der Militärtechnik aus der Zeit des Sternenfalls auskennt. Ich habe gehofft, hier so jemanden zu finden.«

»Wieso Militärtechnik?«

»Die Mutanten, also die Ausgestoßenen, haben altes Kriegsgerät gesammelt und in einer Höhle versteckt. Ich brauche es für meinen Plan. Leider sind die Fahrzeuge beschädigt.«

Sein Gegenüber schnaubte. »Du willst doch nicht mit zehn Wilden Arcadion angreifen?«

»Natürlich nicht«, gab Jonan zurück. »Es ist eher so eine Art List. Aber darüber möchte ich im Augenblick lieber nicht sprechen.«

»Und wie kommst du auf den Gedanken, hier hätte jemand Ahnung davon?«

»Immerhin sind Sie imstande, künstliches Leben zu schaffen. Diese Art von Technologie beherrscht heute kaum jemand mehr.« Jonan zuckte mit den Achseln. »Ich dachte wohl, das träfe auch auf andere Bereiche alter Technik zu.«

Der Mann lehnte sich auf seinem Stuhl zurück und musterte Jonan. »Das ist eine tolle Geschichte, ganz ehrlich. Aber es könnte alles gelogen sein. Warum sollte ich dir trauen?«

»He, *Sie* sind es, neben dem die Waffen liegen«, gab Jonan zurück. »Also, wenn sich hier jemand Sorgen machen sollte, dann ich. Außerdem wäre ich doch bestimmt nicht alleine und mit so einer komplizierten Geschichte bei Ihnen aufgetaucht, wenn ich wirklich Ihr Feind wäre, oder?«

»Da ist was dran«, gab sein Gegenüber zu.

»Also, wollen Sie mir jetzt vielleicht sagen, wo die anderen Invitros sind? Sie sind doch ein Invitro, oder?«

»Gezeugt und aufgewachsen in einem Bruttank, ganz recht. Aber außer mir wirst du hier niemanden finden, tut mir leid.«

Jonan runzelte die Stirn. »Wo sind denn alle anderen? Carya schien sich ausgesprochen sicher zu sein, hier eine ganze Gemeinschaft vorzufinden.«

»Es gibt sie auch«, bestätigte der Alte. »Aber sie versteckt sich.«

»Wovor?«

»Vor den Dingen, die gegenwärtig in Arcadion vorgehen und die auch für den Tod dieses Mädchens Rajael letzten Endes verantwortlich sind.«

»Ich verstehe nicht ganz«, gestand Jonan.

»Das wundert mich«, gab sein Gegenüber zurück. Sein Tonfall gewann unvermittelt an Schärfe. »Du hast zwar bislang tunlichst vermieden, von dir zu sprechen, aber ich sehe es dir doch an: Du bist einer von ihnen gewesen, ein Soldat. Deine Haltung verrät dich, deine Art, eine fremde Umgebung einzuschätzen. Ganz zu schweigen hiervon.« Er klopfte auf das Templersturmgewehr. »Welcher Einheit hast du angehört?«

»Ich … ich war ein ganz normaler Infanterist«, stotterte Jonan überrumpelt und doch geistesgegenwärtig genug, nicht seine Mitgliedschaft bei der Eliteeinheit der Inquisition preiszugeben.

Leider währte seine Täuschung genau fünf Sekunden, denn der Invitro hob das Gewehr hoch und drehte es in den Händen hin und her. »Wohl eher ein Templer des Tribunalpalasts, hm?«, sagte er und deutete auf das klar sichtbare Emblem auf dem Schaft.

»Sie kennen sich gut aus«, sagte Jonan.

Der Alte verzog das Gesicht zu einem matten Grinsen. »Ich habe diese Waffen und Rüstungen schon getragen, als dein *Vater* noch in den Windeln lag. Mir macht so schnell keiner was vor.«

Also hatte er sich nicht getäuscht. Der Mann war wirklich einst beim Militär gewesen, ein Vorgänger der Templer, in den Jahren des Sternenfalls. Besser hätte Jonan es eigentlich gar nicht treffen können. »Hören Sie, das ist Vergangenheit«, beteuerte er. »Ich bin ausgestiegen, desertiert. Ich war jung und naiv, als ich dem Orden beigetreten bin. Es war der ausdrückliche Wunsch meines Vaters, dem ich mich gebeugt habe. Doch die Gräuel, die ich erleben musste, haben mich eines Besseren belehrt. Keine Ahnung, ob Sie zu Ihrer Zeit Stolz empfunden haben, die Rüstung zu tragen. Ich konnte es nicht mehr. Und als ich dann Carya kennenlernte, habe ich endlich die Kraft gefunden, einen Schlussstrich zu ziehen.«

»Du hast dieses Mädchen für die Inquisition jagen müssen«, mutmaßte der Alte mit erstaunlicher Treffsicherheit.

Jonan presste die Lippen zusammen und nickte stumm.

»Und Tobyn. Ging der auch auf dein Konto?«

Zögernd nickte Jonan erneut. Es war ein seltsames und beängstigendes Gefühl, einem Invitro beichten zu müssen, dass man noch vor Kurzem seinesgleichen gejagt hatte – vor allem, wenn man sich von dem Invitro Hilfe erhoffte. Aber er war überzeugt davon, dass sein Gegenüber eine Lüge erkannt hätte. Hoffentlich hatte er mit diesem Geständnis nicht sein eigenes – und damit auch Caryas – Leben verwirkt.

Doch der Mann hob weder das Gewehr, um ihn auf der Stelle zu erschießen, noch verwies er ihn hasserfüllt des Hauses. Stattdessen seufzte er. »Und genau diese Dinge, die Gefangennahme von Tobyn Cortanis und Mondo Laura, hat die Leute hier von der Insel vertrieben. Diese beiden mögen schweigend in den Tod gegangen sein, aber sie waren nicht die Einzigen von uns, die in den letzten Wochen der Inquisition in die Hände gefallen sind. Man könnte denken, es gäbe eine Todesliste.«

Er verzog das Gesicht und nahm einen Schluck Bier. »Aber vielleicht haben die Invitros in Arcadion auch einfach zu eng zusammengehockt. Wird einer erwischt, verrät er vor seinem Tod zwangsläufig zwei andere. Und so setzt es sich fort. Und nicht nur Tobyn wusste von uns hier oben. Es ist also bloß eine Frage der Zeit, bis die Inquisition auftaucht. Zumindest befürchten das einige. Deshalb wurde beschlossen, die Siedlung einstweilen aufzugeben, bis wir sicher sein können, dass unser Geheimnis nicht in die Hände unserer Feinde gefallen ist. Ich allein bin zurückgeblieben, um zu bewachen, was nicht mitgenommen wurde, und um die anderen zurückzuholen, sollten die nächsten zwei bis drei Monate verstreichen, ohne dass die Schwarzen Templer diesem See einen Besuch abstatten.«

Jonan schluckte. »Es tut mir leid«, sagte er. »Wenn ich könnte, würde ich die Zeit zurückdrehen, um einiges anders zu machen.«

Er dachte an den Einsatz in der Chemiefabrik, als er den Invitros auf dem Motorrad eine Granate nachgejagt hatte, um ihre Flucht zu verhindern. »Aber ich kann es nicht. Ich kann nur versuchen, ab jetzt ein besserer Mensch zu sein. Deshalb muss ich Carya und den Ausgestoßenen helfen. Und wenn Sie mich dabei unterstützen, kann mein Plan auch klappen. Also, wie sieht es aus?«

Der Mann stand auf. »Ich denke darüber nach«, brummte er. »Aber jetzt gehe ich erstmal schlafen. Das solltest du auch tun. Es ist spät. Such dir irgendein Zimmer aus. Platzmangel herrscht hier ja keiner.«

»Wir haben keine Zeit dafür!«, begehrte Jonan auf. »Ich muss zurück zum Dorf. Ich muss nach Arcadion.«

»Heute Nacht geht niemand mehr irgendwohin!«, widersprach sein Gegenüber streng. »Nach Einbruch der Dunkelheit ist es da draußen gefährlich. Und tot nützt du deiner Carya nichts. Wir reden morgen früh weiter.« Er nahm die Waffen an sich und ging an Jonan vorbei in Richtung Tür. Kurz davor blieb er noch einmal stehen und blickte über die Schulter. »Ach übrigens … mein Name ist Enzo.«

Carya vermochte nicht zu sagen, wie lange sie in ihrer dunklen Zelle gehockt hatte, als sie das dritte Mal geholt wurde. Es mochte eine Stunde gewesen sein oder ein Tag.

Man hatte ihr in dieser Zeit eine weitere Mahlzeit gebracht, und sie hatte ein wenig unruhig auf ihrer Pritsche gedöst. Danach hatte sie Ausbruchspläne geschmiedet und einen nach dem anderen verworfen, bis sie zu dem Schluss gekommen war, dass ihre einzige Chance überhaupt darin lag, einen der Wachposten als Geisel zu nehmen und sich mit seiner Hilfe freizupressen. Andererseits wusste sie nicht, ob die Inquisition ihr die Drohung, einen Mann zu töten, überhaupt abnehmen würde – und selbst wenn, ob sie sich davon beeindrucken ließ.

Doch irgendetwas musste sie unternehmen. Dass die Inquisition vor nichts zurückschreckte, um zu bekommen, was sie wollte, hatte ihr nicht erst das Gespräch mit Loraldi in Erinnerung rufen müssen. Wenn ein Angeklagter nicht kooperierte, neigte die Inquisition zu willkürlicher Gewalt, wie ein wütendes Kind, das sein Spielzeug zerschlägt, weil es nicht richtig funktioniert. Und dabei schien es den Inquisitoren ganz gleich, ob das Opfer nicht kooperieren *wollte* oder *konnte*.

Aus diesem Grund war Carya bereit, sich mit dem gesplitterten Stiel ihres hölzernen Esslöffels bewaffnet auf den erstbesten Wachmann zu werfen, als die Tür zu ihrer Zelle erneut aufging. Zu ihrer Überraschung und Enttäuschung wurde ihr Plan im gleichen Augenblick zunichtegemacht, denn statt eines Uniformierten stand diesmal der schwarze Metallberg eines Templers vor ihr. Der Helm des Mannes senkte sich leicht, als er auf die provisorische Waffe in ihrer Hand blickte.

»Was sollte das werden?«, fragte eine blecherne Männerstimme. Carya glaubte in ihr den gehässigen Tonfall dieses Burlone zu erkennen, war sich allerdings nicht ganz sicher. Der Helm hob sich wieder, und das dunkle Visier richtete sich unmittelbar auf Caryas Augen. »Jeder Widerstand ist zwecklos«, erklärte ihr der Templer. »Und jetzt komm, oder muss ich Gewalt anwenden?« Seine Hand legte sich auf den Elektroschockstab an seinem Gürtel.

Carya spürte, wie ihr Tränen der Wut in die Augen stiegen. Gegenüber diesen Templern, die mehr Maschinen als Menschen zu sein schienen, fühlte sie sich schrecklich hilflos. Es war erstaunlich, wie sich die eigene Sichtweise verändern konnte. Noch vor weniger als zwei Wochen hatte sie zu diesen Männern in ihren beeindruckenden Rüstungen staunend aufgeschaut. Mittlerweile ließ der Anblick dieser gesichtslosen Schergen des Lux Dei sie in Zittern ausbrechen.

Die Tränen wegblinzelnd trat sie vor und streckte die Arme aus. Der Templer legte ihr Handschellen an und ergriff ihren rechten Oberarm, um sie aus der Zelle zu führen. Erneut wurde Carya aus dem Kerkerbereich hinausgeleitet, diesmal allerdings ging es nicht in den Trakt hinauf, in dem die Inquisitoren ihre Zimmer hatten. Stattdessen schritt der Soldat mit ihr durch beunruhigend einsam wirkende Kellergänge. Der Stein war unverputzt, und dünne Rohre liefen unter der Decke entlang. Das Licht der in regelmäßigen Abständen angebrachten Glühbirnen wirkte eigenartig gedämpft.

»Was geschieht mit mir?«, wollte Carya wissen. »Wohin gehen wir?«

Der Templer antwortete nicht.

»He! Ich rede mit Ihnen!« Trotzig versuchte sie stehen zu bleiben und kam stolpernd aus dem Tritt, als der Soldat sie mit ungeheurer Kraft einfach weiterzerrte. Was für eine Ironie es doch war: Dieser Diener der Inquisition wirkte künstlicher und unmenschlicher als alle Invitros, die Carya bislang kennengelernt hatte – und das lag nicht nur an seiner Kampfpanzerung.

»Ich … will … wissen, wohin … ich … gebracht werde«, presste Carya angestrengt hervor, während sie sich im Griff des Soldaten wand. Dieser zog daraufhin kurzerhand seinen Schockstab und hielt ihn Carya an die Seite. Es blitzte auf, sie zuckte mit einem Aufschrei zusammen, und im nächsten Moment verloren ihre Glieder alle Kraft.

Benommen bekam sie mit, wie der Templer sie an der Hüfte packte, hochhob und den Rest des Weges mit sich trug. Eine metallene Tür öffnete sich quietschend, und Carya vernahm die undeutlichen Stimmen mehrerer Männer. Der Soldat lud sie auf einer Pritsche ab und sagte irgendetwas, das sie ebenfalls nicht richtig mitbekam. Gleich darauf traten zwei Männer in weißen Kitteln hinzu und befestigten mit geübten Handgriffen dicke Lederriemen an ihren Armen und Beinen. Auch ihre Brust und ihr Kopf wurden fixiert.

Langsam gewann sie die Kontrolle über ihre Glieder zurück. Sie begann an ihren Fesseln zu zerren – ohne Erfolg. Ihre Eingeweide zogen sich zusammen, und wie ein kaltes, schleimiges, fahl glotzendes Ungeheuer kroch die Angst aus den lichtlosen Tiefen ihres Bewusstseins empor. War jetzt der Moment gekommen, wo man versuchen würde, ihr unter Folter Wahrheiten abzuringen, die sie nicht kannte? »Was soll das?«, wandte sie sich an die Männer, die wie Ärzte aussahen, aber gewiss nicht die Heilung ihrer Patienten im Sinn hatten. »Was haben Sie mit mir vor?«

»Keine Angst, Signorina Diodato«, vernahm sie eine bekannte Stimme, und Inquisitor Loraldi trat mit kühlem Lächeln in ihr Blickfeld. »Diese Dottori sind Spezialisten darin, den Geist anzuregen und zu manipulieren. Nun wollen wir doch einmal sehen, ob in den vergessenen Winkeln Ihres Gehirns nicht doch ein paar interessante Informationen verborgen liegen. Es mag eine etwas verstörende Erfahrung sein, aber man hat mir versichert, dass Sie keinen dauerhaften Schaden nehmen werden.«

Carya wurde kalt, und ein Schauder durchlief ihren Körper. *Jonan, bitte komm und hol mich hier raus …*

KAPITEL 36

Die Spritze war gar nicht besonders groß, Carya hatte in ihrem Leben schon mehr als eine dieser Art gesehen. Und dennoch drohte diese in der Hand des Arztes über ihr wie das Richtbeil eines Henkers auf dem Schafott.

Carya versuchte sich zu wehren, kämpfte gegen ihre Fesseln an. Aber es war unmöglich, diese zu lösen, auch mit der Kraft der Verzweiflung nicht. Einer der beiden Weißbekittelten hielt ihren rechten Arm fest, der andere verabreichte ihr das unbekannte Medikament. Den Stich spürte sie kaum, aber von der Stelle, an der ihr das Mittel injiziert worden war, breitete sich ein eigentümliches Kribbeln in ihrem Körper aus, das sich wie Heerscharen von Insekten unter der Haut den Arm hinauf in ihre Brust ergoss und von dort in ihren Kopf aufstieg.

Loraldi rieb sich die Hände. »Jetzt bin ich gespannt, welche Wirkung Ihr Wundermittel hat, Signori. Ich hoffe, Sie haben recht, dass es keine unerwünschten Nebenwirkungen hat. Der Großinquisitor macht Sie einen Kopf kürzer, wenn die Angeklagte vor dem Prozess das Zeitliche segnet. Und ich ...«, Loraldi warf den beiden Männern einen warnenden Blick zu, »... werde persönlich das Schwert schwingen.«

Carya sah, dass die beiden Männer unbehagliche Blicke wechselten. »Wir verbürgen uns für unsere Arbeit«, sagte der eine Arzt.

»Was … was ist das?«, fragte Carya, die sich zunehmend seltsam fühlte. Ihre Sinne schienen auf einmal unglaublich geschärft. Sie glaubte, jede kleinste Wölbung der Pritsche im Rücken zu spüren, und wenn sie den Arm bewegte, fühlten sich selbst die winzigen Härchen darauf wie Fremdkörper an. Das schwache Licht im Raum stach ihr plötzlich in die Augen, und die Stimmen der Männer klangen unangenehm laut.

Gleichzeitig fiel es ihr zunehmend schwer, sich zu konzentrieren. Hatte sie gerade eben etwas gesagt? Oder hatte sie sich die Frage nur eingebildet? Warum hielt sich Loraldi auf einmal links von ihr auf? Hatte er nicht eben noch rechts gestanden?

»Ein kleines Mittel«, sagte Loraldi, »um deine inneren Barrieren zu durchbrechen. Wärst du ein anderer Gefangener, ein Invitro gar, würde ich einfach hiermit operieren.« Wie herbeigezaubert hielt er ein glänzendes Skalpell in der Hand. »Aber Aidalon will einen öffentlichen Prozess, daher müssen wir deinen Körper schonen.« Er drehte das Skalpell auf die Spitze und setzte es ganz leicht auf Caryas Unterarm. Das feine Messer drückte sich durch ihre Haut, und ein Tropfen Blut quoll hervor.

Heißer Schmerz, als habe ihr jemand ein glühendes Messer in den Leib gerammt, brandete ihren Arm empor, und Carya stieß einen spitzen Schrei aus.

»Glücklicherweise«, sagte der Inquisitor im Plauderton, und auf einmal stand er einen Meter weiter in Richtung Fußende, als habe er einen Satz gemacht, »scheinen unsere Dottori hier eine wundervolle Lösung gefunden zu haben.« Er legte seine behandschuhte Linke auf Caryas Bein und schob das weißgraue Wollkleid übers Knie nach oben. »Auch wenn es sich ein bisschen wie

Betrug anfühlt. So viel Wirkung und so eine geringe Ursache.«
Er ließ die Skalpellspitze auf ihren nackten Oberschenkel herabsinken. Wieder floss ein Tropfen Blut. Die Schmerzen trieben Carya die Tränen in die Augen.

»Hören Sie auf!«, schrie sie, und ihre eigene Stimme hallte seltsam in ihrem Schädel nach. »Ich kann Ihnen nichts sagen.«

»Doch du kannst es«, gab Loraldi zurück. »Kannst es …«, echote ein zweiter Inquisitor. »Kannst es …«

Sie blinzelte, als sich die Welt und alle Dinge darin in ihre Einzelteile aufzulösen schienen. Standen da wirklich zwei Loraldis? Nein, das war unmöglich. Warum schwankte nur alles so?

Ein stechender Schmerz explodierte in ihrem rechten Oberschenkel. Ein langgezogener Schrei kam über ihre Lippen, der nachhallte, als befände sie sich in einem riesigen Tunnel. Der Laut geisterte von ihr fort und kehrte zu ihr zurück, brandete über sie hinweg und betäubte sie.

»WOHER …«

»… kommst …«

»… du?«

Die Frage hämmerte von mehreren Seiten auf sie ein. Eine taumelnde Gestalt richtete ein grelles Licht auf Caryas Augen, und ein Kaleidoskop von Farben brodelte durch ihre gepeinigten Sehnerven.

»Wohin …«

»… gehst …«

»… DU?«

Vier acht, ging es ihr durch den Sinn. Oder sprach sie es laut aus? Punkt sieben zwei.

Ein Peitschenschlag schien auf ihren Arm niederzugehen. Ihre Haut platzte auf wie die einer überreifen Tomate. Eine blutrote

Feuerblume des Schmerzes erblühte vor Caryas geistigem Auge. »REDE!«, donnerte eine Stimme.

»Fünf zwei sieben acht«, flüsterte Carya. »Bitte … nicht.« Ein dumpfes, treibendes Donnern erfüllte ihre Ohren, ein Doppelschlag, wie der eines riesigen Herzens. War es ihr Herz, das sie hörte? Aber das Schlagen war viel zu schnell. Es war so heiß in dem Raum, so heiß, als stünde ein Becken voll brennender Holzscheite unter ihrer Pritsche. Carya spürte, wie sich salziger Schweiß auf ihrer Stirn bildete und ihr das Gesicht hinunterlief.

Zwei Punkt drei.

»Irgendetwas geschieht … geschieht … geschieht …« Die besorgt klingenden Worte geisterten durch einen Raum, der jeden Sinn verloren hatte. Carya wusste nicht mehr, ob sie lag oder stand oder kopfüber von der Decke hing. Ein Gefühl von Schwindel erfasste sie.

»Fünf neun vier vier vier vier vier vier …«

Noch mehr Schmerzen. Carya empfing sie fast mit Freude, denn sie brachten einen Teil der Wirklichkeit zurück, zogen die Splitter, die um sie herum trieben, etwas enger zusammen. Sie sah die beiden Ärzte, die Gesichter zu besorgten Fratzen verzogen. Das Weiß ihrer Kittel stand in krassem Gegensatz zu der Schwärze, die Loraldi umdampfte, den Teufel. *Seine Uniform ist schwarz*, erkannte Carya in einem absurden Moment der Klarheit. *Schwärze schluckt alles Licht. Selbst das Licht Gottes. Wie kann er sich für dessen Diener halten?*

Der Inquisitor beugte sich zu ihr herab. Seine Stimme klang wie das Zischen einer Schlange. »Wer bist du?«, flüsterte er ihr viel zu laut ins Ohr. Er hob seinen klauenbewehrten Finger und rammte ihn ihr in die Schläfe. Caryas Schrei begleitete sie in die Bewusstlosigkeit.

434

»Wird sie das aushalten?«, fragt eine Stimme.

»Natürlich. Alle anderen haben es auch geschafft«, antwortet eine zweite.

Weißes Licht erhellt den Raum, gefärbt von farbigem Blinken, rot und gelb und blau.

»Aber keiner von ihnen war so jung. Und diese Menge ist wirklich enorm.«

»Uns bleibt keine andere Wahl. Unser Auftrag war eindeutig.«

»Ja.« Ein Seufzen ist zu hören.

Ein Schatten schiebt sich vor das weiße Licht, die Gestalt eines Mannes. Carya kann sein Gesicht nicht erkennen. »Keine Angst, Kind. Es dauert nicht mehr lange.«

»Sie kann dich nicht hören. Sie ist bewusstlos.«

»Hoffen wir es.« Kühles Metall schmiegt sich an Caryas Schläfen und an mehrere Stellen ihres Kopfes. Das Licht wird schwächer. Ihr Blick wandert, und auf einmal schaut sie auf tiefe Schwärze, erfüllt von kaum wahrnehmbarem Glitzern. Und in der Mitte hängt eine riesige blaugrüne Kugel, über die sich weiße Schlieren ziehen. Sie sieht wunderschön aus.

Im nächsten Augenblick bricht eine Flut von Sinneseindrücken über sie herein. In rasender Geschwindigkeit jagen Bilder vor ihrem Auge vorbei, Millionen Töne vereinen sich zu einem gewaltigen Rauschen. Ein unfassbarer Druck lastet auf ihrem Schädel. Sie hat das Gefühl, als müsse er zerbersten. Schmerz erfüllt ihren ganzen Körper. Und Carya schreit.

»Abbrechen!«, ruft eine Stimme. »Hören Sie auf!«

»Was machen Sie da?«

Carya kannte die Stimme, aber sie konnte sie im Augenblick nicht richtig zuordnen.

»Ich befrage die Angeklagte Carya ... Carya Diodato«, sagte Loraldi. Seine Worte hüpften durch den Raum und prallten von

435

den Wänden ab. Seine Gestalt drehte sich dabei auf eigentümliche Weise.

Sie spürte ein Stechen an ihrem Oberarm, nicht mehr so schlimm, aber noch immer schmerzhaft, und das Kribbeln in ihrem Körper begann nachzulassen. Das Wirbeln der Farben und Formen wurde langsamer, als säße sie auf einem Kinderkarussell, dessen rasante Fahrt nun zu Ende war. *Nochmal, Mama, nochmal!*, bat eine Stimme in ihrem Kopf, die erschreckend nach Pitlit klang.

»Nicht um alles in der Welt«, murmelte sie, oder zumindest versuchte sie es. Wie ein Rinnsal aus Wasser flossen die Laute kaum verständlich zwischen ihren Lippen hervor. Ihr Hals fühlte sich feucht an, ob von Schweiß, Blut oder Speichel, vermochte sie nicht zu sagen. Ihre Kehle dagegen war trocken und schmerzte vom Schreien.

»Für mich sieht es so aus, als wollten Sie sie in eine sabbernde Irre verwandeln«, grollte der erste Sprecher. *Aidalon!*, zuckte es durch Caryas Kopf. Die volltönende Stimme gehörte dem Großinquisitor. »Ihnen ist bewusst, dass ich mit dieser Frau noch etwas vorhabe, oder, Loraldi? Sie soll als Exempel dafür dienen, welch verderbte Kräfte in unserer Stadt am Werke sind und wie der Lux Dei mit ihnen umgeht. Dabei kann ich keine Angeklagte gebrauchen, die aussieht, als hätten wir eine Mutantin aus der Wildnis eingefangen und in hübsche Kleider gesteckt.«

»Ich verstehe, es tut mir leid«, sagte Loraldi. »Womöglich bin ich in meinem Eifer übers Ziel hinausgeschossen.«

»Das glaube ich aber auch.« Die Gestalt Aidalons tauchte in Caryas Blickfeld auf, die bärtige Miene unwillig verzogen, die Augen dunkel wetterleuchtend wie der Himmel vor einem Sommergewitter. Seine Nase, stellte Carya fest und musste darüber beinahe kichern, sah aus dieser Perspektive unglaublich groß aus.

Das sind die Drogen, erkannte sie. *Verdammt, die haben mir Drogen gegeben. Was habe ich Loraldi erzählt? Was weiß er, was nicht einmal ich selbst weiß?* Sie musste an die hell erleuchtete Kammer denken und an die blaugrüne Kugel auf einem Bett aus glitzernder Schwärze.

Als hätte Aidalon ihre Gedanken gelesen, stellte er beinahe dieselbe Frage. »Und? Hat sie geredet?«

»Ich bedaure, nein«, erwiderte Loraldi. »Sie weiß wirklich nichts. Ich habe keine Ahnung, was diejenigen, die sie gesandt haben, ihr antaten, bevor man sie auf die Reise schickte, aber entweder hatte sie zuvor kein Leben oder es ist völlig aus ihrem Geist getilgt worden.«

Aidalon gab ein Brummen von sich. »Das ist unerfreulich, aber nicht zu ändern. In diesem Fall brauchen wir den Prozess nicht länger hinauszuzögern. Morgen will ich sie in der Richtkammer sehen.«

»Selbstverständlich, Großinquisitor«, beeilte sich Loraldi zu sagen. »Und was machen wir mit ihren Eltern, wenn die Frage gestattet ist? Die sitzen ja auch noch bei uns in Haft.«

»Ihnen wird gemeinsam mit ihrer Tochter der Prozess gemacht, und sie werden zusammen hingerichtet.«

Sie werden zusammen hingerichtet ... Wie ein Schwall eisigen Wassers ließen diese Worte Caryas Geist mit einem Schlag vollkommen klar werden. Ihre Augen weiteten sich. »Nein!«, rief sie erschrocken und bäumte sich gegen ihre Fesseln auf. »Nein, das dürfen Sie nicht tun.«

»Willkommen zurück«, begrüßte Loraldi sie mit süffisantem Lächeln.

Mit flehendem Blick wandte sich Carya an Aidalon. »Meine

Eltern haben nichts getan. Sie dürfen ihnen nichts antun. Sie sind unschuldig.«

Der Großinquisitor erwiderte ihren Blick mit unerbittlicher Härte. »Hier geht es nicht um Schuld oder Unschuld. Es geht darum, ein Exempel zu statuieren. Niemand greift ungestraft den Lux Dei an. Niemand!«

Auch in dieser Nacht fand Jonan nicht viel Schlaf. Zwar ließ ihn die Erschöpfung einige Stunden lang ins Reich der Träume entgleiten, doch diese waren von gepanzerten schwarzen Hünen und einer verzweifelt um Hilfe rufenden Carya erfüllt. Noch vor dem Morgengrauen schrak er aus einem dieser Albträume hoch, und danach war an ein erneutes Einschlafen nicht mehr zu denken. Unruhig drehte er sich auf dem abgewetzten Sofa hin und her, das er sich für die Nachtruhe ausgesucht hatte. Und als es draußen vor dem Fenster endlich dämmerte, stand er auf und schlich durch das Haus ins Freie.

Er setzte sich auf eine Wehrmauer an der Südseite des schlossartigen Anwesens und blickte auf den See hinaus, der still und unbewegt vor ihm lag. Hauchzarte Nebelschwaden hingen über dem Wasser. Irgendwo rief ein Vogel im Uferschilf. *Es fühlt sich an wie die Ruhe vor dem Sturm*, dachte Jonan. Aber er fürchtete sich nicht, denn er war es, der den Sturm brachte. Und es wurde Zeit, dass es endlich losging!

Als er wieder ins Gebäude zurückkehrte, vernahm er aus der Werkstatt von Enzo Geräusche. Es klang, als spräche der Invitro mit jemandem. Ein eigentümliches Rauschen untermalte die Stimmen. Leise trat Jonan näher und lugte um die Ecke. Enzo saß am Fenster vor einem silbernen Kasten mit mehreren Schaltelementen und einer langen Antenne und sprach in ein

Mikrofon. *Ein Funkgerät*, erkannte Jonan. Mit wem er sich wohl unterhielt?

»… Mädchen namens Carya gehört, einer Freundin von Rajael?«, fragte Enzo gerade.

»Ja«, erklang eine Frauenstimme aus dem Lautsprecher. Aufgrund der Interferenzen war sie nur schwer zu verstehen. »Rajael und sie sind seit zwei Jahren befreundet gewesen. Ich habe sie aber nur einmal gesehen, als Rajael sie zu einem Treffen mit Tobyn mitgebracht hat. Ihr Vater arbeitete als Gerichtsdiener im Tribunalpalast, und wir hatten erst kürzlich überlegt, ob wir über sie vielleicht herausbekommen könnten, was bei der Inquisition gerade vor sich geht. Du weißt ja, dass das Pflaster in Arcadion immer heißer für uns wird.«

»Ihr solltet dort einfach verschwinden und zu uns kommen, Gamilia«, sagte Enzo. »Davon versuche ich dich ja schon lange zu überzeugen.«

»Ich will nicht in der Wildnis wohnen«, erwiderte die Frau namens Gamilia. »Ich liebe Arcadion, das weißt du. Auch wenn sich der Lux Dei alle Mühe gibt, uns diese Liebe auszutreiben.«

»Egal, reden wir nicht weiter darüber«, brummte Enzo. »Was kannst du mir noch sagen? Ein Mann namens Jonan Estarto ist bei mir aufgetaucht und behauptet, die Inquisition habe diese Carya geschnappt.«

»Es ist zumindest wahr, dass Carya wegen Hochverrats gesucht wird. Und dieser Jonan auch. Seit ungefähr einer Woche hängen in jeder Straße Steckbriefe der beiden. Man erzählt sich, Carya hätte mitten in einem Prozess auf den Großinquisitor und seine Schergen geschossen. Aber ob sie mittlerweile erwischt wurde? Hm … warte mal einen Moment. Ich möchte etwas nachschauen.« Eine Weile lang drang nur Rauschen aus dem Empfänger.

»Du kannst auch gerne reinkommen«, rief Enzo halblaut, ohne sich umzudrehen. »Ich weiß, dass du hinter der Tür stehst.«

Verlegen kam Jonan der Aufforderung nach. »Verzeihung. Ich wollte nicht stören, aber ich habe Caryas Namen gehört. Mit wem sprechen Sie?«

»Mit einer Bekannten aus Arcadion, Gamilia. Ihr gehört dort ein Café. Eine gute Seele. Ihr Laden ist ein geheimer Treffpunkt für Invitros. Jahrelang war das kein Problem. Doch jetzt musste sie in kurzer Zeit zweimal umziehen, weil irgendjemand in der Nachbarschaft unschöne Gerüchte über sie gestreut hat.« Er machte ein grimmiges Gesicht.

Die Interferenzen im Lautsprecher nahmen kurz zu. »Enzo, bist du noch da?«, fragte Gamilia.

Der alte Soldat wandte seine Aufmerksamkeit wieder dem Funkgerät zu. »Natürlich. Wie sieht es aus?«

»Ich habe eben die Morgenzeitung durchgeblättert. Dort habe ich eine Meldung entdeckt. ›Die Verräterin Carya Diodato wurde von den Ermittlern des Tribunalpalasts in der Wildnis aufgespürt und festgenommen, wo sie sich bei einer Mutantensippe versteckt gehalten hat.‹ Dann folgt ein bisschen Propaganda. Und hier: ›Der Verbrecherin wird noch heute der Prozess gemacht, dem Großinquisitor Aidalon nach eigener Aussage persönlich vorzusitzen gedenkt. Eine Urteilsverkündung ist binnen Tagesfrist zu erwarten.‹«

»Was?!«, entfuhr es Jonan. »So bald schon?«

»Enzo?« Gamilia klang auf einmal verwirrt. »Wer ist da?«

»Das ist Jonan«, sagte er.

»Wir müssen etwas unternehmen!«, rief Jonan. »Die Zeit drängt. Bitte!«

»Schon gut, schon gut.« Enzo machte eine abwehrende Geste.

»Gamilia. Danke für deine Informationen. Ich melde mich wieder. Wenn du Neuigkeiten in der Sache erfährst, versuch mich zu kontaktieren.«

»Das werde ich. Pass auf dich auf, Enzo.«

»Du auch.« Der Invitro schaltete das Funkgerät aus und erhob sich. »Also gut«, brummte er. »Dann wollen wir mal deine Prinzessin retten.«

»Sie helfen mir?«, fragte Jonan von freudiger Überraschung erfüllt.

»So sieht es wohl aus.«

»Ich danke Ihnen.«

»Tja, ich habe eben ein weiches Herz. Also lauf in mein Zimmer und hol deine Waffen. Erwarte mich unten am Pier. Ich muss noch ein paar Sachen zusammenpacken und meinen Leuten Bescheid geben, dass sie jemanden schicken sollen, der meinen Posten übernimmt, bis ich zurückkehre. Dann komme ich nach.«

»In Ordnung.«

Kurz darauf trafen sie sich unten bei den Booten. Enzo tauchte mit einem alten, aber gut gepflegten Motorrad auf, an dem er einen Anhänger befestigt hatte. Auf diesem standen zwei mit Seilen gesicherte Kisten. Jonan nahm an, dass der Invitro darin Werkzeug untergebracht hatte.

Mit einem flachen, floßartigen Boot setzten sie zum Seeufer über. Während Enzo das Wassergefährt unter einem Stapel Gerümpel verbarg, holte Jonan sein eigenes Motorrad aus dem Gebüsch hervor. Danach machten sie sich auf den Weg.

Die Fahrt zurück zum Dorf der Mutanten ging schneller vonstatten als die Hinreise, denn nun kannte Jonan den Weg. Vielleicht lag es auch an den beunruhigenden Nachrichten, die sie aus Arcadion erhalten hatten, dass er ein besonders scharfes Tempo vorlegte.

Daher war es noch nicht einmal Mittag, als sie bereits die schmale Straße zum Dorf der Mutanten hinaufrollten. Diese letzten Meter fuhr Jonan absichtlich langsam, um den nach dem Überfall vor zwei Tagen zweifellos nervösen Wachposten Zeit zu geben, ihn als Freund zu identifizieren.

Im Dorf herrschte rege Geschäftigkeit. Alles schien auf den Beinen und damit befasst zu sein, die Schäden des Kampfes gegen die Motorradgang und die Garde des Tribunalpalasts zu beheben. Die Männer reparierten die niedergebrannte Palisade, die Frauen und Kinder räumten die Häuser und Straßen auf. Etwa hundert Meter außerhalb des Dorfs schwelte ein riesiger Haufen Asche, aus dem vereinzelte Knochen ragten. Offenbar hatte man die Toten – Freunde wie Feinde – schnellstmöglich verbrannt, um Leichengestank und Krankheiten vorzubeugen.

Auf dem Dorfplatz wurden sie von Ordun empfangen. »Du bist wieder da«, begrüßte der hünenhafte Priester Jonan. »Und du hast einen Freund mitgebracht.«

»Ja«, sagte Jonan und stellte Enzo dem Anführer der Mutanten vor. »Ich würde gerne plaudern, aber uns läuft die Zeit davon. Carya wird noch heute vor Gericht gestellt. Wir müssen den *Leviathan*-Panzer flott kriegen, und danach muss ich mit Pitlit sofort nach Arcadion, um Lucai aufzusuchen und ihn zu überzeugen, für uns herauszubekommen, wo Carya und die Kapsel versteckt sind.« Jonan merkte selbst, wie nervös er klang. Aber die Zeit war auch einfach viel zu knapp! Wenn Aidalon entschied, Carya direkt nach dem Prozess draußen auf dem Hof des Tribunalpalasts hinrichten zu lassen, würden sie zu spät kommen. Das durfte nicht passieren!

»Nun, ich wünsche viel Erfolg«, erwiderte Ordun. »Der Junge und Mablo befinden sich auch schon in den Hallen unter dem Hügel. Du wirst sie dort treffen.«

Jonan nickte, dann trennten sie sich wieder.

»Ein *Leviathan* also«, sagte Enzo, als Jonan mit ihm den Hügel umrundete, um zu dem Eingang des unterirdischen Komplexes zu gelangen. »So ein Ungetüm habe ich ja seit Ewigkeiten nicht mehr gesehen.«

»Können Sie damit umgehen?«

Der alte Invitro zuckte mit den Schultern. »Möglicherweise. Ich muss ihn mir anschauen. Aber was hast du damit eigentlich vor? Denn so stark dieser Panzer auch sein mag, selbst damit wirst du Arcadion nicht stürmen können.«

»Das habe ich auch nicht vor«, antwortete Jonan. »Zumindest nicht direkt. Haben Sie mal die *Odyssee* gelesen? Diese Abenteuergeschichte?«

»Nein. Wenn ich etwas lese, beschränke ich mich auf nützliche Texte.«

»Oh, diese Geschichte ist durchaus nützlich. Ich habe bisher nur ein kleines Stück gelesen, aber da ging es darum, dass irgendwelche Griechen eine riesige, uneinnehmbare Stadt namens Troja infiltrieren wollten. Sie hatten sie zuvor eine Ewigkeit belagert, aber erfolglos. Also haben sie ein riesiges Holzpferd gebaut. In dessen Bauch hat sich eine Handvoll Krieger versteckt. Der Rest ist mit den Schiffen auf See hinausgefahren, um die Trojaner glauben zu machen, die Griechen hätten aufgegeben. Weil sie das Pferd als Opfergabe – oder so ähnlich – betrachteten, holten sie es in die Stadt. Und nachts kamen die Krieger dann aus dem Bauch, öffneten ihren zurückgekehrten Kameraden die Stadttore, und Troja wurde erobert.«

Enzo warf Jonan einen skeptischen Blick zu. »Es gibt wirklich einfachere Wege, ins Innere von Arcadion zu kommen, als im Bauch eines *Leviathan*-Panzers.«

»Aber wir wollen nicht nur in die Stadt, sondern obendrein in die Kaserne des Templerordens«, entgegnete Jonan. »Denn dort befindet sich der *Phantom*-Hubschrauber, den ich brauche, um Carya und die Kapsel, also das Heiligtum dieser Leute hier, schleunigst aus der Stadt zu bringen.«

Der Invitro blieb stehen und schüttelte den Kopf. »Das ist Wahnsinn. Was, wenn die Templer den Panzer noch vor der Stadt zerstören?«

»Wenn die rachsüchtigen Mutanten, die damit angerauscht kommen, nach zwei, drei unbeholfenen Schüssen die Flucht ergreifen und das Gefährt aufgeben? Das glaube ich nicht.«

»Und wenn der Orden ihn einfach draußen in der Wildnis stehen lässt?«

»Die Templer gieren nach alter Militärtechnologie. Ein solches Geschenk würden sie niemals verschmähen, da bin ich ganz sicher.«

»Also schön: Angenommen, sie schleppen den Panzer in ihre Kaserne. Und dann machen sie sich in ihrer Begeisterung sofort daran, ihn von oben bis unten zu überprüfen. In dem Fall möchte ich nicht hinter irgendeiner Frachtklappe versteckt hocken.«

Jonan zögerte. »Darauf habe ich keine Antwort. Aber was wollen Sie mir damit sagen? Dass ich von dem Plan ablassen soll?«

»Ganz genau.«

»Und wie sollen wir stattdessen in die Kaserne kommen?«

»Nach wie vor: mit List. Aber nutze eine List, die dich unabhängig von den Handlungen der Templersoldaten macht. Eine, die dir eine Fluchtmöglichkeit offen lässt, wenn etwas schief geht.«

»Nun ja«, sagte Jonan unsicher. »Darüber muss ich nachdenken. Aber eins ist klar: Wenn wir den *Leviathan* nicht einsetzen wollen, haben Sie den ganzen Weg hierher umsonst auf sich genommen.«

»Ich habe nicht gesagt, dass ich den Panzer nicht einsetzen will«, entgegnete Enzo. »Aber wir drehen den Spieß ein wenig um.«

»Wie meinen Sie das?«, wollte Jonan wissen.

»Wir konzentrieren uns nicht darauf, die Soldaten dazu zu bewegen, uns mit dem *Leviathan* in die Kaserne hineinzuholen, sondern darauf, mit ihm möglichst viele von ihnen aus ihr herauszulocken.« Der alte Invitrosoldat grinste und tippte sich mit dem Finger an die Schläfe. »Ich spüre, wie mein eingerosteter Verstand zu arbeiten beginnt. Ich glaube, noch ist nicht aller Tage Abend. Komm mit. Ich will mir deinen Panzer mal ansehen.«

KAPITEL 37

Es war die dunkelste Nacht in Caryas bisherigem Leben. Ihr Körper schmerzte von der Folter, ihr war übel und schwindelig, und ihre Gedanken schwebten Schlieren ziehend durch ihren Geist wie Tintentropfen in einem Wasserglas. *Morgen wird mir der Prozess gemacht, und ich werde zum Tode verurteilt*, ging es ihr immer wieder durch den Kopf. Es kam einem bitteren Hohn gleich, dass der oberste Richter des Tribunalpalasts sein Urteil über sie bereits gesprochen hatte, ohne auch nur auf den Beginn der Verhandlung zu warten. *Ich bin tot. Und meine Eltern sind es ebenfalls. Jonan ist nicht gekommen. Und meine seltsamen Gaben retten mich* auch *nicht*.

Ihre Gaben … Ein Laut zwischen Kichern und Schluchzen kam über ihre Lippen, als sie sich, die Arme fröstelnd um die Brust geschlungen, auf ihrer harten Pritsche zusammenrollte. Was hatte es damit auf sich? Wer war sie? Wo kam sie her? Hatte die verstörende Vision, die während Loraldis Psychospielchen aus ihrem Inneren aufgestiegen war, wirklich etwas mit ihrer Vergangenheit zu tun? Oder hatte sie nur unter Wahnvorstellungen gelitten, hervorgerufen von den Drogen, die diese Ärzte ihr gespritzt hatten? *Habe ich diese blaugrüne Kugel in der Schwärze tatsächlich schon einmal so gesehen?* War sie wirklich eine Tochter des Himmels?

Eine Welle der Übelkeit brandete in ihr hoch und unfähig, die Kraft aufzubringen, sich bis zur Toilette zu schleppen, rollte sie zum Rand ihrer Pritsche und erbrach sich auf den Steinboden direkt daneben. Es war nicht viel Inhalt in ihrem Magen übrig. Sie hätte gerne etwas Wasser gehabt, um den sauren Geschmack im Mund loszuwerden, aber es gab keins, und sie fühlte sich zu schwach, um nach den Wachen zu rufen. Also wälzte sie sich einfach wieder zurück in die Mitte der Pritsche, schloss die Augen und wünschte sich, es wäre schon alles vorbei und sie von ihrem Leid erlöst.

Nein!, meldete sich da plötzlich eine trotzige Stimme in ihrem Geist. *So darfst du nicht denken. Wenn du dich aufgibst, haben sie gewonnen. Dann haben sie dich gebrochen, und nichts anderes war und ist ihr Ziel. Sie wollen dich dafür leiden sehen, dass du sie angegriffen hast. Sie wollen, dass du am Boden liegst, wenn sie dir den Gnadenschuss geben. Damit alle Welt sehen kann, was für ein nichtswürdiger Geist, was für ein schwacher Klumpen Fleisch so eine Verräterseele ist. Diese Genugtuung darfst du ihnen nicht gewähren. Kämpfe! Steh auf und kämpfe, verdammt nochmal!*

Mit einem Ächzen, als trage sie die Last der ganzen Welt auf ihren Schultern, zwang sich Carya in eine sitzende Position. Sie schwang die Beine vom Bett. Schließlich erhob sie sich. Und dann stand sie in ihrer Zelle, breitbeinig, um nicht umzufallen, und die Augen fest auf die Tür gerichtet. Allein ihr Trotz und ihr Stolz hielten sie aufrecht, und von beidem brannte auf einmal mehr in ihrer Brust, als sie jemals für möglich gehalten hätte. In dieser Nacht starb der letzte Rest der alten Carya, des stillen, braven Templerjugendmädchens, das mit klopfendem Herzen den falschen Männern und den falschen Idealen nachgelaufen war, und zurück blieb nur ihr neues Ich, die Kämpferin, die vor niemandem mehr Angst hatte und selbst dem Tod hoch erhobenen Hauptes entgegentreten würde.

Genau so fand der gepanzerte Gardist des Tribunalpalasts sie vor, als er kam, um sie zum Prozess abzuholen. Und obwohl Carya das Gesicht des Mannes unter dem Helm nicht sehen konnte, spürte sie seine Verblüffung, denn er hatte wohl damit gerechnet, ein verheultes, vom eigenen Erbrochenen besudeltes Häuflein Elend in der Zelle vorzufinden.

»Ist es endlich so weit?«, fragte Carya.

»Äh … ja«, erwiderte der Schwarze Templer.

»Dann lassen Sie uns gehen.«

Carya erwartete, dass man sie sogleich in die Richtkammer führen würde. Doch diese Annahme erwies sich als Irrtum.

Zunächst brachte man sie in einen Raum mit Waschgelegenheiten und befahl ihr, sich zu säubern und umzukleiden. Auf einem Stuhl lagen eine helle Bluse und ein brauner Rock, dazu frische Unterwäsche und ein paar Schuhe. Offenbar sollte Carya für den Prozess ordentlich aussehen und nicht wie eine übernächtigte, schmutzige Wilde. Obwohl ihr diese Täuschung im Grunde zuwider war, die nur die wahren Umstände verschleierte, unter denen Gefangene hier im Tribunalpalast gehalten wurden, folgte sie den Anweisungen. Denn zum einen würde man sie ansonsten dazu zwingen, und zum anderen war die Verlockung eines nassen Schwamms und frischer Kleidung auf der Haut einfach zu groß.

Während sie ihre Sachen abstreifte, sich wusch, dann ihr Haar bürstete und zu einem Zopf flocht und schließlich die neuen Kleider anlegte, blieb der Gardist draußen vor der Tür stehen. Allerdings musste er sich auch keine Sorgen machen, dass sein Schützling das Weite suchen könnte. Das einzige Fenster des Raums war mit einem schweren Gitter versehen.

Als Nächstes brachte man sie in einen Raum mit einem Stuhl und einem Tisch, auf dem eine Schale mit warmer Suppe, ein kleiner Korb mit Brot und ein Krug Wasser standen. »Iss«, sagte der Templer, bevor er sich am Eingang postierte. Auch hier gehorchte Carya ohne Widerstand. Sie war dankbar dafür, dass man ihr nur eine leichte Mahlzeit hingestellt hatte. Etwas anderes hätte ihr Magen nach der letzten Nacht nicht vertragen. *Aber wahrscheinlich weiß die Gefängnisküche das auch,* dachte sie sarkastisch.

Nachdem sie sich gestärkt hatte, geleitete der Templer sie endlich hinunter in die Richtkammer. Auf den ersten Blick wirkte der Raum dem sehr ähnlich, den sie bereits von ihrem letzten, deutlich kürzeren Aufenthalt im Tribunalpalast in leidvoller Erinnerung hatte. Er zog sich schachtartig in die Höhe, bestand vollkommen aus Stein und war mit Bannern geschmückt, die die dreistrahlige Halbsonne des Lux Dei zeigten. Am Boden in der Mitte gab es auch einen Richtblock. Allerdings war dieser von einem halbhohen Holzgeländer umgeben, und einige Stühle waren dort angeordnet. Direkt davor erhob sich der Carya bekannte Richtersitz, der hier allerdings sieben Plätze aufwies. Und an den Wänden zu beiden Seiten zogen sich mehrere offene Sitzreihen in die Höhe, auf denen Publikum Platz nehmen konnte. Es hatte den Anschein, als sei diese Kammer für öffentliche Prozesse eingerichtet worden, während die andere für Verhandlungen reserviert war, die hinter verschlossenen Türen und allein vor geladenen Gästen abgehalten wurden.

Der Richtersitz war noch leer, auf den Zuschauerbänken tummelten sich allerdings bereits zahlreiche Gäste. Leises Gemurmel erfüllte die Kammer. Viele der Anwesenden trugen die Uniformen der Inquisition und des Templerordens. Doch es gab auch Zivilisten, wahrscheinlich Politiker des Stadtrats und Journalisten.

Auf einer Bank ganz oben erblickte Carya das Schwarzgrau der Schuluniformen der Akademie des Lichts. Die Beleuchtung im Raum, die sich auf den Richtblock und das Richterpult konzentrierte, machte es ihr schwer, aber sie glaubte, unter den anwesenden Schülern das blondierte Haar Miraelas und die feiste Gestalt Antonjas' zu erkennen. War Signora Bacchettona mit ihrer Klasse gekommen? Das hätte zu der Lehrerin gepasst. Ein Schulausflug in den Tribunalpalast und Carya als lehrreiches Beispiel, um zu demonstrieren, wohin es einen brachte, wenn man vom rechten Weg abwich. *Denk nicht darüber nach*, sagte sie sich. *Du hast in diesem Raum nur einen Gegner, der zählt: Großinquisitor Aidalon.*

Am Eingang der Richtkammer, flankiert von schwarz uniformierten Wachen, saßen ein Mann und eine Frau auf einer Wartebank. Caryas Herz machte einen Satz. Ihre Eltern! Carya beschleunigte ihre Schritte. »Mama!«, rief sie. »Papa!«

Ihre Eltern drehten sich um und erhoben sich von ihren Plätzen. Die Wachen ließen es geschehen. Sie schritten auch nicht ein, als Carya die beiden innig umarmte.

»Oh, Carya«, sagte ihre Mutter. »Ich bin so froh, dich zu sehen.« Tränen traten ihr in die Augen.

»Ich freue mich auch, Mama«, erwiderte Carya, deren Augen ebenfalls feucht wurden. Sie blinzelte rasch und wischte sich mit der Hand übers Gesicht. Sie wollte sich vor all den Leuten keine Blöße geben. »Geht es euch gut?«

»Einigermaßen«, sagte ihr Vater. »Man hat uns ordentlich behandelt.« Die dunklen Ringe unter seinen Augen sprachen eine andere Sprache, ebenso wie die Falten in seinem Gesicht, die stärker hervortraten, als Carya es in Erinnerung hatte. Aber sie sagte nichts. Hier war nicht der Ort für vertrauliche Gespräche.

»Das genügt«, knurrte nun einer der Uniformierten, der das

genauso zu sehen schien, und ging dazwischen. »Setzen Sie sich und schweigen Sie, bis Sie aufgerufen werden.«

»Ihr müsst stark sein«, sagte Carya und dachte im nächsten Moment, wie seltsam es doch war, dass die Tochter ihren Eltern Mut zusprach statt umgekehrt.

»Ruhe, sagte ich!«, warnte sie der Uniformierte.

Carya nickte und setzte sich gehorsam. Ihre Eltern taten es ihr gleich.

Im nächsten Moment öffnete sich in der Stirnseite der Kammer eine Tür, und die Richter kamen herein. Ein Gerichtsdiener schritt vorweg, stellte sich neben den Richtersitz und schlug das metallene Ende seines Zeremonienstabes auf den Steinboden. »Erheben Sie sich für das hohe Gericht, vertreten durch Signore Girotti, Inquisitor Naisa, Gerichtsrat Leone, Großinquisitor Aidalon, Gerichtsrat Dante, Inquisitor Loraldi und Signore Savina.«

Geräuschvoll kam die Kammer auf die Beine, und auch Carya und ihre Eltern standen pflichtschuldig auf. Die sieben Richter, eine in Caryas Augen unverschämt große Menge, die offenkundig nur dazu diente, diesem Schauspiel Gewicht zu verleihen, stellten sich vor ihren Stühlen auf, und Aidalon faltete die Hände. Mit volltönender Stimme sprach er in die Stille, die sich über die Kammer gelegt hatte:

Licht Gottes:
Du bist das Licht des Lebens,
das Licht des Schutzes,
das Licht des Richtens.
In deinem Namen walten wir.
So sei es.

»So sei es«, antworteten alle Anwesenden – mit Ausnahme von Carya. *In deinem Namen walten wir,* dachte sie mit stummer Wut im Bauch. *Nichts könnte weiter von der Wahrheit entfernt sein.*

Die Richter setzten sich und das Publikum ebenfalls. Die Wachen bedeuteten Carya und ihren Eltern, stehen zu bleiben. Aidalon beugte sich auf seinem erhöhten Platz nach vorne und gab dem Gerichtsdiener ein Zeichen.

Dieser ließ erneut seinen Stab auf den Boden krachen. »Die Gefangenen Carya Diodato, Andetta Diodato und Edoardo Diodato treten vor den ehrwürdigen Großinquisitor Aidalon«, verkündete er.

»Lasst die Gefangenen näher kommen und sich setzen. Es soll ihnen der Prozess gemacht werden.«

Gemeinsam wurden Carya und ihre Eltern zum Richtblock gebracht. Dort wurde jedem von ihnen ein Platz zugewiesen. Carya saß ganz links, daher ging sie davon aus, dass sie als Letzte an der Reihe sein würde.

Der Großinquisitor richtete seinen Blick auf sie. Es lag eine Verachtung darin, die ihn als Richter in diesem Prozess eigentlich schon untragbar machte. Carya wusste nicht, ob und, wenn ja, wo ihre Kugel ihn getroffen hatte, aber die Verhandlung schien für Aidalon etwas sehr Persönliches zu sein. Hätte sie nicht bereits gewusst, wie das Urteil lauten würde, hätte sie in diesem Moment erkannt, dass ihr Leben verwirkt war.

»Diodato, Edoardo«, schnarrte der Großinquisitor.

Die Wachen nahmen Caryas Vater in die Mitte und führten ihn vor den Richtersitz. Er wirkte vor dem hohen Podest mit den sieben grimmig dreinschauenden Männern sehr klein.

»Edoardo Diodato«, begann der Großinquisitor. »Man hat Sie vor das Gericht des Tribunalpalasts geführt, weil Anklage gegen

Sie erhoben wurde. Sie lautet auf Beihilfe zum Hochverrat, auf versuchte Verschleierung eines Verbrechens und auf langjährige kriminelle Täuschung der Obrigkeiten von Arcadion.« Er beugte sich vor und fixierte Caryas Vater über sein Pult hinweg. »Schämen Sie sich nicht?«

Caryas Vater wurde unter den scharf vorgetragenen Anschuldigungen Aidalons merklich kleiner. »Ich verstehe nicht ganz, Euer Ehren.«

»Dann will ich mich klarer ausdrücken: Schämen Sie sich nicht, unsere Stadt in solche Gefahr gebracht zu haben?«

»Was habe ich denn Schlimmes getan, außer ein Kind großzuziehen? Jeder Mann, der einen Funken Mitgefühl in der Brust trägt, hätte das getan. Ich konnte doch nicht wissen …«

»Wie bitte?«, unterbrach ihn Aidalon in schneidendem Tonfall.

»… konnte doch nicht wissen, was passieren würde. Dass Carya in den … den verderbten Einfluss einer Invitro geraten würde.«

Der Großinquisitor machte ein abrupte Geste mit der Hand. »Kommen Sie mir nicht wieder mit den Invitros! Diese sind keine Entschuldigung für Ihr persönliches Versagen. Wie lange arbeiten Sie schon für den Tribunalpalast?«

»Seit zweiunddreißig Jahren, Euer Ehren.«

»In dieser Zeit, so sollte man denken, haben Sie Einblicke in unsere Gesellschaft und die Gefahren, die ihr von innen und außen drohen, gewonnen, die weit über das hinausgehen, was ein normaler Bürger darüber weiß. Würden Sie dem zustimmen?«

»Ja, Euer Ehren.«

»Ihnen ist also bewusst, dass es in der Welt jenseits unserer festen Mauern Kräfte gibt, die Arcadion zerstören wollen?«

»Jawohl, Euer Ehren.«

»Und dennoch hielten Sie es nicht für notwendig, die Behörden zu unterrichten, als Sie vor zehn Jahren dieses Mädchen ...«, er deutete auf Carya, »... in der Wildnis entdeckten, in einer abgestürzten Flugkapsel, deren Erbauer offenkundig über eine fortschrittliche Technologie verfügen, wie man sie Gerüchten zufolge etwa in Austrogermania, im Reich des Ketzerkönigs, findet.«

Seine Worte ließen Carya aufmerken. Austrogermania? War das möglich? Stammte sie von dort? Lagen die Koordinaten, die sie nach ihrer Vision in der Kapsel aufgeschrieben hatte, im Land des Ketzerkönigs? *Die Koordinaten!* Carya zuckte unwillkürlich zusammen. Der Zettel befand sich noch immer im Dorf der Mutanten. *Oh, Licht Gottes, bitte lass ihn nicht verloren gegangen sein.* Denn so klar ihr die lange Zahlenkolonne unmittelbar nach der Vision vor Augen gestanden hatte, mittlerweile konnte sie sich kaum mehr an die Hälfte erinnern.

»Hat es Ihnen die Sprache verschlagen?«, fragte Aidalon unterdessen Caryas Vater, der schweigend und verstört vor dem Richter stand. »Antworten Sie!«

»Ich ... ich habe nicht an die Folgen gedacht«, gestand er. »Sie war doch nur ein Kind.«

»Es gibt kein ›nur‹ in Zeiten des Krieges! Die Gefahr kommt in unerwartetem Gewand. Wie sich gezeigt hat, denn durch Ihre Dummheit haben Sie eine Mörderin großgezogen, eine Bombe, die nur darauf gewartet hat hochzugehen! Jetzt hat dieses *Kind* bereits Menschen getötet und verletzt. Es hat sich einer Widerstandsgruppe angeschlossen. Es hat mit Invitros und Mutanten paktiert. Und das alles, weil Sie nicht nachgedacht haben! Fällt Ihnen dazu noch etwas ein, Diodato?«

Caryas Vater senkte den Kopf. »Nein, Euer Ehren.«

»Mir auch nicht.« Aidalon blickte nach links. »Verteidigung, irgendwelche Fragen?«

Erst jetzt bemerkte Carya, dass im Schatten des Richtersitzes ein einsamer, bebrillter Mann an einem Tisch hockte und mit großem Erfolg damit beschäftigt war, nicht weiter aufzufallen. Auf die Worte des Großinquisitors hin hob er den Blick und schüttelte den Kopf. »Keine Fragen, Euer Ehren.«

»Schön. Abführen.« Aidalon machte eine herrische Geste, und die Wachen brachten Caryas Vater zu seinem Platz zurück. »Diodato, Andetta!«

Mitfühlend blickte Carya zu ihrer Mutter hinüber, die sich die Augen mit einem Taschentuch abtupfte, um nicht verheult vor den Richtersitz zu treten. Ihre Eltern hatten so eine Behandlung nicht verdient. Sie waren alles andere als Verbrecher, sondern vielmehr die bravsten und umgänglichsten Bürger Arcadions, die Carya kannte.

»Euer Ehren«, sagte Caryas Mutter, als sie sich vor Aidalon hinstellte.

»Ich mache es kurz, da die Anklagen im Wesentlichen denen Ihres Mannes entsprechen. Doch obgleich in seinem Fall grenzenlose und sträflich gefährliche Dummheit Grund für sein Handeln gewesen sein mag, kann ich das in Ihrem Fall nicht annehmen.«

»Mein Mann ist nicht dumm, sondern …«

»Schweigen Sie, solange Sie nichts gefragt werden!«, fiel der Großinquisitor ihr ins Wort.

»… nicht dumm, sondern der barmherzigste Mensch, den ich mir vorstellen kann«, fuhr Caryas Mutter beharrlich fort. »Und Barmherzigkeit, so lehrt uns das Licht Gottes …«

»Versuchen Sie mich nicht zu belehren, Weib!«, donnerte Aidalon. »Ich kenne die heiligen Schriften. Und die Familien der Soldaten, die Ihre Tochter und diese … diese …«, er blickte auf seine Unterlagen, als sei ihm der Name eines so unwichtigen

Ärgernisses entfallen, »… *Ascherose* angegriffen haben, kennen sie auch. Erzählen Sie den Eltern des erschossenen Wachmannes von Barmherzigkeit. Oder der Frau des Kutschers, deren Gemahl im Krankenhaus liegt.«

Betroffen senkte Caryas Mutter den Kopf. »Es tut mir leid, was geschehen ist.«

»Das freut uns alle zu hören. Umso mehr stellt sich mir die Frage, warum Sie Ihre Tochter dann auch noch in Ihrem schändlichen Treiben bestärkt haben?«

»Wie meinen Sie das?«

Aidalon hob etwas in die Höhe, ein silbernes Schmuckstück. Es war der Schlüssel zu Caryas Kapsel. »Haben Sie oder haben Sie nicht Ihrer Tochter diesen Gegenstand gegeben?«

»Doch, den hat sie von mir«, gab Caryas Mutter zu.

»Und wann haben Sie ihn ihr gegeben?«

Caryas Mutter zögerte. »Ich weiß es nicht mehr«, sagte sie leise.

»Lügen Sie nicht!«, rief Aidalon. »Es kann noch gar nicht so lange her sein, denn alle Zeugen, die wir befragt haben, sagten aus, diesen Anhänger noch nie an Carya gesehen zu haben. Geben Sie zu, dass Sie ihr dieses Ding hier erst vor wenigen Tagen geschenkt haben.«

Ertappt senkte Caryas Mutter den Kopf. »Es ist wahr.«

Triumphierend blickte der Großinquisitor auf sie hinab. »Und wussten Sie zu dem Zeitpunkt schon, dass es sich hierbei um einen Schlüssel handelt, der Carya Zugang zu dieser Kapsel und damit möglicherweise zu gefährlichem Wissen und Waffen verschaffen könnte?«

»Nein, das wusste ich nicht.«

»Aber das Mädchen trug ihn doch bei sich, als Ihr Mann es gefunden hat, oder nicht?«

»Das ist richtig.«

»Und Sie haben ihn für Carya aufbewahrt. Aber statt ihn der Stadtgarde oder der Inquisition zu bringen, haben Sie ihn Ihrer Tochter übergeben. War das bevor oder nachdem diese zur Amokläuferin geworden ist? Oder in anderen Worten: Haben Sie mit diesem Geschenk Caryas Verhalten ausgelöst, oder sie nur in ihrem Tun bestärkt?«

Caryas Mutter schwieg. Was hätte sie auf diese Fragen, die ihr keinen Ausweg ließen, auch antworten sollen? Der ganze Prozess war ein einziges erniedrigendes Schauspiel. Hätte Aidalon einfach sein Todesurteil verkündet, wäre es fast gütiger gewesen. Aber natürlich wollte der Großinquisitor seine Rache – und hier bekam er sie.

»Sie brauchen nicht zu antworten«, sagte er fast liebenswürdig. »Letzten Endes ist eins so verwerflich wie das andere. Verteidigung: Fragen?«

»Keine«, erwiderte der bebrillte Mann.

»Abführen«, gebot Aidalon. Ein dünnes Lächeln umspielte seine Lippen. »Diodato, Carya«, rief er Carya auf und ließ sich den Namen dabei regelrecht auf der Zunge zergehen.

Die Wachen packten Carya am Arm und zerrten sie vor den Richtersitz. Sieben Augenpaare blickten auf sie herab. Verachtung und Gleichgültigkeit gegenüber ihrem Schicksal schlugen ihr entgegen. Carya wappnete sich innerlich für den Kampf.

Aidalon lehnte sich auf seinem Platz zurück. »Zu Ihnen braucht man eigentlich nicht viel zu sagen: Hochverrat, Mord, versuchter Mord, Diebstahl, Sachbeschädigung, Zusammenarbeit mit und Anstiftung einer Widerstandszelle … Die Liste Ihrer Vergehen ist so lang, dass man den ganzen Vormittag damit füllen könnte.«

457

»Und doch ist sie nicht annähernd so lang wie die Ihre«, entgegnete Carya mit leiser, aber fester Stimme.

»Schweigen Sie!«, rief der Großinquisitor. »Wie können Sie es wagen, hier zu stehen und auch noch das hohe Gericht zu beleidigen.«

Carya wusste, dass sie damit ihr Schicksal nicht besser machte. Früher hätte sie wahrscheinlich versucht, um ihr eigenes oder das Leben ihrer Eltern zu flehen, Aidalon um den Bart zu streichen und ihn milde zu stimmen. Aber ihr war klar, dass sie ihm damit nur die Genugtuung verschafft hätte, nach der er gierte, und da er sie ohnehin töten lassen würde, weigerte sie sich, ihm diese zu gewähren. Sie hoffte, dass ihre Eltern das verstanden. »Es ist doch wahr«, rief sie stattdessen lauter. »Nichts von dem, was ich getan habe, hätte ich getan, wenn der Lux Dei mich nicht dazu gezwungen hätte.«

»Sie sind wohl nicht ganz bei sich!« Aidalon funkelte sie wütend an. »Sie sagen, der Lux Dei hätte Sie dazu gezwungen, einen Gefangenentransport anzugreifen und dabei einen Mann zu töten und mehrere zu verletzen?«

»Ich wollte meine Eltern befreien, die Sie haben verhaften lassen, obwohl sie unschuldig sind. Außerdem wollten Sie den Angriff ...«

»Ihre Eltern wurden in Gewahrsam genommen«, ging Aidalon dazwischen, »weil sie zu dem schrecklichen Blutbad befragt werden sollten, das *Sie* zuvor im Tribunalpalast angerichtet hatten. Sie *haben* doch den Angeklagten Tobyn Cortanis erschossen, oder nicht?«

»Ich habe ihn davor bewahrt, aufs grausamste von Ihnen und Ihren Inquisitoren gefoltert zu werden.«

»Wir haben ihn verhört! Er war ein Invitro und hatte sich gegen die Schöpfung Gottes versündigt. Er hat gemeinsam mit seinen Mitverschwörern ein geheimes Brutlabor in Arcadion betrieben.«

»Er wollte nur ein Kind mit der Frau, die er liebte. Aber wir Menschen, wir Schöpfer der Invitros, haben ihnen dieses Geschenk versagt.«

»Wir hier in Arcadion haben nichts mit den Invitros zu tun! Sie sind ein Relikt der alten Zeit, das Erbe einer früheren, verderbten Menschheit.«

Carya ballte die Fäuste. »Sie irren. Die Menschheit ist heute noch genauso …«

»Still!«, donnerte der Großinquisitor. »Ich bin nicht hier, um philosophische Diskussionen zu führen, schon gar nicht mit einer Hochverräterin. Dies ist ein Gericht. Und vor dem Gesetz sind Sie schuldig und werden verurteilt. Verteidigung?«

Das Wort peitschte so laut durch die Kammer, dass der Mann neben dem Richtersitz zusammenzuckte, als habe man ihn geschlagen. »Keine … keine Fragen, Euer Ehren«, stammelte er.

»Die Vernehmung ist beendet«, knurrte Aidalon. »Abführen.«

Mit einer Wut im Bauch, die ihr das Gefühl gab, gleich platzen zu müssen, wurde Carya zurück zum Richtblock gebracht. Zu ihrer Befriedigung gewahrte sie eine gewisse Unruhe im Publikum. Ganz spurlos war ihr Wortstreit mit Aidalon nicht an den Anwesenden vorübergegangen. Ihr Vater blickte sie an, als sähe er sie heute zum ersten Mal. Ihre Mutter schenkte ihr ein stolzes Lächeln. Carya spürte, wie ihr warm ums Herz wurde und ihr rasender Pulsschlag sich verlangsamte. Es war vorbei – und sie hatte gewonnen.

Als sie an ihren Platz zurückgekehrt war, erhob sich der Großinquisitor und mit ihm alle Richter. »Hiermit erkläre ich die Untersuchung für beendet«, proklamierte Aidalon. »Gemäß der eingangs erklärten Anschuldigungen verurteile ich die Angeklagten Edoardo Diodato, Andetta Diodato und Carya Diodato zum Tod durch Erhängen. Das Urteil wird morgen zur neunten Stunde auf dem Quirinalsplatz vollstreckt.«

Aidalon hob seinen Richterhammer und schlug damit drei Mal kräftig auf sein Pult. Die Schläge hallten dumpf durch die hohe Kammer. Gegen ihren Willen lief Carya ein Schauer über den Rücken. Es klang, als schlage jemand Nägel in ihren Sarg ein.

KAPITEL 38

In der dunklen Halle unter dem Hügel weit draußen in der Wildnis erwachte der Motor des *Leviathan*-Panzers ein weiteres Mal zum Leben – und diesmal erstarb er nicht, sondern das Heulen wuchs vielmehr zu einem unwettergleichen Grollen an, das von den Wänden zurückgeworfen wurde und das Schrottarsenal der Mutanten in infernalischen Lärm tauchte.

»Ja!«, entfuhr es Jonan begeistert, und er riss die Arme in die Höhe.

»Das war doch gar nicht so schwer«, meinte Enzo und verschränkte zufrieden die seinen. In der Tat hatte der alte Invitrosoldat binnen zwei Stunden herausgefunden, was dem Panzer fehlte, und den Schaden mithilfe von Ersatzteilen, die er aus anderen Fahrzeugen ausgebaut hatte, repariert. Er erhob sich von seinem Platz am Steuer des *Leviathan* und forderte den hinter ihnen stehenden Mutantenkrieger mit einer Geste auf, zu übernehmen. »Mablo, du weißt, wie das Ding funktioniert. Zeig uns, was du kannst.«

»Ich möchte auch mal steuern!«, rief Pitlit eifrig, als Mablo sich hinsetzte.

»Nicht heute«, sagte Jonan.

Der Mutantenkrieger legte seine Hände an die Kontrollen und

gab Schub. Mit einem Ruck löste sich der Panzer von dem Platz, an dem er mehrere Jahrzehnte gestanden hatte. Es quietschte und rasselte, als er sich langsam vorwärts bewegte. Mablo betätigte die Kontrollen, und das riesige Fahrzeug drehte sich nach links, nur um im nächsten Moment einen kleinen offenen Militärmotorwagen zu zermalmen, der neben ihm in der Halle geparkt war. Von draußen war ein Knirschen und Bersten zu hören. Der *Leviathan* selbst ruckelte kaum.

»Oha«, kommentierte Mablo erschrocken.

»Genial! Nochmal!«, schrie Pitlit.

Enzo grinste nur.

Sie fuhren noch ein paar Minuten in der Halle umher, bis der Invitro sicher war, dass Mablo den Panzer leidlich gut steuern konnte. Dann schalteten sie den Motor wieder ab, und Enzo machte sich daran, das Fahrzeug so vorzubereiten, dass es zumindest den Eindruck von Gefahr zu erzeugen vermochte. »Die Energiespeicher der Kanonen sind beinahe leer und viel Munition haben wir auch nicht. Aber für etwas Blitz und Donner sind sie trotzdem noch gut«, erklärte er. »Darüber hinaus bereite ich eine kleine Überraschung für unsere Freunde vom Templerorden vor – an der sie sich erfreuen können, nachdem sie den Panzer erobert haben.«

Eine Stunde später waren auch diese Arbeiten abgeschlossen, und die vier begaben sich zum Dorf zurück, um Ordun aufzusuchen und ihn von dem neuen Plan zu unterrichten, den Jonan mit Enzos Hilfe ausgearbeitet hatte. Die Mutanten sollten mit dem *Leviathan*-Panzer einen Scheinangriff auf Arcadion unternehmen, um den Templerorden zum Ausfall zu verlocken und es Jonan und Enzo zu erlauben, den *Phantom*-Hubschrauber zu übernehmen, sobald dieser die schützende Kaserne verlassen hatte. »Wenn alles gut geht, könnt ihr bereits verschwinden, bevor die Soldaten auch nur in eurer Nähe sind. Keinem wird was passieren.«

»Daran glaube ich nicht«, gab der Priester grimmig zurück. »Aber das ist unwichtig. Wir werden unseren Teil dazu beitragen, die Diener des Bösen für den Überfall auf unser Dorf büßen zu lassen. Ihr könnt auf uns zählen.«

»Danke«, sagte Jonan.

»Ich habe zu danken«, erwiderte Ordun. »Niemand zwingt dich, für uns in die Höhle des Löwen zu gehen, um das Gefährt der Tochter des Himmels zurückzuholen. Du hast dich aus freien Stücken dazu entschieden.«

»Das ist das Mindeste, was ich für Sie und Ihre Leute tun kann. Sie haben Carya, Pitlit und mich freundlich aufgenommen, und wir haben die Häscher des Lux Dei in Ihr Dorf geführt. Wir wollten das nicht, aber ohne uns wären sie nicht zu Ihnen gekommen.«

»Nichts geschieht ohne Grund«, erklärte der Priester. »Vielleicht sollte uns gezeigt werden, dass man sich vor Unrecht nicht verstecken kann. Unser Frieden in der Wildnis war lediglich ein Frieden auf Zeit. Denn das Unrecht wächst nur und wird größer, wenn sich keiner dagegen erhebt.«

»Sie sind nicht der Einzige, der so denkt«, sagte Jonan. »Auch in Arcadion werden aufrechte Bürger unruhig. Und ich habe bereits einige Invitros kennen gelernt, die dem Lux Dei die Stirn bieten. Vielleicht sollten Sie sich mal zusammensetzen, wenn das alles vorüber ist.«

»Ein Tag nach dem anderen«, brummte Enzo. »Jetzt müssen wir erst einmal nach Arcadion.«

»Pitlit, bist du bereit?«, fragte Jonan.

»Von mir aus hätte es schon vorgestern losgehen können«, sagte der Straßenjunge.

463

Sie begaben sich nach draußen, wo Jonans und Enzos Motorräder parkten. Aus einer Kiste holte der Invitro einen schwarzen Kasten mit zwei ausziehbaren Antennen hervor. »Ein Funkgerät«, erklärte er Ordun und Mablo, als er ihnen den Kasten reichte. »Wir melden uns, wenn es Probleme gibt. Schaltet es nicht vor dem Morgengrauen an, sonst reicht die Energie womöglich nicht. Und wenn ihr nichts von uns hört, läuft alles wie besprochen.«

Die beiden Mutanten nickten ernst.

Jonan, Enzo und Pitlit hatten sich bereits auf ihre Maschinen geschwungen, als eine Stimme hinter ihnen sie aufhielt. »Wartet!«

Jonan drehte sich um und sah das Mädchen Suri die Straße hinunter auf sie zulaufen. »Ich glaube, das gilt dir, Pitlit«, sagte er lächelnd, woraufhin der Straßenjunge leicht verlegen abstieg und Suri entgegenging. Er wollte etwas sagen, doch das Mädchen ließ ihn nicht zu Wort kommen, sondern umarmte ihn nur stürmisch und hielt ihn fest. Leise flüsterte sie ihm etwas ins Ohr. Einen Moment später löste sie sich von ihm und drückte ihm einen kleinen Gegenstand in die Hand. Er sah ihn an und ließ ihn dann in der Hosentasche verschwinden. Mit hochrotem Kopf kehrte er zu den beiden Männern zurück. »Sie wollte mir nur noch einen Glücksbringer geben«, murmelte er.

»Halte ihn in Ehren, mein Junge«, sagte Enzo ernst. »Wir brauchen jedes bisschen Glück, das wir kriegen können.«

Am späten Nachmittag erreichten sie das Ödland. Die Motorräder, die Lederjacken und die unverhohlen offen getragenen Gewehre sorgten dafür, dass niemand sie behelligte. In einer Ruine in Sichtweite des Aureuswalls versteckten sie sich und ihre Motorräder, und Enzo packte sein Funkgerät aus, um mit Gamilia Verbindung aufzunehmen. Es dauerte eine Weile, bis die Cafébesitzerin antwortete, doch dafür wusste sie zu berichten, dass Carya und ihren Eltern am Morgen der Prozess gemacht worden war.

»Wie ist es ausgegangen?«, wollte Jonan wissen.

»Sie wurden zum Tode verurteilt«, antwortete Gamilia. »Es tut mir leid.«

Er spürte, wie sich sein Magen zusammenzog. »Wann?«, fragte er. »Wann soll das Urteil vollstreckt werden?«

»Morgen zur neunten Stunde. Auf dem Quirinalsplatz.«

Jonan schloss kurz die Augen und stieß einen unterdrückten Fluch aus. Ein Gutes allerdings hatte die Nachricht. Sie kannten nun einen Zeitpunkt und einen Ort. Und der Quirinalsplatz vor der Templerakademie war erfreulich groß. Das bedeutete, dass sie mit dem *Phantom* ohne weitere Schwierigkeiten darauf landen konnten.

»Danke, Gamilia«, sagte Enzo. »Du hast uns sehr geholfen. Halte dich morgen bedeckt, und bleib unter allen Umständen dem Quirinalsplatz fern. Es könnte dort etwas Ärger geben.«

»Ich verstehe«, erwiderte sie. »Lasst euch nicht erwischen.«

Während Enzo das Funkgerät wieder verstaute, wandte Jonan sich an Pitlit. »Jetzt bist du gefragt«, sagte er. »Glaubst du, es gelingt dir, in die Stadt hineinzukommen und uns über die Mauer zu holen?«

»Kleinigkeit«, tönte der Straßenjunge. »Ich schaue mir erst die Stelle an, von der aus wir die Stadt verlassen haben. Und wenn an der Ecke zu viele Wachleute unterwegs sind, gibt es noch eine zweite Stelle, einen Kilometer oberhalb des Westtors.«

»Wir treffen uns um Mitternacht«, sagte Jonan. »Nimm meine

Taschenlampe mit. Damit kannst du uns ein Signal geben. Wenn wir dich beim Dom des Lichts nicht vorfinden, kommen wir eine halbe Stunde später zum zweiten Treffpunkt.«

»Alles klar, bis dann.« Der Straßenjunge schnappte die angebotene Lampe, grinste breit und rannte davon.

Enzo schüttelte den Kopf. »Er hält das Ganze für ein Spiel, wie mir scheint.«

»Das glaube ich nicht«, entgegnete Jonan. »Pitlit erträgt es nur nicht, lange Zeit ernst zu sein. Er muss sich einreden, dass alles nicht so schlimm ist. Sonst wäre er an dem, was er schon erlebt hat, wahrscheinlich längst zerbrochen.«

»Und er ist bloß ein Junge …« Enzos Stimme war ein angewidertes Knurren. »In was für einer Welt leben wir nur?«

Jonan wusste, dass die Frage rhetorisch gemeint war.

In den folgenden Stunden blieb ihnen nichts anderes übrig als abzuwarten. Jonan fiel das ausgesprochen schwer, denn er spürte die Zeit förmlich zwischen den Fingern zerrinnen. Aber es wäre zu gefährlich gewesen, zu versuchen, bei Tageslicht über die Mauer zu klettern. Und auch der Weg durch die Stadttore barg ein unberechenbares Risiko. Es war anzunehmen, dass immer noch nach ihm gefahndet wurde.

Die Stunden bis Mitternacht zogen sich dahin. Einmal fuhr ein Bauer mit seinem Eselsgespann die Straße vor dem Haus hinunter. Etwas später, es war gerade dunkel geworden, lief eine Gruppe halbwüchsiger Jungen an ihrem Versteck vorbei, deren Kleidung zu ordentlich war, als dass es sich um Straßenkinder hätte handeln können. Jonan musste daran denken, was Carya ihm über ihre Klassenkameraden erzählt hatte, die es als Mutprobe ansahen, sozusagen den Zeh ins kalte Wasser zu halten, das außerhalb der Mauern von Arcadion lag. *Keiner von denen hat auch nur die geringste*

Ahnung davon, wie kalt das Wasser innerhalb der Mauern werden kann, dachte er düster.

Um sich die Zeit zu vertreiben, sortierte Jonan die Habseligkeiten in seinem Beutel, um nur das Nötigste mit auf ihre Befreiungsaktion zu nehmen. *Das hätte ich schon bei den Mutanten im Dorf machen sollen,* schalt er sich. Andererseits hatte Enzo auch sein ganzes Werkzeug und das Funkgerät mitgenommen. Sie mussten hierher zurück, nachdem sie erfolgreich aus Arcadion geflohen waren. *Falls wir erfolgreich entkommen.* Sollten sie jedoch erwischt werden, spielte der Verlust ihrer Habseligkeiten auch keine Rolle mehr, denn in dem Fall war ihr Leben ohnehin verwirkt.

Jonan nahm die Bücher und Caryas Kleidung aus dem Beutel. Dabei fiel ihm ein gefaltetes und zerknittertes Blatt Papier in die Hände. Stirnrunzelnd faltete er es auseinander und erkannte zu seinem Erstaunen den Briefkopf des Tribunalpalasts darauf. Das Blatt war leer, bis auf eine Unterschrift: *Inq. Ellio.* Das Dokument musste von Carya stammen, und es sah überraschend nach einem Blankoschreiben aus. Die Unterschrift von Inquisitor Ellio wirkte täuschend echt. Jonan hatte mehr als einmal Befehle von ihm an die Garde in den Händen gehalten. *Woher hat sie das?*, fragte er sich.

»Was ist das?«, wollte Enzo wissen.

Nachdenklich wiegte Jonan den leeren Brief in den Händen. »Ich glaube, etwas, das uns ausgesprochen nützlich sein könnte«, sagte er und hielt dem Invitro das Blatt hin.

»Ist die Unterschrift echt?«, fragte der.

»Zumindest so gut wie.«

Enzo blickte Jonan vielsagend an. »Dann lässt sich damit wirklich einiges anfangen – solange wir es nicht übertreiben und ein Nachprüfen herausfordern.«

Die letzten zwei Stunden vor Mitternacht saßen die beiden Männer schweigend nebeneinander und starrten ins Leere. Jeder war mit seinen Gedanken beschäftigt. Sie hatten sich so gut vorbereitet, wie sie konnten. Mehr gab es nicht zu tun.

Jonan dachte schon, die Warterei würde nie enden, als Enzo, der in regelmäßigen Abständen auf die Uhr geblickt hatte, ihm zunickte. »Es ist Zeit.«

Durch die aufgerissene Rückwand der Ruine verließen sie ihr Versteck und schlichen die dunkle Straße hinunter. Bewaffnet waren sie jetzt nur noch mit Jonans Elektroschockstab und Enzos Pistole. Die beiden Gewehre steckten in Jonans Beutel, der auf seinem Rücken hing. Mit ihnen offen durch Arcadion zu laufen wäre zu auffällig gewesen. Sie wussten nicht, ob sie sie brauchen würden, aber Vorsicht war besser als Nachsicht. Da Jonan seine Lampe Pitlit gegeben hatte, war er auf Enzo angewiesen, der seinen eigenen Strahler heruntergeregelt hatte, damit man den Lichtschein vom nahen Wall aus nicht sehen konnte.

Geduckt und immer auf Trümmerteile achtend, die ihnen als kaum sichtbare Hindernisse im Weg liegen mochten, arbeiteten sie sich bis zu dem breiten Streifen vor, der das Ödland vom Aureuswall trennte. Hier sanken sie hinter einem Betonklotz zu Boden und richteten ihre Aufmerksamkeit auf die Stelle der Stadtmauer, von der aus sie Pitlits Signal erwarteten.

Der nahe Dom des Lichts schlug gerade zur Mitternacht, als auf der Mauerkrone ein schwaches rötliches Licht aufleuchtete. Es blinkte ein paarmal, dann wurde es dunkel. »Da ist Pitlit.« Jonan atmete erleichtert auf. Der Junge hatte es tatsächlich geschafft.

So leise wie möglich huschten sie über die freie Ebene und in die tiefe Schwärze hinein, die am Fuß des Aureuswalls herrschte. Wie vereinbart sandte Enzo ein kurzes Blinksignal nach oben.

Gleich darauf fiel ein Seil zu ihnen herab. In regelmäßigen Abständen wies es dicke Knoten auf, um das Klettern zu erleichtern.

Zweifelnd blickte Enzo das Seil hinauf. »Ich bin zu alt für solchen Mist«, knurrte er, bevor er beherzt zugriff und seine eigenen Worte Lügen strafte, indem er sich kraftvoll in die Höhe zog. Jonan folgte ihm.

Oben angekommen, wurden sie von Pitlit aufgeregt begrüßt. »Oh Mann, ich sage es euch, das war vielleicht alles knapp. Schon am Tor hätten sie mich beinahe eingesammelt, weil so ein Blödmann von den Feldern mit mir einen Streit anfangen wollte. Und dann war das Seil an der Mauer weg und das in dem Versteck von meiner Bande auch. Ich musste extra noch eins klauen, und dabei hätte mich fast …«

»Pitlit.« Jonan machte eine beschwörende Handbewegung. »Sei leise, sonst hört man uns noch. Und spar dir deine Erzählung für später auf. Unsere Zeit drängt.«

Der Junge schnitt eine Grimasse. »Was ist mit ›Gut gemacht, Pitlit‹?«, fragte er missmutig.

»Gut gemacht, Pitlit«, sagte Jonan.

»Das klingt nicht so ganz ernst gemeint.«

»Ist es aber. Ehrlich. Und jetzt los. Ich muss zu Lucai und ihr zum Zweitversteck der Ascherose.« Er reichte Enzo den Beutel mit ihren Gewehren. »Hoffen wir, dass meine Rüstung noch da ist.« Es war nur einer von zwei Plänen, die sie sich überlegt hatten, um an Verkleidungen zu gelangen, die ihnen das Eindringen in die Kaserne erlauben würden. Aber Jonan hatte am Ende lieber zu viel als zu wenig Auswahl zur Hand. Und auch wenn die Rückkehr zu Adaras Wohnung ein gewisses Risiko darstellte, wollte Jonan die Chance, die Kampfpanzerung bei diesem Einsatz tragen zu können, nicht einfach so ungenutzt lassen.

Enzo nickte und schaute zu seinem jungen Begleiter hinunter. »Also los, mein Freund. Du kennst den Weg. Ich folge dir.«

»Bis später«, verabschiedete sich Jonan. Dann trennten sie sich.

Zu Fuß durchquerte Jonan die Stadt, bis er sich der Templerakademie näherte, an die auch die Kaserne der Tribunalpalastgarde angeschlossen war. Mit gesenktem Kopf marschierte er die Straße hinunter, bis er unter dem Fenster stand, das zu Lucais Quartier gehörte. Alles war dunkel hinter den Scheiben. Anscheinend schlief sein Freund schon.

Jonan griff in seine Jackentasche und holte eines der kleinen Trümmerstücke heraus, die er im Ödland eingesteckt hatte. Er nahm Maß und warf es gegen die Fensterscheibe. Leise klickend prallte es davon ab. Er wartete, doch nichts regte sich in dem Zimmer. Also warf er einen zweiten Stein und einen dritten.

Hierher zu kommen, wo es von fahnentreuen Gardisten und Jungtemplern nur so wimmelte, war im Grunde der schiere Irrsinn. Aber er musste mit Lucai reden, um herauszufinden, wohin die Garde Caryas Kapsel gebracht hatte. Hätte er den Luxus gehabt, seinen Freund an einem freien Abend abzupassen, hätte er ihn leicht in einem der anrüchigeren Etablissements von Arcadion treffen können. So allerdings musste er ihn direkt aus seinem Zimmer in der Kaserne holen. Und dabei hatte er noch Glück. Träger einer Templerrüstung besaßen, genauso wie höhere Offiziere, ein eigenes Zimmer. Es war nicht mehr als eine Mönchszelle, klein und spartanisch eingerichtet, aber besser als ein Gruppenschlafraum – vor allem jetzt, wo Jonan keine Meute neugieriger Kameraden gebrauchen konnte, die den Kopf aus dem Fenster steckten, um nachzusehen, wer hier tief in der Nacht mit Steinchen warf.

Jonan ließ ein viertes Trümmerstück vom Fenster abprallen und ein fünftes. Endlich ging im Inneren des Zimmers ein schwaches Licht an. Vermutlich hatte Lucai seine Taschenlampe eingeschaltet. Ein Schemen tauchte hinter dem Fenster auf und machte sich am Riegel zu schaffen. Mit leichtem Quietschen schwang das Fenster auf, und Lucai beugte sich nach draußen, das Haar zerzaust, aber die Miene von soldatischem Misstrauen geprägt. »Wer ist da?«, fragte er.

Jonan trat ins Licht einer Straßenlaterne. »Ich bin es, Lucai«, meldete er sich leise. »Jonan.«

Sein Freund riss die Augen auf. »Jo…?« Das Wort blieb ihm vor Überraschung im Halse stecken. »Warte. Ich komme runter.«

Es dauerte knappe zehn Minuten, aber dann tauchte Lucai wirklich um die Straßenecke auf. Eine glühende Zigarette im Mund, schlenderte er gemächlich die Straße hinunter, als habe er mitten in der Nacht nichts Besseres zu tun.

Jonan, der sich mittlerweile in einen Hauseingang zurückgezogen hatte, wartete, bis sein Freund nah genug heran war, bevor er ihn leise anrief. »Ich bin hier.«

Ohne hinzuschauen blieb Lucai stehen. Er schnippte seine Zigarette fort, kniete sich hin und machte sich an den Schnürsenkeln seiner Schuhe zu schaffen. »Jonan, was zum Teufel treibst du hier in Arcadion? Du wirst wegen Hochverrats gesucht.«

»Du weißt, warum ich hier bin, Lucai«, erwiderte Jonan. »Ihr habt euch Carya geholt.«

»Ja, und du hast Glück, dass sie und diese Kapsel für Aidalon so interessant sind, sonst hätten wir uns auch noch die Zeit gelassen, dich einzufangen.«

»Es wäre euch ebenso wenig gelungen, wie es euch vor ein

paar Tagen auf der Straße in Arcadion gelungen ist, als plötzlich jemand eine Granate von einem Hausdach geworfen hat, um unseren Rückzug zu decken.«

Lucai lachte leise. »Verrückte Welt, nicht wahr? Was willst du von mir?«

Also habe ich mich nicht getäuscht, dachte Jonan. Ihr geheimnisvoller Retter war Lucai gewesen. Ein Gefühl von Freude und Dankbarkeit breitete sich in seinem Inneren aus. Er hatte sich nicht in seinem Freund geirrt. »Ich brauche erneut deine Hilfe«, sagte er. »Ich muss wissen, wo genau Caryas Flugapparat aufbewahrt wird. Und ich benötige zwei Uniformen der Garde. Und das beides bis zum Morgengrauen.«

»Was hast du vor?«

Jonan zögerte. Lucai war für ihn wie ein Bruder, aber konnte er ihm wirklich rückhaltlos vertrauen? *Er hat die Granate geworfen, um dein Leben zu retten,* erinnerte ihn seine innere Stimme. Mehr überzeugender Argumente bedurfte es nicht. »Ich will den *Phantom* stehlen, um damit die Kapsel und Carya aus Arcadion hinauszubringen.«

Lucai fluchte leise. »Das ist Wahnsinn, Jonan.«

»Aber es ist das Richtige – und das weißt du auch. Der Orden hat in den letzten Tagen so vielen Menschen Leid zugefügt: den Invitros, Caryas Familie, zuletzt den Mutanten. Ich muss etwas davon gutmachen.«

»Ist das der einzige Grund? Du machst das alles, weil es richtig ist?«

Jonan zögerte. »Nein«, gestand er. »Ich mache es, weil ich Carya liebe.« Er hatte es noch in keinem Moment zuvor gewagt, seine Gefühle so klar in Worte zu fassen. Doch als er es aussprach, da erkannte er, dass es stimmte: Er hatte sich in Carya verliebt, vielleicht schon bei ihrer ersten Begegnung, und er würde alles dafür tun, um sie zurückzubekommen.

Langsam stand Lucai auf. Er fischte eine neue Zigarette aus seiner Brusttasche und entzündete sie mit einem Streichholz. Dann nahm er einen tiefen Zug und blies den Qualm in die kühle Nachtluft hinaus. »Ich muss verrückt sein«, sagte er, »aber ich bin dabei.«

»Danke«, flüsterte Jonan.

KAPITEL 39

Nach seinem Gespräch mit Lucai begab sich Jonan zum Zweitversteck der Ascherose, der Wohnung, die Adara gemietet hatte. Zu seiner Überraschung traf er dort nicht nur Pitlit und Enzo an, sondern auch den Professor selbst.

»Ich hätte nicht gedacht, dass wir uns so bald wiedersehen«, sagte Adara.

»Ich auch nicht«, erwiderte Jonan. »Wie geht es Ihnen?«

»Ich verstecke mich, genau wie die anderen. Und wie geht es Ihnen?«

»Ich habe das Verstecken inzwischen satt.« Er deutete auf Pitlit und Enzo. »Haben die beiden Sie in unsere Pläne eingeweiht, Professore?«

»Ja, im Wesentlichen schon«, bestätigte Adara. »Sie wollen, als Soldaten verkleidet, mit einem falschen Befehlsschreiben in die Kaserne des Templerordens eindringen und dort diesen Hubschrauber und die Trümmer eines Flugapparats stehlen. Es ist ein dreistes Werk, das Sie da zu vollbringen gedenken. Ich bewundere Sie dafür. Wenn ich könnte, würde ich Ihnen gerne helfen, aber ich weiß nicht, wie.«

»Sie haben diese Wohnung gemietet und uns nicht von der

Schwelle gewiesen, jetzt, da wir sie brauchen. Das ist bereits Hilfe genug.« Jonan blickte aus dem Fenster auf den Hinterhof und dann zu Enzo hinüber. »Und? Ist meine Rüstung noch im Schuppen?«

Der Invitro nickte. »Mehr als das. Sie befindet sich bereits im Nachbarraum. Wir sind damit beschäftigt, wie besprochen alle Erkennungszeichen zu entfernen oder zu ändern. Ein schönes Stück, das muss ich schon sagen. Da kommt so manche alte Erinnerung hoch.«

»Sehr gut«, sagte Jonan. »Lucai sollte demnächst mit zwei Uniformen hier eintreffen.«

»Wir haben hier auch noch eine«, warf Adara ein. »Diejenige, die Dino beim Versuch, Caryas Eltern zu retten, getragen hat. Sie liegt in einer Kiste unter dem Bett im Schlafzimmer.«

»Gut zu wissen. Sollte Lucai Schwierigkeiten haben, bleibt uns die als Ersatz.«

Jonan wollte mit Enzo gerade in den Nachbarraum gehen, als Pitlit ihn aufhielt. »Jonan.«

»Hm?«

»Was mache ich jetzt eigentlich? Im Plan hieß es immer, ich bringe euch nach Arcadion rein und ihr infiltriert dann die Templerkaserne am Nordwall. Und ich?«

Jonan legte Pitlit die Hände auf die Schultern. »Du bleibst hier bei uns, bis der Morgen graut. Wenn es soweit ist, schleichst du dich, getarnt als Feldarbeiter, wieder aus der Stadt und gehst durchs Ödland zu unseren Motorrädern und der Ausrüstung zurück. Bewache sie, bis wir kommen, um sie abzuholen.«

Der Straßenjunge verzog das Gesicht. »Ich will dabei helfen, Carya zu retten«, murrte er.

»Das hast du bereits getan«, versicherte Jonan ihm. »Aber wir können dich nicht in die Kaserne einschleusen. Es geht also nicht anders. Tut mir leid.«

Pitlit schien nicht glücklich über diese Erkenntnis, aber er gab keine Widerworte mehr.

Sie gingen zu Jonans Rüstung hinüber, und unter der kundigen Anleitung des Invitros fuhren sie fort, alle verräterischen Kennzeichen zu entfernen oder aber – wo möglich – so abzuändern, dass es den Anschein hatte, der klobige Anzug gehöre einem anderen Soldaten. Adara setzte sich unterdessen hin und fälschte nach Absprache den Brief von Inquisitor Ellio, der ihnen die Pforte zur Kaserne öffnen sollte.

Sie hatten ihre Arbeit beinahe beendet, als es verstohlen an der Tür klopfte. Jonan sah durch den Türspion und erblickte Lucai im Hausflur, der ein Päckchen unter dem Arm hielt. »Da bin ich«, begrüßte dieser ihn. »Und Geschenke habe ich auch mitgebracht.«

Jonan stellte Lucai den anderen drei vor.

»Es sind wirklich ungewöhnliche Zeiten«, bemerkte Enzo, während er Lucai aufmerksam beäugte. »Wenn gleich zwei Soldaten der am meisten gefürchteten Militäreinheit Arcadions fahnenflüchtig werden, muss einiges im Argen liegen.«

»Verstehen Sie das nicht falsch!«, entgegnete Lucai. »Ich helfe Ihnen nicht, weil ich einen politischen Umsturz will. Meine romantische Ader treibt mich dazu. Ich weiß, was die Liebe zu einer Frau wert ist – und ich lasse meine Freunde nicht im Stich.«

»Und ein Freund bist du wirklich«, sagte Jonan. »Ein guter Freund. Ich bedaure, dass ich damals einfach so verschwunden bin. Aber mir blieb keine Zeit für Abschiedsworte.«

Lucai grinste. »Ja, Burlones Bericht über diese Nacht ließ so etwas vermuten. Ganz nebenbei gesprochen: Ich bin Carya bei ihrer Gefangennahme begegnet und begreife, warum dich das

Mädchen bezaubert hat. Es war zwar trotzdem total verrückt, was du in dieser Nacht und seitdem abgezogen hast. Aber ein Teil von mir versteht dich.« Er zwinkerte Jonan zu.

»Damit meinst du hoffentlich nicht den Teil von dir, der jedem Rock nachsteigt?«, fragte Jonan in ironischem Tonfall.

»Nein, den anderen. Den ich tief in meiner Brust verborgen halte.« Er beugte sich vor und raunte: »Mein empfindsames Herz.« Dann grinste er und fuhr lauter fort: »Aber reden wir nicht länger von mir, sondern von euch. Hier sind die gewünschten Uniformen. Es sind Ersatzuniformen von mir, und wie ich das so sehe, sollten sie leidlich passen.« Er maß Enzo mit einem Seitenblick. »Darüber hinaus habe ich euch eine kleine Karte gezeichnet, die zeigt, wo in der Kaserne die Trümmer des Flugapparats aufbewahrt werden. Es ist kein Bild, das ich mir im Rahmen an die Wand hängen würde, aber für eure Zwecke sollte es genügen.«

Er zog ein Blatt Papier hervor und hielt es Jonan und den anderen hin.

»Sehe ich das richtig, dass sich diese Kapsel in einer Halle befindet?«, fragte Enzo.

»Ja«, bestätigte Lucai.

»Das ist schlecht. Ich hatte gehofft, man hätte sie irgendwo im Hof gelagert. Aus der Halle bekommen wir sie mit dem Hubschrauber nur schwer heraus.«

»Es gibt einen Kran und Lastkutschen dort. Sogar einen Motorwagen«, sagte Lucai. »Aber mal ganz abgesehen davon: Man wird Ihnen niemals erlauben, die Trümmer einfach so mitzunehmen.«

»Doch, wird man«, widersprach Enzo und reichte Lucai den gefälschten Befehl des Inquisitors.

»Hm, na gut, das könnte klappen«, gab Lucai zu. Ungläubig

schüttelte er den Kopf. »Diese Unterschrift sieht verdammt echt aus. Wo habt ihr die her, Jonan?«

»Carya hat sie beschafft. Ich habe keine Ahnung, wie sie das bewerkstelligt hat.«

»Tolldreistes kleines Ding«, murmelte Lucai anerkennend.

Enzo rieb sich das stoppelbärtige Kinn. »Um zu unserem Problem zurückzukehren: Ich fürchte, ich sehe nur eine Möglichkeit, es zu lösen. Wir müssen uns trennen. Ich stehle den *Phantom* und rette Carya. Du, Jonan, holst die Kapsel raus.«

»Aber dann fehlt Ihnen der Bordschütze, wenn es zu Schwierigkeiten kommen sollte«, wandte Jonan ein. »Wir müssen zu zweit den Hubschrauber steuern.«

»Ich könnte versuchen, die Kapsel zu holen«, erbot sich Adara.

»Sie?« Lucai musterte den Professor skeptisch. »Waren Sie überhaupt schon einmal in der Kaserne? Haben Sie im Orden gedient?«

Adara neigte den Kopf. »Es ist viele Jahre her. Aber ich bin geübt darin, vor jungen Menschen als Autoritätsperson aufzutreten.«

»Was ist, wenn man Sie erkennt?«, gab Jonan zu bedenken. »Wir befürchten doch nach wie vor, dass Gabriela in die Hände der Inquisition gefallen ist. Sie könnte Sie als Mitglied der Ascherose genannt haben.«

»Die gleiche Gefahr gilt auch für Sie«, entgegnete Adara. »Allerdings ziert mein Gesicht nicht Hunderte von Steckbriefen überall in der Stadt.«

»Aber ich *muss* das Risiko eingehen. Sie nicht.«

Lucai fluchte leise, dann hob er um Aufmerksamkeit heischend die Hand. »Signori, wir machen es ganz anders. *Ich* hole diese Kapsel.« Er sah zu Adara hinüber. »Sie können mich gerne begleiten, Professore, wenn Sie unbedingt Ihren Teil zu dem Plan beitragen möchten. Es verbessert auf jeden Fall meine Tarnung, wenn mich der ›Adjutant‹ von Inquisitor Ellio begleitet. Aber ich übernehme das Reden!«

Der Professor nickte. »Einverstanden.«

Verblüfft blickte Jonan seinen Freund an. »Überleg dir gut, was du vorschlägst, Lucai. Wenn du das machst, ist dein Leben in Arcadion vorbei. Dann wirst du genauso als Verräter gejagt wie ich.«

»Nicht, wenn wir es geschickt anstellen.« Auf Lucais Gesicht breitete sich ein schurkisches Lächeln aus. »Lass das den alten Lucai mal machen …«

Im Morgengrauen warteten sie zu dritt in einer schmalen Seitengasse: Jonan, Enzo und Adara. Der Invitro und der Professor trugen die schwarzen Uniformen der Tribunalpalastgarde, die Lucai mitgebracht hatte und die für einen gewissen Respekt bei den einfachen Soldaten des Templerordens sorgen sollten. Jonan hatte seine modifizierte Kampfpanzerung angelegt. Pitlit weilte nicht mehr bei ihnen. Der Straßenjunge hatte sich bereits verabschiedet und war eilig in Richtung Osttor davongelaufen, um im Schutze der Arbeitermassen aus Arcadion zu verschwinden.

Lucai war unterdessen zur Akademie des Lichts zurückgekehrt, um einen Lastwagen zu beschaffen. »Ich zeige dem Fuhrparkmeister einfach dieses Schreiben und behaupte, eine Ordonanz des Inquisitors habe es mir gegeben – mit dem Befehl zur sofortigen Ausführung«, hatte er gesagt. Jonan hoffte, dass sein Freund damit durchkam, denn ansonsten war das Schriftstück verloren – und mit ihm die stützende Säule des wackeligen Gebäudes, das sie Plan nannten.

Zweifel überkamen ihn auf einmal. *Habe ich einen Fehler gemacht, indem ich Lucai das Schreiben gegeben habe?*, fragte er sich. *Wenn er*

*uns verraten wollte, hätte er jetzt alle Trümpfe in der Hand. Er besitzt
den gefälschten Brief, er weiß, wo wir auf ihn warten. Oh, mein Freund,
ich hoffe, ich habe mich nicht in dir getäuscht.*

Das Brummen eines Lastwagens riss ihn aus seinen Gedanken.
Im nächsten Moment bog ein grauschwarzes Militärfahrzeug um
die Ecke. Unwillkürlich spannte Jonan sich an. Doch es war wirklich nur Lucai, der im Führerhaus saß und ihnen zuwinkte. Er
hielt gerade so lange, dass Adara auf den Beifahrersitz klettern
konnte, während Jonan und Enzo in dem mit einer Plane über-
spannten Laderaum verschwanden. Dann fuhr er sofort wieder
an. Je weniger Menschen mitbekamen, was hier vor sich ging,
desto besser.

Lucai schob die Klappe in der Rückwand des Führerhauses zur
Seite, und Jonan, der bis zum Kopfende des Laderaums vormar-
schiert war, öffnete sein Visier, damit sie sich besser unterhalten
konnten. »Hat alles gut geklappt«, verkündete Lucai. »Das ist das
Schöne an Militärhierarchien. Keiner stellt Fragen, alle gehorchen
nur. Und genau darauf werde ich mich auch versteifen, wenn
jemand mich am Ende fragt, wieso ich mir erst von einem Unbe-
kannten habe befehlen lassen, die Kapsel zu holen, und sie ihm
dann auch noch übergeben habe. ›Er behauptete, der Adjutant
von Inquisitor Ellio zu sein. Er hatte eine Order von ihm bei
sich und trug eine Uniform‹, werde ich sagen und mit dem Brief
wedeln. ›Der Inquisitor ist mein Vorgesetzter!‹« Er grinste breit.

»Dennoch ist und bleibt es ein gefährliches Spiel für Sie«, warf
Adara ein.

»Vielleicht solltest du doch lieber mit uns Arcadion verlassen,
wenn das alles vorbei ist«, fügte Jonan hinzu.

»Auf keinen Fall«, sagte Lucai. »Du magst deine Carya haben,
Jonan, und mit ihr da draußen in der Wildnis ein glücklicher

Einsiedler werden. Ich aber brauche die Stadt und ihre mannigfaltigen Freuden. Keine Sorge. Ich komme schon klar. Der Plan ist wasserdicht.«

»Dein Wort in Gottes Ohr.«

Kurz darauf näherten sie sich der Kaserne, und Jonan klappte sein Helmvisier herunter. Lucai schob das Fenster zu, schloss es aber nicht ganz, damit Jonan und Enzo mitbekamen, was sich draußen abspielte.

Die Kaserne bestand aus einer Reihe langgestreckter dreistöckiger Gebäude, hinter denen sich unmittelbar der mächtige Aureuswall erhob. Einige wuchtig aussehende Schnellfeuerkanonen zierten an dieser Stelle die Mauerkrone, um das nahe Nordtor zu schützen.

Die Gebäude waren schon ziemlich alt. Sie stammten aus einer Zeit lange vor dem Sternenfall. Damals hatten sie eine Heeresverwaltung und einen Militärgerichtshof beherbergt, wenn Jonan richtig informiert war. Heute war der überwiegende Teil der Streitkräfte des Templerordens hier stationiert − das galt sowohl für Männer als auch Maschinen, die in Hallen am rechten Ende des Areals untergebracht waren. Dort befanden sich Lucai zufolge, auch die Trümmer von Caryas Fluggerät und der Hangar des *Phantom*-Hubschraubers.

Entsprechend lenkte Jonans Freund den Lastwagen auf den rechten Eingang der Kaserne zu, der durch einen Schlagbaum und vier Wachposten geschützt wurde. Jonan schaltete sein Helmfunkgerät ein. Wenn über Militärfunk Alarm gegeben wurde, erhielten sie auf diese Weise eine Vorwarnung.

Der Wachoffizier gebot Lucai mit erhobener Hand, stehen zu bleiben, und dieser hielt den Wagen an. Er kurbelte das Fenster herunter. »Guten Morgen«, grüßte er fröhlich.

»Guten Morgen, Signore«, erwiderte der Offizier, der sich jetzt außerhalb von Jonans Blickfeld befand. Dem Knallen seiner Stiefel zufolge salutierte er vor Lucais schwarzer Gardeuniform. »Darf ich den Grund Ihres Besuchs erfahren?«

»Ich habe Order von Inquisitor Ellio, die bei der Operation vor drei Tagen in der Wildnis geborgenen Trümmer abzuholen.« Jonans Freund reichte dem Mann den gefälschten Brief.

Dieser schwieg einen Moment, während er das Schriftstück inspizierte. »Ich dachte, die Inquisition hätte dem Templerorden die Untersuchung der Trümmer überlassen«, sagte er dann plötzlich.

»Ich würde sagen, wir überlassen das Denken unseren Vorgesetzten, meinen Sie nicht?«, entgegnete Lucai mit einem Anflug von Unwillen in der Stimme.

»Gibt es ein Problem, Gardist?«, mischte sich Adara mit sonorer Stimme ein. Jonan schmunzelte in seinem Helm. Er konnte sich das ernste, faltige Gesicht des Dozenten bildlich vorstellen.

»Nein, Signore, kein Problem«, versicherte Lucai ihm mit gespielter Nervosität. Er richtete seine Aufmerksamkeit wieder aus dem Fenster. »Würden Sie mich jetzt durchlassen? Ich habe meine Befehle.«

»Jawohl, Signore. Natürlich.« Der Offizier rief seinen Leuten etwas zu, und diese hoben den Schlagbaum an. Lucai nahm den Brief wieder entgegen und steckte ihn in die Brusttasche. Dann fuhr er den Lastwagen in den Kasernenhof. »Erste Hürde genommen«, murmelte er.

Er rollte um die nächste Ecke und hielt kurz zwischen zwei Gebäuden an. Das war für Jonan und Enzo das Zeichen auszusteigen. Ab jetzt war jeder auf sich allein gestellt. »Viel Glück«, wünschte Lucai ihnen.

»Euch auch«, sagte Jonan. »Adara, wir treffen uns am Sammelpunkt hinter dem Ödland. Passen Sie auf, dass niemand Sie mit der Kapsel im Laderaum erwischt, wenn Sie die Stadt verlassen. Und Lucai: Danke für deine Hilfe. Ich hoffe, wir sehen uns irgendwann gesund wieder und können über all das lachen, während wir ein Bier am Ufer des Tevere trinken.«

»Das hoffe ich auch, mein Freund.«

Jonan hatte ein mulmiges Gefühl in der Magengegend, als er dem davonfahrenden Lastwagen nachblickte. Er fragte sich, ob sie im Begriff waren, ihr Glück zu überreizen. Wenn es andererseits irgendwo einen Gott gab, musste er doch auf ihrer Seite sein. Schließlich waren sie die Guten – oder nicht?

Neben ihm warf Enzo einen Blick auf seine Armbanduhr. »Die Mutanten müssten jetzt auf dem Weg sein«, verkündete er. »Suchen wir den *Phantom*. Wer weiß, wann der Alarm erfolgt.«

Sie strafften sich und marschierten zielstrebig aus der Gasse hinaus auf den Hof. Es war nicht nötig, verstohlen vorzugehen. Angehörige der Tribunalpalastgarde waren in der Kaserne des Templerordens kein seltener Anblick, und abgesehen davon, dass Jonan in seiner Kampfpanzerung einige bewundernde Blicke von einfachen Soldaten erntete, beachtete sie niemand sonderlich.

Ihr Ziel lag hinter der ersten Reihe von Hallen, in denen die häufiger verwendeten Fahrzeuge aufgereiht standen: Lastkutschen und offene Motorwagen, Transporter und Motorräder. Die schweren Kriegsgeräte, die als letzte Verteidigungslinie zum Einsatz kamen, falls ein Feind die Grenzen zum Einflussbereich des Lux Dei durchbrechen und bis nach Arcadion vordringen sollte, standen weiter hinten, denn in den letzten Jahren waren sie praktisch nicht gebraucht worden.

Aus den Augenwinkeln sah Jonan, wie der Lastwagen mit Lucai

und Adara vor einer der Hallen hielt und die beiden Männer ausstiegen, um durch eine Tür ins Innere zu verschwinden. Er drückte ihnen die Daumen, dass niemand Verdacht schöpfen und sich die Befehle vom Tribunalpalast bestätigen lassen würde. Allerdings war es noch ziemlich früh am Morgen, und das Leben bei Gericht begann für gewöhnlich später als in der Kaserne, sodass ein Nachhaken vermutlich ohnehin nichts ergeben würde.

Gemeinsam mit dem alten Invitro, der mit der Selbstsicherheit des jahrelangen Berufssoldaten ausschritt, stapfte Jonan eine der Fahrzeughallen entlang, bis sie einen eingezäunten Bereich dahinter erreichten. Im vorderen Teil befand sich ein freier, asphaltierter Platz, im hinteren erhob sich ein einzelnes großes Gebäude, das an der Stirnseite ein breites Rolltor aufwies. Hier wurde der *Phantom*-Hubschrauber aufbewahrt, der waffentechnische Stolz des Templerordens. Wie viel das Fluggerät den Oberen wert war, zeigte sich an den zwei Soldaten, die extra abgestellt worden waren, um das Areal zu bewachen.

Als sie näher herankamen, nickte Enzo den beiden Männern zu. »Guten Morgen. Inquisitor Nero und Templer Hadrian. Wir haben Befehl, im Auftrag von Großinquisitor Aidalon den *Phantom* zu durchsuchen. Der Großinquisitor vermisst ein Beweisstück im Fall Carya Diodato. Möglicherweise hat die Angeklagte es dort bei ihrem Transport versteckt. Oder jemand hat ihr gar geholfen, es loszuwerden.«

Die beiden Soldaten schnellten in Habachtstellung. »Verstanden, Signore«, sagte der eine. »Brauchen Sie unsere Hilfe dabei?«

»Nein, das ist eine interne Angelegenheit. Machen Sie weiter. Und im Übrigen: Kein Wort zu niemandem über unsere Anwesenheit. Bis diese Untersuchung beendet ist und alle Unklarheiten beseitigt sind, geht unsere Arbeit keinen was an.«

»Natürlich, Signore. Wir verstehen.«

»Sehr gut.« Enzo klopfte dem Mann väterlich auf die Schulter. »Weiter so.«

Er schritt voran, und Jonan folgte ihm. Als sie außer Hörweite der Wachen waren, lachte der Invitro leise. »Ich liebe das Militär. Wenn du die richtige Uniform trägst, stehen dir Tür und Tor offen. Daran hat sich in all den Jahren seit dem Sternenfall nichts geändert. Und ich habe den Burschen sogar die Chance gelassen, misstrauisch zu werden.«

»Wie meinen Sie das?«, fragte Jonan alarmiert.

»Nero? Hadrian?«

Jonan zuckte mit den Schultern.

Enzo seufzte. »Was bringt euch der Lux Dei eigentlich in der Akademie bei? Das waren beides Kaiser, die vor mehr als zweitausend Jahren in diesen Mauern regiert haben.«

»Seltsam, dass sich gerade ein Invitro in menschlicher Frühgeschichte auskennt«, meinte Jonan.

»In den letzten Jahren hatte ich viel Zeit zum Lesen – was man halt in der Wildnis an Büchern so findet.«

Sie betraten die Halle durch eine kleine Tür neben dem Rolltor. Im Inneren herrschte Dämmerlicht. Die einzige Helligkeit rührte von den ersten Sonnenstrahlen her, die durch die vergitterten Fenster vier Meter über der Erde in den Raum fielen. Kisten und Gerätschaften stapelten sich in Regalen entlang der Wände. In einer Ecke lagerten mehrere Fässer mit Treibstoff in einem Metallgestell. In der Mitte aber befand sich eine große Freifläche, und dort stand der *Phantom*-Hubschrauber. Er ruhte auf drei Doppelrädern, die im Flug eingezogen wurden, und wirkte mit seinem wuchtigen, mattschwarzen Leib ein wenig wie ein schlafendes Ungeheuer, das nur darauf wartete, fauchend aus seiner Höhle hervorzubrechen und Tod und Vernichtung zu bringen.

Jonan klappte sein Visier hoch. »Kriegen Sie das hin?«, fragte er.

»Was?«, wollte Enzo wissen.

»Dieses Monstrum zu fliegen.«

Der alte Invitro schnaubte belustigt. »Soll das ein Witz sein? Ich bin hinter dem Steuer von so einem Spielzeug aufgewachsen. Vor vielen Jahren …«

Jonan sah seinen Begleiter abschätzend an. »Was können Sie eigentlich nicht?«

»Malzkaffee kochen«, erwiderte Enzo trocken. »Irgendwie ist er immer entweder zu stark oder zu wässrig. Ansonsten wurden wir Invitrosoldaten ziemlich gut ausgebildet.« Er deutete auf den *Phantom*. »Los. Verstecken wir uns im Laderaum. Sonst geht nachher noch der Alarm los, und wir sind nicht an Bord.«

Sie umrundeten den Hubschrauber und machten sich an der rechten der zwei seitlichen Schiebetüren zu schaffen. Natürlich war sie verriegelt. Einen Schlüssel für die Maschine hätten sie nur dabei gehabt, wenn ihre Einsatzbefehle echt gewesen wären. Aber Jonan regelte die Kraftverstärker seines Anzugs bis zum Anschlag nach oben und brach das Schloss mit roher Gewalt auf. Schnell stiegen sie ein.

Bevor Jonan die Tür wieder schließen konnte, hielt Enzo ihn jedoch auf. »Halt, warte, ich habe etwas vergessen.« Er stieg wieder aus und lief zu den Treibstofffässern hinüber, an denen er sich einige Momente lang zu schaffen machte. Anschließend kehrte er zu Jonan zurück.

»Was haben Sie getrieben?«, fragte dieser.

»Nur eine weitere kleine Versicherung eingerichtet, die unsere Flucht begünstigen wird«, sagte der Invitro, als er zurück in den

Hubschrauber kletterte. Sie schoben die beschädigte Tür zu, und Enzo fixierte sie mit etwas Draht. »Nicht schön, aber es sollte halten.«

Jonan sah sich staunend im geräumigen Inneren des Gefährts um. An den Wänden gab es mehrere Nischen mit Haltegurten, um eine ganze Einheit Soldaten in Templerrüstungen zu transportieren. Haltestangen an der Decke ermöglichten den Transport einfacherer Infanteristen. Die offene Tür zum Cockpit zeigte Reihen voller Instrumente.

Im hinteren Teil des Laderaums befand sich ein Servicebereich, in dem sich einige durch Netze gesicherte Kisten mit Notfallausrüstung und Ersatzteilen vom Boden bis fast zur Decke stapelten. Es war nicht das perfekte Versteck, aber angesichts der schlechten Beleuchtung innerhalb der Maschine gut genug, um darauf zu warten, dass die Piloten des *Phantom* auftauchten und den Hubschrauber aus der Reichweite der Kanonenstellungen auf dem Aureuswall brachten.

Jonan und Enzo hockten sich hinter die Ausrüstung, wobei Jonan mit seiner Rüstung ziemliche Schwierigkeiten hatte, sich zwischen Kisten und Rückwand zu quetschen. Andererseits wollte er sie auch nicht in der Kaserne zurücklassen, da sie womöglich noch in Kämpfe gerieten.

Die Zeit verstrich. Es wurden sieben Uhr, dann acht, Viertel nach acht. Nervös blickte Jonan auf die Zeitanzeige in seinem Helm. Er schaltete durch alle Militärfunkkanäle, die er kannte. Alles war ruhig. »Was ist los?«, fragte er Enzo leise. »Langsam sollten wir wirklich etwas vom Angriff der Mutanten hören. Uns läuft die Zeit davon.«

»Hm«, brummte der Invitro. »Wenn es hart auf hart kommt, müssen wir wohl auf Plan B umsteigen.«

Plan B … Jonan hoffte, dass es nicht so weit kommen würde, denn dieser Plan sah vor, dass sie versuchten, den Hubschrauber einfach direkt aus der Kaserne zu stehlen. Allerdings bestand bei einem dermaßen dreisten Raub unter den Augen der Militärs die erschreckend große Wahrscheinlichkeit, dass sie von den Schnellfeuergeschützen auf dem Aureuswall abgeschossen wurden, bevor sie auch nur zehn Meter hoch in der Luft waren. *Also drücken wir weiter die Daumen, dass alles klappt*, dachte er. *Die Mutanten greifen mit dem* Leviathan Arcadion *an, der Templerorden schickt mit dem* Phantom *sein bestes Stück Waffentechnologie in die Schlacht, und wir übernehmen den Hubschrauber dann ganz gemütlich weit draußen vor den Stadttoren, wo uns keine Luftabwehr etwas anhaben kann.* So weit, so gut. Nur leider schienen ihre Verbündeten sie im Stich zu lassen.

In just diesem Augenblick, so, als wolle ihn das Schicksal für seine Zweifel verspotten, plärrte draußen in der Kaserne eine Sirene los. Eine Stimme verkündete etwas über Lautsprecher, das Jonan nicht verstehen konnte. Rasch schaltete er durch die Funkkanäle. Auf einem vernahm er eine hektische Stimme. »… Riesending! So etwas habe ich noch nicht gesehen«, sagte der Mann in hörbarer Aufregung. »Es sieht aus, als würde es von Mutanten gesteuert, denn überall an der Außenhülle hängen diese bemalten Kerle und schießen in der Gegend herum. Außerdem wird der Panzer von gut zwei Dutzend Wilden auf Motorrädern und Pferden begleitet. Ich wiederhole: Hier spricht Außenposten 12 an der Nordhandelsstraße. Wir haben ein riesiges Panzerfahrzeug gesichtet, das vermutlich von Mutanten gesteuert wird und direkt auf Arcadion zufährt. Ich …«

»Sie kommen«, sagte Enzo, der neugierig nach vorne gehuscht war und durch das kleine Seitenfenster in der linken Schiebetür hinausgeschaut hatte. Jonan regelte den Funk so weit herunter, dass dieser kaum noch hörbar war. Gleichzeitig glitt der Invitro wieder zu ihm in Deckung.

Keine zehn Sekunden später wurde die Tür aufgerissen, und zwei Piloten in Overalls sprangen ins Innere. Ohne nach links und rechts zu blicken, eilten sie zum Cockpit und begannen mit den Startvorbereitungen. Einer von ihnen zog die Cockpittür zu, dann begann der Hubschrauber ruckelnd aus dem Hangar zu rollen.

Jonan runzelte die Stirn. »He, die haben vergessen, die Außentür zu schließen. Was soll das denn?«

Die Antwort darauf bekam er keine zwei Atemzüge später, als ein Uniformierter mit leichter Rüstung und Sturmgewehr vor der Brust in den Laderaum sprang und anfing herumzubrüllen: »Auf geht's, Leute! *Avanti, avanti*! Wir haben keine Zeit zu verlieren. Mutter Arcadion ist in Gefahr. Alle Mann rein, und dann zeigen wir's diesen Wilden und ihrem Spielzeugpanzer!«

Ein Dutzend Soldaten sprangen im Eiltempo ins Innere des *Phantom* und drängten sich in den Laderaum, um in Reih und Glied Aufstellung zu nehmen, die Hände an den Haltestangen und die Gesichter nach vorne gerichtet. Als der Letzte eingestiegen war, schlug der Anführer der Truppe die Schiebetür zu und marschierte zwischen seinen Männern durch zum Cockpit. Dort klopfte er gegen die Tür. »Kann losgehen!«, brüllte er.

Das Brausen der Rotoren verstärkte sich, und mit einem Satz hob der *Phantom* ab. Jonan spürte, wie ihn die Schwerkraft erst nach rechts und dann nach vorne zog, als der Hubschrauber in einer weiten Kurve herumschwenkte und sich auf den Weg in den Kampf machte.

Fassungslos starrte Jonan auf die dreizehn Soldaten vor seiner Nase. Welcher hirnrissige Stratege hatte den Befehl gegeben, einen *Leviathan*-Panzer mit Fußtruppen anzugreifen? Das ergab überhaupt keinen Sinn. Und trotzdem waren die Männer nun da, standen im Laderaum und blockierten den Weg zum Cockpit – und damit die Übernahme des *Phantom* durch Enzo und ihn.

Das ist schlecht, dachte Jonan. *Ganz schlecht.*

KAPITEL 40

Der Himmel an diesem Morgen war von einer unnatürlichen, geradezu gläsernen Klarheit. Als blassblaue Glocke wölbte er sich über Arcadion, und die Sicht schien beinahe bis zur Unendlichkeit zu reichen. Es würde ein wundervoller Tag werden. *Ein schöner Tag, um zu leben*, dachte Carya. Ihr selbst blieb keine Stunde mehr, um ihn zu genießen.

Die Hände und Füße gefesselt, stand sie gemeinsam mit ihren Eltern im Innenhof des Tribunalpalasts und wartete darauf, dass die offene Kutsche vorfuhr, die sie zum Quirinalsplatz bringen sollte. Der brennende Zorn, der sie noch in der Richtkammer erfüllt hatte, war verraucht. Zurückgeblieben war ein kaltes, totes Gefühl in ihrem Inneren und die schreckliche Erkenntnis, dass es vorbei war. Ihr Leben war vorbei. Jonan war nicht gekommen, um sie zu retten. Und alle Wahrscheinlichkeit sprach dagegen, dass er noch kommen würde. Aus irgendeinem Grund hatte er es nicht geschafft. Vielleicht hatten ihn die Mutanten für den Angriff auf ihr Dorf umgebracht. Vielleicht war er auf dem Weg nach Arcadion von überlebenden Mitgliedern der Motorradgang getötet worden. Oder der Lux Dei, dessen Spione überall lauerten, hatte ihn bei dem Versuch erwischt, sich nach Arcadion einzuschleichen.

In der Ferne vernahm Carya das warnende Heulen einer Sirene. Seltsamerweise klang sie überhaupt nicht wie die Brandglocken der Feuerwehr von Arcadion. Was mochte das bedeuten? Fragend schaute sie zu ihren Eltern hinüber.

»Das ist ein Alarm«, murmelte ihr Vater. »Bei der Kaserne am Nordtor.«

»Ruhe!«, knurrte einer der Gardisten, die sie bewachten.

Durch den Torweg des Palasts kam ein Motorradbote in den Hof gerast. Er stellte seine Maschine ab und eilte in den Westflügel. Etwa fünf Minuten später kam er wieder heraus und fuhr im Eiltempo davon. Es dauerte keine weiteren fünf Minuten, bis Großinquisitor Aidalon und sein Gefolge erschienen. »Warum stehen die Verurteilten noch hier?«, herrschte der Großinquisitor die Wachen an. »Sie sollten schon auf dem Weg zur Richtstätte sein.«

»Die Kutsche wird noch angespannt, Signore«, sagte einer der Männer. »Sie sagten, wir würden um halb neun von hier losfahren.«

»Und nun sage ich, wir fahren unverzüglich«, rief Aidalon aufgebracht. Er hob die Stimme. »Man bringe meinen Motorwagen!«

Sofort kam Bewegung in den Fahrer, der neben dem geparkten Fahrzeug am anderen Ende des Hofes gewartet hatte. Er sprang hinters Lenkrad, startete den Motor und steuerte den Wagen in einer Schleife auf sie zu, sodass der Großinquisitor bequem einstiegen konnte. Ein Soldat öffnete ihm die Tür.

Carya fiel auf, dass der Wagen derselbe war, mit dem Rajael und sie seinerzeit aus dem Tribunalpalast geflohen waren. Eifrige Hände hatten versucht, die Schrammen und Beulen der rasanten Flucht zu reparieren. Ganz so glanzvoll wie damals wirkte er trotzdem nicht mehr. *Ich habe einen Makel auf deiner hübschen Hülle hinterlassen, Aidalon,* dachte Carya. *Und diesen Makel wirst du nie mehr los.* Es war nur ein kleiner Triumph an diesem schmerzhaft schönen Morgen, aber er bereitete Carya außerordentliche Befriedigung.

Aidalons Motorwagen verließ den Hof, und direkt hinter ihm kam nun auch die offene Gefangenenkutsche in Bewegung. Sie hielt vor Carya und ihren Eltern, und die Gardisten trieben sie auf die Ladefläche. Zwei gerüstete Templer stellten sich auf die Trittbretter der Kutsche. Hinter ihnen saßen derweil vier Wachen auf ihre Pferde auf, um den Transport zu begleiten. Langsam machte sich der Konvoi auf den Weg zum Quirinalsplatz.

Im Grunde war es nur ein Katzensprung bis dorthin. Die Strecke maß keinen Kilometer. Aber genau wie der Prozess war auch diese Hinrichtung eine reine Schau für die braven Bürger Arcadions. Sie sollte ihnen die Möglichkeit geben, einen Blick auf die Verurteilten zu werfen, mit dem Finger auf die »Verräter« zu zeigen und sich mit ihrer eigenen Treue dem Lux Dei gegenüber zu brüsten. Der Konvoi bewegte sich nur im Schritttempo voran, auch wenn Carya das Gefühl hatte, dass Großinquisitor Aidalon seinen Fahrer am liebsten zur Eile gedrängt hätte.

Der Funke Hoffnung, der in ihrer Brust verblieben war, loderte zu einem kleinen Flämmchen auf. Hingen der Alarm in der Kaserne und die Nervosität Aidalons zusammen? Marschierte Jonan an der Spitze einer Armee auf Arcadion zu, um sie zu holen, ein strahlender Ritter auf einem weißen Ross? *Jetzt verfällst du völlig dem Wahn,* schalt sich Carya. Strahlende Ritter, die in letzter Sekunde herbeieilten, gab es nur in den Romanen, die sie heimlich mit Rajael in deren Dachkammer gelesen hatte. Die Wirklichkeit war kälter und grausamer, und sie verhieß ihr den Tod.

Ich muss was unternehmen! Ich muss irgendetwas unternehmen. Mit immer größer werdender Unruhe wanderte Jonans Blick von der Zeitanzeige in seinem Helm hinüber zu dem guten Dutzend Soldaten, die vor ihm den Laderaum des *Phantom*-Hubschraubers ausfüllten. Er sah zu Enzo hinüber, der mit verkniffener Miene neben ihm hockte.

Im Grunde blieben ihnen nur zwei Möglichkeiten: Entweder sie warteten, bis der Hubschrauber sein Einsatzziel erreicht hatte und die Soldaten ausgestiegen waren. Oder sie gingen hier und jetzt zum Angriff über. Im ersten Fall mochten sie so viel Zeit verlieren, dass es zu spät war, um Caryas Leben zu retten. Im zweiten kam es höchstwahrscheinlich zu einer Schießerei auf engstem Raum, bei der das Gefährt Schaden nehmen könnte. Abgesehen davon behagte Jonan der Gedanke überhaupt nicht, dreizehn Männer umzubringen, auch wenn sie der Feind waren und auf dem Weg, Mutanten zu töten, die Jonan mittlerweile zu seinen Freunden zählte. Oder zumindest zu geschätzten Verbündeten.

Sein Blick fiel auf den Elektroschockstab an seinem Gürtel, dann wanderte er hinauf zu dem Metallgestänge, an dem sich die Soldaten während des Fluges festhielten. Die Männer trugen keine Handschuhe. Er hatte keine Ahnung, ob es funktionieren würde – und wenn ja, wie gut –, aber er musste eingreifen und zwar jetzt.

Verstohlen tippte er Enzo an und deutete zuerst auf die Schockwaffe und anschließend auf die Gruppe vor ihnen im Laderaum. Der Invitro nickte und legte die Hand auf seine Pistole. Behutsam zog Jonan den Elektroschockstab hervor und stellte ihn auf maximale Stärke. Damit ließ sich sogar ein Pferd ausschalten. Aber er übertrieb es lieber ein wenig, als dass er die ganze Truppe vor sich durch ein sanftes Prickeln in den Fingern auf sich aufmerksam machte.

Er hob einen Daumen, um Enzo zu zeigen, dass er bereit war. Der erwiderte die Geste. Einmal mehr regelte Jonan seine Kraftverstärker hoch, um bei seinem Ausbruch nicht an den Kisten hängen zu bleiben. Dann sprang er auf und brach durch ihre Deckung wie ein riesiges Ungeheuer, das in den Albträumen eines Kindes aus dem Wandschrank hervorsprang. Der Elektroschockstab knisterte bösartig, als Jonan ihn gegen das Metallgestänge hielt.

Es gab einen Schlag, und die versammelten Soldaten zuckten wie ein Mann zusammen. Ihre Körper bebten unkontrolliert, während sich ihre Hände unwillentlich um die Haltestangen verkrampften. Im gleichen Moment knallte es weiter vorne im Cockpit, und ein Mann stieß einen Schrei aus.

Im nächsten Augenblick kippte die Welt zur Seite, als der Hubschrauber abschmierte und aus dem Himmel fiel.

Der Konvoi erreichte den Quirinalsplatz, und Carya sah zu ihrem Schrecken, dass er voller Menschen war. All diese Leute waren gekommen, um zuzusehen, wie ihre Eltern und sie gehängt wurden. Auf manchen Gesichtern erkannte sie Mitleid, auf den meisten lag nur die gierige Vorfreude auf das Spektakel. *Was ist so schön daran, Menschen sterben zu sehen?*, fragte Carya sich. Sie selbst hatte noch nie eine öffentliche Hinrichtung besucht. *Aber vielleicht hätte ich es wenigstens einmal tun sollen. Dann wäre ich besser auf das vorbereitet, was jetzt kommen wird.*

Die Kutsche hielt vor einer großen hölzernen Tribüne, die in der Mitte des Platzes errichtet worden war. An der rechten Seite hatte man eine Reihe prunkvoll verzierter Stühle aufgestellt, auf denen Aidalon und sein Gefolge Platz nehmen würden. Links davon ragte ein hölzernes Gerüst auf, von dem drei Galgenstricke herabhingen. Schemel mit drei Stufen standen darunter.

Bei dem Anblick fing Caryas Herz an, wie wild zu klopfen. Dort vorne wartete der Tod auf sie. Es gab keine Ausflüchte und kein Entkommen mehr. Ihr Blick fiel auf die Handfesseln, die sie trug. Es handelte sich um Metallketten mit stabilen Gliedern, die um ihre Handgelenke in Manschetten endeten. Ihre Fußfesseln sahen genauso aus. Sie würde sie weder zerreißen noch das Schloss knacken können. Und selbst wenn es ihr gelungen wäre, war sie immer noch von Soldaten umstellt, darunter zwei Gardisten in Kampfpanzerung.

Das Spiel ist aus, erkannte sie. *Ich habe zu lange gewartet.* Sie hatte einen schrecklichen Fehler begangen, als sie darauf gehofft hatte, ihr würde noch genug Zeit bleiben, um eine günstige Gelegenheit zur Flucht abzuwarten. Das einzig Richtige wäre gewesen, noch am ersten Tag den Ausbruch zu versuchen, als lediglich zwei Uniformierte sie bewacht hatten. Vielleicht wäre der Versuch fehlgeschlagen. Er hätte aber auch gelingen können.

Oben auf der Tribüne begaben sich Großinquisitor Aidalon, Inquisitor Loraldi und die übrigen Richter zu ihren Stühlen. Uniformierte Gardisten flankierten sie, weitere verteilten sich um das Gerüst, damit die Menge nicht zu nah herandrängte. Einer der Schwarzen Templer postierte sich hinter Aidalon, der andere nahm neben dem Galgenbaum Aufstellung.

Ein Wächter trat auf die Kutsche zu und öffnete den Verschlag. »Los«, sagte er zu Carya und ihren Eltern. »Auf die Tribüne!«

Carya kämpfte um ihre Fassung. Sie würde nicht weinen. Sie würde nicht flehen. Sie würde diesen Schaulustigen nicht einmal die Freude machen, Angst zu zeigen. Das nahm sie sich fest vor.

Doch als sie Schritt für Schritt dem Galgen entgegenstieg, wurde dieser heimliche Schwur auf eine harte Probe gestellt.

Vor einer Sekunde zur nächsten zog eine gewaltige Kraft an Jonan, während der *Phantom*-Hubschrauber durch die Luft trudelte. Nur seine Panzerung, die ihm Gewicht und Standfestigkeit verlieh, bewahrte ihn davor zu stürzen. Die Soldaten vor ihm hatten weniger Glück. Schreiend fielen sie durcheinander.

Jonan sah sich zu Enzo um. »Was ist passiert?«, rief er erschrocken.

»Du hast die Flugkontrolle erwischt«, erwiderte der Invitro, während er sich mit verbissener Miene in Richtung Cockpit vorkämpfte.

»Aber darf so etwas überhaupt passieren?«, fragte Jonan, der ihm folgte und im Vorbeigehen den Soldaten, die er erreichen konnte, weitere Schläge verpasste, damit sie keinen Unsinn machten – wie etwa einen Schusswechsel anzufangen.

»Eigentlich nicht«, gab Enzo zurück. »Aber wer weiß, wie diese Kerle die Maschine in den letzten Jahrzehnten gewartet haben.« Er zog die Cockpittür auf, die ihm von einem weiteren Schlenker des Hubschraubers aus der Hand gerissen wurde und krachend gegen die Trennwand schlug. Dahinter wurden die beiden Piloten sichtbar, die hektisch und sichtlich planlos an ihren Kontrollen herumfuhrwerkten.

Der Invitro zog seine Pistole. »Weg da!«, herrschte er den Piloten an. »Sonst sind wir alle tot.« Die Waffe wäre nicht nötig gewesen. Der panische Mann gehorchte sofort, sprang aus dem Sitz und trat zur Seite. Jonan packte ihn am Kragen seines Overalls und zog ihn nach hinten in den Laderaum. Dann schob er sich

497

selbst in den Rahmen der Cockpittür, damit niemand Enzo stören konnte. Der Co-Pilot nahm das alles mit aufgerissenen Augen zur Kenntnis. Er fragte sich zweifellos, was zwei Gardisten des Tribunalpalasts in seinem Hubschrauber machten. *Sicher wieder so eine Geheimoperation, von der mir niemand etwas mitgeteilt hat*, schien sein Blick zu sagen.

»Was machen Sie?«, fragte Jonan, der sah, wie Enzo mit kontrollierter Hektik eine Tastatur bearbeitete, die unter einem kleinen Bildschirm angebracht war.

»Ich starte das System neu.«

»Was?«

»Computer. Gibt es heute nicht mehr. Waren früher eine große Plage.« Der Invitro gab einen Befehl ein, und im nächsten Moment nahm das Brausen über ihren Köpfen schlagartig wieder zu. Mit einem Ruck bremste der trudelnde Hubschrauber ab und stabilisierte sich. »Geschafft!«, rief Enzo erleichtert aus. Er warf einen Blick aus dem Cockpitfenster.

Jonan tat es ihm gleich.

Sie hatten das Ödland bereits hinter sich gelassen, und vor ihnen lag die Wildnis. Nicht weit entfernt erstreckte sich das graue Band der Handelsstraße. Einige Kilometer voraus glänzte etwas in der Morgensonne. Enzo berührte die Kontrollen, und ein Teil des Cockpitfensters veränderte sich. Es war, als blicke man plötzlich durch ein Fernglas. Das glänzende Objekt sprang heran und verwandelte sich in die riesenhafte Gestalt des *Leviathan*-Panzers.

»Licht Gottes!«, entfuhr es dem Co-Piloten, und er wurde bleich, als er das dröhnende Ungetüm mit dem gewaltigen Doppelkanonenlauf erblickte.

»Carya Diodato, Andetta Diodato und Edoardo Diodato: Sie stehen heute an dieser Stelle, weil Sie durch das Gesetz zum Tode verurteilt wurden. Vor dem Gesetz ist Ihre Schuld durch den Tod abgegolten. Doch in das Licht Gottes treten Sie mit aller Last, die Ihre Seele im Leben angesammelt hat.«

Der Priester des Lux Dei, der sich mit einer Heiligen Schrift im Arm und würdevoller Miene vor Carya und ihren Eltern aufgebaut hatte, warf den dreien einen ernsten Blick zu. »Daher frage ich Sie an dieser Stelle: Möchten Sie sich Ihrer Taten auch vor dem Licht Gottes schuldig bekennen und um Vergebung für Ihre Sünden bitten? Möchten Sie den Segen empfangen und mit reiner Seele von dieser Welt Abschied nehmen? So sprechen Sie nun oder schweigen Sie für immer.«

Carya schaute ihre Eltern an, und ihre Mutter und ihr Vater erwiderten den Blick. Ihre Mutter zitterte kaum merklich. Keiner von ihnen sagte ein Wort. Hatten sie sich im Leben schuldig gemacht? Mit Sicherheit. Aber von den Vertretern des Lux Dei, die tausendmal schuldiger waren als sie, war keine Absolution zu erwarten, die in Caryas Augen irgendeinen Wert besessen hätte.

Der Priester senkte den Blick. »Da Sie es vorziehen zu schweigen, kann ich nichts weiter für Sie tun, als Ihren armen Seelen Kraft zu wünschen für den dunklen Weg, der vor ihnen liegt. Möge das Licht Gottes ihnen dennoch gnädig sein.« Er sprach einen letzten, kurzen Segen und trat zur Seite.

Großinquisitor Aidalon erhob sich von seinem Platz. »Auch das Gericht erlaubt den Verurteilten letzte Worte«, proklamierte er mit lauter Stimme. Es war alles Teil des furchtbaren Zeremoniells. »Edoardo Diodato.«

Caryas Vater öffnete den Mund, als wolle er der Menge etwas sagen. Doch dann schloss er ihn wieder und schüttelte den Kopf.

Er blickte seine Frau und Carya bekümmert an. »Ich liebe euch beide, und es tut mir so leid, dass ich euch nicht beschützen konnte.«

»Andetta Diodato.«

Mit einem Luftholen straffte sich Caryas Mutter. »Ihr guten Menschen«, rief sie, »betet für uns.« Carya sah, wie ihr Blick zu einer Gruppe Zuschauer schweifte, die Carya als ehemalige Nachbarn erkannte. Den meisten von ihnen stand der Schmerz offen ins Gesicht geschrieben. »Und behaltet uns nicht so in Erinnerung, wie wir hier stehen, sondern denkt an all die Jahre, die wir gemeinsam verbracht haben. Das Licht Gottes segne euch.«

»Carya Diodato.«

Caryas Gedanken rasten. Es gab so vieles, was sie dieser Menge gerne gesagt hätte, über das Treiben der Inquisition, über das tragische Schicksal der Invitros, über das Leid der Ausgestoßenen in der Wildnis. Doch für all das blieb ihr keine Zeit. Stattdessen wandte sie sich an Aidalon und Loraldi. »Sie wissen, wer auf dieser Tribüne die eigentlich Schuldigen sind«, sagte sie laut. »Und irgendwann wird auch das Volk von Arcadion das erkennen.«

Der Großinquisitor starrte sie mit steinerner Miene an. Das Protokoll verbat ihm, auf die letzten Worte einer Todgeweihten etwas zu antworten. Stattdessen nickte er dem Henker zu, einem schwarz gekleideten Mann, der eine Maske trug, die der des Foltermeisters in der Richtkammer auf grausige Weise ähnlich sah.

»Die Verurteilten sollen das Podest betreten«, sagte dieser. Drei bereitstehende Wachen griffen nach Carya und ihren Eltern und führten sie die Stufen hinauf.

»*Gegrüßet seist du, Licht, das voll der Gnade*«, begann ihr Vater leise zu beten, »*uns von dem Herrn, dem Schöpfer zugesandt.*«

Ihre Mutter fiel in die Worte ein. »*Du bist das Licht des Lebens, das Licht des Schutzes, das Licht des Richtens.*«

Und schließlich sprach auch Carya die Worte, die sie seit ihrer Kindheit kannte und die ihr bei allem Missbrauch durch die Inquisition noch immer Trost spendeten. »*Erhelle unsren Weg in allem Dunkel und scheine für uns Sünder, jetzt und in der Stunde unsres Todes.*

So sei es.«

»Da kommen die Mutanten«, sagte Jonan. Er warf einen kurzen Blick auf die Zeitanzeige. »Na schön. Zeit, auszusteigen. Landen Sie, Enzo.« Er packte den Co-Piloten am Kragen und zog ihn aus dem Sitz.

»Äh, wie meinen Sie das?«, fragte der.

»Wie ich es gesagt habe«, knurrte Jonan. »Sie steigen aus.« Er schubste ihn in den Laderaum, zog sein Sturmgewehr und richtete es auf die Infanteristen, die dort langsam wieder auf die Beine kamen. »Sie alle steigen jetzt aus«, erklärte er mit lauter Stimme. »Wer sich weigert, wird erschossen. Wer Ärger macht, wird erschossen. Das ist mein Ernst.«

Die Hand des Offiziers zuckte in Richtung seiner Pistole, und Jonan jagte ihm eine Kugel in den Oberschenkel. Der Schuss des Sturmgewehrs knallte ohrenbetäubend laut durch den Laderaum. Mit einem Fluchen fiel der Mann zu Boden. Blut färbte das Bein seiner Uniformhose rot. »Bastard«, presste er hervor.

Jonan ignorierte ihn. »Letzte Warnung«, drohte er.

»Was ist mit dem Panzer und den Wilden?«, wagte einer der Soldaten zu fragen.

»Kämpfen Sie gegen sie, wie es Ihre Aufgabe ist. Aber ohne diesen Hubschrauber.«

Mit einem Rucken setzte der *Phantom* auf. Jonan deutete mit dem Lauf des Gewehrs auf die Schiebetür. »Ich zähle bis zehn. Wer dann noch im Laderaum ist, wird erschossen. Eins … zwei …«

Sofort kam hektisches Leben in die Männer. Einer von ihnen riss die Tür auf, und so schnell sie konnten, sprangen sie hinaus auf den rissigen Asphalt der Handelsstraße. Der Pilot und der Co-Pilot stützten den Offizier des Trupps, der als Letzter ausstieg. Noch im Türrahmen drehte er sich um. »Das werden Sie bereuen!«, fauchte er.

»Zehn«, sagte Jonan und gab einen Schuss ab. Er war absichtlich zu hoch gezielt, aber er verfehlte seine Wirkung nicht.

Die Männer schrien und warfen sich aus dem Hubschrauber.

»Alle raus«, meldete Jonan Enzo. »Jetzt bringen Sie uns schleunigst nach Arcadion zurück.«

Während der Invitro ihr Fluggerät schwungvoll in die Höhe steigen ließ, stapfte Jonan auf die Schiebetür zu, um sie wieder zu schließen. Er sah, wie es in der Ferne aufblitzte, gefolgt von einem doppelten Donnerschlag. Gleich darauf schlugen die Geschosse des *Leviathan*-Panzers neben der Straße in die Landschaft ein und schleuderten gewaltige Fontänen aus Erde, Stein und Strauchwerk in die Luft. Es sah spektakulär aus, auch wenn der Angriff praktisch keinerlei Folgen hatte. Aber darum ging es bei dem Sturm der Mutanten auch gar nicht. Sie sollten nur ordentlich Krach machen.

Mit einem Ruck zog Jonan die Schiebetür zu und kehrte zum Cockpit zurück. Am Boden lag noch ein halbes Dutzend Gewehre der Soldaten verstreut, die diese bei ihrer hektischen Flucht zurückgelassen hatten.

Jonan stellte sich in den Türrahmen und blickte Enzo über die Schulter. »Wie lange bis nach Arcadion?«, fragte er.

»Zehn Minuten«, erwiderte der Invitro. »Wenn die Systeme mitspielen.«

»Geht das nicht schneller?« Angst schlich sich in Jonans Stimme, die Angst, zu spät zu kommen.

»Früher hatte der *Phantom* einen zuschaltbaren Turbo, der seine Geschwindigkeit auf kurzen Strecken enorm verstärkt hat.« Enzo deutete auf einen Knopf an der Konsole vor ihm. »Aber ich habe keine Ahnung, ob der bei diesem Gefährt noch funktioniert.«

»Was kann denn passieren?«

Der alte Soldat zuckte mit den Schultern. »Entweder er zündet oder er zündet nicht, oder wir sprengen uns selbst in die Luft.«

Jonan schluckte und warf zum gefühlt hundertsten Mal einen Blick auf den Zeitmesser in seinem Helm. »Tun Sie es.«

Ein gewaltiger Donnerschlag erschütterte den Himmel nördlich von Arcadion. Erschrocken verharrte Carya auf der Treppe und blickte auf. Doch es war nichts zu sehen.

»Weiter«, knurrte der Soldat, der sie auf das Podest führte.

Sie stellte beide Füße auf das Holzbrett, das so beruhigend stabil aussah. Eine letzte Lüge des Lux Dei. Der Henker trat neben sie, legte Carya die Schlinge um den Hals und zog sie zu. Carya spürte, wie ihre Hände zitterten, und presste sie an den Körper. »Wird es lange dauern?«, fragte sie.

»Nein«, antwortete der Henker. »Der Großinquisitor hat den Tod durch Genickbruch verboten. Aber auch der Würgestrick wirkt schnell. Es wird keine Minute dauern, bevor du das Bewusstsein verlierst und nichts mehr spürst.«

»Danke«, presste Carya hervor. *Eine Minute bis zur Ewigkeit …*

Der Henker legte auch ihren Eltern die Stricke um, dann trat er zurück und nickte dem Großinquisitor zu.

»Vollstrecken Sie das Urteil!«, befahl dieser. »Jetzt.«

Der Soldat, der neben Carya stehen geblieben war, griff beherzt zu und zog das Holzpodest mit einem Ruck unter ihren Füßen weg.

Ihr gefesselter Körper sackte einige Zentimeter nach unten durch, und sofort spürte sie, wie ihr Gewicht die Schlinge zuzog. Carya rang um Atem. Sie bekam keine Luft mehr. Der Strick schnürte ihr die Kehle zu. Panik überkam sie und trieb pulsierend das Blut durch ihre Adern. Ihr Kopf fühlte sich an, als müsse er platzen. Ihr Hals schmerzte unter der Last ihres Körpers. Ihre Beine zuckten, die Füße suchten vergeblich nach Halt, doch da war nur Luft, Luft die in ihren brennenden Lungen fehlte, Luft, die sie nie wieder atmen würde. *Ich will nicht sterben!*, schrie es in ihrem Inneren. *Bitte, ich will nicht!*

Auf einmal verdunkelte ein Schatten die Sonne über dem Quirinalsplatz. Carya fragte sich, ob mit dem Erstickungstod Halluzinationen einhergingen, denn ein riesiges schwarzes Objekt tauchte über den Dächern auf und brachte einen heftigen Wind und ein Brausen mit sich, als fahre der zornige Odem Gottes unter die Anwesenden. Es musste ein Drache sein, ein Drache aus den alten Geschichten. Er war gekommen, um all jene zu verschlingen, die ihr Leid angetan hatten. Und als hätte das Monstrum ihre Gedanken gelesen, fing es auf einmal an, brüllend aus vier Mäulern gleichzeitig Feuer zu speien, während es mit flirrenden Schwingen näher kam.

Panik brach unter der versammelten Menschenmenge aus. Die Leute schrien voller Entsetzen und rannten auseinander, um sich irgendwo in Sicherheit zu bringen. Einige der mutigeren Gardisten, darunter auch die zwei Schwarzen Templer, begannen auf das fliegende Ungetüm zu schießen. Doch dieses zeigte keine Angst,

504

sondern konzentrierte seinen Zorn vielmehr auf die kämpfenden Männer.

Mit schwindendem Bewusstsein sah Carya, wie einer der Uniformierten von dem Strom der Vernichtung getroffen wurde. Sein Körper explodierte geradezu in einer Wolke aus Blut. Einen der Templer traf es als Nächsten, und er wurde von der Wucht des Angriffs von der Tribüne gestoßen.

Dann war das Ungeheuer plötzlich so nah, dass Carya glaubte, nur noch die Hand ausstrecken zu müssen, um es berühren zu können. Eine der Flammenzungen strich über ihren Kopf hinweg und pulverisierte den Galgenbaum. Im nächsten Moment stürzte sie in die Tiefe und landete schmerzhaft auf den hölzernen Bohlen der Tribüne. Ihr Vater und ihre Mutter landeten direkt neben ihr.

Nie im Leben war Carya ein Schmerz so willkommen gewesen wie dieser. Hektisch hob sie die Hände zum Hals und zerrte den Knoten der Schlinge nach vorne, um ihn aufzuziehen. Mit einem Aufkeuchen holte sie Atem. Frische, wundervoll süße Luft strömte in ihre gequälten Lungen. Sie lebte! Beim Licht Gottes, sie lebte!

Vor ihr erklang ein metallisches Schaben, und als Carya den Kopf hob, sah sie, dass sich der Bauch des Ungetüms geöffnet hatte. Jetzt erkannte sie auch, dass es sich mitnichten um einen Drachen handelte. Vielmehr schwebte ein nachtschwarzes Fluggerät wie ein riesiges Insekt unmittelbar vor der Tribüne, und seine rasenden Rotoren entfesselten einen heftigen Sturm. Keine zwei Meter trennten den Bauch des Gefährts vom Kopfsteinpflaster des Quirinalsplatzes. Wer auch immer dieses Fahrzeug steuerte, er hatte es unglaublich gut unter Kontrolle.

In der Tür erschien ein Schwarzer Templer. Eine Sekunde lang erschrak Carya. Doch dann riss der Templer das Helmvisier hoch, und sie erblickte ein Gesicht, das sie kannte, auch wenn sie schon nicht mehr zu hoffen gewagt hatte, es jemals wiederzusehen. Er war gekommen. Nicht als strahlender Ritter, nicht auf einem weißen Ross, aber er war gekommen, um sie zu holen! »Jonan!«, schrie sie mit schmerzender Kehle.

»Carya!«, brüllte er, als er aus dem Fluggefährt sprang. Er riss sein Sturmgewehr hoch und gab eine Salve in Richtung eines Gardisten ab, der glaubte, noch immer für den Orden sein Leben aufs Spiel setzen zu müssen.

Im nächsten Moment eilte Jonan auf sie zu und schloss unbeholfen die klobigen Arme um sie. »Ich bin so froh, dich zu sehen.« Seine Stimme war über dem Getöse des Flugapparats kaum zu verstehen. »Ich dachte schon, ich würde zu spät kommen.«

»Das dachte ich auch«, erwiderte Carya.

»Komm, ich helfe dir auf. Verschwinden wir von hier.«

Carya schüttelte den Kopf. »Kümmere dich lieber um meine Eltern. Ich schaffe das alleine.« Sie schaute zu ihrem Vater und ihrer Mutter hinüber, die noch am Boden kauernd einander umarmt hatten und aussahen, als verstünden sie die Welt nicht mehr. Caryas Blick glitt weiter über die Tribüne. Die Schnellfeuergeschütze des Fluggefährts hatten die halbe Plattform perforiert. Wo die Stühle der Inquisitoren gestanden hatten, lagen nur noch Holzsplitter, die unter zerfetzten Menschenleibern hervorragten. Sie erblickte Loraldi, über dessen Brust eine blutige Schneise der Verwüstung verlief. In seinen weit aufgerissenen, blicklosen Augen lag grenzenlose Fassungslosigkeit. Carya ertappte sich bei dem Gedanken, dass dieser Tod für einen Mann wie ihn beinahe zu gnädig war.

Eine Bewegung fiel ihr ins Auge. Unter der umgekippten

Masse eines Schwarzen Templers regte sich etwas. *Großinquisitor Aidalon!*, erkannte Carya.

Heißer Zorn strömte durch ihre Brust, und ohne nachzudenken löste sie sich von Jonan und lief geduckt auf den eingeklemmten Großinquisitor zu. Auf halbem Weg bückte sie sich und klaubte die Pistole eines gefallenen Gardisten auf.

»Carya!«, rief Jonan ihr nach. »Wo willst du hin?«

Als sie Aidalon erreichte, ging sie neben ihm in die Knie. Auch seine Kleidung war blutrot, aber es schien sich um das Blut seiner Untergebenen zu handeln. Die dicke Panzerung des Schwarzen Templers hatte ihn vor dem Schlimmsten bewahrt. Allerdings hatte sie ihn nun auch zur Hälfte unter sich begraben, und ohne Hilfe würde er die schwere Rüstung nicht wegschieben können.

»Carya«, krächzte er, als er sie erblickte.

»Aidalon«, zischte sie und setzte ihm die Mündung ihrer Waffe auf die Stirn. »Sie sind tot. Ich schwöre Ihnen: Sie sind so gut wie tot.«

Der Großinquisitor hustete und lächelte. »Das ändert gar nichts«, sagte er. »Mein Nachfolger wartet schon. Und ich hatte dich. Ich hatte dich in meiner Hand und habe dich für deine Frevel büßen lassen. Damit habe ich erreicht, was ich wollte.«

»Nichts haben Sie erreicht! Sie haben mich nicht töten können. Die Verräterin hat überlebt.«

»Und trotzdem wird der Lux Dei stärker denn je aus diesen Tagen hervorgehen. Dieser Angriff hat den Menschen gezeigt, wie gefährlich die Welt ist und wie sehr sie auf unseren Schutz angewiesen sind.«

»Sie irren«, widersprach Carya. »Ich habe so viele Menschen gesehen, die an den Taten des Lux Dei – und vor allem an denen der Inquisition – zweifeln. Die Zeit des Ordens ist bald vorüber.

Ihre aber ist es jetzt schon.« Ihr Finger krümmte sich um den Abzug, doch sie zögerte. Es war nicht wie in der Richtkammer oder in der Straße von Arcadion, wo sie praktisch gehandelt hatte, ohne nachzudenken. Hier hatte sie die Kontrolle über sich – und das ließ sie innehalten.

»Carya«, vernahm sie plötzlich eine scharfe Stimme in ihrem Rücken. Eine schwere Hand legte sich auf ihre Schulter, und als sie aufblickte, sah sie Jonan hinter sich stehen. »Tu es nicht«, sagte er. »Er ist es nicht wert. Schau dich doch um. Er ist auf ganzer Linie gescheitert. Seine Leute sind tot, wir haben das Lieblingsspielzeug des Templerordens gestohlen, und du bist frei. Lass ihn mit diesem Versagen leben, statt ihm den Gefallen zu tun, ihn zu einem Märtyrer zu machen.«

Langsam löste Carya die Pistole von Aidalons Stirn. Doch die Waffe schwebte weiterhin über seinem Gesicht. Sie wollte ihn für seine Untaten bezahlen lassen.

Aidalon sah sie unverwandt an. »Verräterpack!«, grollte er.

»Komm endlich, Carya«, drängte Jonan. »Wir müssen los. Dieser Hund bellt nur noch. Er beißt nicht mehr.«

Widerstrebend ließ Carya zu, dass Jonan sie auf die Beine und in Richtung der Tür des Fluggeräts zog, hinter der schon ihre Eltern warteten.

»Das ist noch nicht vorbei!«, rief Aidalon ihr hasserfüllt nach. »Wir sehen uns wieder!«

Wünschen Sie sich das lieber nicht, dachte sie. *Denn beim nächsten Mal ist vielleicht niemand da, der mich davon abhält, Sie umzubringen.* Doch sie sprach den Gedanken nicht laut aus. Stattdessen drehte sie sich einfach um und stieg in die Maschine.

Jonan schlug mit der Hand gegen die Innenverkleidung des Laderaums. »Wir können los!«, rief er in Richtung Cockpit.

Der Pilot zog das Fahrzeug steil in die Höhe. Und während unter ihnen der Quirinalsplatz kleiner wurde, wünschte sich ein Teil von Carya, sie hätte nicht gezögert.

EPILOG

Sie landeten den *Phantom* auf einem kleinen Platz mitten im Ödland. Wie sich herausstellte, hatten sie sich bei dem Kampf auf dem Quirinalsplatz einen Treffer in den Tank eingehandelt, und da der Treibstoffvorrat beinahe aufgebraucht war, nutzte ihnen der Hubschrauber nichts mehr. Sie ließen ihn einfach stehen. Binnen Stunden würden sich die Aasgeier des Trümmergürtels um die Maschine kümmern und sie ausschlachten, sodass sie niemals wieder irgendeinen Schaden anrichten konnte.

Gemeinsam eilten sie durch die Straßen zu dem Versteck, in dem Pitlit und ihre Motorräder sie erwarteten. Der Straßenjunge war völlig außer sich, als er Carya sah. »Ich wusste, dass wir es schaffen würden! Ich wusste es«, schrie er begeistert und umarmte sie stürmisch.

»Ich bin auch froh, dich wiederzusehen«, sagte Carya lächelnd und zerzauste ihm das Haar. Sie konnte noch immer kaum fassen, was sich in den letzten Minuten zugetragen hatte. Jonan hatte sie tatsächlich gerettet. Sie war frei – zumindest fast.

»Jetzt erlösen wir Sie erst einmal von Ihren Fesseln«, sagte Jonans Begleiter, der sich als Enzo und Mitglied der Invitroenklave im Norden vorgestellt hatte. Er ging zu seinem Motorradanhänger, um aus einer Kiste zwei feine Schließwerkzeuge hervorzuholen. Mit geübten Handgriffen öffnete er die Metallmanschetten bei Carya und ihren Eltern und warf die Fesseln in seine Kiste. »Man weiß nie, wozu man sie mal braucht«, erklärte er.

»Wir sollten uns auf den Weg machen«, drängte Jonan. »Der Templerorden wird sicher sehr genau verfolgt haben, in welche Richtung wir seinen fliegenden Schatz entführt haben.«

»In dem Fall suchen sie uns im Süden, denn ich bin auf der Flucht eine Schleife geflogen«, merkte Enzo grinsend an. »Aber so oder so glaube ich, dass die auf absehbare Zeit ganz andere Sorgen haben werden.«

»Wie meinen Sie das?«, fragte Jonan.

»Ihr werdet es merken … in …«, er schaute kurz auf seine Uhr, »… etwa fünf Minuten.«

»Trotzdem sollten wir uns auf den Weg machen«, sagte Jonan. »Adara erwartet uns am Sammelpunkt am Rand des Ödlands, und ich möchte ihn mit seiner heiklen Fracht ungern länger als nötig allein lassen.«

»Der Professore hat euch geholfen?«, fragte Carya verblüfft, während sie das Versteck verließen und die Straße hinunterliefen.

»Ja. Er hat gemeinsam mit Lucai die Kapsel für die Mutanten wiederbeschafft«, erklärte Jonan. »Hoffe ich jedenfalls.«

»Mit deinem Templerfreund?« Carya schüttelte ungläubig den Kopf. »Das musst du mir alles in Ruhe erzählen, sobald wir in Sicherheit sind.«

Jonan schenkte ihr ein Lächeln. »Das werde ich bestimmt. Und wenn nicht ich, dann Pitlit.«

»Genau«, verkündete der Straßenjunge. »Denn ohne mich wäre die ganze Rettung schon gleich zu Beginn gescheitert.«

In ihrem Rücken gab es auf einmal eine donnernde Explosion. Sie fuhren herum und sahen, wie eine mächtige schwarze Rauchwolke hinter den Ruinen aufstieg, ungefähr dort, wo die Nordgrenze von Arcadion lag.

»Einmal«, sagte Enzo. Er bockte sein Motorrad auf, ging zu dem Anhänger, klappte die zweite Kiste auf und holte einen handlichen Kasten hervor. Er schraubte eine ausziehbare Antenne daran, betätigte einige Regler und drückte auf einen Knopf.

Eine weitere Explosion war zu hören, fast noch lauter als die erste. Diesmal kam sie von Osten, und es dauerte nicht lange, bis eine fette Rauchsäule in den blauen Himmel aufstieg.

»Zweimal.« Der Invitro verpackte den Kasten wieder und rieb sich zufrieden die Hände.

»Sie haben die Treibstofftanks in der Kaserne gesprengt«, erkannte Jonan.

»Und den *Leviathan*-Panzer«, fügte Enzo hinzu. »Ja. Das sollte dem Templerorden für die nächsten Stunden genug zu tun geben. Bis die sich wieder gesammelt haben, sind wir über alle Berge.«

»Hoffen wir, dass Mablo und die anderen Mutanten sich an den Plan gehalten und den Panzer beim ersten Auftauchen von Ordenstruppen aufgegeben haben.«

»Ich habe Mablo erzählt, was ich vorhabe«, sagte der Invitro. »Wenn er nicht auf mich gehört hat, kann ich nichts mehr tun. Aber ich bin mir sicher, dass unsere Verbündeten erfolgreich die Flucht ergriffen haben und auf dem Heimweg sind.«

»Wer sind Sie?«, fragte Caryas Mutter erstaunt. »Eine Art Elitesoldat?«

»Ich war es, Signora«, erwiderte Enzo liebenswürdig. »Ist lange her. Verdammt lange …«

Eine knappe Stunde später erreichten sie die vereinbarte Stelle, an der Adara auf sie warten sollte. Zu ihrer Erleichterung stand er auch wirklich mit dem Lastwagen dort und schaute ihnen entgegen. Als er sie erkannte, hob er die Hand und winkte. Auf seinem faltigen Gesicht zeichnete sich Erleichterung ab. »Ich bin froh, dass Sie es alle geschafft haben«, sagte er zur Begrüßung. »Nach all den Schüssen und den Explosionen war ich mir da nicht so sicher.«

»Es war knapp, aber auch ein knapper Sieg ist ein Sieg«, erwiderte Enzo.

Der Professor wandte sich Carya zu. »Carya, es freut mich, dich lebend und wohlbehalten wiederzusehen.« Er nahm ihre Hand und drückte sie. »Das letzte Mal sind wir auf eine Weise auseinandergegangen, die mir nicht behagte. Deine Worte, dass dieser Tag nicht das Ende der Ascherose sein dürfe, haben mich tief berührt. Ich bin froh, dass wir doch noch etwas ausrichten konnten. Sind das deine Eltern?« Er blickte zu Caryas Vater und ihrer Mutter hinüber.

»Ja«, bestätigte Carya. »Darf ich vorstellen: Andetta und Edoardo Diodato.«

Adara deutete eine Verbeugung an. »Sehr erfreut. Ich bin, wenn ich das so sagen darf, ausgesprochen glücklich, Sie in Freiheit zu sehen. Wir haben erbittert dafür gestritten, dies zu erreichen.«

»Ich danke Ihnen«, antwortete Caryas Mutter, die mit all den Geschehnissen sichtlich besser zurechtkam als ihr Vater, der noch immer völlig überwältigt wirkte.

Jonan ging unterdessen um den Lastwagen herum und schaute in den Laderaum. »Wie ich sehe, waren Lucai und Sie erfolgreich«, stellte er zufrieden fest. »Keine Probleme?«

Adara, Carya und die anderen gesellten sich zu ihm, und nun

513

sah auch Carya, dass auf der Ladefläche unter der Plane die Trümmerteile ihres Flugapparats ruhten. Die Kapsel, die ganz vorne lag, hatte ein paar neue Dellen um die Luke herum bekommen, so als ob die Templer versucht hätten, sie zunächst ohne Schlüssel aufzubrechen. Ansonsten schien sie aber nicht beschädigt zu sein.

»Ich bin selbst überrascht«, antwortete der Professor. »Der Plan Ihres Freundes ging erstaunlich glatt über die Bühne. Wir fanden die gesuchte Lagerhalle und vermochten auch recht schnell das dortige Lagerpersonal zu überzeugen, dass wir berechtigt sind, die Kapsel und alles andere mitzunehmen. Der Lagermeister wollte sich zwar zunächst eine Genehmigung von seinem Vorgesetzten holen, aber mit ein wenig Schauspielkunst konnten wir ihn davon abbringen, die Inquisition länger als nötig warten zu lassen. Nachdem erst alles verladen war, hatten wir keine Schwierigkeiten, die Kaserne wieder zu verlassen. Zwei Straßen weiter hat sich Lucai dann verabschiedet, ich habe durch das Nordtor Arcadion verlassen, und nun bin ich hier. Oh, dabei fällt mir etwas ein.« Er griff in seine Brusttasche und holte einen silbernen Gegenstand hervor. »Das hier gab mir der Lagermeister, bevor wir losgefahren sind. Er sagte, wir brauchen dieses Ding, um die Kapsel zu öffnen.«

»Mein Anhänger!«, rief Carya erfreut aus, als sie das Kleinod sah. Sie hatte schon befürchtet, es verloren zu haben. Doch offenbar hatte Aidalon den Schlüssel direkt nach dem Prozess zur Templerkaserne schicken lassen, damit die Soldaten dort die Kapsel weiter untersuchen konnten. Dankbar nahm sie ihn von Adara entgegen. Im Grunde brauchte sie ihn nicht mehr. Trotzdem fühlte es sich gut an, ihn zurückzuhaben, denn er war so etwas wie ein Symbol für ihre geheimnisvolle Vergangenheit und das neue, unbekannte Leben jenseits von Arcadion geworden.

Jonar klatschte in die Hände. »Also schön, nachdem das geklärt ist, sollten wir aufbrechen. Enzo und ich nehmen die Motorräder. Adara, fahren Sie weiter den Lastwagen?«

Der Professor schüttelte ernst den Kopf. »Nein, ich bedaure, mein Weg führt in eine andere Richtung.«

»Wie meinen Sie das?«, wollte Carya wissen.

»Ich habe nachgedacht, während ich hier draußen gewartet habe«, eröffnete Adara ihr. »Und ich bin zu dem Schluss gekommen, dass meine Zukunft in Arcadion liegt. Die Rose muss aus der Asche neu erblühen. Deine Taten haben in der Stadt für Aufsehen gesorgt, Carya. Viele halten dich gewiss für eine Verbrecherin. Aber vielleicht hast du zumindest ein paar Menschen wachgerüttelt. Die möchte ich finden und mit ihnen das Feuer der Wahrheit schüren, damit es sich ausbreitet und die Menschen begreifen, dass der Lux Dei uns nicht in die Zukunft führen, sondern nur in der Vergangenheit festhalten kann.«

»Das wird gefährlich«, wandte Jonan ein. »Sie stehen auf der schwarzen Liste der Inquisition, so viel ist klar.«

»Ich werde vorsichtig sein«, sagte Adara.

Enzo strich sich über das kurz geschorene Haar und grinste. »Wissen Sie was? Ich komme mit Ihnen. So ein bisschen Ärger unter frömmelnden Betbrüdern anzurichten wäre genau mein Ding.«

»Werden Sie nicht im Norden gebraucht?«, fragte Jonan.

»Ach was.« Der Invitro winkte ab. »Die kommen ein paar Monate ohne mich aus. Ich melde mich über Gamilia bei ihnen ab, und alles ist gut. Dort oben sitze ich nur herum und sehe zu, wie meine Gelenke und Talente einrosten. Hier kann ich etwas bewirken.« Er warf einen vielsagenden Blick gen Süden, wo zwei Rauchwolken am Himmel zerfaserten.

»Dann wünsche ich Ihnen beiden viel Glück«, sagte Jonan. »Nehmen Sie die Motorräder. Wir brauchen sie nicht mehr.«

»Danke«, sagte Adara. Er wandte sich an Carya und nahm zum Abschied erneut ihre Hand. »Nutze dein neu gewonnenes Leben, Carya. Folge weiter deinem Weg. Du wirst noch viel bewegen, da bin ich mir sicher.«

Carya nickte. »Genau wie Sie, Professore. Viel Erfolg dabei.«

Während Adara und Enzo Seite an Seite mit den Motorrädern im Ödland verschwanden, sah Jonan ihnen kopfschüttelnd nach. »Was für eine seltsame neue Männerfreundschaft«, sinnierte er. »Ich hoffe, dass die beiden sich durch ihren Eifer nicht ins Grab bringen.«

»Sie sind ihres eigenen Glückes Schmied, genau wie wir«, entgegnete Carya.

»Du hast recht, und darum sollten wir endlich von hier verschwinden«, sagte Jonan.

»Ich kann fahren, wenn Sie möchten«, erbot sich Caryas Vater. »Ihr ... Anzug wirkt doch etwas unpraktisch für das Führerhaus.«

»Danke, das wäre sehr nett von Ihnen«, erwiderte Jonan.

»Wo liegt denn unser Ziel?«

Carya und Jonan wechselten einen Blick. »Zunächst müssen wir zu den Mutanten, um ihnen die Kapsel wiederzubringen«, sagte Jonan. »Und danach wären da diese Koordinaten, die wir überprüfen wollten.«

Seine Worte erinnerten Carya an etwas. Unglücklich verzog sie das Gesicht. »Ich habe den Zettel mit den Koordinaten verloren. Er müsste noch auf der Dachterrasse unseres Hauses im Dorf der Ausgestoßenen liegen. Wenn er nicht verbrannt ist oder fortgeweht wurde.«

Jonan schüttelte den Kopf. »Es tut mir leid. Ich habe nichts gesehen.«

Zwei Schritte weiter räusperte sich Pitlit geräuschvoll. Mit großer Geste schob er die Hand in die Tasche seiner geflickten Hose und zog ein Papierstück hervor. »Sucht ihr vielleicht das?«, fragte er selbstzufrieden.

»Pitlit!«, rief Carya freudig überrascht. »Du hast ihn eingesteckt?«

»Was denkst du denn?«, erwiderte der Junge. »Dein Sprung vom Dach hat mich zwar echt dumm gucken lassen, aber deswegen bin ich ja nicht blöd.«

»Gute Arbeit, Kleiner«, lobte Jonan ihn und gab ihm einen Klaps auf die Schulter. »Aus dir wird noch was.«

Pitlit schnaubte. »Zu freundlich.«

»Also, wohin fahren wir nun?«, fragte Caryas Vater erneut.

»Nach Norden«, sagte Carya. »Einfach erst mal die Handelsstraße hinauf nach Norden.«

»Ich komme mit nach vorne«, sagte Caryas Mutter. »Setzt ihr jungen Leute euch auf die Ladefläche.«

»Ich will aber auch vorne sitzen«, wandte Pitlit ein.

»Na gut, dann komm mit zu uns ins Führerhaus.«

»Darf ich auch mal fahren?«

»Auf keinen Fall!«

»Och, bitte.«

»Nein.«

Pitlit trat mit dem Fuß ein Steinchen weg. »Gemeinheit ...«, brummte er.

»Jetzt steig erst mal ein«, sagte Caryas Mutter und öffnete die Tür zum Führerhaus.

»Aber später darf ich vielleicht doch mal fahren?«, versuchte der Straßenjunge es erneut, während er der Aufforderung Folge leistete.

»Darüber reden wir, wenn es so weit ist.«

Carya sah, wie Jonan schmunzelte. »In deren Haut möchte ich in der nächsten Stunde nicht stecken«, sagte er.

Sie antwortete ihm mit einem Lächeln. »Pitlit ist vielleicht genau das, was sie im Augenblick brauchen. Jemand, der sie davon ablenkt, was sie in den letzten Tagen erlebt haben.«

Jonan zuckte mit den Schultern. »Möglicherweise hast du recht.« Er trat auf sie zu. »Wenn Sie erlauben, Signorina.« Vorsichtig packte er sie an der Hüfte und hob sie auf die Ladefläche. Anschließend zog er sich ächzend selbst hinauf. »Wir können fahren!«, rief er.

Grollend erwachte der Motor des Fahrzeugs zum Leben, und Caryas Vater lenkte den Wagen auf die Straße hinaus, die sie nach Norden führen würde. Während Carya an das Seitengestänge des Lastwagens gelehnt durch die noch immer offene Ladeluke nach draußen schaute und zusah, wie das Ödland langsam hinter ihnen zurückblieb, stapfte Jonan tiefer in den Laderaum hinein. Dem metallischen Klicken und Schnappen von Schließhaken und Scharnieren nach zu urteilen, schälte er sich aus seiner Kampfpanzerung.

Kurz darauf spürte sie, wie er hinter sie trat und eine Hand auf ihre Schulter legte. »Pass auf«, sagte er sanft, »sonst fällst du noch vom Lastwagen. Die Straße, die vor uns liegt, ist holprig.«

Die Doppeldeutigkeit seiner Worte veranlassten sie zu einem milden Lächeln. »Keine Sorge«, erwiderte sie. »Ich habe mein Gleichgewicht gefunden. Und außerdem ist da ja noch jemand ganz nah bei mir, der mich festhält.« Ohne sich umzudrehen, hob Carya ihre Hand zur Schulter, und Jonan ergriff sie. Ein stummes

518

Versprechen lag in dieser Geste, das ihr warm ums Herz werden ließ.

Nachdenklich blickte sie in die Ferne, auf die Stadt, die hinter ihr lag und immer kleiner wurde. »Weißt du was?«, fragte sie.

»Hm?«

Carya deutete auf die Rauchwolken, die lautlos am Himmel über Arcadion verwehten. »Irgendwie sehen sie schön aus.«

Mehr zu Ihren Lieblingsautoren und -büchern
sowie Interviews, Newsletter, Leseproben,
Gewinnspiele und Trailer finden Sie unter:
www.egmont-lyx.de

Bernd Perplies

Tarean
Sohn des Fluchbringers

Roman

Ein Junge stellt sich den Mächten des Bösen

Vor sechzehn Jahren wurden die Freien Reiche des Westens vom Heer des Hexenmeisters Calvas überrannt. Bei dem Versuch, den Hexenmeister aufzuhalten, machte sich der Ritter Anreon von Agialon unwissentlich zu dessen Komplizen. Anreons Sohn, der junge Tarean, wünscht sich nichts sehnlicher, als den Namen seines verstorbenen Vaters reinwaschen zu können. Bewaffnet mit dem magischen Schwert Anreons, zieht Tarean aus, um das Land von der Herrschaft des grausamen Hexenmeisters zu befreien …

»Kopfkino vom Feinsten!« *Steffis-Buecherkiste.de*

352 Seiten, Trade Paperback
€ 12,95 [D]
ISBN 978-3-8025-8180-9

www.egmont-lyx.de

Mehr zu Ihren Lieblingsautoren und -büchern
sowie Interviews, Newsletter, Leseproben,
Gewinnspiele und Trailer finden Sie unter:
www.egmont-lyx.de

Bernd Perplies

Magierdämmerung
Für die Krone

Roman

London 1897

Während einer Zaubervorstellung erleidet der Bühnenmagier Brazenwood einen Zusammenbruch und wird kurz darauf von schattenhaften Gestalten gejagt und tödlich verletzt. Der junge Reporter Jonathan Kentham findet den sterbenden Brazenwood, und dieser übergibt ihm ein magisches Kleinod. Schon bald muss Jonathan feststellen, dass sich die Welt verändert hat. Eine Gruppe von Magiern hat in den Ruinen des untergegangenen Atlantis ein uraltes Siegel geöffnet, um ein neues Zeitalter der Magie einzuläuten …

448 Seiten, broschiert mit Klappe
€ 12,95 [D]
ISBN 978-3-8025-8264-6

www.egmont-lyx.de

EGMONT LYX
Verlagsgesellschaften

Mehr zu Ihren Lieblingsautoren und -büchern
sowie Interviews, Newsletter, Leseproben,
Gewinnspiele und Trailer finden Sie unter:
www.egmont-lyx.de

Gesa Schwartz

Grim
Das Siegel des Feuers

Roman

Die Welt der Pariser Gargoyles!

Der Pariser Gargoyle Grim ist ein Schattenflügler. Seine Aufgabe ist es, das steinerne Gesetz zu wahren, dass niemals ein Mensch von der Existenz seines Volkes erfahren darf. Doch eines Tages begegnet Grim der jungen Sterblichen Mia, die über eine besondere Gabe verfügt: Sie ist eine Seherin des Möglichen. Mia gerät in den Besitz eines rätselhaften Pergaments, kurz darauf wird sie von Anderwesen verfolgt. Gemeinsam beschließen Grim und Mia, das Geheimnis des Pergaments zu ergründen.

Überall im Handel erhältlich und unter www.egmont-lyx.de

688 Seiten, gebunden mit Schutzumschlag
€ 19,95 [D]
ISBN 978-3-8025-8303-2

www.egmont-lyx.de

Mehr zu Ihren Lieblingsautoren und –büchern
sowie Interviews, Newsletter, Leseproben,
Gewinnspiele und Trailer finden Sie unter:
www.egmont-lyx.de

Werde Teil unserer LYX-Community bei Facebook

Unser schnellster Newskanal:
Hier erhältst du die neusten Programmhinweise und Veranstaltungstipps

Exklusive Fan-Aktionen:
Regelmäßige Gewinnspiele, Rätsel und Votings

Bereits über **10.000** Fans tauschen sich hier über ihre Lieblingsromane aus.

JETZT FAN WERDEN BEI:
www.egmont-lyx.de/facebook

Ilsa J. Bick

ASHES
Brennendes Herz
Roman

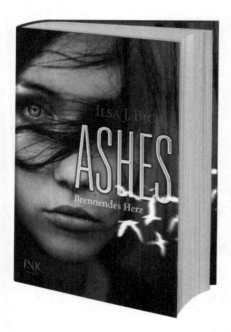

Wie weit würdest du gehen, um deine Liebe zu retten?

Nach einem verheerenden Anschlag ist die Welt aus den Fugen geraten. Die Städte sind zerstört, und die wenigen Überlebenden werden zur lauernden Gefahr. Das Einzige, worauf die siebzehnjährige Alex noch zählen kann, ist ihre Liebe zu Tom. Gemeinsam versuchen sie, sich durchzuschlagen. Doch dann wird Tom verwundet, und Alex muss ihn zurücklassen, um Hilfe zu holen. Als sie zurückkehrt, ist er verschwunden. Eine packende Suche beginnt …

»ASHES hat mich nicht mehr losgelassen – düster, gruselig und voller Spannung. Großartig.« *James Dashner, New-York-Times-Bestsellerautor der Serie DIE AUSERWÄHLTEN*

Band 1 · 512 Seiten, gebunden
mit Schutzumschlag
€ 19,99 [D]
ISBN 978-3-86396-005-6